望海潮
原创系列（第二辑）

百年上岸梦

黄明强 张福财 著

海峡出版发行集团 | 海峡文艺出版社

图书在版编目(CIP)数据

百年上岸梦/黄明强,张福财著. —福州:海峡文艺出版社,2023.9
("望海潮"原创系列.第二辑)
ISBN 978-7-5550-3417-9

Ⅰ.①百… Ⅱ.①黄…②张… Ⅲ.①长篇小说—中国—当代 Ⅳ.①I247.5

中国国家版本馆 CIP 数据核字(2023)第 156960 号

百年上岸梦

黄明强　张福财　著

出 版 人	林　滨
责任编辑	余明建
出版发行	海峡文艺出版社
经　　销	福建新华发行(集团)有限责任公司
社　　址	福州市东水路 76 号 14 层
发 行 部	0591－87536797
印　　刷	福建新华联合印务集团有限公司
厂　　址	福州市晋安区福兴大道 42 号
开　　本	880 毫米×1230 毫米　1/32
字　　数	393 千字
印　　张	17.5
版　　次	2023 年 9 月第 1 版
印　　次	2023 年 9 月第 1 次印刷
书　　号	ISBN 978-7-5550-3417-9
定　　价	78.00 元

如发现印装质量问题,请寄承印厂调换

目录

楔子/1

第一部 噩梦

第一章/9
第二章/23
第三章/46
第四章/66
第五章/86
第六章/98
第七章/122
第八章/134

第二部 残梦

第九章/161

第十章/170

第十一章/188

第十二章/197

第十三章/213

第十四章/233

第十五章/243

第十六章/258

第十七章/288

第十八章/297

第十九章/325

第三部 晓梦

第二十章/351

第二十一章/362

第二十二章/383

第二十三章/403

第二十四章/423

第二十五章/444

第二十六章/456

第二十七章/475

第二十八章/490

第四部　圆梦

第二十九章/515

第三十章/537

楔子

我想，我大概要死了。

不论谁，都难逃生老病死的自然规律。

所以，我很坦然。

值得庆幸的是，我这个曾被唤作"曲蹄团"的人，死后也将有一块属于自己的葬身之地，就在山的东南边。登高可望远，那是一块风水宝地。墓碑上是可以刻上自己名字的。

近两年来，我的记忆力开始衰退。发现这一情况我有些慌，只能努力地去回忆那些往事，去记住许多人，包括麦穗和那些故去的亲人们，因为心中一直有个愿望，希望能把此生经历的一切以文字的形式留传下来——

可惜我识字少，绞尽脑汁也才歪歪扭扭写下数百个字……最后只能无奈地摇头作罢……思来想去，这恐怕才是我此生最大的遗憾！

我姓徐，本名叫徐海螺。后来是朱先生给我取了"德山"这个名字。朱先生说："君子进德修业……德者，本也。山者，陆居也。"

我生于光绪十年，那是一个诡谲的年头。那年夏季，法国政府对清政府发出最后通牒，必须满足他们的无理要求，同时勒索巨额赔款，遭到清政府的断然拒绝后，战火瞬间点燃……那时候我爹、我爷和我大伯刚好替刘氏商行走海。炮弹纷飞避之不及，我爷和我大伯永远地留在幽深的海底。

我娘后来说，那日天降暴雨，雨幕密集得像泼水。她却在颠簸潮湿充满腥味儿的船舱里缩成一团，因为肚子一连痛了三天三夜，痛得死去活来，愣是生不下我。那日凌晨时分，终于把我爹盼回溪马门。说来也怪，我爹才回来我便呱呱落地，哭声特别宏亮。其实最该感谢的人是朱先生，若不是他冒雨来船上替我娘接生，我怕早化作一团模糊的血肉，沉入海中成了鱼食。

说我天生与我爹有父子亲缘的，那不过是一句宽慰我爹的话。那时候朱先生和我爹年龄相仿，都是刚成亲不久的血性年轻人。由别的男人替自家婆娘接生，在当时也是一件无奈且令人尴尬的事儿。我一直以为，我爹对我从小态度不好，甚至动不动就动手责打应该与这件事有关。直到许多年后才发现原来不是……在规矩大过天的溪马门，从来父是父子是子，就算我们这些山民眼中粗鄙不堪的"曲蹄团"，父为子纲的秩序也没人敢破。所以，我从小就非常怕我爹。直到十八岁那年，他替我说了一门亲，我才第一次对他说不。

溪马门是闽东地区的一处旧地名，地方很小。究竟多小？总之在现今的地图上你是查不到的，唯有湛蓝的海水如故，波光粼粼……

这天的天气看上去不错，暖风习习，晴空万里，一眼可以望很远。

我喊清雅将我推出去，推到新建的码头上。

光明给我买了一架轮椅。

人老了，老胳膊老腿的本就不灵便。我虽说没有像我爹或别的船民那样长着扭曲的"罗圈腿"，但此前一直在船上生活，雨里来浪里去常年与潮湿作伴，患有风湿性关节炎。年纪大了，我关节炎的老毛病愈加严重，几近痛到四肢没了知觉，以为熬不过去年冬天，不想还能见到今春灿烂的太阳。对此，我这个近将入土的老人很知足！

溪马门海面。

此刻白帆片片，碧海蓝天，景色真的很美！

"爷……咱回家吧！"说话的是清雅，她大概怕我着凉。

清雅原是我仇家薛怀安的小女儿，如今却成了我的孙媳妇。天空终于拨云见日，政府已给清雅恢复身份，目前是县卫生局的一名干部，负责溪马门的计生与防疫工作。特殊历史原因，几年前她和光明离了婚，彼此划清界线。不过在我看来他们俩的感情没什么大问题。离婚不离家，这些年他俩一直陪我住在朱先生的老房子里。只是离婚后分房睡，一个睡东厢房一个睡西厢房。

我说何必这么麻烦。

清雅不说原因，仍旧坚持着。

"说起来，那儿才是咱的家啊……不管怎样，人都不能忘本！"

我举手，颤巍巍地指向停靠岸边的一艘舢舨舵。

舢舨舵是溪马门海面最常见的一种船。长约三丈，头小尾大。说大，指的是船的后舱面略大，最大的地方不过六尺，舱底眠垛也就三四尺宽。能够容纳一家人生活的场所，就在后舱上下高不过三尺长不过六尺的空间里。舱篷篾竹编织遮盖，挡风遮雨，连同灶匣被褥等日常用具，紧凑地拥促在一起。舢舨舵作为船，在近海正常航行没有问题，只是活动范围相当有限。因为舢舨舵的抗浪性很差，风急浪高，很容易船毁人亡，所以船民一般只在附近海面徘徊，再远些便心有余而力不足了。当然，以船为家，漂浮不定，我想很快就会成为历史。我笃信，就像当年笃信念生的信仰一样——

"终身难忘。"清雅随即望过去，"虽说才短短几年。"

"我回船上坐坐。"沉默片刻，我这样说。

"不行，海面凉。"清雅紧着说。

"难得爷高兴。没事！来，爷，我背您过去。"

一直没说话的光明倒和我一个脾气，说完背对我蹲下身子。清雅给了光明一记白眼，却也只能将我扶起来，俯趴在光明背上。从码头到停靠舢舨舵的地方有一段距离，光明尽量将脚步放轻，放缓，生怕颠着我。

"我说，你俩的手续也该办了！"我附在光明的耳边说。

"不急。"清雅听见了，小声地回一句。

"是是……不急，不急。"光明也说。

"狗屁！"听这话，我一下来气，轻轻打一下光明的头，"我这情况，还有多少日子活头？你俩年纪都不小了，就这样过下去？想当年，那日子过得多艰难，我们也是该结婚结婚，该生子生子，不然哪有你们？"

"您说的我们都懂。"光明笑着，"关键我和清雅都忙。"

"又在找借口！再忙，办个复婚手续能花多长时间？"

"您是不知道，民政局门口天天排着长龙呢。"

"我不管，我看就下礼拜一，你们必须把手续办了。"我只能拿出身为爷的威严，"眼看鹏宇都十岁了，他也该添个弟弟妹妹了。"

说完，我望向清雅。我知道，夫妻俩在外光明说了算。光明半年前刚恢复工作，在县教育局上班。但在家里，包括在对儿子鹏宇的教育上，光明基本都听清雅的。"好，我们按您说的办。"这一次，清雅倒是答应很爽快。

只不过，从清雅闪烁的眼神中我仍瞧出几分不决的犹豫。那几分犹豫中似乎还夹杂着某种欲言又止的为难。不过很快，我打消了这些没由头的疑虑和担心，清雅和光明都是文化人，文化人当然有能力去解决自身的问题。

进入船舱，清雅将带来的毯子铺在舱板上，扶我坐下。

海潮阵阵。海浪轻轻拍打船身，致使船儿轻微摇晃。坐在舱篷里，就像坐在娘的怀抱中，感觉好极了。坐片刻，我慢慢躺下去，舒服地合上眼。

"爷，爷……"清雅和光明见状很紧张。

"我不可能这么死去的！"我睁眼看他们，笑着说，"你俩要有事就去忙吧，我一个人安静待会儿。""不成！"清雅说，"天气不错，可海风凉，您……"我打断说："要没事陪我也成，你俩坐着，别说话！"

我用的是命令且不容置疑的语气。

夫妻俩对视一眼，只好收嘴，安静地坐一旁。

记得有人说过，德山的脾气就像海边的礁石，有棱有角，不仅仅黑，而且硬！只要他决定下来要做某件事，不论对错，九头牛都拉不回来——究竟谁曾如此客观地评价过我？我开始仔细地回想……对对对，她是朱家胤，朱先生家的"金凤凰"，一个让我和清雅父亲薛怀安骤然结怨，且让我平生第一次品尝到爱情滋味的女人。此生认识朱家胤，按现在的话说，是必然中的偶然同时也是偶然中的必然。一个男人和一个女人于生命的某个阶段相识相知，直至彼此产生感情，也许都是冥冥之中上天安排好的结果。

就拿家胤来说，假设当年省城的沫升少爷不始乱终弃，她或许早成了望族林家的大少奶奶；我当年若爽快地答应我爹，愿意娶南溪姚大福的二闺女姚二妮为妻——那么，我和家胤便只能注定是彼此的陌生人。

在山民眼中，曲蹄畲客自古不是人！

按说，我和家胤之间即便有交集也是不可能有任何结果的。

记忆闸门真是一种特别奇怪的东西。一经打开，那些陈年旧事便一桩桩一件件地疯涌了出来，止都止不住。当中有酸，有涩，有苦又夹杂着一点甜……时至今日再去回味，望着岸上阳光普照下的溪尾村，心中顿时波澜壮阔。我侧过身去眼望舱外，不知不觉间，眼眶开始湿润——

清雅许是想掏手绢替我擦拭，被光明眼色制止。

一时间，舱内悄然安静，只有海浪轻拍着小船……

第一部

噩 梦

第一章

光绪十年,燠热的夏季。

这日午夜时分,突然天降暴雨。

干旱许久,人们盼雨早盼得望眼欲穿,不料却盼来一场猛烈的暴风雨。田里的庄稼着实地遭遇一次惨烈的摧残……许多人叫苦不迭。

密密匝匝的雨幕,愣是将那条名不见经传的溪尾街笼罩在一片寂静的凄迷之中。溪尾街距离码头不远,约半里地。狂风夹着暴雨横扫溪马门海面,激起滔天巨浪,很有席卷天地之势。码头附近的海岸边停靠着船民的舢板舵。风浪中船儿摇晃不止,若浮若沉,似马上就要撞到岸边礁石,船毁人亡。

东南方向的极远处,偶尔传来隆隆的枪炮声。

"最终……还是打起来了!"朱友贵吁叹一声,打破了沉默。

"哦!"呆坐一旁的朱先生这才抬了抬眼皮,望向自己的堂叔。

"朝廷无能……挨打?呵,也是预料之中的事。"朱先生惨淡一笑,"希望水师能挡上一阵,好让走海的人们平安归航。"

"难哟!"朱友贵摇头嘘叹,"都烂到骨子里了,没得治了!"

"也是……确实没得治了!"

身为溪尾街的坐诊先生,朱先生太明白"没得治"三个字的含义了。换句话说,那是无助,绝望,乃至欲哭无泪。先生自幼饱读医书医典,先祖传承下来的医术精湛,方圆十里八乡几乎每家每户都曾受过朱家的救命之恩,然而面对自己妻子的病情,他如坐针毡却又无计可施。

"哟,雨势终于小些了,时候不早了,我也该回去了。"

朱友贵朝外头瞧了瞧,站起身。朱先生说:"风还挺大的,要不今晚就住我这儿,我让老杨收拾一下厢房?"朱友贵摆摆手,说:"几步路而已,不碍事。"说完,接过老杨递来的油布伞,撑开便往外走,走几步又回头,"侄啊,要不你再考虑一下,侄媳的病请洋医生瞧瞧,兴许有法子。"

"有什么法子……她的病况,我清楚。"

朱先生婉言谢绝,然后吩咐老杨,替他送一送友贵叔。

朱友贵前脚刚走,医堂的铺门就被人重重地敲响。

门打开,来人是一位光着膀子的年轻船民。

"难……难产,请……请先生过去看看。"年轻船民气喘吁吁。

"这么晚了,而且还……"开门的老杨有些犹豫,正要拒绝。

"谁啊?"这时,朱先生从过道来到医堂。

"难……难产,请……请您过去瞧瞧。"年轻船民重复一句。

"行,稍等片刻。"朱先生爽快答应。

"少爷,这狂风暴雨的,您……"老杨话未说完,就被朱先生打断:

"人命关天,你不会忘了忠义堂的规矩吧?"

"这……"老杨无话可说。

朱先生单名阆,字效贤。寻根问祖的话,溪马门的朱姓实际上就是前明朱三太子朱慈焕的那个朱,前朝皇家贵族的那个朱,只是四百年过去,曾经皇亲国戚的朱先生成了溪尾街上唯一的一位坐诊先生。朱家祖上几代都在溪马门的溪尾街开堂问诊。门脸上方的黑色匾额,据说是当朝某位举人倾情撰书的三个金色行楷大字:忠义堂。忠义堂除了瞧病问诊外,兼营各种草药。

按说一家医堂的名字取得如此不伦不类,就像海匪贼寇的聚义厅,多少令人匪夷所思甚至惹人笑话,但不论是山民贵族,还是光脚船民,无人敢说三道四,更没人敢对先生不敬。朱先生瞧病,一直有个雷打不动的规矩:医者眼里只有病人,不论门楼高低,不因为病人的身份贵贱,而区别对待。

对于这个规矩,医堂伙计包括老杨在内,都熟记于心。正因如此,老杨在朱家一待就是三十年,可以说,他是看着朱先生从小长到大的。他对朱先生的了解甚至超过自家儿子。朱先生既然这么说,他只能帮着准备药箱。

朱先生快步回到后院,走进自个儿房间,坐到妻子床前,和声说:"侬妹啊,我得马上出趟急诊,有事你喊杨嫂。"朱妻问:"现在几时了?"朱先生思着说:"大概子时时分了,不碍事,我快去快回。"朱妻微微一笑:"那你路上慢点,风大雨大小心别淋着了。"朱先生看着妻子,点了点头。

说快去快回,其实是安慰妻子的话。难产的妇人此前接诊过不少,能否得偿所愿不说,耗时耗力是必不可少的。跟随那位船民来到船上后,朱先生才发现,这位孕妇胎位不是一般的不正,且已阵痛三天,若不及时处理,母子恐都有性命之虞。他问一位相对年长的船民："当家的人呢？"

"走海去福州，说是两天回来，还没回。"年长船民说。

"等他怕是来不及了，实在不行，得施刀。"朱先生思着建议。

"施刀？"年长船民瞪大双眼，似听不明白朱先生的意思。

"行行行！不管怎样，顺利生下来再说。"刚才那位年轻船民抢先说，"朱先生，您就替我们拿主意，我们都信您的！"

"好，好……"

朱先生再次望向那位年长船民，解释说："妇人生产，能自然娩出最好，如若不能，为了保母子平安，也只有开腹取胎这一办法。话虽如此，能帮她自己分娩的话，当然不会轻易动刀，毕竟施刀之术风险也很大。"

年长船民犹豫片刻，只能点头答应。

老杨放下药箱，将不相干的人全都请出舱篷，放下麻布帘子。为了增加舱内亮度，老杨叫那位年轻船民从别家借来洋油灯，全部点亮，挂满整个篷壁。忙完一切，朱先生俯低身子，正准备叮嘱妇人几句，这才看清妇人的模样，讶然不已："是你？"妇人凄楚地说："是我，刚才的话……我都听见了，尽量让我自己生，施刀得吃不少药，我们……"听这话朱先生心如针扎，用平静的语气说明情况："不用担心，诊费我分文不取。"见妇人一副忧虑的样子，朱先生皱了一阵眉："好吧，我尽力而为。"妇人"嗯"一声，凄清地笑了。

那是五年前的冬天。

在东屿岛，不慎落水的朱先生被一位叫曹水梅的姑娘救了起来。

那时候老朱先生尚在人世。说到底，忠义堂的行医规矩最早就是老朱先生定下的。所谓物以稀为贵，在溪马门这个偏僻的犄角旮旯，唯一一位坐诊先生的诊金自然高得惊人。财主东家财大气粗，都能拿得出钱，当然不存在任何问题。而对于穷人来说，瞧病则是不小的经济负担。人是吃五谷杂粮的人，多数人因温饱无计年纪轻轻便疾病缠身。从某种意义上说，溪马门这片土地上可以没有县府衙门，没有巡检司，没有保甲乡勇，没有道庵寺院私塾学堂，唯独不可缺的，便是朱家的忠义堂。老朱先生对那些一时拿不出救命钱的穷人一律可以赊账，于是朱家逐渐成为溪马门最富有的"债主"。所不同的是，这家债主对所有欠债之人究竟欠了多少钱欠了多长时间，从来不逼不索不闻不问，任凭这些人手头活便时，主动地给他送来。若真送来，他也欣然收下装入囊中。正因如此，朱家实际上不富裕，只不过日子过得比一般人家殷实罢了。而这条行医规矩，不仅给忠义堂赚下高义的好名声，更为儿子朱先生攒下受人尊敬的可贵资本……不承想，当朱先生跟父亲说，他要娶曹水梅的时候，却被老朱先生一口拒绝。老朱先生认为，医者仁心是一回事，结儿女亲家是另一回事，两者不可混为一谈。就算女方是儿子的"救命恩人"，船民与山民之间不相往来的规矩不可破，更何况，朱家从来没有纳妾的习惯。总之，彼此的身份隔阂放在那儿，老朱先生让儿子死了那条心。朱先生忍不住问，友贵叔为何可以纳妾，还娶了船女？老朱先生长叹一声，只说一句，他家是他家，咱家是咱家。五年过去，朱先生依然清晰地记得，自己被救起的那天中午，姑娘额头腮边垂落的那几缕潮湿碎发，伴随笑起来时乌黑双眼呈月牙型眯弯，嘴角略微往两边翘起，那是怎样一种天真无邪的风情！好比现在，女人脸上脖子上不知是雨水还是汗水，湿漉漉一片，潮湿的发丝凌乱不堪，但丝毫遮盖不住她身上焕发出来的动人韵味。

朱先生稳了稳情绪，叮嘱女人："接下来，你须按我说的做，深呼吸……对，呼，吸，对对，别紧张，有我在……"

女人听话照办。

可怜的女人，终将改变不了命运，只能嫁给船民，成了船民家的女人。

朱先生让老杨在舱篷外候着。

船舱里只留下他和女人。稍许凝思，朱先生掀开覆在女人身上那条打满补丁的被单，准备帮她推揉胎位。被单掀开后，女人羞赧莫名，本能地合闭自己的双腿。女人身上不着片缕，高高隆起的腹部，瓷白的肌肤，玲珑的曲线，无不闪动着耀眼的母性光芒。朱先生经不住慌乱地挪开目光，望向女人的脸。

此时，女人双目紧闭，哪里敢与先生对视！

朱先生不由暗叹，谁说"曲蹄"不是人？谁说"曲蹄母"是烂货？谁说船民女人黑不溜秋粗鄙不堪？在先生眼里，水梅是用天底下最纯静的水做的，哦不，确切地说，她是用天底下最纯净的水做成的水豆腐，白花花滑嫩嫩。这样一块浑然天成的水豆腐此刻就直挺挺地躺在自个儿面前，似梦非梦，先生一时愣怔发呆，双手伸不是缩亦不是……任是医者，关心则乱，果然如此！

"先生，朱先生……"见半天没动静，水梅睁开眼。

"准备好了？"朱先生发现自己的目光落的不是地方，脸色霎红。

"嗯！"水梅重新闭眼，"该怎样就怎样，不打紧……"

水梅脸也红，声音细若蚊蝇。

朱先生深呼吸几口气，然后将手放在水梅的腹部，凝住心神，仔细地揉推起来。不多久，酸胀的阵痛再次袭来，水梅忍住不吭声，但一只手还是不自主地掐住朱先生的小胳膊，掐出指甲印,掐出隐隐的血痕……

不知过多久,大约刚过寅时,外面突然有人大喊:"你们看,春亮,春亮他们回来了……"是的,水梅的丈夫徐春亮终于回到溪马门了。

就在这时,水梅宫门大开。

不一会儿,隐约可见婴儿的头部露了出来。

此刻,外面的风雨不知何时停歇,东方天际微亮。

彻夜未眠的众人重新将目光落在那挂垂落的布帘子上……

终于,一阵宏亮的婴儿啼哭声响彻寂静的海面——

"太好了,母子平安!"

"朱先生真是好人!"

"感谢妈祖娘娘,感谢菩萨……"

"恭喜春亮,当爹了!"

"天爷保佑,老徐家又添丁了……"众人长舒一口气,然而发现站在船头的春亮,脸上丝毫没有刚做父亲的喜悦,目光呆然,面色悲戚……

"少爷,我……对不住您啊!"

"我该死,不该睡着了!"

"少奶奶刚才还好好的,谁知……"

扑通一声,杨嫂跪在朱先生跟前,不住地磕头,不住地自责。

"不……不关你的事!"朱先生说着,想扶起杨嫂,愣是伸不出手,弯不下腰。他如魂儿丢了似的,强打精神却又趔趄地绕过杨嫂,走到妻子床前,重重地坐下。妻子却似安静地睡着了,面色安详,双手放在腹部,似在与腹中的孩儿作最后的交待:乖宝宝，好宝宝，娘舍不得你，只能带你走……

谁能想到，仅三个时辰，朱先生竟与妻子阴阳两隔！

妻子此刻已气息脉搏全无，身子开始泛凉……

朱先生的妻子柳氏，是浙江名医柳望川的小女儿。刚说亲的时候，朱先生自然百般地不愿意。老朱先生对儿子说，望川兄和咱家是世交，咱家与柳家结亲也算是门当户对。朱先生说不过父亲，最后只能答应。成亲后，朱先生发现柳氏处事落落大方。柳望川曾为女儿请过西席，柳氏从小知书达礼，很具大家闺秀风范。此后夫妻琴瑟和鸣。久而久之，朱先生也就忘了曹水梅。只是成婚数载，未见柳氏有过怀孕迹象。三年前，苍南地区瘟疫大流行，老朱先生不幸染疾。弥留之际，他将调理儿子儿媳的生育大事托付给了亲家公。柳望川一番诊治后对女婿说，是你的精脉出现问题，上下不畅所致。实则不然。柳望川不敢直接言明，是自己女儿天生带有隐疾，按现今的话说，他女儿有先天性心脏病。如若怀孕，则有性命之虞。故而女儿出嫁之时，他给女儿配了一副方子，月事那几日按剂量服用，可保永久不怀身孕。听完岳父的诊断，朱先生当然确信无疑，每日长吁短叹，整个人日渐消瘦，包括精神也萎靡不振。柳氏瞧在眼里急在心里。某日深夜，她终于对丈夫道出实情，并告诉丈夫，她早停药，视情形已经怀上了。朱先生听完既怒又喜。此后对妻子关怀倍至，岂料还是……朱先生呆呆坐着，悲泪滂沱。

突然"啪"的一声，老杨怒扇杨嫂一巴掌，"你个杀千刀的，让你照看少奶奶，居然睡着了，整日睡睡睡，怎么不睡死过去？"老杨碾药的厚手掌，瞬间就把婆娘扇倒在床前的脚凳上，脚凳移位碰得床脚，发出沉闷的声响。

朱先生刚要说别，突然发现妻子的腹部动了一动。他示意老杨住手，立马将耳朵附在妻子的肚子上仔细听，老天爷，一阵若有若无的小心跳让朱先生顿时激动不已。他喊老杨，快，快备刀。老杨傻愣站着，不知所以。朱先生重复喊道，快快快，孩子，孩子还活着……这日清晨，忠义堂后院朱家的东厢房里发生的一幕，成了杨嫂后半生久治不愈的病根子。发病时，杨嫂自言自语一个劲叨叨：血，血，床上都是血……好多血，开膛破肚，花花肠子！

后来山民听说，朱家少奶奶这天为朱先生诞下一个女儿，早产。朱柳氏产后大出血，最终不治。许多人替朱柳氏惋惜，替朱家闺女担忧。也有人说，神医也有治不了的时候，看来阎王要人三更死，绝不会留人到五更……总之什么说法都有。当然话都是私下说的，在先生面前，众人仍是恭恭敬敬的。

徐春亮高兴不起来，倒不是因为婆娘水梅和朱先生在舱内单独待上大半夜时间。他听说，水梅嫁过来前就认识朱先生，二人差点还谈婚论嫁。自古哪有山民明媒正娶船女的？这根本就是一件不可能的事，该是朱先生一厢情愿，水梅恐怕连想都不敢想。不过可以想象，自家婆娘当时是怎样一个状况：女人生孩子嘛，必然身不着衣，否则孩子怎么生？春亮思忖着对自己说，瞧几眼摸几下又没脱去一层皮或少块肉，不碍事的！再说人家奋力帮自己接生大胖小子，算起来是徐家的恩人。真正令春亮感到伤心的是，爹和大哥此次在从福州回溪马门的途中不幸被流弹击中，双双葬身大海……想来都是命，怨不得天尤不得人！只是往后，照顾大嫂和侄儿的担子只能落在自己一个人肩上了……二叔老了！二叔那颗心早随多年前一场风灾的船毁人亡凉透了，平日除了鼓捣他的"鱼烧"，别的根本指望不上。

第一部　噩梦

而刘家，此次损失了两艘崭新的三桅木帆货船，不知往后刘氏商行走海运货的活儿，还愿不愿意交给狮犁帮呢？这关乎着春亮一家子今后的生计问题，更关乎整个狮犁帮兄弟妻儿老小的出路活路……春亮当然忧心！

闻说噩耗，徐家大嫂杨柳顿时哭天抢地嚎啕大哭。

可是，人死不能复生，哭有什么用？

非是春亮无情，死的已经死了，眼下只能为活着的人早作打算！

安慰大嫂几句，春亮便准备上岸去趟刘家。此次走海，刘氏商行派伙计陪同，这时候刘家应该早清楚事情发生。春亮去见刘掌柜，一是听训，二来也想听听刘掌柜下一步作何安排。不知需不需要马上再出海，按船民规矩，走海船人不得沾染到带有血污的东西。春亮思来想去，觉着先不去看望自家婆娘和孩子，只隔着帘子问水梅："身子怎样了？"水梅里头应着："死过一回，现在好着呢！"春亮低声说："这么难都生下来了，下一个应该很轻松。"水梅啐一口说："往后要生，你自己生，打死我也不生了。"春亮和声说："其实有个儿子已经够了，生不生无所谓。"水梅娇笑："真的，你说话可算数？"

春亮说话，向来一口唾沫一个钉，当然从不言虚。

狮犁帮这杆大旗是春亮爷爷拉扯起来的。数十年过去，狮犁帮的旗号在溪马门已小有名气，许多商家茶行因载费便宜逐渐选雇附近船民帮忙走海。于是替掌柜东家走海，逐渐成为以徐家为首的狮犁帮的船民兄弟的主要收入。当然，不管怎样，也比不上雍正年间由翁岩、钱坚等人创建起来的运河漕帮。漕帮发展至今，已是人多势众船多，管各省百姓吃喝及各省的年粮、军饷，各地官府甚至连朝廷都不敢轻视他们，都得礼让三分……

狮犁帮虽说也是船帮,却只是一个群体的称呼而已。溪马门码头往南三里左右的那片海域,百姓称之为"狮坨坞"。山民划地而治,分各村各落各保甲,连家船民亦是如此,以水为界,以船舵停靠哪儿区分,或以各谋生手段命名,直接归闽安巡检司北营管辖。所不同的是,狮犁帮并没有像漕帮那样分工细致,每只船上配有正丁、副丁、舵役、头工和水手,也没有将走海船民姓什么名谁,年龄,面貌,指纹,籍贯造成花名册呈送衙门备案。连家船民是一个特殊的群体,自古都在水上生活,也只能在水面生活。说是归巡检司管辖,事实上管的也只是"一张网九种税"。除了课税,官府根本不管船民死活。之后有了船帮,各群落便由各自的头人负责,管起来更轻松,老爷们也就睁一只眼闭一只眼懒得理会太多。严格说,这算是官府给予船民的"特殊待遇"。

不过,懒得理会不等于完全放任自由。

套在船民头上的"紧箍咒"实在太多,就像女人裹的小脚,就算任她爱去哪儿去哪儿,也是走不了多远的。码头上那块长满青苔的青石板上实实在在地刻着"十不准",明文规定:船民子弟不准读书,不准应试为官,不准上岸定居,即使有本事定居的也不能修建有瓦顶的屋子,更不许仿效山民建起翘角的屋式。男性船民不准娶岸上女子为妻,船女可以嫁上岸,却只能嫁人为妾。船民一律不准撑伞,只能弯腰缩脖人行旁道,不准戴冠穿鞋。不论男女老少,必须将裤管卷得一边高一边低,以示与山民的区别。已婚女子只能梳半爿髻,不准像岸上女子那样,髻中戴簪……这样一群人,很早便被冠于"不是人"的蔑称。溪马门有童谣唱:"曲蹄爬上山,打死不报官。"多少年来,船民一直在狭窄低矮的船舱中屈膝生活,盘腿而坐,叉腿作业。久而久之,多数人变得下身矮短,腿部弯曲,长成难看的"罗圈腿",走起路来左摆右晃,如笨拙的鸭子——不知从什么时候起,山民开始唤这些连家船民为"曲蹄团",甚至"臭曲蹄",年纪小的叫"小曲蹄",年纪大的叫"老曲蹄",女的不论老幼一律称"曲蹄母"……"曲蹄"二字,就像打在每位船民脸上的耻辱烙印,永远抹不去。自然而然,一般山民是耻于与船民为伍的!所以,春亮等人打从心底里感激刘家,常言道,滴水之恩当涌泉相报,何况刘家赏他们一口饭吃。

去的时候,春亮特地带上那条新鲜的鲈鱼。这条鲈鱼本是满舱女人草帘准备给水梅补身子的。"鱼拿走了,水梅吃什么?"草帘有些生气。"没事,咱吃什么她吃什么,我家水梅没那么娇贵!"春亮微笑说。"你……"草帘懒得与春亮多说,"水梅真是瞎了眼了,居然嫁给你!"春亮说:"她不嫁我,能生个大胖小子?"话出口,春亮顿觉失言,满舱和草帘一连生下四个丫头,盼儿子早盼得夫妇俩眼睛发绿,说这话,等于给人家找难堪。果然,草帘气鼓鼓地丢下那把准备杀鱼的鱼刀,瞪春亮一眼,便蹭蹭地走回自家船舱去。

春亮尴尬抬头,发现满舱正站在他家船头。

春亮朝满舱哥点头打招呼。

满舱问春亮:"去见刘掌柜吧?去吧,没事儿,草帘就这坏脾气,一会儿就好。"这时,草帘又从自家舱篷钻出来,双手捧着一小撮早稻米,白了男人一眼,"男人没个好东西,你说女人生孩子容易吗?以为老母鸡下蛋?"春亮挠挠头:"谢嫂子!"草帘说:"欠我的,以后加倍还!"春亮赔笑点头:"是是是,加倍还,加倍还,肯定加倍……"

刘家大院。

这日刘老太爷起个大早，顾不上喝早茶，就让长工虎子将其长子刘富余唤到西院老太爷的住处。虎子到东院的时候，刘富余夫妇尚未起床。

听说父亲找他，刘富余顾不上洗漱，穿上衣服便过去请安。见儿子来了，老太爷指着桌面上的一纸公文，眼皮不抬，只说："自己看吧。"

刘富余匆匆溜了一眼，吃惊问："这么多？"

老太爷叹声说："是啊，这些年的摊派一年比一年多，一次比一次重，朝廷完全把咱们当猪养，养肥了，分次分批开杀。"

刘富余赔着小心再问："爹，依您看，咱这次缴还是不缴？"

老太爷说："白纸黑字加盖府衙公章，不缴又如何？"

刘富余笑笑："缴，自不必说。不缴，当然要有不缴的理由。"

见父亲抚须沉吟，刘富余继续说："这些官老爷名义上说是为水师抵御外敌筹措军饷，实则每次都是为了中饱私囊，发国难财。咱即便推托了，料他们也不敢怎样！当然，咱不能明说拒缴，可以先哭穷……昨晚咱家商行不是刚沉两艘货船嘛，待儿子仔细交待春亮他们，就说咱家沉了满满两船货物商行濒临破产，哪有钱粮供给朝廷？就说待商行恢复元气之后，如数补上。"

"糊涂！"老太爷喝斥儿子，"行商之道你都忘了？诚信为本！刘氏商行濒临破产的消息若是传出去，往后谁还敢跟咱生意往来？几年前我将商行交于你手，为的就是将商行做强做大，看你这些年都做了些什么！"

"是，爹教训得是！"

刘富余态度谦卑，却依然坚持自己的观点，"拳头捏久终究会松。此次马江战事，据儿子看，得胜的希望相当渺茫。各种情势,相信官老爷们事先也都做过分析与估算。朝廷说不,底下官员自然应和,他们从商贾手中搜刮的钱粮一部分献于朝廷以表忠心,绝大部分肯定留给他们自己,倘若战败,官场又生变故,他们也好有退路。这些狗日的官老爷平日鱼肉百姓不说,更都是见风使舵的软蛋子……爹,于公于私,咱家商行不做助纣为虐的事。"

"这……"见儿子分析得有理,老太爷不好再说什么。

"此前我变卖茶山,其实也是出于其他考虑。爹您想想,咱家若还有茶山在手,像这种出钱出粮的事,肯定又是首当其冲推脱不得。"

"可是……"老太爷皱眉沉思。

"爹,您以前经常说,生意场就是战场,每走一步都需如履薄冰。眼下时局动荡,局势一天一个变,不动产业朝不保夕,我将商行转为贸易,轻身好掉头,万一再起大战事,咱是去是留,也将不再有负担。我从您手上接过商行,所作的任何决定,都经过一番深思和熟虑。至于此次如何拒缴府衙摊派而不撕破脸面,当然……还需从长计议。"

"行吧!"老太爷长叹一声,"那就看朱家如何应对再说吧。"

"是,爹!"刘富余微笑答应。

第二章

忠义堂门口突然挂起黑布白幡。

许多行人驻足，并小声议论。

春亮手里拎着一条用芦草捆住的鲈鱼，沿旁道走着，见状停住脚步，有些好奇，低声问旁边一位抬头观望的脚夫："先生家出事了？"

"听说，他家夫人难产死了。"

"啊，什么时候的事？"

"应该……"脚夫见问话的人是船民，鄙夷地挪开距离，闭上嘴。

朱先生的婆娘死了？春亮心里说，婆娘即将分娩，朱先生昨晚还到船上替水梅接生……此恩此德如同再造。本来春亮心中还有些许小膈应，此时早消失得无影无踪。再想，今后若得机会，定将想法子报答朱先生！

当然想归想，可能性并不大。不论谁都得称一称自个儿几斤几两，家大业大一向受人敬重的朱家，用得着粗鄙船民施以援手吗？春亮摇头苦笑，也只能回去后交待水梅，让她平日拜菩萨时，替朱先生多烧几炷香。

穿过溪尾街，西南角不远处便是刘家大院。

才准备敲门。大门突然打开，管家刘全从里面出来。

看见春亮，刘全面无表情说："你来了，大少爷刚好让我喊你。"

春亮将手里的鲈鱼递给刘全："刚打上来的，很新鲜。"

刘全也不客气，接过去，淡然一笑："不错，确实活蹦乱跳。"

将鱼交给下人，刘全便领着春亮去了东院的一间偏房。

刘富余此时已洗漱完毕，正一个人坐着泡坦洋功夫茶。

闻说一夜之间连沉了两艘三桅木船，任是财大气粗，刘富余依然肉疼得紧，免不了着急上火，且府衙一纸公文更是火上浇油雪上加霜。刘富余边喝茶心里边骂娘，明知海面起战事也不知躲避，真是"曲蹄无脑一根筋"！

松枝啪哒啪哒燃烧，茶壶已咕咕作响，水烧开许久。

倒上一碗坦洋功夫，抿一口，烫，却满口留香。刘富余平日喝的，自然都是上好的茶。任是如此，他的眉头仍旧拧成一个紧凑的川字，丝毫没有品茗的好心情。当初咬咬牙，将自家的茶山茶田卖给朱友贵，别说老爷子，就连刘氏各地商行的掌柜们也都很不理解。可刘富余偏偏不是一个做事需要解释的人。隐约听见下人私下议论，说大少爷败家……呵呵，是不是败家？往往需要时间证明……最终事实将证明，自己的决策是正确的。

说到心疼，刘富余当然也心疼，茶山茶田毕竟是自家祖业。然而，自从朝廷被迫签下《江宁条约》，再大再多的财产也或许将一夜之间化为乌有。虽说可能祸不及溪马门这样的犄角旮旯，可覆巢之下何来完卵？刘富余自小跟在父亲身边走南闯北，审时度势的道理他还是懂的。乱世之中，唯有金澄澄的黄货，才是最实在最保值的东西。关键他还有一个在省城读书的弟弟……

"大少爷，人来了。"刘全在外面敲门。

"这么快？"刘富余放下茶碗，"叫他进来！"

这是春亮第二次进入刘家东院的这间偏房。

房间墙壁上悬挂着一幅"诚信仁义"的四字匾额。春亮不识字，只觉得那日，刘老太爷端坐在匾额下的太师椅上，显得特别高大威严。老太爷当着春亮父子的面，正色地叮嘱儿子，别管什么"曲蹄爬上山，山人就遭殃"，那是无知妄语，是迷信。一个好汉三个帮，行商之路，更需众人拾柴，广交朋友，广结善缘，与人为善便是积德。刘老太爷希望儿子，今后能对春亮他们多加照应，毕竟刘氏商行这些年的发展，从某种意义上说，和这些海面的船民是分不开的……刘富余听后，当即转身朝春亮作揖行礼——这可是从未有过的事！刘富余此举，着实将春亮惊一大跳，连忙闪身躲开，战战栗栗。刘老太爷却哈哈大笑说，刘家子弟不论谁，恩义总是放在第一位！纵是如此，春亮进门的时候，依然免不了诚惶诚恐。

"少东家，听说您找我……"春亮缩着脖子，弓腰小声问。

"家里没事吧？"刘富余满脸堆笑。

"嗯……"春亮不清楚东家具体问的是什么，只低低地嗯一声。

"刘全，去给春亮拿把椅子来。"刘富余示意管家。

"不不，我……我站着就行，站着就行。"春亮慌忙推辞。他怎敢让东家给椅子坐，能够当面说话，对船民来说，已经是天大的恩赐了。

其实，刘富余不过是做做样子而已。闲叙完毕，话即进入正题。刘富余再抿一口茶，看着春亮，和声地问："省城情况如何？"

"当然，当然不太平……"春亮暗自平定呼吸，"先不说这次战事。平日洋人的铁壳船也基本是横冲直撞的，江面海面许多船被撞翻了，这类事官府也不管。那些洋人大多住在南台，出入码头，对我们船民，包括对山民也时常吆三喝四。许掌柜说，眼下生意不好做，说少东家实在不该，不该……"

话说到这，春亮突然止住。心想，自己只是替人走海的卑贱船民，人家商行内部的事，实在不敢多嘴，讨人嫌！

"不该怎样？"刘富余笑笑，站了起来，"他们是不是说，我不该将摊子铺这么大，以至于首尾难相顾？"春亮很是惊讶："原来您都知道！"刘富余摇摇头："猜也猜得到！如今好了，果然被他们说中，折两艘货船，往后确实顾东不顾西了。"听这话，春亮脸色煞白，连声说："晓得晓得，是我们对不住您！可我爹和我哥也……"春亮虎目泛红，哽咽着说不下去。

"唉——"刘富余长叹一声，"所谓天灾人祸，说来也怨不得你们，只是眼下商行经营举步维艰，朝廷又催缴大批钱粮，这才是大难题啊！"

谈到官府摊派，春亮实在不知该说些什么，沉默片刻，为了狮犁帮今后的生计谋算，当即表态："怎样您直说，只要我们办得到，无二话。"

刘富余盯住春亮，呵呵笑起来："其实也没什么，船已经沉了，让你们赔也赔不起……今天找你来，主要想让你们配合演一出戏。"

听这话，春亮呆愣在那儿。

他傻傻地望住刘富余,半天后终忍不住问:"演……演什么戏?"

回到船上,春亮迫不及待钻进自家眠舱。

此时,儿子显然饿坏了。许是刚学吮奶,尚不懂如何吮吸,只用泛硬的牙龈一阵乱咬,咬得水梅禁不住疼一顿狠骂:"你个讨债鬼,生你差点要了娘的命,怎么了,还想继续折腾娘?"春亮听后忍俊不禁,说水梅:"你呀,他才刚落地,嫩娃儿懂个什么,别吓坏他。"水梅说:"喏,抱去,你喂他?"春亮讪笑说:"我想喂,实在没那家伙什。"水梅给了春亮一记白眼:"肉长别人身上,说得轻巧,这个小讨债鬼,咬得人可疼了。"旋即扑哧一笑,"我娘以前常说,娃儿带牙出生,往后身子皮实。"春亮说:"我儿子能是软蛋子吗?必须皮实。"说着,摸一把儿子的脸,"名字早想好了,男娃儿就唤他徐海螺,海螺贱,好养,再说螺壳硬,经得住大风大浪。"水梅说:"嗯,就先这么叫吧。"思着又道,"要不,你去请朱先生帮咱儿子取个好名,朱先生识字多,名字肯定取得好!"聊到朱先生,春亮这才与水梅说起朱家婆娘朱柳氏难产身亡的消息。水梅听后讶然大半天,惊呼道:"天哪!那……他家闺女怎么办,嫩娃儿可扛不住饿!"春亮没多想,叹声说:"朱柳氏实在歹命,难产死,做鬼也不得安生。……至于他家闺女,先生肯定有办法。"

水梅哦一声,然后默住不说话。

她心里有个想法,只是没想好,不晓得该不该说。

大伙都在等春亮的消息。

见春亮从眠舱出来,二叔徐过江招手让他过去,低声说春亮:"走海人沾不得半点血污,这些规矩你都忘了?"春亮苦笑地

第一部 噩梦

跪下："近些日子怕是没得走啰。"徐过江先是愕然，马上生气起来："怎么？刘掌柜还不给活干了？这次沉船咱家也折了两条人命，这笔账找谁算去？"春亮说："人家可没有追究沉船的事，府衙刚给各个商行下了公文，说要缴纳一批钱粮，刘掌柜正为这事发愁呢。"徐过江说："哦，如果是这事，咱可帮不上忙。"春亮说："唉，凭良心讲，法国洋鬼子实在可恶，不分青红皂白见船就轰，不然的话，爹和大哥也就不会……"徐过江说："关键是官老爷从不把咱当人看，我敢说，将咱这一带船民和马江的船民联合起来，绝对要比船政水师强。"

　　春亮听后，苦涩地笑笑，没有继续聊下去。船民能否团结，能否敢于与外敌抗争，事实早就摆在眼前。比如船民世代被山民欺负，何曾敢言语一声？实际上春亮亲眼所见，当日官民如何抵御外敌，虽说在强敌面前依然不堪一击一败涂地。但战况之惨烈，人员殒命之多，每每回想总免不了感到深深的震撼与悲哀。朝廷的船舰覆灭后，法舰当夜驶向下游，逐次轰击两岸的炮台，炸毁民房无数，包括沿江民众自发组织的火攻船也尽数被毁。整个夜间，马江上下火光冲天，雷声、炮声不断……爹和大哥，就是这么被炸没的！爹闭眼前，冲隔壁船的春亮拼尽最后一口气喊，你们要好好地活下去……

　　是的，活下去，才是眼下急需考量的问题。

　　听刘富余的意思，大概好长时间不再走海，一是为避开战火，谁知道朝廷与法国这场仗会打多久，二是为了节省成本。刘富余说，各地商行的经营状况不尽相同，某些货物这边畅销那头滞销。他准备让商行之间自行调配所需货物，而走货的渠道也将由原来的海路暂时改为陆路。虽说陆路运费相比要昂贵许多，得托付给知名的镖局，不过依目前形势看，陆路似乎更安全。为了保住刘氏商行将来走海的饭碗,春亮答应刘富余配合"演戏"的要求。只不过,刘富余并没具体说出该如何配合,只让春亮回去等消息。

狮犁帮的碰头会,最后放在徐过江的船上召开。每逢大事,必将众兄弟都召集起来共同商议,这是狮犁帮的传统。当年,春亮爷爷说,咱们这些难兄难弟,抱团只是为了讨口饭吃。咱不搞山民那些花花架子,弄个什么头领出来,咱若有事,一起商量……这番话,后来成为狮犁帮雷打不动的规矩。再后来,春亮爹扛起狮犁帮的大旗,依然不改初衷。狮犁帮这片船民似乎早习惯由老徐家带头,打从心底里认定这一家子就是狮犁帮的主事人,因此在具体事务上基本听老徐家的从没有二话。更不知从什么时候起,有人开始喊春亮爹"狮头",最后竟连官府或乡地传唤狮犁帮的船民,基本也会派人来找"狮头"。

这天的碰头会,自然由春亮召集。

每回出海之前,春亮爹都会做一番详尽的安排,毕竟海面凶涛恶浪,什么情况都可能发生。俗话说,挖井的就是"埋了未死的",走海的是"死了未埋的"……因此在爹和大哥葬身海底这件事上,春亮倒是早有心理准备。

春亮先介绍这次走海的经过,然后叹声说:"我爹和大哥虽说不在了,咱的路还得继续走下去,得另寻一条出路,大家想想有什么好法子?"

有人问:"你是说,走海的路现今堵死了?"

春亮说:"那倒不是……东家暂停走海,也许海面正在打仗。"

有人问:"刘家会不会寻别家走海?"

徐过江说:"在溪马门这片海域,虽说有许多船帮,可就咱狮犁帮的载费最低，刘富余是个精明的人，走海谁不是走，他那小算盘打得响呢！"

春亮说："少东家心里究竟怎么想，说实话我也猜不透。不过，刘老太爷人还健在，他待咱们这些船民向来不薄。我想，即使少东家想抛弃咱们，刘老太爷恐怕也不会答应。"说完，认真地望向姚满舱。

此时，姚满舱默不作声地蹲在船头，啪哒啪哒地抽着闷烟。

满舱抽的并非真正的烟叶。船民没有土地，种不上烟叶。若是花钱买，抽烟则变成一种极奢侈的行为。船民穷而节俭，因此平日抽的基本都是附近山上采来的野生蒴钱草。这种蒴钱草的叶子和街上卖的烟叶差不多，晒干切细抽叭起来，滋味比烟叶更辛辣。不多久，蒴钱草的辛辣味儿便飘满整个舱篷。

满舱不吭一声。

春亮主动说："满舱哥，把你的想法说出来吧，大伙议一议。"

满舱磕了磕烟锅，没好气地说："有什么说的，没什么想法。"

春亮说："前些日子你不是……怎么，一下又没了？"

满舱说："问你二叔吧，人家过的桥，可比咱走的路还长呢！"

听这话，徐过江一下涨红老脸："你……有屁快放，别阴阳怪气。"

满舱瞪徐过江一眼，似乎要当场发作。

春亮笑笑，说："行了，满舱哥，既然你不便说，我就替你说了，反正说来说去，就是想办法挣钱……"这时有人插嘴："近些天大伙都听见了，满舱和草帘夜里动静很大，原来两口子在整'挣钱'的好法子啊。"这话顿即引起众人一阵哄笑。满舱冷哼，不过尴尬紧张的气氛也随之减去几分。

早些日子姚满舱告诉春亮，东屿岛的梁子等几个船民偷偷跑去羊角滩的盐场挑私盐。负责收购的，据说是浙江人。那几位"盐商"做事地道，对大伙冒着掉脑袋风险挑出来的私盐收购价格特别优厚，和官价差不多。不想二人刚找徐过江商量，就被二叔骂得狗血淋头。徐过江说得也有理，白花花的银子谁不想挣？谁不想日子过得好些伙食好些？可一旦脑袋没了，拿什么吃？

本来春亮早打消了这个"搏一把"的念头，不过此次去福州，途中所见所闻，包括老实本分的爹和大哥双双被不长眼的流弹击中命丧海底，再加上刘氏商行又突然下了近期不走海的决定……春亮思来想去后觉得，如果大伙都不反对的话，倒是可以去尝试尝试，至少先摸个水深水浅。

春亮话音刚落，徐过江就说："这种事能试吗，还摸什么个水深水浅，如果水很深怎么办？我还是那句话，不同意！"春亮说："好，二叔不同意，还有谁不同意，请举下手。"两位年纪稍长的船民犹豫地举手。年轻人基本都把目光投向春亮。在他们眼里，春亮成为狮犁帮的新"狮头"是板上钉钉的事。不过这是其次，关键是挑私盐的事他们听说了，不安分的心正蠢蠢欲动，就差一个挑头的人了……如果徐春亮都去了，他们还有什么道理不跟去？

春亮说："好，既然多数人决定去……那么怎么去，几人去，钱怎么分，万一人被盐丁抓住，家里怎么办……这些细节，咱都得仔细商量。"

春亮话音刚落，年轻人便七嘴八舌地给出各种主意——

有人说，去，也得等月黑那几天吧，天黑好办事。

有人说，听说需要里外配合，要不找人问问，找个盐把头，塞点钱？

有人说，要不，干脆和梁子他们联合，干票大的……

见劝阻无效，徐过江说："咱船民的日子虽说过得苦了些，但至少都平安活着。"他望住这位打小就很有主见的侄儿，"春亮啊，要不明日你们去山上庙里问支签，问菩萨的意思，菩萨答应就去，不答应就别去，啊？"

春亮心想，咱的日子只是过得苦吗？简直不叫人过的日子嘛！船民世代居无定所海面漂泊，莫说官府了，就是大部分山民，也根本没把连家船民当人看……春亮当然惜命，但不等于没有玩命的勇气，只不过不好在人前驳了徐过江的面子，淡然一笑说："叔，您没听戏文里唱吗？富贵险中求……咱去挑私盐也是迫不得已，不求富贵，偶而做一次两次而已。"徐过江说："我看还是去问菩萨稳妥些，这种事不开玩笑，掉脑袋的事哪能开玩笑？"

"行吧！"春亮只好答应。

为了给二叔及众兄弟一颗定心丸，春亮最后决定，明日他和满舱哥去庙里问签。船民中有位叫石林的年轻人和东屿岛的梁子沾点亲。春亮叮嘱石林，先去打听情况，比如收购价具体多少，路线怎么走，该注意些什么……

朱柳氏落葬那几天，又是暴雨天气。

雨声噼里啪啦，撒豆似的，好像没落在地上，而是落在心里。

屋里，才几天大的闺女朱家胤许是饥饿，一直哇哇啼哭怎么也哄不住，把刚送走柳氏娘家人坐在堂屋里发呆的朱先生的心都哭碎了……

朱先生与妻子朱柳氏的感情不见得有多深，但彼此朝夕相处也差不多有五年时间。这五年里，他早习惯了朱柳氏的存在。如今人去楼空，一下子感觉坐立无措，心里空落落的……而女儿，虽说只是女儿，那也是朱家的种！女儿一哭起来朱先生什么心思都没有了，又无计可施，只能坐着长吁短叹。

这几日医堂关门闭铺。一则忙妻子的丧事，二来朱先生正在紧急想法子帮女儿找奶母。可惜涨奶的女人不好找。溪尾街没有，老杨便去其他村子，居然连稍微合适的女人都问不着。刚开始朱先生还叮嘱老杨，要找那种相貌过得去且干净的女人，最后连这些条件都抛开了，有奶就行，依然无果。

"先生，先生。"翠红从西厢房抱家胤出来，"小姐不肯喝米汤，要不去寻刚落崽的母羊，弄点羊奶试试看？"翠红是杨嫂的亲妹妹。杨嫂犯病后被老杨送回了乡下，考虑到小姐没人照顾，便把他的妻妹喊来。翠红这番话，恍若一语点破梦中人，朱先生欣喜地叫起来："呀，怎么把这事给忘了！"正要唤老杨，才想起来殡葬仪式刚结束，老杨便又出门找人去了。

其实，眼前就有一个非常合适的人选：水梅。

只是朱先生不开口，老杨寻思着自个儿不便多嘴。在溪马门，像朱小姐这样刚落地便没了亲娘的，只能认奶母为"义娘"。让一位船民女人来做朱家小姐的义娘，老杨自是不敢提出。

水梅没什么吃的，奶水倒是很充足。两只奶子鼓鼓胀胀一触即喷，好似里头装的不是奶水而是漫无边际的海水。海螺吞咽不及被呛到，呛得哇哇直哭，哭的时候，尖尖小指甲的小手在水梅胸脯上一阵乱抓。水梅又痛又痒，没好气地骂起来："你个讨债鬼，有奶喝还哭……好好，不哭，乖儿不哭……"

水梅的月子由草帘帮忙照料。

实际上也没什么可照料的,只是帮忙烧水做饭。

春亮和满舱等人近日一直在筹划挑私盐的事。这件事非同小可。春亮当然找水梅商量过。春亮故意把话说得轻松、无所谓。水梅也没往坏处想。男人们的事女人最好不掺和,且按船民规矩女人也没有参与事情的权利。

儿子睡着后,躺在眠舱里的水梅满脑子都是朱先生的影子:他的笑,他的皱眉,他的声音……那晚他的神情是那样的专注,动作是那样的细致!想到某些动作,水梅脸颊开始发烫——他什么都瞧见了吧,什么都摸到了吧,会不会笑话自己呢?毕竟朱先生是第一个走进水梅心里的男人,因此水梅总免不了拿他和春亮作比较……水梅胡思乱想想了许多,觉着不对。再想,反正心事又不说出去,谁晓得?这么想,水梅翻腾的心情才稍稍地平复下来,转而想到朱柳氏,她漂亮吗?大家闺秀,肯定读过许多书。水梅打小便对读书识字的人抱着羡慕且敬仰之心,所以她丝毫不恨朱柳氏,不恨她夺走她的朱先生。

说到底,夺走朱阆的并非朱柳氏,而是自己身为船民的身份。半晌,水梅幽幽一叹,就这样吧,认命吧!想到同为女人的命运,水梅不禁替朱柳氏悲哀起来,朱阆多好的一个男人,她怎么就守不住呢?难道真如春亮所说,朱柳氏太歹命了,因此无法消受朱先生带给她的幸福……看着怀里喝饱奶水后沉沉入睡的儿子,水梅忍不住又想,朱家闺女怎么办?这些天可否饿坏肚子?

至于奶母的合适人选,朱先生当然有想到曹水梅。可转念再想,人家也才生下嗷嗷待哺的儿子。顾不上等老杨,听翠红这么一说,朱先生立马去找朱友贵。朱友贵此时刚回家,见状吃惊地问:"什么事火急火燎?"

朱先生便把寻羊奶的事说了。

朱友贵说："巧了，家里母羊昨日刚下崽。"随即叮嘱金秋，将母羊送到朱先生家去，然后拉住朱先生，深叹一口气，"侄啊，侄媳不幸，许是命中注定的事，死者已矣，既已入土为安，你也该考虑考虑续弦的事了。"朱先生眼圈微红，嗫嚅着说："眼下家胤已搅得我心烦意乱。"朱友贵说："你还年轻，家胤总得有个女人照顾，这事信得过叔，叔替你张罗。"朱先生苦涩地笑了笑，不好继续推托，作揖地说："那侄……先谢谢叔了！"朱友贵说："瞧你，咱一家人不说两家话。"

是的，一家人不说两家话！

这天，石林带春亮去见梁子的时候，梁子也是这么说的。

几日前，春亮和满舱特地去了附近登云山上的登云寺。登云寺是一个特别破落的寺庙。正因为破落，所以香火不盛，山民基本不来。登云寺坐落于登云山的北山麓，距离溪马门码头大约有七八里地。烧香拜拜后，春亮便和满舱来到一位正眯眼打瞌睡的老和尚跟前，说要问签。老和尚说："请先报上你们是哪乡哪社哪境人士，所问何事。"春亮先说自己的姓名，然后补充一句："我们是溪马门的船民。"老和尚说："哦，你们是曲蹄团。"

听这话，满舱火了："哎，你个老和尚，还骂人呢？"

老和尚反而大笑："不错，有血性！我活这么大岁数，有血性的船民却是没见过几个唷。"然后严肃地望住春亮，"你们该是想问一件与你们身家性命息息相关的事吧。"春亮暗惊，毕恭毕敬地说："是。"正要道出实情，老和尚摆手说："莫了，你们告诉过菩萨了，我这就替你们摇签。"摇出的签支为中等签支，只听老和尚缓慢念道：

澜波无数皱眉事，诚心祈盼度过时。

待到阳春东风急，门庭自开花一枝。

春亮和满舱两人对视一眼，齐声问："什么意思？"

老和尚笑笑，说："凭签支示下，这事有惊无险问题不大。"

两人谢过老和尚，记住签支的内容，很快回到船上。

徐过江皱眉问："什么叫有惊无险？虽说我不大明白签支的意思，可你们应该清楚，这可不是每年收成时咱到山民的田里偷拾麦穗，稻穗，挖些地瓜根须子，至多被人打一顿骂几句那么简单。挑私盐，哎呀，一旦被抓可是要砍头的呀！不成不成，我还是觉得不能去……待到阳春东风急，门庭自开花一枝？是不是说来年开春再去会更顺利些呢？"春亮说："眼下才夏季啊叔！咱这儿已连续三年暖冬了，今年怎样谁也说不准，如果很冷怎么办，各家总得准备些过冬的被褥衣物吧？往年替刘家走海，东家除了给付载费，还会送些旧衣物。今年年景不好，这个盼头没了，若不提前准备，不知又该冻死多少人。"

徐过江无话可说，最后只把目光投向舱外，默然点头。

很显然，石林并没问出实质性的东西，空手而回。

满舱有些生气："浑球一个，几句话都问不好。"石林嗫嚅说："梁子的大伯大眼一瞪我……我就什么话都问不出来了。"春亮问："瞪你做什么？"石林说："他大伯说了，你们要么替人走海要么拉网捕鱼，干吗学人家做刀口舔血的事眼红人家的饭碗。"春亮再问："这么说，他不乐意咱挑盐？"

石林点点头，说："我倒没见着梁子。"

春亮思着说："嗯，我得亲自走一趟……"

见石林和春亮两人摇着板舵儿来到东屿岛，梁子倒是表现得很热情。他将春亮二人迎进自家船舱，解释说："我大伯说话直来直去，有什么说什么，你们莫见怪。"春亮连说不会，开门见山说："若不是生活所迫，我们也不会来凑这个热闹。"梁子点头："是啊，我们何尝不是，不过……"他认真地望住春亮，"我大伯并没吓唬你们，真叫刀口舔血。每回去之前，我们都会交待好身后事，基本抱着有去无回的决心……你们有没有这个心理准备？"

春亮故作轻松地笑笑："那是当然。"

梁子刚要说好，这时他大伯闻讯钻进舱篷，打趣说："唷！又来一个。"春亮作了自我介绍。梁大伯道："原来是老曹家的姑爷。"紧着又说，"前头石林来，我都把话说透了，有心挑盐和有没本事挑盐那可是两码事，别以为有力气就成，挑盐也是技术活，好比你们会走海我们不会，万一把事情搞砸，你们掉脑袋不说，肯定也会拖累我们的。"

春亮说："所以，我们特地过来请教。"

梁子笑说："唉，一家人不说两家话！知道为什么在东屿岛只有我们梁姓船民敢去挑私盐？"春亮摇摇头。梁子继续说："胆子都是练出来的，这些年你们那儿为什么一直太平无事没受倭贼骚扰？"春亮有些纳闷："官府不是布告说，他们抵抗倭贼有功？"梁大伯接话说："抵抗他娘的狗屁，巡检司那些龟孙子，只敢对船民耍横，见了倭贼立马逃得鬼影子没见一个，还抵抗？"梁子叹说："官府不管，咱不能不自救，这些年我们除了拉网捕鱼，平日便是勤练各种武艺，因此挑私盐的时候若遭遇一两个盐丁成功逃脱问题不大。"春亮默默点头。梁子笑笑："说是挑盐，实际上是扛。"梁子从舱底取出几个小麻布袋子，"就是这种袋子，一袋大概装二十斤盐，装满就跑，贪多倒霉。若是遇盐丁紧追不放，袋子丢草丛里继续跑。唉……咱船民亏就亏在身体上，撒腿跑都跑不快，因此得练，经常练，没长钢牙不吃螺蛳说的就是这道理。"春亮恍然，问："你们都是月黑那几晚去吗？"梁子大笑："不不……不一定，月黑几晚盐场必定增加盐丁巡逻，都是那几晚去，好比飞蛾扑火，总的来说，咱和盐丁玩的是猫抓老鼠老鼠戏猫的把戏，法子不能一成不变。"春亮说："原来还有这么多道道啊！"梁子说："你们真想去，可不能着急，得先到岸上练跑路。春亮兄弟，不是我给你们泼冷水，跑不快，那就叫找死，那些盐丁的火枪可都长着眼！"末了，春亮再问一句："我还听说，挑私盐需要里外配合，你们究竟有没有……"梁子玩味地看着春亮，含笑不语。

最后，梁子送春亮一张画得不成样子的路线草图。

回到溪马门，在春亮的组织下，一些年轻人趁着天黑悄悄上岸开始练习跑路。啪唧啪唧的声响，自然引起某些山民的注意。山民忍俊不禁，曲蹄囝果然是曲蹄囝，半夜不睡觉瞎跑个什么，魂儿丢了吗，也不喊喊……

家胤仍旧哭个不停。

不过朱先生的心情倒是淡定许多，因为女儿是喝完羊奶哭的，总比饿着肚子哭强一些吧，而习惯了，哭声听起来也不那么让人揪心了。

这天，朱先生正在医堂查看账簿，朱友贵急匆匆赶来。他让朱先生帮忙给薛崇义捎句话，说等事情过后，他必有重谢！朱先生不解，笑问："您和薛大人平日关系挺好，为何还要我帮忙传话？"朱友贵连叹几声说："真应了那句老话，婊子和官员不能结交，这不，脸转过去就是屁股，非要咱家交纳资军钱粮不可。"

说着，将一纸公文拍在桌面上，"前些日子我登门找他，他还呵呵笑说，友贵老哥，咱俩谁跟谁。今天县吏上门催缴，我再去找他，他居然躲起来不见人。"朱先生说："哎呀，这就难办了，您他都不见，能见我？"朱友贵说："能啊，肯定能，别看姓薛的不是东西，却是个孝子，他家老太太的病你不正在治吗？拜托了，贤侄！"朱先生思着说："照理，如今国家到了危难关头，让你们这些生意人出点血为朝廷分忧，也是应该的。"朱友贵说："理是这个理，关键是那些钱粮没进国库，谁都心知肚明。"

朱先生沉思片刻，点头说："好吧，我试试看。"

送走朱友贵，朱先生简单收拾一番，唤上老杨，就要出门。这时刘府管家刘全突然跑来，恭请地说："先生，我家少爷请您过去一趟。"

朱先生大概明白是怎么回事，呵呵笑说："没想到我这个土郎中今天反倒成了香饽饽。"刘全赔笑说："哪呀，您在溪马门，哦不，在整个福宁府可都是活菩萨，您说的话，谁敢不听？"朱先生说："别，别把我捧太高，捧得高摔得疼。"跟刘全来到刘氏商行位于码头的货仓，发现里面空空如也。一身正装的县吏坐在当中的椅子上，几个兵丁手持火枪立于两旁。朱先生挽起长衫迈了进去。县吏起身打了招呼："唷，朱先生您来了？"朱先生轻声笑了笑："今天刚好无事，随便四处走走，听见货仓有动静，便过来看看。"县吏重新坐了下来："不巧，我们正在办公事。"朱先生说："行，你们办你们的，我一会儿就走。"这话说得不软不硬，县吏有些不高兴，却因为薛崇义的缘故不好发作，脸再次转向刘富余："刘掌柜，你说的人呢？"

刘富余说："马上来，马上来，已经派人去喊了。"

不多久，春亮等人怯怯地走进货仓。县吏见了，一下火大：

"刘掌柜,你到底几个意思?你说这些曲蹄团,敢私吞你的货物?"

"是,大人。"刘富余说完,示意刘府下人,"给我打!非问出货物放在哪儿不可。"春亮等人倒也配合地趴下,嘴里高声喊着:"冤枉啊,大人,冤枉啊,大人……"刘府下人手下丝毫不留情,木棍着实地落在春亮等人的屁股上,不一会儿便见血迹渗出。县吏漠然看着,良久后似有些不耐烦,掩住口鼻说:"行了行了,这种苦肉计的把戏还是收起来吧!"说着,示意随从取来账簿,翻开淡淡地瞧一眼,"你们刘氏商行总计也才两千两百个龙洋,刘家家大业大,这点钱不至于出不起吧。"刘富余哭丧着脸:"大人啊,这次我花大本钱购进一批西洋参,装了满满两大货船。而今船没了,别说出钱,我一家老小今后的生活恐怕都成大问题了。"这时,朱先生忽然搭句腔:"哎呀,西洋参可是紧俏货,如今市面价格一天天见涨。"听这话,刘富余朝朱先生投来感激的目光。县吏沉吟稍许,问春亮:"此次走海的货物真是西洋参?"春亮脸色煞白,微弱地回答:"是……"紧着又道,"我们没有私吞货物,船走到三江口遭遇法舰炮火被炸沉了,我爹和我大哥都在船上,人也被炸没了……"说着开始哭,哭得凄天惨地的样子。县吏准备再问话,一个船民忽然大哭起来:"阿爹阿爹,你怎么了,你怎么了,睁眼看看我呀……"

刘富余示意下人过去瞧瞧。

下人惊呼,天爷啊,这人给活活打死了。朱先生望向刘富余,内心一阵悸动,这位刘家大少爷下手真够狠,想是这么想,却不动声色。县吏许是见催缴无望,对刘富余说:"行吧,刘老弟,就按你说的,写张欠条吧!"

刘富余听了,忙不迭地感恩道谢。县吏离开时,回头望朱先生一眼，心里大概寻思，天下闲人千万种，尚未见过朱先生这般爱凑热闹的。

刘富余等人送县吏前脚刚走，朱先生便立马过去查看那个被"打死"船民的伤势。这位船民六十上下年纪，满脸褶子，这时悠悠睁眼说："没事，我暂时死不了。"朱先生说："这一顿打不死也要去掉半条命。"说完，招呼几个伤势较轻的船民，"把他抬到忠义堂，给你们抹点药，天热伤口化了脓真会要了人命。"众人齐声说谢谢。朱先生这才认真地望向徐春亮，他就是水梅的丈夫？人看上去很精神，国字脸，浓眉大眼，身材矮短，四肢粗壮。

朱先生走过去，低身问："要紧吗？"

很显然，春亮被打得最重，此时咧嘴强笑："没大问题。"

朱先生说："一起去忠义堂吧，抹点药，伤口好得快。"

春亮撑起上身，定定地望住朱先生，发自内心地说："谢谢！"

曲蹄爬上山，打死不报官。

话虽如此，若真把人打死了，于内心讲依然会很不安。送走县吏，刘富余立马赶到忠义堂询问情况。朱先生态度不冷不热，说道："他们抹完药就都回去了。"刘富余抹了一把额头的汗，放一锭银子在案头，连声说："今天多亏了贤弟帮忙啊。"朱先生也不推辞，说："富余兄好手段！"刘富余苦笑："没办法啊，官老爷开罪不起，只好出此下策。"朱先生说："这出周瑜打黄盖，差点连我都蒙在鼓里呢。"刘富余摇头说："见笑，见笑了！"

说完，兀自舒爽轻笑。

朱友贵却一点也笑不出来。不等朱先生去找薛崇义，薛崇义已经亲自上门来催缴了。薛崇义一副公事公办的样子："友贵老哥,上头压下来,薛某也没法子,你们朱家吃了刘家的茶山茶田,这些年赚不少吧,国家为难之际,出点力也是应该的嘛!"朱友贵心里暗骂,他娘的,老子是赚是亏,干你们官老爷何事?明明是你们想发国难财,还端出冠冕堂皇的理由,真不知廉耻!想是这么想,脸上却只能堆笑说:"那是那是,应该的,应该的。"如此,薛崇义顺利地从朱友贵手里拿走一张四千龙洋的庄票。薛崇义刚离开,只听扑通一声,朱友贵一头栽倒在厅堂的地面上……一时间,家人下人们慌作一团。

虽说被打得皮开肉绽,春亮内心却是高兴的。因为刘富余事先作下郑重承诺,此后刘氏商行走海的一揽子事务皆由狮犁帮代理。春亮不明白代理究竟什么个意思,但听得出来,此后狮犁帮的生计已无大问题。而且,刘富余这次赏给每位配合"演戏"的船民一块龙洋。那可是一块龙洋啊,春亮等船民一辈子都没见过这么大数目的钱!这晚,这些船民就像过年似的,鱼也不卖了,该煎的煎,该炖的炖,还煮了白米饭,更从徐过江那儿取来"鱼烧",各家船头围在一起,像鱼儿嘴对嘴,坐不了的,干脆趴在自家船头喝起来。

许是受热烈情绪影响,徐过江看上去也很高兴,酒足饭饱之后,特地从舱底找出每年正月里"走糕糍"的竹鼓,扯着嗓子唱起来——

> 一只酒盏话牡丹,夫妻比武函谷关。
> 梨花武女好武艺,匹配元帅薛丁山。
> 两只酒盏话菊金,郑恩瓜园来招亲。
> 柴荣落魄去卖伞,匡胤陈桥皇帝称。
> 三只酒盏话素心,醉打山门鲁智深。

宋江杀死阎婆惜，吴用公师智多星。
四只酒盏话绿荷，唐僧取经没奈何。
八戒招亲高家村，大圣瑶池偷仙桃。
五只酒盏话玫瑰，岳母刺字实可贵。
精忠报国岳壮举，卖国奸贼名秦桧。
六只酒盏话海棠，把守潼关杨六郎。
五哥上山做和尚，乱箭穿身杨七郎。
七只酒盏话冬青，刘备甘露去招亲。
神机妙算诸葛亮，三气周瑜命归阴。
八只酒盏话紫薇，狄青智取真珠旗。
穿云宝箭神通大，太后认亲皇侄儿。
九只酒盏话香缘，包公断案美名扬。
李后瓦窑受苦楚，金銮母子大团圆。
十只酒盏话牡丹，崇祯皇帝上煤山。
李闯带兵打天下，顺治坐朝统江山。
……

夜深人静，月华无光。

船民闹腾半夜，终将入睡。春亮屁股下垫着旧棉絮，一个人安静地靠坐在舱篷口，目光定定地望向码头西南方向的某处。脚边的碗里，还剩半碗酒，这晚显然喝了不少，但他的脑子依然清醒，似乎比任何时候都清醒……

许是听外头没了动静，水梅从眠垛里钻出来。

问丈夫："都散了？"

春亮说："嗯，散了……海螺睡了？"

水梅说："睡了。"

春亮说:"出来干吗,外头风大。"

水梅说:"没见我裹头巾吗,怎么了,心事重重?"

春亮没说,手指前方问:"知道那是哪儿吗?"

水梅跟着望一眼,纳闷:"黑乎乎的,我哪晓得是哪儿。"

默片刻,春亮说:"听爹说,那儿原来是朱家的地,后来被海水淹了,荒成一块盐壳地,一直种不上庄稼。"

水梅说:"人家的地,种不种得上庄稼和咱有什么关系。"

春亮说:"如果……你说如果咱把它买了,会怎样?"

水梅扑哧一笑,说:"没喝多吧,尽说胡话。"

春亮憨憨一笑:"也许喝点酒,才敢这么想。"

水梅偎在春亮身边,说:"想也没用,山民这么想,那叫有志气。咱这么想,说出来只能讨人笑话,好吧,就算咱有钱,人家肯卖吗?山民向来不许咱们船民买地,这些情况你是知道的呀!"

春亮叹一声:"是啊,不公平,这世道对咱太不公平了。你说,如果咱把那块地买了,在上面架船屋,往后风灾寒冬还有什么可怕的?"

实际上这是春亮第二次萌生"上岸"的念头。春亮六岁那年,冬季风刀子惨呼呼地刮过海面,连刮数日后,竟破天荒地落起雪来。落雪,指落的是米粒雪,这种雪落地即化,冷彻骨髓。冬月落雪在溪马门不常见,山民中条件好的自然携一家老小登山看稀奇。船民们却冻惨了,身上单衣不御寒不说,就连被褥棉絮也都冻成了硬愣愣的冰块块……就在那一年,单单溪马门船民的人数就锐减过千。船上篷壁不挡风,最后实在冻得不行春亮爹说到岸上的神公庙避一避。上岸才知道,庙里已经人挤人,根本没有可落脚的地方。春亮爹只好带着春亮两兄弟和春亮娘躲在神庙的围墙边窝着。好心的庙公见状不忍，送来干柴烧火取暖。那是个难熬的夜晚，春亮娘抱着春亮，春亮爹抱着春明，一家人紧紧地挤在一起。天明时分，春亮冷醒了。喊娘。娘不应。这时爹醒了，发现娘不知什么时候冻死且四肢僵硬。春亮爹费了好大力气才把春亮娘的胳膊掰开把春亮解脱出来……春明一把鼻涕一把泪大哭喊娘。春亮没哭，心想长大后一定要上岸，一定要住上大屋子，屋子里烧着暖烘烘的大火炉子……

好一阵沉默。

水梅说："想法挺好的，可惜，只是空想。"似想到什么，转口问，"你们真要去挑盐吗？我寻思要不别去了，实在太危险了。"

春亮说："男人做事，女人家别管太多。"

水梅说："我心里怎么想就怎么说，天不早了，睡吧。"

春亮说："嗯，睡吧。"

第三章

说是坐月子,实际上十四天水梅便从眠垛里出来。

从眠垛出来的水梅,该洗的洗该涮的涮,一样不耽误。

几天没见日头,皮肤原本白皙的水梅更像换了一个人,浑身上下无不焕发出一种别样的光芒。这种初为人母的特殊气质,丝毫不被身上打满补丁且有些褴褛的粗布衣裙所遮盖。某些男人的目光忍不住被水梅吸引过去,惹得自家婆娘又气又妒,大概劝不住,只有暗暗掐一把男人的大腿。

东方刚蒙亮,停靠岸边的船儿便纷纷出海了。船头撒网船尾炊烟,这是溪马门海面的独特景观。由于舢舨舵抗浪性差,实际上走不远。大部分船民携家带口出去打鱼。春亮他们因为走海挣得相对多一些,因此各家基本都有一艘出入的板舵儿,就是那种长一丈许,船头尖尖无遮无盖形同江面扁舟的船儿,只不过板舵儿比扁舟船舱深些,毕竟航行海面风急浪高,船深稳妥。

春亮他们趴睡几日,虽说棍伤未愈,依然天不亮就出海。

闲着也是闲着,必须勤于劳作维持一家生计。

这日清晨,水梅将海螺交给草帘照看,偷偷上岸走一趟。

一来,她准备到溪尾街的裁缝店门口捡些碎布,拿回去拼凑拼凑给海螺做身衣服,二也想顺便打听打听朱先生家的情况,主要是朱家闺女这些天究竟是怎么熬过来的。她甚至想,如果朱阆不嫌弃,她可以帮忙,反正奶水多,海螺一个人又吃不完,这些天一边奶子涨疼得厉害。当然还想知道,朱柳氏走后他过得啥样。这几日脑子里总忍不住牵挂许多事,主要是有关朱先生的事。

上了岸才发现来早了,街上空空荡荡,只有街西南一个低洼处聚集一些卖鱼的船民。水梅低头走着,生怕碰见认识的人……幸好没有!

裁缝店的桃花婶是个好人,昨晚就把碎布等边角料放在门口不远处。水梅仔细挑拣一些质地相对柔软的布头。儿子的身子是柔软的,当娘的心就是柔软的。水梅将可用的碎布团成一团夹在胳肢窝,然后抬头,隔三间铺面,就是朱家的忠义堂了——可惜此时医堂铺门紧闭,想来朱先生尚未起床。

水梅暗叹一声,转身想回船上,却又不甘心。

过一会儿,隐约听到山民开门的声音,打水做饭的声音,有山民唤孩子起床洗脸吃饭然后准备上学堂的声音,各种声音混杂在一起,意味着新的一天又开始了。街上的店铺陆续地开门,早起的伙计们打着哈欠,揉着睡眼,将铺面的门板一块块地卸下搬进去。掌柜的走到街上,抬头看天,祈盼的好营生首先要有个好天气。这天的天气看上去不错,天际澄明,朝阳蓄势待发,海面风平浪静。仔细观察完毕,掌柜的貌似很满意,背着双手慢慢走回铺子,大概和往常一样,准备先喝阵早茶了……街面逐渐出现行人,水梅赶紧躲到一旁。

第一部 噩梦

太阳升起老高，终于看到忠义堂的门板一块块地卸下。

开门的人是老杨。水梅往前挪几步，却不敢近前打招呼，心儿怦怦地跳。忽然听见朱先生里头说："一早送翠红回去，你必须快去快回，上午咱还要去趟霞浦。"老杨说："翠红回去了，您照顾小姐行吗？"朱先生说："不还有金秋帮忙吗？我也得学学怎么当爹。"老杨说："我看要不就别让翠红回去了，我去跟她男人说一声，他肯定能体谅。"朱先生说："那哪成呀？老人生病，做儿媳的自当尽孝床前。哦对了，带些七叶草过去，天热熬水喝可去火，替我给翠红公婆带个好。"老杨说："哎，晓得。"

两人里头对话，水梅在外头眼巴巴望着，纠结着。

再次抬头，发现朱先生站在铺门口。

"你……"朱先生一眼便瞧见水梅。

"我……"

"有事？"

"没，没事，哦有……"水梅有些语无伦次。

"进来说吧。"朱先生呵呵一笑。

这是水梅第一次走进忠义堂后院。原来医堂后院这么大，真如戏文里唱的那样，别有一番天地。首先映入眼帘的，是院子中间两棵一丈多高枝繁叶茂的桂树。树下摆一张圆形的青石桌。石桌周围，摆放四把圆形的小石凳。不论石桌石凳，表面都经过精细打磨，像镜子一般可以照人，边角雕上精致的叫不出名字的纹饰。桂树不远处，就有一口水井。真好！水梅心想，朱柳氏平常大概就在那个井台上替朱先生洗衣服吧！假设当年老朱先生不反对，假设自己不是卑贱的船民，那么……想到这些，忽然意识到，人家已经不在人世了。

"才几天就出门了？"朱先生走到石桌旁坐下，见水梅站着，示意她也坐。水梅哪里敢坐。"我……我站一下！"水梅低下头。

朱先生认真地说："站着费神，女人生孩子就像过了一次鬼门关，必须得养，不然哪有坐月子这一说！"

养？水梅心想，山民女人生孩子，或许有条件养，船民自古被称为"曲蹄囝"，先不说被人鄙视，被人随意侮辱或践踏，就连平常一日三餐温饱问题都难以维系，更别说养身子了。朱阆果然不了解自己！想着，水梅一阵心酸。

"喜子，喜子……"朱先生突然喊一位伙计的名字。

喜子跑过来，是一位十六七岁的少年，"先生，您找我？"

朱先生吩咐说："去取点肉来。"

喜子瞧水梅一眼，转身便去了厨房。

朱先生解释说："柳氏一走，家里乱成一团，故而没工夫去看你……"听这话水梅感动起来："不用不用，我晓得您忙，她……"朱先生苦笑摇头："变故已经发生，如今说什么也没用了，只是苦了我家闺女！"水梅小声地说："我今天来，其实就是想瞧瞧……小姐。"朱先生欣喜说："前些日子我就想找你来着，一直找不到奶母！"水梅望住朱先生："你是说，我可以？"朱先生也看水梅："如果……当然。"水梅紧着问："您不嫌弃？"朱先生笑着摇头："嫌弃什么，她现在还喝羊奶，认母羊当娘！"

抱起家胤的时候，水梅一下便深深地喜欢上这丫头，圆圆的小脸蛋，黑而明亮的眼睛，长长的睫毛，特别是她那双小手，软呼呼的。抱在怀里，和抱海螺完全是两种感觉。"我……真可以喂她？"水梅轻声问。朱先生说："当然当然，在我这儿没那么多忌讳，喂吧！"说完，自觉地背过身去。

朱先生所说的"忌讳"，是岸上不论富人或穷人对海面、江

第一部　噩梦　　　　　　　　　　　　　　　　　　　　49

面船民的一种普遍"看法"。岸上的人自称"山民",有点居高临下的意味。就算那些照样过得很穷的山民,在面对船民时,腰杆也是直的,瞧船民的眼神,包括说话的语气,也都是硬愣愣的。因为在山民眼里,连家船民是腌臜不堪的。一家几代人吃喝拉撒睡全挤在逼仄的一个船舱里,先不说海水咸燥洗不了澡,单是那些汗味、屎尿味、野菜熬咸粥的饭味儿,加上臭鱼烂虾散发出来的鱼腥味各种味道混合在一起就很令人作呕。甚至有更离奇的传闻,说一家几兄弟讨不起媳妇往往共用一个婆娘,难怪说"曲蹄自古不是人"!多数山民耻于与船民为伍,能躲远的,早躲得远远的……对此水梅很识趣,因此在准备掏出奶子喂家胤时,朱先生或许不会那么想,还是小心翼翼地问一句。

院子里,桂花树绽蕊欲放。

朱先生突然发现,今天的日头真好,阳光下桂花的香味儿扑面而来,满院飘香。若不是金秋突然过来,水梅很想多抱家胤一会儿,这丫头实在讨人喜欢。吸奶时,小手扶在乳房上,就像捧住舍不得放手的宝贝。这种被人依赖的感觉真不知怎么说才好……不知什么时候,朱先生已悄然转身,目光直直地落在女儿小手托住的那边乳上,落在女儿贪婪的小嘴角上。

这天上午的西厢房里,气氛安宁且祥和。

朱先生忽然痴想起来,假设自己当年娶了水梅……再假设,朱柳氏没有天生暗疾,最后平安顺利地产下家胤,那么这一切……

"她,她是……"推门而入的金秋一眼就看到头上梳着半爿髻,正坐在床边喂奶的水梅,讶得一下张大了嘴巴。"有什么大惊小怪的?进来也不晓得敲一下门!"朱先生有些不高兴,挥手让金秋出去,"惊了小姐怎么办?"

金秋再睃水梅一眼，连哦几声，很快退出去。

家胤喝足奶，享受着柔软舒适的怀抱，一只小手扶在水梅的乳上，乌黑大眼睛直溜溜地与水梅对望，望一阵，大概困了，努了努小嘴，便满足惬意地缓缓眯眼……见女儿这般乖巧模样，这时候朱先生骤然从心底里涌出一股异样的暖流。他没再去计较金秋的唐突。来到堂屋，发现厅堂还站着一个女人。

这女人的绰号叫"快嘴凤"，是远近闻名的媒婆。

朱先生当然明白快嘴凤过来所为何事，先开口说："真不巧，上午家里来客人了。"快嘴凤满脸堆笑，连声说："没事，您忙您忙，要不……我下午再来找您？"说完就要走，这时金秋问："少爷，她……也算客人？"

听这话，朱先生立马冷下脸，反问一句："她不算你算？做你的事，不该管的别管太宽。"这下金秋哑口。可她仗着年轻有几分姿色，几日前刚给朱友贵填了房，虽说名不正言不顺，但也算是朱先生的"长辈"，细思不对正要继续说几句，这时善于察颜观色的快嘴凤赶紧将多嘴的金秋给拉走了。

朱先生转身，看见水梅走出西厢房。

"给您添麻烦了。"水梅抱歉地说。

"麻烦什么？"朱先生换上笑脸，"下人不懂规矩。"

"可您还得……请人家帮忙照顾小姐呀。"

"哦，早上你都听见了？呵呵……没事，我能行。"

"要不……我回去跟他爹商量商量，反正一个孩子是带，两个也是带，我来帮你照顾？"水梅鼓起勇气，支吾半天，终于把想法说了出来。

"好啊，太好啦！"朱先生很高兴，"帮忙带孩子……嗯，这好，这好，我怎么没想到呢？告诉你丈夫，每月佣资一文不少。"

第一部　噩梦　　　　　　　　　　　　　　　　　　51

"我帮你照顾小姐,可不是为了钱!"水梅红着脸说。不知不觉间,她称呼朱先生已从"您"改为"你",似乎只有这么叫,才显得合适。

"晓得,我晓得。"朱先生叹说,"水梅啊,你可知道,你解决了我一个大难题啊!"水梅望住先生,心想,男人高兴起来怎么都像个孩子?

春亮终于作下决定——就在明日凌晨起事!起事,自然是和梁子他们一道去挑私盐。思来想去,春亮最后郑重地想到"起事"这个词。

他答应水梅去给朱先生的闺女当奶母,实际上还有另外一层考虑。这段日子,春亮每每坐在自家船头,望向朱家的那块盐壳地,差点把一双眼都望出血肿来。他清楚水梅和朱先生曾经的那段经历。就算春亮再憨,心里难免有些膈应,可……再想,无所谓了,海螺都生了,女人嘛,也就那么一回事。春亮强迫自己不多想。水梅说,朱先生答应她把海螺带过去,若被人遇见,就说海螺身子不好,瞧病去。春亮倒不是因为咒自己儿子生病不高兴。他郁闷是因为内心突然莫名地涌起一阵慌,这阵慌不是此去生死未卜心生害怕,而是突然发现水梅眼里闪着某道光,那道光就像看到某种希望,清澈透亮……

说到底,水梅当然有自己的小心思。不过水梅的心思并非想背叛丈夫,并非准备和朱闿之间发生什么,而是为儿子的将来考虑。她冷静地想,船民为啥总在山民面前抬不起头?大概因为不识字。出了"月子",水梅抽空回趟东屿岛的"娘家"。水梅爹说,想让海螺识字,除非把他卖给山民,成了山民的儿子后,自然就可以上学堂了。把刚生的儿子送人,水梅哪里舍得!不过爹

52　第一部　噩梦

的话倒给水梅指出一条"明路",那就是请朱先生给海螺讨个"大名"。

在溪马门,找人讨名首先得认"老元爸",又称"义爸",需送猪蹄或胙肉作为"见面礼"。水梅当然买不起猪蹄。不过胙肉可以现做。那日朱先生送给水梅一块条肉。水梅舍不得吃早拿盐水腌起来,晒干不就是胙肉么?话又说回来,朱先生还会缺口肉吃吗?人熟礼不熟,一个仪式罢了。

这么一说,春亮坦然了。

这晚将妻子搂在怀里,春亮动情地说:"辛苦你了。"

水梅嗯一声,说:"往后,你必须记住我的好。"

春亮贼笑着,说:"记着,当然记着。"聊着,不自觉地把手伸向水梅的胸脯。水梅说:"一边去,我刚生娃身上脏东西还没去干净呢。"春亮说:"那有什么,我又不走海。"

水梅继续拒绝:"别老想那事!"

坚持不让。

春亮倒也不恼,刚生娃的女人至少数月近不了身,这是好事,放心!

沉默片刻,春亮思着又说:"你去朱家,找机会和朱先生说说,就说咱准备买他家的那块盐壳地,请他开个价。"水梅说:"天哪,你还想着这事?"春亮说:"怎么就不能想了?"水梅说:"行!可就算人家愿意,开出大价钱,咱买得起吗?"春亮说:"怎么不能?买地,又不是咱一家买,这事我和兄弟们早商量过了,大伙说我是癞蛤蟆想吃天鹅肉,可我寻思着,好比这次挑盐,挑多挑少大伙均分,买地同个道理。"说到挑私盐,水梅不再说话。

尽管眠垜里潮湿闷热,她依然将身子往丈夫怀里钻了钻……

第一部 噩梦

舱篷外,夜已深。

远处,哪个船民大概天热睡不着,又在一声高一声低地唱渔歌:

> 一只橄榄两头尖,
> 手摸奶子赛神仙,
> 莫像摇橹挠痒痒,
> 要像竹篙捅破天……

水梅给先生家当奶母的事,金秋一回去就告诉朱友贵。

金秋撒娇地说:"你再不管管,那曲蹄母就进你们朱家了。"

朱友贵摸着油光发亮的额头,笑着说:"不就是请个奶母嘛,有什么大惊小怪的?曲蹄团不行,曲蹄母还是蛮不错的,她们打不还手骂不还口,让怎样就怎样……你呀,真该向她们好好学学。"

朱友贵砸吧嘴,再次回想这几日逛花船的滋味。

花船,是溪马门海面的"船窑子"。在南溪入海口,不知什么时候开始停靠一排排挂着红灯笼的大木船。那些花船是巡检司陆大官爷的私人产业。每当夜幕降临,花船的生意便开张了。此前朱友贵路过,至多瞧两眼,从不曾停留或过夜。被薛崇义掠走四千龙洋后,朱友贵心想,姓薛的就是个白眼狼,靠不住,于是转而巴结陆大官爷。这位陆大官爷素来与薛崇义不和,整个福宁府衙谁都清楚。岂料捧场之后发现,花船上除了少数山民女人外,更多的是江面海面的曲蹄母。别看那些曲蹄母,许是近水的缘故,个个水嫩嫩的,许多还是刚成婚不久的小媳妇——赚到了,细算赚到了!这几晚,朱友贵平生第一次大把大把地花银子,但他却认为这钱花得值,一举两得的好事!

金秋见话题聊偏了,腻在朱友贵身边说:"老爷,您也不嫌她们脏?"

"脏?"朱友贵哈哈大笑,"你个小丫头懂什么,好啦好啦,该做什么做什么去,明天我去孝贤家瞧瞧那曲蹄母长怎样。"

金秋嘟嘴说:"您别是又瞧上了?"

朱友贵说:"胡说什么,有见过叔跟侄争女人的?你呀,真是头发长目光浅,你刚才还让我管来着……我不去瞧瞧,怎么管?"

朱先生自然想象得到,金秋或快嘴凤肯定会把水梅给家胤喂奶的事传说出去。最后想,说就说吧,也没什么大不了的。他让喜子在西厢房再架一张床,从柜子里取出当年和朱柳氏成亲的新被褥并亲自铺上,然后左看看右瞧瞧,没发现不妥才抱起小家胤,柔声地说:"你呀,有福了!往后水梅就是你的义娘了,你要乖乖的,别让爹和义娘不高兴。"家胤似是听懂,小嘴角往两边微微一咧,好像笑了。朱先生呆呆地望住女儿,许久,发出一声长叹。

常言道,鸡鸣五更天。

海面浪涛阵阵,根本听不见岸上鸡叫。大约四更时分,春亮便爬起来。这晚他根本没睡,心里有些惴惴不安,又有些兴奋。爬上船头一看,竟有人比他起得更早,再看那些准备去的人,居然都换上了过年才穿的衣服。春亮有些哭笑不得,低声说:"做什么?咱是去做活,不是去迎亲。"

石林硬要跟去,婆娘支持,亲娘却两眼泪汪汪。

春亮劝说:"婶啊,别这样,今天咱是发财去,您可要高高兴兴的！"石林他娘不住地点头："嗯，春亮说得对。发财去，平平安安发财去。"说完，跪在船头开始三拜九叩，祈求菩萨保佑。许多女人跟着跪下，笃笃笃，四周骤然安静下来，只听见一片虔诚的磕头声。

春亮深抽一下鼻子，说："那就出发吧，不管我们回没回来，都别乱，更别瞎嚷嚷四处打听消息。"实际上，这番话已经说过很多遍了，春亮觉得特别重要，临行前再交待几句。这时，水梅从眠垛钻出来，望住丈夫，轻声叮嘱："一路小心……"说完，转身抹泪。

春亮故作轻松地笑了笑，然后一招手："走，出发——"

三个人一艘板舵儿。

共五艘船儿，安静且快速地朝羊角滩方向驶去……

到了约定地点，发现梁子几位早在那儿候着了。

见春亮浩浩荡荡领着十几个人过来，梁子又好气又好笑："春亮啊，你可真是……"春亮不解，问："怎么了？"梁大伯打趣说："没事没事，大不了让盐司大人多给咱准备些早饭。"春亮听明白了，解释说："这些都是我的生死兄弟，兄弟自然有福同享，有难同当。"梁大伯望住梁子："怎么弄？"梁子凝思片刻，说："不行，人太多目标大。"春亮笑了："你们误会了，实际上挑盐的就我，满舱，海狗，葫芦还有木帆五个人。"梁子有些纳闷："那一下来这么多人干吗？"春亮扫一眼众兄弟，说："接应！"

天刚亮，水梅便抱海螺去了朱先生家。

是老杨开的门。显然朱先生事先交待过，老杨没问什么，只说："请跟我来吧。"水梅跟老杨去了西厢房。床上被褥整齐，不见家胤。水梅小声问:"小姐呢?"老杨说:"哦,在先生房间。"刚要离开,转身问水梅: "吃没吃过早饭?"水梅低头说:"还……还没呢。"老杨点点头,然后出去。

不多久,老杨端一碗稀粥过来。

朱先生抱着家胤后脚跟进来,苦哈哈说:"哎呀,可算把你盼来了,这几日带家胤,我没睡过一夜安稳觉。"说的时候已是哈欠连连。水梅说:"带娃是女人的活,男人哪里干得了!"说着将海螺放在一旁,接过家胤。此时家胤早醒了,小胳膊小腿一阵乱蹬,许是闻到熟悉的奶香,一下安静下来,黑眼睛直溜溜地盯住水梅,少顷便一个劲地往水梅怀里钻。朱先生笑着摇头:"这丫头精得很哪,认得你。"老杨放下粥碗便出去了。水梅也不避开,当着朱先生的面直接掀开衣襟……家胤的小嘴准确无误地噙住奶头。

差不多半个月过去,朱先生这是头一天静下心坐堂。前来医堂瞧病的人不少,不过大伙都能体谅朱先生的处境,只说病情,不敢多问别的。等瞧完最后一个病人时已过午。朱先生伸伸懒腰问老杨:"她吃没吃午饭?"老杨说:"吃了,我让喜子端过去。"朱先生欣慰地点头,然后净手用膳。

平生第一次被人伺候,水梅不免有些诚惶诚恐。

喜子不像老杨,对谁都是一副和颜悦色的态度。喜子表情很冷,心里百般地不情愿,一个曲蹄母至于让他端饭过去?可是没法子,人在屋檐下只能听使唤。喜子就像给门口乞丐施舍残羹冷炙一般重重放下,不吭一声。

水梅当然不介意,盯着小桌上丰盛的饭菜,有萝卜猪蹄汤,红肉,青菜,白米饭……水梅不禁两眼瞪直,像做梦似的。她细嚼慢咽,吃着吃着竟不知不觉吃出一脸的泪来。不知什么时候朱

第一部 噩梦　　　　　　　　　　　　　　　　　　57

先生走进来，问她："饭菜还可口？"

水梅赶紧背过身偷偷抹去泪水，轻嗯一声。

朱先生微笑说："帮助下奶的菜照理鱼汤最佳，可你生活在船上，我便寻思着帮你改个口味，换成猪蹄汤。"水梅凄清一笑，不知如何搭腔。不过听到猪蹄二字，她小声地问："能不能……求你一件事？"

朱先生坐在水梅对面，说："什么事？"

水梅终于说："我家小子还没取大名，想请你帮着拿主意。"

朱先生呵呵一笑："还以为什么大事，"掐算着海螺的生辰八字，"既然取名，得找算命先生帮忙算算五行缺什么。"水梅松口气说："不用那么麻烦，我家小子生来就贱，您识字多，取个响亮的名字就好。"朱先生说："唉，这话说差了，谁天生贱种？我看这小子天庭饱满地阁方圆，长一副好貌相。"

水梅内心涌起一股甜蜜，嘴里却说："哪有你说的那么好！"

朱先生静下心想了想，然后说："实际上算命的也是十算九蒙，要不就叫他德山吧，嗯，就叫德山，品德的德，高山的山。"

水梅才识几个字，哪晓得德山二字怎么写。

朱先生沉吟念道："君子进德修业……德者，本也。山者，陆居也！"

水梅听得一头雾水，欣喜地说：

"德山，德山……嗯，不错，真不错，好名字！"

这天对徐春亮来说，可谓是"双喜临门"——

第一次挑私盐，居然挑得异常顺利。在梁子的引领下，将挑来的盐直接送到一艘停在海面等的货船上……那几位"盐商"果不食言，当场现银结算。

这次去的人每人最后分得近两块龙洋，皆大欢喜。而且梁子对春亮所做的所谓"接应"安排非常满意，说他考虑周全。就连梁大伯也竖起大拇指连连赞许说，春亮这小子有头脑……被人赞誉，换谁都高兴。

更令人高兴的是儿子从朱先生那儿求得好名字。

自懂事起，春亮便随父亲走海，海路走得多，见识自然也慢慢地广了。春亮虽说大字不识一个，但从水梅口中听到"德者，本也，山者，陆居也"几句话后，连声感叹说："朱先生是好人，绝对的大好人哪！"

水梅不解。

春亮解释说："德字好理解，戏文里经常唱，人无德不立！关键山这个字好，咱船民世代都做一个梦，有那么一天能够登岸陆居。"

想着，春亮眼角隐隐湿润，真有一天登岸陆居了，有自己的房子，有自己的田地，男耕女织不用再在海面漂泊，那日子能不是神仙的日子？

许久回过神来，问水梅："海螺，哦不，德山呢？"

水梅说："在先生家睡着呢，我不是担心你嘛，跑回来看看。"

春亮佯装生气地说："我有什么看头，快回去，孩子醒了怎么办，咱是去帮朱先生，可不能给人家添麻烦。"水梅仔细地盯丈夫一阵，说："好，我马上就去。"刚要走。春亮想想，又问："对了，你有没有问朱先生，他家的盐壳地卖不卖？"听这话，水梅没好气地白丈夫一眼："还提这事！我刚过去，哪敢乱提要求。"春亮赔笑地说："问问又不算提要求，如果他想卖，咱可以和他慢慢商量，不卖的话也没关系，人家的地，主意当然在人家那头。"

水梅最后答应，很快回了朱家。

这晚，朱先生家举行了"隆重"的认亲仪式。仪式上，见证人没有德高望重的大人物，只有喜子和老杨。老杨脸上挂着笑，喜子面无表情。朱先生端坐在椅子上，坦然接受水梅怀抱海螺叩拜"义爸"。接着，朱先生抱家胤向水梅躬身喊"义娘"……礼毕，水梅将家胤接过去，似是对家胤说，实则在朝朱先生解释："义娘穷，现在没钱给你买见面礼，等你义哥长大挣钱了，义娘决计给你补上。"朱先生微笑说："说什么见面礼，认了亲就是亲戚了，一家人还说什么客套话。"水梅娇嗔地说："这是我们娘俩的事。"朱先生说："行，算我多嘴，确实是你们娘俩的事！"说完，屋里荡起爽朗的笑声。

回到前院医堂，老杨和喜子收拾收拾便准备休息。

喜子忍不住问老杨："你说，这曲蹄母怎么敢和先生那样说话？"

老杨说："你怎么说话！往后别再一口一个曲蹄母，她现在是小姐的义娘。"喜子撇撇嘴，说："我想，先生和这女人肯定有事，不然她敢蹬鼻子上脸？"老杨瞪住喜子，冷冷地说："记住，多嘴没你好处！"

老杨话少，大概因为他忙。打小跟着老朱先生，就连婆娘杨嫂也是老朱先生给撮合说成的，因此许多时候，老杨在心里早把朱先生当亲儿子看待。老杨清楚，少爷很早就喜欢水梅。之前老朱先生不同意，朱先生央求老杨帮忙说句话。老杨没说。当时老杨认为，老朱先生肯定是对的，不论瞧病或为人，老朱先生堪当楷模从未出过错。不过，为此老杨内心一直背着愧疚，更别说少奶奶是因为他婆娘的疏忽而导致病发身亡的，所以当看到愁容满面的少爷笑得那样欢畅,老杨整颗心都是熨帖的,他当然不许喜子乱嚼舌根子。

喜子闹点脾气,有点情绪其实也正常,人家毕竟是朱柳氏娘家的堂侄。说到底,喜子并非真的讨厌船民,只是因为许多山民讨厌而讨厌,被老杨这一说,便悻悻地回了自己的睡房。水梅带德山和家胤睡西厢房。朱先生照样住他的东厢房。许是头一回睡床铺,水梅很不习惯,这一夜几乎没合眼。

春亮也睡不着。

他没睡眠垛。因为水梅和儿子不在家,他直接躺在硌硬的舱板上,头枕橹桨,翻来覆去,有些心烦,干脆坐起来,呆望岸上……

夜深了,岸上没有一丝光亮,黑黑漆漆。

不知几更天了。夜空幽深无云,半轮明月挂在空中,清辉撒落下来,荡起一片朦胧的银光。极远处,好似隐约传来铁壳船沉闷的汽笛声,显得这片海面更加安静。为方便各家往来,白天船民携儿带女出海捕鱼,归航后每艘船船头紧挨停靠,系上麻绳,船头便连成了彼此往来的过道。数十条舢舨舵围成一个大圈,若从空中俯瞰,围成的船舵很像盛开在海面的太阳花,煞是壮观也煞是悲凉。海潮无情,彼此依靠方能得以繁衍生息。海面的"太阳花"当然不止狮犁帮这一朵,或近或远零零落落还有许多,都像无根的浮萍……

"阿爸,阿爸……"

隔壁就是大哥徐春明家。这是大哥六岁的儿子柄生在说梦话。柄生嘴里的阿爸自然是他的爹徐春明。春明生前很宠柄生。柄生和他爹亲。大伙怕柄生闹腾,就哄柄生说,你家阿爸在福州扛包,会挣好多钱,年底若有回来,定给你买新衣服。这些天大

第一部 噩梦 61

嫂晚出早归。大伙都晓得春明嫂去做什么,却没人背后说三道四。实际上许多船民女人和大嫂一样,都偷偷以自己的身体在为一家老小贴补家用——这种事谁都羞于说出口,不过谁都心知肚明。想着,春亮把目光投向南溪入海口的那片暗红色,继而低头长叹……

这时候,还有人没睡。

见春亮一个人坐在船头,徐过江便寻摸着走过去。海水大概涨潮了,船身有些晃,徐过江不小心一阵趔趄差点脱手落水。春亮见状扑哧笑了。徐过江坐到春亮身边,说:"有什么好笑的?你小时候有一回落水,还是我手快把你捞起来,不然你早成了鱼食了。"春亮说:"是是是,这件事啊,您都说过许多回了。"徐过江似在沉思:"我说过了吗?好像没有吧!"春亮不想纠缠这些陈谷子烂芝麻的往事,接过二叔手中的烟杆子,啪哒抽一口,辣,烟呛得眼泪一下涌出来。"看你……好像有心事?"沉默许久徐过江问。春亮苦涩笑笑没说话。徐过江叹一声说:"照理我不该过问你们两口子的事,水梅若到别家当奶母,那是老天爷开眼赏咱一口饭吃,可是去朱家……"春亮说:"朱家怎么了,朱先生是好人!"徐过江说:"我没说朱先生人不好,就是人太好了,所以才担心……"徐过江担心什么,春亮心里明白,但他不能说,更不能把它表现出来,必须有一种无所谓且坦然的态度,便摇头笑笑:"叔,您想多了,我确实有心事,不过不是水梅去朱家当奶母的事,是朱家那块地。"

"朱家哪块地?"

"喏,就是那块盐壳地。"春亮手指梅花坞方向。

"那块烂地。难道……你想把它买过来?"徐过江声音略微颤抖。

"是，要想法子买过来。"春亮语气很坚定。

"脑子没烧吧，怎么敢这么想？"

"我很清醒，叔。"春亮说，"我已经让水梅去问价格了。"

"你，你们……唉！"徐过江无奈地说，"先不说价钱多少，我大概猜到你们准备做什么。好吧，假设朱先生能答应，铁公鸡的朱友贵能答应，朱家兄弟能答应，溪马门的山民能答应？春亮啊，二叔知道，你从小就有志气，做事也肯拼，可买地不是你想买就能买。你也不想想，咱世代在海面生活，先人中就没有你这种想法的？早就有人想了，南溪那个姚大福他爹姚金贵，当年千求万求从山民手中买下一块芦草地，知道后来怎样？地被府衙没收了，钱没了地没了，姚金贵急火攻心，没过多久人也没了。"

"哦……"听二叔这么说，春亮突然不晓得该说些什么了。

春亮相中的那块盐壳地，朱家到底卖不卖怎么个卖法的事，大概过了三四天的这日早晨，水梅才鼓足勇气向朱先生提起。朱先生听说船民要买地，有些讶然，实话实说："那块地是我友贵叔的。"水梅有些失望："我就知道，我家春亮那叫剃头挑子一头热。"朱先生一边吃饭，一边沉思着说："卖也不是不可能……那块地本就不是一块好地，海水一淹早废烂了。"望住水梅笑笑，"春亮有头脑！知道我们朱家打哪儿来？前明皇亲！后来清兵入关坐了天下，我家先祖从京城被一路逐到这儿，所以祖上置下的产业不多，友贵叔近些年生意做得不错，才买下刘家的茶田茶山……至于梅花坞那块地，我去问问看，我想友贵叔应该是要出手的。"水梅再问："你觉得价钱会怎样？"朱先生说："一块烂地，值不了几个钱。"吃罢早饭，朱先生准备去医堂。

这时，朱友贵恰巧过来。

朱友贵的腰病犯了。两个下人架一把竹凳，晃晃悠悠把他抬到医堂来。喜子不敢怠慢，直接引着将朱友贵抬到后院。朱先生见状大吃一惊，忙问怎么一回事。挥手让下人回去后，朱友贵才叹声说："唉，不服老不行啰，昨晚陆大官爷生日，我多贪几杯，然后就……"朱先生以为朱友贵喝高不小心摔倒闪到了腰，朱友贵说："嗯，差不多，差不多……"朱先生不敢多问，赶紧让喜子在树下架一张竹床，扶朱友贵趴上去。推揉片刻，准备针灸。一号脉，朱先生就明白了，打趣地说："叔，您哪是摔倒扭伤，从您的面色及脉象看，分明是肾脏亏损得厉害。"朱友贵侧过脸，嘿嘿笑着，朝朱先生竖起大拇指。

水梅在西厢房的格窗偷偷朝外看，那个白白胖胖头发略微花白的老男人就是朱先生的堂叔？朱友贵侧脸的时候，水梅才看清他的脸，一脸横肉，目露凶光，明显不是一个与人为善的人……望着，水梅心里不由一阵狂跳，开始暗暗埋怨春亮，好端端的买什么地？还从这样的人手上买，能落个好？

对于买地架屋的事，除了春亮，其他船民的热情似乎并不高。

比如满舱，他当众没说话，背后却说春亮："别刚挣了几两银子就想着上天。"若是别人，春亮兴许还会耐心地解释几句，可对方是和他关系最铁的满舱哥，随即冷哼说："假如我真买得呢，到时你可别眼馋！"

满舱嘿嘿笑着，说："朱先生什么个情况大伙都了解。你说的那块盐壳地，我猜十有八九不会是朱先生的，很可能是朱友贵的……如果真是朱友贵那只铁公鸡的就难办啰，就算人家肯卖，也会开出一个吓死人的价钱，别以为把大伙兜里的钱合起来就行，那点银子还不够塞人家牙缝！"

满舱说得在理，春亮哑口沉默。

这天上午，春亮没去出海。昨晚水梅回来，答应今早跟朱先生提。不晓得提没提，结果怎样。春亮想了想，便有些心烦。

满舱见春亮不吭一声，接着说："我晓得你小子在想什么。几年前你听说水梅识几个字，硬要娶人家，水梅她爹也不厚道，愣要了你爹一石稻米。这次你突然想买地，该不是动了让娃儿上学堂的念头？"

春亮瞥满舱一眼，依然没说话。

满舱摇头苦笑，继续说："你应该清楚，不让船民孩子上学是岸上自古就有的规矩，山民不让，官府不让，话又说回来，咱也没那条件。"

沉默半天，春亮突然开口："你说，青蟹好不好吃？"

听这话满舱很纳闷，不晓得春亮究竟什么意思，愣愣点头："好吃啊！"紧着问，"奇怪，青蟹好不好吃和孩子们能不能上学有什么关系？"

春亮慢条斯理地说："青蟹好吃，可它样子长得丑，张牙舞爪的谁瞧着都可怕，你说当初第一个吃它的人，那得有多大的勇气？"

满舱听明白了，说："好好好，你有勇气，所以我们跟你干啊。"

春亮说："跟我干？哼，就必须心甘情愿，不埋怨。"

满舱连声说："好了好了，我们不埋怨，从此再不埋怨……"

第一部 噩梦

第四章

梅花坞那块地，朱友贵其实早想卖了。十年前朝廷征地起盐场，只因为出的价钱实在低，朱友贵才不愿卖，最后通过薛崇义的关系得以保全，不料保全之后一直烂在那儿……这下有人接手，正巴不得呢！

"哎呀，这年头什么奇怪的事都有，日头打从西边出来了。"朱友贵听朱先生这么一说，忍不住笑了。朱先生说："卖不卖，怎么卖，您给句话。"然后扶朱友贵坐起来，写了张方子，让喜子帮忙到前院取药。喜子刚才把屋里煮茶的器具搬到院子里，放在石桌上。此时茶好，朱先生递一杯给朱友贵。

"若是卖给你呢，咱叔侄之间一切好说，可是卖给曲蹄团……"

朱友贵抿一口茶，一字一顿地说："我得仔细想想。"朱先生说："有什么好想的？一个愿买，一个愿卖，就像您平常的生意一样，只要价钱谈妥，钱货两清又有何难？"朱友贵缓缓摇头地说："话虽这么讲，可你别忘了，朝廷向来不许山民卖地给船民，这种坏了规矩的大事，能不慎重?"

朱友贵特别加重"大事"二字的语气。

朱先生说："规矩是死的，人是活的，怎么就不能变通?"

朱友贵说："所以……得容我仔细想想。"

实际上这时候的朝廷根本无暇去管这些鸡毛蒜皮的小事，海面上中法战火燃起后，官员上至海疆事宜大臣、总督、巡抚，下到县令、小吏个个都在考虑自个儿的出路问题。朱友贵这么讲，实则故意逗先生。那日哄金秋说会过来瞧瞧曲蹄母，这些天没来，一是因为朱友贵没空，二也根本没放心上。这日早晨见朱先生一副郑重其事的样子，便忍不住地想，难道那个曲蹄母果真长得如花似玉国色天香，以至于一向冷静的堂侄会被迷得神魂颠倒，甘当说客？

"把她喊出来吧，既然诚心要买，就当面谈谈吧。"喝一阵茶，朱友贵突然说这么一句。"喊……什么喊出来？"朱先生讶然地望住朱友贵，不知作何回答。朱友贵盯住侄儿，戏谑地说："怎么，金屋藏娇不便示人？"

听这话，朱先生只能将水梅唤出来。

见到水梅，朱友贵终于明白自家堂侄为何一而再再而三地将快嘴凤轰走的原因所在。论长相，这女人并不长得倾国倾城，但五官精致周正，关键她的皮肤白皙细腻，身段苗条，细瞧果然几分动人。女人所谓一白遮千丑，朱友贵逛花船见过不少船民女人，大多皮肤黝黑腰身粗圆……被朱友贵目不转睛地盯看，水梅显得有些局促不安，安静地站一旁，双手捻住衣襟不住地揉搓。水梅这天穿的刚好是朱柳氏的旧衣服，两人高矮胖瘦差不多。虽说是旧衣物，实际上朱柳氏并没穿过几回。那日，朱先生见水梅身上的衣裙实在破得不能再破，便找出几件朱柳氏生前的衣裙送给她。水梅不敢接。朱先生以为水梅忌讳。水梅说，她怕糟践了好料子。朱先生说，再好的衣料也是给人穿的，若不穿，时间一久也将成为一堆废物……于是水梅听话地换上。谁知刚换好，就把朱先生深深地惊讶住，从背影看，简直和朱柳氏一模一样，身上哪有半点"曲蹄母"的影子……当然，除了头顶特有的发式！

朱先生提起茶壶，往朱友贵的杯里添水，解围地说："叔，您请茶。"

朱友贵端起茶碗，正色地问水梅："你就是春亮婆娘？"水梅低声说是。朱友贵说："我就俩条件，你们若是答应了，价钱好说。"水梅惊喜地睃了朱先生一眼，然后望住朱友贵："这么说，您答应卖了？"朱友贵抿一口茶，笑笑说："我还没说条件呢！回去告诉春亮，这一，梅花坞那块地不能卖，我们朱家从来不做违背朝廷的事，只能暂时租给你们。"

水梅心想，能租到地也好，于是感激地点头："嗯。"

朱友贵接着说："这二嘛，孝贤妻早逝闺女尚小，你呢，须不遗余力予以帮忙照料！"听这话，水梅暗松一口气，这事眼下不正在做着吗？

然而朱友贵突然又问："你可晓得，不遗余力具体什么意思？"

这么问，反倒将水梅问糊涂了。朱友贵略作停顿，继续说："好吧，那就直说吧，孝贤新妻未娶之时，夜里你得是他的露水婆娘……你若是为他生下一男半女，梅花坞那块地，我朱家白送……这下，听明白了？"

话刚说完，朱先生便被茶水猛的呛到："叔，您……"

朱友贵摆摆手，继续说："当然，答不答应在于你们，不强迫，你回去和春亮商量商量，商量好了再回话，至于租金嘛，不

68　　第一部　噩梦

会贵你们的。"

回什么话,这哪有商量的余地……分明就是要挟!可又有什么法子?春亮最终说服水梅的,是买地架船屋,然后在寮上偷偷请先生办学的想法。水梅小时候曾偷偷趴过学堂窗户,心里自然清楚,船民世代被圈囿于水面,其根本原因就在于不识字。她当然希望自己儿子长大后,也能是个有出息的人……

再想,水梅的眼泪就出来了。

她不敢看朱先生,嗯一声便扭头跑回房内。

身后,朱友贵很是得意地一阵大笑。

朱友贵实际上并不在乎那块地能收多少租金,先不说那是块烂地,面积也不大,总共才八十来亩。朱友贵故意提出附加条件,实则和老朱先生曾经的所作所为有关。当年,朱友贵看中一位船女,准备纳入为妾,都和人家谈好日子了,却突然遭到老朱先生的极力反对。老朱先生义正词严地说,不娶船女,不仅仅是朱家祖训,更关乎朱家的脸面。朱友贵心里清楚,自家祖上并没留下任何有关婚嫁的训语,只是叮嘱后辈子孙,朱家被迫南下借地落根,此后不修宗祠,可以各自祭奠先人,却不可齐聚一堂行施拜礼寻根问祖……总之以各种自律的形式,让朝廷放心,让朱家在福宁府很好地保全下来,此后才可能开枝散叶……老朱先生所顾忌的,大概是他自个儿的脸面。长兄为父,既然老朱先生反对,朱友贵最后只能妥协,虽将船女收入房中,却一直名不正言不顺。这天见到水梅,朱友贵心想,好好好,这下终于来机会了,堂兄此前不是总念叨恪守"祖训"吗?那就让他儿子与船女苟且,也尝尝被尿骚熏斥的滋味!

朱友贵回去后。朱先生转身来到西厢房,柔声说:"我叔瞎说,你别往心里去。"水梅抽噎一阵,忽然问:"你怎么想?"朱

第一部 噩梦 69

先生叹声说："唉！我能怎么想？朱柳氏命薄早逝，家胤一生下来就没个依靠，我若再娶，就怕她将来会受委屈。"水梅抬头望住朱先生，缓缓点头："我明白了。"朱先生笑了："你明白什么？依我看，也没什么商量的，直接答应我叔，至于……反正是咱俩之间的事，你不说我不说，谁晓得？"水梅细思片刻，心情复杂地低下头。

听说朱友贵不肯卖地，春亮有些沮丧，但又听说答应租，一拍大腿高兴地喊起来："我说什么来着，啊，有些事不但要敢想，更要敢去做。"徐过江有点不相信，问水梅："朱友贵就没说别的？"水梅不敢看二叔，更不敢看自己丈夫，只轻轻地嗯一声。徐过江懵着："难道……真是我想多了？"

租地契约的签订，自然放在朱先生的忠义堂进行。

事先，朱先生仔细地和朱友贵交代过，"借婆娘生娃"在溪马门虽说并不稀奇，山人称之为"驳腿"，但对于狮犁帮的"狮头"徐春亮来说，毕竟是一件极不光彩的事，因此当着众人的面，切记不要提及，就事论事。

朱友贵倒无所谓，哈哈大笑说："好咧好咧！侄啊，记住，你可欠叔一个大人情哟！"朱先生拱手作揖，恭敬地说："谢叔成全！"

契约书由朱先生帮忙起草。租金按时价的一半计算，八十多亩每年折合租金十龙洋，每年一付，朱先生作保。至于朱友贵提的附加条件，朱先生将其写在最后，即将春亮婆娘水梅"租"于朱阆三年，若生子嗣，当姓朱……誊写完毕，朱先生将契约书交于春亮，说："你瞧瞧吧，若没异议，在下方按个手印即可。"春亮憨憨笑着："您觉得妥就妥。"徐过江却将契约书接过去，左瞧瞧右看看，像看懂似的浏览半天，才还给春亮："行，那就按吧!"

至始至终,水梅没说一句话。

水梅站在过道中,不敢近前,眼睛望向医堂内,耳朵听着西厢房,两个娃儿喝完奶便各自睡着了。可娃儿眠觉浅,今天医堂里人头又多,水梅担心娃儿们会被嚷杂的声音吵醒。许是慎重起见,跟来的船民除了徐过江,还有满舱木帆父子,甚至海猴海狗两兄弟也来了……契约书一式两份,朱友贵和春亮各执一份。朱友贵收起自己的那份契约书,再接过春亮递来的十块龙洋,将龙洋在手中掂了两下,然后起身笑着对朱先生说:"侄啊,我看就今晚,该办的事咱给它办了,再忙,叔都将过来讨杯水酒喝的。"朱先生很怕朱友贵说出某些不合适的话来,连声说好。春亮不晓得叔侄俩的葫芦里装的什么药,只满心欢喜地将契约书仔细折好交给徐过江,然后朝朱友贵深深地鞠一躬。

水梅暗叹,不识字的傻瓜,自家婆娘被卖了都不晓得呀!

回到船上,春亮将狮犁帮的兄弟再次召集起来。这天许多人不出海,基本都在船上等着。虽说等,大伙却将信将疑,先不说买,单是向山民租,也是一件闻所未闻的事。见春亮叔侄及木帆等人笑嘻嘻回来,大家一下围过来。徐过江的船舱坐不下,许多人便将自家船头靠过来,围成一个复杂的"米"字。

等众人安静下来,春亮站船头,清两下嗓子,开始说话。

"梅花坞那块地,咱终于到手了,往后……"

春亮稍作停顿,目光扫一遍众人,"往后的日子不比以前了,咱打鱼走海挣的钱,必须留出一部分交租……石林脑子灵活,你帮忙算算看,每年每家得交多少租。"石林点头答应。春亮继续道:"至于请先生的事……不急,这事我和满舱负责,咱得请一位可靠的人,不然被官府山人知晓很麻烦!"

这时有人建议:"听说东乡有位老秀才,原来以教书为生,后来家里遭了瘟疫人差不多死光了,只剩下老秀才一人,这些年一直闲着……要不找个时间去问问看?"却有人说:"千万别,那人我晓得,据说疯了脑壳坏掉了,别请过来耽误孩子。"一时间,众人七嘴八舌,讨论得热烈且开心。

春亮按了按手,说:"都说了这事不急,得从长计议。你们说的这位老秀才我认识,姓柳,人称公泉先生,人家脑子清楚得很,许是年纪大了才闲在家里,平日没事做东走走西逛逛,山民无聊故意编排人家。再者说了,人家就算脑子糊涂,能糊涂过咱们?至少,人家识着字呢!"

最后说来说去,话题落到实处,那便是银子——上次大伙挑私盐所得银子包括"演戏"所得银子都被春亮筹措给了朱友贵,眼下谁家里还有钱!

谈到钱的问题,众人一下鸦雀无声,目光齐刷刷地望向春亮,都在等他拿主意。春亮苦哈哈地说:"瞧我做什么,我又不会给大家变出钱来。"

满舱没好气地瞅春亮一眼:"卖什么关子!说吧,什么时候再干一票?"

挑私盐,当然不能当正事干。就在几日前,刑场上又砍掉十几个人头,多是挑私盐的……春亮皱眉沉思:"哦,那事可得仔细合计。"

这日清晨从苦根的船舱出来,刘富余心里便清楚,自己对春亮的那番承诺怕是要落空了。别看苦根人不怎样,身材矮矮墩墩,拖着罗圈腿,和春亮一样都是遭人鄙夷的连家船民曲蹄团,可人家的女人相当不错!苦根女人也许生来哑巴,才被苦根娶回船上……真是一朵鲜花插在烂泥上,可惜了!

刘富余意犹未尽地从眠舱钻出来,苦根已经蹲在自家船头。

昨晚,苦根一个人最后不知去了哪里。为了得到刘家的走海业务,苦根思来想去觉得船上没有他物,只有婆娘拿得出手。于是他手舞足蹈努力比手势最终说服刚刚成亲不久的婆娘,只要把刘东家伺候舒坦了,刘氏商行的走海业务肯定可以到手……而一旦替人走海,往后要什么没有?身为石蟹岛的船民,也许与溪马门码头距离稍远的缘故,苦根们只能世世代代以拉网为生。"一张网九种税"不说,碰到坏天时,往往网罾拉破也捞不到一条小鱼。每每望向狮犁帮方向,苦根心里总有许多想法……面对苦根的请求,刘富余起先当然犹豫。

他冲苦根直叹息:"眼下,什么都不好做!"苦根说:"晓得,晓得。眼下情势不好嘛。"刘富余笑了:"你也懂情势?"苦根说:"近段日子我们出海总被巡丁给拦回来,说海面正在打仗,有没有这回事?"刘富余点头:"这倒是事实,不过只打一天便歇了。"苦根问:"哦……那最后,是赢了还是输了?"意识到话题扯远了,便紧着说回来,"他们打他们的,咱过咱的,听说你家商行的船沉了,这……可不太好!"这话勾起刘富余的好奇心:"哦?什么个不好法?"苦根嗫嚅说:"听老辈们说,海和尚暴怒,可是一件了不得的大事……招惹到海和尚,不管走哪儿,都会被它们盯上……"

刘富余正想说这是讹传。听回来的伙计讲,那两艘货船确实是被法舰的炮弹击中而沉的,根本无关所谓的"海和尚"。船民口中的"海和尚",是一种体形巨大的章鱼。这种章鱼有几张八仙桌那么大,长着八只大脚和一个圆溜溜的大脑袋,乍一看,很像和尚的光头。"海和尚"平日睡趴在海底,一旦海面起了大动静,它们便会被扰醒过来,八只绵实有力的大脚蜿蜒上船。海和尚上船当然为了觅食,却传说是"海和尚暴怒",是为讨债,说明船上有人做了缺德事,或身上沾染某种脏晦的邪气。缺德事好理解。邪气是指船上人走海前下过窑子,或婆娘刚好来月事睡在一起,又未曾用元宝香烛烧燎去晦……若不巧遭遇,为平息海和尚暴怒,得及时敬上食物,让它们一顿饱餐后自行离去;如果不管你再怎么敬奉,海和尚依然纠缠不休,那么你只能自认倒霉,赶紧交代好后事,主动投身大海,这样才能确保其他船人的安全……

刘富余刚要说话,这时苦根女人烧好饭菜端过来。为见刘东家,苦根不仅找来码头集市上不常见的海味,还特地买了鱼烧,并将自家的舢舨舵划到溪马门,再三相请,才将刘东家请到船上来。苦根女人配合丈夫,特意换上出嫁时穿的粉色布裙。布裙修身剪裁,将女人饱满的身子衬托得凹凸有致,更增添了她初为人妻的矜持羞赧的韵味。舱中间摆放着一张矮矮的长脚凳。这张长长的脚凳便是船民日常的饭桌。女人将碗碟放到桌上,身子俯低,微倾的领口显露出一大片旖旎的春光,把刘富余的眼睛一下看直了。刘富余直感慨,不说曲蹄母贱,苦根女人不足二十,眼睛像黑亮的珠子,个儿不高但身材匀称,搭配一副勾人心魂的姣好面容,怎么看怎么舒服。关键她举止温顺乖巧,岂是家里那位连生仨女娃却有些趾高气扬的黄脸婆可比?

刘富余的失神举动,自然都一一地落在苦根眼里。他招呼东家吃菜。刘富余平生第一次在船民的船上举起筷子……

苦根抖索着拿起酒碗,敬东家,敬的是一片心意。

刘富余平生第一次喝曲蹄团的酒,并爽快地一饮而尽……

鱼烧辣,鱼烧烈。不知因为天气闷热或因为酒,或因为心事,总之刘富余最后醉了,醉在苦根的船舱中,醉在苦根女人柔软的怀抱里……

迷登登睁开眼,发现苦根女人早不在身边。从舱底钻出来时,不小心磕到额头,有点疼,刘富余略微回想,不禁哑然失笑。他一边轻抚额头,一边抖落身上的长衫,弯腰走到苦根身旁,咳嗽一声,算是打招呼。

"您……醒了?"苦根问,许是不好意思,没有回头。

"嗯!"

"昨晚……睡得好吧?"

"好,好……"提到昨晚的事,刘富余这才觉得尴尬,嘿嘿干笑两声,见苦根极其专注地望向海的东南方向,转口问:"瞧什么?"

"您瞧那些云,怕是……马上要来风灾了。"苦根指着天空说。

果然,这年最后一场风灾很快正面袭击溪马门。

再过几天,就是一年一度的中秋节了,不想依然迎来风灾。

春亮坐在架好的船屋里,忽然发现,迎面吹来的一阵阵时大时小的风儿不再像往常那般可怕,不再那般地让人胆战心惊。虽然潮水仍和往常一样,在大风的作用下一浪高过一浪,逐渐漫过矮堤,漫到船屋的脚柱旁。春亮等人架起的船屋样子很像八仙桌,四根杉木脚柱深深地钉在泥地里,上面用松木架上木板捆钉,钉捆成一个个长方形的"大木匣"。这些"木匣"便是船民日后生活住人的地方,离地四尺,长一丈许,宽高各五尺左右。各个"木匣"紧挨成排而建。不清楚能否抗风,春亮招呼大伙用篾绳前后再次加固……刚忙完,满舱蹚水蹭蹭地跑来,气喘吁吁

第一部 噩梦

地说:"完了完了,我家起低了。"

春亮不解:"什么起低了?"

满舱说:"你瞧,我家那头进水了。"

抓阄决定,满舱家建在整排"木匣"的最西边,那儿地势本来就低。春亮抬头望一眼,忍住笑说:"谁让你省?这块地平日还好,到了风灾天,包括大潮水季节海水都会倒灌,我让大伙沿着水线量,就你说没事。"

满舱快急哭了:"我家娃小,上下不方便……现在怎么办呀?"

春亮沉思片刻,说:"要不这样,你让嫂子和娃儿先住我家,等风灾过后重新改改。"满舱笑了:"哎!就知道,春亮最仗义!"

春亮当然仗义。这次为了筹措采购木头木板的钱款,他先是带领兄弟们再挑几次盐,后来怕次数多了被盐丁发现,干脆独自一人悄悄去。然而不论哪次赚的钱,他都没有独吞,尽数分给大伙……大家都感激春亮。

安排妥当,春亮便准备上岸看望水梅和儿子。这时徐过江爬过来,知道春亮要去哪儿,皱眉地说:"咱现在也算有地方住了,依叔看,还是让水梅搬回来吧,一直住人家里不像那么回事。"春亮笑着说:"您又想多了!水梅替人奶娃儿,不住人家里,来回跑哪受得了!"话虽如此,实际上水梅住在朱先生家里,最受不了的人是春亮。每到夜晚,翻来覆去都是一个人,总感觉缺了些什么,心里空落落的。出海回来暂时闲下来时,他经常到忠义堂附近转悠,水梅待在朱家后院不出门,当然见不到面。但若遇到老杨,老杨一般会体谅地把春亮"请"进去。进了朱先生家,春亮基本不会闲着,要么挑水扫地,要么帮忙劈柴烧火,喜子总拉着一张冷脸,他却不在乎,忙完之后和水梅斗斗嘴,说说话,然后逗逗儿子，甚至看着粉嘟可爱的小家胤对水梅说："哎，你说要是咱儿子将来娶了这丫头，那该有多美！"听这话，水梅慌得左顾右盼，然后瞪住丈夫："瞎说什么？开玩笑也不挑地方！"说完长叹，"怎么可能呢？话说我是她义娘，可人家是山人，咱是船民……你就别痴心妄想了！"

是啊，山人船民不通婚，这是铁的规矩，是无法逾越的鸿沟。

不过，此时的春亮并不这么认为。自从朱友贵手里租到盐壳地，春亮本不安分的心就变得大了，变野了，变得什么都敢想……他曾和满舱私下商议，既然梁子他们能把"挑私盐"当成主要收入来源，自己又何尝不可呢？

风灾欲来之际，天色格外阴沉。

有风的缘故，感觉不到热，甚至有些凉。

溪尾街上许多商铺早早地关了铺门，街上几乎没有行人，与昔日相比，显得空荡冷清。风刮尘土，落叶、纸屑及其他漂浮物四处乱飞，有些落到春亮的脸上和肩头。春亮驻足回望海面，心想，这次风灾还挺厉害的，远处天际乌云层叠，好似一场暴风雨马上就要来临……

春亮紧步走着，顾不上行走旁道，走着走着直接跑起来，刚跑到距离忠义堂三丈左右的地方，忽然听见街那头传来唰唰的脚步声。

春亮赶紧躲到一家店铺的门栏里。不多久，十多名手持火枪的巡丁出现在溪尾街，跟着是一辆猪笼样的木囚车，然后是骑在黑色马背上的巡丁头领陆登烈。陆大官爷瞅一眼门栏里躲身的春亮，勒住缰绳，挥下手："把他给我捆起来！"几名巡丁迅即近前按住春亮。春亮懵着脑袋，却不忘死命地挣扎，嘴里问："你，

第一部　噩梦

你们……这是做什么?"陆大官爷冷哼着说:"做什么?你做过什么事会不清楚?"这时一名巡丁大骂:"他娘的,臭曲蹄力气还挺大。"边说,边狠狠地给了春亮一枪托,砸在头上,刚才还能挣扎的春亮登时软了。巡丁将晕倒的春亮直接扔进囚车,上锁,然后"咯吱咯吱"地推走了。

风儿愈刮愈盛,没人看到刚刚街上发生的一幕。

直到次日早上,人们才发现春亮"失踪"了——
清晨,水梅回来没见着春亮,问人去哪儿了?
草帘说:"天哪,昨儿傍晚他说瞧你去,你俩没见面?"
春亮上岸没回来,大伙开始以为他前脚刚走就下雨,后来风大雨大留宿在朱家……而水梅以为春亮一直待在船寮,而今有"屋"住了,自然不像往常那般牵挂。听草帘这么一说,水梅意识到事情严重了,顿时哭出声:"没呀,昨儿德山发烧一整天,我本想回来瞧瞧,实在走不开……"

就在昨儿后半夜,一场异常猛烈的风灾降临溪马门。在东南沿海,风灾自古就是最常见最普通的灾情,或轻或重,时间或长或短几乎年年都有。风灾多发生在夏季,当然秋季包括冬季也都可能有,这不足为奇。风灾肆虐,山民的稻谷等带穗的作物基本就遭殃了,不过细想起来倒也不可怕,可怕的是狂风夹着暴雨,停留的时间若长一些则可能导致"屋倒人亡"。不论什么时候,与人命相比,别的任何东西似乎都变得不那么重要。山民怕风灾,船民更怕,每次大风灾过后总有许多船女成了寡妇,或父母失去儿女或娃儿成了孤儿……这次也不例外。海面上许多扛不住风浪的船儿破了,沉了,浮起一具具被水泡得发白的尸体,引来一群群啄食的恶鱼,比如狗齿鱼。活下来的人们天亮后拿竹竿等工具忙着与恶鱼争尸……这是怎样一种景象？徐过江坐在自家寮檐台上，默然看着，拿烟杆子的手略微颤抖，他淡定外表下内心极不平静。

"慌什么，那么大一个人还能走丢了？"

徐过江磕了嗑烟锅子，挤出笑，安慰水梅。

水梅哦一声，思着说："那他会去哪儿呢？"

徐过江想了想，说："说不定昨晚他在关帝庙，以前咱避风灾也常常会躲到关帝庙。唉，春亮你是知道的，对谁都是一副热心肠，昨儿路上指不定遇到谁了帮忙拿东西过去，后来风大雨大回不来。"听这话，水梅忐忑的心总算定了定，由于牵念正在生病的德山，没留多久，就匆匆回了朱家。

关帝庙坐落于梅花坞后山的梅花岭，距离溪马门约二十里地。

关帝庙，顾名思义，庙里供奉着关公关帝大老爷。船民为何躲风灾要举家躲到梅花岭的关帝庙舍近求远？其实溪马门附近就有许多神殿庙宇。原因只有一个：山民不许。有童谣唱："曲蹄爬上山，山人就遭殃……"山民不仅仅耻于与船民为伍，更把他们视为不祥的象征，甚至有人建议，应该把船民尽数逐出溪马门，如此山民就不用再受风灾之苦了……后来船民寻到关帝庙，关羽一生忠肝义胆侠义心肠，在"忠义"二字面前，山民才略作妥协。

回到朱家，水梅思来想去，仍觉得不对劲。她对朱先生说，德山现在好多了，不烧了，趁他睡着她想去关帝庙看看。朱先生觉得关帝庙路途遥远，且山路不好走。老杨说，他去瞧瞧，他脚力快。老杨很快去了，响午时分回来，说庙里没个人影。听这结果，水梅心儿又怦怦乱跳起来，顾不上吃饭，立马赶回船寮，春

第一部　噩梦

亮依然不见踪影——大伙这才觉得，情况相当严重……

　　大伙正准备分头寻找春亮，溪马门刘总乡约突然带保丁过来，说船民租地建"屋"，一是没有先例不合规矩；二是船民事先没向乡地申报，不合朝廷法度，责令限期拆除……刘总乡约草草宣布完毕，就匆匆带人走了。

　　对此，大伙敢怒不敢言。

　　春亮不在，好似缺了主心骨，大伙都不知该怎么办。

　　值此大灾，照理乡保们应该予以抗灾或赈济，然而回去后，他们只紧急组织人手巡山……为何风灾过后，需要乡勇巡山？因为海面浮尸太多。山民死后尚有一席之地入土，连家船民则没有。那么死无葬身之地的船民如何安葬？在溪马门一直有个止不住的怪象："借穴"——乘夜深人静，船民会将死去的人用草席裹好，有的甚至什么都没裹直接扛上山，偷偷撬开山民的墓门，将尸体塞进去……传说若不幸被"曲蹄仔借穴"，这家人将"倒霉"三代！

　　或许有人会问，船民们真够笨的，既然不让"借"，可以另寻一处无主之地新挖一坑埋人啊。其实在那时，岸上哪还有无主之地？不说草草埋葬挖坑来不及，就算最后挖成了，埋好之后新土豁然，能不被人发现？

　　用过晚饭，老杨凝思许久，终忍不住对朱先生说："我想今晚还是上山守一守。"朱先生听懂老杨"守一守"的意思，微笑说："不用，你守得了一时还能守一世？死者为大，死后都不让上山，不公平！"

　　老杨当然明白不公平，只是世上不公平的事太多，哪能全部顾得过来！但有一点，老朱先生的墓动不得！总之一句话，不论谁敢动,老杨都准备跟他拼命。老杨坚持要去,朱先生也不好勉强,由他去,不然老杨心会不安。做任何事首先求个心安。其实朱先生相信,船民不会做那样的"缺德事"。先不论朱家几代人替船民瞧病有恩没恩,当年父亲在苍南病倒,还是行乞的船民给背到医站的。那时正值瘟疫大流行,谁不清楚与病人身体接触会是什么结果?可人家背了,义无反顾地背了,否则恐怕连父亲最后一面都见不着,这份情朱先生一直念在心里,因此许多时候他替船民说话……不说,他的心亦会不安。

夜深了,西厢房里的灯还亮着。

准备回房休息的朱先生在门口站片刻,举手笃笃敲两下,仔细听,没听见里头应声,便直接推门进去。此刻,水梅正和衣坐在床头发呆。

朱先生低叹说:"心急也没用,春亮兄弟兴许被什么事耽搁了,说不定明日他就突然出现在你面前。"听声音,水梅缓缓地抬起头,她明白朱先生是在安慰自己,且不论可不可能,人家都是一片好心。

水梅没说话,只冲朱先生凄清一笑。

到朱家差不多两个月,朱先生吩咐老杨和喜子,必须对水梅的日常饮食予以照顾,几乎顿顿肉汤,餐餐加菜……伙食好,水梅原本削瘦的身子逐渐丰腴起来。丰腴的女人看上去总显出几分风情。水梅无声清笑,果然让朱先生看痴了,旋而内心却同时泛起一阵酸,水梅还是对自己丈夫情深意重啊!

若不是薛崇义母亲忽然病重,春亮恐怕被处死也无人知晓。

薛母病重,薛家自然立即派人请朱先生过去。

朱先生动身前,水梅犹豫了再犹豫,最终还是对朱先生实言相告，说出春亮曾去挑私盐的事，拜托先生帮忙打听，春亮"失踪"这么些天是不是被巡丁抓去？朱先生讶然不已，定定地望住水梅，许久才重重点头。

薛母的病依然是一场虚惊。一番针灸后总算再一次缓缓地醒来。薛崇义万分感激，将朱先生请到偏厅，亲自奉茶，并吩咐下人酒菜伺候。

朱先生微笑说："这几日医堂里的病人实在太多了，中午这顿酒先记着，下次再说。"薛崇义说："孝贤老弟，人是铁饭是钢，酒可以不喝，这时已过午，总得吃个便饭吧。"见推托不了，朱先生只好应允。朱先生一边抿着茶，一边故作随意地问："听说巡检司最近抓了不少贼人，陆官爷劳苦功高，怕是很快又要升迁了吧！"不提陆登烈还好，一提薛崇义立马火大："他娘的，姓陆的就是一弄虚作假之徒，盐场丢盐，贼没抓一个，倒是抓了一堆替死鬼。"朱先生假装不懂，问："什么替死鬼？"薛崇义说："盐场连续丢盐，无法向布政司交差，砍几个人头，失职之责有人替他顶着，上方就不好多说什么了。"朱先生再问："哦，那不知抓的都是些什么人？"薛崇义摇头说："具体不清楚，反正不会全是贼。"

旁敲侧击，朱先生隐约觉得春亮十有八九就在被抓之列……

席间，谈到薛家胞兄薛崇光在马江海战中为国捐躯的事，朱先生无比感叹地说："你们薛家在为朝廷不惜流血牺牲，可有人草菅人命，竟只为了自己的乌纱帽……薛兄您说，这世道还有公理吗？"

朱先生吃菜不喝酒，以茶代之。

薛崇义自斟自饮，几杯酒下肚，暴躁的脾气慢慢就上来了，声音也提高了许多："孝贤老弟，你没入官场无法想象为官的难处，别看我身为小县丞，该处理的事一样不少，可你猜怎么着，总是吃力不讨好。"朱先生微笑说："薛兄鞍马劳顿，其实我们一直都看在眼里。"薛崇义恨恨地说："能记着最好不过，莫像某些人，一谈钱立马翻脸不认人。"

薛崇义所说的某些人，自然另有所指，比如朱友贵。

自上次"征钱粮"事后，朱友贵和薛崇义之间多年的"交情"就算完全地掰了，明眼人都瞧得出来，他最近和陆大官爷正处得火热……

回溪马门的路上，朱先生吩咐老杨，拐去朱友贵家。

这天中午，朱友贵刚听到消息，闽江码头两处货场被淹，气急之下差点一口气没缓过来。好在儿子孝临赶回家，一个劲地劝爹，钱可以再挣，无论如何保重身体要紧。话虽如此，朱家做的是茶米生意。茶米泡水意味什么都没了，大半年的忙碌与算计最后却只换来一场空。朱友贵呻吟半天，不由哆嗦地问，刘家情况如何？孝临叹声说："您不晓得这次风灾有多厉害，江水大涨，沿江淹倒不少房屋，哪家商行又能置身事外？"这个结果终于让朱友贵的情绪稍稍平复下来。纵是如此，朱友贵依然躺牙床上长吁短叹。

朱先生进门见状问："哟，这又是怎么了？"

一旁伺候的金秋撇撇嘴，搭句腔："喏，心病！"听这话，朱友贵腾地坐起来，一把将敷在额头的毛巾丢到地上，连声说："滚滚滚，老子不发烧。"金秋讪讪地退出房去。朱先生坐到朱友贵床前，说："叔，您身体尚在调养，须收收性子，别总着急上火。"朱友贵哭着腔说："侄啊，莫是叔钻到钱眼里，你说这一家老小就靠那几个货场撑着，一下毁了两处，真真要了叔的老命

第一部　噩梦　　　　　　　　　　　　　　　　　　　　83

啊!"朱先生微笑说:"与性命相比,钱财又算得什么!"

说来也怪,倘若旁人这么说,朱友贵定然反驳,说行,要命你拿去,老子只要钱。可对方是朱先生,是孝贤,朱友贵嘴唇动动不再言语。孝临给堂哥行礼后帮着煮茶。朱先生问孝临,福州局势如何?孝临说,炮战后倒是很快归复平静,不想又突然遭了天灾。朱先生说,天灾不可怕,怕的是人祸。

朱友贵听出朱先生话里有话,便问:"这大晌午你突然上门,决计不是来看叔的,说吧,什么事需要叔帮忙?"朱先生没说话,抬眼看孝临。

孝临递杯茶给朱先生,然后识趣地退出去,掩上门。

朱先生这才将徐春亮被陆登烈当贼抓的事说了,朱友贵说:"还以为什么要紧事,抓便抓了,曲蹄仔抓干净倒也省事。"朱先生说:"叔啊,您怎么也说这种话?"朱友贵盯住朱先生,说:"奇怪,徐春亮和咱家非亲非故,而且他还是个曲蹄仔,哦哦,叔明白了,你肯定为了那个曲蹄母,叫什么来着?"朱先生说:"曹水梅。"朱友贵哈哈大笑:"侄啊,你还真把那女人当回事?真是有其父必有其子!行行行,叔帮你!想让巡检司放人也不是没可能……忘了告诉你,友良刚到北营当差,今晚他会回来,我替你问问看。"

朱友良是朱友贵同父异母的胞弟,年纪比朱先生小三岁零三天。朱友贵身为家中长兄,非常宠溺这个小弟。可惜朱友良长大后整日无所事事,对家里的生意又没有一丁点兴趣,且特别好赌……弟弟的个人前途问题,一直挂在朱友贵心头。这次成功地把朱友良拱上"仕途",虽说花不少银洋,但朱友贵细算后觉得这比生意上的任何投入都值,言语间得意尽显。

回到医堂,朱先生只对水梅说,已经托人去打听了,就目前而言，没有消息就是最好的消息……水梅听后，一脸悲戚地低下头。

朱先生目送她走回西厢房，摇头吁叹。

老杨思着说："少爷，即使巡检司肯放人，怕也得花一大笔钱。"

朱先生苦笑："福宁府什么最出名？俩犁钯加一守财奴！友贵叔爱财，人家取之有道，而薛陆两大蛀虫搜刮民脂民膏无所不用其极啊……"

第五章

这天,溪马门最大的"地方官"刘总乡约家里骤然慌作一团。

一早,总乡约老感觉自己的眼皮跳得不寻常,便独自上山巡一圈。来到自家坟前,开始并没发现异状,坐下来准备抽袋烟歇歇脚,突然看到墓前白色的石板上豁然几块紫褐色污渍,凑近一闻,隐约是血腥的味儿。略寻思,他就开始慌了,重新蹲下仔细检查左右两个空墓室的墓门,那是他和老太婆百年之后的栖息之所。果然,婆娘那头墓室的封口青砖有被人动过的痕迹……

"操……操他娘的!"总乡约一下憋红老脸,半天,只从嘴里蹦出一句粗口,然后白眼一翻,一头栽倒在墓台上……最后总乡约是被巡山的乡勇发现才抬回家去的。到家后在儿子儿媳们的呼唤下他悠悠地回了魂。可这时的他嘴巴虽极力张开,却已说不出话。下人很快把朱先生请来。朱先生翻看总乡约的眼帘,连连摇头:"准备后事吧!"说完没多久,只见总乡约弓起身子,叹出一口长气,然后便无声无息了……刘总乡约就这么不明不白地死了。

刘总乡约的死,在溪马门传出各种传闻。山民说,姓刘的平日鱼肉乡里作恶太多,故而不得好死,连身后事都来不及交待就归西了……船民们却偷偷议论,总乡约派人巡山,不让风灾死去的船民上山安葬,不积阴德,因此被无常索命……当然也有人替总乡约惋惜与不值,比如刘富余。"你过去瞧瞧,到底因为什么死的?"刘老太爷这日特意将儿子唤到西苑叮嘱。刘富余应允,身为同宗子弟,于情于理总乡约殡葬时他都该到场。刘富余嘴上没说,心里已大致有了判断,总乡约的死十有八九与"借穴"的传说有关。不过再想,多一事不如少一事,于是许多想法只在心里头转转,便直接让它过去。他让伙计快马加鞭给各地商行的掌柜传口讯,把剩下的茶米全部集中起来调往省城,希望能及时填补福州茶市的空缺……吩咐完毕,他仔细煮一壶上好的坦洋功夫,美美地品尝起来。

而此时,面对凄楚的水梅,朱先生不得不继续关心徐春亮的下落——春亮果然被关在县衙的大牢里,这是朱友良带回来的确切消息。

"放他……难吗?"朱友良来到忠义堂,朱先生亲自给小堂叔斟茶。

"难,也不难。"朱友良抿了口茶,"这次拢共抓了三百多名人犯,部分人经过审讯罪证已经坐实,过几日就问斩了。"朱先生紧着问:"徐春亮招没招?"朱友良说:"人太多,没轮到他哪。"朱先生再问:"可有赎的?"朱友良大笑:"难怪大哥说,溪马门就属你眼力毒,什么都瞧得一清二楚,陆爷派兵抓人的初衷一是为了惩捕盐贼凑数,这二嘛,当然为了银子。"朱先生冷笑说:"明白了,替我问问陆爷,赎出徐春亮需要多少钱。"朱友良大眼瞪住朱先生："听意思，你准备赎他？"朱先生说是。朱友良说："至少得二百两银子吧！"朱先生点点头："二百两一条人命，价钱倒也合理！"

谁想朱先生仍旧晚了一步。一个月前福宁府来了一位稀贵客人，自称来自大英帝国，名叫威廉。威廉是一名神父，曾在福州南台待过十年，俨然一个中国通，一口流利的平话若不仔细听，根本听不出是洋人的口音。威廉起先找的人是福宁府县令。县令大人却把盖圣堂的事推给薛崇义。照理在偌大的福宁府地界划块地给洋人做"善举"是一件轻而易举的事，可薛家刚刚折损一位管带大人，那是薛家的骄傲，于是薛崇义端起架子，说必须召集众乡约商议，才能最后定夺。实际上威廉已经相好地点，就在距离溪马门不远的官道北侧，那是闽浙两省的必经之地。从风水上看，依山伴水位置极佳。薛崇义瞄一眼圣堂的图纸，心里暗骂，狗日的洋鬼子，如意算盘倒是打得挺精！面上仍旧不动声色含笑推诿。很快，威廉找到陆登烈。陆登烈听说薛崇义不肯"帮忙"，就自告奋勇说没有问题。陆登烈派人一打听，威廉建造圣堂所需用地原来是刘家的茶田，后来面积较大的一块转给朱友贵，刘富余手中所剩无几。陆登烈将朱刘二人唤到一起商议。刘富余说他听友贵叔的意见。朱友贵哪敢有意见，自然爽快应允，不过在地价上狠狠地敲一笔，反正洋人有的是钱，而陆登烈也答应替朱友良"捐官"……圣堂地点定下来后，这天威廉又来找陆登烈，说他需要建筑工人，让陆爷帮忙组织人手，工钱每人每天两块银，从石料等原材料采集开始大概需要耗时一年半。陆登烈一合计，这是一条绝佳的生财之道啊，便从牢里选出部分身体强壮者，终止"赎罪"——"罪银"每人头按二百元计那才多少？更别说，有的根本拿不出钱……春亮身材健硕，自然在备选之列。

直到三天后，朱友良才给朱先生回话，说那个曲蹄仔不会死了。

朱先生问："那春亮人呢，放出来了？"

朱友良说："哦不不，不是，派去做工了。"

朱先生问："做什么工？"

朱友良说："上山拔犁……"

朱先生皱眉说："哦……陆爷倒是很会算计嘛！"

朱友良讪笑两声便直接走了，似乎忘了朱先生曾给他二百两银子的事。当然，朱先生也没讨要回来，他太清楚小堂叔的秉性了，那些银子就算不落入陆登烈的私囊，也会被朱友良押在福宁街那个叫浪里红的赌档里……

水梅近段时间惶惶不可终日。

德山淘得不行，才仨月大就学会伸手挠人，不但挠水梅，许多时候还挠家胤，把家胤的小脸蛋挠出一道道的红印子来，气得水梅扬起巴掌，狠狠拍打德山的小屁股。德山大哭，水梅也哭。老杨实在看不过去，说水梅："娃儿才多大懂个什么？打他也不心疼！"水梅说："他爹是生是死还不晓得，淘娃儿尽不让人省心！"老杨喉头轮动几下，终于说："前些日子，春亮确实被巡检司抓了，不过现在人放出来了，正在……正在山上做工。"水梅止住眼泪，瞪住老杨，问："这事我怎么不晓得？"老杨说："少爷说，春亮兄弟还得过些日子才能回来……"水梅开始寻思，叫一声："天爷呀，难道他去拔犁？"

拔犁是土话，那可不是正常人能干的活，不仅累，且时刻有性命危险。人工开凿的石窟坳口陡峭可怕。石料要从坳里取出，须在坳口竖起木架，拿篾绳捆住条石，升上来，再把条石放到一个类似犁架的硬木枋上,枋头绑系一根粗砺的大麻绳,套在人的肩上,人便变成了牛,像耕田犁地那样,凭借两根硬木枋的支撑,用麻绳拉住巨石,艰难地送到山下……此过程倘若木枋散架,或条石没捆结实突然滚落砸到身上,好端端的人都能瞬间变成肉泥儿。水梅娘家叔父子俩曾自愿上山拔犁挣钱,不幸被条石砸中造成一死一伤。水梅爹和乡亲们找工头理论,最后不仅没得到半个子儿的赔偿,还被对方打了。

春亮他们拔犁的地点在溪马门以北的栖凤山上,路途不是很远。水梅奶完家胤紧着奶德山,两娃儿吃饱喝足便开始呼呼大睡。水梅心里有数,娃儿睡下通常会睡一个多时辰,刚好够往返栖凤山的脚程。于是水梅和老杨说一声,独自一人过去瞧个情况……石窟坳挖在南麓的半山腰,远远便能瞧见。

水梅当然不敢直接过去,绕个大弯,从山的西边绕过去。山的西边山石嶙峋陡峭,半山腰是一座孤零零的悬空寺。不过寺里空空荡荡杂草丛生,莲台上的菩萨像早不见踪迹,一片破败不堪。水梅寻着方位,攀过寺前的小山道,道两旁尽是荆棘,把她的手都扎出血来。水梅却不在乎,望向山脚,幽深幽深的样子这才望出一阵的眩晕和心跳,稳了稳情绪,咬紧牙关继续爬,爬到一个凸出的小石坡上,山风呼呼作响,脚下终于看见石窟坳了……

坳口立着两间茅草屋,屋前搭一个凉棚,多名巡丁手持火枪正在巡逻,几名巡丁手持鞭子正在抽打那些像牛一般弯腰干活的拔犁人。许是距离有些远的缘故,水梅极目辨认却认不出哪个是春亮。"瞧,那儿有个人……哟呵,还他娘的是个女人……"不晓得哪个巡丁眼尖瞧见水梅,大声喊叫。

"嘿嘿,他娘的还真是,不会是个疯女人吧……"

"下来下来,妹妹,哥几个正好闲得慌,下来陪哥喝几杯。"

巡丁们齐刷刷抬头望向石坡并大声哄笑。拔犁的人也停下手上的活儿望过来。这时人群中有个男人高举起双手，很快挥两下——没错，是他，是德山他爹……水梅趴在石坡上，眼泪登时止不住地涌出来。她终于体会到戏文里唱的什么叫一日不见如隔三秋，这个挨千刀的冤家，早说不要去挑盐，他非去……

春亮被强迫上山拔犁，说来是不幸的，实际上却也万幸。距离羊角滩盐场不远的临时刑场上，短短十几日的工夫已不知砍下多少颗人头。地面上整片的蔓荆子马蹄草不知被无辜的鲜血浇灌过几回，染红过几回，竟丝毫没有枯萎迹象，反而长得比没浇灌时更加郁郁葱绿……将刑场临时改到这儿，陆登烈大概是想"杀鸡给猴看"，起到"杀一儆百"的警示效果——可不想，竟闹出一场民变……"陆登烈草菅人命民愤难平"这件事，正中薛崇义的下怀！

石林上岸卖鱼，鱼没卖完就跑回来说，刘家又开始走海了。

果然，停靠码头的刘家货船有人在装货。满舱忿忿地说，狗日的刘掌柜说话不算话。石林怯怯地问，那怎么办？春亮哥人又不在。满舱杵半天说，难道他不在就办不成事了？走，咱现在就找刘掌柜评理去……很快，满舱召集部分没出海的船民，齐刷刷地堵到刘家大门口，说有事找少东家。

管家刘全似乎早有准备，早吩咐下人持木棍守住门口……这种山人与船民对峙的阵势似乎从未见过，招来许多路人包括山民驻足围观。人群中突然有人大喊，打啊，怎么不打呢，曲蹄爬上山，打死不报官……

满舱回头，围观的人们缄其闲嘴。

外头闹得沸沸扬扬，刘富余在家自然坐不住。不多久，只见他揉着睡眼从屋里出来，站在刘全身后佯装不快地说："怎么了怎么了，还让不让人好好困个午觉了？"满舱问："刘掌柜，您是不是说过，我们狮犁帮走了这么多年海，几乎没出过什么差错？"刘富余沉吟着："确实说过。"满舱接着说："您不是还说过，只要替您演完那场戏，今后商行的走海业务全都交给狮犁帮代理？"刘富余笑笑，示意刘全等人把架起的木棍放下，然后望住满舱："哦，我记起来了，你姓姚，叫满舱对吧，来，进屋说话。"

满舱吩咐其他船民在外头等着，他跟刘富余进屋。

来时气势汹汹，进屋后刘富余几句话就把满舱整个人说蔫了，支支吾吾说不成话。刘富余大笑说："你们哪，分明是让我难堪！"满舱说："可，可是您……"刘富余说："怎么了，你们是船民，人家苦根就不是？"说着，他拍拍满舱的肩头，"你自个儿好好想想吧，我刘家从我爹，再到我，平日待你们船民怎样？"满舱不假思索地点头。刘富余说："才是的！所以说，无论如何我都不会亏待你们的，不管给谁走海，载费分毫没少，我干嘛给自个儿找不自在？相比之下，你们路子比苦根他们广，你们刚从友贵叔手里租下梅花坞那块地搭起船屋，多好的事啊！再看人家苦根，那过的是什么日子？不说这次风灾损失惨重，平时基本也是饥一顿饱一顿的，说句掏心窝子的话，我这人心软见不得人可怜！但话说回来，我答应过的事绝不会食言，我想今后你们两家轮流着来，彼此照顾一下，你觉得怎样？"言至此，满舱还能觉得怎样，能说些什么呢？货是人家的货，船是人家的船，人家愿意请谁走海就请谁走海，哪有你决定的余地？且刘富余满脸堆笑，一番话说得"入情入理"，满舱反倒闹个满脸通红，好像是自个儿无理取闹似的。回到船上，满舱找徐过江商量。徐过江说，眼下还是找着春亮再说，春亮当初和刘掌柜怎么商量的，让他说去……

　　这时候，大伙尚不清楚春亮被陆登烈抓去"拔犁"。

　　日头终于沉到栖凤山的那头去了，石窟坳口的平台上呈现出一片不见阳光的清明。暮霭弥漫间，拔犁终于收工了。与巡丁们的吆三喝四相比，春亮等人显得格外安静。大家默默地排好队，井然有序地接过工头分给的一个玉米面做成的窝头，到旁边的木桶盛一碗清水，就水无声地啃起来。刚吃完，又被几名巡丁像赶鸡鸭一样赶进茅草屋。草屋地面铺一层薄薄的稻草，春亮默默走到靠东的角落，扯根稻草衔在嘴里，扒开草屋的墙壁缝隙往水梅中午出现的石坡上瞧了瞧……水梅自然早不在那儿了。春亮叹一声，慢慢靠坐下来。

　　这时有人拿胳膊撞春亮，见春亮转头，哇哇地比手势，意思问春亮，中午那女人是他老婆？春亮点头。那人憨笑，朝春亮竖起大拇指。春亮苦笑，闭上双眼。草屋里不可能有灯，黑暗中仍有人在睁眼发呆，也有人已经躺下，没多久便死死地沉睡过去，大概累坏了。拔犁谁不累？不仅累，时刻还得将心提到嗓子眼，这一歇下来整个人就像刚发好的面团，软趴趴地提不起半点劲。

　　屋外凉棚里值夜的巡丁正在喝酒，边喝边谈论中午坡上出现的女人。谈到女人，有巡丁说，花船上有的是女人，想怎么玩就怎么玩，让她当狗，她就得像狗一样趴着。有人好奇地问，真的假的？那人大笑，这么说你一定没去过，原来还是青瓜子。这人不乐意了，说你才是青瓜子，老子有相好的，老子嫌花船上的女人脏。那人说，管他娘的脏不脏？把老子憋坏才叫脏。

　　边喝边谈，边谈边笑，气氛似乎异常热烈，肉香酒香四溢，隐约飘到草屋这边来。春亮深吸一鼻子，忽地睁开眼，大眼瞪

第一部　噩梦　　　　　　　　　　　　　　　　　　　93

着。旁人或许无法留意,这晚春亮的目光很特别,好似冒着火,泛着冷,瞧着瘆人!

可再瘆人又怎样,曾经能说会道的他此时已说不成话。将出大牢时他被带进一间黑屋子,很快被几双强有力的手按在一张破旧的桌子上。清楚记得有人紧紧掐住他的脖子,差点把他掐得断了最后一口气。他奋力挣扎,身子却像死死地钉在桌面上一般。他只能把嘴极力地张开,舌头不自主地伸出来。忽然感觉舌根子一凉,一股热热的东西涌进喉头,呛得他直咳嗽。在他完全失去意识之前,隐约听见有人说,好啦,这下没人会说三道四了……有人说,可别把人弄死了。那人哈哈大笑,说放心吧,老子这是宫里的手艺……

朱先生送走最后一个病人,回到后院,拿起毛巾正准备洗把脸,忽然看见水梅直挺挺地跪在他面前。"做什么,做什么,快起来……"朱先生将毛巾丢在盆里,刚要扶水梅。水梅央求着说:"请您无论如何救救他。"

朱先生想着怎么向水梅说明情况。

这时喜子端茶过来,说:"怎么没救?先生都花了二百两白银了。"

水梅望住朱先生。

朱先生讪讪一笑:"钱是小事,可惜晚了一步,好在不用砍头,拔犁虽说危险,至少还有活的希望。"水梅跪坐在地,望住板砖的缝隙发片刻呆,然后直起身子,很快朝朱先生磕了几个响头。

喜子说的是实情,朱先生没怪他多嘴,但水梅那几个响头,仿佛磕的不是感激,而是某种绝望后的无奈放下。

这晚水梅没碰饭菜。

朱先生心里骤然像三月潮湿的天气一样阴晦到不行。

草草吃完晚饭,他来到西厢房,像平日一样直接往里推门,发现门被闩上推不开,举手敲几下,没听见里头应声。他理解水梅的心情,叹声说:"明天我再去找友良,看能否有解决的法子。"等半天,依旧没等到水梅哪怕是嗯一声的回应……最后,朱先生只好回自己的卧房。

这晚东西厢房里的人各怀心事,中间的厅堂就像一道无法穿越的屏障。

夜深了,朱先生吹灯躺下。刚躺下,便想起朱柳氏,记不得多久没去想那个苦命的女人了,想起刚成婚那阵子,女人温软的身子在自己怀里化成一团难以名状的火熊熊燃烧时的情景……可惜,她如今只能与冰凉黄土做伴!

朱先生暗自抹了一阵泪,正准备将纠腾的复杂情绪驱除干净,身子却在这时莫名地燥热起来,只好将衣裤褪去,仅留一条裤头,如此便清爽了。

正睡得迷迷糊糊,感觉自己好像开始做梦——

刚刚房门轻微响动,以为门没闩好被风吹开没太在意,可当一具女人颤栗滚烫的身子钻进怀里且清晰地感受到肌肤与肌肤零距离接触所传递过来的那种异样感觉时,他才真正地清醒过来。他早不是愣头的青娃子,自然很快猜出她是谁,更清楚她为何突然做出如此大胆的举动,正准备挣脱,她却将他抱得更紧,像冬季游到南溪入海口产卵的白鳗,滑腻却不乏有力地缠住他。

"别……"

才张口吐出一个字,嘴就被女人火热的双唇死死地封住……

约摸半个时辰后,平静下来的他无比后悔自己刚才为何没能坚持住。黑暗中,他带着某种悲哀的情绪说:"你……这又是何苦呢?"她好似得偿所愿却压抑激动地说:"别笑话我!"他说:"你让我……今后如何面对春亮?"

许久,她声如蚊蝇地说:"那也得,让他从山上活下来再说……"

水梅的良苦用心,朱先生明白。

是的,活着下山!

近些天,春亮脑子里也无不在琢磨这件事,可想来容易做来难!不说巡丁十二个时辰不间断地巡逻,就算要把消息传到山下,在眈眈虎视的枪口下谁敢且谁能办得到?更别说,逃得了和尚逃不了庙,若想把你重新抓回去,巡检司有上千种甚至上万种理由……春亮想想便觉得泄气觉得心烦。

这天,石窟里又死了一个人。

那人绰号叫"烧锅"。烧锅并非船民,而是个地道的山人,在朝廷的军械所待过,是有名的"炒药手",能用硝、硫磺混合木炭做出各式各样的火药丸子。烧锅曾在大牢里对春亮吹嘘说,他做的炮仗不仅能拐着弯炸响,且想让它几时炸就几时炸,绝不会也不可能哑火。在时局动荡的年代,像烧锅这种人才不论到谁手上都将是难得的"香饽饽"。可他的嘴实在贱,终忍不住将上司在往北运送弹药的车中夹带"黑土"的事给捅了出去。黑土即福寿膏,就是人们常说的鸦片。烧锅坏了"军中规矩",于是被押禁大牢。巧的是,他和春亮关在一起。春亮诚心向烧锅请教制作火药丸子的方子。别看烧锅一副尖嘴猴腮满脸奸邪的模样,性格倒是豪爽的性格。他说:"我们赵家火炮传到我这儿差不多有六代了,本来技不外传,不过你我能在此地相识也算有缘,接下来我说你记,能不能学会就看你自己的造化了。"烧锅将火药制作的各种材料配比仔细地讲述一遍,春亮认真听用心记。别看春亮目不识丁，许多材料名字也是头一回听说，但也记个八九不离十。学习火药制作倒在其次，他和烧锅认识后，主要在牢里不再受别人欺负。来到栖凤山后，烧锅被安排做开山炸石的"点炮手"。烧锅出狱前没被"割舌"，会说话，且因为他曾经是有名的工匠，巡丁们对他还算客气。一早，他对工头建议说："我手受伤，凿眼塞药不利索，得找个人搭手。"工头答应。烧锅便让春亮陪他一起下窟，并让春亮试手。春亮按烧锅说的一一照办。忙完，两人坐吊篮回地面点燃引信，估摸着引信早已经烧到药眼了，却没听见炸响。工头让烧锅下窟底瞧瞧。本来春亮要下去，烧锅拉住他说："照理不该哑火！假使我一下去就炸了，那是我命该如此！做了半辈子炸药，呵呵，被炸死倒也死得其所。"不承想一语成谶，吊篮还没放到窟底，就听见轰的一声巨响，窟里的炸药包果然炸了……

将烧锅从石窟中抬上来，身上已瞧不见一块好肉。

在春亮"啊啊啊"含糊的召唤下，烧锅悠悠地睁眼，用脆弱的声音说：

"可……可能的话，把……方子告……告诉我弟弟，他……想学……我不让，莫……莫让我们赵家技艺失，失……"

话未说完，烧锅头一歪，便直接咽了气。

大伙漠然围观。

仿佛死的不是一个人，而是一只极寻常的蚂蚁。

工头厌烦地皱眉说："你们几个……对，就你们，在那儿挖个坑，赶紧把他埋了，他娘的天太热，别搁着发臭。"

此时，眼泪一直在春亮眼眶里打转。他强忍着。

从被割舌的那天起，春亮便觉得，眼泪大概是天底下最廉价的东西……

第一部　噩梦

第六章

朱友良近段时间突然不赌了。

朱友良突然戒掉赌博恶习，倒不是他幡然醒悟，觉得十赌九输十赌九骗不可取，而是因为听进去小桃红的一番话。作为浪里红赌档老大"陈剥皮"身边的女人，小桃红也算见多识广。小桃红年纪和朱友良差不了多少，却总托大自称姐。这天四下没人，她对朱友良挑明地说："姐明白你的心思，姐从来就不是木头人，你以为你常来赌档，扔下大把大把银子，姐就开心了？"朱友良呷着茶，嘿嘿笑着："总之一天没见你，我浑身上下不自在。"小桃红说："想见我还不简单？"站在二楼窗口，她指着远处海面继续说，"那儿很快就要易主了，你们陆爷的好日子很快就要到头了。"听这话，朱友良拿茶杯的手略微一抖，说："瞎说什么，瞎说什么。你说别人怎样我不管，记住一点，陆爷的事千万别多嘴。"小桃红咯咯一笑，然后盯住朱友良问："你晓得我小桃红最钟意哪种男人？就是那种天不怕地不怕的大丈夫！当年我选择跟老陈，就因为他对妈妈说过一句话，开个价，这姑娘我要定了！

那时候老陈屁钱没有，身边只有几个敢搏命的兄弟。后来，他带我来到这儿创下浪里红，若不是被仇家砍成重伤成了残疾，我用得着整日围着你们这些臭男人强颜欢笑？"

若在平日，朱友良肯定戏谑地说，真是站着说话不腰疼，若没有我们这些臭男人，赌档哪来财源滚滚？不过此时，他已无半点开玩笑的心情，沉默半天后沉声问："你说花船即将易主……消息可靠？"

赌档里眼观六路耳听八方，消息当然可靠。

俗话说兔子急了还咬人！就在春亮他们刚被遣送上山那晚，县衙大牢烧了一场大火。无巧不成书。那晚盐场里也迎来一群盗盐贼。与往常的盗盐贼不同的是，他们不再偷偷摸摸，而是大举攻入羊角滩盐场。那些人手上居然持有火枪、鸟铳，打死打伤不少盐丁，瞧阵势，似是明目张胆地抢……

陆登烈闻讯自然立即带兵赶去支援。就在这时，县衙后院的大牢里突然起火。那把火很明显是有人故意放的，两伙人像事先约好似的，两件事几乎同时发生。府衙大牢距离羊角滩盐场有五六里地，且不说报信来不及，就算陆登烈能及时得知消息，按下葫芦浮起瓢，怕也将分身乏术。

大火燃起后，一群手持钉耙鱼叉锄头木棍的蒙面人涌入牢房。狱卒们见状早躲得远远的，眼睁睁看着狱中的所有犯人都被释放出去……

事发时，薛崇义才刚睡下。

管家敲门，说兵丁来报，盐场和大牢同时"暴乱"，说县令大人请老爷速去衙门议事。如此，薛崇义不得不起床赶过去。不过到了衙门，他只坐一旁不言一声，心里实则早乐开了花。常言道，开什么花结什么果，陆登烈包括县太爷都不是本地人，别以为外来的和尚会念经,殊不知福宁府山高水恶穷乡僻壤自古出刁民,杀鸡儆猴在别处略可,在福宁府地界……呵呵,最后只能逼得狗急跳墙!县令大人此时早急得团团转。他马上就要调任别处了,恨不得马上离开这个鬼地方,谁想临了竟碰到这种糟心事?后衙里灯火通明,县令大人背着双手来回不停走着,想想,让兵丁再去盐场报知陆大人。兵丁回禀说,盐场里正在火拼,火力太猛,实在无法见到陆爷。县令大人泄气地挥挥手,呆怔地坐下,紧着抬眼横扫一遍众县吏,最后目光落在薛崇义的脸上。

县令大人诚恳地问:"崇义啊,你说说看,这事究竟该如何处置?"

听声音,众人也随之转头望住薛崇义。

薛崇义故作片刻沉思后说:"盐场暴乱,大牢犯人被劫,看似两个地方发生两件事,不过在卑职看来,实则为同一伙人所做的同一件事。"

"同一伙人所为?"听这话,县吏们交头接耳窃窃私语。

县令大人缓缓点头,旋而问:"那么依你看,可有解决的两全之策?"

薛崇义摇着头,说:"难啊!解铃还需系铃人,陆大人此前四处抓人杀人,谁敢说民心能顺服?"县令大人听着,眼睛一亮。

最后在薛崇义的精心"运筹"之下,将此次"民变"的消息硬生生地压了下去,就像从未发生过一般。按他的原话说,这绝非一件可邀功的光彩事,各位同仁务必守口如瓶,绝不能让府台大人包括巡检司的头头脑脑知晓,鬼知道上头那些人获悉情况后会不会勃然大怒!上方一旦动怒,陆大人恐将第一个难逃其咎……县吏们纷纷赞许,说薛崇义丝毫不计较他与陆提检大人之间的过往嫌隙,没有乘机落井下石,为人真是没得说,仗义!

"薛崇义这个人，实际上阴得很！"

朱友良走到小桃红身边，一只手搭在她肩上，感受那份来之不易的柔软与温热。小桃红也不挣脱，任凭朱友良揉捏，嗤笑地说："谁都清楚薛崇义为人阴险，可陆登烈也好不到哪儿去！短短几天工夫，砍了那么多颗人头，你说姓陆的半夜会不会做噩梦？"朱友良说："陆爷做事确实有些乖张……"小桃红打断说："其实做人呢，凡事留有一线余地，大海再宽，船头船尾都难免相触碰。友良啊，总之我不希望你成为薛陆二人争斗的马前卒，今后做事可要多留一个心眼。"朱友良故意问："什么意思？"小桃红转过身，与朱友良面对面地对视："你不会真糊涂吧？"朱友良嘿嘿笑着，一把将小桃红搂在怀里，附在她耳边说："知道吗，这声友良，可把我的骨头都喊酥了。"小桃红轻轻推开朱友良："别总是逗嘴上功夫，真对我好，尽快把花船搞到手，这两天不知多少双眼睛盯着呢。"朱友良沉思着说："就算陆爷不做官了，花船是人家的私人产业，你怎么就算准那些他也保不住？"小桃红冷冷一笑："没影的事谁敢乱传？你就说吧，肯不肯帮忙？不帮也没关系，不勉强！"

朱友良望住小桃红，心想，人常说女人心海底针猜不透果然不假，说变脸立马变脸。在朱友良心里，小桃红的事就是他的事，不仅要帮，且要尽心尽力地帮……见朱友良终于答应，小桃红换上笑脸，柔腻地说："其实，姐早就晓得，只有你对我是真心的。"朱友良说："那是！"说完，正准备从小桃红身上继续得到某些便宜，却被小桃红巧妙且不失分寸地躲开。

小桃红含羞带嗔地说："哎呀，何必急于一时？花船到手后，你我二一添作五，面上的事由我打理，按老规矩，你暗里坐等分红。"朱友良说："我的红吔，你怎么还不明白，我朱友良不论做什么可都为了你!"小桃红温巧地依偎过去,撒着娇:"还用说?事成之后,人家自然就是你的……"

怎么看,这都是一场交易,可朱友良并不这么认为。

朱先生来找朱友良的时候,朱友良正急匆匆地又要出门。身后,他家婆娘朱赵氏一如既往地骂骂咧咧。朱赵氏是溪马门有名的"河东狮",早听说丈夫和那个叫小桃红的女人之间的种种,眼看俩娃儿就要上学堂了,当爹的居然也不过问一声,平日除了忙"公事",便是泡在狐狸精身边。原以为,丈夫成功戒赌,一家人终于可以过几日消停的日子,谁料丈夫的魂儿仍旧在那个狐狸精身上。朱赵氏嘴上大骂,手里也没闲着,"嗖"的一声一个水瓢飞过来,朱友良轻巧地躲开。紧着竹扫帚又跟过来,朱友良身子一错开,再次躲了过去。显然平日经常如此,朱友良早习以为常且闪躲经验老道。朱友良懒得与婆娘理论,和自家这个疯婆娘什么都说不上,就算真有理也是说不清的,更何况……不过惹不起躲得起的道理他懂,为了小桃红的事,这些日子一直在暗中奔忙,总算见些眉目了。朱友良清楚,陆登烈此刻正为应对上方责难而忙得焦头烂额,自己如若这时候再提出买花船的事多少有些不合适。朱友良迷恋小桃红。小桃红身上有一种特别的味儿,很让人欲罢不能。和小桃红在一起,哪怕只乘机搂一下抱一下或说说笑笑,亦可暂时压一压心头那片熊熊燃烧的火。

一把扫帚突然落到跟前,把进门的朱先生吓一大跳。朱友良抬头见来人是朱先生,讪讪笑着不知如何解释,只问:"有事?"

这是废话!朱先生来找朱友良,绝非为了扯闲篇,就算朱友良有空朱先生可是大忙人,且不说医堂众多病患需要诊治,刘总乡约死后,溪马门"乡约遴选"在即,乡地已召集各村乡绅开过多次议事会,像朱先生这样名望俱佳的人自然也在应邀之列,甚至有人提议，下一届的总乡约应该由朱先生担任。

不过，朱先生对这事并无半点兴趣。面上看，乡地似是各村自己遴选组成的自治机构，但遴选名单最后须经县太爷核准。换句话说，乡地是朝廷管理乡村的最基层组织，难听地讲，那也是朝廷的鹰犬！朱家情况与别家不同，自古以来子弟从商不入仕，这是朱家祖训第一条。而对于朱友良就任巡检司北营的笔吏一职，平日抄抄写写，在朱先生眼里根本不算为官。再者说，在君不君臣不臣的当下，做什么都是为了混口饭吃，故而对朱友良捐官这件事，朱先生从未多说一句话。那日听朱友贵提起，朱先生只是点头，挺好，挺好！

"哎呀，这事……怕是有些不好办！"将朱先生迎进里屋，落座后听说要把徐春亮弄下山，朱友良捏着嗓子皱眉沉吟。朱先生微笑问："不知可有折中的法子？这么说吧，能不能使些银子？此前，花钱顶兵役顶徭役也并非稀奇事。"听这话，朱友良很高兴："嗯，如此能成。"朱先生将带来的布袋子放到桌面上，推过去说："这里头是二百两，你先打点，不够再说。"朱友良连声说："够了够了！今年天气也是怪了，到重九了仍像三伏天，听说山上热死不少人。眼下陆爷自己的事都忙不过来顾不了山上。那工头我认识，他应该肯卖几分薄面。"朱先生说："好，这件事宜早不宜迟！"

朱友良怀揣银子，见小桃红时明显底气足了许多。

来到浪里红赌档二楼。小桃红正在算账，他大大咧咧躺在她对面的竹躺椅上，自个儿摇起来并呵呵笑着问："俩消息，一好一坏先听哪个？"小桃红抬眼望住他，说："没看我正在忙吗？有屁快放！"朱友良坐正身子，满脸堆笑地说："陆爷果然要离开福宁府了，这事千真万确。"小桃红说："又不是什么秘密，好像还是我告诉你的吧。"朱友良说:"几日前他还说,就算此后不为官了,凭他的人脉和经营能力,照样能过得风生水起。"

小桃红认真起来:"花船他不打算卖了?"朱友良说:"卖,当然卖。谁也想不到,竟有人在他背后又放一把火,把他这些年在福宁府的所作所为,诸如违令经营花船,贪墨军饷以及私运黑土的种种劣迹一一罗列呈上去,还附有明细账目,我的乖乖,这下上方为难了,若不把他法办,似乎上下都交待不过去。"小桃红皱眉问:"他被抓起来了?"朱友良说:"抓倒没抓,不过他在福宁府肯定无法继续待下去了,近两日他四处打点,听说准备回荆州老家某县任职。"小桃红说:"说这么多,和咱有什么关系?"朱友良正色地说:"当然有!这一,陆爷打点退路需要钱,急于出手价钱肯定高不到哪儿去。你也早就预料,此时确实有许多双眼睛盯着,到时很可能价高者得之。这二嘛,陆爷如今倒了霉,落难之人无朋友,许多人不定像往常那样给足面子,就算标价竞买,估计价也不高。不过为稳妥起见,我特地多准备些银子。"

朱友良从怀中掏出银袋子,在小桃红眼前晃了一晃,"总之为了你我的将来,这花船啊,我志在必得!"小桃红似是头一回听到朱友良如此有条有理地分析,讶然片刻略略大笑起来,说:"你呀,没当师爷真是损失。"朱友良摆摆手:"只要能和你在一起,给我县太爷也不干。"小桃红起身过去坐在朱友良的腿上:"你心里真是这样想?"朱友良苦笑:"我的红吔,咱俩认识多久了,你怎么还不信我?红吔,你说这话可伤我心!"小桃红温腻地钻进朱友良的怀里,呢喃着说:"好好好,我信,我的小冤家……"

站在栖凤山的半山腰,可以望见整个梅花坞。

梅花坞是一座山。

俯瞰之下，长短的山脚往海中间延伸，看上去确实有点像梅花的花瓣。延伸的山脚与山脚之间，那块靠近溪马门码头的低洼地便是春亮从朱友贵手上租得的盐壳地。风灾过后，水势未退，仍旧一片汪洋，只有部分略高的地方露出水面，从远处望过去，水面映着夕阳残辉，那些高处很像在山上被蚊虫叮咬后胳膊上腿上起的一个个小肿包。再有就是那一排排船屋，瞧着多顺眼！看见船屋仿佛就能看到不久的将来，地牛转动，天地更色，沧海变桑田，如此船民便与山民连成一片，哦不，世上再无船民，一律都是山民了。

这么美美地想一阵，春亮的脸上才显出幸福的笑容，心里便觉得，一切付出包括一切的受苦受难都是值得的。日子虽然难熬，不觉来栖凤山也有一个多月时间了。烧锅被炸死后，春亮自然成为他们这个石窟的"点炮手"。凿岩点炮虽说危险，但可以歇半天，这是"点炮手"独有的"福利"。闲下来的春亮开始疯狂地想水梅，想儿子德山，想二叔徐过江，有时也想满舱……想到满舱曾向他讨教如何生男娃，到底是姿势不对还是日子不对时，春亮笑了。他同时也忧心。他"失踪"以后，大伙是不是疯一般地四处寻找？水梅会不会整日以泪洗脸？大伙是否去东乡问了那位老秀才的意见，愿不愿到船屋来教教孩子们？可惜春亮怎也预料不到，船民架屋的事已被溪马门乡地制止，双方为此大打出手还闹出人命……春亮只是纳闷，饭时船屋为什么没见炊烟？

这天又要开新窟。

几声炮响石壁未按预想的裂开。工头气坏了，边骂边往春亮身上抽一顿鞭子，然后让他下去重来。春亮只得重来，下窟弯腰，背上传来一阵阵火辣辣的疼。春亮咬牙强忍着，仔细观察地势，按烧锅之前教的，仔细寻着石壁的纹路开凿炸洞。洞凿好后，往里头塞引信时春亮脑子里闪过一个大胆的念头。他抬头往上看，没人，于是捏了些许药面，偷偷地往自己的裤带里塞。

这一次终于炸成了。随着几声巨响，新开的石头裂得就像刚出笼的玉米面窝窝头。工头探出脑袋瞧了瞧，似是很满意，仍抽春亮一鞭子说："今天别歇了，跟他们一样，干活去。"

春亮只能继续当"牛"。不知因为新开的石头小了些，还是因为那个念头的缘故，春亮觉得，这天拔犁拉得格外轻松……

每回登花船，杨柳都得偷偷摸摸。

即便如此，杨柳几乎每天都比其他女人晚到花船，因为得等儿子柄生睡着后才可以动身。每个登花船的女人，都要和老鸨签一份契约。女人不识字。他们就一个字一个字地念，不知真念假念，女人们只能往契约上按手印，如此相当于将自己"卖"给花船了。每回去之前，杨柳都得先把自己打扮好了，因为到了花船就得接客，根本没有梳妆打扮的工夫。说梳妆打扮，其实也没什么可打扮的，翻来翻去也就一件瞧得过眼的衣服，就是上面没打多少补丁。再就是按花船的要求梳好发式。花船上的发式有别于船女平常梳的半爿髻。女人这般模样钻出船舱，人们便晓得她们又要做什么去了。这时候，男人们一般会偷偷地别过脸去，假装没看见。相熟的人们相遇也不打招呼，好像面前走过的是个陌生人。某些男人或许会私下叮嘱自家婆娘，别太累！

累不累另当别论。其实女人们最怕的是不小心怀上身孕。花船上才不要挺着大肚子的女人，如此就会被赶回来。一旦被赶回来，一家人的日子又将过得紧巴巴，且不知孩子亲生父亲是谁也只能把他生下来。而生下孩子，这家人又将添上许多负担，如此循环，最后女人的眼神变得空洞、灰蒙……

　　杨柳是个倔强的女人。春明死后，她非常刻苦地学拉网。拉网捕鱼需要一定的腰力和臂力，那本来就是男人的活，身材纤细的杨柳显然不行。不过她依旧坚持下来，谁想一连拉破几张网，捕捞到的鱼虾要么卖不出去，要么就捞到几撮海草。柄生六岁了，身子骨特别虚弱。杨柳心想，大人饿肚子勒紧裤腰带兴许还能顶过去，小娃儿怎么行？为了让柄生吃饱饭，她跟某些船女乘夜黑上岸到山民田里拾荒，挖野菜。可柄生一喝下野菜拌着捣碎的鱼虾熬成的粥糊糊就开始拉肚子。气得杨柳大骂儿子，穷命鬼怎么还生了一张富贵嘴呢？柄生委屈地大哭，杨柳心又软了。最后她想，看来只有登花船这一条路了。

　　翠莲是杨柳娘家的堂姐。杨柳娘家在南溪北岸边的饮牛滩。

　　杨柳娘家世代也是船民，与春亮这些海面船民略不同的是，杨柳她们人称江民，只是在山民眼中，同样是以船为家的卑贱"曲蹄仔"。古语讲靠山吃山靠海吃海，江民们沿江而居，自然吃的是江面饭，平常以淘沙或帮山民过江船渡为生，偶有人家捕些河鲜螺蛳上岸去卖，但也只能贴补家用，根本维持不了生计，故而杨柳不懂拉网情有可原。南溪是土名，官名叫南罗江。南罗江位于溪马门的北面，曲曲绕绕横穿整个福宁府地界，江水于溪马门的湾坞入海。位置上南溪与溪马门一衣带水，两处船民自古沾亲带故。比如许多溪马门船女嫁到南溪，南溪船女也大多嫁到溪马门。不用往上溯三代，不论海面的郭姓、江姓或徐姓船民，还是南溪的杨家、姚家和刘家江民，基本都有表姑侄之亲。满舱就是南溪人。早年不知因为什么他爹与几兄弟闹了矛盾，后来举家搬到溪马门，逐渐融入狮犁帮这片生活圈。因此在溪马门海面，

第一部　噩梦　　　　　　　　　　　　　　　　　　　107

姓姚的只有姚满舱一家子。同吃海面饭，没人刻意去排斥孤姓一家人，相反经过几十年相处，大伙就跟兄弟姊妹似的相扶相持，期间虽偶有争执，但无伤彼此感情……按现今的话说，这叫"抱团取暖"。而在那时候，姻亲似乎是最牢靠的一种抱团关系。翠莲早几年嫁给木帆当婆娘，照理堂姊妹之间完全能够互相接济照应，谁晓得木帆突然得了一种怪病，站立困难浑身乏力且整日心儿慌慌。翠莲以为丈夫挑盐路上不小心中了邪，到庙里求神符泡水给他喝，越喝人越不行，就连朱先生瞧了也是连连摇头。这天夜里，翠莲过来找杨柳。姊妹俩聊一阵天后翠莲忽然低声说："明天，我就要去花船挣钱了。"听说花船，杨柳心里格登一下，愣愣地望住堂姐不说话。翠莲凄楚一笑："别这么看我！木帆病了，几个小的都要吃饭，咱女人除了这身皮肉，能卖的早都卖光了。"

沉默半天，杨柳问翠莲："这事木帆晓得吧？"

翠莲眼圈泛红："他没答应我哪敢做主？他反倒安慰我说，船过水无痕没什么大不了……柳啊，你说我怎么这么命苦呢？"

说完，姊妹俩抱头痛哭。

第二天，杨柳去忠义堂请教朱先生，有没有让女人不会怀孕的方子。听这话朱先生基本断定这女人准备做什么。方子当然有，是他老丈人柳望川的柳家祖传秘方。不过朱先生仔细研究过那方子，副作用很多，服用后很可能导致女人不孕。杨柳苦涩笑笑，心想春明死后她成了寡妇，和谁生娃去？杨柳咬咬牙，最后变卖唯一一件陪嫁首饰，也帮翠莲买了药。就这样姊妹俩同去。

翠莲对杨柳的决定毫不惊讶，她反倒说，靠天靠地不如靠自己！

某些女人登花船由她家男人亲自摇船儿送过去，也有女人自己划着板舵儿过去，杨柳和翠莲两人不敢明着搭船，悄悄从岸上走过去。

原先船儿停靠在码头附近一处相对平缓的浅滩，岸边有几棵老得不成样子的歪脖子柳，柳树边上是一条弯弯曲曲长满青苔的石板路，船民平常从石板路上岸挑淡水、拾柴火或卖鱼。过石板路，穿溪尾街，再沿官道往北走两里地左右便到了南溪入海口。去的时候杨柳尽量低头，生怕遇见熟人。虽说碰到熟人也不会有人跟她打招呼，她仍觉得整张脸烫得厉害。人要脸树要皮，杨柳再坚强，毕竟去做那种见不得光的"营生"，自然羞愧难忍。

杨柳接的第一位客人年纪不大，家境貌似不好，身上蓝色长衫手工粗糙且已洗得发白。在老鸨的安排下，被客人相中的女人才可以上船。待客女人只能在岸边的长凳上候着。花船明显要比舢舨舵宽许多也高许多，舱板上铺一张草席，草席上叠放着粉色被单和俩布枕头，舱两端垂着布帘子。这便是花船女人日常"营生"的地方。杨柳刚进去有些新奇，坐下环顾四周。

杨柳瞥见男人一进来便准备脱衣服，心儿忽地怦怦乱跳起来。男人有些腼腆，止住动作轻声问她："你怎么不脱呢？"杨柳不敢应声，低头暗叹并慢慢解开上衣的排扣。上衣脱去后，大概瞧见白花花的女人胸脯，男人三下五下除去长衫裤头喘着粗气就将杨柳扑倒在草席上。杨柳双目紧闭，仰躺着任由男人摆布，心里默默地安慰自己，没事没事，一会儿就过去……男人搂住杨柳，嘴巴在她胸脯上一阵乱拱，很快起身将杨柳的下裤脱去。赤条条的杨柳自觉地分开双腿，男人才把她压在身下，才刚进去，便发觉男人身子猛一阵哆嗦，然后一动不动。杨柳早不是黄花闺女，自然明白发生了什么事——真就这么快？杨柳睁开眼，洋灯下男人眉目清秀，除身条削瘦外，目光还算清澈。

第一部　噩梦

两人默默对视,男人忽然哭了,低声哭得像个委屈的小媳妇。

男人的突然举动可把杨柳吓坏了,因为老鸨事先警告过,若不能好好伺候客人,客人抱怨的话,女人将被扣钱……怎么办好呢?杨柳赶忙起身跪下,连磕几个头说:"我头一回做这事,求您千万别……"男人有些难为情,止住抽泣说:"不,不关你的事,只怪我自己没用!"杨柳明白过来,原来男人只是觉得自己丢了脸面。记得刚成亲那晚,毛躁的春明也是这般光景。

杨柳暗松一口气,小声地问:"要不……咱俩再来一次?"杨柳不相信自己会说这种话。虽然声音很轻,轻得就好像只够她自己听见似的,仍将杨柳的脸蛋臊得比街西头染布坊里刚出水的红布头还红。

在后来的日子里,男人经常等杨柳。不论多晚他都会等杨柳,似乎对杨柳情有独钟。翠莲打趣杨柳说:"那男人真是个痴情汉!"

男人痴不痴情杨柳不清楚。总之男人不再像头一回那样迫不及待,平整地叠好衣服后才扶杨柳慢慢躺下。许多时候,杨柳甚至都忘了自己和他是在做皮肉交易。他对待杨柳格外温柔,动作慢条斯理且稳稳当当。每回准备做什么,基本都会问一句可以吗?问得杨柳整颗心七上八下的。差不多两个月,男人几乎隔天就光顾一次花船,身上却总穿着那件洗得发白的蓝色长衫。杨柳很想提醒男人,这么频繁不好,攒点钱不容易,而且很伤身体……可每每话到嘴边却又咽了回去。男人绝对是好男人,至少不像翠莲遇到的男人那样粗暴,将翠莲身上抓得青一道紫一道的。男人告诉杨柳,他姓高,单名原,这年三十岁,家住栖凤山北面的高岩矼,少年时曾通过乡试考核获得童生资格,后因家境贫寒没再求学。高岩矻是个偏僻的小山村，只有三四十户人家。杨柳做姑娘时曾到高岩矻卖过蚬子，对那个小山村有点模糊的印象。

"妹子，听哥的话，往后别吃这碗饭了好吗？"这晚云雨过后，他将杨柳搂在怀里动情地说。杨柳很感动："你以为我想啊？我有不得已的苦衷。"高原说："我明白你的处境，你们船女日子苦嘛，要不你干脆嫁给我？早些年我跟人做生意，攒了点家底，可都被我短命的药罐子女人花个精光，好在家中还有三间屋子和几分地，如果你肯嫁我，平时我替人抄抄写写，你在家种田洗衣做饭，我想过日子不成问题。"听这话，杨柳撑起身子望住男人："这种玩笑一点不好笑！"高原苦笑说："我婆娘死后我一个人孤苦零丁，敢笑话谁？妹子，哥说的是真心话，你考虑考虑？"

面对高原的"情真意重"，杨柳思量许久，想得满脑子乱哄哄依旧拿不定主意，比当初决定登花船还难。她只好把这事告诉翠莲。翠莲惊叫起来："我的天爷，岸上真有这种好人？"杨柳凄楚地低头沉默。翠莲说："柳啊，别说姐没提醒你，男人上花船，图的只是新鲜劲，新鲜劲一过，咱算个什么，怕比凸头的扫帚还不如，姐觉得，你应该想清楚了。"杨柳想不清楚才来问翠莲，见翠莲也说不出个所以然，只好悻悻地回了自家船屋。

折腾几个月，绕许多弯，春亮的"上岸"打算只能回到原点。

对朱友贵来说，梅花坞那块地租出去便租出去，朱家财大气粗，就算刘总乡约在世时，包括总乡约故去后他儿子刘达仁顶了总乡约一职，也没人敢说朱友贵的不是。但那份通告还在，上面可清清楚楚地写着，船民架的船屋必须限期拆除。"是要拆除！

好端端一处滩涂架起几排船屋，船不像船屋不像屋瞧着确实碍眼，不过……"这天刘达仁新乡约述职，特地请来薛崇义。

宴请席上，薛崇义慢条斯理地说："不过要注意处置方法，姓陆的下场大家都看到了，简单粗暴，最后怎的，还不是灰溜溜地回老家去？洋人眼下很看中咱溪马门，听说准备在这儿建立电报公司、洋轮公司、商贸代理处还有洋胰工厂，咱可不能在这当口，又闹出不可收拾的场面。"

在座的诸位纷纷点头表示赞同。

刘达仁竖起大拇指，说："薛爷高见！您一向最懂整个福宁府，说得很透。古人讲，光脚的不怕穿鞋的，咱确实不能被泥腿子搅了溪马门的大好局面。"却有人说，怕个卵球，曲蹄仔腿再长也是弯的，屁眼再大难道还能放出炮来？这话顿即引起一阵哄堂大笑。刘达仁瞪住那人："在座的都是斯文人，咱得用斯文的法子解决问题。"薛崇义摆着手："如何解决是你们的事，用什么法子，不必告诉我！"

刘达仁连声说是，嘿嘿笑着坐下，一脸尴尬。

这日后响，朱友贵坐在自家二楼凉台的竹躺椅上一边喝茶，一边饶有兴致地欣赏一出"好戏"，还把这出戏定名为："梅花坞恩仇记"。

金秋不解："打架嘛，肯定是结仇了，可刘达仁不许曲蹄仔架船屋，哪来的恩？"朱友贵笑笑："你想啊，是谁租地给曲蹄仔的？若没有我朱友贵，没有租给他们那块地，上次风灾不知又会淹死多少人。"

金秋思着点头："这么说，老爷还真是曲蹄仔的恩人！"

朱友贵说："知道我朱家是怎么在溪马门落脚的？当年老祖

宗一行人从京城一路逃到溪马门，人生地不熟，遇见一赌鬼，问他往南是哪里。赌鬼骂骂咧咧差点动手，说他难怪会背到家输个底朝天，原来遇见北方人。赌场中的人最怕听到'北'这个字，'北'和'背'一个意思。这时候的老祖宗早已是人疲马乏走不动了，便对赌鬼赔礼地说，您消消气儿！我赠你赌本再去博运气，但有个条件，你得寻个地方让我一家老小暂时歇脚。赌鬼听后很高兴，这才觉着自己是遇到贵人了，就将自家茅屋腾出来给老祖宗住。就这样老祖宗在赌鬼家住了有两个月。两个月里，赌鬼几乎天天都朝老祖宗伸手要钱。老祖宗爽快地给他，却和他口头约定，要钱只能晚上来，且不能让人知晓。下人不解，说长此以往如何得了，因为匆忙南下所携带的金银细软本就不多。老祖宗说他自有安排。有天黑夜赌鬼又回来朝老祖宗要钱。老祖宗摊手说他没钱了。赌鬼当然不干，说要么给钱要么卷铺盖滚蛋，说完拔出明晃晃的尖刀。老祖宗说你不仁就不能怪我不义了，说完一挥手下人们一拥而上将赌鬼结果了。由于老祖宗在赌鬼家住了两个多月，附近村民以为赌鬼将屋子田亩典给了外乡人，加上赌鬼经常不着家，就算他突然一命归西也没人在意……咱朱家就是从那时起在溪马门站稳脚跟。呵呵，你可能会问，老祖宗既然有钱，完全可以置地买屋何必多此一举？殊不知老祖宗当年是被逐出京城的，做什么都不能声张。"

金秋说："我的乖乖，老祖宗下手真够狠的！"

朱友贵说："不不，那不叫狠，叫谋略……你再看刘达仁，简直就是草包一个！他以为他那一套对曲蹄仔管用？隔年的蓑衣抖出一身灰。别看曲蹄仔平日软趴趴的好欺负，惹急了，照样能张嘴咬掉他半条命……"

述职酒喝完，刘达仁立马着手上任后的头一件大事，即拆除梅花坞浅滩的船屋。事先他拜会过朱友贵。朱友贵说，既然把地租出去了，人家拿来做什么他无权干涉。刘达仁说，要的就是您这句话！说完，屁颠屁颠地回了乡公所。不过也有人给刘达仁出主意，说要动狮犁帮那群曲蹄仔，最好先去问问刘老太爷的意见。刘氏商行和狮犁帮一直有来往，常言道打狗也要看主人，至少要给刘老太爷包括刘富余几分薄面。刘达仁冷笑："梅花坞那地是朱家的，朱友贵都没说什么关刘富余屁事！再说，老头子现今屙屎都不会冒烟了，他儿子兜里有几个臭钱，可在我眼里什么都不是。"那人说："就怕曲蹄仔闹事儿！"刘达仁说："怕怕怕，胆儿都让狗吃了？我爹的死肯定跟曲蹄仔有关，这笔账必须算一算，反正有我没他们，这事就这么定了！"见刘达仁将拆船屋的事与他家仇怨连在一起，许多人也就不好再多说什么了。

重阳过后，许多商行纷纷开始筹备年关的买卖。

刘富余原想和刘达仁争一争总乡约的位置，却遭到老爷子的强烈反对。老太爷恨声说："糊涂！你是什么性子我不清楚？端着大少爷的架子去给人装孙子怎么装都不像。"刘富余解释："我只是想替乡亲们做点事！"老太爷说："有这份心就成！总乡约看似风光实则处处得罪人，我看你呀，还是老老实实把商行经营好。前些日子你从别处调集茶米运往福州我看就挺好，现今年景一年不如一年，真替乡亲们着想，可以把茶米收购价适当地提一提嘛。"刘富余担心地说："如今生意不好做，商行利润也是一天不如一天，若再把收购价提高的话，恐怕……"老太爷说："这么想就对了，不论做什么，先自求多福！"刘富余定定地望住老爷子，片刻后说："我明白了，爹！"

近几日刘富余确实忙得很，忙得连偶而去苦根船上过夜的工夫都没有。他当然不知情，苦根婆娘已经怀上了。得知婆娘怀孕的消息苦根乐坏了。婆娘却狠拧丈夫的胳膊,意思说人家给你装个王八壳子你还高兴成这样!成亲数月特别在丈夫的默认下与别的男人媾合后,苦根女人不再是羞答答的样子,脾气也比之前大了许多。苦根见女人生气,苦着脸说,老话说龙生龙凤生凤老鼠生的鼠儿会打洞,你自己也仔细算过了是我的娃,可这事天知地知你知我知刘富余不知啊,咱必须一口咬定肚子里就是他刘家的种。女人比着手势问,是不是准备讹人家的钱?苦根说讹个屁!咱有那势力吗?他婆娘替他生了仨闺女,如果你怀的是儿子你猜会怎样,就算不敢认,暗里肯定也会不断资助咱们,天底下哪还有比这更划算的事?女人听懂了,再次比手势问,他只是偶尔过来,这么说他会信?苦根皱眉地说,这个……但必须让他信!

相比刘富余,朱友贵因有儿子孝临接手生意,平日闲得很。

自从陆登烈倒台,朱友贵基本不再光顾花船,一来因为山珍海味吃多也会犯腻,马上就要过五十大寿了,早懂得换换口味的事只能适可而止,二也因为芳华正茂的金秋夜夜缠着他。他明白金秋的小心思,无非想留个种,如此便可以在朱家站住脚。金秋是个聪明的女人,她有一千种一万种的法子让朱友贵臣服裙下。朱友贵心知肚明,却笑嘻嘻地依她。女人嘛,总得给些滋润,而且他目下还有能力给予女人滋润。即便如此,仍然闲得无聊。这日梅花坞那头即将大打出手,朱友贵眼睛一亮,就像瞅见身无寸缕的年轻姑娘似的。他仔细咀嚼金秋递到嘴边的葡萄,嚼得津津有味,期间不忘和金秋打起赌来——

"没猜错的话,待会儿刘老太爷肯定会被人请过去。"

"为什么?老爷子好些年不管事了。"

"老将出马一个顶俩嘛……瞧着吧!刘达仁新官上任这把火能不能烧着不清楚,他自己先踢到铁板了,嘿嘿,有意思,有意思！"

"老爷，您说曲蹄仔胆儿敢那么肥吗？"

"不不，这无关胆儿肥不肥的事，关键看是不是把人逼到死角。"

终于知道春亮是被陆登烈抓走，好在人已经放出来了，徐过江悬着的心这才慢慢地放下，反过来劝水梅："朱先生说得在理，先别管他做什么，没被砍头就有希望。"水梅眼泪涌了出来："我偷偷到栖凤山瞧过了，他们做的那叫什么活，比畜生还不如。"徐过江长叹说："老辈人说一枝草一点露，船民世代生活在海面，风急浪高无依无靠，为什么到现在还没死绝？这些天我仔仔细细想了许多事，大概想明白了，老天不让咱灭绝啊！既然不让灭绝，总会给出一条路走的，所以我想春亮不会有事！好久没见山仔，他怎样了？"水梅一边抹泪一边说："大些也胖些了，淘得很，一刻不消停。"徐过江大笑："男娃儿淘好啊，男娃儿可不能太老实，老实遭人欺负。"说完，徐过江催促水梅赶快回去朱家，近些天没事不用回来，安心在朱家等待春亮的消息。

老实巴交的徐过江好像才想明白，做人不能太软弱！自古马善被人骑人善遭人欺。刘达仁三番五次派保丁过来，无非是想让船民退回船上去。来人还呲牙咧嘴地丢下一些狠话，限两日之内拆去船屋，不然放火烧了……

满舱吃不准，来找徐过江商量。

徐过江说："起先我也不理解，春亮为什么坚持将脑袋别裤腰上要在这儿架船屋，现在总算瞧出点眉目了，山人越着急，越说明春亮是对的。"满舱郁闷地蹲下："那怎么办？不管对不对现今都要拿出解决的法子啊。"徐过江思着摇头，却坚定地说："法子没有！可咱也是堂堂正正的人，不能一退再退，再退也没地儿可退，这次必须让山人晓得，咱不是好欺负的软蛋蛋！"

满舱站起身："好，等的就是您这句话，我马上去准备。"

许多年后，人们谈起这一次梅花坞大械斗，且不论结果如何，绝对可算是船民有史以来最硬气的一次。这当中，徐过江的表现很出人意料。

晌午时分，保丁们大概叫嚷累了，偃旗息鼓骂骂咧咧都回去了。保丁们一般饭时回去，大约一个时辰后再过来。乘此间隙，满舱让女人和孩子暂时躲到船上去，并让各家船儿都停放到几里开外的海面上，然后站在自家船头大声地喊："大家赶紧填点肚子，吃完操上鱼叉鱼刀，顺手的都带上，姓刘的不给咱活路走，咱也不让他好过。"男人们早憋着一口气，听这话纷纷响应。某些女人却暗暗拉住自家男人说，薄蛏哪能跟铁蚶一起颠！咱有什么，吃都吃不饱能斗得过山人？听话的男人为难了，刚鼓起的那股子豪气又一下瘪了回去。满舱见状冷然地说："不想去也成，那就和娘们继续窝船上！带种的跟我走，今天让山人瞧瞧，虾蛄再烂也是九品官，惹急了照样蜇他一手皮。"

草帘也在低声劝满舱："别嘴硬了，你拿什么和山人斗？他们有枪有炮你光靠说大话能行吗？"满舱紧握拳头："不行？咱就张嘴咬，山人也是人生爹妈养的，我就不信他们不晓得疼！"草帘说："你自己瞧瞧，大伙哪个不拖家带口？就你能！你要做什么自己一个人做去，可别牵累人家。"满舱说："反正你别拦我！"草帘眼圈顿红，幽叹地说："我拦得住吗？我确实说不出你哪儿不对，可你要有个三长两短，你说，你让我和娃儿怎么活？"草帘这话一下击中满舱心底最柔软的那个地方。别看两口子平日吵吵嚷嚷，真到了生死抉择的紧要关头，相濡以沫之情便完全流露出来。"哎呀，说什么丧气话!"满舱故作轻松地笑笑，低声解释，"说是去干架，也不定真干，刘达仁苦苦相逼，咱总要拿出态度来嘛!"草帘说："算了，反正你自己小心点!"

约摸过了半个时辰，多条板舵儿齐整整地驶向梅花坞。

此刻，徐过江端端正正地坐在船屋顶上，一边慢悠悠地抽着旱烟，一边举手数了数，一共二十六条船，有的船上三个人，有的船上两个人，总数已超过五十人了，欣慰地点头："不错，大家身上的血性没全丢光!"

一场山人与船民之间的"大战"在即——

山上的春亮毫不知情。

这日中午歇下吃食，他和平常一样往梅花坞瞧一眼，发现海面上一下多了许多艘板舵儿，心想，到底出什么事了？他一边咀嚼窝头，一边准备继续看是什么个情况。这时，一位白短褂的男人引一位洋人爬到平台上来。白短褂男人站在众人面前说："认识一下，我叫杨三，人称三爷，今后是咱栖凤山石窟的负责人。我身边这位叫史蒂芬，是威廉神父的助手……"春亮的心思仍停留在梅花坞海面，时不时地回头望去，根本没认真听白短褂男人说些什么，直到那位叫史蒂芬的洋人操着生硬的平话开口，春亮这才望向洋人。史蒂芬大致是说，这次窟里出的石头非常好，是罕见的汉白玉，希望各位工人兄弟手里的活儿细些再细些。洋人鼻音很重，叽叽呱呱听得不太清。白短褂男人说："史蒂芬先生说了，只要大家干得好，工钱加倍!"听说工钱，木然的人群才忽地起了一阵躁动。可惜大家有口不能言不能问，只眼巴巴望住白短褂男人，希望能听到更详细更具体的消息。谁料男人却弓腰朝洋人做了个请的手势，两人就这么一前一后地离开了……春亮将剩下的窝头渣渣塞进嘴里，就一口凉水吞下，才发现四周与往日有所不同。那些手持火枪的巡丁不知什么时都不见了，换上身穿黑绸或黑布衫短褂的陌生人。不过这些人和巡丁一样，有的站岗有的在凉棚里的躺椅上歇着，腰间大多别着钢刀，有的身上甚至连把刀都没有……

春亮内心猛然一动，是不是机会终于来了？

八至十月份对溪马门来说，是一年中最难熬的"秋烘"季节，日头像火炉一般直愣愣地炙烤大地，树上知了依旧呱噪。风灾过后，整个溪马门仿佛被硬生生地褪去一层皮，然后继续放在铁板上烤。收购晚茶的商人很高兴，总算能抢到一波品相好的茶米了，也可适当弥补受灾的损失了。而那些来不及收割晚稻的山民却一脸苦逼相，指望稻米过冬的愿景大概要落空了，眼看倒成一片的稻田只得紧急抢收，能收多少算多少，夜里还得提防船民上岸拾荒。

朱友良很是心满意足，不但成功地搞到花船，还得偿所愿地得到小桃红。小桃红这女人果真是难得的尤物！该矜持的时候矜持，该浪的时候浪，把朱友良哄得差点忘了白天黑夜。这天小桃红对朱友良吹着枕边风："我想把花船生意进行彻底改良。"朱友良哪懂经营，嘿嘿笑着："爱怎么改怎么改，咱不是早说好了，面上的事你做主，至于分红嘛，分不分我也不在乎。"小桃红说："我准备找姑娘们签终身契。"朱友良翻身坐起："终身契？好端端的怎么突然这样想？"小桃红说："短短几天工夫已有十几个女人离开花船，她们当中有个叫杨柳的曲蹄母，模样长得好，客人都很喜欢她，她一走客人纷纷抱怨。我想，若不及时拿出点手段，花船生意迟早毁在咱们手里。"朱友良说："确实需要解决，可是……签终身契在福宁府没有先例！"小桃红说："路都是人走出来的，这不还有你嘛？怎么了，不想和我继续好了？"

小桃红提的新问题，把朱友良的眉头锁成一只大螃蟹。

秋老虎燠热，病倒的人越来越多，不知情的人还以为又是瘟疫流行。朱先生吩咐老杨在忠义堂门口架一口大锅，现煮凉茶赠饮，可医堂内等待就诊的人仍旧排起长龙。就这样过了十来天，朱先生终于顶不住病倒了。

他写下几个处方，让老杨和喜子替他依患者情况不同分别处置。见老杨和喜子勉强上手，朱先生这才得空回房休息。朱先生卧床期间，基本都是水梅端药送水细心照料。见水梅忙里忙外汗流浃背，朱先生饱含深情地说：

"这几日辛苦你了！"

"不辛苦！"水梅莞尔笑笑。

"你大概没睡好吧，瞧瞧，都起黑眼圈了！"

"是吗？"

"不过还好，不细看不明显。"

"哦……"

"先别忙了，坐过来歇会儿！"

"好，好吧……"

水梅刚坐床边，忽而想起井台上先生的衣服还没洗，便出去洗了。边搓洗衣服边寻思着，前几次回船屋，二叔总让她搬回去住，今日因何反而叮嘱她没事不用回来？难道被二叔瞧出什么来了？水梅平常基本待在忠义堂后院，大门不出二门不迈，自然不清楚近些天梅花坞发生的那些事……不过自从和朱先生有了肌肤之亲后，水梅的心思便开始变得敏感起来，包括回去路上别人看她，她都能从寻常的目光中琢磨出异样的情绪来。

晾好衣物，水梅满怀心事地回到东厢房，心里想着，今后怕是不能和朱先生继续下去了，这种事就像纸包火总有一天会被人发现。倘若被春亮知晓，指不定会暴怒成怎样，可是……该怎么开口呢？进门后发现朱先生已经起床了，正在书案上写字。"身子没好利索怎么就起来了？"水梅埋怨说道。朱先生搁下笔呵呵笑着："你过来，今天起我教你识字。"水梅一愣："你教我？"朱先生说："教你识字又不是什么不得了的事！"水梅说："可是我……"朱先生伸手把水梅拉过来："在我眼里，船民和岸上人一样没什么区别，都有读书识字的权利，许多人认为读书只为入仕做官，其实大错特错，圣人早说了，读书在于明理，识见不可不高。我当然晓得，你从未上过一天学堂，其实岸上女子多数也未上过学堂，好在读书识字什么时都不迟，关键看你想不想学。"这番话水梅听得心儿怦怦直跳，低声说："我当然想学，可我更想让娃儿学。"朱先生握住水梅的手说："放心，等家胤和德山长大，我自会安排，来，今天先让你认一认几个字……"旋而，水梅跟着朱先生小声地念：

　　只要世间人无病，何愁架上药生尘。

第七章

这日午后，刘达仁不得不亲临现场。

实际上刘达仁极不情愿亲自过去，拆几处胡乱搭建的船屋，且面对的是一群衣衫褴褛家无隔夜粮的曲蹄仔，杀鸡焉用宰牛刀？午饭后刘达仁和往常一样喝两盏茶吃几片冰镇西瓜，正准备小憩困个午觉，却突然有人跑来说，曲蹄仔纠集许多人已经打起来了……刘达仁气得破口大骂："废物！几个曲蹄仔能折腾出多大的事，瞧你慌成尿样？"那人说："他们这次不一样，气势汹汹像要把人生吞了。"刘达仁皱眉问："领头的是谁？"那人说："听他们喊他什么过江叔……"刘达仁听着一愣，哦？居然是胆小如鼠的徐过江！

确实是徐过江。

这天徐过江站在船屋顶上，半辈子不离身的烟杆子别在腰间，远远望去就像一位指挥千军万马的将军。他把船民招呼到跟前："大家听我说，能不动手咱尽量不动手，咱先和刘达仁评理。"有人问："过江叔，他们左一声曲蹄仔右一口臭曲蹄，能和咱说理吗？"徐过江说："山人从不让咱船民上岸，大概怕遭殃，可事实摆在眼前，咱虽说架了船屋，可是屋不算屋，屋下面依然是海水，根本不算上岸，这是一；二，咱架船屋的地是朱家的，是咱向朱友贵租来的，又没侵占山人一寸土地，他刘达仁无权干涉，更无权把咱辛辛苦苦架起的船屋拆了。"满舱望住徐过江，突然发现这个平常有点气人却又有点可爱的老头脸上每道褶子里似乎都透出一股子睿智，说话一套一套的。众人七嘴八舌议论纷纷，满舱高声地喊："二叔，闲话不要多讲，狗日的保丁差不多又要过来了，咱得赶紧准备准备。"徐过江说："不急！先听我把话说完，今天不管发生什么事，都是我徐过江挑头的，大家听明白了没有？"满舱顿觉喉头像是堵了什么东西似的，沙哑地喊一声："二叔……"徐过江按了按手，说："这事别跟我争，就这么定了，理说不通咱直接干。"徐过江这声"直接干"，就像往正在燃烧的柴堆里倒上一盆洋油，众人的士气一下高昂起来。

下午带保丁过来的山人外号叫"沙皮"，真实名字大家都不知道，总之是溪尾街出了名的地痞无赖。海里的沙皮是一种鱼。那种鱼长得丑且性情特别凶狠，只要有沙皮鱼出现的地方，方圆数丈之内几乎不可能有其他鱼类，说明沙皮鱼有多么令人讨厌！船民时常拿沙皮鱼来骂人……见来人是沙皮，海狗的眼睛里一下冒出火来，若不是满舱及时拉住，海狗手中的鱼刀怕早朝沙皮招呼过去。这个叫沙皮的无赖与海狗一家有仇。几年前海狗十六岁的妹妹海玉上岸卖鱼，光天化日之下竟被沙皮当众糟蹋了。后来海玉发现自己怀了孽种一时想不开，于某个漆黑深夜乘海水涨潮跳入海中，至今生不见人死不见尸。

沙皮手叉腰站在高处，皮笑肉不笑地说："怎么了，反了你们？你们自己不拆，那就由我们代劳。"说着大手一挥，立即有

第一部 噩梦

保丁点燃火把。徐过江往前站一步,大喝一声:"慢着!"沙皮望向徐过江,说:"唶呵,你个老不死,缺棺材板说一声,爷待会儿送你一副,不过有棺材板也没地儿埋,扔海里倒很省事嘛。"说完大笑。许多保丁跟着笑。徐过江问:"刘达仁怎么没来?"沙皮冷冷地说:"总乡约的名字也是你叫的?识相的快滚开,别挡道!"徐过江坚持说:"我们等刘达仁。"沙皮大笑:"你算老几?刘爷仁慈,才给你们几天工夫自己拆,敬酒不吃吃罚酒,兄弟们,放把火烧了省得啰里吧唆。"

船民们站成一排,以身体怒目抗拒。

沙皮气急败坏:"都活腻了,好,那就连人带屋一起点了。"保丁手举火把一拥而上。船民自然不干,但没谁敢动手,都看徐过江。徐过江快步走到沙皮跟前,质问:"你真一点道理都不讲?"沙皮冷哼着说:"道理?嘿,爷就是天底下最大的理!兄弟们,曲蹄仔以身抗法,格杀勿论。"

这时海狗早忍耐不住,几步跑过去,冷不丁挥沙皮一刀,惊得沙皮赶忙将徐过江拉到身前挡着。唰的刀过血光现,紧急躲避的沙皮仍被锋利的鱼刀削去一边耳朵,惨叫跳着跑开了。而徐过江的肩头也被海狗的刀伤到,胸前瞬即红成一片。"过江叔……"海狗悲愤地叫一声,顾不上查看徐过江的伤势,紧着追沙皮一阵乱砍。沙皮边跑边喊:"曲蹄仔杀人啦,曲蹄仔杀人……"海狗追着骂:"狗日的,今天杀的就是你,今天老账新账一块算……"

沙皮跑到堤岸上,海狗追到堤岸上。

此时船屋前的浅滩上也已乱成一锅粥。

领头的沙皮跑了,保丁们你看我我看你地彼此傻眼。见徐过江受伤倒在泥地里,船民们愕然之后立马沸腾起来,不知谁喊一句:"干他狗日的!"于是有的拿鱼叉有的持鱼刀有的操橹桨朝保丁们冲了过去。两拨人很快杂乱地斗成一团……

一个身体瘦小的保丁丢下火把，赶紧跑去给刘达仁报信。

海狗愣头青一般一个劲地猛追，把沙皮惊得魂儿都没了。

见岸上站着许多围观的山人，沙皮顾不上自己平日不受待见，气喘吁吁地央求说："快，快帮忙请刘爷……"海狗后面喊："请天王老子也没用，今天不是你死就是我亡……"奇怪的是，平日见了船民一口一个"曲蹄仔"的山民这天反倒给海狗让出一条道来。沙皮在人群中左躲右闪。海狗怕自己又误伤到山民，不敢大开大合地挥刀。不知沙皮跑得急眼睛没仔细瞧道，还是谁突然伸了一脚，沙皮被绊了个狗啃泥。海狗瞧机会来了，手中的刀准确地朝沙皮的屁股眼捅过去。只听沙皮一声惨叫，身子猛烈地抖几抖便一动不动了。用于杀鱼的鱼刀长一尺，此刻只见木制刀柄露在沙皮的屁股沟外头……

"啊，真敢杀人？"围观的山民发出一阵嘘声。

"这种人死不足惜，死了干净！"

"我的乖乖，这个曲蹄仔真够猛……"

"嘘，别这样说，人家还在这儿呢！"

毕竟头一回杀人，海狗开始有些慌，不过站片刻便平静下来。他弯腰捏住刀柄慢慢地拔出刀，刀身带出一大滩红的黄的东西，山民见状赶紧手捂口鼻远远躲开。海狗双目噙泪，仰头凄烈地大喊："妹妹，哥终于替你报仇了！哥没用，没保护好你……"话音未落，突然砰的一声响，海狗感觉胸口一热，低头往身上瞧，一股热血正喷洒而出……慢慢抬头，发现面前一丈左右的地方站着一个人。刚才发出响的就是那人手中的短火枪，枪口正冒青烟……

"狗日的刘达仁，你，你不得好死……"海狗想站稳，却扑通倒地。

　　刘达仁一行人来到梅花坞的时候，刘家老爷子在管家刘全的陪伴下拄着拐杖赶来了。不过朱友贵猜错了，刘老太爷并非谁去请，闹那么大动静，包括朱先生也闻讯赶到梅花坞。刘老太爷哆嗦着嘴唇，正准备喊"都住手"。突然又听枪响。枪响后，正在恶斗的船民和保丁瞬间停下来，很快分站两边。

　　视情形双方都有人挂彩，船民惨一些，几乎无人不受伤的。

　　"天哪！过，过江叔……"突然发现徐过江的腹部中枪，船民丢下手中的家伙纷纷围过来。徐过江原本肩头受伤由满舱扶着，此时倒在满舱怀里面色死灰双目紧闭……满舱用手紧紧捂住过江叔汩汩出血的枪眼。大家围一圈跪着齐声呼唤："过江叔，过江叔……"片刻后，徐过江悠悠地睁眼，强笑着对满舱说："扶……扶我起来。"满舱双目噙泪："二叔……"徐过江一阵急促呼吸后说："扶我起来！"徐过江晃悠悠地站起来，挣脱满舱搀扶的手。

　　他死死地盯住刘达仁，问："我们犯了哪条王法？"

　　刘达仁冷笑，不回答。

　　徐过江又问："我们违反了'十不准'？"

　　刘达仁不回答。

　　徐过江再问："这块地是你刘家的？"

　　刘达仁仍旧不回答，岸上众人也鸦雀无声。

　　徐过江说："既然都不是……何苦死死相逼！我们只不过借这么点大地方栖身而已，又没上岸，你怕什么？你又恨什么？"

　　刘达仁这才开口："你们不经允许，私自架屋坏了规矩！"

　　徐过江说："是吗，谁定的规矩？你可晓得，人在做天在看！"

刘达仁冷漠地说："别动不动就搬天搬地，在溪马门不论做什么都得按乡地的规矩办，谁坏了规矩都不行，大家既然推选我为溪马门总乡约，我自然得为溪马门的百姓做主！"徐过江说："我们连家船民世代生活在海面，该交的税分毫没少，我们也算溪马门百姓是吧，你为什么不替我们做主？"刘达仁冷睨徐过江一眼，突然大笑："我不跟你废话！今天必须把船屋拆了。"

徐过江此刻身体摇晃得厉害，将双脚插在泥里才勉强撑住。"是吗？我倒想看看，谁敢！"徐过江大吼一声，将腰杆子挺得异常笔直。见过江叔如此，除了几位倒地的船民外，其他人都忍住伤痛将腰杆子挺得笔直……

僵持到最后，徐过江当然死了。腹部中弹血如泉涌，就算山泉也有流干的时候。令山人称奇的是，这个老曲蹄最后竟是怒目圆睁站着死的。

当晚乡所里聚集了许多人。刘老太爷和朱先生自然都被邀请过来。刘达仁派人去请朱友贵。朱友贵居然说，他不巧中了暑，整个人昏昏沉沉连头都抬不起来。总之一句话，他来不了。刘老太爷对朱先生说："你家这位堂叔可真是个奇人哪！"奇人和气人仅一字之差，从老太爷嘴里朱先生听出一种愤愤然的意味，朱友贵作为事主当事人不到场，旁人还讨论个屁！

朱先生当然也生气。他倒不是因为朱友贵不来而生气。友贵叔不来有不来的道理，他已经将土地租出去，那么使用权在船民那儿。而船屋拆不拆其实就刘达仁一句话，何曾听过别的山人说过一个不字？刘达仁说他身为总乡约当为百姓做主……那么做谁家的主？还不是因为他家老子莫名其妙一命呜呼，将这笔糊涂账算到狮犁帮船民头上，肆意开枪杀人，请问天理容不容？

朱先生原本不想来。听说徐过江过世的消息水梅抱上德山连哭带爬地赶回去。朱先生不放心让老杨跟着。老杨回来后手握拳头狠狠砸一下门框，当着朱先生的面爆一句粗口："日他娘的！"朱先生从憨厚的老杨身上看到一份从未有过的愤慨，于是改变主意。他很想听听，刘达仁怎么说这个理。

很显然，刘达仁此时有些后悔了。首先船屋并没按他的意思顺利拆除。他万万没想到胆小如鼠的徐过江居然不怕死！其次，薛崇义闻讯派人过来说了三个字：过激了！过激什么意思？手段简单粗暴？别看薛崇义只是一名县丞，实际上是县衙的二把手，按现今的话说就是副县长，无官位手中却握有实权。曾经尚有陆登烈与之抗衡，如今陆登烈滚蛋了，老县令调任了，整个县衙谁都依薛崇义的眼色行事。在薛崇义眼里总乡约算哪根葱，弄不好拔就拔了。刘达仁不得不仔细拿捏"过激了"三个字的分量。其实下午面对愤怒的船民时刘达仁已经心生怯意不敢继续强硬下去，好在最后刘老太爷一句话替他解了围。刘老太爷说道："事已至此大家先停手，拆不拆待仔细商议后再定。"

那么如何商议如何定，这当然是个难题。如若不拆，任由狮犁帮那群曲蹄仔架稳船屋，开了这个口子，谁敢保证往后别处船民不依样学样？长此下去谁敢保证船民不会侵占山民的土地摇身一变变成山人？但若决定拆，那么如何拆才不会再次引起群愤？想想，刘达仁都觉得头疼。既然把各村有头有脸的人都请来了，总要说些话吧。沉默片刻，刘达仁还是站了起来……

溪马门的乡所里就船民船屋拆不拆如何拆的问题展开热烈讨论之时，春亮已经和多位拔犁人悄悄商量好了，乘这晚天空乌云盖顶似有一场倾盆大雨马上就要来临的好时机执行逃跑计划！至于如何逃跑这件事，其实春亮观察许久也谋划许久了。他不清楚陆登烈已经倒台，但监工人员突然更换，且新监工不像巡丁那样扛着火枪眼睛瞪得像灯笼，春亮便有了主意。夜幕降临监看的黑衣人明显少了许多，留下值夜的掰着手指头也能数得过来，大概十人不到。下午拔犁时春亮已经"问"过许多人的意见。或许听说拔犁有"工钱"，当中某些人犯了犹豫。春亮不强求。由于他是石窟坳的"点炮手"，某种意义上说就是这些人的领头羊。于是他将想走的和不想走的人分成两拨，天黑后两拨人分别住进不同的草屋。春亮这么想，想要顺利逃走就必须制造一场混乱。这些天他偷偷积攒下不少火药，加上火石火钳火捻都在他身上。若在夜深时分突然放一把火，乘乱冲下山应该问题不大。当然，他也有估计到另外一个情况，某些人可能走不了，但没法子，只能看每个人自己的造化了……

徐过江那般"豪壮"的死，已经造成山人特别是乡地组织与船民之间的完全对立，视情形船屋拆不拆已不是最重要的事了。刘达仁却不以为然，冷笑着说："是，我承认，在处理船屋这件事上我的确欠考虑。可他们是曲蹄仔，咱山人什么时候对曲蹄仔屈服过？"这话问得许多人无话可说。

朱先生坐一旁眼观鼻鼻观心，自始至终没说一句话。

刘老太爷先前倒是谈了不少自己的看法。他从船民替山人走海说起，谈到在座诸位每日饭桌上的鱼虾海味，再谈到溪马门的乡土人情，总归地说不论岸上或海面都住在溪马门，共顶一片天，同饮一江水，应该以和为贵。刘达仁微笑说："您老仁义大名堪称典范！您老多年来一直赏给狮犁帮那群曲蹄仔一口饭吃，他们对您自然是恭恭敬敬的，可您儿子呢？听说富余兄这次走海突然换了人，往后那些曲蹄仔见了您怕不啐口唾沫都难啰！"刘老太爷听完这话也开始沉默，淡淡睒几眼朱先生然后干脆自顾自地闭目养神起来。

由于刘达仁言语间表明了立场，许多人开始附和，说船屋必须拆，必要的话可以上报府衙，让官府派人来拆。正在议论，外头突然咔嚓咔嚓几道闪电雷声轰隆隆地响，不多久，雨点啪哒啪哒地打在乡所的青瓦上。

若事先得知自己筹划许久才搭建起来的船屋面临被拆除的命运，或者得知至亲的二叔徐过江已撒手人寰，春亮从山上逃下来后肯定不会跟一个叫刚子的山人躲到高岩砭十天。这晚三更时分，春亮等人尚未动手，果然下了一场罕见的大暴雨。暴雨引发山洪，洪水几乎灌满整个石窟坳，还把两间茅草屋给冲倒了，现场大乱。春亮暗喜，什么叫有老天相助？这就是！于是在他示意下这些人乘乱狂奔下山，等黑衣人发现情况不对春亮他们早跑得不见人影。春亮不敢直接回船屋，不明黑衣人的底细，怕那些人寻上门又将自己抓去。也想过到东屿岛避一避，在牢里曾遇到几位相识的东屿岛船民……再想，既是如此东屿岛周边也不会安全。如果躲到朱先生家，又怕牵累人家。在溪马门，好像没有一处相对安全的暂避之地，最后在刚子的坚持下只好跟他去了高岩砭。

高岩砭往北不远的山上便是"山哈"的聚居地。

"山哈"即"畲客"。在一般山民眼里，曲蹄和畲客一样都被冠以"自古不是人"的称呼。春亮心里琢磨着，万一巡丁搜寻至高岩砭，他可以往畲客的山上跑，同病相怜，畲客兄弟应该能给予真诚帮助。

高岩砭地理位置确实偏僻。曾听刚子说过，他原本是村里杀猪的，后来发现婆娘和别人私通一气之下将奸夫淫妇杀了才吃了官司。刚子婆娘没替刚子生下一男半女，目下家中只有一个相依为命的侄儿。实际上，高岩砭人的祖上也是"山哈"。虽说"山哈"算"山民"，但与集镇上的山民不同的是，官府对他们甚至要比船民更凶狠更不手下留情，一旦发现劫路山匪出现抓贼不得便往往找山哈出气，出兵抓他们充数交差。久而久之加上山哈自古以狩猎为生，逐渐养成他们刚烈的性格。后来高岩砭人祖上悄悄带族人下山，在偏僻的高岩砭落户定居，开始开山劈地学会种庄稼，为了能让孩子们读书进仕将原来的盘姓改成了高姓……因此听说春亮是海面船民，刚子丝毫不讨厌。

刚子的侄儿叫高五斗，这年十五岁。父母早逝的五斗一直跟随叔婶一块儿生活。叔叔被衙役抓走后，五斗一个人硬是撑起家中的一切，不仅耕种好房前屋后的几亩地，还把屋顶漏雨的瓦片重新捯饬一遍，里里外外都被他收拾得井井有条。乡人见五斗年纪轻轻便这么懂事能干，纷纷替他说媒。

五斗坚持说，他要等叔叔回来替他做主。乡人说，你别痴心妄想了，虽说错不在你叔父，但杀人偿命的法度从来不含糊！在高岩砭，一直延续着畲客传统的婚姻习俗，男女姻缘基本不受"父母之命，媒妁之言"的束缚，青年男女几乎都从歌声中相识相恋直至结成连理。许多待嫁姑娘自然暗暗喜欢腼腆的五斗，夜里窗外时常会飘荡起姑娘们直白且轻盈的歌声：

    九月山头采菊花，
    雀鸟归林把家安。
    弟弟十五姐十六，
    女大郎来知冷暖。

弟弟如若肯答应，
姐当牛来又当马。
来年金秋丰收季，
姐替弟弟孵凤凰……

十五岁的五斗已经到了情窦初开的年岁，隔壁丧妻三年的高原哥刚娶一位新媳妇。近些日子夫妻俩夜里办事的动静虽说不大，却也常常搅得五斗整夜翻来覆去地睡不着觉，更别说远处姑娘的歌声像一只只小蚂蚁似的时不时地搔挠着五斗的心窝窝……山里的夜大多非常寂静，除了虫鸣夜鸟偶尔啼叫外，连房前屋后走路的轻微脚步声都能听得一清二楚。

五斗曾偷偷打探过叔叔的消息。从高岩砭到县衙约六十里地，山路陡峭石子硌脚，草鞋穿破好几双，五斗仍旧三五天便过去一趟。他想，叔叔若被处决也要有人替他收尸！终于打听到令人振奋的消息，叔叔并没有死，正在山上拔犁……还听说县衙大牢刚被人劫过一回，传说是东屿岛的船民干的。究竟谁那么大胆五斗不关心，总之叔叔不会死了，这才是谢天谢地的事！

五斗转而去了栖凤山，只是没和叔叔见上面。即便如此，五斗依然信心百倍盼着有一天叔叔会突然回来，所以每到傍晚他都会提前煮好茶，把茶水盛在碗里凉着，因为叔叔平常最喜欢喝凉茶。这晚天气出奇地闷，各种的飞虫盘旋低飞，凭经验判断马上就要大雨倾盆。五斗关紧叔叔房间的窗户，四处查看后刚回房躺下，忽然有人敲门。原来是高原新媳妇带来的那个孩子。

五斗问他："天不早了，你怎么还不睡？"小男孩盯住五斗："你去过福州吗？"五斗笑着蹲下，说："去过一回，福州很远，坐船要两天，走路过去至少要五天。"小男孩说："哦，你什么时候再去带上我?"五斗很好奇:"你个小娃儿做什么去,你家谁在福州?"小男孩说:"我家阿爸……"

五斗惊讶不已,高原新媳妇的丈夫还在人世?在畲客的习俗里,丧偶女子都要终身守寡,更何况……莫非她被丈夫休了?高原续弦再娶,没像头婚那样大操大办,当然以高原家的境况大概也办不起。新媳妇上门那晚,部分乡亲围在高原家唱了一些祝福的歌,喝几碗米酒差不多就散了。大家没问,高原也不多解释,总的来说新媳妇人不错,虽说带个孩子,娃儿乖巧。

这晚五斗先是因为烦闷,接着因为姑娘们的歌声,然后是雨中隔壁传来的一阵阵若有若无的异样声响差不多又搅得一夜辗转反侧。天色将亮时,雨终于停歇了,五斗才迷迷糊糊地合上眼,不过一阵急促的敲门声又将他吵醒。

"叔啊,是您?真是您……"

开门看见浑身湿透的刚子,五斗登时泣不成声。

第八章

反正这事不能这么算了！满舱忿恨地说，过江叔是为咱全体狮犁帮兄弟而死的，刘达仁要是不给个说法，就把人抬到他家去。

许多人还没说到底怎么办好，一旁的草帘先骂起来，就晓得嘴硬，山人欺负咱的还少？什么时候见他们给过说法？满舱呛声说，男人说话女人少插嘴。草帘说，凡事分个缓急，就算把二叔抬刘家去，人家会怕吗？怕就不会开枪！这时有人长叹说，都别争了，我看还是先想想怎么安葬过江叔，这么热的天搁不了多久，难道眼睁睁看着他老人家发臭？听这话，大伙低头沉默……

这场争斗中当然不止死一个徐过江，倒下的还有海狗。

海狗女人一把鼻涕一把泪一副寻死觅活的样子。海狗娘不许她哭，说海狗当着山人的面杀了沙皮替海玉报了仇，死得值！海狗女人说婆婆，什么道理？海狗死了海玉就能活过来？海狗娘说，天爷啊，谁说海玉死了？海狗女人说，谁说海玉还活着？海狗女人又说，整天想着报仇，命搭进去还说值，账都不会算活该遭人欺负！听这话海狗娘眼圈一红，边抹泪边嘟嘟囔囔地说，虽说她平时疼海猴，海狗也是她身上掉下的肉！接着说，现在家里只剩海猴了，日子再难还得过下去。不这么说还好，这么说海狗女人一下火大，指着婆婆说，合着你早盼望海狗死啊，海猴今年都二十了，他少根胳膊还是少条腿？整天待船上不做活，讨不上婆娘等着占嫂子的窝啊？亏你们想得出来！海狗娘说，你登花船我们说过什么了？海狗女人哇的大哭，我做什么，还不是为了这个家……

海狗船上吵嚷个不停，大伙漠然听着，若是平日或许还会交头接耳闲说几句，这时却没人有那心思。翠莲低声问草帘，有没人去高岩砭通知杨柳？草帘说葫芦一早就去了。然后继续沉默。日头开始偏西，高原雇辆马车载杨柳母子二人赶回溪马门……除了春亮，一家人总算到齐了，便准备安葬徐过江。山人盯得紧，偷偷葬山上显然不行。一位老船民犹豫许久，终于说出一个地方，那是个无名的小荒岛，就在往东偏北大约八十里的海面。

满舱知道那地方，有些纳闷："老橹叔，那小岛大潮基本不冒尖，过江叔葬那儿成吗？"老橹叔说："怎么不行？总好过丢进海里吧，咱多去些人，坑挖深些问题不大。"等一切准备就绪，老橹叔站船头高喊一声："吉时已到，起轿——"和山人不同的是，船上没挂黑布白幡，没请法师鼓乐，杨柳和水梅替徐过江换上干净衣服，干布擦手擦脚净面，脸上遮盖白布，然后杨柳牵着柄生水梅抱着德山，妯娌二人燃上香跪船头连磕九响，最后几艘舢舨舵静悄悄地出发了。许多船民站在自家船头默默目送。船驶远，海狗娘开始慌了，骂骂咧咧让海狗女人赶紧给海狗换衣服，让海猴紧着划船追上去……

极目远眺，几艘飘在海中的船儿就像卷起的浪花若隐若现，就这样徐过江消失在世上,海狗也消失在世上……十天后,春亮才得知消息。

十天来春亮一直躲在刚子家后院的地窖中。地窖不通风,好在一阵秋雨一阵凉天气凉爽许多。刚子白天也躲进地窖,相比之下,他比春亮更怕被衙门抓去。刚子说,等躲过这一阵他准备和五斗离开这儿去南方,实在不行叔侄俩干脆走南洋,总之溪马门是不能继续待了。春亮听说过南洋,那是非常遥远的异国他乡。刚子和春亮一样,出狱前也被割了舌头,说出的话口齿不清。刚开始谁都不愿开口,后来逐渐习惯了现实,彼此间的交流慢慢多了,含糊的表达加上适当的手势,半听半猜基本能"听"明白对方说些什么。刚子说:"实际上你们更该走,天下之大哪有容不下你们的地方?你们有船,去哪儿都方便。"说到船,春亮苦笑摇头:"舢舨舵哪能叫船?浪头稍高些说翻就翻。"刚子笑着说:"不管怎么说总好过我们一双腿。"春亮长叹:"五斗已经成人,你又无牵无挂,当然想去哪儿都成!"言语间满满都是羡慕,"不像我娃儿刚生,拖家带口还得想法子照顾狮犁帮一绺兄弟。"刚子竖起大拇指说:"我果然没看错人,你徐春亮为人仗义……要不这样,等我安顿好了你再来,放心,只要我刚子有口吃的,绝不会饿着你一家人的。"听这话春亮特别感动,这是自出娘胎以来从山人口中听到最暖心的一番话。

窝在地窖无事可做,平常除了闲聊便是睡觉。春亮几乎把几个月缺的觉都一一地补了回来。五斗出去打听消息。这天回来说,栖凤山上拔犁的活并没停下来,甚至比以前人更多了。春亮不解。五斗说,工头杨三原来在福州的洋行待过,果然开始派发工钱,每人每天十文,许多船民听闻消息争着上山。

听说有工钱,春亮莫名地有些后悔。刚子说:"狗屁!拿命换而且累死累活一天才区区十文钱，大头肯定被狗日的杨三放进自个儿兜里，他们那些人说话像放屁，没个准数，看着吧，人一多工钱肯定大幅减少……"

至于衙门那边。五斗说，他多方探问仍问不到任何消息。照理没有消息就是最好的消息！可刚子不敢丝毫大意，叮嘱五斗继续打听……

这晚，春亮做了个奇怪的梦，梦见徐过江浑身鲜血地站在他面前，拉住他的手说："亮啊，叔不该错怪你！你是对的，咱一直不抗争，将继续是山民眼里的'曲蹄仔'，总之今后不论做什么，叔都支持你……"春亮问："叔，您身上怎么都是血呢？"徐过江大笑："流这点血怕什么？既然要反抗，改变船人命运，流血牺牲肯定免不了……"春亮感到奇怪，不说二叔天生胆小，也许遭鄙视欺压太久了，许多船民早变得唯唯诺诺心里总想着多一事不如少一事甚至被山人啐一口浓痰到脸上基本也是悄悄拭去不敢吭一声——总之反常！梦中的二叔仿佛换了个人，说话语气包括神态竟都是那么铁骨铮铮。春亮正想问个究竟，却突然醒了过来……

老杨赶到船上时，载徐过江的船儿已经走远。

这晚回到朱家，水梅忙着给家胤喂奶。朱先生站一旁："好不容易跟各村乡人商量出结果，这次罹难的船民兄弟可以上山安葬……当然，地是我爹生前置下的，我又不懂种茶……既然荒着，不如拿出来暂时换取一方安宁。"水梅冷冷地说："冤有头债有主，人都死了再说这事和你无关。"朱先生沉默，许久后说："晓得，晓得。……人死不能复生，现今不论做什么，都无法让你二叔活过来。"水梅抹泪说："我累了，想早点睡……"

第一部　噩梦

朱先生讪讪地点头，很快转身，退出了西厢房。

来到院子里，发现朱友良来了。

朱友良一阵探头探脑，低声说："那人已经下山了……"朱先生一时没反应过来，问："谁？"朱友良说："还能有谁？那个曲蹄仔啊！"朱先生拱手作揖："有劳你了！"朱友良摆摆手，说："多大的事！听说我哥那块盐壳地上发生大械斗？"朱先生说，是啊。朱友良忿忿地说："这个刘达仁，尽干缺德事！"朱先生正眼望向小堂叔。朱友良接着说："是，所谓新官上任都有三把火，头一把火烧向曲蹄仔也就算了，不想这第二把火，居然烧到我朱友良的头上，说什么海面花船有伤风化！哼，他家老头子在世的时候，还不是花船的常客？"朱先生惊讶地盯住问："你什么时候入股花船了？"朱友良说："别这么看我，嘿嘿，现今世道笑贫不笑娼。我接手陆爷的花船说来也是做功德，与人方便就是与己方便嘛！"见朱先生还要问，朱友良紧着说："好了，你交待的事我已办妥，咱俩两清了，回见！"说完，便匆匆地走了。

朱先生坐石凳上发呆，桂树花未败，却似不闻香……

前院医堂里老杨和喜子已收拾完毕。喜子回房，老杨来到后院。老杨问朱先生，需不需要煮茶。朱先生说不用了，连着几日照顾受伤患者，大家都累到不行，而且时候不早了，他让老杨早点歇息。老杨离开后朱先生又独自一人坐了许久。西厢房里亮着灯。朱先生起身走到房门口，正准备推门进去，想想却止住，停顿片刻用平静的语气说："春亮兄弟，已经下山了。"

一连数日春亮都梦见浑身是血的徐过江。

刚子说，日有所思夜有所梦，说明你非常想念家人。

刚子掐指算一算，差不多十天了，可是什么情况都没发生啊。

两人正在地窖里瞎琢磨。

五斗又一次从府衙回来。

这次总算得到一个确切的消息,狗日的陆登烈滚蛋了。

从地窖里钻出来,许是久不见阳光的缘故,春亮感觉好一阵头晕目眩。刚子家的土篱笆围墙边上,有个孩子蹲那儿玩……是柄生吗?春亮想想便不禁莞尔,难道真如刚子所说,心里太想念家人以至于目现幻象?"二叔——"那孩子刚好抬头瞧见春亮,欣喜地唤一声,然后朝他飞奔过来……

天爷啊,真是柄生!

春亮顿如被雷击一般嘴巴张大却应不出声……

徐过江死后,水梅脸上几乎见不到一丝笑容,包括朱先生告诉她春亮已经下山,她也只轻轻地哦一声并没多问一句。白天朱先生忙,晚上闲了,来西厢房两人也基本是相对无言。朱先生知道,水梅陷在悲伤的泥潭里出不来。

听水梅说过,徐过江年轻时北上乞讨,若没他分给水梅爹半块糙饼,水梅爹怕早饿死在半道上。徐过江对水梅一家算是有再造之恩。后来,水梅答应嫁给春亮,更是他老人家做的媒。成亲后,徐过江待水梅像亲闺女似的。

这份心这份情,朱先生感同身受。

这天傍晚,送走最后一个患者,朱先生发现自己后背酸到不行,就让老杨帮着敲敲。老杨手劲大,朱先生连呼舒坦。老杨边敲打边说:"少爷,昨儿盘点发现库房缺了许多药,今天我去药材行找贺掌柜,他说,现今配制伤药的药材突然实行管制。"朱先生问:"为什么?"老杨说:"不清楚……总之府衙刚下了公文,许多医堂抢购导致药材紧张。"朱先生默半响,冷哼说:"朝廷这手也伸得太长了!"老杨说:"可不是!听说济生堂、陈家馆、善医堂的诊费都开始涨了,那咱们……"朱先生打断说:"咱们维持不变!"老杨问:"那些船民照样免费?"朱先生说:"当然,他们很不容易!"

第二天,朱先生发现,医堂里突然多了许多面生的求诊者。

这些人都是远道而来的济生堂等各大医堂的老主顾,因付不起逐渐昂贵的药费才舍近求远。如此一来朱先生更忙了。但他没有半句闲言,仍尽心细致地号脉、给药并仔细叮嘱如何煎药、服药及用药后需注意哪些事项。

晚上医堂关门后,朱先生草草吃几口饭便回房歇息。

他累坏了。身体累还好些,躺躺歇歇便缓过来。最怕的是心累,心累无处可躲。下午,他抽空去梅花坞和满舱见一面。械斗中满舱只受点轻伤,脸颊被划一刀,幸运的是刀口浅伤皮不伤肉。朱先生说,纵是这样由于刀痕长也可能导致破相。满舱无所谓地说:"眼下活着都难,哪顾得了破不破相!"朱先生说:"多余的话就不讲了,今天来主要带个消息,船屋暂时不会拆,这是各村乡人商议的最终结果。不过不能常住,只有遇到风灾天或酷寒天气才允许你们上来避避。"满舱说:"说来说去,你们还是见不得我们好!"草帘赶紧拉扯男人的衣角:"怎么说话的,溪马门若是先生的,二叔会死吗?"朱先生兀自笑着:"其实在朱某看来这是最好的结果了,你们别和刘达仁再起争执,我想缓过这一阵,大家心思不在这上面了,船屋能不能常住,你们有没有住大概没人会关心了。"满舱哦哦地点头,却不相信地看着朱先生。

被人怀疑,包括原先亲密的关系忽被划出一道摸不着却着实无法亲近逾越的界线都将令人感到沮丧。这种沮丧就像沿海冬季

140　　　第一部 噩梦

潮湿的冷,来不及打寒颤便从脚心直直地窜到头皮,一下让浑身上下都体会不到一丝温暖。回房前,朱先生和往常一样去了西厢房。水梅正吃晚饭,朱先生站片刻,逗一阵家胤便悻悻地离开。自始至终,水梅都没抬头看先生一眼,仿若陌生人。

这种感觉无比糟糕!

带着坏心情朱先生回房便疲累地和衣躺下,躺下便懒得再动。格窗外空中的繁星在桂树枝头若隐若现……不知几更天了,朱先生被噩梦惊醒,冷汗沁湿了长衫,像狗皮膏药似的紧紧粘在后背好不难受。他只好翻身坐起,准备将长衫脱去,却突然讶异地止住:"你……"若非时刻期盼,还以为那处明亮不是女人的双眸,而是不慎遗落九天的繁星……不不,它绝对要比静谧的繁星更让人定心。是的,才短短几天工夫朱先生却感觉有几年之久。但此时,水梅近在咫尺朱先生不知说什么合适,"你,终于肯理我了……"

"别怪我!"她小声地说,"这几日我心里很乱,很慌……"

"我晓得!"

"我不该对你发脾气!"

"你没有!"

"不怪我就好!"水梅哽咽着,却似松了一口气。

朱先生心痛极了,将水梅揽在怀里,动情地说:"知道你们难,可我实在无能为力,我……"水梅忽地掩住他的嘴,将头埋进他怀里,说:"你对我们已经够好的了。"朱先生说:"船民的困境由来已久,想解决它绝非一朝一夕的事儿。"水梅叹声说:"这是我们的命!"朱先生说:"万物皆有灵,众生皆平等,往后,别再说什么屈从命运的话了。学医的第一天,我爹就郑重地告诫我,必须时刻怀着一颗悲天悯人的心……可惜这些年,我不够努力，做得不够好！"水梅拿自己的脸往朱先生的脸颊上蹭了蹭，回忆地说："你爹若真悲天悯人的话，当年，为什么反对咱俩的婚事？"朱先生无言以对。"所以说在你们山人眼里，船民终究低人一等，面上一套背后又一套。"水梅撒着气说。朱先生笑了："又说生外话？晓得么，在我眼里你一直都是宝啊……"

站着累，于是躺下。

黑暗中，水梅很自然地拿朱先生的臂膀当枕头，侧躺地缩在他怀里，像一只可怜且乖巧的猫儿。朱先生说，要不我点亮灯？感觉好久都没有好好地看看你了。水梅忙说不要，屋里暗看不见才好说话。说着，两条绵柔的胳膊箍住了他的脖子，倏而起身，吻住了他的嘴。他不敢动，身体僵着。等他感觉涌上来准备回应时，她已缩了回去。"别笑话我！"她还是这句话，"当年你爹对我说，请放过我儿子……你知道我心里怎么想？"朱先生没问，他猜得出水梅必然很伤心，因为那时他也觉着天都塌了。"当时我想啊，哪怕只和你做一天夫妻，然后让我去死，我也愿意。"朱先生感觉心头疼了一下。水梅问："我是不是很不要脸？"朱先生忙说："又说胡话？其实该怪我，怪我当年心志不够坚定。"水梅幽叹地说："唉，怪谁？我是个船民啊……"

然后，一阵许久的沉默。

朱先生发觉自己胸口凉了一片，一摸湿了，那是女人无声的泪。他侧身将水梅紧紧地搂住，静静地听着彼此胸腔里发出的怦然心跳。过了一会儿，朱先生松开水梅，柔声地说："我去去就来……"说完摸下床。水梅好奇地起身，看不清朱先生在忙什么，忽地听见洋火呲啦一响，屋里亮了。

骤然的亮光刺着水梅的眼。她慌得躺下来，不敢再看先生，整张脸早红成了三月的桃花。朱先生不知从哪儿摸出两根红蜡烛，并排地点在床对面的书案上。成对的烛火，把屋里照得一片亮堂，照得氛围旖旎。

"来，跟我过来。"朱先生手里还拿着一块红盖头，笑盈盈地说。

"做什么？"问的时候，水梅已经猜到先生的意图。

"你刚才说，要和我做一天夫妻……"朱先生认真地说，"我心里何尝没有这样想？有些事现在不做，等老了或没机会了，怕将无比后悔。"

"你知道我不是这意思……"水梅一脸愁苦。

她很想说，她是个有男人的女人了，和朱先生成亲成夫妻，不过是一个永无法实现的幻梦。"要不，就当是……小时候玩的过家家。"朱先生说得像个倔强的孩子。水梅哭笑不得，实在不知如何拒绝，好像只能照办……

朱先生替水梅散了半爿髻，重新梳了岸上已婚女子才梳的发式。

"以前没少梳吧？"见朱先生动作娴熟，水梅忍不住问。问的时候，她心里好似隐约地泛起一缕酸。因为她想到朱柳氏，包括现成的红烛和盖头，大概都是他俩成亲时留下的。"嘘，别说话！"朱先生忙活一阵，捧起水梅的下巴看了看，"可以了。"说完他仔细地帮她盖上红盖头。明知是假，水梅的心儿却快跃出胸膛。朱先生搀着水梅，两人对着红烛认真地拜了三拜，然后扶水梅到床边坐下，掀开盖头，深情地望住她："礼成，我的娘子……"

水梅愣了愣，像在梦中，支吾地配合："夫，夫君……"

朱先生重新跪下，拉住水梅的手，庄严地说："从今往后，你曹水梅就是我朱孝贤的娘子，我知道你我今生不会有结果，不过在此我对烛火起誓，朱孝贤只爱曹水梅，此后终身不娶，期待来生再续。"听这话水梅惊一大跳，想阻止已经来不及，慌着说："呸呸呸，快跟我做，起誓不作数，不……"朱先生正色地说："梅啊，刚才我哄你拜堂，但在我心里，却是认真的，其实我的心思和你一样，哪怕只和你做几天夫妻，我亦心愿足矣！"

水梅无话可说，泪如泉涌，忽地扑身男人怀中。

朱先生天生怕水。

溪马门岸上山民大多不会水，原因只有一个，海面的曲蹄仔常年在浪里潮间钻来钻去，游水是一件很可耻的事。朱先生当然不会这么想，可他就是打从心底里怕，每每站岸边看浪起潮落，总免不了一阵阵犯晕。

不过，当这晚烛火照亮的水梅化成波涛万顷的大海卷起滔天巨浪时，朱先生却毫不迟疑地，如干渴许久的鱼儿似的，毅然地投入其中……不知因为光线太亮，或是心里慌乱无序，水梅窘迫得无处可躲，只有紧闭双眼。

他来了……

终于要来了……

一瞬间，她发现自己的身子已经酥软了，融化了，和那晚为了春亮的感觉全然不同。那晚是交易，是一种"逼迫"，而这晚是心甘情愿的。他的唇开始落在她的额，接着落在她的眼，然后她的鼻子，她的脖颈……他吻到一丝淡淡苦涩的咸，那是女人的泪，他吻到一丝透着奶香的甜，那是女人的乳……两人心意相通地都在心里默念着一句话："一夜夫妻，只能是一夜……"

她难得一次地完全放开，甚至忘了自己是谁，仿若真是朱家八抬大轿明媒正娶的新娘子。期间，她偷偷睁开一回眼。无法想象，平日温文尔雅的男人俊朗的面孔竟变得无比狰狞，但她无法静下心去仔细揣摩，感觉自己就是一艘飘摇浪中的小舟，一会儿波峰一会儿浪谷，早被颠得分不清南北西东。她实在无力反抗，更没想过反抗，任凭随波逐流，哪怕被撞得粉碎……

她一直紧咬嘴唇不许自己出声。不知过多久，当那阵黑压压的巨浪迎头砸来时，终忍不住大喊一声天爷呀，然后紧紧抱住男人不住颤抖的身躯，很快地晕过去，死过去……等她悠悠醒神，发现他坐一旁柔情地看她。

她被看得羞死人了，想拉被单遮盖身子。

他故意不让。

正拉扯，后墙外忽地发出一声异响。

他抬头望一眼，安慰她说："没事，可能是过路的野猫儿！"

她仓皇地问："会不会有人偷看？"

他笑了："亮窗那么高，谁能瞧得见？"

她哆嗦着再问："不会有人听墙根吧？"

他说："咱俩又不是新婚，没人那么无聊！"

听见动静满舱醒过来，见是春亮，腾地抱住春亮便哭了。

热天里船民基本不睡眠垛。不过此时已经入冬，天气开始转凉，满舱一家人多，依然横七竖八地睡在舱面上。娃儿们并排而睡，合盖一床破布单。草帘和满舱一人睡一头。由于舢舨舵细长狭窄，横躺至多只能躺下半个身子，脚没处放，或搁篷壁上，或侧过身蜷缩起来。

草帘四仰八叉地躺着，因为矮胖倒睡出独特的风姿来，脚心相对，膝盖左右分开，像寺庙里的弥勒佛，两只硕大无朋的乳房匍匐在胸脯两边，黑色乳头探出麻衫下襟，透气似的垂落在潮湿的舱板上……

第一部 噩梦

"怎么回事？"等满舱止住抽泣，春亮哑声问道。

"你，你……"满舱顾不上抹泪，吃惊地瞪住春亮。

春亮张开嘴，指给满舱看。满舱看到一片黑乎乎的空洞，眼圈又红恨恨地骂起来："狗日的山人，欺人太甚！"春亮比着手势，意思说小声说话，别吵醒草帘和孩子们。满舱点头，旋而来到船头将来龙去脉一五一十地说了，然后问春亮："什么时候下山怎么也不回来？"立马觉得不该说这些无关紧要的事，"刘达仁这笔血债，必须血偿！"春亮铁青着脸，抬头望向岸上不说话。

满舱斜看春亮一眼，也跟着沉默不说话。

在高岩矻碰见柄生，春亮第一感觉便是杨柳迫于无奈将柄生卖了。卖儿卖女对船民来说倒是常有的事，可柄生是大哥唯一的儿子，怎么能说卖就卖？春亮压住满腔怒火，抱起柄生，正准备问他怎么回事，这时一个熟悉的女人身影从隔壁屋走出来，正是嫂子。杨柳看清是春亮，顿即掩住嘴傻愣地站着，等春亮抱柄生走到跟前，才怯怯地打声招呼："他叔——"柄生说："二叔，你什么时候回去我跟你回，我不想住新爸家……"新爸？春亮吃惊地盯住杨柳。

杨柳苦涩笑笑。

对杨柳改嫁的事，春亮没什么反对意见。不过他仍觉得柄生是大哥留下的唯一苗苗，就算海面日子千难万难，照理应该留在船上……

杨柳不敢表态。

倒是回家的高原所说的一番话让春亮改变了主意。

高原说："兄弟啊，这就是你的不对了！柄生自从来我家，我一直待他如亲生。我们是从山上下来的人，没有半点瞧不起你们海面人的意思。柄生已经六岁，已经开始懂事了，我正准备教他读书识字呢……"

读书识字四个字，顿即让春亮哑口无言。杨柳知道春亮此前必定遭受过非人的折磨，以至于变得口齿不清，嗫嚅着不敢说出徐过江过世的消息。

柄生偎倚在春亮怀中，忽然抬头说："叔公死了……"

听完徐过江罹难的过程春亮恨得哇哇叫，匆匆辞别刚子就赶回溪马门。在夜色的掩护下他潜回船屋，可屋上已空无一人。转而他去朱家准备和水梅见一面然后寻满舱，不料却在朱家的后墙根当了一回"野猫"……

春亮终于从痛苦的深渊中爬上来，变得冷静且沉默寡言。

对春亮的"变化"许多船民刚开始当然诧异，有的跟着忿恨骂娘，可过不久大伙该干嘛干嘛，似乎很快"习惯"了……有人甚至拿他开起小玩笑。

而每到夜深人静，春亮总是时不时地一个人偷偷摸上岸。

既然不让住梅花坞，也没再替刘氏商行走海了，大伙该捕鱼捕鱼，该拉网拉网，该搂女人造娃的造娃，没人关心春亮究竟上岸做什么。

回船上的水梅几次问春亮。春亮只用淡淡的语气说，照顾好山仔，别的事不用管。实际上水梅早猜出几分，说到底她也恨透了刘达仁，可她更怕春亮再出事。"山仔才这么点大，你要有个三长两短，我们娘俩往后靠谁？"

可以靠那姓朱的！

可惜，这种话春亮实在说不出口——总之那晚的事就像一根刺，牢牢插在春亮心底最深处，动不得，更拔不出来。没摸上岸的夜晚，春亮像一头不知疲倦的牛，总会爬到水梅身上不停地耕

第一部 噩梦　　　　　　　　　　　　　　　　147

耘，粗暴地求索……

春亮说，必须替老徐家多怀几个娃。

这时候的水梅不敢说不，她觉得自己理亏，更不敢说动作轻点儿缓点儿，因为她已经怀着了……

柄生不见了！

高原和杨柳两个人灰头土脸找到溪马门时，柄生都失踪三四天了。几日来杨柳几乎把泪水流尽，脚底磨出血，愣是寻不着。高原建议说，要不去溪马门看看？杨柳说，娃儿才多大，怎么可能走那么远？再说他也不识道！

杨柳倒是怀疑，柄生会不会跟刚子叔侄去南方？高原说不可能，现今谁的日子都难，多个人多张嘴吃饭，再说，刚子叔也不是那种人……

说来说去，夫妻俩最后只能回溪马门碰碰运气。

两人紧赶慢赶，天蒙蒙亮就出发，赶到溪马门日头已经偏西。春亮和满舱正在梅花坞的浅滩挖水道。许多船民蹲在自家船头看笑话。春亮说，水道若是挖成，可以让舢舨舵直接停到船屋旁，咱拼了命架起的船屋绝不能让它空着废着。满舱挠头拿不定主意。草帘倒是赞成。草帘说，咱往后白天待船上晚上住船屋，山人不许，咱就驾船往海面躲躲，他们拿咱没办法。春亮说，我就是这意思。于是说干就干。当然，仅靠几把铲子挖一条长约两里宽约七尺深可驶船的水道谈何容易。春亮说，一个月不通就挖俩月，俩月不通就挖半年，不信会通不了。满舱盯住春亮，说话不利索就算了，难道连脑子也坏掉了？

听说柄生莫名失踪，春亮安慰杨柳："别急，先想想他会去哪儿。"杨柳抹着泪："我们刚到高岩砭人生地不熟，他平时都在附近转悠,我再三叮嘱他千万别跑远,谁晓得……"春亮细思一阵,暗说坏了。那日柄生说要跟他回溪马门,说不想住在新爸家,难道他真的……听说帮着找柄生,许多船民倒是无二话,于是大伙儿分别沿高岩砭通往溪马门的各条道寻找。

杨柳夫妇和春亮一道。路上春亮说了柄生的想法。高原讪讪地解释:"兄弟你得信我,我对柄生连大声说话都没有过。"春亮说:"娃儿性子倔,打小大家由着他,想做什么让做什么,我猜他十有八九偷偷跑回来,也许路上走岔了迷了道。"听这话杨柳很紧张,问春亮:"他叔,他会不会往北走?"春亮眉头紧锁,说实话他哪里晓得!高原劝杨柳:"先别自己吓自己,听兄弟的不会有错!"三人从梅花坞往北走,那是春亮回来时走的近道。山路崎岖,旁边更有深不见底的悬崖峭壁。往下望一眼,杨柳心儿便怦怦地哆嗦一回,一路紧跟在两个男人身后,一边走一边念着阿弥陀佛菩萨保佑……

天色逐渐暗下来。

高原说:"要不咱回吧,明天再找,天黑什么都瞧不见。"

春亮有些犹豫,不死心再喊几声柄生的名字,声音悠悠飘远没回应。

杨柳说:"前面不远就到关帝庙了,我去求求关帝关老爷……"

山里瞧着不远实则不近。三人走进破败的关帝庙时天已完全黑透,一轮残缺月儿惨淡出现在山的那头。杨柳进门后直接扑通跪倒:"关老爷,您大人大量,杨柳哪里做错您惩罚杨柳,柄生还小,什么都不懂……"杨柳的哭求声惊扰了庙堂里挂壁的蝙蝠,扑腾一阵响,将三人惊一大跳。

就在这时,香案下突然响起一个孩子虚弱的声音:"娘——"

许多年后，柄生回忆起这段经历，对德山感慨地说："当年我努力记住二叔回去的方向，担心我娘拦我，一直忍到十几天后，乘我娘和那男人上山割猪草才偷偷溜走……你知道吗，进山后我就完全懵了圈，只凭感觉无头绪地继续走，渴了找山泉水，饿了采野果子……那时我才六岁，六岁的嫩娃儿不知怎么熬过那四天四夜……"而那时候的德山不想听这些悲惨的过往，相比之下哪个船民不比这更惨百倍千倍？他只问一句，现今上岸行不行？柄生说："恐怕还得等！"又是等，春秋更替，船民都不知等死多少代人了……

找到柄生，总算是虚惊一场。可第二天一早，柄生死活不跟杨柳回去。他说要在船上等阿大回来。当着大家的面，杨柳不好骂儿子，心里又舍不得，正左右为难。水梅见状说："就让柄生留下吧！他哪天想你们了，我们再把他送过去。"春亮也说："是啊，柄生跟我们过，你得空，就回来看看。"只能如此。为了天黑前赶回高岩砭，高原和杨柳午饭没吃便出发了。

常年生活在溪马门的人都清楚，这儿每年只有两个季节，即冬和夏。春秋两季实在太短了，短到你没来得及细细体会春的含蓄和秋的奔放，炎热的酷暑或凛冽的寒冬便转瞬而至。当北面山区刮来的风刀子开始在海面呼呼作响的时候，许多船民逐渐加入挖水道的行列。满舱呵呵笑说："春亮啊，你估计得没错，半年内，或许不用半年就可完工。"春亮皱眉说："人多误事！"满舱不解："为什么？"春亮说："你觉得刘达仁瞎吗？"满舱问："那怎么办？"春亮凝思片刻，坚决地说："看来只能黑天挖，大伙轮流挖……"

日头一偏弱，海水便出奇地凉，特别到了晚上，下半身泡在水中大伙都被冻得嘴唇苍白瑟瑟发抖。春亮拿来徐过江酿造的"鱼烧",让干活的人们喝几口暖暖身子。这些船民基本吃不饱饭,就算憋足一股劲也坚持不了多久。春亮所说的"轮流",按现今的话说就是"三班倒"。他们轮换的不止三班,甚至有五班六班,每个班组干一个时辰,然后换下一班,干到三更时分差不多就歇了。满舱苦着脸说:"照这速度怕得干一年。"春亮说:"一年怕什么?咱小时候发过誓,长大后要在山上盖大屋,多少年过去才架了这些小木壳,山人还不让住!"冷笑几声,"明面上咱斗不过他们,暗里得一步一步来。"

谈到上山的事,满舱终于得机会问:"前些日子你常常半夜上岸,究竟做什么去?"春亮淡淡地说:"我呀……准备送刘达仁一份大礼!"满舱听出话里的意思,低声说:"好!干他狗日的,算我一份。"春亮摇头说:"你盯着水道就行,眼看就到数九腊月了,到那时什么都做不了……"

进入冬季,许是潮湿的缘故,船上要比岸上任何一个地方都冷,但随着所需物件一一凑齐,春亮内心里仿若着实地燃起一把火,和《火烧赤壁》戏文里唱的一样,现如今万事俱备只欠东风了……春亮在等一个合适的机会。

水梅许多时候哄睡因奶水不足而饿得哇哇直哭的德山后,常常一个人坐着发呆,或偶尔将凄楚的目光投向春亮,却总换来男人的面无表情。

水梅不清楚春亮心里在想什么。

春亮更懒得去猜水梅的心事。不过到了夜晚,他仍会时不时地变成一头奋力耕耘的牛。水梅只能默默承受,心里却叫苦不迭……

第一部 噩梦

冬至过后,刘老太爷迎来他的八旬寿庆。刘府一早宾朋云集。就连新任县太爷都特地派人送来贺礼。老太爷事先嘱咐过儿子,除了有头有脸的人必须请之外,别忘了狮犁帮的船民。老太爷这番叮嘱可难坏了刘富余。但他只能欣然答应,然后和刘全私下商量:"看来只能在海边那块空地上搭凉棚了。"刘全问:"真请啊?"刘富余苦笑:"老爷子的脾气,你不是不清楚!"

见儿子搭凉棚请船民吃酒,老太爷很满意。

在他看来,请不请船民吃酒倒在其次,那不过是做给外面人瞧的,再说只是一餐饭而已,能花多少钱?人生七十古来稀,关键是他这一生积攒下的"仁义"好名声可不能因此"晚节不保"了。在处理梅花坞船屋的事件中,老爷子觉得朱先生分寸拿捏得好,慷慨献出自家山地,用以安葬死难船民,这种事绝非一般人所能为。无论做什么,老爷子都觉得刘家不能输给朱家。相比之下,儿子刘富余明显精明有余而稳重不足,还须加以磨炼,为常人所不能为方能成就大事。至于常年不回家的二儿子刘富珅,老爷子对他不抱任何希望。在外求学多年,最后竟学得忘了纲常伦理,私自娶妻也就算了,却只捎来一封书信说他已成亲,女方姓什么名谁包括家道如何只字不提,气得老爷子差点儿一口老血喷出。这次八十大寿,老爷子特地交待刘富余,别通知那小子,权当他没有这个儿子。不过刘富余权衡再三,还是让刘全偷偷地给富珅送信,至于富珅会不会回来或愿不愿意回来,那就是弟弟自个儿的事了。

听说刘府请吃酒,满舱跑来找春亮:"今天刚好和刘掌柜说说,走海的活别全给苦根。"春亮说:"说肯定要说,但不是今天。"满舱纳闷:"那要等什么时候?"春亮说:"今天要办更重要的事!"春亮认为,自己等待的好机会终于来了。同为刘氏宗亲,刘家老太爷八旬寿庆，刘达仁必然举家过去道贺吃酒。那么自己准备送出的那份大礼要么在半路送，要么提前安放在刘达仁的卧房内……刘达仁家住溪尾街西北面的溪头村。"福宁走马入溪门，头尾相隔十八里。"溪头溪尾的实际距离并没有十八里，但需绕过整个湾坞，至少也有十里地，途中经过一片马尾松林。林子不大，但路狭草深林密，倒是行事的好地方。春亮曾不止一次到树林转悠，甚至都找好了事成后脱身的路线。

春亮几次到东屿岛找梁子，然而沿岛连半片船影子都瞧不见，看来传闻大抵是真的。春亮这时候才真正地从心底里佩服梁子他们，敢作敢为，或许他们早弃船登岸去了……春亮和满舱抽出空，特地去东乡找老秀才柳公泉，不想人家告诉说，公泉先生已故去两年多了。又一场美梦成空！

假若早先，春亮准备报复刘达仁的想法还有些许顾虑的话，到这时他反倒感觉比任何时候都轻松。他甚至想，自己若是一去不回，水梅至少还有朱先生可以依靠。假若朱先生靠不住，那么她可以学杨柳改嫁到高岩砬。高岩砬地少人多，人们的日子照样过得苦哈哈，打光棍的男人不在少数，凭水梅的姿色绝不会没人要——想到水梅的姿色，再想到那晚在朱家窗下听到的经过，坐船头的春亮转头睒一眼正跪着擦洗舱板的女人，莫名地一阵心如刀铰……

刘府的耄耋寿宴骤然点燃了溪马门湿冷冬季的热情，特地请来省城著名的富春帮演平戏更是将祝寿气氛提到一个前人不及的高度。山人纷纷感慨说，刘家子弟孝道，难怪老太爷年过古稀依旧健朗，照样能吃能喝能听戏，看来活过百岁不在话下。春亮等人自然按时参加，女人不上席，来的都是男人。听着大院里吹奏的欢快乐曲，狮犁帮众兄弟心底里的最后一丝怨气似乎都被一一地捋平了。毕竟头一回参加山人的家宴，大伙来到屋前站不是蹲亦不是，面面相觑局促不安。由于是德高望重的刘老太爷的寿辰，宾客们听说也请船民略微愕然，却不好说闲话。身为家主的刘富余当然最忙了，早早地便和管家刘全站大门口迎客。看见狮犁帮的船民来了，刘富余示意刘全过去安排。这天刘全的脸比和煦的阳光还灿烂。他笑着招呼："春亮你帮忙安排一下，坐凉棚那头，这桌留给苦根他们。"春亮嗯嗯点头。满舱小声嘀咕："怎么也请苦根呢？"等刘全走远，春亮说："你比人家高贵？"满舱说："不是……咱帮老太爷走多少年海，苦根才走多久，这样一来，往后走海的活咱还有份？"春亮安排大家分桌坐定，沉默不语。满舱冷哼："听说苦根婆娘长得好看，有人看见刘掌柜经常在他家船上过夜……"春亮打断地说："如果嫌舌头多余，待会儿我帮你割去！"满舱尬笑地住口，不敢再乱嚼舌根子了。

寿宴本来办在白天，富春帮下午便开锣了，但由于当红男旦春哥儿临时有事脱不开身只能晚上登台，于是刘富余留客人继续品茶听戏。戏台子设在刘府大院内，船民只能闻声瞧不见影。当然，船民并没有进院子听戏的待遇。

大伙将不舍的吃食裹在衣襟下，便纷纷散去。

见外头凉棚里一片狼藉，刘富余问："都走了？"刘全说："是。"刘富余想想，再问："怎样，他们有没说什么？"刘全愣了愣，正想问谁怎样，立马明白过来："苦根和春亮都喝高了，都被各自的曲蹄仔搀回去。"刘富余长吁一口气，说："那就好，我还担心他俩下午打起来。"刘全笑笑："借给他们几个胆，料也不敢！"

春亮当然不会喝高——怎么能喝高呢？实际上一下午没吃多

少,他和别的船民一样,早备下一个小布袋子,将那些干的带得走的食物装入袋中,准备带回船上,然后只喝汤,只吃些稀的。院里院外桌上的菜色自然天壤之别,但酒都是米酒。米酒比"鱼烧"香,春亮硬生生地忍住,不敢喝多误事!不过样子必须装一装。他频频举碗敬苦根,把苦根尬得脸上一阵红一阵白。

大伙各回各的船上。春亮换上那套旧的黑衣裤,默然坐着,等天完全黑透了便要上岸。水梅忽然拉住他,眼泪汪汪地说:"我晓得你要做什么去,你看咱儿子才露尖,你要是……"春亮压低声音说:"胡说什么,胡说什么。我做什么去要你管?"水梅泣不成声。春亮心里不忍,和声说:"早瞅好了,那狗日的今晚留下来听戏,我准备路上堵他,该怎么办我已经想好了,没事!"水梅哽咽地说:"怎样都没法让二叔活回来。"春亮冷笑说:"是,所以得让狗日的给二叔陪葬。"水梅见自己劝不住春亮,抹泪说:"那你小心点,我一会儿烧香求菩萨保佑。"春亮刚要走,想想又转头:"要是……我今晚回不来,你带好德山和柄生兄弟俩!实在不行,去高岩砭找杨柳!"听这话,水梅刚止住的眼泪再次涌了出来。她一手扶住篷檐口,一手缓慢抚摸略微隆起的腹部,望着男人渐行渐远的身影,心里忽而一阵慌……

登岸的那一刻,春亮雄赳赳地昂起头,直接在道中间跑起来。

到这时谁去管必须走道旁的规矩,都是俩肩膀扛一脑袋的人,凭什么山人可以船民就不行?春亮边跑边寻思,不一会儿脑子里竟涌出许多想法,想得他浑身血液都莫名地沸腾起来……是的,就在今晚,身为船民的他将决定一个山人的生死!哈哈哈……哦不,不,那狗日的今晚必须死!因为阎王爷的生死簿上关于刘达仁这个名字,已被徐春亮重重地打了叉,画上了勾……

第一部　噩梦　　　　　　　　　　　　　　　　　　　　155

刘达仁这晚喝多了。

临分别他将刘富余拉到一旁，低声说："贤弟这手玩得漂亮！"刘富余拱手作揖："都是大伙儿给小弟面子！老爷子膝下无女，没得姑爷做陪，小弟我勉为其难，不知达仁兄今天可尽兴？"刘达仁说："尽兴，尽兴！"又作忧心地说，"兄弟有句话，不知当讲不当讲？"刘富余微微一笑："唉！你我兄弟之间有话请直说。"刘达仁说："贤弟今年有四十了吧，无子嗣可不成啊，要不这样，我给你保媒，娶房侧室如何？"刘富余僵住笑："有这等好事？行啊行啊，今天忙，咱改日再谈。"说完示意刘全，派人送刘达仁一程。刘达仁自己驾马车来，连连摆手："不用不用，我自己能行……"爬上马车时，却不小心摔了一跤……最后，驾车的活只能由刘府下人赵四代劳。

春亮窝在马尾松林的小道旁，远远听见马车声，正准备点燃引信，不料车前马灯却照出赵四那张憨厚的脸。春亮认识赵四。赵四在刘氏商行赶了十几年的车。每回走海装货，春亮免不了和赵四打交道。春亮紧急思忖，不行，做什么都不能累及无辜！于是作罢。等车走远，他从道中间的土坑里挖出药丸子，然后操近道往溪头村赶。赶到时周遭悄然安静，很显然刘达仁已经进屋，远处响起几声狗吠。刘达仁的宅院坐北朝南，屋西边种一片茂密的毛竹。春亮寻一遍窗户，只有西下房的灯还亮着……狗日的，居然放着正厢房不住住下房？春亮轻手轻脚猫到下房窗下，里面突然响起一声女人的娇喝："谁——"

春亮惊一跳，以为自己被人发现，连忙趴下不敢动。

这时一个男人的声音嘿嘿笑说："宝贝儿，怎么这么早睡？"是刘达仁的声音。一阵窸窣声响，女人撒着娇："哎呀，满嘴酒气……"

大约半个时辰后，溪头村"轰"的一声巨响。烟尘散去，一座修葺完善的两进宅院骤然化作一片残垣断壁。人们开始以为地牛转动闹地震，纷纷慌不着陆地逃出屋去。有人以为是惊雷，只感叹冬至惊雷不是好兆头。等人们真正地醒回神，才发现原来是刘总乡约的宅邸被炸没了……

新任总乡约被炸死，当然很快有人上报府衙，并提出猜测，刚在梅花坞和狮犁帮船民起争执就惨遭横死，那么行凶者必然是该死的曲蹄仔。

县太爷初来乍到，不明情况，自然要问薛崇义的意见。

薛崇义沉吟半响，只问："好吧，证据呢？无凭无据如何定罪？把他们全抓起来一个个砍头学陆登烈？"县太爷尴笑着说："不论怎样，总得给死者一个说法嘛。"薛崇义叹声说："事情当然不能这么了了，不过……当务之急是优先抚恤刘家几个兄弟，不能因此再添别的乱子了……"

第二部

残 梦

第九章

潮起潮落，晨昏更替……

伴随福海关开埠，越来越多的洋人涌入溪马门，溪尾街上随处可见叽里呱啦说着洋话的洋人。南溪两岸、栖凤山下包括官道沿线都在大兴土木，洋人忙着盖洋油公司、洋轮公司、银行、电报局甚至办电厂、洋胰厂。溪尾街往东方向约五里地原来是刘家的茶田，后几经转让，现成了朱家的产业。那块地位于官道北侧，北接福宁街、温州苍南，南通溪马门码头，往西连接省府福州以及延平、邵武两府，又有一座天主教堂先立于旁，地理位置极佳。洋人们眼馋得紧，准备在那儿盖洋楼，设立各公司的商贸代理处。

光绪二十八年，府衙一纸公文将该地征为官有，断然转给洋人。这事对朱友贵来说，就像被硬生生地剜掉一块心头肉……可有什么法子？胳膊没法粗得过大腿，好在小女儿被浙江府周大人相中成了周家的二少奶奶，最后在周大人及女婿周泰的斡旋下朱友贵才得到些许补偿，不过他和薛崇义之间的仇怨也因此越结越深,他劝朱友良:"别干狗屁的笔吏了,干脆辞了帮孝临,孝临循规蹈矩,生意场上吃不开。"朱友良打着哈欠:"唉,您还不晓得,我面对细如牛毛的账目马上头晕目眩。"朱友贵说:"让你替孝临跟洋人还有那些官老爷打交道,没让你管账目……"朱友良这才松了口,说他会认真考虑。

各商贸代理处做的当然都是通商生意,不论其规模,实力包括后台(各级官府)都要比山民的商行大许多且硬许多。朱家多少沾点官家背景,茶米销路自然不成问题,许多洋人也乐于从朱家走货,生意并没受到多大影响,细算过去甚至比往年略好些。人是趋利的动物。茶农见朱家的茶米收购价格高,自然争抢卖给朱家。朱孝临不经商量做下一个连朱友贵都竖起大拇指赞许的"英明决策",和那些品相佳的本地茶农签订"无差别收购协议",加上朱家自身种茶制茶,产运销一条龙,如此对刘氏商行的冲击很大。刘氏商行的经营到此时更加举步维艰,可谓"内忧外患"……

老太爷身故,刘富珅终于带他的洋人妻子回了一趟家。

兄弟二人年纪相差较大,没多少私话可聊。论及行商之道,刘富珅轻巧地说:"销路应当放在首位,有了销路,还愁没货卖?"苦于没有对策,刘富余放低身段和声地问:"你现今是美利坚欧克公司买办,能不能帮哥想想办法找条路子?"刘富珅摇头说:"难哟!欧克做的是洋火生意,和茶米买卖风马牛不相及啊!"见弟弟如旁人一般袖手旁观,刘富余气得差点一杯茶砸到富珅脸上,面上却依然轻松平静地说:"好吧……我想天无绝人之路!"

老天爷当然不会绝人之路。不过,刘富余最终仍忍痛卖掉位于杭州和宁波的两处商行,不想接手人竟都是朱孝临。当被问起时局愈发动荡为什么还愿意买下刘氏商行时,朱孝临喏喏地解释说:"哎呀,刘叔是我长辈,再说大家都乡里乡亲的,我不帮谁帮?"朱友贵对儿子高价吃下刘氏商行颇有微词,但于内心讲依然是赞赏的,他对朱先生感慨地说:"儿孙自有儿孙福,实际上操太多心也莫有用。"朱先生说:"嗯,孝临做事沉稳,为人厚道……"

朱友贵认为,这时候是朱家发展的最好时机,因此步伐应该再快一些胆子再大一些,儿子朱孝临接手生意后虽说也干了几件可圈可点的事,总体来看心太软,某些关键时刻优柔寡断,格局显得狭促。不过儿子独挡一面才给了朱友贵许多的闲暇时光。刘达仁死后,溪马门总乡约的位置空着,接手则意味着要继续处理梅花坞船屋的事。虽然官府没去追究刘达仁的死因,其实许多人都心知肚明,能和狮犁帮船民没有关系?县太爷只好亲自找朱友贵,又是拜托又是命令让朱友贵"勉为其难"成为继刘达仁之后的新任总乡约,否则许多落地的事务实在无法施行交不了差。朱友贵当然得乘机和县太爷谈条件。

朱友贵说:"首先感谢大人瞧得起朱某!论理讲,为乡亲们出力朱某不该推辞,可您也清楚,情况特殊啊!朱某是个商人,自古行商一诺千金,我既然把地租给船民了,说出去的话好比泼出去的水,不好出尔反尔!"

县太爷大笑:"还以为什么大不了的事。友贵兄请放心,在下为官也是以安一方太平为己任,你若肯出任总乡约,今后梅花坞如何处置,全凭你做主,总之一句话,眼下溪马门乃至福宁府都不能乱!"

言至此,朱友贵才躬身答应县令大人。

第二部 残梦

朱友贵当上总乡约这几年，溪马门总体太平无事。有人报告说，曲蹄仔将水道掘进梅花坞浅滩。他装模作样过去瞧几眼，大笑说，瞎折腾！有人说，曲蹄仔不经许可占了船屋。他又过去转一圈，笑笑说，占就占呗，反正又不占你的窝，甚至打趣地问，要不……你去把他们赶回海面？朱友贵对船民的"宽容态度"令许多山人心生暗恼，怎么摊上这么个"地头"？好在对朝廷几次摊派钱粮之事朱友贵亦是如此，收起一贯的精明与算计，一味地装聋作哑，这才让乡人的心儿宽了许多。因此朱大老爷这届总乡约当得比任何一届都闲，实在闲得发慌，要么逛逛花船，要么找堂侄朱先生喝茶侃大山。

时间过得飞快，不知不觉他和金秋所生的儿子孝允都满十五岁了。金秋早叮嘱快嘴凤开始张罗如意女子。朱友贵觉得为小儿子过早说亲不妥。金秋撇嘴说你呀，反正什么都不管，刘士元儿子茂正儿子哪个不是这时候定的亲？朱友贵无言以对，最后任由金秋折腾。大太太、二太太身故后，加上金秋又刚生下儿子孝允，朱友贵只能将她扶正。母凭子贵的金秋身上似乎很快不见了先前的温柔与体贴，逐渐变得跋扈起来，甚至都敢冲朱友贵大吼大叫。

这晚来到朱先生的医堂后院，叔侄俩喝过一阵茶，朱友贵长叹说："这女人哪，千万别把她太当一回事！一旦宠坏了，她就敢蹬鼻子上脸。"朱先生微笑地说："让孝允成亲，目下来讲确实为时尚早，不过定亲没问题，婶子大概怕晚一步好闺女都被人抢光了。"朱友贵冷笑着说："好男儿，还怕娶不到好媳妇？她呀，尽是闲闹哒，瞎折腾！"

孝允去年开春一直嚷着要跟家胤姐去省城读书。朱友贵更正说，论辈分家胤是孝允的堂侄女。孝允说，只要让他去，让他唤家胤奶奶都成。最后在金秋的坚持下朱友贵只能答应。其实朱友贵非常清楚，小儿子绝不是读书做学问的那块材料，从小到大先生都不知被气走多少位。他向往省城，无非是想摆脱父母的管束可以肆无忌惮地玩……按朱友贵的想法，识几个字已经够用，早一日跟孝临学做生意，兴许兄弟二人齐心还能早一日壮大朱家事业。

聊完孝允，朱友贵再次关心起家胤的终身大事。

朱先生叹息："女大不中留啊！再说她的事，我就算想管，如今人在省城我也管不过来。"朱友贵说："我早说什么来着？宠溺是不行的，你本不该让她去省城读什么洋书，这下好了，自个儿挖个大坑自个儿跳。还有，林家少爷又是怎么一回事？"朱先生说："哦，福州林氏的沫升少爷……"

男大当婚女大当嫁，实际上对女儿的终身大事朱先生早就开始考虑。只是再怎么考虑也得听从女儿的意见。父母之命媒妁之言在家胤面前不好使。朱先生心里清楚，开什么花结什么果，也许从小过分溺爱，才造就家胤肆意任性的小性子。不过朱先生并不懊恼，女儿性格随他。他甚至自我安慰地想，人生在世，自当随心随性一些为好。家胤三岁时，朱先生就专门请人来家里教女儿习文识字。家胤天生丽质，打小聪慧伶俐，教的学的基本过目不忘，什么《三字经》《百家姓》《千字文》乃至唐诗宋词都能倒背如流。十六岁那年，听说薛崇义的女儿薛怀芳在省城福州的林氏书院读书，硬要跟去。朱先生开始当然不舍，但经不住女儿的撒娇抹泪最后只能答应。女儿自幼没了母亲，对她的要求只要不过分，办得到，朱先生基本都会一一地给予满足。

朱友贵说："现今家胤和那沫升少爷的事可是传得有鼻子有眼，说什么朱家金凤凰飞去省城不可能再飞回来，还说什么家胤学成之日便是她和林少爷的成婚之时……侄啊，到底什么个情况？"朱先生沉默片刻说："这事问过家胤，她没表态。"朱友贵说："没表态怎么成！事越传越邪乎，家胤毕竟是女娃，名声很重要！"抿口茶又说，"关键你只有家胤一个闺女，近几日叔替你仔细地想了想，觉着家胤嫁出去不合适。"朱先生笑了："闺女养大能不嫁人？"朱友贵正色地说："你啊，圣贤书把脑子读糊涂了，不嫁可以'娶'呀！"

招婿上门确实是个不错的主意！可是，谁家好儿肯让出门？家胤打小心气就高，男方若是举止粗俗纵使家财万贯家世显赫怕也不会答应。朱先生想想便觉着为难。朱友贵却说一点不难，三条腿的蛤蟆不好找，两条腿的好男儿多的是，不说家胤人长得俊，单凭家势门风，在福宁府连薛家和刘家都很难把朱家比下去。朱友贵最后说："你若信得过叔，这事叔来张罗，十里八乡咱好好地挑一挑，非挑个乘龙快婿不可……当然，家胤和那沫升少爷的传闻多少有些麻烦，不过只要家胤肯点头，叔敢说，什么都不是事儿！"朱先生心想，难就难在让家胤点头这件事上，但也只是笑笑，没再说话。

这是个风和日丽的午后。

每年五月份对溪马门来说，春去夏刚至，天气虽然开始转热，不过热的时间短，仅限中午两个时辰，余下的基本都还清凉。见竹篓里收获不少，德山高兴地说："咱回吧，姐，我想趁早把鱼卖了，给念生做身衣衫。"跟来学拉网的这位叫麦穗的女子抬头望德山一眼，凄清地说："眼下花钱的地方实在太多，费钱做什么，一岁大的娃儿穿什么衣衫，再说刚入夏，离冷天远着！"德山说："这几天咱运气不错，捞不少鱼攒了些钱，我怕冷天来了,又只剩下一兜子海风,柄生哥去澳洲前可再三嘱咐过我,要好好照顾你。"

麦穗眼望远处,长叹着说:"漂亮话谁不会讲?真为我好,我劝他……会不听?"德山挠头笑笑,说:"反正……他说等他挣到钱了,回来一定到岸上买地盖屋子,让你过上好日子。"麦穗说:"是吧?且这么听吧!他还不晓得我怀了念生,快三年了一点音讯都没有,也不晓得是生是死。"

聊到柄生的生死,德山急切地说:"别别别,你可千万别这么想,柄生哥不会有事!澳洲远,听说铁壳船都得坐一个多月,再说岸上还有那么多山人一起去。"麦穗说:"山人?山人对咱船民横到不行,在洋人面前和咱一样也是连大声说话都不敢的,总感觉……淘金这事,不对劲!"德山说:"柄生哥是谁,他能让人欺负?还记得三年前元宵节,咱上岸走高时捉弄刘士元家新媳妇的事吗?"提起那件糗事,麦穗扑哧地笑了。德山夸张地说:"这就对了!苦哈哈是一天,乐呵呵也是一天,老天和山人跟咱过不去,咱可不能再跟咱自己过不去……姐,其实……你笑起来,特别好看!"

听这话,麦穗的脸腾地就红了。她捋了捋散落的碎发,转头定定地望住站在板舵儿那头的德山。刚来溪马门刚和兄弟俩认识那会儿,德山才是个青涩的半大小子,四年过去不觉间都长成大男人了……德山身材魁梧,浓眉大眼,刚刚长出的胡茬一片青丛,许是久被日晒的缘故,裸露的皮肤显得黝黑,但浑圆厚实的肩膀,粗壮的四肢,整个人看上去结实得像半截褐色的石塔。德山的相貌和柄生本就有几分相像,从背后望去,若不是个头比柄生高些许,麦穗还以为柄生活生生地站在自己跟前。每每听到出自德山之口的劝慰,麦穗总能感觉到某种难得的安全感。这么痴

第二部 残梦 167

痴地望一阵，麦穗低头，眼圈泛红……

也许一切都是命运安排好的。

从遥远的四川跟随兆森叔仓皇地逃到福建，一路被围堵缉拿，兆森叔的老家侯官实在没法待了，几经辗转才到了闽东的溪马门。兆森叔说，这儿有他的老相识。谁想到后发现徐过江老人早已离世，但既然来了，只好先作安顿。离开侯官时，兆森叔托人买下一艘陈旧的舢舨舵，对外宣称"父女"二人是闽江口的船民。听说林兆森父女也是船民，春亮表现出极大的热情，说天下船民一家亲，于是林兆森和麦穗成了狮犁帮的一分子。不久林兆森主动向春亮讲明自己的身份，以为春亮会害怕，会直接赶他们走。不料春亮呵呵一笑，说那有什么，你们烧洋行闹暴乱，替百姓出头，那些事干得漂亮哈！谁知后来，当听说柄生和麦穗两人好上时，整张老脸立马就黑了。照理麦穗要模样有模样，话不多且肯吃苦，配柄生绰绰有余，可春亮就是反对，不说理由。

爱上柄生，那是一次偶然。

麦穗是个地道的川妹子，本来不会说平话，好在学什么都学得快。和兆森叔父女相称后，林兆森一路教她一路学，到溪马门的时候平常的基本对话已经不成问题，只是听上去还带点外地口音。麦穗的突然到来，自然一下吸引了许多船民小伙的注意。那日柄生从岸上回来，不知从哪儿摸了个桃子，准备让德山给麦穗送去。就在这时，洋人的铁壳船入港了。有人大喊正在港道上收网罾的兆森父女，喂！快躲开，快躲开，小心翻船唷——可已经来不及了，铁壳船速度快，犁起的浪涌有一丈多高，一浪叠着一浪，浪头很快将来不及掉头的船儿扑翻了。柄生喊德山："快，板舵儿……"然后一头扎进海里。

落水的那一刻，麦穗暗悲一声，死定了，因为她不会游水。

求生的本能让她双目紧闭手脚胡乱地扑腾，可身子仍重重地往下沉。感觉眼前越来越黑，越来越黑……周遭一片嗡嗡的寂静，寂静得可怕。一口气终究憋不住，咸涩的海水开始往鼻腔里灌，咕噜，咕噜……呛水后不自主地猛烈抽搐起来，身子弓得像煮熟的海虾，就在身子刚要发软她正准备放弃的时候，突然被人抱住了——无法形容那是怎样一个温暖的怀抱，总之一下给了她无穷的力量。她反手紧紧搂住他的脖子，生怕他上浮时又将她丢在海底。水中的单衣仿若没穿，她没法顾及少女的羞赧，胸贴胸地抱紧他，双腿像藤蔓似的缠在他腰间……后来柄生说，幸亏他水性不错，换成别人，那天恐怕两人都得命丧海中成了鱼食。她当然后怕，但更感激柄生不顾自身安危地救她。

因感激产生爱，这是自然而然的事。

而今回忆往事，麦穗内心里百味杂陈，甜甜的又酸酸的。后来她告诉兆森叔她喜欢柄生，愿意嫁给他。兆森叔不假思索地答应了。春亮叔却反对。她明白春亮叔为什么反对。她是戴罪之身，一旦身份被人识破，她死不足惜，很可能连累狮犁帮的众船民……可她爱柄生，爱到可以无怨无悔为他去死！

就是这个无名的小荒岛。

德山说，这是"我的岛"。小岛距离溪马门很远，正因为远，大部分船民不会来这儿捕鱼，因而这里的鱼虾相对多一些。果然是堂兄弟，连说法都基本相似。柄生动身前曾带她来过一回，她问他岛叫什么名字，柄生说，就叫"我们的岛"吧……那晚登上小岛，月儿被浮云遮住，四周一片清暗，在岛北边那片细软的小沙滩上，她和柄生脉脉对视，然后慢慢解开上衣的排扣……

第二部　残梦

第十章

这日午后,朱家胤没说一声突然跑回溪马门。

"学堂……放假啦?"朱先生讶异地问。

"嗯,放了!"显然家胤没说实话,说话时没敢看父亲的眼睛。

"这么早?"朱先生迟疑地盯住面容憔悴的女儿,可是薛家的马车就停在忠义堂门口候着,顾不上细问,"你先休息,爹出趟急诊。"此时伙计绺子已备好药箱。朱先生接过箱子,吩咐绺子:"小姐回来了,你不用跟去,今晚多炒几个菜……记得做小姐爱吃的蛏汤,不加葱花!"

刚入夏夕阳偏弱,照耀田野和海面,披上一层泛金色的朦胧。在这片望不远的金色之中,不论山人、船民、洋鬼子或假洋鬼子都在为各自的前程与生计忙碌,乍看很有欣欣向荣百业待兴的意味。但朱先生知道,短暂的宁静往往更容易蓄积某种破坏力极大的力量。若在十年前或二十年前,他或许还会期待那样一种破坏的力量,所谓"不破不立"。而今心境变了,变得别无他求,现只求一家人特别是女儿家胤此后能安平康乐。三天前有人夤夜找他，说想借先生的威望在溪马门干成一件大事。朱先生不敢答应，当然也不会答应，所谓"反清复明"举兵造反的事早成了说书人口中的笑料。那人问，当今朝廷如何？朱先生说，昏庸腐朽。那人说，这样的朝廷不推翻，国家永无出头之日。朱先生再三作揖，说首先敬佩有民族担当的仁人志士，可朱某只是一介布衣，坐诊问药尚可，别的实在无能为力……那人最后说叨扰了。正要走，先生问，你不怕我去告密？那人大笑说，若不相信先生的为人，高某就不会来了……

　　提及自己的为人，朱先生自觉汗颜不止。在别人眼里，朱先生不仅仅是溪马门的名医，更是女人心目中伟岸大丈夫的楷模。朱柳氏身故多年，照理他早该续弦另娶新妻，可他愣是洁身自处并独自将女儿抚养长大。许多女人面对自家男人既抽大烟又逛花船的无奈，平时烧香拜佛只求男人能学先生一二……而实际上，朱先生心里至始至终住着一个人，她就是水梅。闲暇时，站在女儿闺房的二楼窗户，抬头安静地望向梅花坞方向，朱先生总免不了牵念那位苦命的可人儿，总免不了去回忆彼此郎君娘子相称的那个夜晚，她的欲言又止，依就后的全然放开，以及她身上散发的好闻味儿，她的轻微颤栗，乃至最后她紧紧抱住他仿若渴盼真实融为一体的那种热烈……那晚的每个细节，包括两人难以平复的喘息声仿佛都会一一地重现于眼前。每每思想至此，朱先生难免从心底里潮起某种冲动，但他只能咬咬牙，将那种冲动硬生生地压回去，然后长吁一口气，告诫自己说，她……从来都是别人家的女人，多想无益！

　　薛家老夫人的病情又是一场虚惊。

　　朱先生再一次把她老人家从阎王爷的手里给拉了回来。

第二部　残梦

来到偏厅，薛崇义万分感激地握住朱先生的手，说："这一晃啊，都二十多年了，我老母亲自染风邪半身不遂，若没有老弟你，恐怕早就……客套话我就不多讲了，总之，老弟你是我薛家的大恩人。"朱先生说："救死扶伤乃医者本分，您不必放在心上。"薛崇义拱手说："贤弟高义！"

这时一位年轻人进来奉茶行礼。

薛崇义作了介绍："这是我儿怀安，年纪比你家闺女大两岁零三个月，尚未婚配。"朱先生说："没记错的话，三少爷曾去日本国留学。"薛崇义嘿嘿笑两声："没错，刚刚回国，现在北营做事，领总提检。"朱先生说："了不得啊！年纪轻轻，便已是总提检大人了。"薛崇义自豪地说："嘿嘿，当官也就那么回事儿！年轻人有年轻人的想法，若按我想，真不如老弟你悬壶济世来得自在。"朱先生解嘲地说："唉，您这是笑话我。"

薛崇义让三儿怀安见朱先生，当然不止答谢行礼这么简单。

怀安自从在福州见过朱家胤一面，回来竟茶不思饭不想，闹起相思症。薛崇义大儿子怀仁早夭，二儿子怀忠少时落水溺坏脑子致使憨傻，也就这三儿怀安可算撑得起薛家的脸面，是薛家的希望。听说儿子居然为女人犯单思，薛崇义既生气又好笑，当即向儿子保证说，格格咱高攀不起，在福宁府，只要你相中谁家闺女，爹就算逼也会将她逼进门。怀安却说，爹啊，千万别，强扭的瓜不甜，我要人家心甘情愿……心甘情愿？这就有些难办了！

因此薛崇义只能绕着弯儿替儿子提亲。

见朱先生面露难色没有表态，薛崇义让怀安过去看望祖母，然后问："你家闺女许婆家了？"朱先生说抱歉："那倒不然！您也清楚，小弟我膝下只有这么一个女儿，友贵叔已经替我在张罗招赘的事了。"薛崇义说："以为多大的事！没许婆家就好，你若答应这门亲，可立字为据，他俩将来的孩子让一个姓朱，如此确保你朱家香火得继。"朱先生沉吟不置可否。薛崇义呵呵笑着又说："你我两家都是头面人家，门风也算相当，你刚也见过怀安，论品貌可否配得上你家闺女？"朱先生说："噢，三少爷举止优雅玉树临风，堪称人中龙凤，而小女自小野性，反倒显得粗俗。"薛崇义哈哈大笑："这么说你答应了？"朱先生说："这……"薛崇义瞪住朱先生，貌似不高兴："怎么，你不同意？"朱先生说："我当然求之不得！可这事……得回去和家眷商量，小弟我……"薛崇义最后说："好，好。谁不晓得，老弟你把宝贝闺女宠上天。对这门亲事我可是诚心实意，别令我失望！"提亲本是一件好事，可薛崇义有点软硬兼施的意味，让朱先生觉着很不舒服，如芒在背。

　　就在朱先生为女儿的终身大事极尽烦恼的时候，姚大福终于点头，答应将他家二闺女姚二妮嫁给春亮的儿子德山。照理姚大福不该犹豫，狮犁帮的船民今非昔比，至少有一间船屋住。不像他们，漂泊江面生计日渐无望，别看岸上到处都在大兴土木，手工淘沙已经过时，假洋鬼子们搬来轰鸣的机器逐渐抢了江民的"饭碗"。姚大福拿不定主意，也因为一家人都指着二妮吃饭。姚二妮虽是姑娘家，却长一副汉子的身板。一网兜含水江砂差不多六十斤，加上竹竿长度足足有一石重。江面淘沙的活儿一般男人都吃不消，姚二妮愣是从十三岁起开始干，且一干就是大半天。姚大福几年前扭伤腰干不了重活，若再把家中的"顶梁柱"嫁人，往后一家人的日子将过得更难。说媒的人是草帘。作媒的草帘口吐莲花。"呀，闺女养大怎么能不嫁人？"草帘狡黠笑着，"别的后生仔我不敢拍胸脯，山仔您大可放一百个心，要貌有貌要力气有力气，为人和气手脚勤快，关键他识字，您说说，打灯笼江面海面找，能给二妮找到比他更合适的好后生？"姚大福这才问："这么说，当年朱先生请人教闺女，德山真有陪听？"草帘说："什么叫真有？千真万确！朱先生是好人，让山仔和他家闺女一块学，只是山仔那时不懂事，前后只学一年就不肯学了，不管怎么说，他还识得几个字，这对咱船民来说已经牛气得不得了。他大哥，咱摸良心说句实在话，春亮要不是看中你家二妮能干，怕也不会叫我三番五次过来。您大概也能猜得到，多少人正等着把自家姑娘许给山仔……"

草帘好说歹说，最后姚大福才点头。

不过老姚家允亲对草帘来说却是喜忧参半，喜的是好不容易替春亮办好了交代的"大事"，忧的是亲事一旦说成，意味着五丫从此没了机会。明眼人都瞧得出来，五丫喜欢德山已不是一天两天的事了。

草帘几次去南溪，都是悄悄地走，不敢告诉五丫。回来路上草帘仔细地琢磨着，怎么将结果告诉五丫，才不至于让她伤心发狂……

对小女儿五丫，满舱早就打算好了。他没生儿子，前面四个丫头都嫁出去了，家里只剩这丫头，当然留着做种，难道让老姚家绝户？他拜托春亮。早些日子春亮终于在石蟹岛物色到一个船民后生，长得白白净净，说话腼腆，看上去还不错。关键这小伙上面还有八个哥哥，成亲俩，剩下七兄弟婆娘一直没有着落。春亮摸清情况，和小伙他爹老江头随口一提。老江头当即答应说："好咧，好咧，定个日子领走就是，整天眼前晃悠看着就心烦。"春亮回去告诉满舱。满舱忿恨不已："真是人比人气死人，他怎么生了那么多仔？"

儿女长大后，操心婚嫁暂时淡去了生活的无奈。

麦穗和兆森叔住的地儿，原先是海狗家的"屋"。海狗死后，婆娘阿芳大哭大闹一阵，最后还是听从婆婆，和小叔子海猴凑成一家子，毕竟有两个小娃儿要养，单靠她一个女人家又能做什么呢。这种"搭伙"过日子的事在船民中倒也常见，没人说三道四，可是阿芳已经和小桃红签下"终身契"，突然决定不登花船当然违逆了小桃红的本意。小桃红怎么肯罢休，派人过来闹腾几次。最后海猴只能带一家人离开狮犁帮，至于躲去什么地方没人晓得，不过听说海猴后来变得勤快多了，这样一家人的吃喝大概没什么大问题。

入夏后，林兆森的病愈发地严重，咳得厉害，有几次甚至咳出血。麦穗若跟德山出海拉网，或德秀忙，只能拿布条捆住小念生的腰，像拴小狗似的拴在屋角一头。林兆森生怕自己的病传染给念生，每次咳都会极力地侧过身去，许是用力过猛，差点一头栽进"屋"脚下的海泥地里。等缓过一口气，林兆森泪流满面，没想到"哥老会"的三把头会落到这般田地。他深深觉得自己对不住金大哥。十年前分别时，大哥将穗儿托付给他，再三交代，从此隐姓埋名远走高飞，好好地活下去……而今活是活下来了，可活的叫什么日子！

林兆森过惯苦日子，再苦再难都可以忍受。但让麦穗跟着受苦，特别在他病倒后麦穗默默承当起照顾他的责任，并因治病背了许多还不清的债，他深深感到自责，觉得自己已完全成为麦穗的负担。这天卖完鱼，麦穗又去忠义堂取药，熬药时林兆森说："穗啊，先别忙，过来叔跟你说几句话。"听这话麦穗愕了好长一阵，自从两人父女相称，兆森叔多少年都没自称叔了。麦穗擦了

第二部　残梦　　　　　　　　　　　　　　　　　175

擦手，起身坐过去。刚坐下，小念生便扑到麦穗怀里。麦穗抱着念生，认真地望住兆森叔。林兆森说："这些年没任何消息，金大哥大概不在人世了。"提起父亲，麦穗顿时热泪盈眶。林兆森叹声说："别恨你父亲，当年他也是万不得已，朝廷追得紧，随时都可能被捕……这些年跟我在一起，你受苦了。"沉默片刻，麦穗哽咽地说："说什么苦？那年我才十四岁，什么都不懂，没有您我不是饿死，就是被歹人害了。"林兆森微笑说："你虽是个女娃子，心气儿却特别坚强，这点像你父亲，叔很欣慰。"伸手摸摸念生的小脑壳，"念生这娃儿聪明咧，长大后肯定是个人物，日子再难也要带好他，只可惜……叔是看不到那一天啰。"听这话像在交待后事，麦穗忽地慌了："兆森叔——不，其实我心里一直把您当亲爹！您可不能胡思乱想，先生说，这几剂药吃完您的病兴许就好了。将来，还指望您教念生读书识字。"林兆森说："好好好，咱都不说丧气话了，我饿了，今晚吃什么？"麦穗抹泪强笑："给您炖了鱼汤。"林兆森说："鱼汤好啊！山仔好后生，拉网捕鱼样样是好手……"

德山整日笑呵呵，似乎每天都过得很开心。有人说，山仔命好，小时候在朱先生家待过，还跟朱家金凤凰一块儿读过书呢。有人说，山仔和德秀兄妹俩摊上一个好爹，加上他们的娘水梅贤惠识大体，一家人的日子过得虽苦也算和美。不管风云如何变幻，船民和岸上田里的庄稼一样，青一茬熟一茬，娃儿们逐渐长大，老人们纷纷死去，但没从根本上改变什么，日头照样一天天东升一天天西落，日子照样一天天过。春亮自从那年替徐过江报了仇，回来后便不怎么主动开口说话，像是时刻准备着，坐等官府来人将他抓走……

后来，有人给春亮起了绰号，唤他"闷狮"。

这日吃晚食，船舱里依然一片安静。只有德山吧唧着嘴，像要把野菜虾米糊糊吃出"满汉全席"的滋味似的。德秀一旁闷声吃，忽地想到什么扑哧地笑出来。德山纳闷地停下筷子："秀，笑什么？"德秀说："没什么。"德山盯德秀两眼，又扒拉扒拉地吃起来，很快吃完，抹了嘴，对水梅说："娘，我过去瞧兆森叔。"水梅睃春亮一眼，说："不忙，待会儿你爹有事说。"

德山愣住，定定地望向父亲。春亮继续缓慢地吃饭，吃完掏出烟杆子，等荷钱草的味儿飘出舱篷差不多飘到船屋屋顶时，才准备开口。花了两三年的工夫，在春亮和满舱的带领下船民们终于挖通一条两丈宽的大水道。船屋架于水道两旁，归航后各家船儿停靠在自家的船屋旁，若从空中看有点像小型的溪尾街。许是随时准备应对山人的驱赶，各家灶匣及日常用品照样放在船上，日常活动吃食也都在船上，船屋完全成了一家人晚上睡的地儿。某些船民家里人多船屋挤不下，小舢舨的眠垛仍是不可缺的睡匣子⋯⋯尽管如此，狮犁帮船民的生活条件还是让别处船民眼红，羡慕，乃至嫉妒⋯⋯

春亮一锅烟抽完，瓮声瓮气地说："咱家和大福家的亲事总算定了。"德山没多想，笑着问："秀虚岁才十六，怎么这么早嫁出去？不对，大福家没有男娃⋯⋯爹，这定的是哪门亲？"春亮说："给你说的呀⋯⋯哦，就是二妮，和你熟着。这妮儿是个好闺女，身体好力气大，关键能吃苦肯吃苦，反正不管怎么看，没谁比她更合适做咱老徐家的儿媳妇。"

不会吧，姚二妮⋯⋯给自己说的婆娘？德山的笑容一下僵在脸上。德秀此刻正在舱尾帮娘收拾，时不时地望向爹和哥哥这边，见哥哥投过来复杂且无奈的目光，吃笑着扮鬼脸。"爹，这么重要的事,怎么没跟我商量?"

"商量什么,不乐意还是怎么的?"春亮瞪住儿子,"瞧人家长水、秋生,还有木帆家的夏至,都是二十来岁的人了,哪个娶亲了?别不识好歹!"德山杵在那儿不知该说什么。春亮冷冷地说:"别以为人家非你不嫁,聘礼两石稻米你得自个儿挣。"德山这才叫起来:"天哪,两石稻米?"春亮说:"怎么,嫌贵?人家二妮值这价!"说完,气呼呼去了满舱家。春亮走后。德山问娘:"我怎么事先一点不晓得?"水梅笑着说:"人家开始不答应。"德山冷哼:"笑话,我还不答应呢。"水梅说:"多大人了还说斗气话!"说着叹一声,"咱船民就这条件,能娶上婆娘已经是天爷赐福了。"德山说:"反正……反正我一辈子打光棍也不会娶二妮。"水梅说:"这事我可做不了主。"德山说:"那我和爹说去。"说完直接跑了。水梅后面喊:"这孩子,快回来——"

德山没回头。

坐在麦穗家的舱篷里,德山一直闷着不说话,就连念生爬到膝盖上都懒得逗一逗。"怎么了?"麦穗瞧出异样。德山说:"没,没什么!"麦穗认真看德山几眼,然后继续擦洗舱板上念生屙的屎。匍匐用劲,领口低垂,胸前那对丰盈的乳房止不住地弧出一道瓷白的光,在篷顶洋灯照亮下如一轮新月于朦胧的云层中忽隐忽现,被德山无意间瞧个全部。距离如此地近,看得他整张脸腾得就红了。麦穗刚好忙完,跪起身边抹汗边诧异地问:"你脸怎么红了?"德山支支吾吾不知如何回答。这时德秀钻进来,附在麦穗耳边小声说几句。麦穗抿嘴笑了:"这是好事啊!"马上问,"日子定了吗?"德山说:"定什么日子,谁爱娶谁娶去,我一点不稀罕。"德秀说:"啍,我哥大概怕以后降不住二妮姐故意端架子呢。"德山生气了:"鬼丫头懂个屁,一边待去。"德秀笑嘻嘻正要继续，外面忽地传来水梅的呼喊，她答应一声就回去了。

德秀离开后，麦穗收起笑容，认真问："现在没别人，跟姐说说，为什么不同意？听说二妮人不错。"默一小会儿，德山说："没嫌二妮人不好，只是我对她……反正没那种感觉！姐，你说两个熟悉得像亲兄妹，见面就互损的人能凑一块过日子吗？"麦穗笑着说："怎么不能？这叫青梅竹马。"德山嗫嚅着："我晓得青梅竹马什么意思，可她实在……"麦穗说："好了，你直接说吧，到底想找个怎样的姑娘做媳妇？"德山不假思索地说："至少要像姐你这样的！"麦穗啊一声，随即脸颊飞起一片红晕……

朱家胤的闺房在忠义堂二楼。那房间原是一间库房，此前一直用来存放干药材和杂物。按说一般人家闺女的卧房不可能临街，先不说于礼不合，单是街面日常车水马龙，人声鼎沸，多多少少也会影响休息，可女儿长大后硬要住在这儿，朱先生只能答应，着人粉饰一新，让女儿搬过来。

傍晚回家没见家胤，朱先生问绺子，小姐呢？

绺子说："我……我喊……喊了好几遍，小……小姐没应声，大……大概是睡……睡着了。"绺子天生厚舌根，说话不利索。绺子是朱先生几年前在路边捡来的。那年冬天朱先生去东乡给人瞧病，回来路上发现有个瘦小的男娃儿晕倒在田埂上。朱先生让老杨抱男娃上马车。男娃醒后说他叫绺子，但家住哪里父母是谁都说不清。朱先生只好将绺子带回忠义堂。后来喜子因老娘病重回了浙江老家，不久杨嫂旧病重发几次走失，老杨只能回乡下照顾，如此忠义堂只剩下绺子一名伙计。别看绺子年纪小，做事却很老道，不论赶车或洗衣做饭都做得有条不紊稳稳当当，于是朱先生就断了再请伙计的念头。

第二部　残梦

朱先生正准备亲自上楼看看女儿。

朱友良的儿子朱孝远突然急匆匆地跑来，说他爹快不行了。朱先生忙问怎么回事？孝远说，他爹不知被谁打了，浑身是血奄奄一息……如此朱先生只能赶去朱友良家，临走前吩咐绺子，唤小姐下楼，你俩先吃饭。绺子照办，可敲半天门仍听不到回声，便试着推门进去，发现小姐不在房内。

这晚的月亮出奇地圆，月儿四周聚集些许浮云。只见浮云不见雨，溪马门已经大半年没下过一阵像样的雨了。许是满怀心事的缘故，当云朵遮住月儿周遭暗下来时，舱板上辗转反侧的德山突然有种像被某样东西压住胸口无法呼吸的感觉。他只好翻身坐起来，此时夜已深，海浪沙沙，四下安静，船民们大多早睡。德秀长成大姑娘后，兄妹俩再挤一窝多少有些不合适。德山便搬到柄生家的船上住，将自家的舢舨舵留给妹妹。一家四口人有三个住处，难怪别的船民会说，春亮一家是狮犁帮船民中的"富人"。柄生家的那间船屋春亮做主暂时借给木帆大儿子芒种当"婚房"。在这片恼人的安静中，"婚房"内隐约响起异样的动静，像木槌子凝船缝笃笃笃的声音，又有点像赤脚踩海泥咯吱咯吱的声音，不一会儿男人女人粗重的喘息声清晰可闻……十八岁的德山虽还是个青瓜子，但也猜得出来那两口子在做什么，人们常说的造娃呗！

娃儿究竟怎么造德山不清楚，他仍然纯洁得像一张白纸。不过没吃过猪肉也见过猪走路，不都是娶了婆娘才能生娃吗？于是想到二妮。他不明白，爹怎么就那么看中那个母夜叉！想了二妮，不自主地又想到麦穗，同时回想起傍晚无意间瞥见的那一片丰盈的白……德山忽觉心儿莫名狂跳，慢慢躺下去，发现后背黏糊糊的难受，只好重新坐起来，坐片刻，干脆起身钻出舱篷。

既然睡不着，不如去梅花峰吹吹风。

德山突然决定连夜爬梅花峰，并非矫情或无聊闹的，而是柄生说过，站得高才能尿得远，什么烦心事都会被风吹走的。有一次兄弟俩在峰顶那块大青石上对着溪尾街方向撒尿。尿完，柄生笑着问德山，怎样，爽不爽？德山光着屁股瓣儿大声地喊，爽啊——那也是炎热的夏季夜晚，梅花坞旁边的梅花峰巍峨高耸。顺着那条歪歪斜斜七绕八绕的石阶路，小心翼翼爬上峰顶，先在那个叫梅花潭的深潭里游水，游累了躺在大青石上吹海风，确实舒爽得似神仙。

德山乐观的生活态度，很大程度受堂哥柄生的影响。

自从"逃"回溪马门，柄生就不愿再去高岩砭。杨柳想儿子了，只好每隔仨月俩月大老远地回来一趟。杨柳若是有事走不开，柄生也不寻娘。柄生从小就表现得相当独立。实际上独立性格的人并非没有烦恼，而是想得开。柄生有一回抓到一只小乌龟，问德山，猜猜乌龟为什么活得长？德山摇摇头。柄生笑着说，因为它有一个厚厚的壳，遇到危险晓得缩头，能屈能伸。许多年后德山才发现原来柄生是错的，就好比某些人，他虽然活着其实已经死了，而某些人虽然死了，却依然活着……不过这时候，德山觉得柄生说什么都有道理，说什么都是对的。柄生曾认真地问过德山，知道咱船民为什么总被山人瞧不起？这是一个很难回答且没人能回答的问题，德山自然摇头。柄生冷笑地说，咱船民自个儿是一群卵蛋子，不起来抗争，不敢抗争，被人踩在脚下怨谁呢？

就是这番义愤填膺的话，德山记住一辈子，是的，抗争……

许多人或许感到奇怪，在南方的溪马门，梅花向来是稀罕物，许多地方怎么都以梅花命名呢？相传乾隆年间，岸上有位大户人家的千金小姐，喜欢上一位海面的船民小伙。两人偷偷私会时被人发现，船民小伙当场被打死。这位千金小姐见情郎已死，了无生趣便削发出家。千金小姐闺字"含梅"，于是她出家的尼姑庵后人称之为"梅花庵"，梅花庵所在的山峰称"梅花峰"，梅花峰延伸入海的那片浅滩称"梅花坞"。至于"梅花潭"的传说更有多种版本。听说后来庵里来了一位白衣小尼姑。小尼姑长得如花似玉，天生一副好嗓子，歌声能传出很远，以前溪马门的船民基本都能听见小尼姑的歌声。有一天，歌声突然断了。原来一伙歹人将小尼姑糟蹋了。小尼姑跳进离庵不远的深潭里。据说尸体半个月后才浮上来。令人称奇的是被潭水浸泡许久的尸身丝毫没变，眉眼依然清晰，唇线依然红润，腰身依然纤细。人们将小尼姑埋葬在潭边的一块相对平坦的空地上。许多年后，埋葬小尼姑的地方长出一株似梅非梅的怪树，树不高，却能四季开花，花色不重样。自从怪树开花，怪异的事便一件紧接一件地发生。有人曾在夜里看见树下站一位白衣女子，像小尼姑的模样。有人路过梅花坞，能隐约听见山顶飘来的歌声……总之后来许多人开始绕道，梅花峰逐渐成了一座无人光顾之峰，梅花庵后来也没落了，成了一处残垣断壁。只是不知名的怪树还在，到了夏天，树上开的是白色小花，远远望去像落雪。

柄生第一次带德山来梅花潭的时候，德山还有些胆怯。柄生冷笑说，要知道，许多时候人比鬼可怕得多。后来，柄生也带麦穗过来。麦穗不会游水，柄生准备乘夜黑教教她。柄生每回教麦穗游水，总把德山支开，并警告说，一旁待去，别偷看！有一回，德山实在忍不住好奇悄悄地趴过去，发现深色潭水中的麦穗和柄生像两条白色的鱼……

梅花峰位于溪尾街的西南方向，从岸上走路远一些，须穿过层叠茶田中间的一条土埂路，再穿过一片茂密的马尾松林。溪马门最不缺的恐怕就是马尾松林了。那条土埂路虽说相对平缓，但和海边上山的石阶路一样，照样弯弯曲曲地难走。德山从梅花坞上山，只能攀爬蜿蜒曲折的石阶。这条小石阶据说就是当年梅花庵的尼姑开凿的，自从尼姑庵败落，石阶道几乎没人行走，日积月累上面已布满了海藻青苔。好在久旱无雨，脚踩上面不滑溜，不过德山依然格外地小心，因为道两旁是陡峭的悬崖，不慎失足则小命不保……

柄生去澳洲这三年多，德山倒是经常来梅花峰，对周边环境熟悉得就像自家的船舱，当然也不再没由头地害怕。热天赤条条地往潭水里跳，那阵凉爽会舒服得直喊天爷。冷天哪怕在潭边树下坐一坐，深深几个呼吸，闻闻树上黄色小花那股子沁人心脾的淡淡香味儿，或在大青石上躺一躺，望着满天的星星想一想事，或干脆什么都不想，只单纯地出神发呆，感觉也相当好。德山曾带麦穗来过几回。麦穗入潭游水，德山基本会自觉地躺到青石上，不过耳朵时刻听向潭中，万一意外发生也好及时发现……好不容易才爬上来，不知怎的德山感觉这晚的石阶特别地难爬，爬上峰顶把他累得气喘吁吁，之前不会。

月色下，那棵开满白色小花的树格外的抢眼。

树下落着一片白色。德山开始以为是花瓣，走近一瞧，原来是一块白色方绢。应该是丝绸的吧，捏在手里丝滑丝滑感觉特别舒服，凑近一闻，带着一丝清淡的好闻味儿……谁丢的？德山左顾右盼，鬼影子没见一个！想到鬼，德山心里略微有些发毛。照理梅花峰这么高，手绢不可能是风刮来的！那么，此前必定有人来过。手绢是女人家的物件，且是富贵人家女人的物件……德山再想暗叫不好,几步跑过去,极目往潭水中寻找,果然有人……

朱家胤以为自己死了,但她一点不后悔。

原以为死是一件很难的事,她犹豫许久,最后才跳下去。但跳下去的那一刻,仿佛一切全释然了,什么此生至死不渝,什么非你不嫁非你不娶,什么叫有不得已的苦衷……都见鬼去吧!家胤怎么也想不通,所谓革命和爱情还有无法化解的矛盾与冲突?可他明明将自己送出的方绢还了回来,这就意味着她和他的关系只能到此为止,此后再无瓜葛。是的。他说:"对不起,我觉得不能耽误你……"她登时气炸了,咆哮地问:"你睡我的时候怎么不这么想?"他的脸红了:"别这么说家胤,其实我……"她不想听任何解释,忍住泪指着门口吼起来:"好吧,咱俩现在两清了,你可以滚了。"他继续说:"家胤,要不这样,你等我,如果我能平安回来咱俩就……"她冷笑地打断:"林沫升,你给我记住,朱家胤离开你照样过得好,别虚头巴脑给一堆承诺。"他大概见自己实在安抚不了她的情绪,最后悻悻地走了。掩上门,家胤趴床上嚎啕大哭。次日一早,草草收拾行李直接雇辆马车回了溪马门。

家,永远是"疗伤"的好去处。

只是冷静过后,那种失落的、空虚的乃至没来由的紧张和害怕像一根无形的绳索紧紧地勒住家胤的脖子,勒得她连正常呼吸都难以维系。关在自己的闺房内,她坐了又站,站了又坐,来回不停地走着,直到她突然想到……嘴角才略微地勾起一丝诡异的笑,是的,必须让他后悔!他能掐死她的爱情,那么她也可以"掐死"他的孩子……因爱而生的恨冲昏了家胤的头脑。

她听过"梅花潭"的传说,那是她心目中爱情的"圣地"。

她开始仔细地梳妆打扮,特地换上他俩头次见面的那身衣裙。衣衫有些陈旧,但她想,从哪儿开始从哪儿结束,这也算是一种圆满。去梅花潭的路有些难走,就像她和他的爱情一样,历经千辛万苦,排除许多干扰,原以为一夜恩爱可以换来一生一世,没想却换来几句可悲的"对不起"……然而真跳下去的那一刻,心里却仿佛不受控制地大喊一声:沫升,我爱你!

听听,多像一个大笑话!

"姑娘,你醒了?哦,醒了就好,醒了就好……"

这是个男人的声音。家胤想抬头看看是谁。谁知刚用力,脖子立马疼得她倒吸几口凉气。她想挪一挪身子,后背实在硌硬得难受,但也动不了,浑身上下好像哪儿都疼,像完全散了架的样子。男人又说话:"别乱动,看样子你一点不会游水,这么高跌下去伤着了。"家胤听话不再动。过一小会儿,耳边响起一阵悉悉索索还有滴水的声音。家胤忍痛慢慢扭头望过去,发现有个男人光着腚正在不远处拧裤头……天呀,家胤赶紧转回脸闭上眼。

不知过多久,这时恰巧云遮月,四周又陷入一片朦胧的清暗。

"为何救我?"疼痛让家胤完全恢复清醒。

"天爷,合着你是自个儿寻死!"

"生不如死,死了倒好。"她幽幽一叹。

"死都不怕,还有什么好怕的?"他呵呵笑着,"我猜,你肯定遇到过不去的坎,寻死当然容易了,眼睛一闭往水里一跳,咕咚咕咚一通猛灌,这辈子就过去了……可你想过没有,你死了你爹娘怎么办?白发人送黑发人,他们怕也得伤心死,他们有什么错?一个人被逼到死地肯定有原因,那么你死了不刚好落个亲者痛仇者快的下场吗?你自己好好想想,到底傻不傻?"

"你……你叫什么名字?"沉默许久,她问。

第二部 残梦

"哦,我姓徐,叫德山。"

"徐德山,徐德山……"家胤感觉听过这个名字,可就是想不起来对方是谁。刚才被德山一通"说理",家胤随即认真地想了想,也觉着自己确实傻过头了,自己不是在他面前信誓旦旦地说,离开他照样过得好吗?怎么就突然不想活了呢?人差不多都这样,"死"过一回往往求生的欲望变得更强,可浑身酸疼难忍怎么办好呢,总不能一直躺着吧?到这时,家胤才发现身上的旗衫排扣完全松开,衣襟散落两旁,露出最里面那件粉色的小肚兜。沫升送的绸缎小肚兜上绣着大花白梅,包裹的那对小白鸽伴随呼吸好似呼之欲出……家胤一下腾红了脸。这天她上身穿的是白色七分袖收腰斜襟旗领衫,下身是一条翠绿色的百褶裙。一阵海风吹来,感觉大腿泛凉。家胤试着缩了缩腿,腿能动了,原来裙身也因破损裂开,双腿露在外面。和疼痛相比,女儿家在陌生男人面前衣不遮体更难让人忍受。家胤一咬牙,挣扎着坐起来。许是用力过猛,整个人直直地往前倒,眼看就要跌落大青石。德山看见了,伸手将她接住。家胤呀的一声惊呼,原来德山情急之下一只手刚好按在她右边的乳房上……

许多年后——

两人坐在桂树底下的躺椅上聊天。

家胤回忆往事,问德山:"你当年还对我做过什么?"

德山说:"没……没有。"

家胤说:"不可能。"

德山说:"真没有。"

家胤说:"瞧瞧,说谎了吧,你一说谎目光就会不停闪烁。"

德山说:"我那时只想救你,哪敢动什么歪脑筋。"

第二部 残梦

家胤笑着说:"你可别忘了,我学过急救术。溺水者救上来后,第一步是倒出溺水者呼吸道和胃里的水,然后进行必要的心脏复苏,也就是紧急胸外心脏按压,包括口对口人工呼吸……那时候我是个大姑娘,那样不省人事横躺在大青石上,我不信,你会没有半点想法?"

说到想法,德山当然有。当时月光下的家胤双目紧闭,面如凝脂,眉如墨画,乍看还以为是画中的美人。她身上散发出一种说不出的柔媚,眉目间却又似充满绝望的幽怨……天见尤怜!船民孩子落水溺亡者多不胜数,久而久之人们逐渐积累了施救经验。德山此前没救过人,只好依样画葫芦将家胤面朝下横在膝盖上,连拍后背让她吐出一些水,观察片刻仍不见醒,于是将她摆正,趴胸口仔细听,心跳微弱却已没了呼吸。德山急得团团转甚至想一走了之,最后尝试着手握空拳轻轻敲击她的胸口。不想却把肚兜系在脖颈的绳扣敲松了,肚兜慢慢滑落,那对小白鸽终于颤悠悠地冒出头,像瞪着圆溜溜的大眼睛盯住德山看,把德山看得双眼发直,心儿乱跳,直到家胤哼出声,他才胡乱地将绳扣重新系好。

家胤问:"老实说,你那时偷摸了没有?"

德山说:"没咧……当然没。"

家胤大笑:"你呀,又在说谎。"

德山有些尴尬,只能嘿嘿地赔着笑。

两人笑出泪,同时笑出几分酸楚。

默半晌,家胤动情地说:"山,你是好人,怪我后来被鬼迷了眼。"

德山深叹着说:"要怪就怪狗日的命运,总会捉弄人。"

家胤点头:"是啊,一切都是命中注定。"忽又咯咯地笑了,"那时候你还真青瓜,我怀着身孕,你却以为我被水灌坏了肚子……"

第二部 残梦

第十一章

等家胤勉强可以起身，德山说，天已经很晚了，要送她回去。家胤默声不反对。然后她在前面慢慢地走，他在后面远远地跟着。不敢跟太紧，怕被人瞧见产生误会。许是天黑，道又不熟悉，她不小心一脚踩空摔倒了。他心里格登一下刚要过去扶一把，见她慢慢站起来便低声提醒说，路不好走，慢点。她转回身，轻声地说，谢谢你，徐德山！德山说，记住，往后要好好过活。她盯他好长一阵，重重地点头。她继续往前走，德山却没法再跟，因为前面不远就是溪尾街，已经可以瞧见忠义堂檐口悬挂的那两盏四角方灯了。直到她叩击忠义堂的边门，德山才恍然，原来她就是儿时"同床共枕"的家胤妹妹……

这晚，德山久久无法入睡。

怎也料不到，她居然是朱家胤。更想不到的是，朱家的"金凤凰"居然也会被某事逼得寻死！自从儿时被娘一顿毒打后离开朱家，德山就没再和家胤见过面，而两人十多年后的再次重逢，居然在人迹罕至的梅花潭……

躺在返潮咸湿的舱板上，德山一夜辗转反侧内心躁动，脑子里不停浮现她躺在大青石上的情景，白皙滑嫩的肌肤，精致端庄的容颜，凹是凹凸是凸的身子，乃至那一手心的丰软……天爷啊，这是德山平生第一次近距离接触到真实的女人身体，于是深藏心底的那股子不安却又带着某种渴盼的情绪一下全被释放出来，像沉闷阴天里忽地一阵强劲的风儿吹来，正在冒烟的干草堆里骤然腾起清晰的火焰，使他莫名地对自己的未来产生了某种憧憬。

亥时过后，忽地一阵鞭炮齐鸣。人们站在自家船头纷纷朝春亮道喜，说老徐家真有福气，把南溪最得力的好闺女娶进门了……德山昏昏沉沉，被众人推搡进舱篷。篷内捯饬得一尘不染，她一身红衣红布盖头安静地跪一旁。大伙嬉闹说快揭啊，并把绑红布条的鱼叉递给德山。德山不愿意，终于把心里话说了出口，实在对不起，你我还是做兄妹！此话一出，众人鸦雀无声。她自己猛地将盖头扯了，瞪住德山，幽怨地问，你就这么讨厌我？德山手里的鱼叉登时扑通落地，我的天爷，怎么变成家胤了？回头望过去，水梅眼含泪微笑地朝儿子点头。德山转而望向新娘子，连声说不不不，不讨厌，喜欢还来不及。等大伙散去。他一把将她搂进怀里。熟悉的温软撩起一阵紧一阵的颤栗，他把她搂得更紧。她憋红脸，不仅不反感，反而依就他，任由他……

天色将亮，德山才发现自己不过做了个虚幻的梦，正准备起身洗洗，舱外忽然传来麦穗的哭喊："爹啊——"

林兆森死了。

兆森叔确实病得很重。去忠义堂瞧过几次，朱先生私下对麦穗说，你爹得的是痨子病，早治兴许还有希望，可惜实在太晚了。换句话说，朱先生让麦穗不必再费钱，林兆森只能等日子了。麦穗当然不死心,东挪西借,仍给兆森叔买了许多药。令朱先生始料不及的是,林兆森居然足足撑了两年。正因如此麦穗背了许多救命债。具体欠多少,林兆森并不清楚,但他知道那些钱基本都是狮犁帮船民一分一毫硬生生从口粮中挤出来的。那日木帆找麦穗,问她还钱的事,说他家夏至这年都二十好几了仍旧打光棍,刚说了婆娘,要不是家里实在腾不出来他也不会伸这手。麦穗说她晓得,一定想法子先还上。两人在船屋旁的舱篷内低声商量,却不想全被林兆森听到耳朵里。从那日起,他就开始设计各种自戕死法,比如割喉,却怕血溅四处惊了念生;上吊,而今躺着都乏力哪来力气抛绳蹬凳;服毒,有钱买毒还不如先还债……直到这日下午,春亮率众清理水道淤泥,林兆森才有了一个自认为两全的结局。

当晚林兆森喝了好几碗鱼汤,食欲出奇地好。麦穗当然高兴,以为这是他大病好转的迹象。哄念生睡着后,"父女俩"继续促膝长谈。

林兆森兴致很高,将他怎么跟着金大哥,怎么投奔哥老会,此后推桡过川江,峡中越天险,乃至偶尔劫不良商贾以济贫苦,屡次被朝廷派兵围剿的过程一一地讲给麦穗听。他抚须感叹地说:"朝廷一直认为我们是江湖匪帮,拜香堂,愚民众,实际上我们也是穷苦百姓,官逼民反才不得不反啊!"说到激动处林兆森又咳。麦穗很担心,说要不明天再聊,早点歇息。林兆森说:"其实也没什么可聊的了。"这时候的麦穗没往坏处想,微笑说:"我会听您的话,不会再恨他!"这个他,自然是指麦穗的亲爹金不换。林兆森点头:"金大哥一生做过那么多事,难保每件事都是对的……但他对你和你娘,还真挑不出丝毫毛病,绝对是至情至性的真汉子!"回船舱,麦穗寻着模糊的记忆,开始点点滴滴回忆父亲的模样，时而苦笑时而抹泪，直到很晚才合眼。

这日拂晓，春亮倒是很早就醒了。

春亮和满舱经过仔细商量，都觉得挑私盐的活不能再干了，府衙突然增派盐丁，每个盐丁荷枪实弹，又加高围栏，守卫比以前更严了。蝼蚁尚且偷生更何况人，为筹聘礼铤而走险当然不合适，只能再去求刘富余。刘氏商行的走海业务虽说逐年减少，但蚊子再小腿上也有肉。春亮寻思着，实在不行就自降载费，一直降到刘掌柜答应为止……钻出船屋，发现不远的海泥里趴着一团模糊的黑，等看清那是一个人且是林兆森时，春亮一下惊住了……

林兆森突然自杀，麦穗哭晕好几次。

人们劝她，可再能劝慰人的话终究改变不了可悲的事实。

眼下人已死，葬在哪儿却成了大难题。照理林兆森不是船民，本该落叶归根送回侯官老家，可他又是朝廷"要犯"。最后，春亮做主把林兆森和徐过江埋一起……麦穗脸上的笑容消失了，整日更如行尸走肉眼神空洞。

德山见了，心里很不好受。

过几日，他又准备出海，生活还将继续，问麦穗要不要一起去？麦穗愣愣地看他，像盯住一位不认识的陌生人。德山嗫嚅着说："不晓得兆森叔心里究竟怎么想，他那样做，大概不想给你添负担，想让你过得轻松……"

麦穗低头不说话。

德山想想又说："不去也成，反正拉网也不是女人干的活，往后你好好带念生，我年轻，有的是力气，苦点累点没什么，累不死人。"

听到死字，麦穗眼泪又扑簌簌地往下掉。

第二部　残梦

德山暗恼，自己又说错话了！

溪马门的渔民基本分成两类：一类是海面船民，另一类是附近山民。山民收网后可以堂而皇之租店开市，船民们却只能蹲在街尾往西的一处低洼路边等人来买，且不能出声吆喝，谁敢坏了这个"铁规矩"，就有人敢把你的鱼虾全都倒回海中。德山一般会把捞到的鱼虾分成两份。一家人吃的基本会留那种小的或骨刺特别多的，而对于准备卖的鱼，他会仔细地用网兜起来，吊船头暂时养起来。鲜货相对值钱，活鱼的价钱要比死了的好一些。

林兆森死后，春亮喊德秀过去陪麦穗，主要帮忙照看念生。

麦穗说谢谢。春亮摆手说道，一家人不用说客气话……一家人？春亮态度终于有所转变，这让德山和麦穗都感意外。德山乘机替麦穗说话，"虽说麦穗没和柄生哥成亲，可念生姓徐，他是柄生的儿子千真万确……"春亮听出来儿子话里的意思，打断说："管好你自己，别的不用你操心！"

听这话，德山立马蔫了。

答应亲事后，姚大福反倒两次托人过来催问定日子的事。

虽说两石稻米的聘礼让儿子自己挣，春亮仍在四处筹措。

这日终于将刘富余"堵"在院门口。刘富余苦着脸连声叹息："眼下商行的日子也是一天不如一天，越来越艰难了，天杀的洋鬼子恨不得把我们都赶海里喂鱼。"春亮赔着笑："是是，所以……我今天特地来找您。"刘富余很是诧异："你有办法？"春亮认真地说："老爷子原定载费是每人每天二十文钱，您要是答应让我们走，现今十文也可以。"一个人一日十文钱？曾几何时刘富余出手阔绰哪会瞧得上这区区的十个铜板。而今不同往日，刘富余听后还是有些心动，载费下降一半，细算下来走一趟沪上或胶东每趟至少会省下几十两白银。虽说这对商行的生意并无直接帮助,但开源不顺能节流也不错。刘富余呵呵一笑,并没马上答应,只让春亮回去等消息。

溪尾街的"鱼市"一般每天开两次,早上和傍晚。

日落时分,德山拎着鱼桶上岸了。此刻老地方已聚集许多人。他朝相识的人点头打招呼,然后寻一处相对宽敞的地方蹲下。所有人都蹲着,静默得像在拜神,安静等待山人丫鬟或厨子过来挑三拣四。有人许是蹲久了腿麻,最后干脆跪坐下来。德山始终没跪。因为柄生哥说过,死,也要站着死。德山一直半蹲着,蹲久了腰自然酸到不行,于是站起来扭一扭,缓一缓。别的船民纷纷扭头,用奇怪的眼神打量德山。德山无语,只尴尬地笑笑。

天逐渐暗下来,可是半条鱼都没卖出去。

到这时,癞痢头该要过来"收租"了。

癞痢头是沙皮之后溪马门出现的无赖,仗着姐姐在薛家当小妾,经常带一群小弟螃蟹一般吆三喝四横着走。只要看见癞痢头的影子,船民们基本都慌不择路转身就跑,就像看见麻风病人似的。"跑什么跑?哥又不是老虎,唔,长得真水!"听见癞痢头尖细的调戏声,德山抬头望去,发现这厮正扯住一位卖鱼的船女。船女衣服本来就破,一扯撕开了,上半身完全袒露。"兄弟们,你们说曲蹄母勾引我,我怎么办好呢?"癞痢头故意问。"赖哥您从了吧!"身旁小弟尖笑起哄。"看来只能这么办。"这时候许多船民已远远地躲开。船女放弃挣扎,顾不上羞耻,趴地上不住地磕头哀求。癞痢头走上前,捏捏船女的屁股,嘴里说着:"果然不错,皮肉实得很嘛。"德山顿时怒火中烧,正要过去帮船女一把。"住手——"突然一声娇喝。"唔,我的天爷,这谁呀?真有仙女下凡!"癞痢头色眯眯盯住远处走来的一位姑娘。姑娘冷哼:

第二部 残梦 193

"大庭广众之下请自重！"癞痢头鸡啄米地点头："姑娘说的是，在姑娘面前，曲蹄母算个什么。要不咱俩……"有人认出姑娘是谁，附癞痢头耳边说几句。癞痢头脸色霎变，退一步手一挥，一伙人不敢说二话，立马灰溜溜地走了。

姑娘淡淡睃一眼船女，脚步没停，径直走到德山跟前。

"捡没捡到一块白色手绢？"姑娘沉声问。

"啊？"面对朱家胤的质问，德山不晓得该回答有或没有。

"捡到的话，请还给我。"家胤盯住德山的眼睛。

"嗯，好。"德山只能点头。

"那么今晚……老地方见。"说完这话，家胤转身就走。

吃过晚饭，和平常一样，德山又到麦穗的船舱坐坐。这晚的他看上去有些心神不宁。麦穗正在补衣服，唤他递剪子，他却递过去一块碎布。

"怎么了？"麦穗问。

德山说："一条鱼没卖。"麦穗说："这两年几乎没下过雨，山人日子怕也不好过，他们也省吃俭用。"德山说："没卖钱，没法替你还债。"麦穗停下动作，凝思着："总会有法子！"咬断线头又说，"实在不行，我跟草帘她们走苍南……"走苍南其实就是北上沿路乞讨。德山尴笑着说："那还不至于吧，要不我找木帆叔商量，看能不能缓些日子？"麦穗凄楚一笑："人家若不是等钱用，怕也不会讨。"德山思片刻道："那你也不能走苍南……你走了念生怎么办好呢？听说路上到处是土匪，很不安全。"

听这话，麦穗愣愣地望住德山，将信将疑地苦笑。

月儿东升，德山才慢慢爬上梅花峰。

"手绢带来了？"原来朱家胤早坐在青石上等着。

"嗯……"德山从怀里掏出方绢递给她。

家胤将方绢细细地摩挲在手心里,似在确认,又似在安静地回忆。德山呆站一旁,气不敢大喘,生怕发出任何响动惊扰了人家。过许久,家胤才慢慢地醒回过神:"站着干吗?坐呀!"德山将半个屁股瓣儿搭在青石上。

"这些年过得好吗?"家胤小声地问。

"哦……也就这样。"德山不知该说什么,"什么时候认出我?"

"那晚。"家胤笑着说,"山人再穷出门也会穿衣衫,而你光膀子,我猜你肯定是船民,而且你叫徐德山,船民还有人叫德山的?"

"还……还真没有!"德山也笑,不过很快尴尬地止住,清暗中整张脸腾地红了。既然家胤认出他来,必定记起当年的那件糗事……

那年德山八岁,被老杨带到朱家后院陪家胤读书……

这是天大的好事!春亮当然没意见。包括水梅那一年多时常出入朱家春亮也没说半句闲话。春亮只仔细叮嘱儿子,必须好好学认真学,不许偷懒。德山不敢马虎。先生教的他甚至比家胤记得都牢,习字也漂亮。教书先生姓许。许先生几次感叹地说:"这小子若不是船民,凭他的聪明才智将来弄个七品五品绝不在话下。"德山在朱家待了差不多一年,和许先生一起住夏房,隔三差五回船上一趟。第二年秋季,许先生突然有事赶回去……就在许先生回去的第二天中午,天气格外闷热,家胤说她很想冲个凉。德山自告奋勇,帮忙往西厢房提井水,然后在家胤的建议下俩娃儿脱得精光坐进木桶里。家胤指着德山的下身问,怎么和她的不一样?德山也感到奇怪,两人便仔细地相互研究起来,根本没去注意身后不知什么时候站着朱先生和水梅……

"你在想什么?"家胤见德山突然不说话,轻声问。

"哦,没没……"德山闪烁其词。

"是不是想起当年的事了?"

"啊?不不不……"

"当年怪我……对不起!"

后来的细节德山有些记不清了,只记得水梅当时铁青着脸,立马将德山从木桶里拉出来,抓起门后的竹扫帚,开始狠狠抽打德山,抽得他小身上红一道白一道……朱先生却默默帮女儿擦干身子穿衣服,没瞧见似的。

既然这样,水梅没脸再让德山继续留在朱家。那以后,每回从忠义堂门口路过,德山心里都会不自禁地颤上一颤,也没再踏进后院半步……

第十二章

朱友良十有八九是"剥皮陈"找人打的，可这种事无处求证，总的来说伤得很重，等被人发现，再等孝远找人抬回家中已是气若游丝……因此朱先生连着数日都是后半夜回家，根本没闲工夫找女儿详谈。

这天中午朱友良终于醒了。

虽然目光傻愣神志依旧不清楚，但人苏醒说明性命无忧。

朱友贵既心痛又生气，忿然地说："友良招惹人家婆娘照理该打，可那婆娘也不是什么好货色，苍蝇从不叮无缝的蛋，这样明目张胆地报复，分明是往我脸上泼屎尿。不行，非讨个说法不可。"朱先生说："怎么说那'剥皮陈'都是个混混无赖，和这样的人一般见识，那叫自作贱。现今人没事就好，希望友良叔往后能吸取教训……您瞧，孝远刚成家，若再添个一儿半女的话，一家子圆满着呢，何必冤冤相报。"朱友贵无话可说，长叹一声。

朱友良的"意外事件"，把朱友贵替朱先生张罗"上门女婿"的事耽搁了不少时日。好在朱先生一点不着急。这事本就急不得，再说还没征得家胤的同意。回到家，又没见到家胤。问绺子。绺子说，小姐饭后就回房了。朱先生感觉有些累，没再问，直接洗把脸便回房小憩。醒来见医堂里没有患者，这才拾衫登上二楼，敲门，没应声，于是试着推门进去。

家胤此时睡得正香，臂作枕，面朝外，身上仅盖一条单被，一缕晶莹的口水挂在嘴边，些许甚至流淌到腮边的胳膊上……朱先生见状摇头笑了，这丫头说到底还是个孩子。又想，如果坚决不让家胤嫁入林家，她会怎样，会一哭二闹三上吊吗？想到这些，朱先生心里百味杂陈。扪心自问，若真顺了女儿的心意，他当然不甘心。就像朱友贵说的那样，如此一来朱家这脉香火便完全断了。不孝有三无后为大。朱先生任是开明，在香火延续这个原则问题上也很难轻易跳过去。而若把女儿嫁给薛家，总感觉心里硌应……

朱先生搬来椅子，安静坐着看女儿可掬的睡态。想想又叹，常言道时光如白驹过隙一点没错，不知不觉十几年过去，女儿已长成大姑娘，已到了谈婚论嫁的年岁。记得他曾认真地问过水梅，知道什么叫缘分？水梅摇头。朱先生笑笑说，缘分这东西说有就有，说无还真无。而若有了，那就是一辈子都难以忘怀的经历，且为缘分付出一切无怨无悔。水梅不明白。朱先生那时想，水梅不明白更好，不明白则不会有过多的烦恼，毕竟水梅和他注定有缘无分。不过对于女儿家胤，朱先生一直认为，一辈子说长也长说短却很短，活得顺心意才是最紧要的活法……这么一想吧，朱先生又觉得自己特别矛盾。

坐了会儿，朱先生又到窗前站片刻，放轻脚步要下楼。

这时家胤像是梦到什么，嘴里梦呓出声："沫升别走……别走，沫升，别离开我……"听声音朱先生止住脚步回头望去。此时家胤仰躺着,泪流满面双手举起,似要着急地抓住什么,双臂挥动盖在身上的被单滑落……

绸缎睡衣翻起,女儿的腹部正不合时宜地奇怪隆起……朱先生立马联想到某种结果,几步跑过去,准确搭脉——果然!天爷啊,作孽!朱先生眼前骤然发黑,往后趔趄地退两步,然后直接软在女儿的床前……

德山突然变得比以前勤快,饭没多吃,身上却似有使不完的劲,几乎每天都出海且一天两趟。有人打趣德山,悠着点,娶婆娘也不用这么拼命。更有人说,累坏身子到时新媳妇肯定埋怨。大伙差不多都听说德山将要娶姚二妮的事了。只有麦穗心里清楚,德山这么做都是为了帮她还债。

她仔细算过了,总计还欠人家二百个银洋。

相对朱友贵或薛崇义而言,二百个银洋差不多就一顿饭的饭钱。可对这些衣服裤子没得穿、吃了上顿没下顿的船民来说,却是个惊人的天文数字。那些船民借来的钱,几乎都是每家每户日常一点一滴积攒下来准备给儿子讨媳妇的急用钱,虽说主动向麦穗讨要的人不多,除木帆外还有两家。可麦穗是个明事理的女人,欠债还钱天经地义,只有感激没有怨言。德山出海打鱼,她到岸上卖,晚上甚至偷偷到山人的田里挖野菜,拾稻穗,能省的尽量省,尽量将本该留作口粮的鱼儿虾米也拿出去卖。这晚两人把匣子里的钱都倒出来,数来数去也才四十个铜板。麦穗呆坐一旁,看样子很泄气。

德山安慰她:"这些钱先还给木帆叔,别家过几日再攒就有了……你不用总自责,谁都清楚你不容易,欠的钱只能慢慢还。"麦穗说:"老鲈叔正等钱瞧病呢,咱们难,船民谁容易?我晓得等钱瞧病怎么个着急,可我……"抹把泪又说,"柄生要是在就好了,多个人也会多些法子。"聊到柄生,德山说:"柄生哥也该有消息了,说不定已经挣到钱,正在回来的路上。"麦穗捋起腮边碎发,凄楚地问:"是吗?你真这样认为?"

德山故作轻松地笑笑,说:"我想,错不了。"

其实有个情况德山一直没敢说出口。柄生走后大约半年左右,岸上便传出一个传闻,说柄生等人搭乘的铁壳船在外海倾覆,同船的洋人死了不少,落水的人不计其数……领头的洋人叫"史蒂夫"。此后德山上岸卖鱼,确实没再见过那位白皮肤蓝眼睛的中年洋人……

刚钻出船舱,就被五丫拦住。

五丫让德山跟她走。德山有些纳闷:"去哪儿?"五丫低头不说话,径直寻着船屋走道往岸边走,走到一块巨大的礁石旁才停下。德山再问:"到底什么事不能船上说,非得来这儿?"五丫靠在礁石上,盯住德山:"你就这么不待见我?"德山笑了:"这哪儿跟哪儿啊,现在可以说了吧,什么事?"五丫咬了咬嘴唇,终于问:"你喜欢二妮?"德山说:"谁说的?"五丫说:"要不你会那样拼命?"德山有些哭笑不得:"拼不拼命和娶不娶二妮是两回事,人懒天都救不了。"五丫说:"别兜圈,直接告诉我,你会不会娶二妮?"德山认真地回答:"不会。"五丫说:"你骗人!"德山说:"骗你做什么?我和我爹说过了,别人稀罕二妮我可不稀罕,我对她没感觉。"五丫问:"什么感觉?"德山说:"反正……唉,和你小丫头说不上。"五丫说:"我不小了,今年都十七了。"德山说:"好好好,就是你刚才说的喜欢啊。"五丫说:"哥,如果说,我喜欢你……你信吗?"德山大笑,说:"信——等将来咱五丫出嫁的那一天,哥一定送份大大的嫁妆。"五丫说:"我不要,我只要嫁给你。"德山止住笑:"别闹了。"五丫说:"我不闹,我,我真想嫁给你……"话未说完,她就猛地将德山抱住,胸前鼓起的小乳包确实已经初具规模。

好不容易将五丫哄回去,德山转身上了梅花峰。

这天下午对朱家胤来说,很有一种如释重负的感觉,该来的终归要来,这是无法回避且不该回避的事。扑通一声倒地,家胤醒了,看见父亲,顿即明白怎么一回事。"看来……只能是我去拜访林家人了。"父亲醒回神,居然没有半句苛责。默片刻,家胤叹声说:"不用了……既已离开福州,我就没打算再回去。"朱先生平静地问:"那你和沫升……"家胤说:"掰了!"朱先生听得犯懵:"那孩子呢?"家胤淡然一笑:"和林家没关系了,当然是我自己的孩子。"朱先生说:"可是你……"家胤说:"我不准备嫁人!"

让家胤孤老终生,怎么可能呢?朱先生膝下仅家胤一个女儿,且不论香火能不能延续的问题,单是拉扯孩子长大的各种滋味朱先生都曾尝过,个中酸甜苦辣谈何容易,能让女儿再步他的后尘?当然不!不过家胤正在兴头上,朱先生保持缄默,不打算说服,更不打算马上和她谈有关招赘的事了。

时间能够消磨一切,也能改变一切……朱先生这样想。

面上看似轻松,其实内心里依然沉甸甸地难受。家胤任性,不等于她对自己的将来没作任何考虑和打算。几日接触,发现德山很有想法。某些想法听上去不乏幼稚,却很对家胤的胃口,比如想了就去做,不管结果怎样……

这晚饭后,家胤换身衣服,又悄悄出门,自然又去梅花峰。

白天或因为某种期待变得漫长,而夕阳一旦西落,天似乎黑得特别快，黑得特别彻底。德山貌似来早了，坐青石上等得时间长了有些心急，心儿一直怦怦直跳，拿不准该不该向家胤开口。仔细想想，若真开了那口，那么往后在她面前仅有的那点对等与自尊大概就全没了……德山很矛盾。

又等半天，德山心想，家胤兴许有事，今晚不会来了。

照理才五月，海风徐徐，梅花峰上应该凉爽才对。可是很奇怪，德山感觉身上黏乎乎的难受。他出汗了，不清楚因为紧张、心躁或真热。他再次站到青石上往溪尾街方向努力地瞧，此时月半弯，近处黑乎乎瞧不见人，却瞧见远处的一片暗红色，那就是远近出名的花船。麦穗最后若是……德山不敢胡乱地想下去。记得那时候麦穗刚来溪马门，柄生问德山，麦穗像不像戏台上的青衣胡春儿。胡春儿是平戏名角春哥儿的徒弟。德山说，别说还真像，只是胡春儿个高些，腰身粗些。柄生说，笨哪，胡春儿是男人，怎么扮都是男人。而女人的麦穗腰身纤细，身材小巧，娇柔得像一朵初开的花儿，尽管一身靛蓝色粗布衫缝缝补补，丝毫遮掩不住含苞待放的那些光芒……那时候柄生嘴里总会蹦出奇奇怪怪的词，德山半懂不懂，但他和柄生一样，都认为麦穗长得好看。后来柄生让德山唤麦穗嫂子。德山听话地喊了。麦穗哎一声答应，脸却红得像东方的朝霞。不管怎么说，麦穗是柄生的麦穗，也只能是柄生哥的麦穗……

德山暗暗拿定主意，开始脱衣服。

那晚家胤说，她从光膀子的样子认出德山的船民身份，才记起原来他就是小时候认识的山仔……德山那时才真正地理解柄生。尽管那件灰褂子早破得不能再破，但不论天多热柄生从不离身。因此柄生身上肌肤白，白得很像岸上的山人……所以这些天见家胤，德山也穿上衣，虽然上衣厚且破。

德山把自己脱个精光，刚站潭边做几个入水的动作，突然身后——

"做什么？"家胤呀的一声喊。

"哦，你别过来……"德山手捂下身，跳着往衣服那头跑。

"慌什么，小时候早瞧过了。"家胤忍俊不禁掩嘴吃笑。

"等，等我一会儿……"德山赶紧往身上套裤子。裤子是一条黑色的半截裤。谁知越急越乱，竟把双脚塞进一边裤管里，刚站起来直接栽倒。"你也真是的！"家胤见状摇头，"不急，我转身，穿好叫我。"德山解释说："以为你今晚不会过来。"家胤说："那你也不能……"德山说："天热，我只是想下水凉快凉快。"家胤点头，慢慢坐上青石，默着不说话。

德山穿好衣裤，走过去，盯住家胤问："你有心事？"

家胤转头看德山，天黑瞧得不真切，但也瞧出他一脸的真诚，旋而颔首幽幽地叹一口气。德山说："真弄不明白，你们山人也有烦恼事？你们热天有屋遮，落雨有屋避，冷天也有屋挡……还求什么？"家胤撇撇嘴："就你整天乐呵呵，很满意目下生活？"德山说："不满意又怎样……改变不了，若能改变让我明天死也愿意。"家胤咯咯笑了："没瞧出来，你还挺硬气的！但不知谁说过，不管怎样都要好好过活？"德山认真地说："这是两码事！以前许先生教过，人生自古谁无死，留取丹心照汗青。"听这话，家胤心中骤然掀起一阵壮阔波澜，沫升也曾说过，说他准备南下追随孙先生，预备做一番载入史册的大事……暗思一会儿，家胤把想了一下午的话又都咽了回去。

德山当然猜不透家胤的心思。

和家胤在一起，德山的心情是愉悦的。这种愉悦无法用言语来表达，总之相处的时光过得飞快，眨眼夜就深了，两人不得不分手说再见。家胤很像一扇骤然打开的窗。她去过省城，在省城的洋学堂读书，结交许多洋人朋友，所以她把她所经历的种种说给德山听，德山像在听天书。但他喜欢听，原来天下不止泱泱中华，不止澳洲，还有美利坚合众国，英吉利帝国和日本国等……

"噢晴……这世界得多大啊！"德山发出阵阵惊叹。

"我很想出去看看，可我……走出溪马门已属不易。"家胤说，"说到洋人治病，方法多式多样，和我爹有所不同，他们懂手术，将病人麻醉后切开病灶部位，直接切除病变组织……这样病很容易就治好了。"

"我的天爷，这也能活？"德山倒吸一口气，"听上去像杀鱼！"

"你只懂杀鱼！"家胤鄙夷地说，"现今省城洋人越来越多，他们水平比咱强太多，在他们面前，就算我也只是可怜的井底蛙。"

"是吧……也是哈！"

德山由此联想到铁壳船和舢舨舵，没去注意家胤的语气。当某个问题跃上心头没想就问："好端端的你跑回来，还会去省城吗？什么时候去？"

瞧这问的，家胤的脸色顿时变得很难看……

刘富余终于答应，让春亮他们走海。

显然和苦根商量好了，仅此一两趟。他吩咐刘全唤春亮过来，仔细叮嘱货物送达的去处及数量，然后说："我让恒昌和你们一起走，途中有事你们可以商量解决。"春亮嗯嗯点头，以为恒昌是商行的新掌柜或新伙计，不想见面后发现是一位十六七岁的半大小伙。恒昌看春亮的眼神充满敌意。刘富余也不介绍，只对恒昌说:"春亮他们经验丰富,你好好看认真学,乱七八糟的想法都收起来。"恒昌这才喏喏答应,唤一声春亮叔。刘富余心里暗笑,这小子还在为他爹苦根鸣不平。殊不知,你的亲爹是我!

洋人大量涌入,导致国内贸易发生结构性变化。近些年刘氏商行着实折损了部分产业,但利用走海业务"易主"赚到"亲儿子",这是刘富余一直引以为傲的重大成果。不过苦根和刘富余几经商议后做了约定,暂时不告诉恒昌真实"身世",等将来有了合适时机,再让刘富余"父子"相认。刘富余觉得苦根想得周到,这个儿子毕竟来得名不正言不顺,关键刘富余女人张氏娘家有权有势。当年刚说要纳妾,"河东狮"立马吼起来,使得整个刘府差不多都颤了几大颤。刘张氏后来又替刘富余生了俩丫头,凑成"一巴掌",可就是凑不出一个正牌儿子。因此刘富余对恒昌一直疼爱有加,关怀备至,不仅替他取名认下"老元爸",还偷偷将他送到福宁街的远房亲戚家里,请了教书先生,让他读了三年的书……从这点看,这时候的江恒昌是溪马门最有文化的船民。而在刘富余眼里,恒昌是姓刘的,是他家的独苗苗,往后商行不给他给谁?所以必须重点培养。老爷子临终前交待,必须跟对手研习行商之道。刘富余仔细思量后决定,朱家货场既然能产运销自给,自己又有何不可呢?

许也是为儿子的将来打算,苦根最后才松口。

这天春亮回到船屋,把众兄弟都唤过来。

听说又可以走海,大伙好一阵欢呼。有人甚至眼噙泪地说,苦日子终于有了盼头。见大伙情绪出奇地高涨,春亮并没说出载费已降一半的事实。他当然也暗暗激动,毕竟走海的事一落实,等于给老姚家的聘礼有了着落。他吩咐水梅,这晚煎鱼,他要和满舱喝两杯。然后去满舱家找草帘，准备在走海前先和老姚家把亲定了。定了亲，这门亲事才作数，无可更改。

傍晚，德山和麦穗两人从小荒岛划板舵儿回来，刚抛碇，系好纤绳，五丫就过来找德山。德山有些累，说："什么事说吧，我过一会儿还得上岸卖鱼，没闲工夫。"五丫看上去很着急，红着眼圈说："要定亲了，晓得吗？"德山纳闷："定哪门子亲？哦，呵呵……听说了，你爹帮你说了上门女婿，石蟹岛的江九帆，那小伙不错，恭喜啊！"五丫说："恭喜个屁！是你爹要替你和二妮定亲，还骗我不会娶她！"德山愣住："什么时候的事？"

这是德山第一次对春亮说不，不仅说了，且说得斩钉截铁。"爹，我不喜欢二妮……没嫌她长得不好看，而是对她没感觉，不想娶她。"

春亮正在船屋和满舱喝酒。

几碗"鱼烧"下肚，春亮的脸已经有些暗红。他瞪大眼睛，直愣愣地盯住儿子："你再说一遍？"德山说："说多少遍都一样，反正不会娶她！"啪的一响，春亮狠狠扇了德山一耳光："反了你！"德山手捂脸不说话。满舱笑着劝说："咳，春亮，做什么？有话好好说。"春亮手指德山："瞧他，像是好好说话的样子吗？"满舱示意德山："去，过去帮你娘。"

钻进舱篷，德秀小声地问："哥，你挨爹打了？"实际上从小到大德山没少挨春亮的打，以前或多或少会觉着委屈，不过今天这巴掌，不仅没能让德山听话屈从，反而更加坚定不娶二妮的决心。德山强笑着说："没事，哥刚好皮痒痒。"德秀吐下舌头，连声说："完了完了，哥被爹打傻了。"正在舱尾洗涮的水梅停下手里的活，看看儿子又看看女儿，叹了一口气。

这晚睡下，水梅犹豫许久，终于说出心里的想法："他爹，要不跟老姚家的亲事……还是听孩子的吧，孩子不愿意，往后小两口也不好过活。"春亮冷哼着说："怎么不好过活了？说什么没感觉，不喜欢，都是被柄生带坏的。咱是船民，能娶上婆娘已经不错了，还挑三拣四？你说，在溪马门能挑个比二妮更好的闺女？"说完，春亮背过身去，很快呼呼地睡着了。水梅无法入睡。她能够理解儿子，喜欢一个人的感觉确实重要，比如她对朱先生……

多少年了，水梅把对朱先生的牵念，全都化作另一种爱投到德山和德秀兄妹俩身上。然而再怎么转化，许多时候也比不上站船头往溪尾街方向远远地深情一瞥，或上岸时躲在离忠义堂不远的角落里努力听听朱先生说话的声音。她不敢轻易和他见面，生怕见面后情不自禁。她时刻告诫自己，她是春亮的女人，是船民家的女人，岸上朱家和她只能是咫尺天涯……

这晚，德山又一个人去了梅花峰。

朱家胤已经好几晚爽约了……实际上他俩并没约。德山这晚上山，根本没想见谁，只想一个人静静。风依然是海风，海风依然徐徐缓缓，吹到脸上身上本该是清凉舒爽的，可德山感觉烦得不行。他先跳进梅花潭狂游一阵，游到筋疲力尽才爬上来，身子呈大字型地躺在大青石上呆望星空。

深邃的夜空里并无半片浮云，繁星点点——

"虽说你爹极力反对，可我就是喜欢麦穗，非常非常喜欢……为什么？不晓得！反正喜欢一个人没什么道理可讲吧！山，你还小，还不懂，等你长大了肯定会理解哥的。"柄生此前常带德山这样地躺在青石上，仰望星空，聊许多事畅想许多事。"麦穗是山民，这点哥早晓得。可我喜欢她，和她山民身份没半点关系，真的！她现今不也入了海，成了咱狮犁帮的一员……

山，听哥一句话，自己命运自己做主，凭什么非得听你爹的？"从小，德山就跟在柄生屁股后面跑。柄生教他学会游水，拉网捕鱼，摇橹把舵，包括每年元宵节前后带他上岸"走高时"，听戏……总之德山成长过程的绝大部分生活经验，基本都是柄生手把手教的，因此兄弟俩感情很深。有一年正月十六，刘家戏台子演"平讲"唱闽腔，唱的是著名的折子戏《杜十娘》。两人当然不会错过。戏中杜十娘是一位京都名妓，美丽且工于心计，哄男人是她的拿手好戏。后从良将终身幸福托付给老实巴交的李甲。偏偏这个深爱的男人给了她最狠的一刀，在外人的几句浮言之下，李甲客串成人贩子，把刚获自由的她重新推向火坑。最后杜十娘怒沉百宝箱跳江自尽，选择玉石俱焚的抗争……听完戏，柄生眼角湿润地对德山说，你瞧，人家女子都能这样，咱身为男人能跪着生？

　　船民孩子进不了学堂，学不上文化，只能从戏文中学到相关知识和处世道理，耳熟能详的如《双金花》《赠白扇》《红裙记》等，以"江湖飏歌"为主要唱腔曲调的"平讲戏"很受大家的欢迎。不过听戏一直是山民的专利，船民孩子只能远远站着，还得时刻留意山民孩子丢来的石块，甘蔗皮，或放出狼一般大小的恶狗。任是如此，每到逢年过节，听戏依然是兄弟俩期盼的美事。戏中演绎男女之情，兄弟之义……每回上岸，两人都听得很认真，很仔细。许是戏听多了，心智早早地开蒙，也慢慢铸就柄生叛逆的性格。柄生准备做什么，或已经做了什么从来不吭气，一向我行我素。叔伯长辈们拿柄生没有一点办法，只能摇头无视。所以他和麦穗好，无法得到大伙的支持。不过柄生无所谓。他曾大笑地问德山，知道什么叫相好吗？相好是两个人的事，是他和麦穗之间的事，他俩你情我愿，关别人屁事！

可惜柄生不在。德山心里想着，柄生若是在，肯定会问，说说你到底喜欢谁？这问题德山可不好回答。先说家胤，他能去喜欢敢去喜欢吗？人家是高高在上的"金凤凰"，自己是任人踩踏的"海地龙"，地位不对等想想都让人看笑话。是，家胤对他是不错，不过这种不错或许只是建立在儿时的相处相识上，除去这些还剩什么呢？怕是没有了。再说麦穗……不可否认！德山对麦穗的感情是复杂的，似已完全超出姐弟之间或叔嫂之间的那种亲情，隐约夹杂某种懵懂驿动的情愫。平日，德山确实喜欢和麦穗在一起，但这种喜欢和那种喜欢应该不同，因为麦穗是柄生哥的麦穗。德山时常这样提醒自己。最后，只剩五丫了——想到五丫德山笑了，她还是个乳臭未干的黄毛丫头！

"山哥……"想曹操曹操到，耳边忽地响起五丫清脆的笑声。"你……"德山腾地坐起，意识到自己光着身子立马套上裤子，"你怎么过来了？"五丫说："我怎么不能来！哥，听说你被叔打了？"德山嗯一声。五丫凑近问："疼吗？"德山说不疼，埋怨说："天黑，山道又陡，你胆子怎么这么大呢？"五丫嘻嘻一笑，说："就知道，山哥疼我。"德山说："你要是出了什么意外，我怎么向满舱叔交待？"五丫嘟嘴说："我刚和我爹吵了一架。"德山问："为什么吵？"具体原因五丫不说。她爬上青石，偎在德山身边，默许久忽然说："有个法子，铁定搅黄明天定亲。"德山大喜："什么法子？"五丫有些犹豫，一阵支支吾吾。德山急了："快说呀，只要不和二妮定亲，什么法子都可以。"五丫说："真的？"德山说："这样，你帮了哥的忙，哥今后一定好好答谢你。"听这话，五丫开始解衣衫的排扣。清暗中德山瞧见了，问："做什么？"五丫慢慢躺下，说："睡了我，我爹只能让我嫁给你……"

第二部 残梦

清晨,德山钻出舱篷,太阳已升起老高。

吃早食没看见爹。问娘。水梅说:"你爹和草帘怕都到南溪了。"德山手里的筷子一下掉到舱板上,愣住不知该说什么。水梅拾起筷子,往身上擦擦,叹着说:"你爹的脾气你不会不晓得,他决定的事,谁能更改?"德秀突然搭句腔:"哥,要我看,二妮姐其实挺好的。"不想德山和水梅同时说:"吃你的饭!"德秀一缩脖子,果然低头吃饭,不敢再乱说话了。

整个上午德山心不在焉,六神无主。

麦穗看在眼里,不知怎么劝,只摇摇头帮忙收网罾。

忽然一个浪头卷来,船儿剧烈摇晃。麦穗没站稳,网罾没收上来,人反倒被带下去。麦穗刚学会游水,风浪中好一阵浮沉,好不容易冒出头,连唤几声德山,才把德山唤回魂。德山赶紧一猛子扎下去,将麦穗托出水面,并把她托上板舵儿。麦穗稳回神,连声说:"吓死人了!"德山说:"别看网罾轻,一泡水就会变很重,你一女人家哪里拖得动。"麦穗说:"你刚去哪儿了?"德山不解:"我都在啊!"麦穗说:"天晓得神游哪儿去。"德山说:"哦,怪我怪我!"抬头看天,"怪了,无风起浪,看来风灾要来了。"

麦穗脸色霎变:"是吗?"

风灾一来,意味着好些天无法出海,还债的事又得往后拖。

狮犁帮迁移到梅花坞浅滩后,原来的抛锚地就被一群郭姓船民占了。老船民郭桅杆和林兆森早年认识。兆森叔患病后,麦穗曾向桅杆叔借过三次钱。郭桅杆共生下一女三男。大女儿与大儿子占先换亲,老二占前和老三占后都三十好几了仍然打光棍。兆森叔身故后,占前已不止一次向麦穗讨钱,说他马上要娶婆娘了。实际上郭家不会很缺钱。娶不上婆娘只因为占前占后两兄弟实在太懒。他俩除了懒，还到处惹事。比如大伙上岸卖鱼，癞痢头过来收"租"，兄弟俩就像狗皮膏药似的紧紧粘在癞痢头身旁，见某船民交不起"租"，癞痢头还没发话，两人已对该船民开始拳打脚踢。每每这时候，癞痢头总笑嘻嘻地站一旁"看戏"……占前占后的所作所为已经到了"人神共愤"的地步，谁家还敢把闺女嫁给他俩？占前逼还债的事，麦穗不敢告诉德山。德山和柄生差不多一个脾气，若是告诉德山，前几日占前突然说，还不起钱不要紧，说他很早就喜欢麦穗，柄生这些年没消息，怕人早已经死了，她如果肯跟他搭伙做夫妻的话，所欠的债一笔勾销……不用想，当德山听说这些，肯定会闹出无可预料的事来呢——所以，麦穗近些日子一直精打细算，除去还清木帆叔和老橹叔两家的债之外，继续努力积攒，准备先还郭家的那些钱，虽然钱数最多。自古一文钱能逼死一位英雄汉，更何况自己是个弱女子。

麦穗暗暗祈求老天垂怜！

中午回家，没想船屋那边突然掀起一场轩然大波。

"死妮子，你说，山什么时候睡你了？"是草帘尖细的声音。

"我，我们……反正……我们就睡了。"五丫倔强地坚持。

听见这番对话，麦穗眼神复杂地望向正在船头拾鱼的德山。德山显然也听到了，愣愣地站起身，急得直挠头，不知该不该过去说清楚……可该怎么说才清楚呢？昨晚在梅花峰，在那块被千年风雨冲刷得没了棱棱角角的大青石上，五丫仰躺着，坦然地朝德山敞开胸怀。德山愣了下，很快就说："做什么，你这是做什么？"五丫说："你睡了我，咱俩生米煮成熟饭，回去跟我娘一说，她铁定……"德山将五丫的衣襟合起来："尽胡闹！"五丫动情地说："哥，我的心意你真的一点不明白？"德山叹一声："我当然明白，可我……一直把你当亲妹妹看！"五丫哇地哭了："我不要做你亲妹妹，我……"德山说："我的好妹妹，你帮山哥，山哥很感动，可咱俩……真的不合适！"

最后，两人一起躺在大青石上吹海风，看星星。五丫侧过身，紧紧挽住德山的胳膊。德山想挣开，五丫不让。德山怕五丫闹情绪，由着她。东方微亮两人准备下山。五丫撒娇地说，亲她一下。德山无奈，蜻蜓点水地在她被海风吹得泛凉的嘴唇上快快地啄一下。就这么一下，五丫貌似心满意足。

那么问题来了，那样究竟算不算"睡"了五丫呢？德山不懂，只好掐头去尾将整个过程告诉麦穗，然后嗫嚅着说："我承认……我亲了她的嘴，她要是怀上娃了，我……我也只好娶她！"麦穗听后脸上一阵红，很快大笑起来："好了好了，我晓得了，没事儿，我替你说去。"

一场尴尬的"情感"风波终于得到平息——只是没想到，后来有人将这件事告诉江九帆，导致江九帆和德山之间闹了几十年的矛盾……

第十三章

家胤几经思量，最终拿定主意——

"非这么做不可吗？"听完女儿的打算，朱先生深深地惊讶住。

"嗯——"听上去，家胤很像在谈论别人家的事，"船民一直想上岸。若能上岸，让他们做什么都行，关于这一点……毋庸置疑吧？"

朱先生凝思着，缓缓点头。

"其次，"家胤继续说，"罗秀才不定能接受我未婚先孕的事实，更别说让他入赘咱家了，既然要把孩子生下来，那么我想，只能退而求其次。"

朱先生默半晌，叹声说："可是这样……你很委屈！"家胤笑笑，反而对未来看得淡然："记得您曾经说，人一辈子说长很长说短却很短，我既然都做了决定，就这样吧，谈不上委不委屈……"朱先生最后无奈点头："行吧，我先找人去问问看，春亮若是不同意，咱一头热也没有用。"

近几日朱友贵终于替家胤物色到"乘龙佳婿"。这位姓罗的后生家住溪马门隔壁的罗家湾，自幼父母双亡，得中秀才，曾在道台的布政司做事，后因心直口快开罪上司被责遣回家。罗生一表人才，年长家胤六岁，现年二十四。朱先生开始有些担心，毕竟男女婚配不能犯"六冲"。朱友贵大笑，说犯冲一般只冲一时，想想也无妨。慎重起见，朱先生拿着家胤和罗生的生辰八字去福宁街找算命先生瞎子胡。瞎子胡一阵掐算后说，生辰八字契合，这还是一对难得的天成佳偶！朱先生这才放下心，和罗生见面。罗生果然谈吐不凡，举止优雅。他朝朱先生深深地施一礼，恳切地说："叔，想必您都听说了，我爹娘只生我一人，家境贫寒至今未娶，然……罗家香火亦不能断！"朱先生早料到罗生会说这话，这才是重情至孝的好儿郎，想起薛崇义的提议，于是说出所生儿女"两头顾"的想法……罗生欣然致谢。回家。朱先生刚和女儿商议，没想女儿居然会"心仪"水梅的儿子徐德山……不过冷静后再想，家胤分析得也不无道理，徐德山确实是个合适的人选，关键家胤自己愿意——

自古有钱难买"我愿意"！

选择都是艰难的，而要将"选择"促成结果，当然更不容易。

家胤几次黉夜登梅花峰，都没见到德山。有些小暗恼，给你机会不把握住的话，过了这村可就没这店了……她见德山，自然是想和他当面谈谈，亲事如若谈成，将来预备如何相处。扪心自问，家胤当然不会非德山不"嫁"，可思来想去，大概只有德山最适合当自己肚里孩子的"便宜爹"。

这年的第一场风灾果真来了。

这日下午，春亮蹲船头蹲了大半天，把天空的风云变化仔仔细细完完全全地研究几遍，等手里的烟锅熄灭五六次之后，才起身，小跑到恒昌跟前，商量着说："您瞧，云儿走得像烧开的滚水，看来这次风灾势头不小，我看要找个地方先避避……您觉得呢？"自出海，春亮对恒昌一直恭恭敬敬。

恒昌没有马上表态。实际上他也拿不定主意，虽说出海并非第一次，遭遇风灾天却是头一遭。春亮以为恒昌没意见，当即吩咐德山："去搬些桐油布过来，舱面茶米不能淋雨。"又吩咐满舱，"让大伙使点劲，掉头闽江口，天黑前尽量赶到……"这时恒昌突然开口："咱去泉州港过夜。"此时船儿刚过福清境，赶到泉州差不多都要后半夜了……听这话大伙愣住，望向春亮。

这次走海的老船民不糊涂，他们对春亮的判断深信不疑。

恒昌笑笑，解释说："照理咱该就地避风，可福清、莆田沿岸实在没合适地儿停靠，泉州港不同，那是咱下一站的送货地，而且泉州港也是有名的避风港。"满舱想插话，被春亮眼色止住。恒昌接着说："出海那天，大掌柜再三交待，千万别误了送货期。"既然话都说到这分上了，春亮说："行，就听恒昌的……大家手脚麻利点，尽快赶到泉州港。"

回底舱。满舱一边摇橹一边忿恨地嘀咕："娘的！什么东西，真把自己当人物？春亮也真是，凭什么一船人的命交给嘴没毛的嫩瓜子？"一旁的德山小声地问："叔，恒昌到底什么身份？"满舱冷哼说："和咱一样，船民。"德山更加不解："那就奇怪了，爹凭什么要和他商量，还怕他的样子？"满舱呵呵地冷笑："凭什么，凭他娘陪刘东家睡过觉……"

嚼舌根归嚼舌根子，该干的活还得干，而且还要不遗余力地干。既然商量出对策了，就得分头执行，再说谁不惜命？只可惜

第二部　残梦

想法一般都是好的,最后结果怎样却不想而知,说要赶到泉州港避风,悬着!

许多人和满舱一样,怀揣心思,只是没说出口罢了。

春亮亲自把舵。在苦根的建议下,刘富余将几艘三桅木船卖了,换上一艘载位更大的木帆货船,货装得更多,海面行驶相对更稳。不过在强势的风灾面前,再庞大的船最后也只能像无根的浮萍,或随波逐流,或船破货沉人殁。春亮身为狮犁帮的"狮头",当然得为兄弟们的身家性命负责。他双目瞪大,紧盯罗盘,暗暗调整航向,悄悄地朝莆田湄洲岛靠拢。据他判断,最晚夜黑时分就会正面遭遇风灾,到时狂风掀起巨浪,就算驾驶铁壳船心里也会犯怵。在茫茫海面,无遮无拦,迎风而上无异于自己寻死。对春亮来说,此生经历过太多的生死关头,自然无所畏怕……可他不能不为儿子的安危考虑!

德山毕竟是头一次走远海。

见大伙面色凝重只言不发,德山扑哧地笑出声。满舱纳闷:"都什么时候了你还笑得出来?"德山说:"我刚才想,我爹能糊涂到去听一个比我年纪小的后生仔的话?因此我看呀,大家就不用瞎担心了。"满舱哑然,继而暗松一口气地点头:"嗯,你说得对!"许多人脸上才流露出些许轻松。

海面果然起风了。

阵风时大时小,伴随零星小雨……

这是典型的风灾天气。天色早早地黑沉了,乌云席卷层叠,很有威压海面之势。刘富余背着双手站在自家大院,抬头望天,心里一个劲地念叨,妈祖娘娘保佑,妈祖娘娘千万保佑,一定保佑恒昌平平安安归来。

刘全撑伞走过去:"老爷,作雨了。"

刘富余说:"终于作雨了,不过只是风信子,不碍事。"

刘全早瞅出刘富余有心事,低声说:"春亮自幼随他爹他爷走海,经验比苦根扎实得多,必定早有应对措施,少爷不会有事!"听这话,刘富余紧着回头望几眼,瞪住刘全:"往后在家里莫提少爷二字,你可记住了?"刘全紧着答应:"太太去庙里烧香,不在家。"遂问,"打算什么时候认少爷?总悬着也不是办法。"刘富余沉吟着:"总之……不会拖太久。"刘全说:"少爷眼看都十八岁了,早日相认,咱也好早日替他说亲。"

刘富余盯看刘全几眼,转身不再说话。

刘富余心里当然也着急,可恒昌是在船上出生的,如此父子相认又该以何种合适的理由呢?思来想去,仍旧没有主意。

朱先生来到船屋的时候,水梅正跪着拜拜,船头摆放三样香礼,常见的红色糯米皮菜粿,紫菜条和淡黄的油豆腐。德秀跪一旁帮着烧"贡银",看见一男人站自家船屋往这边瞧,低声喊娘:"那,那谁呀……"

水梅回头,看见朱先生忽地一阵呼吸不畅,脑袋犯晕,缓过神后,吩咐德秀:"替娘继续求菩萨,求妈祖娘娘,保佑你爹你哥平安无事……"

德秀嗯地答应。

水梅这才慢慢地站起身,硬着头皮朝朱先生走去。

"春亮呢,没在家?"

朱先生不请自坐,直接坐在屋前的小平台上,那是杀鱼的小平台。

水梅眼睛不敢看朱先生,只说:"那儿脏,要不里面坐?"朱先生说:"不碍事。"笑笑又道,"今天我来,找春亮有事商量。"照理,像结儿女亲家这种事,本该经由"媒妁之言",如此对方

第二部 残梦　　217

答应与否都不至于撕破脸面，不至于闹到最后彼此难堪。不过朱先生犹豫几天，实在不敢托"快嘴凤"或别的媒婆探口风，假若春亮不答应，传出去的话他和家胤又将如何自处？最后，他只好亲自过来，如果春亮觉着为难，就当说说玩笑话。

"他，他走海去了……"

水梅说话声音依旧很轻，像当年的样子。

朱先生哦哦点头，默然片刻站起身，刚要走，想想又回头："这些年，你倒没什么大变化。"水梅叹着说："怎么可能，风吹日晒早老了。"紧着问，"您说有事商量……急的话跟我说，不急就等他回来。"

朱先生说："呃，怎么说呢，是这么回事……"

水梅听完，眼睛直愣愣地盯住朱先生，久久说不出话。

这一刻，任谁都会觉得自己听到的是个逗人的玩笑话，朱家"金凤凰"喜欢上一位船民后生仔……可能吗？呵呵，当然不可能！

"您很闲吗，特地过来逗我们开心是不？"水梅有些生气，"您不会真以为我们穷讨不上儿媳妇？其实山仔……""梅——"朱先生低声解释，"你我认识多久了，难道在你眼里，我会是那种无聊的小人？"

水梅接不上话。

朱先生说："我只有家胤一个闺女，就算再无聊，能拿闺女的终身幸福开玩笑？"水梅这才觉着自己反应过激了，嗫嚅着说抱歉："可……可是山仔已经定亲……"朱先生听后，满脸怅然若失。水梅马上又说："不过山仔不同意，他爹做主，父子俩到现在还一直犟着。"朱先生摇头轻叹："既已定亲，也就是说……"水梅说："强扭的瓜不甜，最后不定成呢。"说到家胤，水梅许多年没见过她,但也听说朱家闺女长得像画里的美人,还在省城学医,说将来谁能娶到她,谁将是天底下最有福气的男人——而今日,朱先生亲自过来"提亲",虽说让儿子给人家当"上门女婿",水梅也心动,恼的是自己做不了主,不然早该当场应允,因此没敢把话说死,"我想……他爹肯定会改变主意,这种大好事,烧香拜佛都求不来……"

"明白了。"朱先生笑笑,"具体事情等春亮回来再谈呗。"这时一阵疾风刮来。朱先生没留心,差点一脚踩空跌下船屋。水梅呀的一声惊呼紧步上前忙将他拉住。一拉一扯,两人身体靠得很近。朱先生嗅到一股陌生却又特别熟悉的味儿……愣住出神。水梅脸颊发烫,扶先生站好便缩回手。

德秀听见惊呼,俏生生地喊:"娘……"

伴随这声喊,朱先生愣愣地望向亭立船头的清瘦女娃——

女娃儿目光明澈如水,干净得好似没有一丝杂质,很像当年的水梅……

这日傍晚,货船终于成功停靠湄洲岛北边避风。

"幸好!妈祖娘娘显灵,妈祖娘娘显灵了……"大伙纷纷下船躲进一间无人石屋,余悸未定,不过多数人脸上很快流露出劫后余生的轻松。只有恒昌跌坐石屋一角,脸色依然苍白。满舱脱掉湿上衣,故意问德山:"怎样,刚才怕不怕?"德山笑笑,说:"有什么?风灾天嘛,风浪当然大,还不至于到害怕的地步。"满舱满意地点头:"不错,的确长成大男人了,不像某些人,早吓得尿裤子。"说的时候,用轻视的目光扫一眼缩在角落的恒昌。

就在这时,春亮不吭一声地往外冲。

德山见状大喊:"爹,做什么去?"

第二部 残梦

此刻海面不仅风大浪大，雨也不小，岸边草树就像被人按住似的，忽高忽低地摇曳不止……此次风灾的势头果然凶猛！

春亮匆匆地回个头："有人落水！"

极目望去，离岸二三十丈的海面上，果然有艘舢舨舵被浪头掀翻了。春亮很快脱掉身上的衣衫，仅留一条裤头，正要摸索下水。德山抢先说："爹，我去——"话未说完，人已跃下礁石跳入海中。春亮又气又急："这孩子，陌生海域逞能做什么！"骂归骂，立马紧随其后。众人涌出石屋，愣怔地站在岸上瞧着。不多久，父子俩各拖一人往岸边奋力地游过来。见满舱下水，大伙才醒回神，许多人也跳下去帮忙。上岸后，春亮呀地惊呼："五斗？"

落水的是两个男人，其中一人确实是刚子的侄儿高五斗……

曾经的稚嫩少年，如今已变成壮汉模样的青年，若不是额头那一道浅浅的伤疤，春亮恐也无法一眼就认出来。"刚子呢，他还好吗？"见五斗苏醒，春亮含笑问。常言道洞房花烛夜他乡遇故知……谁想得到，在遥远的湄洲岛竟能遇见老相识，还有什么比这更令人高兴的事？中午到现在，这时候春亮脸上才现出些许笑容。"我叔他……唉，说来话长。"五斗惨淡笑笑，坐起来像是扯动某处伤口，面色一阵苍白后只好重新躺下。"受伤了？"春亮紧着问。

五斗的同行者说："路过泉州时，他后背中了一枪……"

次日一早，咆哮的风灾终于过去。

云开雾散，海面风平浪静，旭日东升。

大伙到祖庙拜谢妈祖娘娘后，清理飘落舱面的杂物，仔细检查茶米。所幸早有准备，桐油布遮盖严实没被雨淋……准备完毕，即将启航泉州。

恒昌把春亮拉一旁，有些不高兴："不能带那人一起走。"

春亮说："他身上有伤，难道把他丢这儿？"

恒昌说："他愿意待哪儿待哪儿，反正不能随船走。"

春亮说："我早认识他们叔侄俩，没遇见不消说，既然遇着了，就不能放任不管。"见恒昌继续坚持，春亮说："好了，我晓得你担心什么，此后他的伙食吃我的，不会浪费刘掌柜一粒粮食……"

这是春亮首次坚持自己的意见。

恒昌气鼓鼓地坐一旁，冷眼看着忙碌的人们。

满舱扑哧地笑了："唷呵，狗东西生气了，有意思！"

就这样，五斗留在船上。

同行者却就此下船。那人和五斗商量，说时间紧迫不容耽搁，他准备从陆路先去趟福州，争取一个月后在福宁街会面……

两人握手言别。

春亮这趟海，前后走了半个多月。

可这短短十几日对水梅来说，简直叫"度日如年"，还没哪一次如此焦急期盼春亮回来……水梅生怕"夜长梦多"。那日上街，远远瞧见家胤。家胤虽说已长成大姑娘，身上儿时的影子还在。比如她生气起来，总会嘟起小嘴拿眼睛直直地瞪你；开心时，很早就懂得掩嘴而笑，最后却笑得花枝乱颤……毕竟朝夕相处过数月，那种安静依偎被人依赖的感觉水梅至今难忘。家胤随即也瞧见街那头的水梅。不过从对视的目光中，水梅只看到几分不解与陌生。

闺房里待久了，终归是会无聊的。

家胤说她想出去走走，散散心。

第二部 残梦

朱先生只好闭门谢客,亲自陪她出去转转。

福宁府境内有一座宝山,著名的"白云山"。主峰缪仙峰雄伟奇拔,独占鳌头,一峰独秀;蟾溪、首洋溪和秀溪等多条溪谷如影随形,竞先争奇,穿五彩山林而过,如梦如幻。山巅更有著名的"天池",池中睡莲又称"午时茶",花期花色特别,别处罕见。朱先生心想,置身于这样一个"白云归来不看水,白云归来不看林,白云归来不看石"之胜地,才能算真正意义的散心吧!

朱先生自顾地想着。

可怀有身孕的人不便登山,这点朱先生事先没想到。家胤起先兴致不错,然而没走几步就开始喊累。朱先生摇头苦笑,于是劝女儿,要不就此转回?家胤刚点头。身后有个声音说:"小姐若不嫌弃,请坐我的滑杠上山。"

"滑杠"是那种四面透风顶上有遮盖的竹椅轿子,前后两人肩抬,为客代步。炎夏时节,坐"滑杠"既能省去徒步拾阶之苦,又可领略山明水净的秀丽风光,很是享受。沿途遇见许多上山的香客或富贵人家的家眷,确实都坐滑杠上去,而那些出卖苦力的人,要么是附近的畲客,要么就是远道来的船民。

朱先生回了下头,原来是薛怀安,便拱手作揖打招呼:"这么巧?怀安少爷,哦,应该称薛大人。"薛怀安好不容易从家胤身上抽回目光,冲朱先生恭敬地施一礼,道声先生好!朱先生望向女儿。家胤却对薛怀安视而不见,淡然地说:"回吧,爹!"朱先生只好对薛怀安说抱歉。薛怀安尴尬地笑笑,仍不失关心:"我……送送?"朱先生说:"不用了,绺子已在山下等了。"朱氏父女身影刚消失,薛怀安脸上的笑容也瞬即消失了。

春亮等人天黑时分回到船屋。

仔细算算，到手的载费确实比以前少了许多，但没人埋怨春亮，感激还来不及呢！一趟海走下来，所赚的远比平日捕鱼捞虾来得多。许多男人吩咐自家婆娘，今晚煮顿好的。甚至有人过来问春亮要"鱼烧"。春亮打趣地说，悠着点儿，别喝醉了，老婆把你踢海里。话虽如此，他仍将所剩不多的"鱼烧"分些出去。众人散后。水梅得空悄声问春亮："那人谁呀？"回来路上，春亮提前做了安排，让五斗暂时和德山一起住。春亮说："高五斗，就是我常跟你提起的高刚的侄儿。"水梅恍然地点头："呀，都这么大了。"春亮笑笑："能不是嘛，咱家山仔都长成大人啰！"春亮心情大好。水梅见缝插针，说出朱先生主动上门提亲的事，紧着解释："我说山仔已定亲……可……咱要是跟朱家结亲的话，山仔就成山人了，往后他的孩子也就……因此没敢拒绝，只说等你回来拿主意。"说完，用切盼的目光央求一般地望住丈夫。

春亮定定地瞪住水梅，夫妻俩各怀心思地默默对视。

这阵盯望，把水梅的心儿盯出好一番犯怵。多少年了，她几乎不敢在丈夫面前轻易提及有关朱先生的只言片语。默半晌，春亮才缓缓开口："哦，这事得先想清楚了……谁不晓得，姚大福可是出了名的老水牛。"

水牛闷声不响，看似温顺，脾气却也是暴躁的，一旦气极发狂，谁能按得住？大福起先不答允则罢，既然允了且已经定了亲，那就是板上钉钉跑不了的事，能由着你反悔？春亮只稍微地想了想，都觉得为难。

这晚，春亮几乎一整夜没合眼。

十八年前的那次窗下偷听，按说早成了春亮的一块心病。常言又道，心病得需心药医。也许时间过去太久了，加上水梅这么

第二部　残梦　　223

些年不辞辛苦任劳任怨地为一家子操持，一双儿女一天天地长大成人，春亮差不多把那件事看淡了，想通了——谁料姓朱的居然亲自找上门，要把宝贝闺女许给德山？

呵呵，有意思！

十八年河东十八年河西，这风水啊，真能轮流转？！

黑暗中，春亮兀自无声地笑起来，旋而却腾起一股子气忿，姓朱的霸占水梅也就算了，还想霸占德山？哼，门都没有！再想，春亮开始泄气。好吧，你有骨气，你本事大，你能改变船民的身份吗？不能！所以，你得继续缩起脖子弯下腰，为了让儿子德山有个好的将来，还有什么是不能吞忍的？

德山草草吃完晚饭，直奔麦穗的船舱。

"家里来客人了？"麦穗笑着问。

"哦，是——"德山压低声音说，"回来路上爹再三交待，五斗住这儿的事千万别传出去。"麦穗说："那你还告诉我？"德山笑笑，说："你又不是外人！"麦穗问："那人是做什么的？"德山摇头："不清楚，身上枪伤没好利索，我猜，应该是那种人。"麦穗很是吃惊："那你们……"德山说："反正你以后当作没这人存在，什么时出去什么时回来都当作没看见。"

麦穗嗯嗯地答应，然后沉默。

念生此时睡着了，光着小屁股窝在麦穗的怀里，安静乖巧的样子让人瞧着心疼。不过他的右手不老实，探进麦穗的衣襟，紧紧抓住一边乳，生怕娘会突然离开似的。德山发现，几日不见麦穗变好看了，眉眼间像描了线更加清晰动人，腮边泛起的淡淡红晕，很像岸上女人画的红妆。

德山没多想，只从兜里摸出一个布袋子，摆在舱板上。

"喏，这是我这次走海挣的，应该够多还几家了。"

"别……"麦穗眼圈顿红，"你自己收起来吧。"

"跟我客气什么。"德山笑了，"帮你还债的事我和我爹说过了，他不但没反对，还说我做得像个男人。"麦穗问："真的？"德山说："嗯！你说我爹到底是个怎样的人？有时候真看不懂。"麦穗叹一声："我想，你爹大概和兆森叔一样，都是心里能装事的人，可他们不论做什么都是为了咱们好。"德山低头沉思，忽又抬头："你也喊兆森叔？难道你和他……"

麦穗凄清一笑，说："是，他并不是我亲爹……等以后得空了再慢慢告诉你……今天天不早了，你也累了，早点回去睡吧！"

德山有点像被"赶"出来的样子。

呆站船头，他看了看天，日头刚落下不久，这就叫"天不早"了？

好吧，麦穗是女人，女人家总有某些不方便的地方。

不过，德山并不想这么早回去睡，船舱里还有一位不相熟的高五斗呢！和不熟的男人同处一个舱篷，还要睡一起，多少有些别扭。正犹豫，隐约瞧见五丫正蹑手蹑脚地摸过来，赶紧闪一旁，逃一般地往岸边跑，最后竟不知不觉跑到上梅花峰的那条小石阶，于是德山不回头，干脆直接上山……

晚饭后，朱先生一般都会褪去长衫长裤，换上半截裤和裃子，唤绐子搬出竹躺椅，搁在桂树下的石桌旁，然后一身清爽地躺下，嘬吸紫砂壶里已经半凉的茶水，或想想事情，或干脆什么都不想，只一个人安静地发呆，这是家胤去省城读书后，朱先生逐渐养成的一个习惯。朱友贵曾打趣地说，瞧瞧你我，叔坐着侄躺着，算怎么回事？朱先生淡淡回朱友贵一句，家里地儿宽得

第二部　残梦

很，自己掏钱买张竹凉椅不就解决了？过不久，朱友贵果然差人送来竹躺椅。不过朱友贵这晚没来。他已经好几晚没来了，该是花船上又到了新姑娘。

对朱友贵好逛花船这件事，家胤曾不屑地说，三叔公为老不尊，多大年岁了也不知顾点脸面！朱先生嘴上说家胤，说话不能没大没小！心里却认为女儿说得在理。包括孝临也提醒过他爹，年纪大了，早不比年轻人了，夜路不好走啊，小心别闪了腰。孝临说得含蓄，朱友贵听得懂，但仍旧如此。

遐想一阵，朱先生不禁莞尔。

见家胤袅袅娉娉地走下楼，朱先生招手："来，过来坐。"

家胤听话地坐过去，默不作声。

朱先生望住女儿："怎么了，有心事？"

家胤低声说："没……没有。"

女儿显然没说实话，朱先生认真地问："你早就认识薛怀安？"

家胤点头："是……"

家胤和薛怀安第一次相遇，是在沐升少爷去年的生日会上。那日南台望江楼的戏园子里高朋满座。为了替林家少主庆生，许多达官贵要乃至洋人都被邀请入席。林升升首度向朋友们介绍家胤。任是大方，情郎毫无预警的举动也把家胤臊得小心儿如小鹿一般怦怦乱撞，整张脸烫到不行，根本没去留意从某处角落飘来的火辣目光——他，就是从日本学成归国的薛怀安。

林升升被朋友拉去别桌敬酒，留下家胤坐立不安。许多人对她投来关注的目光，甚至有人指指点点窃窃私语，似乎都在评价她的样貌，包括举手投足能否与林家显赫的家世相匹配……家胤很后悔答应来参加这样一场聚会，更不停地埋怨薛怀芳，怎么一过来就不见人影了呢？只好起身说抱歉，紧着寻找闺中密友。谁知刚来到一处边廊，被一位衣着华丽的公子哥拦住，笑吟吟说："家胤小姐，你很漂亮，像一朵清丽的茉莉花。"家胤听过太多诸如此类礼节性的赞美之词，躬身说谢谢，正要走。他再次出手阻拦："我对你一见倾心，我喜欢你！"家胤惊愕木然。他继续纠缠："相信我，我能给你幸福！"

骤然的"真情告白"，不仅没能感动家胤，反而把她恶心到不行。家胤当时脑子里嗡的一阵乱响，沫升怎么交了这样的朋友？刚才的介绍没听进去吗？沫升信誓旦旦地宣告，家胤小姐将是他未来的人生伴侣！难道这人丝毫不懂或狂妄到根本不顾及"朋友妻不可戏"的道理？于内心讲，家胤一下就对公子哥的人品大打了折扣……正尴尬，薛怀芳出现了。她喊声三哥。家胤那才得悉，原来这位自命不凡的公子哥就是薛家风流成性的三少爷——总的来说，家胤和薛怀安之间仅有过一面之缘，别的包括彼此了解都谈不上。

朱先生思忖片刻，然后问："后来他有没有再找过你？"

家胤说："有……不过我托怀芳转告他了，这辈子不可能！"

朱先生呵呵一笑，摇头说："也难怪！薛崇义几日前跟我提亲，从薛崇义诚恳的态度看，至少说明一点，薛怀安对你没说假话。"

家胤很是诧异："啊？"

朱先生说："当然，缘分强求不来，你不愿意谁也没辙。"

家胤默片刻，有些纳闷："他怎晓得我和沫升分了？"

朱先生说："别忘了，怀芳是他亲妹妹。"

家胤缓缓点头。

这晚，父女俩聊到很晚。

因为薛怀安的缘故，家胤免不了回忆起和林沫升在一起时的点点滴滴，情绪有些低落，最后败了去梅花峰坐坐吹吹海风的兴致。

做任何决定之前，都必须进行一次"当面锣对面鼓"，不论结果怎样都得谈，否则一切等于空……春亮仔细地掂量了一夜，开始想不通，最后只能硬逼自己想通，曾经租地架船屋为了什么？还不是为了孩子们将来能够上岸，能过上和山民一样的小日子吗？如今德山有了这样难得的好机会，自己还有什么可犹豫的？拿定主意，也不征求德山同意，天刚蒙亮就准备上岸。

春亮钻出船屋，发现五斗起得更早，薄雾下正轻步穿过屋前那条狭小的走道，朝岸边摸索着走去……春亮没和五斗打招呼，看他矫健且匆忙的样子，不禁哑然失笑，瞧这情形哪像个枪伤未愈的人咧？！

说起来，五斗倒和他的叔叔高刚一个性格。

回来路上春亮得知，几年前刚子不幸罹难，此后五斗一直追随一位姓郑的将军辗转于粤东南。郑将军病逝后，五斗奉命离开队伍，负责闽浙两省各地仁人志士的联络工作……说起往事，五斗义愤填膺："如今朝廷昏庸无能，纲维崩坏，任由列强瓜分国土，官府更是巧立名目剥民刮地，百姓苦不堪言，我们要做的，就是把这个腐朽的朝廷推翻掉。"听这话春亮大吃一惊："天爷，你们是在造反？"五斗并不否认，轻巧地说："是啊，这种朝廷留着做什么？"春亮紧着问："那你们和义和拳有没区别？"五斗微笑说："当然不同，具体的我说不上来……反正我觉得，郑将军他们做的事靠得住。"

春亮哦一声，陷入沉思。

五斗瞧出春亮的心事，继而耐心解说："等我们推翻君主专制，建立民主共和，你们将和山民同等身份，孩子有书读，人人有田耕……至于你们想不想上岸定居，都不成问题。"五斗说得唾沫横飞，言语间整出许多闻所未闻的新名词，春亮听得犯憷，但听懂最后一句：可以上岸定居——好吧，只要能让船民上岸定居，许多人定会举双手双脚赞同与拥护。五斗得意地昂着头，似笑非笑地问春亮："叔，你怕死吗？"春亮憨憨一笑："怕，当然怕！谁都只有一条命，没了就没了。"五斗说："革命嘛！难免有牺牲……"

"革命"和"牺牲"都是新名词。换句话说，那叫"人生自古谁无死，但须死得其所，死得有价值"——几日一路同行，五斗一路说教，使得春亮对当下及未来的形势有了大致的判断，当然也对五斗等人所谓的"为国家民族不惜流血牺牲"的英雄气概深深地折服。不过对春亮来说，那是一件极遥不可及的事。他身为连家船民，山民眼中的"曲蹄仔"，操心国家大事？呵，听起来就像笑话。同时有个疑问，凭五斗那么些人的力量，真能改天换地？

春亮回想着笑笑，转身朝岸上去了……

桂花新蕊，花香清淡。

许是因为桂字与"贵"字同音，福宁府许多富人家的院子里都喜欢种植桂树。这日清晨，薛崇义用过早茶，背着双手饶有兴致地站在院子里观赏那株新种的桂树，翠绿枝头刚绽出星星点点，却似可以闻到香了。

薛崇义是个粗人，自然不会对花花草草感兴趣。

他在等人——许久后，才见薛怀安揉着睡眼从屋里出来。

"也不瞧瞧，现在都几时了？"任是宠溺，见儿子起晚了，薛崇义还是有些不高兴。"哦，昨晚来几位朋友，多喝了几杯。"薛怀安一边解释，一边接过丫鬟递来的水杯和牙刷，开始洗漱。看着白色泡沫从儿子嘴里溢出，薛崇义默住嘴，心里好一阵感慨，就拿儿子每日必做的"刷牙"这件事来说，就是前无古人的新鲜玩意儿。近些年和洋人打交道，薛崇义也算见过"世面"，隐约觉得，当下时局终究要变。昨日拜会浙江府周大人，与周大人密谈中得知，眼下四处正"蠢蠢欲动"……浸淫官场多年，薛崇义太明白这四个字背后暗含的意思了。因此薛崇义认为，是时候和儿子仔细地谈一谈了。自古识时务者为俊杰，关键在于"时务"的"时"，宜早不宜迟。

两年前，怀安从日本国学成归来。儿子一头齐整整的短发，一身褐色的西装，怪异的装扮当即把薛崇义惊一大跳，双腿直打哆嗦。那日提督严如钦大人一同到码头迎接，和怀安一道归国的学子还有十几人。最后，倒是严大人一席话让薛崇义稍稍地缓回神。严大人朗笑地说："年轻人嘛，入乡随俗，总之回来就好，平安回来就好。"这是实话。甲午海战后，赴日留学的国人要比以前少了许多，但不代表完全没有，只不过怀安他们回国颇费一番波折。

洗漱完毕，父子俩落座。

怀安端起茶杯抿一小口，问父亲："爹，今天怎么没去衙门？"薛崇义深叹一声："唉，一个头两个大！持续干旱，宁大人让我们几位想办法，可老天愣是不作雨，有什么办法可想？"怀安笑着说："宁大人真是爱民如子！好在南方气候湿润，我想这个情况应该持续不了多久。"薛崇义说："但愿吧，奇的是这次风灾也只见风不见雨，悬哪！"喝完一盏茶，怀安起身整整衣襟，就要出门。薛崇义喊住儿子:"等一下。"怀安回头,重新坐下。薛崇义问:"昨晚那几位朋友是从广州来的吧?"怀安嗯一声,不解地望住父亲。薛崇义像是早猜出那些人的身份,再问:"这些人可靠吗?"怀安说:"是。"薛崇义呵呵一笑:"多联络,但……要注意保密!"怀安说:"儿子晓得。"薛崇义想想又说:"最近腾个时间,去省城把怀芳接回来,姑娘家嘛,将来还是相夫教子的稳妥。"怀安仔细斟酌父亲的每一句话,认真地点头。

别看薛怀安做官才短短两年,毕竟是留过洋的人,对时势的大局观丝毫不输给早修炼成精的父亲。这几年,南方一而再地"动荡不安",若在安平时期也就罢了,朝廷富足强兵,轻轻松松便可收拾利索。如今不同了,内忧外患已成了许多人心头惴惴不安的根头。而在这当口,"左右逢源"才是一个人安身立命更是一位官员此后能否飞黄腾达的上上之策。至于妹妹怀芳,薛怀安并不想接她回家——接回家做什么,真寻婆家嫁人?"相夫教子"放在妹妹怀芳身上恐怕不合适。此前为了见家胤,薛怀安曾多次跑省城。与妹妹推心置腹后他惊讶地发现,原来妹妹居然也是个有理想抱负的女子,成全妹妹,也就等于成全了自己,于是薛怀安只在面上敷衍着父亲。

薛怀安草草用过早饭,便出门去了。

他没去巡检司衙门,而是一身轻装带上洪六,主仆二人直接去了溪尾街。

溪尾街很小,街头逛到街尾,也不过半里地。街上有布店,米店,五金杂货铺,古玩玉器店,也有饭堂,酒肆,茶楼雅座……但所有这些,都入不了薛怀安的眼。近些日子,他的心思全都放在朱家那只金凤凰的身上。

到地方后,薛怀安在万和茶楼的二楼要了一间雅室,开始坐

第二部 残梦

着喝茶。许多时候一坐下来便是大半天。茶楼里的茶能好到哪儿去？怀安不讲究，除却巫山不是云，再好的茶喝到嘴里，也品不出精细的味来，不如安静坐着，将楼下街面的喧嚣抛之脑后，然后手托腮，像一位苦盼丈夫归来已独守空房多年的怨妇一般痴痴地望向街对面同样是二楼的那个房间。那是朱家胤的闺房。从那扇半开的窗户里窥探到那抹魂牵梦绕的倩影，都能让薛怀安兴奋好久。

朱先生亲自送徐春亮到医堂门口。

薛怀安不认识徐春亮，但从这人的装扮早瞧出来他是个"曲蹄仔"。不对啊！哪里不对劲薛怀安没往深里想，只是眉头不自主地皱在一起……

第十四章

　　水梅一上午都在纠结与不安中煎熬着，好不容易看见春亮回来的身影，紧着迎上去："怎么样？谈得顺利？"从丈夫抑制不住欣喜的目光中，水梅好似看到希望。春亮点点头："嗯！回头再说，我去找草帘。"水梅从朱家回船上后，不论做什么，春亮都不再和她商量，直接拐去满舱家。

　　有话即长无话即短。不多久，春亮从满舱的船舱出来又去了岸上，咬咬牙到肉铺割了块猪肉，拦腰裹一张红纸，用箴草捆扎，头也不回，径直沿溪尾街往北走，去南溪找姚大福。春亮知道，待会儿和大福见面肯定是一次不愉快的见面，他了解大福的脾气，已经做好骂不还口打不还手的准备。

　　姚大福原本就没有好脾气。

　　天气干旱，上游水源逐渐干涸，滔滔南溪如今已变成一条淅淅沥沥的小溪流。为了争抢水源，两岸好几个村的村民大打出手。当然，这些无关江上船民的事，姚大福他们原来干吗现在还干吗。令人烦恼的是，水竭沙现，取沙成了一件容易的事，洋人

第二部　残梦　　　　　　　　　　　　　　　　　　　　233

大兴土木，给了沙子一个较好的价格，于是山人和船民为抢夺江沙也起了多次争执。这日，姚大福将附近船民聚在一起，商量着怎么找山人"谈判"。只是没想到，性格暴烈的姚大福反而犯起了犹豫。

"有什么谈的，爹，山人会跟你讲理吗？他们人少，咱们人多，真不晓得怕他们做什么？"姚二妮黝黑的脸庞上现出一抹气愤的红晕，见父亲瞻前顾后顾虑许多，忍不住插上一句嘴。"是啊，大福叔，二妮说得对。"这时一个年轻船民说，"咱越退让，山人越猖狂，他们可没把咱放在眼里。"

话头一起，众人便纷纷讨论起来。

有人说，南溪船民自古以淘沙为生，原本过的就是"黄沙筛蚬子"的苦日子，如今山人步步进逼，咱就算肯退让，也退无可退，与其这样，不如斗他狗日的，也让山人瞧瞧，咱可不是好欺负的卵蛋子……

有人却说，咱拿什么和山人斗？斗来斗去，最后吃亏的还是船民，不如退一步想想，至少想想法子分些沙子挣口饭吃……

争执无果，姚大福暗着脸钻出舱篷，刚蹲船头，看见春亮从岸上摸索着爬过来。"哎呀，春亮兄弟，什么风把你吹来了。"姚大福换上笑脸，远远地打招呼。"有些日子没来，怎么成这个样子了？"徐春亮见南溪现底，到处是裸露的泥沙，江船像船屋一般歪歪斜斜插在泥沙中，很是诧异。

姚大福摇摇头，叹息说："是啊，天爷一直不下雨。"起身将亲家公迎进船舱。众人见大福家来了客人，纷纷散去。两人坐定，姚大福说："来就来嘛，猪肉很贵，客气什么。"春亮讪笑着："应该的，应该的。"姚大福将猪肉递给二妮。二妮脸色微红，没说话，很快钻到舱尾帮娘忙活午饭。

闲聊一阵，姚大福问："孩子的事怎么打算，上回匆忙，他俩成亲的日子还没选好。"春亮正愁着怎么开口，于是长叹一声，苦艾艾说："不瞒老哥，山仔他，他……"大福大吃一惊："山仔怎么了？"春亮接着说："这兔崽子性子野，从小就无法无天……也怪我没本事，说的话他只当放屁。"听这话，姚大福心里已明白几分，干脆沉默。过片刻，春亮尝试着问："因此我想……他俩定日子的事，要不先缓缓？"姚大福冷哼说："徐春亮，当初要不是你们苦苦相求，我会答应？"春亮赔笑说："哎呀，瞧你说的，这事怨我，都怨我。"姚大福愤然起来："事到如今不说怨谁，你们不打算早日迎亲，我高兴还来不及。"春亮点头："老哥说得对！"

春亮没坐多久，目的达成起身就走。

大福婆娘埋怨丈夫："怎么不留人吃饭？"姚大福此时气得脸都青了："吃个屁，少了张屠户，还得吃带毛猪？"见送来的猪肉放在盆子里，一手抓住丢了出去，然后望住二妮，说："你给我记着，咱身贱志不残。"二妮紧咬嘴唇垂头沉默。刚才爹和春亮叔的话她都听见了，意思再明显不过，说白了就是悔亲呗！为什么会这样，二妮想不明白，心中悲愤，但不想在爹娘面前落泪，强笑着说："拿肉出气，算个什么？"说着跳下船，拾起被丢弃的猪肉，见上面沾着许多沙子，拿手擦了擦，最后擦出两眼止不住的眼泪。

傍晚时分，草帘过来，赔礼道歉说了一大通好话。

姚大福这才完全明白过来，原来是狗日的德山嫌弃二妮！可有什么法子，难道拿刀子架人脖子上逼人家娶二妮？见闺女伤心欲绝的样子，姚大福气不打一处来："男人没死绝，我就不信，我姚大福的闺女还会嫁不出去？"

是的，姚大福并没说错，许多船民一辈子打光棍娶不上婆娘。倘若二妮能随便挑个男人嫁了，大概就不会有后来那么多事……

春亮没想"悔亲"竟然如此顺利，心里一块大石头终于妥妥地落地。

姚家二闺女嫁不嫁得出去，当然不是朱先生所要关心的事，实在风马牛不相及。眼下，家胤的"终身大事"已定，总算暂时了却一桩心事。

和春亮谈的时候，朱先生原以为春亮会提些条件，毕竟德山是他唯一的儿子，让亲儿子更换姓氏入赘朱家，适当的"补偿"也是理所应当无可厚非。不承想，春亮居然只说，希望朱家能将梅花坞浅滩让给狮犁帮船民永久使用，或租或卖，倒可以商量着来……朱先生听后，大为惊讶：

"就这些，没了？"

"没了！"春亮若有所思，最后还是坚定地点点头。

这日清晨，坐在医堂后院的石凳上，春亮腰杆挺得笔直。那一刻朱先生眼前不由得有些恍惚，按理春亮会提诸如下一代"香火两头顾"的要求，所谓不孝有三无后为大……可他，却只为了狮犁帮船民今后的生计打算。朱先生用吃惊的眼神望住春亮，这个矮墩男人的形象似乎一下无比高大起来。

沉默片刻，朱先生呵呵一笑："应该不成问题，我会找友贵叔商量，实在不行，我出钱帮你们达成愿望。"春亮说："多谢先生！"朱先生摆摆手，又说："既然定下亲事，咱就是一家人了，我准备让山仔先来医堂学习配药，凡事都需先适应……成亲的事倒不急，得仔细挑个好日子。"

朱先生话说得委婉，山人与船民结亲，时间上必须有个缓冲的过程，说到底关乎朱家的脸面。春亮憨笑着："嗯，听先生安排。"朱先生说："俩孩子的八字我找人合过了，和合相偕……至于入祠礼，得问长辈们的意见。"所谓入祠礼，即入赘仪式，那日起德山就不再姓徐而是姓朱了——这么一想春亮心里好一阵酸楚，但还是认真地说："都听您的，这是山仔的福气！"

听说堂侄准备招船民儿子为上门女婿，朱友贵讶然不已："这是大事，先前怎么没听你说起过？"朱先生微微一笑："俩娃儿打小青梅竹马，也算知根知底，并无不妥。"朱友贵说："不说船民身份，论学识样貌，那小子哪样配得上家胤？"朱先生长叹一声："过日子嘛，踏踏实实就好。"朱友贵问："家胤持什么意见？"朱先生苦笑："她不点头，谁敢做主？"朱友贵有些无奈，笑着摇头："好吧，你们爷俩……倒是一个脾气！"

谈到梅花坞浅滩的处理意见，朱友贵倒无所谓，说怎样都行。

朱先生说，他准备把梅花坞浅滩买下来。

朱友贵说："你我叔侄之间谈钱伤感情！"朱友良被殴打致残后，朱先生想尽一切办法予以医治，虽说没什么康复，好在朱友良的神智已恢复得差不多。朱友贵长叹一声："友良出事后，许多事我都看开了，做人太较真实在没意思，亲兄弟打断骨头还连着筋。今后不论做什么，叔都支持你。"

听这话，朱先生心中充满感动。

闲聊一阵，朱先生问："家胤不回省城了，留孝允一人恐怕不妥，要不找人给接回来？"提及小儿子朱孝允，朱友贵脸上现出异样的神情，须臾沉默后说："不用了，年轻人嘛，多些磨砺总是好的，好男儿志在四方不是？"朱先生缓缓点头，并适当恭维：“还是您老眼光长远！”

论及未雨绸缪，朱友贵对自己总是充满自信："据目前情势看，变天是必然的事，接下来，你是何打算？"朱先生无法适应朱友贵的跳跃式思维，愣住许久："该吃吃，该喝喝，换谁当皇帝，老百姓日子还不是照样过？"朱友贵盯住朱先生，忽地压低声音说："前些日子有位姓高的年轻人找过我。"朱先生知道那人是谁，并不掩藏："他也找过我。"朱友贵毫不意外："嗯，你怎么看？"朱先生淡然一笑："他们忙他们的，咱过咱们的，许多事并非咱们能力所能及。"聊到这，朱友贵似乎不想继续下去，哈哈大笑："好吧，入祠礼叔帮你操持。"朱先生起身作揖，无比恭敬地说："感谢叔父成全！"

朱先生第一次用"叔父"二字称呼朱友贵。

朱友贵听了非常受用。

朱家的"入祠礼"最终定在八月初六。

据说这是几年中难得一遇的好日子，诸事皆宜，尤其嫁娶。

瞎子胡眼睛瞎，不代表他的手指也瞎。瞎子胡紧闭他那双只剩下大部分眼白的双目，一阵念念有词一阵掐算，好不容易才将八月初六定了下来，并确定这日的吉时在巳时。或许因为朱先生先给了三块龙洋的利是，瞎子胡算好日子后再仔细地叮嘱一番。朱先生不迷信，不过凡事宁信其有不可信其无。收好写就的"黄道吉日"红纸单，他朝瞎子胡深深地作个揖。瞎子胡看不见，但能够感受到先生的浓浓诚意。朱先生离开后，瞎子胡仍然无法从被人尊重的诚意中拔出身来。他感慨地对门口摆摊的补鞋匠说："先生仁义……"

瞎子胡眼瞎，补鞋匠不瞎。

补鞋匠把朱先生为女儿遴选黄道吉日的整个过程全都瞧在眼里。

于是消息很快传开了。而那些听到消息的人，下巴几乎都快合不上来，天爷啊，朱家的"金凤凰"居然落在"曲蹄仔"破烂不堪的舱顶上，谁都清楚，腌臜的舢舨舱的竹舱蓬可不是可以栖凤的梧桐枝啊！

由于缺雨干旱，许多地方的乡民已经预见到今秋收成无望，或早早地背井离乡另谋出路，或悄然地聚集一起准备闹些事端。准备闹事的人们的目标自然放在福宁府设在各乡的粮仓。薛崇义好像早料到这一点，否则这些年的官场等于白混了。为了达到"杀一儆百"的效果，薛怀安派兵抓走几位领头的人，将他们死不瞑目的头颅高高地悬挂在福宁街靠海的一片空地上。那片空地原先用于海货交易。薛崇义让人在那儿挖了几个新坑，埋上几棵杉木柱子，然后将头颅直接吊挂在杉木柱子的顶端。伴随海风吹来，头颅一摇一晃，像在点头又像在摇头，人们从边上路过，谁也不敢抬头瞧。不得不说，薛氏父子的手段的确高明，四两拨千斤，方圆十里蠢蠢欲动的势头果真都被威压了下去。

不过很快，府衙颁布了"安平税"。

此时的溪马门，除了洋人和官老爷们，老百姓不论富人或穷人，山民或船民，只要听到"税"字便都一个头两个大，先不说课税如何征收，征收是否合理，总之都不是好事。所谓"安平税"的出台，无疑在溪马门郁闷的空中炸响闹心的旱雷。很显然，"安平税"是薛崇义提议的。县令宁大人初来乍到，脚跟尚未站稳，即便想做恐也没来得及做出如此"触犯众怒"的决定。

薛怀安很是不解。

第二部 残梦

薛崇义含笑问:"你可知道,咱薛家几代人在福宁府因何总是立于不败之地?"这个问题薛怀安未曾想过。薛崇义说:"只有一条,做事不可前怕狼后怕虎,更不可存有妇人之仁!"薛怀安任总提检一职后,行事手段逐见狠辣却不显山露水,薛崇义对儿子的表现很满意。薛怀安说:"嗯,道理好理解,可今时不同往日,万一官逼民反,到头来……"薛崇义说:"刚刚说什么来着?理解?呵呵,天塌下来还有宁大人顶着。这位宁大人来头不小,只可惜他来错地方了,在福宁府地界,是只虎他得趴着,是条龙也得盘着。你或许会问,凭爹这么多年经营,按说捐个县令当当也没什么大问题,可爹一直只在县丞的位上止步不前,知道原因吗?这叫官场智慧。包括你,爹都不希望你今后成为众矢之的的出头鸟。"薛怀安终于明白过来,不得不叹服,姜果然还是老的辣。默片刻,薛怀安问:"那些人说过些时日会在省城聚首,您看……"薛崇义不假思索地说:"当然过去会会,不过,必须注意分寸。"

薛怀安好些日子没"见"家胤了,心里想念。

刚要出门,巡检司的小把总寻上门,汇报说,南溪那边又闹起来。

薛怀安心情一下就不好了:"一点小事都办不好,死人了没有?"小把总说:"死了好几个,不过都是船民。"薛怀安说:"找人埋了。"见小把总没走的意思,又问:"还有事?"小把总请示说:"有位洋人伤了,要不要过去探望一下?毕竟……"薛怀安皱眉,挥挥手:"你替我走一趟。"

小把总领命而去。

吩咐洪六备马。薛怀安想想又走进厅堂,对仍在喝茶的父亲说:"林氏和那些人走得近,所以,我没把怀芳接回来。"薛崇义闻言一怔，说："就按你的意思办吧。"薛怀安躬身退出："是，父亲。"

出门后，洪六突然说："少爷，听说朱小姐定亲了……"

什么？听这消息，薛怀安差点一咕噜从马上跌下来。

德山入赘朱家的消息，自然先在船民中流传开来。

许多人碰见春亮，纷纷冲他道恭喜。春亮一如既往咧嘴笑着："嘿嘿，到时肯定请大伙儿吃酒……"话虽如此，可是一回自家船舱或船屋，他的脸就立马暗下来。天知道，他心里究竟默默承受多少苦涩与不甘。这晚饭后，水梅正洗涮。他迫不及待拉水梅钻进眠舱，不由分说就开始扒她衣服。

水梅说："时候还早着。"

春亮说："天黑睡觉，天经地义。"

水梅说："那也不能……"

春亮说："不能什么？别动，你别动……"

水梅说："好好好，我自己来，别扯坏衣衫……"

春亮大喘息："记住……你是我婆娘，你只能是我徐春亮的婆娘。"

水梅笑了："嗯，不是你婆娘，能帮你生两个娃？"

春亮很快将水梅剥个精光，突然愣住，起身看她："是吗？"

这声问，宛如寒冷冬季骤然灌进被窝的冷风，一下将逼仄闷热的眠舱的温度降到了冰点。水梅心底涌起一阵寒意，身子不由哆嗦，颤声说："好端端的说这些做什么，俩娃儿不是你的，能是从天上掉下来的？"

春亮不再说话，趴女人身上一阵乱拱。可等他准备真正进入时，突然一泄如注，男人的雄风如风灾中骤然折断的桅杆，被咆哮的海浪击得粉碎。

伴随嗷的一声悲吼，春亮软在水梅身上。

水梅搂住春亮，柔声说："我晓得，我都晓得，这么多年你为咱一家子奔活累坏了，我心疼，别多想，我不会没良心。"

春亮眼神空洞不说话。

水梅亲吻春亮的脸颊，呢喃地说："我当然是你的，一直都是……"

听这话，春亮眼圈瞬间就红了。

不知过去多少年，春亮再次品尝到眼泪的滋味——

略苦，咸涩……

第十五章

朱家的"入祠礼"事无先例，一切都由朱友贵代为操持。

一大清早，溪马门朱姓的近亲远亲都来了，或帮忙祭祀准备，抬供桌，涤碗碟，摆祭品，或准备午宴菜什，或搭手扯红布结红花系红绳进行布置，整个忠义堂后院人头攒动热闹非凡。主家朱先生反倒成了闲人，站在桂树下，眼眶不知不觉湿润了，喉头像卡着什么东西吐不出来又咽不下去。很快，他转身出了忠义堂，往后山走去，那是去家胤娘坟茔的方向。

约半个时辰后，才见朱先生慢悠悠地往回走。朱友贵站医堂门口，一副着急的样子："去哪儿了，今天什么日子还有心闲逛？"朱先生抱歉地笑笑："随便走走。"朱友贵没好气地说："进去吧，姓薛的过来了。"

"噢？"朱先生闻言一怔，"他来做什么？"

"视情形……并非是来道贺的！"朱友贵非常笃定。

"以礼相待，来者都是客。"朱先生说。

"若是有……别的事呢，比如……是来提亲的呢？"朱友贵思着问。他听过薛家想娶家胤进门的想法。凭心而论，朱友贵也不愿意侄孙女嫁入薛家。

"啊?"这下，朱先生再也无法淡定，怕什么往往就会来什么。和徐春亮谈定亲事后，朱先生想过给薛崇义回话，可该怎样回话才合适?说来说去无非都是拒绝之词……回想薛崇义先前的态度，朱先生心口莫名一堵。

不想，来人却是薛怀安!

薛怀安一袭青衣，在桂树下的石凳上默然端坐。朱先生愣几秒，硬着头皮迎上去。薛怀安起身施一礼，恳切地说："侄今日登门，恳请伯父给侄一个机会。"朱先生听出薛怀安的来意，示意坐下说话。薛怀安开门见山说道："侄喜欢家胤很久了，希望伯父成全。"朱先生有些为难："这个……"薛怀安恭敬说道："恕侄今日贸然登门，其实我爹一直在等先生回话。"这话一下令朱先生不悦，却只能耐心解释……原来如此，薛怀安听后僵僵一笑。

见许多亲朋驻足围观，朱友贵只好走过来低声解围："薛大人，能否请借一步说话?"薛怀安站起身，跟朱友贵去了靠西的夏屋。距离不远也不近，听不清两人谈话的内容。大约过了一炷香的工夫，薛怀安从夏屋出来，朝朱先生远远地揖一礼，很快就离开了。这时恰巧春亮带德山走进来。擦肩而过时，薛怀安朝德山投来阴冷的一瞥。德山不自主地打一哆嗦。

"这下，彻底把薛家得罪了。"朱先生摇头苦笑。

"得罪怎么了?"朱友贵无所谓地大笑，"就算薛家再有钱有势，能管天管地还能管人屙屎放屁?总的来说，问题解决了。"

"嗯。"朱先生还是有些好奇，"怎么说服他的?"

"嘿嘿，有些话挑明了讲，解决起来其实很简单。"

说完，朱友贵微微地皱了一下眉，很快就忙开了。

这天的朱友贵拥有两个身份，一是溪马门总乡约，再就是朱先生的近亲长辈。吉时到，"入祠礼"有条不紊地进行。溪马门的朱氏虽说秉承祖训不盖祠堂不祭祖，但祭文还是有的。祭文宣读完毕，朱友贵马上换了身份，以总乡约的名义为德山更换户帖，德山正式更名为朱德山，字家隆。又以长辈的身份引德山拜朱先生行父子礼，与宗亲逐一见面。礼毕，招呼宗亲入席。

自始至终，家胤都没有下楼。

依照旧俗，她这天不能下楼，院子里的热闹气氛只能与她无关，更不能与德山见面。透过窗户格栅，家胤看见薛怀安。听到薛怀安当众承认喜欢自己并恳请父亲成全的话，家胤心里蓦地萌生感动，原来薛怀安也是个敢爱敢恨的男人。明媚且热烈的阳光倾洒在薛怀安身上，完美的脸部轮廓被勾勒得棱角分明俊美无俦。一双漆黑的眸子，带着幽冷的气焰，冷峻，高贵。这是朱家胤第一次细致端详除了林沫升之外的男人，心儿难免跳得有些不自然……

然后，薛怀安走了。

再然后，徐德山出现了。

徐德山满脸春风，虽说某些时候必须矜持只能敛住笑意，但微翘的嘴角依然掩饰不住发自内心溢出的一阵阵兴奋与激动。这一天对他而言，就像做了一场梦似的，掐大腿，疼，才觉得眼前发生的一切都是真的。

宴席散后，他被朱先生带到西厢房。"今后你住这儿。"朱先生用慈祥的目光望住德山。德山嗯一声，想起朱友贵教的行礼方式，笨拙地朝朱先生施一礼，颤声说："谢谢先生。"朱先生呵呵一笑，忍不住打趣："怎么，还喊我先生呀？"德山脸色一红，顿时尴尬起来:"哦,谢谢爹。"

自己儿子对别人喊"爹",对任何男人来说,都不是脸上荣光的事。虽说此无奈之举是为儿子的将来打算,可既成事实后,春亮依然心里越想越不是滋味。回到船上,他被满舱喊过去。"心里不舒服吧!"满舱一眼便瞧出春亮的心事。春亮苦笑,别的船民羡慕他甚至嫉妒他,只有身边这位好兄弟真正理解他,懂他。可他实在说不出心中的难受,只伸手拍拍满舱的肩头。满舱长叹一声:"咱不论做什么,就算拼了老命,也都是为了孩子,吞忍吧!"

谁说不是?

春亮当然晓得什么叫吞忍。

不过这晚,春亮还是喝醉了。船舱里"珍藏"的"鱼烧"所剩不多,春亮不敢贪嘴,谁想才喝两碗便醉得一塌糊涂,吐得一塌糊涂。春亮瞪大眼睛粗着脖子嚷嚷再喝。最后,满舱只好将水梅唤过来,才将春亮劝回去。

五丫不知躲哪儿去。早上德山父子俩上岸后,就没见过她的身影。她已经答应爹,她只能是江九帆的"婆娘"了,和山哥再没关系了。想到这些,五丫心如刀铰。麦穗理解五丫的痛,理解那种看不到未来的绝望。这晚,麦穗呆坐在自家的船舱里,透过舱篷,一张娇小的俏脸苍白且凄楚。

就这样,德山在朱家后院住了下来。

朱先生亲自教他配药,出诊时带在身边。许多山人清楚德山的身份,对朱家的行为很是咂舌。朱先生却无所谓,依然我行我素。

因为没人敢说三道四。

差不多一个月，德山已经基本掌握医堂里各种药材的属性。德山果然很聪明。朱先生非常欣慰。识字仍然是德山的短板，记住药名和属性仅凭德山惊人的记忆力。可是，诊病救人光凭一副好记性哪成呢！于是，朱先生趁闲暇时开始手把手地教德山识字。为了女儿的幸福，一切只能从头慢慢来。

德山当然诚惶诚恐。

一切都像做梦似的，但不是梦，德山不敢马虎，格外地勤奋刻苦。

朱先生见他每晚读书练字到四五更天，翌日一早照样挑水做饭包括到医堂帮忙事事不落，有些不忍地说："凡事无法一蹴而就，欲速则不达，累坏身子可是一辈子的事。"德山尴尬一笑，低声说："我晓得，我没事。"话虽如此，莫大的感动依然如海潮一般充满他的整个胸腔。

这日午饭后，朱先生递给德山一本线装书："这是一部入门的医书，不懂的地方，你可以随时问我。"德山有些惊讶："您让我学医？"朱先生眉眼含笑地说："不然呢？照方子配药，谁都可以干，绺子不也干得挺好？"德山接过书，小心翼翼地翻开，书里头的蝇头小楷写得真好看。不过有些字他隐约认得，意思却云山雾罩生涩得很。见德山手捧医书随意地翻了又翻，朱先生面色一沉，郑重地说："记住，不论大病小病，对谁来说都是人命关天的大事，懂即是懂，不懂即是不懂，任何病理都须弄得一清二楚才行。"

"是，爹。"德山紧着答应。

这是他头一次见朱先生面色如此严肃，说话声音如此严厉，心头莫名地一颤，说话声音也跟着一颤。沉默片刻，朱先生指着桌面的一份糕点说："待会儿给家胤送过去，她最爱吃的，就是

第二部　残梦

这陈记桂花糕了。"

这些天朱先生特别忙，德山跟在他身边也一直在忙，甚至忙得连回船上看看的时间都没有。上午给陈记老板的家人诊病，桂花糕是他家的答谢礼。朱先生心想，既然亲事已定，也该给两个孩子一个单独接触的机会了。

德山收起医书，才拿起糕点，又听见朱先生说道："家胤一个人恐怕吃不了这么多，你也尝尝吧。"德山感激地说谢谢。但他不会尝，也舍不得尝，倒不是朱家买不起桂花糕，而是福宁街路途实在有些远，来回一趟，走马车至少也得花半天时间。家胤馋陈记桂花糕，这点德山是清楚的。记得小时候，有一回德山偷吃一块，因此两人还闹了些小矛盾。人长大后总会有所变化，总会变得通情达理，但德山却不想"因小失大"。有些日子没见家胤了，特别在举行入祠礼之后，家胤更是足不出户，连一日三餐都是在闺房中吃的。

难道她感觉不好意思？

登上二楼，德山难免各种猜想且心儿怦怦直跳。

轻轻敲门，里面说请进，德山这才推门进去。

"是你？"看见德山家胤一下愣住。她手捧书本倚窗而坐。

"我……"

"有事？"

"没，没什么事。"

"没事过来做什么。"

"哦，爹说……"

"呀，桂花糕？"闻到熟悉的味儿，家胤腾地起身，几步过去将糕点抢在手。"没错，是陈记桂花糕。"解开捆扎的牛皮纸，一层层白中带黄黄里透香的糕点很令人垂涎欲滴。"真好，真好……"许是吃得急,差点被噎着。

"你慢点吃,我帮你倒水。"

德山表现得很卑微,很小心翼翼,可惜殷勤的举动并没让家胤的心情变好多少。"往后,不许再上来。"家胤决绝的语气让德山心底泛凉,但也只能讪讪地说是。家胤见他站着不动,不快地说:"还不下去?"

德山低低地"哦"一声,很快转身,悻悻地走下楼。

德山不明白,有段日子没见,家胤好像突然变了个人似的。

难道她不情愿和他的婚事,因为嫌弃他是船民?既然嫌弃,不情愿,为什么还要答应?这算什么事呢?德山心里忽然有说不出的不舒服,甚至有些莫名的生气,但很快,他又泄了气。他能怎样?船民有资格生气吗?没有。

即使他第一次发现,家胤宽大裙身下的肚子隆得很不正常。

他见过麦穗怀柄生时的样子,女人怀娃好像都是那个样子吧……德山想了又想,此前没碰过家胤,绝对没有,她怎么就怀上了呢?

回到一楼医堂,德山一脸茫然,感觉像是丢了魂。

"怎么了?"

朱先生刚给病人开完方子,端起茶杯才抿一口,不解地望住德山:"家胤不在?"德山说:"她在。"朱先生说:"得空多陪她出去走走,整天闷屋里非闷出病不可。"德山说好,遂又小心地问:"爹,我能回去一趟吗?"朱先生笑了:"回船上看看?"德山说:"嗯。"朱先生说:"去吧。"

德山心里不舒服,说到底是因为被欺瞒。他觉得,朱先生,家胤包括爹娘似乎都在瞒他。家胤不婚先怀,德山倒不是十分介意,可欺瞒事实就像鱼刺卡喉刺得难受,他想问个明白,至少得

第二部 残梦　　249

知道家胤怀的是谁的娃吧？

很显然，水梅和春亮对家胤的事丝毫不知情。
"你确定？"
春亮听后愣住许久，任凭辛辣的蒟钱草味儿慢慢腾满整个舱篷。德山不应声。不过春亮清楚儿子的秉性，从来不说谎。那么，果真是姓朱的隐瞒了，难怪将婚期延至来年五月，这么说朱家很想要这个孩子？难道，这父女俩仍然嫌弃德山的船民身份，以至于宁愿要一个没名没分的私生子？
这么一想，春亮心里倏地腾起怒火。
水梅反倒耐心劝解儿子："山啊，你和家胤还没成亲，她现在怎样，和你都没多大关系，只要往后对你好就成，啊？"德山蹲一旁，杵着不说话。水梅想想又说："心里别膈应，家胤多好一闺女，遇到她是你的福气。"德山这才嗫嚅着说："我晓得。"水梅摸摸德山的头，轻轻地叹出一口气。
德山回去后。水梅问春亮："要不，改天去朱家问问？"春亮说："这种事怎么问？"水梅说："不问，山仔会觉着吃亏。"春亮道："他吃什么亏？我总算弄明白了，不是这样，人家一黄花大闺女能便宜臭小子？"水梅心想，好像真是这个理！不再说话，只在暗中祷告，希望天爷菩萨保佑，保佑德山和家胤俩孩子今后和和美美，切不要生出别的什么变故来……
任是如此，水梅仍有一种无法定心的不祥预感。

本该是秋高气爽风宜人。
可惜，许久干旱，溪马门仍如五月天一般闷热。
或许因为心情好，乔装打扮的五斗一路走得飞快，好像他自己就是爽朗的秋风似的。消失一段时间的高五斗忽又出现在春亮的舱篷中。春亮倒也不觉得奇怪:"最近忙什么,都不见人影?"五斗顾自跪坐,猛喝几口白水,才看着舱外渐黑的天色说:"嘿嘿,大事若成,很快这天就要亮了。"

五斗说话总是藏头去尾,不过春亮听懂了。

"你是说,真要变天?"

"是啊,有老天爷相助,不成都难啊!"五斗眯着双眼,将手中的碗晃了一晃,仿佛碗中装的不是清水,而是有待细细品味的美酒,"眼下万事俱备只欠东风,嗯,就差关键的一把火了。"本来五斗收到命令,即刻赶往福州找一位叫依摸的剃头匠接头,继续下一步的联络工作。不过临行前,他将福宁府的情况详细汇报给上峰。上峰评估后认为,这是一个难得的好机会。

于是五斗留了下来。

近些日子,五斗秘密联络了许多地方的头人,准备改变抗争策略,化被动为主动,适时给可恶的官府重重一击。计划安排妥当,他想到春亮。相比岸上山民,海面和江面的船民人数不算多,但也是一支不可小觑的力量。

这天上午,有个人和五斗接上头。那小伙儿姓叶。小叶传达上峰的口头指示,就目下的局势看,任何能团结的力量都必须予以团结,至于如何团结,如何将所有力量拧成一股绳,就要看五斗个人的能力了……

换句话说,五斗拥有此次行动的自主决策权。

五斗当然兴奋。

熬了多少年,总算熬出头,终于隐约地瞧见曙光了——

是的,大事若成,那么此后,他也将和郑将军他们一样,可以扬名立万建功立业了,还有什么比这更令人心潮澎湃的事呢?

难怪五斗心情舒活得不得了，整个人意气风发。

"你刚才说，在高岩砭瞧见梁子他们？"从五斗的话语中，春亮不期然听到梁子的消息。"你也认识梁叔？"五斗很是讶异，"也对，他们原先也是船民。"春亮说："梁子当年带人在县衙放火，攻监牢，救下许多人，后来突然消失了，大伙都以为他被官府处死了呢。"五斗笑了："梁叔他们现在活得可滋润。在高岩砭，梁叔活得可比县太爷还县太爷。"春亮无比吃惊："天爷啊，这……这到底怎么一回事？"

原来，在当年的"暴乱"中，蒙脸的梁子还是被人认出来。那人当即嚷嚷起来："他们是臭曲蹄，曲蹄反天了，敢劫狱……"按说，得手后梁子本该全身而退。但他想，不能累及其他船民，于是将那人踢翻，狠声警告："是，你说得没错，爷确实是船民，给我记住了，我们是东屿岛的梁姓船民。"东屿岛周边漂着许多船民，不过梁姓船民总共才十几户，二十几条舢舨舵。

一夜之间，梁姓船民全部消失。

过后不久，府衙颁布一纸公告，说乱党已灭，福宁府恢复安宁……

人们以为，梁姓船民尽数被抓。敢与官府对抗的"乱党"被抓是何下场可想而知。春亮当初不相信，可几经找寻无果，最后也就放弃了。

没想到，梁子居然带他的族人躲在了高岩砭……

"他们那些人敢作敢当，都是好汉！"春亮感慨地说，"当年，就是梁子带我们挑私盐。"五斗说："高岩砭地处偏僻，天高皇帝远，才使他们有了一处栖身之地，船民不懂种庄稼，不过他们很勤快，给村民当脚夫，也挣得一口饭吃。后来有一回，高岩砭闹土匪，报官，官府不管，梁叔就将附近村民组织起来，组成自卫队,这次我回高岩砭,人们对他梁总梁总地叫。"

"梁总?"

"梁总把头。"五斗望向春亮,饱含深意地笑笑,"人要改变思路,换个活法,一成不变只有等死。试想,梁叔他们当年若是不走,现在大概坟头草都长老高了。当然,话又说回来,你们船民没有一寸土地,死后恐怕连一处葬身之地都没得的。"听这话,春亮面色戚然,五斗说的是大实话。

五斗停下喝水,紧着直言:"叔,其实我觉得,你们不该这样。"

"哦?"

"不该逆来顺受,安于现状。"五斗笑了笑,"这天底下,没有谁天生是贱种,有时候我真弄不明白,你们怎么就那么听话?"春亮苦笑:"听话?那叫没法子!"五斗说:"法子是人想出来的,路是人走出来的,日子呢,当然也是人自己过出来的,关键在你,敢不敢去做!"

春亮知道五斗有话要说,默坐不作声。

五斗忽地感叹:"有些事情,总得有人去做,我很庆幸,这辈子能跟了郑将军。"春亮小声地问:"你们的共和,真能让船民上岸?"五斗拍着胸脯保证:"不是我们的共和,是大家的共和,是所有人的共和,既然是所有人的,当然也包括你们船民。"春亮没再问,若有所思地点点头。

春亮的心思貌似开始松动,但五斗没有继续游说下去。刚才那番话,五斗并没有说全说透。比如梁子,虽说上了岸,住进山里,境况却不大好,住的是茅草屋,吃的也是野菜面糊糊,哪能是官老爷们的那种过活。

五斗的用意,主要是想撩起春亮内心那股已渐消失的驿动。

一个人总得有些盼头，有了盼头就有了干劲。春亮和别的船民不一样，儿子攀上朱家，虽说成为人家的上门女婿，但身份不同了，想法自然也就变了……

五斗准备赌一把，于是轻描淡写地把革命道理重新说一遍，然后故作感慨地叹息一声："同心同德方能成事，可惜眼下，许多人各怀心思，各有各的打算，各有各的顾虑，所以……难啊！"春亮笑着说："再难，能比我们船民的日子难？"五斗正色说："叔，难道你也认为我们瞎折腾？"春亮说："你们干的是大事。"五斗点头："因此，需要付出更大的牺牲。"

清晨的溪马门，出奇地笼罩在一片阴沉沉的灰蒙之中。抬头望天，满目灰色，卷云层叠，人们开始眉开眼笑，心情大好。

"兴许要作雨了。"许多人推门见面，不像往常那般打招呼，而是迫不及待地把内心的喜悦说了出来。"前些日子，也见过这种天，可最后连半滴雨都没下。"有人不免担忧。"噢，说的也是……"渐渐地，有人惶恐。直到临近中午，那轮带着毛边的太阳重新显在空中后，人们才真正地泄气——

该死的旱天，什么时候是个头啊！

"绺子，帮我找条绳子来。"德山将吊桶放进井里，发现里面的水又深了许多，一丈多长的井绳明显够不着。"好的。"绺子小跑进夏屋。

朱先生从堂屋出来，抬头望了一下天，然后对德山说："吃过早饭，跟我去趟东乡。"德山嗯一声，继续等绺子。朱先生说："往后提水做饭这些活儿交给绺子就行。"德山说："晓得了。"朱先生继续往医堂走，边走边自言自语地说："看来，眼下这旱情不解，马上要出大事了……"

东乡并不远。

病倒的人大多因为天旱缺水，误饮不净之水所致。朱先生开了药，病人家属却因无水煎药而苦恼。面对这种情况，朱先生无能为力。德山想到梅花峰上的梅花潭，向朱先生建议说，医堂可以帮忙提水煎药，适当收取费用。朱先生语气冷冽地说："医者父母心，朱家世代行医，并不全是为了钱。"德山顿时羞愧得无地自容。朱先生和颜地笑笑："你作为船民子弟，机缘巧合才有了读书的机会，往后多读些书，书中自会教你做人做事的道理……"

朱先生几句点拨，让德山很快解开了心结，不再纠结于家胤怀娃和怀的是谁的娃这些事上，一得闲暇，便躲在西厢房咬文识字，以医书为基础，丝毫不敢马虎。德山认真的钻研态度让朱先生频频点头。实际上，德山也暗暗地揣着小心思，假若有一天家胤反悔了，将他赶出朱家，那么所学的医术也将让他往后的生计有了着落，怎么说都比回船上拉网走海的强……

身为母亲，水梅当然担忧。水梅知道，儿子给朱家当上门女婿，这对春亮来说肯定是受了委屈的。而家胤未婚先孕，尽管船民身份低贱，以德山不屈的性子，心里必然不舒服。两口子过日子，假若彼此有了间隙，日子怎么可能好好地过下去？水梅甚至后悔，实在不该怂恿春亮答应朱先生，不该动了那些不该动的念头。水梅越想，心里越是觉得莫名其妙的慌。这日早晨，她和德秀一块上岸卖鱼。"秀，你待着，我去见见你哥。"说完，水梅偷偷整理一下凌乱的鬓角。"娘，我也去。"德秀说。"你去做什么？"水梅瞪女儿一眼，"我很快就回来。"见儿子当然是借口，水梅这天想见的人，是朱先生。

第二部　残梦

见水梅突然拎鱼上门,朱先生深深地愕住:"你……"

"山……山在呢?"水梅看见朱先生,仍然有些窘迫。

"哦,他在……"

"我就……瞧瞧他。"水梅头不敢回,直接往里走。

"我带你进去吧。"朱先生说着,放下手中的药箱,拾衫先行,"春亮可好?"水梅轻声回答:"好!"进了后院,朱先生朝德山招手。

德山看见水梅,欣喜地喊声娘,不过纳闷:"你怎么过来了?"

朱先生佯怒说道:"怎么说话的?她可是你娘!"

德山挠挠头,说:"是,爹。"见儿子对朱先生喊"爹"那样自然,水梅鼻头泛酸:"在这儿可得听先生的话,不许偷懒,晓得不?"

德山重重地点头。

水梅问朱先生:"现在不忙吧?有几句话,我想和你说。"

朱先生望住水梅,吩咐德山:"你去整理一下药箱,记得多准备些止泻的药材。"德山应声而去。朱先生示意水梅坐石凳上说话。水梅将手中的鱼搁在井台上,低声问:"家胤在家吗?"朱先生说:"在二楼房里。要不喊她下来?"水梅尴尬地笑笑:"不用……我今天来,是想和你谈谈家胤。"

朱先生一阵沉默,脸色微微变化。

水梅咬了咬嘴唇,半晌才说:"当初你没说,家胤她……怀了。"

沉默许久,朱先生说:"好吧,那么你觉得,现在怎么办好呢?"

水梅瞪住朱先生,感觉他有点儿耍无赖。

这下换成水梅哑了。实在没想到,朱先生竟把问题推还给她。她又能怎么觉得?难不成说,既然如此这桩婚事到此为止?不,这不是水梅的本意。水梅低头苦思说法的时候,朱先生定定地在看她。这么些年过去,这还是第一次如此近距离安静地看着水梅。岁月在苦命女人的身上明显地留下痕迹,那股子沧桑感给女人披上了极具沉重的外衣……不该啊!朱先生心里悲叹一声,忽地感觉有些心疼。他决定不再逗她,和声和气地说:"家胤遇人不淑,喜欢上不该喜欢的人……不过,那都是过去的事了。"听这话,水梅长舒一口气:"我刚才没有责怪的意思,我……"朱先生说:"我懂!也请转告春亮,家胤的情况的确如此,至于选择德山,并没有半点瞧不起他是船民子弟的意思,不论山人或船民,日子总是往后过的,不是吗?"水梅嗯声沉默。朱先生说:"我大概知道你们担心什么,请放心,我一直把德山当亲儿子看待,他是个可造之才,我让他学医,将来我老了,医堂是要交给他的。"水梅欣喜地问:"你说的可是真的?"朱先生笑了:"难不成,我能把医堂带进棺材里?"

回去的路上,水梅脸上挂着明显的笑容。朱先生对她郑重承诺,只要他一口气在,绝对保证德山不受人欺负不受委屈。至于家胤,入祠礼后她和德山的婚事已经作数,反不了悔,除非朱先生死了……

不,不能啊!水梅告诉自己,明天无论如何都得去庙里拜一拜,祈求菩萨保佑,保佑朱先生身体康健,此后的日子平平安安……水梅忽地暗恼,好端端的,他突然怎么立了那样的毒誓?真是个傻瓜!

第十六章

　　一轮纷纷扬扬的"抢水大战"终于揭开序幕——

　　没去细算，老天爷大概超过两百天没下过一滴像样的雨了。难以想象，滨海的福宁府居然也会发生如此严重的旱情。朝廷责令布政司发放赈灾粮，宁大人忙不迭地替百姓谢恩。可杯水车薪，那点赈灾粮够哪儿，加上层层盘剥，发到百姓手中的粮食自然少之又少。不过，庄稼歉收缺粮饿肚子倒在其次，关键是四处井枯河竭——缺水，那才真真要了福宁府百姓的老命……

　　海水漫漫，却无法取一瓢饮！

　　这是三岁小儿都明白的道理。

　　很快，春亮等人也加入了取水的队伍。溪尾街和梅花坞中间本来有一口草井。井口宽一丈许，沿井壁往下，凿有石阶。此前，船民便是从这里提水饮用洗漱。谁知旱情加重后，草井竟被附近的山人霸占了。船民只能舍近求远，登梅花峰挑梅花潭的水。不想没多久，梅花潭又被山人占了。

　　满舱找他们理论，人家根本置之不理。大打出手吧，春亮又觉着没那个必要，思来想去，唯有关帝庙前那口废弃已久的水井是最后的希望。春亮和满舱连夜过去看了，不承想，水没见着，井里倒是挤着一窝受惊的老鼠。

"这下怎么办？"满舱傻眼了。

春亮也不晓得怎么办，两人丧气地坐在庙前的石阶上。月儿腾升，四周泛起一片清暗。"山人欺人太甚，凭什么占了咱的井！"满舱嘟囔着。"明天我去找朱先生。"春亮思片刻，忽然说，"咱是得和山人评评理了。"

"早该是了。"满舱一腔忿恨，"要是他们敢不答应分咱们水，干脆跟他们拼了。"春亮站起身，抬头看天："取水做什么？是为活命，如果为这事把命丢了，不值！"满舱不解地瞪住春亮，嘴巴张大，喉头却像被某样东西堵住似的说不出话来。春亮笑笑，问："我说错了吗？"满舱才说："你以前不是这样的。"春亮说："现今娃儿都大了，咱都这把年纪了，难道还打打杀杀解决问题？"满舱快步往前走，丢下话："至少，不能活得憋屈！"

春亮认同满舱的说法。

可是解决问题，光凭丢几句狠话发一通牢骚能行吗？当然不行。

回到船上，春亮仔细地想了又想，觉着自己去找朱先生也似乎不妥。不得不承认，朱先生在溪马门说话举足轻重，可是……回想起那晚在朱家墙根脚听到的一幕，春亮内心里那股潜藏的无名火便重新熊熊地燃烧起来。

不过转念再想，算了，算了吧，这么多年都过去了，再说，为了让狮犁帮的船民喝上一口干净的淡水，该低头的时候，就该低头求人……

次日一早，春亮吃过早饭，正准备上岸。

第二部　残梦

"春亮叔，烧了，全烧了……"芒种突然气喘吁吁地跑来。

"什么烧了？"春亮刚钻出船舱，搭手愣住。

"南溪，南溪，船，船全烧光了……"

"大福他们呢？"

"不晓得，听说从昨晚一直烧到现在……"

芒种女人的娘家就在南溪，听说家里亲人遭难，早哭得不成样子。芒种说完，忙回船屋安慰妻子。"不行，我得过去看看。"春亮跟水梅说一声，然后跳下板舵儿，橹桨快划，飞一般地朝南溪方向驶去。"你也去。"草帘站在船头，用胳膊肘撞一下发愣的满舱。草帘面色戚然，倒是表现得很镇定。

满舱嗯一声，紧着也跳进旁边的板舵儿，追春亮过去。

此刻的南溪入海口，已聚集了许多船民的船。人们呆怔地站船头，眼睁睁地望着南溪江面搁浅的船儿或正在燃烧，或已烧成灰烬冒着股股青烟。这日无风，青烟却摇曳不止，如不散的冤魂久久不肯离去。"到底怎么回事？"春亮问隔壁船的船民，很快问到答案，是天杀的官兵放的火……

又是巡检司那帮龟孙子！

南溪火烧船事件，起因也是水，因水急红眼，因水而动手。当然，先动手的是山人，而真正让事件升级的，却是姚二妮。姚家船民多年停靠江北岸旧码头附近，吃喝用的原本都是南溪的水。南溪枯竭，船民只能偷偷登岸取码头货仓东角的井水。和春亮他们同样的遭遇，货仓东角的水井很快被一个山民占为己有。这个山民姓钱，叫钱不争，家住距离货仓不远的草楼村。钱不争有个儿子在巡检司做事，是个小头目。因此钱不争平常做事乖张也没人敢斥说他的不是。钱不争的口头禅是，有钱不挣是狗生的狗仔！当缺水的旱情像瘟疫一般蔓延的时候，钱不争敏锐地嗅到商机，嗯，坐地卖水，得便宜的好事！

钱不争打算，雇水车从浙江或更远的地方运水贩卖。然而有天深夜，逛完花船的钱不争突然发现，货仓那头废弃的窄口井竟然有人偷偷地提水，凑近一瞧，嘿，原来是江面的那帮臭曲蹄……过两日，钱不争命人用盖板将水井的井口封死，然后搭起凉棚，摆上桌椅，俨然一副做买卖的样子。

"什么？一担水要二十个铜板？"

"谁规定的？"

"明显欺负人嘛！"

"就不怕有命挣没命花？"

"这，这……还有没有天理了？"

面对船民的七嘴八舌，甚至咒骂，钱不争表现得很淡定，不愠不火，悠闲地喝着下人递来的茶，摇着蒲扇，慢悠悠地说："买卖自愿，不愿买，可以去别处嘛。"经过两日摸底，钱不争发现，附近早没了免费使用的水源，除非船民能到富贵人家的院子里挑水喝……那又怎么可能呢？

此刻，钱不争心里早乐开了花，哎呀呀，老天爷可真开眼哪，前段日子刚在浪里红输了银子，立马就有了无本买卖，老天真是待他不薄！

钱不争喜滋滋地哼着小曲，眯眼躺在躺椅上，一副吃定船民的样子。

船民被逼得没法子，只好就地挖深河沙以待渗水。天气炎热，一晚上只能渗出一小窝的水，不过也暂时缓解了船民的燃眉之急。谁承想，许多船民开始闹肚子，娃儿们更是拉肚子拉到奄奄一息。"难道……咱们附近的江面被人泼了药？"二妮先起了疑心。"嗯，很有这个可能。"大伙表示赞同，"狗日的钱不争一肚子坏水！"于是姚大福决定，大伙夜里轮流蹲守。一连蹲了两晚后，果然发现有人挑着水，偷偷地往干涸的江面泼，像浇庄稼似的。

"狗日的……"

"天杀的……"

船民闻讯大怒，或持竹竿，或拿鱼刀，有的甚至操起网兜便开始追那些使坏的人。那些人见状顾不上水桶拔腿就跑。有人跑得急，没留意脚下突然给绊倒了，当即被二妮死死地按住。一问。果然是钱不争花钱雇来的。

次日一早，二妮押着人带大伙找钱不争理论。

不想船民还没开口说话，钱不争却先嚷了起来："反了反了，臭曲蹄竟敢欺负山人，兄弟们，操家伙！"很显然，钱不争见事情败露，早做好了强压一头的准备。二妮他们自然也不会束手待毙。呼——当钱不争带来的狗腿子一棍子敲在一位叫好活的年轻船民的后背时，二妮大喝一声："干他娘的……"于是双方很快地斗在一起……二妮带来的船民年轻力壮，关键他们为了一口干净的水为了活路必须也只能搏命。自古以来软的怕硬的，硬的怕狠的，狠的怕不要命的……不一会儿，钱不争的人尽数倒下，连连惨叫央求饶命。

二妮一脚踩在钱不争的胸口，冷声地问："还卖水不？"

钱不争哆嗦着嘴唇："不，不了……"

二妮再问："这口井是你家的不？"

钱不争说："不，不是……"

二妮笑了："瞧，说理多好，非得动手，惊着了不是？"

钱不争说："嗯，是。"立马改口，"不，不是……"

二妮起身高喊："你们几个，将那凉棚拆了，还有，那块盖板瞅着实在碍眼,也给我砸碎了。"遂低头对钱不争笑笑,"至于你家的桌子椅子,得麻烦你自己搬回去。"钱不争鸡啄米似的点头:"是是,我自己搬……"

事情貌似顺利地得到解决。

然而,回到家的钱不争越想越觉得不服气,派人将这事告诉儿子。他儿子一听火大。就在昨晚入夜,钱不争儿子带着几个兵丁,一声不吭,直接一把火点燃了姚大福他们的船,天干物燥,火借风势……

"死没死人?"春亮觉着,不管怎样,只要人没事就好。

"不晓得。"回话的船民红着眼圈说,"我婆娘娘家也被烧了,他舅至今还没醒。"跟那个船民钻进他家船舱,只见一个衣服被烧得褴褛身上烧伤多处且头发被烧成曲卷的汉子正安静地躺在舱板上。就在这时,汉子忽地呻吟出声,悠悠地睁开眼……从汉子口中得知,姚大福被烧得很严重,视情形应该是凶多吉少。至于二妮和其他人,事发时大伙正睡着,发现起火后火势已经非常大了,所有船民都乱成一锅粥。隐约听见兵丁在岸边噼噼啪啪地放枪,打没打死人不清楚,反正谁都顾不上谁,都一个劲地跳船逃离……

听完事发经过,春亮双拳紧握,脸色变得铁青。

钻出船舱,春亮说:"走,靠岸,咱去那边瞧瞧。"

满舱说:"刚问了,说不让靠近。"

春亮愕然:"谁不让?"

满舱说:"听说县太爷特地赶过来,正命人勘查现场。"

春亮冷笑:"勘查?多明白的事,用得着装出假惺惺?"

满舱望春亮一眼,不知怎样搭腔。此刻,谁心里都冒火,但谁都不敢说些什么。春亮顾自操橹,摇着板舵儿便往石孔桥划

第二部 残梦

去。满舱只好跟上。

火烧船的四周远远地站着一圈兵丁,果真不让人靠近。

春亮和满舱弃船登岸,蹲在桥头远远地看着,只见几个兵丁从船壳中翻出几具被烧成黑炭的尸体。"天爷啊,还……还真烧死人了!"春亮重重地悲叹一声。"嗯!"满舱低声说,"听说烧死几个老人,至于其他人……"

春亮哑然,转头瞪住满舱。

不晓得满舱这些消息都从哪儿来?

他说这话几个意思?是庆幸,还是悲哀?

南溪争水,终使江面船民遭了殃。

而此时,朱友贵却被儿子孝允的一封来信搅乱了心神。他责怪金秋:"自古慈母多败儿,瞧瞧,你宝贝儿子都干些什么!"金秋也急:"还不是跟你学的!"朱友贵长叹说:"唉,现今说什么都没用,想想怎么办吧。"

还能怎么办?出了事,相互推卸责任是解决不了任何问题的,朱友贵只好命人收拾行李,准备亲自去福州走一趟。"他还小……别动不动就骂他。"金秋明白儿子这次确实做错了,但还是忍不住叮嘱一句。"哼!老子恨不得立马削了他。"见金秋坐着抹眼泪,朱友贵不忍心地说:"好了好了,看能不能使点银子,让那老女人离开孝允。"金秋似乎也下了决心:"这次无论如何都要把他带回家。"朱友贵急匆匆地正要出门。伙计突然来报,说南溪北道的茶园被火烧了……"什么?"朱友贵一脚没跨过门槛,直接趔趄着摔倒了。

"老爷,老爷……"金秋和下人登时慌了。

"死不了!"朱友贵这次没晕,坐地上冷静地问, "烧成怎样?"

"全……全烧光了。"

"噢,天爷啊……"

朱家位于南溪北道的茶园是所有茶园中面积最大的一块,曾经郁郁葱葱可以采出白花花银子的茶树如今只剩下一片的炭木残枝,惨不忍睹。"日……日他先人的,到底谁干的?"朱友贵失控地咆哮,声音里透出无助与悲凉。伙计不晓得,自然没人能告诉朱友贵真相。朱孝临闻讯也赶了过来,查看四周后说出心中怀疑。"你是说火烧船?"朱友贵往江面瞧一眼,"怎么可能呢,隔这么远,中间还隔着一条马路。"朱孝临说:"要不,火从哪儿来?"

是啊,火从哪儿来?

朱友贵扪心自问,自己平生是抠门、爱财,但这些年从未做过一件伤天害理的事,绝无可能是天火降祸。既然不是天灾,必定是人祸了,那么又是谁跟朱家过不去?俗话说,杀人放火罪业等同……凝回心神,朱友贵嘱咐孝临替他去福州解决孝允的麻烦,自己登上马车,急匆匆地往府衙方向驶去。

朱家茶园被烧的消息传来时,朱先生正和春亮坐在一起。最后,春亮央求地说:"希望先生能站出来说句公道话。"朱先生没想到情况会演变成这个样子,自然不好推辞:"我马上找友贵叔商量,毕竟他是总乡约。"

朱先生既然答应,狮犁帮的缺水难题基本算是解决了。然而,春亮却一点都高兴不起来,姚大福他们生死未卜,生不见人死不见尸……对这一家人,春亮心中自觉有愧。回船上,看见五斗,春亮问:"梁子他们什么个打算?"五斗嘿嘿笑了:"你愿参与?"春亮长叹一声:"据我所知,南溪船民从来不敢做那些出格坏规矩的事，一直老实本分，那又怎样，最后还不是让人一把火烧个精光。"五斗说："而今旱情肆虐，看似天意实则是人祸。"春亮说："这话怎么讲？"五斗说："官老爷只为自己的顶戴花翎谋划，什么时候见他们为百姓的死活着想？前些日子我接到消息，粤东北也闹干旱，不过我们那边的人紧急组织人手修沟渠，挖深井，同样的境况却是完全不同的遭遇。"听这话春亮双眼瞪大："你说的都是真的？"五斗说："骗你做什么？"

南溪北道茶园被烧，等于烧去朱友贵的半条命。

朱友贵找县令宁大人诉苦，请求严办纵火之人。宁大人摇头苦叹，他又有什么法子？据查，火是船民的船上开始着的，若要追究责任的话，就得把那些船民都抓起来。而如今，南溪船民死的死，活的人却不知所踪……

宁大人最后劝朱友贵："好了，权当破财消灾。"

好个破财消灾！出了府衙，朱友贵暗中打听，很快打听到那把火原来是钱不争的儿子钱光实所为。朱友贵咬咬牙，又使了点银子，终于有人告诉他，钱光实纵火烧船曾得到总提检大人的首肯，至于茶园被烧是否顺带而为，那就不得而知了……言而不尽，但朱友贵已经明白过来，狗日的薛崇义，狗日的薛怀安，原来真正的罪魁祸首是这父子俩。

朱友贵咽不下这口气。

回到家，发现孝临尚未动身，朱友贵说："你甭去了，这几日将未出的茶米盘点盘点，别误了浙江周掌柜的几批货。"朱孝临点着头，问："那弟弟的事……"朱友贵说："我自己去，顺带拜访一下提督严大人。"

朱友贵准备在严大人面前告薛怀安一状。

朱友贵前脚刚走，朱先生后脚就到。

听说是为山人和船民争水的事而来，朱孝临说："哥，要我看，你出面肯定比我爹出面好使。"朱先生说："我出面名不正。"朱孝临说："眼下四处干旱，淡水是大伙的命根子，在活路面前，谁还会拿我爹当总乡约？"朱先生沉吟片刻，说："嗯，说的也是。"朱孝临说："我刚刚不过就事论事，咱可别因为船民而做出得罪乡民的事来。"朱先生呵呵一笑："既已承诺，就该忠人之事，行吧，我把该说的说了，能否和解就听天由命吧。"

麦穗终于从山人口中问得柄生的消息。

三年前，柄生就已经死了？

是的，千真万确！

那位山人一边穿衣服一边回忆说，那日洋人的铁壳船中途停靠广东。刚好天降小雨，毛毛细细，海面一片灰蒙，刮着小北风，阴冷寒彻骨髓。甲板上的洋人看守早躲进舱室避雨。淘金的人全数被锁在铁壳船的底舱。他们每人每日仅吃两餐，即午餐和晚餐。餐食只有一个拳头大小的窝头和一碗飘着几丝绿色的海带汤。柄生上船后，很快成了同行船民的头人。因为冷，他和洋人几次交涉，甚至动员大伙进行绝食抗议，终于获得毡布裹体御寒，所以许多人都认识柄生。同吃同住，山民对船民的鄙视隔阂很快就没有了，彼此这时候才真正做到同舟共济，为了将来的好日子，只能团结……那人摇头笑笑："所以，渐渐地大伙都信柄生。不知什么原因，我们在广东耽搁将近半个月。好在我们有上甲板的机会，每隔几天，洋人就会大发慈悲地让我们上去活动活动，说什么锻炼身体。柄生不知从哪儿得到消息，说澳洲淘金根本是个幌子，实际上是把我们当成猪猡卖给有钱的洋人当奴隶……"这位山人说话有些啰嗦，麦穗却不敢轻易插嘴。那人穿

第二部 残梦 267

好衣服坐下，捏一把麦穗的乳房继续说："于是我们偷偷商议逃跑。逃跑的前一晚，洋人刚好过节，说什么剩蛋节，洋人发了蛋糕。洋人过节大概和咱一样，也是大吃大喝的。第二天一早，又到我们上甲板的时间。天空终于放晴，可惜没有日头，四下照样阴沉沉的。机会终于来了，洋人看守明显少了许多，大概喝多了起不来的缘故。柄生和几位兄弟事先打了招呼，假装锻炼身体一边做着动作一边悄悄地往看守那边靠近，趁他们不注意，一起动手下了他们的枪。可惜啊，洋人的枪咱不会使，只能当棍子用。谁想这时有洋人的枪走火了，'嘭'的一声，惊动了睡着的洋人。洋人吹着哨子。许多洋人拿着枪涌上甲板。柄生说，想活命只能跳海。大伙就往海里跳。洋人靠在船舷死命地往海面放枪，我的乖乖，海水顿时红成一片……"山人长叹，"可以说，我这条命是捡回来的，和那些死难的兄弟比，我比淘金还赚了。"

麦穗这才问："柄生呢，你见到他的尸体了？"

山人摇摇头，说："等我爬上岸，发现我们原来的三百多号人只剩下寥寥的三十几人。洋人的铁壳船非常大，无法真正停靠码头，因此许多人不是被洋人的洋枪打死，就是被海水淹死，那叫一个惨哪，惨……"

麦穗不再问，只把失神的目光茫然地望向远处。花船上，船檐大红灯笼高高挂，灯光映照的海面，果然红成一片……麦穗没有流泪，没有悲伤，只感觉心仿佛一下被掏空了，整个人软趴趴的提不起半点劲……山人伸出手，轻轻抚摸麦穗光滑洁白的身子，问："柄生是你男人？"麦穗回头看他，没说话。山人兀自笑笑："别这样看我，我是好人。你说，人活着为了什么，还不是图一时快活？我呢，曾经为了攒老婆本死命地干活，不舍吃不舍穿，可还是差点把命丢在广东。天晓得人的命运是怎么安排的。

你呀，也别伤心了，该吃吃，该喝喝，死的人已经死了，活的人还得继续过下去，不是吗？"

麦穗说："谢谢！"

那人说："要不，你给我当婆娘得了？我不嫌弃，我会对你好……"

麦穗凄清一笑，没答应。

麦穗怎可能答应呢？

既然柄生已经不在，该偿还的债务也都还清了，了无牵挂，麦穗几乎瞬间便做了决定，应该带念生回四川老家看看，也该去爹的坟前祭拜一下了……

可惜登花船之前是签了终身契的。当然，终身契可以赎回，又是一大笔银子。麦穗思来想去，只能求朱老爷出手帮忙了——他若慷慨，一百两银子对总乡约的朱老爷来说，应该不算什么吧？

朱友贵怎也无法想象，孝允来信提的如月姑娘竟然貌若天仙，虽说年纪大了些，但女人的成熟韵味在她身上展露无遗，风骚中透着几分难得的清灵，走动时细腰轻摆，如和风扶柳一般，难怪孝允沉沦温柔乡只愿长醉不愿醒。朱友贵托人给如月姑娘递了拜帖，单独约见西风小筑。位于福州南台闽江畔的西风小筑是省城最著名的茶楼，掌柜刘稳是朱友贵的至交。刘掌柜说："这位如月姑娘现年二十六岁，是望月楼的头牌，少爷能得如月姑娘的青睐，也算拔得头筹。"朱友贵冷冷一笑："哼，区区一位青楼女子还敢奢望登堂入室，也不自个儿掂量几斤几两。男人进青楼喝花酒，玩的是逢场作戏，当真的话，不是傻子又是什么？臭小子入世浅，才不慎中了套路。"刘稳戏谑地说："说起你家这位公子哥啊，平日的行事做派，倒有您的几分风范。"

朱友贵不禁苦笑，他为啥就不学学自己于生意场上的精明呢！

孝允年岁虽小，身上却早早地透出公子哥的几分贵气，背后又有疼他爱他的娘撑腰，即便到了省城，依然十足地展现出一掷千金的豪迈风姿。

望月楼与林氏书院、沈家府邸是近邻。出入望月楼的基本都是些乡绅商贾和文人雅士，因此望月楼的姊妹们只能紧随客人的步伐，莺莺嬉戏之中不着痕迹地表达出伤春悲秋的情怀，以博取男人的怜惜。孝允在小伙伴的怂恿下第一次迈进望月楼，便被柳如月吟诵的一阕《咏寒柳》深深地吸引住："春日酿成秋日雨。念畴昔风流，暗伤如许。纵饶有，绕堤画舸，冷落尽，水云犹故。忆从前，一点东风，几隔着重帘，眉儿愁苦。待约个梅魂，黄昏月淡，与伊深怜低语。"朱孝允听后由衷地赞叹："妙，好词，姐姐不但人长得美，而且所作的词赋也是这般的浓纤婉丽，极尽哀艳之情。"柳如月俏脸菲红："其实这是秦淮八艳之首前朝河东君如是姐姐的佳作，奴家哪敢占为己有？"朱孝允沉吟地说："如是如月，你俩同姓，名字也仅一字之差，都是难得的可人儿。"如月嘤咛地说："哎呀，奴家岂敢与如是姐姐相提并论。"飘身坐进朱孝允的怀中，"如是姐姐能作下这阕惊世骇俗的《咏寒柳》，全然为了怀念她和文学大家陈子龙的缠绵爱情，爱而不得，奴家不过感同身受，才时而吟诵罢了。"听这话朱孝允内心暗暗地泛起酸，原来如月姐姐已有所爱之人。不过此后，朱孝允仍旧时常去找如月，两人或吟诗作赋，或温馨缠绵。孝允打小不喜欢读书，对诗词歌赋自然不擅长。他只能临时抱佛脚，从安泰老街的路边摊上淘来唐诗宋词的油印本，然后熟读牢记予以应对。一日，朱孝允终忍不住问如月："不知道姐姐的子龙兄是哪位？"如月娥首低垂："梦里。"孝允吃味地说："他能被姐姐日思夜想，真是幸福的男人。"如月扑哧笑了："你呀，小小年纪醋味倒是挺浓的。"孝允尴尬不已。如月认真地问："好弟弟，你愿意当姐姐的陈子龙吗？"孝允讶然，很快便重重地点头："愿意，我愿意……"

于是，朱孝允立马给他爹朱友贵修书一封，说他准备替如月姑娘赎身，并准备娶她为妻。朱友贵听闻消息自然又气又急，来省城得刘掌柜帮忙，终于了解到如月接近孝允的真正目的，这位姓柳的青楼女子无非是想借朱家财势学当年的柳如是实现她的家国情怀和政治抱负。不得不承认，单凭这一点，朱友贵便对如月姑娘佩服得紧。然而佩服归佩服，朱友贵当然不会让这种女人成为朱家的儿媳，更何况年龄大孝允那么多。再打听，朱友贵便呆怔地吃惊了，原来导致沫升少爷和家胤分手的始作俑者，也是这位如月姑娘。不单如此，如月姑娘在省城官场混得风生水起，与提督严大人私交甚好……

这个女人哪，不简单！朱友贵这么想后，立马又谑笑地摇头。很显然，在老谋深算的朱友贵面前，柳如月就算再精明会算计，终究是个女人。

刘掌柜给朱友贵安排的会见房间相对僻静，曲径幽深，无人叨扰。

推窗不见江，门前是一片茂密的丛生慈竹。

朱友贵等在房间里，安静地喝完两盏茶后，才见柳如月翩翩而至。"实在抱歉，朱老爷，小女子紧赶慢赶，不想还是来迟了。"柳如月合手于腹，朝朱友贵深深地鞠一躬，态度极其诚恳。"看来，如月姑娘忙得很哪。"朱友贵脸上挂着笑，目光里却尽是冷冽之意，"既然你忙，那么咱就不绕弯了，直接谈条件吧，说吧，怎样才肯离开孝允？"说完，朝柳如月做了个请的手势。柳如月侧身而坐，默片刻，忽地掩嘴轻笑："瞧您说的，腿长在孝允身上，他若想走，谁拦得住？"朱友贵说："嗯，你说得对。看来，我得把臭小子的腿打折了，找人抬回去才行。"柳如月睐一眼朱友贵，冷然地说："朱老爷，您今日特地约小女子出来，不会就想让我听听您是如何教子的吧？"见朱友贵暗着老脸没说话，柳如月莞尔一笑，微叹地说："是，我承认，我确实喜欢过您儿子，然而我也早料到，朱家门槛高，像我这种女人，是绝无可能进得了朱家厅堂的，因而我从不曾有过任何奢想，这一点请朱老爷放一百个心。不过，您在背后做的那些事儿，多少有些令人不齿！"朱友贵听后不由暗惊，自己通过些许友人给望月楼进言，旁敲侧击略施压力，她又如何得知？这女子果然八面玲珑城府颇深，当即和煦一笑："姑娘果然不同一般女子。"如月说："我这个人啊，什么事该做，什么事不该碰，从来一清二楚。"说着，突然探手抚摸着腹部，"至于我肚子里的孩子……完全是个意外，小女子自会解决。"朱友贵腾地站起："什么？你和孝允，你们，你……"柳如月眉眼含笑，面色却异常淡定："不日我将南下广州，到时我会悄悄地走，不会告诉任何人，当然也包括孝允。这些年我攒了些胭粉钱，我想，维持今后生活应该不成问题。"朱友贵走两步，说："这样，我给你一笔钱，不过你得答应一件事。"柳如月欠身颔首："您请吩咐。"朱友贵顿了顿，说："这孩子……留不得！"

朱友贵强忍住内心的不舍，装作大方地掏出一张两千两的银票，放在桌面上，慢慢地推给柳如月。柳如月笑着说："多谢朱老爷。"紧着收起银票，屈身道了万福，然后便离开了。朱友贵跌坐到椅子上，掏出绢帕擦了把脸。其实这时候的天气一点不热，他的额头却奇怪地沁出一层细汗来……

朱友贵在省城待了十几天才回到溪马门。

柳如月突然不辞而别，着实伤到了朱孝允的心。

孝允很痛苦，连上学堂的兴致都没有了，躲住处闷睡两天，仔细想，蓦地猜测如月的失踪或许和父亲来省城有关，便直问朱友贵："爹，不会是您把如月姐赶走的吧？"朱友贵瞪住儿子："说什么，什么把她赶走？爹有这本事，咱家茶园至于被人纵火？"几句反问，将朱孝允的小嘴堵得死死的。

忙完儿子的事，自然是去拜会提督严大人了。

严如钦却打哈哈地说："哎呀，朱大掌柜，你说你家茶园是被薛家父子放火烧的，这事可大可小，要知道，本提督若要问责，总得拿出真凭实据，无凭无据严查纠办，怎么说也于理不合啊！"朱友贵憋红了脸："那怎么办，我家茶园白白让人烧了？朱某苦心经营茶米几十年，咱不说应缴税银，单是这关关卡卡的'过桥费'，不用算也有百八十万吧……严大人，您可得替我做主，我实在咽不下这口气。"严如钦呵呵笑着："放心吧，查肯定是要查的，怎么说也得给你一个交待不是？火烧茶园这件事，确实存在蹊跷……"

算是得到严大人的确切答复，朱友贵强拖硬拉地把孝允带回家。一到家便命人将儿子看得死死的，绝不许他跑回省城，甚至放了狠话："朱孝允，你给老子记住了，你胆敢离家出走，你我父子关系从此一刀两断。"继而叮咐金秋，"你可以找人给他说亲了，这小子，心已经野了。"

常言道，人无远虑，必有近忧。

可是朱友贵此时远虑近忧皆有，烦啊！烦得他差点拿脑袋撞墙。朱孝临做事素来不温不火，即使偌大茶园被烧，该做什么还做什么，仿若事不关己丝毫不着急的样子。朱友贵回到家，安顿好孝允，便差人把大儿子找来，问他："周掌柜那批货筹备得怎么样了？"孝临回说："周记所需货量那么大，这几日我刚凑齐前两批的供货。"朱友贵皱眉再问："还差多少？"孝临说："按约定第三批货要到明年三月份才供付，我想还有几个月的时间，应该来得及。"朱友贵长叹一声，说："如今持续干旱，市面茶米量供不应求，咱家北道茶园长势好，本可以……唉！"孝临问："您这次去省城，严大人怎么说？"朱友贵忿然地说："哼，那只老狐狸还能说什么？自然是官官相护！"

朱友贵冷静地想了想，觉得严如钦的答复多少有些轻描淡写的成分，或许因为自己"进贡"的银票分量轻的缘故吧。假设斥重金查清真相，揪出纵火真凶，那又怎样，貌似出了口气，实则赔了夫人又折兵。朱友贵这点小算盘还是能打会算的。从打听来的消息分析，北道茶园的纵火事件就算不是薛家父子亲手所为，其背后，必定也起了推波助澜的作用。当然，收拾一个区区的钱光实很简单，只是打狗要看主人脸，事若闹偏，反而会让乡邻看笑话……因此朱友贵决定，先恶心恶心薛家父子，给他们警个醒，彼此乡里乡亲，可别把事都做绝了！于是在接下来的日子里，花船，酒肆茶楼，乃至浪里红赌档，只要有朱友贵出现的地方，总不免传出薛家父子为官不仁霸凌乡里的私下议论。

这让薛崇义感觉非常不爽。

薛崇义不是怕，而是堵，堵心！

悠悠众口，如何解释？

这日清晨，薛崇义将正准备出门的儿子喊住，问他："是你派人烧了朱家茶园？"薛怀安不紧不慢地坐下，端起茶碗，轻轻地吹了吹，喝一口。

薛崇义说："这件事，干得并不漂亮。"薛怀安默半天才开口："钱光实火烧江船，逃生的船民慌不择路，躲进茶园，不想引火烧了茶树，爹，这个理由站得住脚吧？"薛崇义摇摇头："我说这事干得不漂亮，并非说，不能假借他人之手给自个儿出气。怀安哪，人生在世，有些事要么不做，既然要做，就要做到他痛彻骨髓，痛不欲生，甚至趴下再也爬不起来。不错，朱友贵一生惜财如命，那片茶园确也是朱家最大最好的茶园，可你晓得么，茶园被毁可以重建，无非是折些银子罢了，但若是人没了，人命只有一条，你想，他还能重活过来么？"薛怀安怔怔地盯望父亲："您是说……"薛崇义笑笑："爹可什么都没说，爹只是教你做人做事的道理。朱友贵虽说生了两个儿子，可惜大儿子孝临温厚有余精明不足，关键胆小如鼠。小儿子孝允是有些小聪明，然而因为老来得子早被宠得不成样子，成不了大器！朱友贵倒是个人物，曾经白手起家一步步创下偌大产业，就连刘家老太爷都为之佩服。可如今，他已是个垂垂老矣的老年人了，还剩多少日子活头？这一家人，除了家底厚实些外，已经没什么能拿得出手了，对付他们，何须大费周章？怀安哪，爹晓得，你一直忘不了朱家胤。朱孝贤悬壶济世，一向与世无争，可是做事全凭一根筋，认死理，你若想得到他的女儿，恐怕得费点别的心思，负气斗狠，无济于事。"薛崇义一番话可谓"语重心长"，说得薛怀安心服口服："是，爹。"

朱先生出面调停，狮犁帮的船民终于成功地分到淡水，原以为这次"争水事件"就此平息，山人和船民各自过活，相安无

第二部 残梦

事。不想才两日，石林儿子石头不慎将家中唯一的一只木桶掉进井里……船民此前基本都是沿井壁的小石阶下井提水的。可山人说了，如今草井共用，船民不能再下井，不能弄脏附近唯一一口水井的井水了……船民一一答应。他们或找来麻绳子，或将旧衣衫撕成碎片搓成"井绳"。谁承想，这种简易的"井绳"泡水容易断。

扑通，绳断桶落——石头忘了木桶会浮水，更忘了与山人的约定，一个纵身便往井里跳……这下，再次引发不可调和的轩然大波。

春亮只能再去找朱先生。

朱先生面露难色，说："双方若是没有动手，你们诚心道个歉，事情兴许好说些，可惜石头不仅坏了约定，还先动了手……"春亮说："唉，娃小，不懂事。"朱先生说："乡人可不会这么认为，既然事情已经发生，看来只得友贵叔出面了。"朱先生亲自带春亮过去找朱友贵。

这日傍晚，福州传来消息，一年多时间，少爷孝允从货场支出的银两高达万两之多。朱友贵刚冲孝允发完一通火，正在气头上，听说山人和船民再次为水起了争执，气呼呼地说："好啊斗吧，打死拉去埋得了，还省水！"春亮想解释，朱友贵说："回吧，渴几天死不了人的！"朱友贵的本意是，这时候谁能听劝，缓两天等大伙气消了，事情自然好解决。春亮却腾地火起，什么叫渴两天？山人的命叫命，船民就死不足惜？但他不敢多言，一边赔着不是，一边转身退出朱家大院……回到船上，发现家里来了一位不速之客。

"梁子？"春亮紧握住一位中年汉子的手，"真是你？"

"嘿嘿……"梁子咧嘴笑着，"好久不见，大伙都好？"

"凑合活着吧。"春亮声音不由哽咽。

"你的舌头？"梁子怔怔地盯住春亮。

"当年遭姓陆的祸害。"春亮转头看五斗一眼，"你俩一起来的？"

"嗯。"五斗说，"马上要起事了，梁叔他们住高岩矴，路远，多少有些不方便。"春亮没想五斗会把话说得这么直接，这么轻描淡写，讶然片刻小声地问："其他人呢？"梁子手指舱篷外，说："喏，都在那儿！"春亮定睛一瞧，果然，就在不远的海面上，此刻正停着几艘破旧的舢舨舵。

"怎样，春亮兄弟，"梁子说，"干脆一起干吧！"

"我……"春亮仍旧犹豫。

德山执意每日三餐给家胤送饭菜。

当然，这是朱先生的主意。

德山屡上二楼闺房，家胤很恼火。朱先生只好抽出时间，准备和女儿好好地谈一次。当初选择德山，可是家胤自己的选择。既然选择了，就得接受选择的结果。即使发现选错了，反悔的话也得先说个反悔的理由吧，如此无端地乱发脾气，又算哪回事？难道德山哪里做得不对，惹到家胤了？

家胤只说："心烦！"

朱先生笑笑，说："孕期心烦很正常，可你不该拿德山出气。"

家胤嗫嚅半天，说："对不起，爹！"

朱先生说："你对不起的人不是爹，是德山！德山这孩子秉性纯良，并非憨傻，只是他只读过一年书，识字少，许多道理一知半解，其实这些都不成问题，没谁一生下来便什么都懂的，不懂可以问，可以学，只要不懒，什么时候都不迟。"父亲说的道理，家胤自然都懂，可冷静下来想想，又觉着自己似乎可以一眼望到死，此后守着这个男人过日子，多少心有不甘。然而，这种心不甘的樊笼却是自个儿置下的，因此家胤感到莫名的烦躁、困扰。

朱先生又说："虽说德山举行过入祠礼，入了朱家姓，只要你和他一日不成亲，那么你还是你，他是他，论年岁，他长你数月，你俩充其量只是兄妹关系……如若整日对人家吆三喝四，时不时地板一张冷脸，多少显得咱朱家子女缺礼教，不明底细的人，还以为咱仗着家势欺负人！"朱先生这话说得有些重。家胤讶然地望住父亲，终于从父亲脸上瞧出几分正色的严肃，拧眉颔首地说："我晓得了，爹。"朱先生说："顺利生下孩子，才最重要。"

家胤轻缓抚摸着自己的肚子，细数临盆的日子，还要好几个月。她将目光投向窗外，羸弱日头投射得四下灰茫茫一片，望不远。朱先生再坐片刻，便起身下楼。隐约听见父亲的叹息，家胤刚坚定的心又开始乱了……

这晚，麦穗比往日要早许多到了花船。

麦穗登花船这件事，知道的人并不多。在她苦苦央求下，翠莲才带她去见了小桃红。由于麦穗的到来，小桃红终于答应翠莲可以"歇活"了。毕竟年近五十的翠莲已经老了，皱巴巴的肚皮，粗大的腰身，干瘪的奶子，再也吸引不了男人的兴趣。翠莲还是感激小桃红的。她签了"终身契"，如此终止却没花半厘的钱。麦穗要求翠莲替她保密。翠莲叹声说："唉，这可是羞死先人的丑事，谁会不安天良四处乱嚼舌根子？"确实，这事羞辱！

但倔强的麦穗只想靠自己的能力来偿还债务。她实在不想拖累德山。麦穗夜登花船，不放心留念生一人在船屋，就请德秀帮忙哄睡，因此德秀知晓麦穗登花船。但麦穗相信，德秀也是不会四下乱说的。为了这事，德秀还暗暗地抹过几回泪。

那日，德秀将小念生抱回去。麦穗去接念生的时候，春亮朝她扫来异样的眼神。那一刻，麦穗甚至怀疑，春亮叔也知道她登花船的事了。刚开始麦穗不免彷徨。过几日，麦穗便坦然了，一不偷二不抢，许多船民女人能做的事，凭什么她不能？德山几次回来都来看望麦穗。那是白天，麦穗不敢和他对视。德山的目光依然清澈，像梅花潭的潭水，却有点深不见底的意味。麦穗生怕自己一不小心掉进清澈的深潭里，失去了每晚夜黑准时去花船的勇气。

终于决定不再登花船了，终于要让所有一切都成为过去了，柄生死了，麦穗觉得自己已没了希望，心也就死了。曾经埋怨，思念，乃至憧憬，瞬间都化成了泡影——哀莫过于心死！自从那晚，从山人口中获悉柄生的消息，麦穗便如同行尸走肉，变得不会笑了。小桃红非常生气，因为麦穗惹那些客人不高兴。不论哪类客人，既然登上花船便都是"祖宗"，"祖宗"得供着，得哄开心才行。不过小桃红没打麦穗，她舍不得打，麦穗天生一副好皮肉，打坏了岂不坏了来财的家伙什？最后，小桃红警告麦穗，若不听话，她有一千种一万种办法让麦穗难受。麦穗不怕难受，有什么比心底的绝望更令人难受？但她不想惹麻烦。因为麻烦来的时候，意味着所有人都知晓她登花船了。

麦穗只能将希望寄托于朱友贵。麦穗认识朱友贵。好在朱友贵不晓得麦穗是谁，不然德山该难堪了。德山现今和朱友贵可是"堂爷孙"的关系。

小桃红接手花船后，对花船生意完全做了改良，除去女人们要签署终身契外，某些船上还备有酒菜，如此男人可以一边喝花酒，一边和女人谈风弄月地调情……当然，并非每艘船都有这待遇，毕竟许多男人兜里银子不多，登船不过是解决生理需要罢了。那种花船名叫"船楼"，是花船中最宽敞且最新的大木船。"船楼"舱口垂着红色绸布，舱内亮着洋灯，亮堂堂的，舱板上铺着粉色棉褥子，棉褥子异常柔软，听说这是小桃红从省城的望月楼学来的，刻意营造出的"温柔乡"。朱友贵是"船楼"的常客。朱友贵每回来，小桃红总是命人精心尽意地伺候着。然而，朱友贵却不待见小桃红。但小桃红似乎一点不恼，总是赔着笑脸低声下气，大概看在钱的分上，自古有钱便是爷。

麦穗细思，小桃红多少是惧怕朱友贵的。若能求得朱老爷帮忙说话，就说她身子落下妇女病，不方便再伺候男人，不知小桃红肯不肯放她离开？

想归想，事情还是要做的，比如等待。麦穗已足足等了十来天，她不清楚朱友贵为什么不再来花船，难道开始嫌弃她了？麦穗这晚一身青色，安静地坐等在"船楼"中……等待的时间是煎熬的，漫长的。不知过了多久，终于听见有人和朱友贵打招呼的声音，麦穗腾地弓腰站起，跪候在舱门口。

"唷，这么早？"朱友贵挑帘钻进，看见麦穗有些讶异。朱友贵身后跟着花船伙计。伙计端酒菜进来，放在矮桌上便躬身退出。麦穗跪过去，替朱友贵斟酒。朱友贵说："这几日筹集茶米，累得很，本不准备来，可是有些日子没见你了，心里很是想。"麦穗低声说："多谢老爷。"朱友贵坐下，端起酒杯，抿一口，然后长长地叹出一口气。麦穗问："您……也有烦心事？"朱友贵笑笑，摇头说："家家都有本难念的经。"麦穗笑说："既然难念，不如先放下，退一步缓一步，难的兴许就变成容易的了。"朱友贵说："嗯，退一步海阔天空，缓一步反跃千里。你呀，真是个可心的妙人儿！这次在福州遇见一位熟识的法师，他对我差不多也是这样说的。"遂问，"读过书？"麦穗如实回答："嗯，但不多，只认识些个字。"朱友贵说："果然，从说话便能听得出来……"朱友贵对麦穗的感情有些复杂。自从"发现"麦穗，便和花船定下口头约定，只要他来，麦穗就不能去伺候别的客人。从某种意义上说，他将麦穗"包"了下来。可惜岁月不饶人，朱友贵多的时候只和麦穗聊天。他没问麦穗是何身份。他并不忌讳麦穗的身份，即便她是船民。总之，坐在面前的是个女人，年轻的女人。某些时候，朱友贵酒后搂住麦穗眯上一觉，仅仅只是眯一觉，别的什么都不干。翠莲说麦穗，怎么和杨柳一样幸运，都能遇见"好心"的男人。麦穗听后，内心却异常苦涩，虽说她没和柄生成亲，杨柳是她婆婆这是事实，婆媳二人前后都登了花船，这算哪门子的幸运？

话一茬紧接一茬地聊，麦穗故意让朱友贵多说。边聊，她边寻找机会准备说出自己的打算。不料还没寻着机会，朱友贵却先喝多了，伸手一把将麦穗勾进怀里。麦穗不敢挣扎，顺势乖巧地依偎在他胸口。他托起她的下巴，嘴里含混不清地说："嗯，像，真像……"突然吻住她的嘴。那是酒的怪味，一下恶心到麦穗。麦穗只能强忍住，故作羞报地别过脸去。不想这样，反倒激起了老男人体内本能的冲动。他将麦穗按倒在矮桌旁的棉褥上，熟练地解开她斜襟上那一个个绾结的布疙瘩扣子，还没揭开衣襟，便迫不及待地压上去。麦穗心里清楚，这种事这晚决计是免不了的，于是主动褪去衣裤。谁承想，这时朱友贵身子忽地一颤，瞬间软下来，自言自语地说："唉，老了，真的老了……"麦穗正要安慰，发现朱友贵已经睡着。她暗叹着穿上衣服，然后侧躺下来，默默地守在朱友贵身边，就像她以前守在兆森叔身边一样。

舱外，那是海潮拍打船帮的声音，忽重忽轻，忽远忽近，越是如此，越显得四下安静。在这种别样的安静中，麦穗竟也慢慢地睡着了。

火，大概是巳时燃起来的。

孝临来喊朱先生的时候，德山才刚躺下。

经过朱先生一番"劝解"，家胤对德山的态度明显好了许多，甚至对德山说了抱歉的话："我……一直待屋子里，心烦。"德山说："改天，我陪你出去走走，散散心。"家胤问："有什么去处？"德山说："去梅花峰吧，这个时候那棵树应该开黄色小花了，入秋后，那花儿可香了。"听说去梅花峰，家胤一下失了兴趣，说："算了，懒得动。"德山窘得无语，实在想不出还有哪里好玩的地儿。这晚，德山手捧医书又敲进家胤的闺房。他无比诚恳地向家胤讨教，那是有关火毒攻心的病症。实际上这部分医书的内容德山事先已请教过朱先生了。他自信满满，不想仍被家胤当头一棒喝："哼，如果真遇到烧伤的病人，等你仔细把脉，斟酌方子，恐怕早死得不能再死了……人是活的，医书是死的，面对烧伤病人，须先急救。"德山一下愣住，急救好理解，便是紧急抢救的意思，可是该怎么救，自己一无所知。家胤说："中医所说的祛火，其实就是西医的冷疗。"德山小声地问一句："冷疗，是不是直接拿水冲？"家胤终于点头，说："假使是油锅起火所致，冲冷水是有效的，水量必须大，冲洗的时间必须足够长，当然，具体伤情还须区别处置……"也许久未与人说话，也许不忍冷了德山求知的热情，这晚家胤特别有耐心，几乎把她所学所知的都一一地教给德山。家胤初为人师充满激情,德山的表现亦可圈可点,该问的时候适当地问一句,不该问或该闭嘴的时候,便安安静静地坐着听……两个时辰的时间就这样不知不觉地过去,家胤许是累了,伸个懒腰说:"学医不是件容易的事,一知半解可不行,现今我爹仍是书不离手。"

德山重重地点头。

回到西厢房,德山和衣躺下,拿胳膊当枕头,侧躺着痴痴地回味这晚和家胤相处的情景。说话时,她那副含笑带嗔的俏模样,实在令人心儿止不住地怦怦乱跳……不清楚家胤抹了什么香粉,那味儿可比麦穗身上的好闻得多。心思忽而跳到麦穗身上,德山尴尬地翻了下身,脑海里却不受控制地浮现出曾经从麦穗领口窥见到的那处丰盈……天哪,怎会想到那儿去!德山解嘲一笑,仰躺着继续回味,忽又想起那晚把家胤从潭里捞上来后帮她推腹揉胸的过程……

此刻,格窗外夜空中高悬的那弯新月正闪着朦胧的光芒,仿若眯着眼奇怪地盯向德山看。顷刻间,德山胸膛里已经潮起一股奇异的热流,这股热流很快漫过他的腹部,跃上他的身体。德山一个劲地安慰自己,莫急,莫急,几个月很快就过去,到那时,他和家胤成了真正的夫妻,自然就……谁知,越是这般安慰,越发觉身上燥热到不行,德山只好腾身坐起,准备出去洗把脸。就在这时,院子边门被重重地敲响。

"哥,哥,我爹他,爹他……"

孝临等不及德山把门完全打开,直接推着闯进来,惨着声便嚷开了。朱先生显然还没睡,听到动静已经站在堂屋门口,见孝临趔趄着差点摔倒,立马迎上去,和声地说:"莫急,什么事慢慢说。"孝临哇的大哭:"我爹去了,他被烧死了……"朱先生闻

第二部 残梦

讯呆住，哆嗦着嘴唇："你，你说什么？"

此时朱友贵家里，灯火通明。

堂屋左侧，孤零零地摆着一张木板床，上面覆着白布。白布下，蜷缩着一具尸体，那定然是被烧死的朱友贵。金秋跪在木床前的草席上，由孝临婆娘曾氏搀着，该是好一阵哭天抢地的恸号后暂时平静下来，抽噎着，双目无神地看着闻讯赶来的朱先生和德山。"什么时候的事，怎么发生的？"朱先生进门并不行礼鞠躬，紧着问事发原因。孝临抹泪地说："爹今晚去了花船……"听到花船二字，金秋重新哭嚎起来，捶着胸："你呀你，我说别去，你非去，魂儿被哪个狐狸精迷得连命都不要了……"朱先生将孝临拉到一旁，问："报官了吗？"孝临说："报了，听说是花船的人报的官，我爹还是薛大人派人给送回来的。"说话间，薛怀安带着兵丁匆匆赶来。他站门口深深地鞠一躬，然后对朱孝临说："节哀顺变！"孝临躬身还礼。薛怀安告诉朱先生，朱友贵罹难应该是船楼失火造成的。"应该？"朱先生紧锁眉头。薛怀安解释说："失火原因正在查，总之，会还友贵老爷一个公道。"朱先生揖礼："那就拜托薛大人了。"薛怀安忙还礼："先生客气，这是侄的职责所在。"

这时，家胤在绺子的陪同下也赶过来，刚进院门就被父亲的眼神止住。看见家胤，德山小跑过去，小声地说："依例，你这个样子不宜入白堂。"家胤低声回一句："就你多事！"德山讪讪闭嘴，默默地陪她站在院子里。家胤见状说："该干嘛干嘛去，我用你陪？"德山哦一声，便只能过去帮朱家下人忙灵堂布置。不知什么时候，薛怀安走到家胤跟前。看得出来，薛怀安赔着小心和家胤说话，但又似乎掩饰不住某种忘形的得意……瞧见这一幕，德山心里有些不舒服，却说不出具体哪里不舒服，为什么不舒服……

不多久，外面进来一名巡丁。这名巡丁快步地走到薛怀安跟前，当着家胤的面，仔细地汇报最新的调查结果。"也就是说，找到这个船女，便可知失火真相？"薛怀安沉吟地问。"是，大人。"巡丁说，"据小桃红交待，那女人叫麦穗，是狮犁帮的船民。今晚，就是她陪朱老爷的。"隐约听见麦穗的名字，德山脑子里嗡的一阵乱响，麦穗登花船？怎么可能？！

且不论朱友贵是寿终正寝，抑或横死，总之人是死了。身为堂侄，朱先生必须留下来守夜，便嘱咐德山，和绺子一道先送家胤回去，然后再来。既然父亲发话，家胤只能照办。送家胤上楼后，德山趁机跑回船屋，直接冲进麦穗平常住的那一间，不料屋里仅睡着德秀和念生。没敢惊动姑侄俩，德山蹑手蹑脚又钻进一旁的船舱，在阴暗的眠垛里，果然躺着奄奄一息且满头长发皆被烧个精光的麦穗。"天爷，这，这……"德山眼含热泪，不敢晃动麦穗，只轻轻地呼唤麦穗的名字。过许久，麦穗悠悠地睁开眼，见德山手举洋灯，惊惶失措地叫起来："火？快，快拿开，快拿开……"很显然，麦穗这晚惊坏了。德山立马熄了灯，于黑暗中问："怎样，要紧不？"不知又过多久，麦穗好像才逐渐地缓回神，用抖抖索索的声音说了一个字："疼……"

嗯，疼就好——晓得疼，说明人可活！

德山悬着的心，这才稍稍地定了定……

朱友贵一家人悲恸万分，薛怀安的心情却无比舒爽。这晚，不仅神不知鬼不觉地干成了事，且不期然地与朱家胤说上话……这妮子居然答应，改天可以出来坐一坐，她确实很想了解近段时间外面究竟发生了哪些大事。

第二部 残梦

不错，只要答应见面，便是个好的开始！

回去路上，薛怀安骑在马上，猛然想起一件事，问随行的下属："那人现在哪儿？"下属回禀："哦，在咱巡司衙门。"薛怀安冷下脸："愚蠢，留下来当爷伺候？"下属不解："那……"薛怀安略思地说："这人放了火，自知罪孽深重，于是……"下属眼珠子一转，忙说："小的明白！"

次日一早，巡检司传出消息，说昨晚伺候朱友贵的那名花船伙计在巡司接受拷问时畏罪自杀了——如此，花船失火便有了确切的真相，也找到了本该千刀万剐的罪魁祸首。说法是这样的，这名伙计嗜赌如命，欠下许多赌债，数次向朱老爷借钱，被朱友贵严厉训斥后却不自省，最终恼羞成怒萌生杀意。而这晚，朱友贵恰巧喝多，又在那位麦穗的女人身上泄了身，才于睡梦中被这厮一把火烧得一命归西……这个说法的逻辑是通的，理也顺。

孝临在父亲殡葬后的第三天，亲自登门向薛怀安致谢，杀父之仇短时间内得报，父亲于九泉之下终于可以瞑目了。不过朱先生越想越觉得怀疑，就算那个伙计再混蛋，再凶残，放火烧死友贵叔，他又能得什么好处呢？按常理，损人却不利己，且将惹上大官司，这笔账怎么算都是划不来的……然而，朱先生思来想去，最后却只能将这种毫无头绪的怀疑深深地埋藏起来，不信又如何，即使揪出真凶，理清是非曲直，友贵叔的命儿已经丢了，还能换得回来？

花船遭人纵火，朱总乡约不幸罹难……这件事就像往溪马门海面丢下一块不大不小的石头，只听扑通一响，掀起些许茶余饭后闲谈的小浪花后，便仿佛被乡人们遗忘了，日子该怎么过还怎么过。人们心中渴盼的，依然是老天爷能睁睁眼，下一阵像样的雨。德山担心的事最终没发生，原以为巡丁会过来抓麦穗过去问话，一天过去不见动静。德山心想，是福不是祸，是祸躲不过，眼下最要紧的就是想法子尽快治好麦穗的伤。麦穗身上的烧伤面积不大，主要伤在头部和胸部。若再细究，真正伤到的却是麦穗的心。由于惊吓过度，醒后的麦穗只要看见火，身子便抖索不止，整个人完全蜷缩成一团。

伤病好医，心病难除。

德山只能向朱先生求助。朱先生没说二话，亲自陪德山到船舱查看麦穗的伤情，并叮嘱德山："伤口未愈，无论如何不能沾水，如若感染，致使火毒攻心，到时大罗金仙也难救。"德山嗯嗯点头。朱先生说："近些日子你得留下来照顾，你的方子用药对症，我加两味，缓解伤口瘙痒。"事毕，德山送朱先生出去。朱先生想想回了头，像要说什么，却始终没说出口。

回到眠垛，德山跪坐下来，看着麦穗原本俊俏的脸蛋此时皮开肉绽地红成一片，紫红成黑的头皮上若有还无地卷着几搓毛发……德山鼻腔里忍不住地泛起阵阵楚。见麦穗睁眼，德山小声问："饿不？"麦穗定定地看着德山，缓缓地摇了摇头，双唇轻启："念……念生？"德山说："秀抱回去，念生现今越来越皮咧，缠得秀半步不得走，只好抱他回去喊娘帮忙。"

听这话，麦穗忍俊不禁，许是想笑，由于扯到脸上伤口，嘴角只能往两边稍稍地一撇。德山见了，又是一阵心酸，强颜地说："你安心养伤，别的什么都不用想，要是有事，有我在！"麦穗愣愣地望住德山，眼圈一红，眼眶里忽地涌出泪来。德山赶忙说："别哭别哭，湿了伤口可不好……"

第二部　残梦

第十七章

春亮一旦决定做某事，便是一个猛头扎进去。

五斗要的就是春亮这劲头。他将联络过的头人秘密地聚在梅花坞，几次商议，终于敲定举事的日子。而今旱情愈发严重，官府不仅赈灾不力，由于巡检司全程参与，更是将所谓的"安平税"快速地推行。假使这个时候，官府没有课征这项所谓的税赋，百姓们将裤腰带勒紧一点，再勒紧一点，忍一忍，熬一熬，兴许还能将艰难的日子熬过去……可是薛崇义觉得，民以食为天，百姓缺了吃的，饿极了，如若闹起来，他们都敢把天捅破。前些日子，某些乡地的官仓遭民众哄抢便是鲜活的例子。因此，征收"安平税"不过是让百姓自乱手脚的一项举措罢了。此举一石三鸟：一是课税一旦开征，肯定有人避税，人心不齐了，还怕闹出大动静？其二，逃税的人一般都会携家带口背井离乡，若在别处饿死，与县衙就没什么关系了；第三，那些相对富足的农家和大户，家中存有往年的余粮，迫于压力按数纳缴，假使某一天府台派人查检灾情，县衙亦有多余钱粮予以赈济，如此面子里子也都好看。薛崇义最终说服了宁县令，在全面征收"安平税"的告示上盖上了鲜红的大印。官老爷如意算盘打得精，五斗却冷笑地说："哼，要我看，他们这是做最后的挣扎！"

这日傍晚，有兵丁站各处码头敲锣，用公鸭嗓大声宣读告示："县衙征收安平税，顾名思义，为安一方太平，因此船民、山民一视同仁……"许多船民暗暗咒骂："狗日的，征税的时候，才想起一视同仁了。"各地因为课征新税，闹哄哄一片，春亮却尽心尽力地做着自己该做的事儿。

考虑到每个人的地缘优势，能力不同，五斗将各地的头人进行分工，比如让春亮负责各处船民的组织与联络工作，梁子主要负责举事时所有人行动的路线和计划实施。这些人当中，当然有不少的山人。不承想，这些生活穷困的山人在看待船民时，部分人依然用轻视，甚至是鄙视的目光。

这晚饭时，五斗特意上岸买回酒，倒好，举起碗说："大伙儿既然同坐一条船了，就是生死与共的兄弟，来，一起干了，往后不分彼此。"

话说得容易，做起来却很难。山人中有个叫鲁大岩的年轻人，父亲是村里的族长。父亲突然染病，鲁大岩替父参加商讨。鲁大岩将酒碗重重放下，起身轻蔑地说："我们是我们，曲蹄仔是曲蹄仔，无论如何不能混为一谈。"五斗按了按手，示意鲁大岩坐下，心里有些不高兴，却没有当面反驳——团结二字果然难写啊！过后，五斗单独向春亮等船民解释，并长叹地说："唉，他们这种观念根深蒂固，非一朝一夕所能更改。不过你们放心，咱们这儿一旦举事成功，南方立马遥相呼应，到时更换了天地，你们绝对会和山人一样，享受同等的国民待遇。"五斗说起道理总是一套一套的，可惜船民理解不了，他们只信春亮，人家儿子

第二部　残梦　　289

都当山人了，还不遗余力地忙活，自己有什么顾虑的？

第二天，春亮找五斗一起上岸，挨家挨户"求水"去。

话当然由五斗帮忙着说："石头跳井捞桶实属情急欠考虑咧……熊娃儿小，不懂事体……是是是，您大人大量，怎么可能跟一小曲蹄瞎较劲……对咧对咧，常言道，水有水量，越喝越多……"好说歹说，好不容易才让狮犁帮的船民再不用深夜悄悄上岸"偷水"了。没想到，这次"求水"的举动竟让春亮在船民中的"威望"空前高大起来。有人打趣春亮，问五斗："高先生，如果这次事成了，您会不会封春亮叔一个县令老爷当当？"五斗大笑："县令老爷算个屁，往后共和了，有事大伙一块儿商量。"那人不敢相信："您是说往后咱都是县令老爷？"五斗点头："对！"那人吃惊："我的娘啊——"

起事的具体时间，最终定在十月初五戌时——

为何将日子定在十月初五？五斗是这样说的，十月初五是达摩祖师的诞辰之日。听说十月初五是个好日子，这日举事将得到达摩菩萨的暗中佑护，大伙纷纷赞成——至于定在戌时，五斗说，戌时日头已经落山，天色将黑未黑，这和当今昏庸黑暗的朝廷无什么区别，旧的一天终将过去，新的一天终将到来，预示着大事必成。一番话说完，人们都觉得五斗有学问，懂得多。一时间，大伙儿都觉得信心百倍。

家胤对德山的态度似乎又变了。

德山白天照常陪朱先生出诊，晚上匆匆回船上照顾麦穗，几乎没闲工夫留意家胤的思想动向。这日傍晚，朱先生给乡人瞧病，往回走的时候许是心里想着事一不小心脚踩空扭伤了腰，伤得不轻。德山只能将朱先生背回家。

到家时,天已擦黑。

"山,唤家胤下来,我有事问她。"朱先生刚躺下,忽就皱眉地说。德山照办,可是上楼敲了许久的门,一直未听应声。问绺子。绺子含含糊糊也说不清小姐的具体去向。"兴许……出去散步了。"德山替家胤解释,"要不我出去找找?天也晚了。"朱先生显然不信,但只是轻叹一声,挥挥手说:"不用了,你回吧!"德山简单收拾后,嘱咐绺子留心照料先生就出门了。刚走到街西头,身后传来一阵马蹄声,一辆缓慢行驶的马车停在医堂门口。

车帘掀开,一身盛装的朱家胤在马夫的搀扶下走了下来,宽大的紫色衣裙衬得她像一朵娇艳的牡丹花……德山呆愣许久,奇怪,她这是去哪儿?

不过德山没过去问,只默默转身,心情很是复杂。

麦穗的伤好得差不多了,许多脱皮的地方结了厚厚的一层疤。结疤的伤口难免会痒。德山取来海水,澄清后拿软布蘸着小心地替麦穗擦洗。麦穗受伤后要么沉睡,醒来也是沉默寡言,眸瞳发散——多的时候,德山总变着法儿逗麦穗说话,说柄生,说念生,说他在医堂或出诊时听到的有趣事儿。只有说到柄生时,麦穗眼睛里才略微地闪起复杂的光芒……而这晚,德山却像泡了水的闷葫芦,连擦拭动作都比往常重了许多,疼得麦穗忍不住哼出声。

"哎呀,坏了……"德山这才蓦地醒回神。

忙完,回家吃饭,德山说起朱先生扭伤腰的经过。水梅对春亮说:"明天抽空去瞧瞧,把那条鲈鱼带过去。"春亮很快地吃着饭,头不抬地说:"要去你去,我忙着咧!"春亮吃完抹嘴离开。德山边吃边问:"爹忙什么?"水梅叹着说:"听草帘说,他们准备干一件大事,问具体什么事,高先生说,大事不谋妻儿……那

第二部 残梦　　291

些男人比任何时候都听话，嘴巴都像缝了针似的。"

"高五斗？"德山思着，"莫非想替南溪船民讨回公道？"水梅说："谁晓得。"提到姚大福，水梅问儿子，岸上有没有听到传闻？自从南溪江面着了大火后，许多南溪船民生不见人死不见尸，就这么莫名地消失了，怎么看都透着一股子鬼气！有人已经传开了，说老姚家世代挖沙动了暗脉，因此人都被阎王爷派小鬼勾了去……德山哭笑不得，说："尽瞎扯！南溪船民突然失踪是有些奇怪，不过我想，没见尸体说明人根本没死……至于山人，他们才不关心船民是死是活。"水梅说："嗯，还是你说得有道理，希望菩萨保佑！"

德山继续吃饭，水梅一旁怜爱地盯着，看着——

才短短不到两个月的时间，儿子就好像完全变了个人似的，言谈举止包括想法思路已经完全地像个山人了。水梅暗暗庆幸，如果自己当年不给家胤当乳母，儿子现今哪会有这样的好机缘？不管怎么说，水梅是真真发自内心地感激朱先生，不枉她私作主张为他生下德秀……每次想到女儿的将来，水梅心里总免不了漫起一股难以言说的苦涩。随着女儿一天天长大，这股子苦涩滋味就像石蟹张开的坚硬螯钳，死死地钳住水梅心头最柔软的那块肉。德秀本该和家胤一样，是高贵的金凤凰，却只能落在溪马门腌臜不堪的淤泥中……

到底什么时候，才能向朱先生言明德秀的身世？如果说了，不知德山会怎么想，春亮会怎么想，其他船民会怎么想，自己到时还有无面目继续活在世上？如果至死不说，至死隐瞒，那么对德秀来说，是不是天大的不公平？

这晚，水梅辗转反侧，回想起某些往事，基本没怎么睡。

春亮又是一夜未归。

德山守在麦穗的船篷外，也是一夜没合眼。

将圆的月儿慢慢地升到空中，若明若暗的清辉逐渐撒满整个海面。

许多迟睡的船民瞧见德山，远远地打招呼，态度恭敬。无论男女，甚至看不清对方是谁，德山都不分彼此地一一回应……周遭安静，海潮阵阵，如泣如诉。德山一个人安坐在麦穗家的船头，定定地望向岸上，望向溪尾街方向，忽地有种感觉，虽说自己进了朱家，改成朱家姓，实际上离岸边仍旧好远，且远的仿佛不是脚程的距离，而是心与心的距离，是家胤有意无意间流露出的那种漠然与轻视——也许，自己本不该心存虚妄的奢想，不该奢求什么爱情，冷静回想，二妮似乎才是自己该娶的那种女人……那么现在，二妮去了哪里，究竟是生是死？德山正想着心事，想着将来，隐约听见有女人在嘤嘤啜泣，声音压抑且缥缈，仿若实在隐忍不住内心里的某种悲痛与绝望……

仔细一听，天爷呀，竟然是脚底下眠艎里的麦穗！

麦穗半夜又被噩梦惊醒了——

漫漫大海中，那艘所谓的"船楼"竟无声无息地飘远了，显然有人偷偷解开将花船连片绑系的缆绳……迷糊恍惚中，麦穗似闻到一股烧焦烤熟的肉香味儿，嗯，一定是柄生回来了。柄生曾经许诺，等他从澳洲回来，定带麦穗去福宁街的红香楼吃大餐，红香楼的焖烤乳猪是远近出了名的。到那时，咱们也当一回阔绰的山人大爷，其实，对于吃麦穗丝毫不在乎，她只要柄生全须全尾平平安安地回来。柄生说嗯，到时我堂堂正正娶你，办个风风光光的婚礼。女人，即便是船民女人，也都憧憬与爱人携手洞房花烛接受亲人们的祝福。"柄生，柄生……"睡梦中的麦穗唇角微翘，无比幸福地呼唤着，甜蜜地娇羞着……一时间，红色的花瓣撒满整个船舱,红色的爆竹一阵紧接一阵地绽放着喜庆的热烈,红色的布幔挂满船沿,从这船挂到那船,舱内眠垛里铺上全新的红色被褥,上面摆放着两只绣着戏水鸳鸯的红色枕头。忽然,红色盖头迷住了麦穗的双眼。看不见柄生,麦穗慌了,慌得窒息。她顾不上别的,一把扯下盖头,映入眼帘的却是正在熊熊燃烧的大火……麦穗一睁眼便瞧见朱友贵被火烧得狰狞的面孔。"啊"的一声尖叫,慌乱中麦穗不忘将着火的衣裳剥去,赤条条跳进海中……她死命地游着,不知该游向哪里,只一个劲地游着……海水真凉啊,凉得她乏力虚脱,然后看见红色的海水中浮着闭眼的柄生……

"又做噩梦了?"德山轻声地问。

"知道吗?"麦穗抽泣着,情绪有些激动,"柄生死了。"

"乱讲!"德山说,"梦都是相反的。"

"不不,柄生真死了,他真的死了,你说我该怎么办,该怎么办。"

"放心吧,柄生哥不会死,柄生哥那么聪明,怎么可能容易死呢。"德山坚持说,"好了,好好再睡一觉,明早起来,一切都好了。"

麦穗哭闹一阵大概哭累了,渐渐地闭上眼,不过睡的时候,她一只手紧紧抓住德山的胳膊,就像抓住最后的救命稻草,怎也不肯松开。

德山只好由着她,跟着侧躺下来。此时篷顶一处裂缝漏下一抹清亮,投映在麦穗的脸上,几处烧伤像烧焦的锅贴,竟是那样可悲的明显。德山不由得有些心慌,麦穗若是知道自己毁了容,又将会怎样?许久未有柄生的消息,他会不会真的不在人世了?曾听家胤说过,有种现象叫心灵感应。遭了难的麦穗虽说有些神志不清，但她从南溪入海口一口气游回梅花坞已经创下奇迹，难道于冥冥之中，她真能预见什么？

面对父亲的质问，家胤终于说出自己近几日的行踪，无非就是和薛怀安在茶楼坐坐，见些远道来的朋友，聊聊当下时局的事儿……朱先生直挺平躺，眼望房梁，说："时局怎样，岂是你姑娘家所要关心的？"家胤说："爹，您这么说可不对！姑娘家怎么了，就像表姐她……"发现说漏嘴，家胤立马生生地住了口。谁承想，数年前离家出走的表姐竟然出现在省城，且还是望月楼的头牌！不清楚表姐这些年究竟经历了些什么，可令人气愤的是，林沫升居然认识表姐，且和她一道南下广州了。听说消息，家胤内心里百味杂陈，无意间得知表姐的行踪不知该高兴，或是悲哀？总的来说，她和表姐之间的亲情和幼时不分彼此的情谊貌似消失了。家胤暗自在梳理凌乱的思绪。朱先生却惊得坐起来，疼出一头虚汗，只得重新躺下："你表姐人在哪儿？"家胤说："听说去广州了。"朱先生问："有没写信告诉你舅舅？这些年为了寻你表姐，他差点都倒在半路上。"家胤说："我，我也是刚听说。"即便如此，朱先生依然长舒一口气："天佑柳家，终于有了妮儿的消息了！"

内侄女的消息，骤然打断了朱先生准备劝斥女儿的话头。多年伏案研习医书誊写方子，久而久之朱先生腰肌劳损严重。前日无意间于福宁街听到些许风言风语，说朱家的"金凤凰"现如今与薛家三少爷出双入对，视情形两人亲昵得很！甚至有人说，虽然朱家闺女身上穿着宽大的衣裙，但从背影看很像怀了身孕的样子，她不是还没出阁吗？如果朱家闺女怀孕的事属实，所谓有其父必有其女，父亲做事总出人意料，女儿离经叛道倒也没什么，

第二部 残梦

也算是情理之中的事……朱先生自问平生无愧于人，也没想过阻止女儿和谁交友与谁交往，可家胤毕竟是个姑娘家，而且德山已经"过门"了，若不给家胤示警鸣钟适时地提醒，将来指不定会闹出怎样不可收拾的结果来。内侄女当年离家出走，确切说是和男人私奔，这对世代受人敬重的柳家来说是天大的耻辱。然而儿女的所有不是说起来都是父母的不是，假设内兄当年答允婚事，兴许就不会闹到这般田地了。夜已深，朱先生睡不着，强忍疼痛爬起来，伏案给内兄写信。

家胤爽快答应外出，最开心的人自然要数薛怀安了。

相比之下，薛崇义却显得有些忧心忡忡。这日早饭后，他特地将儿子唤到偏厅，问："现今情况如何？"薛怀安仍陷在几日来与朱家胤愈发融洽相处的甜蜜里。家胤已经答应，下午陪他去碧贵楼听戏。嗯，听戏总比整日谈林氏书院那些人都去了哪些去处有趣得多，而且就他和她两个人。"安平税推行有些日子了，反馈的情况如何？"见儿子对自己的问话没有回应，薛崇义重重地清了一下嗓子。薛怀安这才说："嗯，还不错！"薛崇义说："什么叫不错？安平税实施，实质不在税赋本身，而是让那些喜欢闹事的人安生。"薛怀安无所谓地笑笑："爹啊，您做事也太小心了吧。"薛崇义严肃地说："小心驶得万年船！还是那句话，福宁府不能乱，乱起来可不好收拾。"

第十八章

盼望，总让人的情绪忽而惶恐，忽而兴奋。

很快，十月初五这一天到来了。

实际上，十月初五这天也是薛家老太太的生辰。薛崇义为了给老母亲举办一场高规格的九旬寿宴，已精心准备大半年时间了，早早地便预定了省城著名的富春班，并亲自到已是班主的沈春哥家里拜访，特意点了老太太喜欢听的那出《碧玉簪》，恳切地说："还望沈班主能亲自登台为家母献唱。"沈春哥尴尬地笑着："感谢薛老爷瞧得起春哥，可惜小弟已经老了，身段嗓音都不比当年了，只怕到时坏了贵宾们的兴致。"薛崇义摆手说："无妨，我只要家母高兴，别人怎样，管他做什么！"回想起当年刘家老爷子的耄耋大寿，那叫一个盛况空前，因此薛崇义觉得，自己无论如何都不能被刘富余比下去。

家事临近，薛崇义没去衙门坐班，一门心思斟酌都有哪些人要请，什么时送请柬，谁不敢漏请，就将衙门里该他办的事务尽数交给怀安代为处理。

有关这些情况，五斗其实早摸清了，但他没对春亮等人明说。不说自有不说的道理，一是不能走漏了风声，二是也想借助神话传说消除参与的船民和山人心中的某种恐惧。一个人心中一旦有了某种依托，做起事来就没有那么多的顾虑，如此成功的机率也就多了许多。梁子对县衙大院自然是熟悉的。他笑笑说："想当年，我们直接从正门攻进去，有句话怎么说来着？对，势如破竹！别看那些兵丁平日吃五喝六，在我们面前就像孙子似的。"梁子一番话逗得大伙儿哈哈大笑。当然，大伙儿参与"举事"，并非真像五斗想的为砸烂县衙推翻朝廷，目标只是后衙的大官仓。官仓内堆着许多粮食。那些原本是朝廷用以赈济灾民和利用"安平税"收刮来的官粮，却被县太爷、薛崇义等官老爷占为己有，据说已经和某些位奸商谈妥了交易，不日就将被运走。

"大伙儿说说，咱能答应吗？"五斗腾地站起，情绪激昂地问。

"不能！"大伙异口同声。

"很好！"五斗点将一般地眼扫四周。

"现如今，万事俱备，只待东风了。"

这股东风，自然是指薛家款待四方的九旬寿宴了。

一大清早，薛府门前的大街上就已经热闹起来，人们像逢年过节赶庙会似的，肩摩踵接，人声鼎沸。不知从哪儿冒出来那些个说书的，相面算卦的，唱平讲的，玩杂耍打拳卖药的……可谓九流毕备，百艺逞能。当然，更多的还是乞丐。老乞丐牵着小乞丐，小乞丐背着小小乞丐，陆续不断地涌向本就拥挤的福宁街。"老爷，人……也太多。"见门口坐着许多乞丐，管家慌得赶紧进去禀报，以为薛崇义会大发雷霆，不想只是和煦地笑笑："那就吩咐厨房多蒸些馒头，挨个发下去。"管家没听明白："什么，发馒头？"薛崇义无比认真地说："嗯，做些善事，为老夫人祈福！"管家哎的答应，赶紧去办。

薛崇义这天的心情无比舒活，许多巴结薛家的人，早早地就进了薛府，名为提前道贺，实则过去帮忙。朱先生对薛家的盛情邀请倒是表现得很坦然，无非一场酒席而已，医堂照开不误，瞧病的人可不能因为薛母大寿而有所耽搁。反而是刘富余很郁闷，正在为送什么贺礼而发愁——大事不决可以问朱阆，这是父亲临终前的嘱托。刘富余思来想去，最后只能过去请教朱先生。

朱先生凝神静气为病人号脉，仔细询问其身体状况，并时不时地给身旁的德山讲解病理及方子处置情况……刘富余坐一边等，不由得暗自感慨，朱先生的父亲确实有先见之明，给儿子取名朱阆。阆者，高也。朱先生父亲生前居身清高，儿子做事果然也"高人一等"，直接招船民为内婿，竟无半点讳忌人言的样子，这种不拘绳墨的做派着实令人叹服。前不久，刘富余为让"儿子"恒昌认祖归宗，前后想了几十种的办法，最后几经斟酌才在省城鼓山的涌泉寺草草地让恒昌"拜了祖宗"——但"恒昌认祖"这件事知道的人并不多，仅几位好友和有生意往来的洋人，想想就感到憋屈。此前，刘富余对朱先生多少还有些轻看之意，但此时，他对朱先生佩服得紧。

朱先生知道，刘富余突然登门必有要事，瞧完最后一位病人，吩咐德山照看医堂，然后请刘富余到后院说话。两人树下就坐，朱先生叫绺子待茶。刘富余说不用了，就说几句话。刘富余问："薛府有请你吧？"遂解嘲地笑，"瞧我问的，薛老夫人承你照顾多年，薛崇义决计不会忘了你。"

朱先生超然地说："治病救人，医者本分。"

第二部　残梦　　　　　　　　　　　　　　　299

刘富余说:"话是这么说,可薛崇义不能不念这份情,因而请你入席,是自然而然的事,不想居然也请我……这事,你怎么看?"

朱先生微笑说:"去便是了。"

刘富余嗫嚅着:"去自然要去,可是这贺礼……"

刘富余私底下问过许多人。大家都说,谁都闹不明白薛崇义的葫芦里究竟装的什么药,整个溪马门算得上"人物"的人几乎都收到薛府的请柬,有人甚至打趣说,薛崇义大概是想借他母亲做寿的机会大肆收割礼金。

朱先生敛住笑,说:"照常理,送礼应该随心意才是。"刘富余苦笑着摇头:"若说这世上最难办的事,恐怕就是随心意了。"朱先生问:"有无预备的贺礼?"刘富余说:"是预备了,不过……"刘富余掂量数日一直拿不定主意。他想,薛家虽算不上至富至贵,但家里要什么也是有什么的,倘若直接送金银又显得俗气!这次去福州,一位叫彼得的美国商人为祝贺恒昌回归刘氏宗祠送给刘富余一座立钟,花梨木外框,金色钟盘,钟摆左右规律地晃动,啪哒啪哒走动声音清脆,也是新奇物件。"你不会……要给薛老夫人送钟吧?"听完刘富余的叙述,朱先生忍俊不禁。"送,送终……"刘富余呀地恍然,"险些闹出大事情。得亏问你,不然……"刘富余不觉后背沁出一层冷汗,忙起身朝朱先生恭敬地揖一礼。朱先生说:"最近医堂刚好进了一批西洋参,个头大,且价钱不贵,用锦盒装上,就说是洋人朋友送的,舍不得自用,特地拿来孝敬老夫人,如此可好?"刘富余听了,更加佩服:"嗯,孝贤兄想得周到,富余今日真真受教了!"说完,深深地朝朱先生鞠了一躬。

刘富余挑到一根最大的西洋参,揣怀里满意离去。

薛崇义忙，朱先生可以理解，但让薛怀安亲自登门相请，朱先生感到有些意外，当即谦让地说："哎呀，派下人说一声即可，朱某何德何能？"怀安恭敬地说："祖母能有今日，全赖先生医术高明。"朱先生说："不不，千万别这么说，这么说我可要折寿，老夫人能有今日，是她老人家的福分！"

薛怀安离开时，故作不经意地抬头瞧一眼二层的阁楼。而此时，家胤恰巧倚窗而立……朱先生瞥见这一幕，没说什么，只摇头暗暗一阵叹。

薛府的寿宴原定中午开始，朱先生临行前交待绺子和德山，下午忠义堂暂时闭铺。德山说，既然下午得空，他准备直接回家，不知怎的麦穗昨儿开始突然咳得厉害。朱先生思片刻说："宴会结束我即回，你先替麦穗做个诊断，我想可能两个病因，一是受了凉，也可能是那晚吸入过多烟尘。"望着德山匆匆离去的背影，朱先生嘀咕着："我本还想着让你多陪陪家胤。"

朱先生却不晓得，他前脚刚走，家胤随后也出了门。

春亮早饭没吃便上了岸，竟带回来半斤猪肉。

"我的天，今天什么日子？！"德秀见了，开心得不成样子，"爹，我想喝肉汤！"春亮嘿嘿笑着，宠溺地说："早晓得你嘴馋，瞧，这是什么？"春亮说着，从身后"变"出一根麦芽糖。"嗯呀呀，今天提前过年啦？"德秀直愣愣吞咽口水地嚷起来，麦芽糖真香，通体透亮黄橙橙地好看。不过，德秀刚舔一口便停下来："有肉汤就好，麦芽糖……还是留给念生吧。"春亮捋着德秀柔顺的长发，说："你去喊麦穗，中午跟咱一块儿吃饭。"德秀有些讶异："真的？"春亮故意沉下脸："爹什么时候骗过你？"

春亮究竟想些什么，准备做什么，虽然嘴上没说，水梅大抵也是清楚的。船民上岸割猪肉，是件多么稀罕的事儿，要么是过年拜妈祖祭天地，要么是家里老人死去"割肉做忌"，平日里谁家能钱多到被硌着了？看着德秀手举麦芽糖屁颠屁颠往麦穗家的船上去，水梅小声问春亮："真准备做那事了？"春亮吃惊地望住水梅，忽地笑了："今天就请麦穗和念生吃顿饭！"春亮越是装作无所谓的样子，水梅越觉得事体严重。德山一回来直接钻进麦穗的船舱，水梅没法和儿子私下商量，等饭熟一家人坐下来，就不好当面问了。

德山见爹终于接受麦穗成为"一家人"，心里甭提有多高兴，丝毫没对白米饭、干煎海鲫鱼和罕见的猪肉片片汤等一桌子丰盛产生疑问，只解气地暗想着，朱家平日的饭食也不过如此嘛……

麦穗仍旧咳个不停。

春亮说："山啊，你跟朱先生学医有段日子了，也算半个郎中，赶紧替麦穗瞧瞧。"麦穗的病德山自然仔细地瞧过了，可惜他仍一知半解，实在瞧不出麦穗因何咳得厉害。"我没事，二叔，咳咳咳……可能是不小心着了凉。"麦穗说。"咳嗽可不是小事！"春亮说，"海面生活，头疼脑热不可怕，怕的就是咳嗽……往后有事别自个儿硬撑着，记住，咱是一家人。"

"嗯……晓得了，二叔。"麦穗低声应着，眼眶里盈满了泪。

"唉！"春亮叹一声，"柄生走澳洲也快四年了，怎么就没个消息？"德山搭句腔："澳洲很远！"春亮点着头，说："也是，关键咱不认识洋人，就算柄生捎消息回来，人家也寻不着。"吃饭期间，春亮像着了魔似的，絮絮叨叨一直说个不停。德山很快吃完，便替麦穗熬川贝水去。

川贝止咳，德山只能先把麦穗的咳嗽定为受凉所致。

自始至终，麦穗的心情是复杂的。此前多少次憧憬春亮叔能有一天接受她和柄生的事……可等这一天真的到来了，心里头反而难受得厉害，真应了那句戏文里唱的："愿望终于达成，伊人却已不在……"不过就算老天将塌，心思纯粹的娃儿仍旧是最容易开心的。这日念生一会儿窝在娘的怀抱里，一会儿和德秀逗趣，一会儿被水梅搂住喂食，大概第一次品尝到麦芽糖那种顺滑甜腻的美妙滋味，小嘴儿一直咧着，咯咯地笑个不停……念生爽朗的笑声自然暖了春亮的情绪。他呵呵笑说："这娃儿聪明着。"又自顾自地说，"他若能上学堂，说不定将来还考个状元回来。"念生闹腾一阵，很快在德秀的怀里睡着了。看着儿子甜甜入睡的小摸样，麦穗的心仿佛才找到一种依靠。

水梅一直在莫名地惶恐。

她蓦地回想起十几年前春亮准备替二叔报仇时的情景，等孩子们吃完饭离开舱篷后，终忍不住对春亮说："你瞧，咱们的山进了朱家，已经成为一名山人了，柄生的孩子都这么大了……如果咱再跟满舱学学，帮秀儿找个愿意上咱家船的后生仔，我实在想不通，咱到底还有什么可求？"听这话，春亮盯看妻子一眼，脸上并无特殊的表情，默默吃饭没说话。水梅继续说："梁子兄弟为人仗义没得说，可怎么看，都觉着那个高五斗不是什么好人！"春亮说："五斗是个做大事的人。"水梅说："我看，他是把你们当枪使。"春亮冷下脸："这种话以后别再说。"水梅说："我没想掺乎你们的事，如果五斗他……我只是提醒你一声，做事前要先想想后果。"春亮说："做事前怕狼后怕虎还算个男人吗？"想想便软了语气，"好了，晓得你担心什么，以前是以前，这次这么多人，就算我脑子笨，人家还有那些参加的山人可都不是傻子。"水梅的心终于稍稍安定，苦笑地说："他爹啊，你可千万不能有事……"

此次举事，直面官府，直面凶神恶煞的兵丁，到底会不会有事，春亮其实也拿不准。梁子不知从哪儿弄来十几杆火枪。当这批火枪秘密运到梅花坞的时候，现场所有人都沸腾了。有人说，呵，现今咱手里也有枪了，巡检司那帮龟孙儿就算是一个个的铁球，咱也给它一一地砸开了。有人却担心，这玩意儿好使吗？梁子仔细地给众人讲解火枪的使用方法，然后说："可惜这次只能弄来这么多，没法人手一杆。"于是，只有少数人分到枪。几日来，这些分到枪的人包括春亮满舱都被梁子召集到梅花峰南侧的一处低洼山坳秘密练枪。担心枪声召来巡逻的兵丁，他们只敢比画着填药点火再装填的动作。

昨儿傍晚，几日不见人影的五斗终于过来"检阅"大伙的练习成果。他对大家的认真劲头很满意，笑着说："明天放空一天，大伙该搂女人睡觉的搂女人睡觉，该上街的上街。累了这么多日，总该放松放松不是。"五斗说话确实有一定的水准，大伙原本还心儿扑棱地紧张着，听这话哄的都笑了。春亮也笑了。"记住，明日酉时仍在这儿集中。"五斗最后说。

春亮思来想去，最终留了个心眼。

他问五斗，满舱能否留下来不参加？

五斗凝思一阵，显然理解了春亮的担忧，说："行，我找满舱说去。"满舱以为自己没被五斗瞧在眼里，不满地问春亮："你说，这算怎么回事？咱是去干大事，又不是去送死。"春亮耐心地说："你以为？你不会真以为那些兵丁像梁子说的软蛋子任你拿捏？让你在家待着，你就安心待着。没错，咱是去干大事，可你别忘了，五斗曾经说过，干革命难免有牺牲，万一大伙刚出现就被官府全兜了呢？你说怎么办，能不留些个男人照看家里？这叫什么来着？哦，叫考虑周全。"听完这些话，满舱有些难过：

"真有危险啊？"春亮笑了："做什么不危险？对咱船民来说，风灾，冷冻，饥荒，恶病哪样不会要了咱的命？也许咱的命不值钱，可有可能保全的，总得想法子保全吧……"

最终，满舱含泪答应。

有些话春亮只跟满舱说说，却不愿跟水梅提，这么做倒不是不信水梅，而是怕她担心，女人家总喜欢瞎琢磨，胡猜乱想尽添乱于事无补。真正让春亮下决心追随五斗他们闹起事的，是听说了杨柳的事。梁子从高岩砭带来的确切消息说，杨柳和高原"夫妇俩"因不愿出外乞讨，都活活饿死了……五斗还是那句话，人要改变思路换个活法，一成不变只有等死——是的，比如杨柳和高原哪怕回到梅花坞，回到船上，想必也能保住一条命。不过，春亮打从心底里理解杨柳，高原又都听杨柳的，杨柳既然上了岸，自然是"宁愿鼻呛泥也不愿腿沾水"了。杨柳的事春亮没告诉水梅，谁都没告诉，告诉了又怎样，死了的已经死了，活着的人只能为活人细做下一步的打算。

"走，下午我带你去个地方。"春亮见水梅收拾完毕，解开船屋前木桩上的缆绳。"去哪儿？"水梅将湿的手拿身上擦擦，愣住问。她见春亮划走的是住家的舢舨舵，而不是旁边的板舵儿，心想，难道去的地方挺远？

到地方后才发现，原来是那个埋葬徐过江和林兆森的无人小荒岛。曾经高高垒起的坟头早被潮汐给推平了，春亮只能寻着方位，约摸找到徐过江的埋身之地，然后双膝跪地，惨声地喊："二叔，阿亮来看您了……"

水梅跟着跪下，眼泪雨一般扑簌簌地滚落下来……

这日薛府寿宴的规模可谓空前绝后，宴客的桌椅摆满了三进的大宅院。薛府管家将朱先生请进后院大厅，引到主桌就坐。朱先生再三婉言推脱。薛崇义佯装不快地说："难道不给老哥面子？"朱先生岂敢，只好从命。丫鬟们将老夫人小心翼翼地搀扶出来，端坐中厅接受子孙及宗亲的行礼。礼毕，赶紧又将她搀回屋去。自始至终，朱先生都没瞧见薛怀芳，见管家恰巧走过来，小声地问："小姐没回来？"管家见是朱先生，晓得怀芳小姐和朱家胤熟识，便压低声音回答说："老爷刚刚还大发火，听说小姐跟人南下广东，现今哪儿寻人去？"管家说完就要走，想想又回头，"这事可别问老爷，小姐也真是不让人省心！"朱先生笑了笑，说："哦，是我多嘴了。"

戏台子搭在薛府后院。宴席伊始，戏班子准时开锣。沈春哥如约登台，果然宝刀未老，一腔青衣慢板唱得轻盈甜润，宾客们听得如痴如醉。朱先生不喜欢听戏，不听便罢，可是躲不过客人频频移步来主桌敬酒，他坐在薛崇义身旁，免不了作陪。菜过五味，酒过三巡，朱先生估摸着自己不能再喝了，便借口溜到院子里透透气，忽然瞥见远处一抹熟悉的身影——家胤？再次确认，果然是家胤！她怎也被请过来？朱先生正犹豫着要不要上前询问一声，管家忽然寻他来了——

"先生啊，您可让我一顿好找！"管家一副火急火燎的样子。

"实在抱歉，我喝多了！"朱先生解释说。

"您可不敢喝多，老夫人她，她……"

老夫人骤然失神休克，好在又是一场虚惊。

等朱先生从老夫人的房里出来，朱家胤已经不在酒桌上了，大概先一步回家去了。酒席从午后一直延续到傍晚。宾客们尽兴起身，便发现天空早被逐渐堆积起来的灰黑色云片完全遮住了，似马上就要大雨倾盆的样子。这时有人恭维薛崇义："老夫人鸿福齐天啊,眼看这久旱的旱情立马可解……"

薛崇义甚是得意,连连作揖:"承蒙吉言,您请走好。"

送走贺寿的宾客,薛崇义哼着小曲儿,回偏厅独坐喝茶,原想唤怀安过来问些话,又觉着酒多脑壳晕,草草洗了把脸,便回房躺下。躺下不久,就听见管家嚷嚷着,门都不敲直接就推了进来:

"老爷,老爷,不得了啦,泥腿子造反了……"

火枪沉闷的声响与轰隆隆的冬雷完全地搅混在一起,分不清哪是雷声,哪是枪声。不一会儿,子弹一般的雨点倏地从渐黑的苍穹上洒落下来,打得树叶子哗啦啦作响,落在瓦片屋顶上像冰雹一样叮咚有声。

久旱逢甘霖,本该尽情庆贺。

然而,人们内心的狂喜却被莫名的恐惧所替代。胆儿大点儿的人才敢悄悄地透过半掩的门缝窗缝,禁不住与密匝匝的雨幕来一次亲昵的目光接触,可惜外头氤氲迷蒙,什么都瞧不见。而此时街上乱套了,纷沓的脚步声,歇斯底里的吆喝声,噼噼啪啪的火枪声,轰隆隆的雷声,许多声音交织成一张恐怖的大网,沉甸甸地笼在人们的心头。是的,这时候出门无异于寻死,谁都不敢轻易露头,但谁都竖着耳朵,仔细地听着外面的动静。

"发生什么事了?"躲屋里的人禁不住互相询问。

"嘘,小点声。"

"不会闹土匪吧?"

"按说土匪不敢来福宁街,也许是海匪,天哪,肯定是……"

提到海匪,人们不禁联想起曾经神出鬼没的倭贼。相传当年有个叫丰臣彩吉的倭人首领率数千倭贼分三路攻入杭州城,四处烧杀抢掠，后被明军驱逐至闽浙交界的福宁府。再后来，抗倭名将戚继光带领义乌招募的子弟兵于溪马门外海的一个叫横屿的小岛上与倭贼进行一场决战，差不多将这一带的倭贼消灭殆尽，但也有些漏网之鱼逃之夭夭。大概就是这些漏网之鱼的后代躲在外海某些荒岛上靠"拾流坜"生存下来。这些人面兽心的倭贼后代虽然不敢像几百年前那样明目张胆地打船劫舍，但他们总在夜间搞偷袭，杀人烧船，抢夺粮食衣物包括女人，数百年来备战抗倭一直是福宁府民众最头疼的问题。"不像，你们听，他们说的话咱听得懂。"有人耳尖，听到远处的对话——

"那些人不听指挥，简直乱了套了！"

"应该……不是咱的人！"

"不是咱的人？"

"没道理啊，哪儿冒出来的？"

"不想了，赶紧让咱的人集中起来，分散容易出事。"

分散容易出事？是的，这样浅显的道理梁子懂。可惜，骤然的大雨和一帮不知从哪儿冒出来的蒙面人将他周密的计划全打乱了。"阿亮，快，叫大伙往外撤。"梁子对远处躲避官兵枪火的春亮喊。海边停着几艘板舵儿，手里没枪的人冒雨肩扛官粮猫身往海边跑。"好！"春亮应着，转身招呼其他人紧急回撤。"仓里还有好多粮食。"有人向梁子汇报。梁子眉头紧锁，显然心情糟糕到极点，且有种不祥的预感，只说："算啦，赶紧撤……"

咔，嚓，咔，嚓……

在几道雪白闪电的映照下，隐约可见街那头快速奔来一大群巡检司的驰援兵丁。"砰，砰砰——"只听几记沉闷的枪响，梁子左肩中弹，整个肩头顿时红成一片。"走，快走，别管我……"梁子身子一软，跪倒在地，犯迷糊前不忘提醒春亮。可是春亮二话没说，直接扛起梁子便往外冲……

春亮走后，水梅一直提心吊胆地在船屋里等着，脸上一会儿发红，一会儿发青。旋而她暗暗地抹泪。德山回来，见娘这般情况，问发生了什么事。水梅摇着头，没说话。她不晓得该怎么和儿子说。她希望春亮这晚出去能和往常一样平安回来。她刚拜完妈祖，祷求妈祖保佑，总之该做的都做了，最后只剩下等待。水梅认得"等待"二字，等待两个字都含有一个"寺"字。水梅不由地开始后悔，怎就没抽空去寺里抽支签，问问菩萨意见？假若菩萨答允，也不至于这般恐慌，这般忧惧，这般悲戚，这般苦楚……春亮走的时候，动情地将她搂在怀里，柔声地说，放心吧，没事的——水梅仍觉着不寻常，既然没事，春亮为什么突然变得这般柔情，就像刚成亲那会儿……

她最后一次劝春亮，咱别去了，好吗？

春亮没说好不好，只温柔地摸了摸她的头发。

她还是那句话，你若是有个三长两短，我该怎么办？

他笑着说，孩子们都长大了……

水梅说不出孩子是孩子，她是她，她离不开他的那种话——

远处的枪声终于停了，雨也歇了，四下除了啪啦啪啦的海浪撞击船身的声音，别的似乎什么都听不到，就连那些个平日闹腾的娃儿也好像极其懂事地安静下来。"嗯，春亮他们该是得手了……"满舱不知什么时候过来，自顾自地说。

水梅钻出船屋，不觉腿软差点栽倒，被回头的德山一把搀住，"娘，您到底怎么了？"满舱嘴快，吞吞吐吐告诉德山原委。德山听呆了："这么大的事我怎么一点不晓得？"满舱说："告诉你做什么，你又帮不上忙，其实……担心归担心，有高先生和梁

第二部　残梦　　309

子在，应该不会有事。"德山莫名地气愤，忽地再问："既然不会有事，叔，你怎么没去？"满舱哑然："我……"

一整天，满舱都被一股复杂矛盾的情绪交织着，折磨着，折磨得难受。

满舱承认，自己的确怕死，可是谁又不怕死呢？春亮也怕死。春亮做事义无反顾果断决绝，大概生来就拥有比他人更多的勇气。满舱被德山质问得无话可说。他若足够坚强，足够勇敢，足够坚持，春亮几句劝慰的话怕是无法将他留下来的。这时水梅反倒平静地说："山啊，你爹的脾气你不是不懂，是他不让我们告诉你，算了……饿了吧，我这就做饭去……"

这时候已经很晚了，许多船民和水梅一样，根本没心思做饭。

枪停雨歇后许多人钻出舱篷，呆站船头，举目望向福宁街方向。

天空森黑，星月全被层涌的乌云吞没了，夜幕如同一口大黑锅，将整个溪马门完全地扣在里头，密不透风，令人抓狂。

"要不，我摸过去瞧瞧？"满舱问水梅。

水梅看满舱一眼不置可否，径直走到舱尾，舀水做饭，泪水却止不住地落在瓢中。

福宁街爆发"暴乱"的事，自然很快传到朱先生的耳朵里。

朱家设在福宁街的分号在此次事件中损失惨重。晚饭后，朱孝临急匆匆跑来找朱先生。"不该啊！"朱先生纳闷，听说闹暴乱的都是些饥民，目标只是官仓中的官粮，怎就变成强盗抢商号了？朱孝临很疲惫地说："眼下生意本就不好做，谁想还闹了这么一出！"说完，一阵唉声叹气。"难道……这里面是两拨人？"

朱先生思索着。听这话，朱孝临顿即来了精神，"哥，您知道是哪些人干的是吧？银子算了，只求把取走的账册还回来，账册对他们来说，只是一堆废纸！"朱先生尴尬地说："我哪里晓得！"

朱先生没猜错，福宁街暴乱确实是两路人干的，一路是梁子他们，另一路也是从海上过来的，听声音，为首的竟是一个女人。许多年后，这股人称"海蛾子"的海匪名号逐渐响彻浙南、闽东海面，成了继倭贼之后最令走海商人头疼的匪患。海匪头子就叫海蛾子。有人说，海蛾子原是岸上逃荒的山民。也有人说，她们是南溪一度消失的船民……总之各种猜想，各种臆测，说什么的都有，可惜海蛾子神龙见首不见尾，根本没人清楚这些匪人的窝在哪儿，倒是经常听说，海蛾子只对铁壳船下手，如此遭殃更多的是洋人的商行。这日海蛾子首度出现，似乎专挑朱家的刺，不仅将柜上的银锭龙洋收刮一空，还抱走整整两大箱的账册……他们要账册做什么？令人匪夷所思百思不解！关键是两旁别家的商号都安然无恙，难怪朱孝临郁闷不解，憋着一肚子的怒火。

"人没事吧？"朱先生问。

"除了岳掌柜被扇一记耳光外，伙计们都没事。"朱孝临说。

"人没事就好！"

朱家商号被抢，损失了不少银子。常言道留得青山在不怕没柴烧，朱孝临很快便想通了，权当破财消灾吧，也只能这样想，银子没了可以再挣，账册没了可以找人仔细厘清重新编造，倘若人没了，那便是真没了。

薛崇义怎也无法预料，好事坏事居然撞在一起。听说消息后，他让管家赶紧找怀安。管家回说，找了，少爷不在家，不知去没去巡司衙门。"该死!今日不同往日,怎么可能呢?"薛崇义顾不上生气,只能立即准备赶去县衙。总提检若是旁人,薛崇义大概会对管家说,知道了。然后悠闲地坐等外面的枪声停了,雨歇了,再慢悠悠地装作心情急切的样子去见宁县令。可偏偏总提检是薛怀安,是薛家的三少爷,于是薛崇义责无旁贷,必须将局势框定在可控的范围之内,否则儿子的仕途将和陆登烈一样,落得个不好收拾的下场。

薛崇义顾不上更衣,急匆匆地奔出门去。管家早派人在门外备好车马。谁料薛崇义刚出现,只听"砰"的一记枪响,薛崇义像是没刹住脚似的,直接扑倒在地。事发突然,管家惊得嘴巴张大喊不出声,稍缓回神赶紧过去将老爷扶起来。只见薛崇义胸前豁然一个血洞,正汩汩地朝外冒血。这个放冷枪的人应该候在门外许久了,一见得手,立马借雨消遁。等薛怀安赶回家,薛崇义早阴阳两隔身子冰凉了。"谁?到底谁干的?"薛怀安瞪红双目问管家。

管家哪里晓得是谁下的阴手?!

可老爷被杀是事实,于是说:"就,就是外面那帮泥腿子……"

杀父之仇,不共戴天!

薛怀安几乎将巡检司北营的所有兵丁都调过来,加上原先的县衙守卫、衙役足有一两百号人之多,关键兵丁们训练有素,且人手一杆枪,这对春亮他们来说无疑增加了许多压力。春亮见过战争场面,那是多年前的马江炮战,不过真正现身于双方交战的火网之中平生还是头一遭。

冰凉的雨水淋湿了大部分的火药,为数不多的火枪开始出现哑火。跟在春亮身边的就有一位,刚冒头准备放枪,由于哑火反倒被对方的枪弹命中，钢弹打中这人的脸，眼睛鼻子嘴巴瞬时都不见了，只剩血糊糊一片，身子扭曲地倒在春亮跟前，血淋淋的手伸向春亮，显然向他求救。倘若枪弹打在自己身上，春亮心里怕也不会这般难受。"他已经不行了，别管了。"背后传来梁子微弱的声音。梁子终于醒了。春亮不知从哪儿寻到绳子，像背娃儿一样将梁子捆在自己背上。是的，再救人的话，实在腾不出手。可是，眼睁睁看着这人在自己跟前绝望、咽气，于心何忍？春亮正犹豫，又听梁子说："放我下来，你赶紧走，再不走，谁都走不了。"春亮说："不可能。"梁子说："春亮兄弟，我晓得你是个怎样的人，咱的人都被打散了，这时候只有自个儿保命，谁都不会怪谁。"春亮坚持说："我一定救你出去，除非我死……"

枪声依旧密集且激烈。

薛怀安大概疯了，一个劲地让手下冲。有个手下哆嗦着想逃，被薛怀安一记短枪撂倒，杀鸡儆猴的效果不错，余下的兵丁只能死命地往前压。这时那群蒙面人又出现了，暂时挡住了兵丁们的攻势。春亮趁机背着梁子往北跑。往南去海边的路应该被堵死了。街上完全乱了套，夜幕麻黑，谁都瞧不清谁，谁也顾不上谁，春亮没工夫多想，脑子里只剩逃命一个念头，之前的壮志豪情更是早不见了踪迹。等钻进一片庄稼地，发现还有许多人跟着跑。春亮不禁悲哀地想，这么一来，今晚这条命怕是要搁这儿了。果然，兵丁手举火把在后面紧追不舍。春亮此时早累到气喘吁吁疲惫不堪，但他不敢停歇，紧了紧绑系梁子的绳子，继续往北跑，往山上跑。估计是往栖凤山的路，春亮摸黑夜行照样很熟悉。春亮一边跑，一边欣喜地告诉梁子："山那边有座木房子，到了那儿咱就安全了。"梁子没应声。春亮连唤几声，见梁子依然没动静，只好停下解开绳子，发现梁子双目紧闭，脸色苍白，

第二部　残梦　　313

早已经死了。"梁子……"春亮悲怆不已，却只能忍住收声。春亮仍将梁子背到木房子，将他藏好，然后说："你先睡着，等两日风声消停了，我来给你安葬……"

春亮抹着泪，正准备猫腰出去。屋外忽地传来唰唰的脚步声，火光透过破木窗，映在春亮脸上，只见他凄清一笑，干脆坐了下来，对一旁如睡着一般的梁子说："看来我也走不了了，你稍等等，咱哥俩作伴……"

春亮被寻着血迹尾随而至的官兵抓了。

同时被官兵抓走的还有许多人。

十月初五这晚，注定是许多人不眠的夜晚。

大约等到三更时分，水梅似已猜到结果，将德山兄妹俩唤过来，心情沉重地说："你爹这么晚没回，大概是被抓走了。"

听这话德秀哇的就哭了。

德山说："娘，得等满舱叔回来才晓得是不是这么个结果。"

水梅点着头，许是为了给孩子们信心，说："好了，你俩都去睡吧，不管情况怎样，咱都得坚强。"

这晚的水梅表现得比任何时候都冷静。

不一会儿，草帘摸过来，大概想安慰水梅，却不知该说什么，只陪着娘仨干坐。水梅反过来劝她说："嫂子，天不早了，你去睡吧，我没事。"草帘长叹一声，说："唉，早看出来了高先生是个灾星！"

水梅没说话。

四处找不到春亮，也寻不着五斗和梁子他们，十有八九是被官兵抓了。

这是天刚蒙亮时，满舱带回来的消息。

"没见着尸首?"水梅双目含泪,再次确认地望住满舱。"嗯!"满舱勉强地挤出一丝笑,"我特意去万人坑瞧了瞧,没有。"又说,"按我想,被官兵抓了总比被打死强,弟妹你也别伤心,我们一定想法把春亮救出来。"想法子救春亮?谈何容易?水梅凄清一笑,说:"辛苦你了。"

满舱走后,水梅特地叮嘱德山和德秀兄妹俩:"官兵抓走你爹,肯定会来船上翻找逆党,秀,你眼儿放亮点,他们一来,你赶紧找地方躲躲。"德秀吓得脸色煞白:"娘,你说咱这儿该躲哪儿啊?"德山安慰妹妹:"别怕,有哥在。"思着又说,"官兵真来了,问什么咱都说不晓得,他们总不能把咱都抓走吧。"水梅说:"你爹没把他们的事告诉你,就是这个理。"德山说:"不行,我得去找朱先生。"水梅说:"还是我去,你在家待着,这时候家里没个男人不行。"又说,"要不你将船儿驶别处避避,船屋不安全,记得带上穗娘儿俩⋯⋯"交待完毕,水梅进眠垛换身干净衣裳,便匆匆上岸去了。

春亮又被官兵抓去,自己又得恳求朱先生搭救。这和多年前的情形何其相似,水梅一边走一边想,脸颊不由隐隐发烫。但如今顾不了那么多了,只要顺利地救出春亮,什么贞节、名声都不那么重要了。

水梅到朱家的时候,忠义堂未开门,朱先生在后院的桂树下想事情。绺子开门迎水梅进去。绺子刚离开,水梅便扑通一声跪倒在朱先生跟前。

朱先生淡淡地瞧水梅一眼,没起身扶她,任她跪着。

"这次事情闹大了!"朱先生说。水梅不敢搭话,只无声地抹泪。沉默许久,朱先生叹一声:"起来吧,家胤瞧见了可不好。"水梅起身站一旁。朱先生说:"昨晚,薛崇义让人打死了。"水梅闻言惊一跳，天哪，这么一来，就算薛崇义非是春亮他们打死的，薛怀安必定也会将仇账直接算在春亮他们头上的，那么……"能不能帮忙打听，怎样才能……"水梅话未说完，就被朱先生打断："这次恐怕无能为力，这次和上次的情况全然不同。"见水梅失望地愣住，朱先生将语气缓了缓："你先回吧，有可使力的地方，不用说我也会尽我所能。"说完，径直回了东厢房，将水梅晾在院子里。

雨后空气格外潮湿，晨露特别重。

朱先生一早起来，便一个人呆坐在桂树下，不知坐了多久，坐得身上的青衫潮得都快滴出水来。因此，他得换件衣裳，同时也借换裳的时机，避开水梅凄凄戚戚的目光。朱先生实在拿不准，水梅若再苦苦哀求的话，自己会不会心软允诺下来？当朱先生听说船民参与暴乱且尽数被杀或被捕的消息后，就知道依春亮的性子必然在列，更料定水梅肯定又会过来找自己，真把自己当作无所不能的"神"了？朱先生苦笑着摇头，自己不过是个土郎中，治病救人但无法救穷，更无法救民众于水火。扪心自问，朱先生其实挺钦佩徐春亮，敢想敢作是一条铁铮铮的汉子，可惜这世道这种人要么占山为王当土匪，要么据水霸岛成海寇，要么只能沦为他人的马前卒成了炮灰……朱先生解衣的时候莫名地替春亮悲哀起来，唉，谁叫你们是船民哪，谁在乎你们的生死！

朱先生刚褪去长衫，刚裸着上半身，忽地听见轻掩房门的声音。转身，原来是水梅跟了进来。"我都说了，你先回去……"朱先生准备拾衫穿上，被水梅伸手按住："你比我更早知道消息，肯定有法子对吧？"朱先生说："昨闹那么大动静，半夜又接了几位伤者，我从他们嘴里才了解些许情况。至于春亮他们怎样，我真的一点不清楚。"水梅盯住朱先生，认真地问："你愿意救他吗？"朱先生说："当然，别的不说，他可是我亲家！"水梅说："你觉着我现在怎样，老了，难看了？"这话把朱先生问懵了。水梅说："当年你说过，此生只爱我曹水梅，不晓得这话还算数？"朱先生愣了愣，终于听明白水梅的意思，柔声说："你我都老了，谈这些做什么。"水梅说："你果然开始嫌弃我了。"朱先生紧着解释："这叫什么话，什么叫嫌弃你？这是两码事！你现今就算嫁给我，救出春亮的希望也不大。"水梅笑了："不大？就是还有希望对吗？"朱先生被水梅绕晕了："不，不是，你……"

这时，水梅猛地扑进朱先生怀里，扬起胳膊勾住他的脖子，丰盈的胸脯紧紧地贴压在他的胸膛上。她踮着脚往上一纵，准确地吻住了他的嘴，如此他再无法说出拒绝的话了。短暂的犹豫之后，她的舌尖如鳗鱼一般快速滑进他的口中……罢了！朱先生清楚自己无法抗拒，暗叹几声，便仿佛听见自己胸腔里坚硬的筋条嘎嘣折断的脆响，听见了那些曾被掩藏禁锢的思念与渴盼如刚出樊笼的饿狼一般在原野狂奔，酣畅嚎叫……他揽住她的腰，忘情吮吻。

时间，仿佛在这一刻完全静止。

"爹，起了吗？薛家来人找您。"外面忽地传来家胤的喊声。

可惜，这时候的朱先生听不见，水梅更是听不见。水梅此刻的心情极其复杂，矛盾，茫然，不安，紧张中又夹杂着得到满足的甜蜜。当然，更多的还是羞愧。羞愧的情绪像一条罪恶的毒蛇，不停咬噬水梅的良心。她爱朱阆，却又不得不时刻提醒自己，她是春亮的女人。她这么做，对不起春亮，却又是为了救他。她只有朱先生可以求助。可是这么做了，又觉着对不住朱先生，她到底是利用了他对她的感情……多种情绪并存着，搅混着，水梅觉着自己立马就要疯了，根本忘了这是在朱家的东厢

第二部 残梦

房，朱先生还裸着上半身……

"嘭——"房门被人推开后，两人这才如梦方醒地分开。

"你，你们……"家胤秀目瞪得滚圆，愣在门口。

水梅顿即臊得不行，恨不得将脸塞进地缝里。低头才发现，单衣斜襟上为数不多的绾扣不知什么时被挣开了，一边奶子若隐若现。家胤略回神，便转身跑了。朱先生抓起长衫，边穿边追出去："家胤，你听我解释……"水梅草草系上扣子，顾不上整理衣襟，随后也追了出去。谁料刚迈出厅堂，就看见家胤直挺挺倒在桂树下的石桌旁，该是慌乱中恰巧被石凳子绊倒的。

"绺子，绺子……"

半蹲在女儿身旁的朱先生急得快哭了。只见家胤双腿间，一道深红色的血液如海蚯蚓一般，曲折蜿蜒在凋零着桂花花瓣的地面上。

水梅惊得双腿一软，跌撞着跪下来。

次日早上，满舱终于带回确切的消息，说春亮等人被薛怀安关在县衙的死牢里，梁子中枪身亡，唯独高五斗不见了。高五斗大概见情势不对，预先就逃走了。"姓高的简直不是人，说好的共进退呢？"大伙听说消息，个个气忿得不行，那情形假设高五斗在场，非把他撕了不可。除了狮犁帮的船民，这日来梅花坞等消息的还有附近海面的船民家属。满舱说："现今怨谁都没用，把大伙儿喊来，再一块想想怎么把他们救出来。"这时有人说："我们才不认识谁是高五斗，当初我爹答应参加，是因为信徐春亮，今天怎么没见春亮儿子？"满舱说："这事和山没关系。"那人说："他爹也被抓了，什么叫没关系？"满舱看那人明显是来找人出气的，本想喝回去。然而此时，相互埋怨又能解决什么事情？什么都解决不了，反倒会生出许多不该有的风波。满舱正想着该怎么劝，水梅站了起来："我是春亮女人，该怎样，我的话作数。"那人冷笑："女人家顶个屁，春亮儿子原来是个卵蛋仔，遇事只会躲女人身后。"

果然，商议对策最后变成一场相互指责的闹剧。满舱很沮丧，到这时才发现自己的"号召力"和春亮根本没得比。他对水梅说："我真没用，一件事都办不成。"水梅说："怎么能怪你呢，我终于明白柄生说过的一句话，船民就是一盘散沙，咱谁都靠不住，只能靠咱自己了。"满舱痛苦一阵，最后像是想到法子似的，坚定地说："弟妹，你放心，不管怎样我都会救春亮出来，哪怕以命换命。"水梅苦涩地笑笑，没把这话当真，以命换命以为做生意吗？当年陆官爷砍那么多船民的脑袋，何曾想过一颗颗脑袋就是一条条人命？不清楚薛怀安是否与陆官爷一样凶残暴戾，但可确定的一点是，人家即便杀了春亮他们理由似乎也充分，为父报仇不是吗？不过依满舱看来，薛崇义就算是被春亮他们所杀，充其量也算误伤。出发前梁子特意交待过，火药量少，能不放枪的尽量不放枪。再说，火枪虽摸过，但都没真正地放过，谁的枪法会那么准？

附近海面的船民家属刚散去不久，狮犁帮其他船民的家属又来了。与别处船民不同的是，狮犁帮船民平日就像一家人。大伙围着春亮家的船屋，或蹲或站有的干脆坐在过道上，黑压压的全是人。不过大伙没说话，大多在抹泪。满舱见状很生气："都回吧，都给我散了，别让兵丁瞧见以为咱又要闹事。"有人不服气："满舱，放你娘的狗屁，现今关大牢的不是你，你当然说得轻巧。"满舱说："我不正想法子吗？"那人说："就你七斤八两的脑袋也能想出法子？"满舱说："事情已经这样，咱能不能不吵吵？"

第二部 残梦　　　　　　　　　　　　　　　　　　319

又是一场争执。

任何争执都于事无补，都解决不了任何问题。

水梅似乎比任何时候都失望。她不仅仅对船民失望，更对自己失望。家胤摔倒虽说是个意外，水梅仍旧愧疚得不行，认为自己就是罪魁祸首。是的，假若昨儿不对朱先生投怀送抱，或许……德山闻讯赶回朱家一晚上没回来，水梅几乎一整夜没合眼，一直在想着情况到底怎样了。等众人散去后，水梅坐着思想片刻吩咐德秀："你把剩下的鱼虾拿岸上卖去，别人拦你问什么，记着不要搭话。"德秀嗯一声答应，却问娘："你说官兵还会不会来？"水梅说："天晓得他们来不来，咱可不能因为他们要来，就不过活了。"然后水梅钻进底舱眠舱，从枕头下摸出一个小木盒子，里面是这些年她和春亮省吃俭用辛苦积攒下来的一些碎银子。水梅取了钱，准备上岸买些补品去看家胤。实际上水梅想借看望家胤的机会，向朱先生再次当面确认救春亮的事儿。

水梅其实也很纳闷，按说官兵抓了春亮他们之后，必然顺藤摸瓜，火速派兵来船屋或船上搜捕乱党余孽。这些年时常听说哪儿闹乱党，官府抓到人或枪决或砍头已经杀了不少人，可是乱党就像抓不完杀不尽似的，一批人倒下又有一批人站起来。官兵没来，是否意味着事情有了一线转机的可能？

这么一想，水梅内心里隐约地又腾起丁点儿希望。

福宁街骤然暴乱，似把薛怀安直接搁在烧红的铁板上炙烤。他坐立不安百食无味，家人还以为他悲伤过度，纷纷劝慰节哀。实际上薛怀安是对自己前晚猛然间萌生的冲动心生懊悔。当巡丁将高五斗押到他跟前时，高五斗的一番话像冬季的冰棱子直插他的心脏。高五斗不慌不忙，笑着说："我姓高，是郑将军的部属。"薛怀安支开手下,然后说:"原来您就是五斗先生。"高五斗超然地坐在薛怀安跟前的椅子上,说:"高某行不更名坐不改姓,怎样,现今沦为阶下囚,是杀是剐悉听薛大人尊便。"薛怀安怎可能杀了高五斗呢?他刚和广州方面取得联系。杀了高五斗,等于直接与郑将军撕破脸。别看郑将军如今卧病在床不理军务,以郑将军的威望,哪怕只言片语也能让薛怀安谋划许久才在广州那些大佬心中取得的些许信任瞬间化为乌有。"这次行动,我事先毫不知情,你们因何这么做,我不明白。"薛怀安当然有情绪,父亲遭枪杀,说不心痛不忿恨是假的。高五斗诡异地笑着:"现在明白也不晚啊!具体内情暂时没法跟你细说,不过通过这次事,至少确认了你的领军指挥能力。"薛怀安听得更糊涂了:"您说这是考验?"高五斗说:"考验也好试水也罢,总之往后你我的命运差不多就绑系在一起了,一荣俱荣,一毁俱毁,哦,你准备把我关哪儿?"薛怀安慌忙作揖地说:"呀,高先生说笑了!"

话虽如此,薛怀安心里仍在骂娘。

革命党人不能抓更不能杀!高五斗传达上峰的命令。因此薛怀安不能将暴乱的性质贸然升格至谋反,在向府台的报告中只写道:饥民闹事……既然是饥民闹事,回文自然是由福宁府自行斟酌审结。这么一来,只需将部分头人法办以儆效尤,余下的人领受一顿责棍或派到盐场做工抵罪即可。不过,薛怀安不想轻易放过那帮泥腿子,他觉得杀一千人也不足以抵父亲一命。

正想着这事,忽听管家说,家胤病倒了。

薛府丧事,朱先生礼至人没到,理由是家胤突然患病。

"啊,要紧吗?"薛怀安心头骤然一紧,像一下失了某样珍宝似的。管家思着说:"我想,以先生高超的医术,问题应该

第二部 残梦　　　321

不大。"

薛怀安却想，朱先生亲自留家里照顾家胤，说明病得不轻。而薛怀安实在脱不开身，近两日一是忙于父亲殡葬大小事的安排，二来巡司衙门许多事务需要即刻处理，只好命管家放下手中事，代他前去朱家探视。

肚子里的孩子没了，家胤倒没多少难过，真正让她感到恶心难受的，是父亲和水梅竟然……假若是别的女人，家胤兴许还会撮合这桩好事，她完全理解父亲这些年的不容易。可水梅是德山他娘，怎么这么不要脸勾引亲家公呢？她是有丈夫的。好吧，就算没了丈夫身为寡妇，以父亲的家世声望，岂是她那种目不识丁的女人所能高攀的？对曹水梅产生厌恶情绪后，家胤这时再瞧德山更是百般的不顺眼。她甚至开始怀疑，自己此前必定是被鬼迷住了心窍，以至于将终身托付给如此不堪的一家人。家胤忽然间理解了乡人为何讨厌乃至鄙夷船民的缘由，果然烂泥扶不上墙。

朱先生自然不会告诉德山家胤摔倒的真正原因。他心情极差，包括薛崇义的殡葬都懒得出席。朱先生深深懊恼自己为何没能做到清醒克制。德山见朱先生一下苍老几岁的样子，看上去憔悴不堪，以为忧心家胤，就说："爹，家胤年轻，身子经仔细调理就好了，反倒您得多保重身体。"朱先生长叹说："我没事！这几日你好好照顾家胤，她心里不痛快，你多体谅。"

德山说："晓得了，爹，您就安心休息吧！"

朱先生猜想，家胤不敢对他怎样，她可以拿德山出气。果然，德山殷勤地给家胤端汤端水。家胤要么喊太凉，要么喊太烫，要么干脆不理不睬，把德山使唤得晕头转向，累得像六月狗。绺子不明底细，私下打趣德山：为讨婆，万般苦，讨了婆，变陀螺……德山知道，这几句本是调侃小伙儿努力讨好自家女人的童谣。可德山笑不出来。他隐约觉得，家胤摔倒必有他因。

一晚上没回船屋，不清楚爹有没有新消息，德山心急如焚。但他仍耐着性子尽心服侍家胤，一副无怨无悔的样子。家胤从睡梦中醒来，先是捂着被子流了一阵泪，然后挣扎着坐起来。德山赶紧跑过去，往她背后垫了个枕头。家胤突然问："我小产了，你心里是不是特高兴？"德山愣愣地摇头。家胤冷冷一笑，说："别装了，天底下的男人哪有乐意当便宜爹的？"德山说："孩子是无辜的，那也是一条命。"家胤说："呵，没看出来，你还挺高尚。"德山没搭腔。他听懂家胤说的是反话，转身，往盆里倒上热水，捏了把热毛巾，递给家胤擦脸。家胤淡淡地瞧一眼，没伸手，接着又说："有时候觉着吧，你其实也挺可怜，明明是一头狼，却硬要装成狗的样子。"德山一下没太听懂家胤话里的意思，但也猜得出来，这绝不是一句好话，有指桑骂槐的意味。德山看着家胤，忍住。家胤嗤笑："还不生气？呵，娘俩果然一样，为达目的什么都做得出来什么都装得出来。"提到娘，回想起娘昨儿回船屋时失魂落魄的样子，德山心想，难道家胤摔倒和娘有直接关系？于是认真地说："家胤，你说我什么哪怕骂我都没事，别说我娘。"家胤说："我才懒得说她，不要脸的老女人有什么可说？"这下德山实在忍不住了，将毛巾狠狠摔在楼板上："朱家胤，你再这样老子不伺候了。"家胤不怒反笑："瞧，狐狸尾巴终于露出来了。"

"山，山……胡说什么呢？"就在这时，楼下传来水梅的声音。

"喏，你娘来了，大概又来勾引我爹！"家胤不失时机地补一刀。

第二部 残梦

小时候，德山就曾听说娘和朱先生之间的冷言风语。问爹。爹说，无聊人总喜欢乱嚼舌根子。然后痛苦地沉默。问娘。娘眼圈泛红，说没有的事。却时常看见娘发呆地坐船头，痴痴地望向岸上……看来真是无风不起浪！德山这时仿佛一下理清了许多事，甚至理解了家胤的不满、怨恨包括冷嘲热讽。

摔门，跑下楼。

水梅站在过道里，手里拎着东西。

德山冷冷地问："你来做什么？"

水梅感觉儿子一下变陌生了，埋怨地说："怎么能和家胤吵呢？"

德山说："心里有气。"

水梅说："得让，更得忍。"

德山说："忍不住。"

水梅叹一声，问："先生呢？"

德山反问："为什么找他？"

水梅愣了下："怎么这么说？"

德山眼望别处："你找他，不是为了救爹吧！"

水梅忽被呛住："你……"

第十九章

事情怎么会变成这个样子呢？

水梅已经明白儿子的态度因何突然变得这么冷，心一下慌了，任由手里的东西啪哒落地。水梅呆望住儿子，哆嗦着想解释，却不知从何说起。德山没再看娘，神情凝重地往后院跑去。

"山……"水梅颤声地喊。

德山听见了，没回头。

他快步跑回西厢房，开始收拾自己的衣物。

家胤心气高。德山心气也不低，只不过人在屋檐下不得不低头。如此两人针尖对麦芒，加上水梅和朱先生的事，冲突在所难免。不过水梅认为，一切都是她的错。水梅觉着自己没脸继续待在朱家，哪还有脸再见朱先生？

泪水淌下来的那一刻，水梅已逃出忠义堂。

"婶……"骤然发生的情景，把医堂里的绺子完全看懵了。

一连数日，阴天不见日头。

灰布一般的云层同远处的山尖海际紧紧地黏连在一起，像铁笼似的，将整个溪马门可怕地幽囚。云把天空压得很低，像要塌下来的破墙。风不大，但吹在人的脸上身上已经开始觉着冷了，海面上偶尔升起的灰白色炊烟飘摇许久才见消散。愁苦的，忧郁的，暗灰的云块似乎越堆越多，愈积愈厚，像要落雨，始终不见半滴雨，好像几天前的那场暴雨完全是捡来的一样。

空气格外沉重。

人们的心情也特别沉重。

朱先生很快知道德山和家胤吵架的事。照理，天下哪有不吵架的夫妻？夫妻吵架哪有隔夜仇的？可惜，德山和家胤尚未成亲徒有夫妻之名。朱先生终于坐到女儿床前。好些天了，他都拿不出勇气和女儿面对面。"其实……那天的事，不怪水梅！"朱先生说。家胤定定地望住父亲，发现他一脸沧桑，不知不觉已经老了——才四十来岁，怎么就显老了呢？家胤没说话。她心里其实也是乱糟糟的。她是一位心地善良的姑娘，没那么多的尖酸刻薄，有些话刚从嘴里说出立马就后悔。"他……真回船上了？"沉默许久，家胤问。

"嗯，回去待几日也好。"朱先生说，"他家里出了事需要处理，他自己也需要冷静冷静。"家胤问："春亮叔现在怎样了？"朱先生说："爹这几日四处奔走就是为了他的事。"家胤说："爹，您得注意休息，瞧您，眼里都是血丝。"朱先生慰心地笑了："爹晓得了！你呢，觉着怎样？"家胤说："我早没事了。要不，我去找薛怀安，兴许他肯答应放了春亮叔。"朱先生正色地说："现今你只管养好自己的身子，女人小产，马虎不得。"

尽管天色阴沉，此时的朱先生心里已然阳光灿烂。是的，有些事不能一味捂着，捂着容易捂出毛病来。说到病，朱先生许久前便发觉自己的身体出现不适，但他正值壮年，对自个儿身体充满信心，并不在意。诚如女儿所说，许是平日里没注意休息罢了。心药祛心病。朱先生一下觉着神清气爽。然而，仍有一事重重地压在朱先生的心头，那就是如何搭救徐春亮的事了。

春亮被抓，已有七八天的时间了。

水梅近几日过得简直叫度日如年。儿子拎着衣物回船上。她本该说儿子几句，怎么这么不懂事，怎么一点委屈都受不得！想当年，春亮为了能上岸，愣是死里逃生挑私盐，租地，架船屋，寻先生，包括她……想到这，水梅什么话都说不出口了。听闻世上有味灵药叫后悔药。只不过产药的地方无比遥远，相传在遥远的东方一座叫蓬莱的仙岛上。水梅恨不得自己长出翅膀化身仙女，立马飞到仙岛上求些后悔药吃了，然后一切都恢复到从前的样子。

一阵冷风儿吹来，水梅忽地一激灵，便清醒过来，原来刚才只是做了个没由头的梦。梦醒后，水梅继续不住地怨自己。无尽的悔恨与无助像烈火一般灼烧她的心，像锋刀剜割她的肉，然而这样的痛苦无人理解，更没人和她说说体己的话。德山沉默不语，要么逗念生，要么坐着发呆。水梅知道，儿子这是生闷气。水梅倒希望儿子能打她几个耳光，然后继续喊她娘。

全家就德秀一个人忙碌着。

"家里鱼卖完了，要不得空再捞去？"德秀才不管哥哥有心事。

"好吧！"德山答应，却发现家里的板舵儿不见了。原来那晚春亮将家里唯一的板舵儿划走了，人没回来，船儿也不晓得搁哪里了。"山啊，就使我家的吧。"满舱见了，站自家船头喊一声，

第二部 残梦

"这样,我和你一块儿去。"

德山利索地收拾网罾,不一会儿便和满舱一起出海了。

哥哥走后,德秀低声问水梅:"娘,有件事……不晓得该不该说?"水梅抬了抬眼皮:"什么?"德秀嗫嚅着:"这几天,咱家的鱼卖得特别快,你晓得为什么?"水梅惨淡一笑,说:"咱家秀儿能干呗!"德秀摇头:"因为,因为都是人家朱少爷帮的忙。"听说朱家人,水梅就像被蜜蜂蛰了似的,猛一打哆嗦:"谁?"德秀说:"朱孝允。"水梅问:"你什么时认识他?"朱孝允花花公子的名声可是人尽皆知。"他……"德秀脸上倐地飞起一抹红晕,"也就几天前,我正卖鱼呢,山人欺负我,他帮我打跑了坏人,我俩就认识了……朱少爷人真的很好,这几天一直帮我卖鱼,有人笑话他,他说无所谓……娘,为什么大家都说他是花花公子,什么叫花花公子呢?"

听说这些,水梅的心儿已沉到最黑暗的海底,这位朱家二少爷八成是看上秀儿了,可他俩是……怎么办好呢?"反正往后别和这种人搅一起。"水梅只能这么说。"为,为什么?"德秀瞪大眼睛,"娘,孝允他……真的和别的山人不一样,和我说话轻声细语,来的时候总给我带吃的,还说,说……"水梅紧张地问:"说什么了?"德秀脸上明显露出怀春少女的光彩:"他说,他好像认识我很久的样子,问我许人了没有,可能是想……"水梅打断她:"秀啊,你才多大,知不知羞?"德秀瞧出娘的情绪,眼圈一红,忽地哭了。

朱孝允确实看上德秀了。

孝允能看上秀儿,是一次偶然更是一个必然。朱友贵骤然死去,死得惨不忍睹,死得不可思议,死得蹊跷。可是殡葬过后,一家人很快便从哭声凄惨的悲痛中拔出身来,该做生意的做生意去,该相亲的相亲去,生活仿佛丝毫不受朱友贵的死而有所影响。特别是朱孝允,没了父亲框定的约束,家人又不敢拿他怎样,自然很快便恢复了自由,想去哪儿就去哪儿。任是如此,金秋还怕宝贝儿子过得不舒坦。只有一条,不能再去省城了。金秋倒不担心儿子又惹上什么风流债,而是听说省城现今实在太乱,四处在抓捕乱党。假若儿子被官府当作乱党抓了,被砍了脑袋难道还能再长一个出来不成?

朱友贵在的时候,兄弟俩同父异母手心手背都是肉,自然不分彼此。而今孝临当家,虽说亲兄弟,却得明算账,金秋真正忧心的是家业的分承问题。俗话说:"树大分权,子大分家。"按说兄弟分家,将一个大家庭分成若干个小家庭,此后各家各过,各家自个儿拿捏做主,所谓开枝散叶,是大好事。分家时主家一般都得请来主持的人。按乡例,主持的人得由母舅充当。常言道"母舅看外甥,个个一样亲"。金秋的顾虑恰恰就在"母舅看外甥"上。金秋从小被人买来卖去,娘家在哪儿尚未可知,哪里寻母舅?而且长幼有序,这主持的人只能是孝临的母舅,此舅非彼舅,一碗水能端平吗?

金秋本想着去找朱先生,让他帮着说说公道话,又想朱友贵刚死不久尸骨未寒,便只能作罢。最后,快嘴凤给了金秋一个建议,分家前得先帮孝允物色一个好媳妇儿。假若儿媳的娘家有钱有势,还怕什么公平不公平?金秋被快嘴凤说通了,近些日子跟着走街串巷"瞧人"。"条件"拔高了,自然脚皮磨破也难以一时寻到合适的。金秋有些沮丧。快嘴凤说,好事必然多磨……

孝允知道娘忙着张罗他的终身大事。

猫儿尝到鱼腥,自然忘不了鱼腥的美妙滋味。孝允想如月。

如月婀娜亭立的身姿，动人心魄的容貌，优雅若水的举止，仿佛时刻浮现眼前。孝允曾想过到省城寻她，可转念再想，她既然不辞而别，便是不想再见他了。

这日清晨，孝允四处闲逛，目光自然而然在女人身上打转，可惜见到的看到的都是些素面朝天的粗野村姑或村嫂，哪有半点儿如月的影子？逛得索然无味，正准备去找家胤说说话。就在往溪尾街的拐弯处，他突然瞥见一个女人的背影，身高，胖瘦，包括惊叫发出的声音，几乎都和如月一模一样。

英雄救美！孝允怀揣这样一个"正义"的念头，小拳头挥起来自然特别有劲，三拳两拳，便把欺负秀儿的那个山民打跑了。当然人家也是因为认出他是朱家二少爷才不敢还手。秀儿感谢孝允出手相救。孝允发现自己救的人是船女，正失望，忽而看清了秀儿的脸——

天爷，活脱脱的就是年轻的柳如月。

只见姑娘身上衣裳破旧，布满补丁，但似乎丝毫掩藏不住她由内而外沁透出来的如出水芙蓉一般的水灵。她不施粉黛，没有描眉点唇，正因如此更显得她眉清目朗的纯洁与无暇。她的身材略显消瘦，但脸颊丰满，一张微圆的小脸庞，一双长长睫毛的墨黑大眼，特别在她的眉宇之间，嗔怒皱眉后显露出来的那个神态，简直与柳如月无异。她身上带着乡野丫头的那股子野蛮稚气，让她成为乡间最美的野花……

我的天，孝允不禁看呆了。德秀却扑哧笑了——

"你叫什么名字？"

"德秀，大伙都喊我秀儿。"

"秀儿？嗯，好听，好名儿！"

"你呢？"

"你可以叫我孝允。"

"你是朱家二少爷？"

"什么二少爷，你我年岁差不几，叫名字不生分！"

就这样，孝允和德秀认识了。"打明天起，我来帮你卖鱼。"闲聊一阵后孝允这样说。德秀以为二少爷开玩笑，不想次日一早他真的来了。"是不是很意外，是不是很感动？"一回生二回熟，孝允开始打趣德秀。"闲呗！"德秀不甘示弱。算起来，德秀的年岁要比孝允大，可她从小窝在海上，没见过什么世面，朱孝允毕竟是去过省城的人，曾在省城著名的林氏书院读过书，因此看上去孝允要比德秀成熟老道许多。孝允吆喝买卖有模有样，相比之下船民几乎都在默声卖鱼，如此一来，德秀桶里的鱼自然要比其他人早卖完。

"喜欢吗？"

"嗯。"德秀笑得很纯净。她笑起来时，小圆脸上总会若隐若现地显出两个小酒窝。和德秀待一块，孝允感觉自己也变纯净了。他擦擦手，从怀里摸出油纸包的陈记桂花糕，掰一块递给德秀。"这是什么？"德秀没见过，好奇却不敢伸手。"能吃，拿着，不是毒药。"孝允笑笑。"吃就吃。"德秀这下不再客气。尝一口，嗯，很香，很甜！德秀特别喜欢甜食。德秀吃得很开心。开心的时候她的眼儿总会灿烂地眯成一弯新月。孝允看着德秀吃，说："既然你这么喜欢，明天我多带些过来。"德秀问："啊，你明天还来？"孝允说："只要你在这儿，我天天来。"德秀没接话，心儿蓦地怦怦乱跳。

孝允喜欢秀儿。

喜欢一个人根本不需要理由，那叫什么？叫一见倾心！但孝允不打算把自己喜欢秀儿的事说出去。他忽然有个想法，就是和秀儿继续纯净下去，这种感觉其实挺好……德秀也喜欢孝允。不过德秀的喜欢是模糊的，像做梦，没有具体的概念，总之和孝允待在一起很开心，只是开心得有些奇怪，心儿总莫名地狂跳，脸颊总莫名地发烫。德秀隐约明白五丫为何总爱找哥。德秀知道，五丫很早就喜欢哥，所以想时刻和哥待一起。可惜，哥不喜欢五丫。五丫和江九帆成亲那晚，五丫哭成了泪人儿。德秀这下开始理解五丫的感受，看来喜欢上一个不喜欢自己的人心里得有多难受。昨儿孝允终于问德秀，许没许人家？德秀不晓得怎么回答，惶惶恐恐捂了一晚上，准备先问问娘。

水梅无法阻止朱孝允喜欢秀儿，那是人家的事，而对自己的女儿，必须及时砍断她那些不该有的痴心妄想。好吧，就算秀儿不是朱家的种，如愿嫁进朱家，也只能做小。假若对方是刘家，吴家或潘家，随便哪家都没什么不可，唯独朱家不行！不知怎的，这日水梅一想到朱家，心儿便隐隐作痛。

德秀捂着嘴去找麦穗。水梅本想追过去，却又重新坐了下来，看来锅盖是时候揭开了。水梅一直不敢说出秀儿的真实身世，首先是不晓得怎么开口，其次怕朱先生不信。假若真不信的话，又该如何证明？秀儿身上又没注着朱阆的名字，且水梅还有许多顾虑。不过到了此时，再也无法顾东顾西了，就算说了自己将粉身碎骨，也要想法阻止秀儿和朱孝允两个人的你情我愿……

想罢，水梅理了理凌乱的发鬓，只能再去朱家走一趟了。

从薛府出来，朱先生的心情糟糕到了极点。

绺子站在马车旁，奇怪地看着朱先生："呀，您脸色怎么这么差？"朱先生惨淡一笑："大概天气转冷了，也是，入冬许久，也该冷了。"从府门口到停放马车的地方，只有寻常七八步的脚程。朱先生却走了很久，像是怕错过每块地砖似的，身子摇摇晃晃，仔细地迈着小步。终于走到马车旁了，绺子刚放下脚凳，朱先生忽地弯下腰，一个劲地开始呕吐。绺子慌了，赶紧近前轻拍先生的后背。朱先生摆了摆手，说没事，许是昨晚不小心着了凉。

车里铺着柔软的棉垫子，朱先生躺靠上面，依然冷得不行。他知道，这种冷躲无可躲避无可避，必然是发自内心的冷。"呀，您怎么不早说？"朱先生听了这话，当即懊悔不已。回想自己奔走多日，若是先前就直接厚着脸皮来找薛怀安，兴许天大的难事也能轻而易举地得到解决……什么叫悔不当初？恐怕这就是。薛怀安没有明言，但"怎么不早说"几个字已说明一切，说明朱先生自己错过了替春亮求情的最佳时机，也即是说，春亮已经死了。

春亮的脑袋已经落地，且被高高悬挂在羊角滩西角的木柱子上。数十根新立的木柱子上面，像挂铃铛似的挂满了木匣子，那些镂空的木匣子里装的就是这次参与暴乱的人的脑袋。朱先生掀开车帘，透过车窗远远望去，果然看见那些木柱子像梭枪一样直指苍穹。朱先生看不清春亮的脑袋究竟装在哪个木匣子里，但仍真实地感觉到一道犀利的目光盯向他，盯得他更觉着冷了。

朱先生一路都在想，该不该告诉水梅实情？知道这事瞒不住，或许能瞒一时算一时。"绺子，回去你就跑梅花坞把山请回来。"朱先生思片刻，嘱咐绺子。"哎，好咧。"前头赶车的绺子耳力倒挺好。绺子没心没肺，这些年在忠义堂长高了，也长胖了。"你今年多大了？"朱先生问。"应该……"绺子挠挠头，实在忘了自己几岁，"反正，比山哥小。"朱先生笑了，说："什么时候得空了，帮你说门亲，往后你就把忠义堂当自个儿家。"绺子也笑:"我可一直把忠义堂当自己家,先生,要是没有您,我怕早饿死了,我这条命都是您给的!"朱先生这才发觉,什么时候绺子说话这么利索,接着说:"往后你要和山像亲兄弟一样,相互帮衬。"绺子说:"那是一定。"

朱先生像在交待后事,不过憨厚的绺子没听出来。

主仆二人一路走,一路聊。很快,马车停在忠义堂门口。"哟,婶,您来了?"绺子不论对谁都是客客气气的,这点和朱先生很相像。朱先生曾教过德山,有句话叫作"近朱者赤,近墨者黑"。德山开始不理解,以为"近朱者赤"的"朱"是朱家的"朱"。朱先生大笑,说:"其实后面还有两句,声和则响清,形正则影直。这话本意是说,靠近朱砂易变红,靠近炭墨易变黑,出自晋朝傅玄著的《太子少傅箴》一文,形容接近好人能使人变好,接近坏人能使人变坏,指环境对人将产生很大的影响。"德山仍听得一知半解,但清楚朱先生除了教他读书识字,也时刻在教他做人做事的道理。

再见水梅,朱先生没说什么,只轻轻地点了一下头,便直接往里走。水梅低头跟进去。看见朱先生径直进了东厢房,这次水梅说什么也不敢跟了,只在厅堂门口等着。朱先生很快从里间披件棉袄出来,水梅这才看清,朱先生的脸色异常苍白。"你……生病了?"水梅关切地问。"不碍事,不碍事!"朱先生以为水梅依然过来询问春亮的事,"你莫心急,春亮很快就有结果,安心等着就是。"朱先生只能这般含糊其辞。这话果然让水梅的心儿定了许多,心情一下好了许多:"其实我今天来,主要是说德秀的事。"朱先生问:"德秀怎么了?"水梅说:"秀好像……好像喜欢上你家孝允。"只要不说春亮的事,朱先生的情绪一下阴转晴:"哦是吗?那敢情好!你呀,总是瞎操心,是担心金秋反对,还是担心秀儿嫁进来做小？金秋那头我说去。溪头王秀才的事听说了吧，两个月前娶的婆娘就是船女，人家可也是明媒正娶的呀。"王秀才娶亲的事水梅当然听说过，王秀才丧妻多年，且年纪已经五十有五。将未满二十的黄花大闺女嫁给行将就木的糟老头，许多船民私下都当笑话传。聊着，水梅忽觉话题聊偏了，支吾地说："不，不是……"朱先生说："哦，难道你担心往后山和秀儿错了辈分见面尴尬？呵，多大的事儿！咱们哪，脑子总被这规矩那规矩框得死。往远了瞧往大了瞧，还有什么比孩子们幸福更重要……"水梅打断地说："秀是你的孩子……"朱先生一时愕然："啊？"水梅瞧左右没人咬着嘴唇再说："秀，是你的孩子！"朱先生这下听清了，脑袋嗡的就懵了。

说到底，家胤是不会真恨水梅的。

家胤又有什么理由恨水梅？就因为看见她和父亲拥搂在一起？其实瞧见的那一刻，家胤心里只是乱，乱极了，他俩是什么时好上的？家胤从小没娘，没见过娘的模样。小时候曾问父亲，娘长怎样，好看吗？父亲反问她，你觉得义娘怎样？小家胤说，义娘好看，义娘对我可好了。父亲笑着说，那你往后把义娘当亲娘好不好？那时家胤什么都不懂，只一个劲地点头。父亲抚摸她的头，长长地叹出一口气，然后眼眶里隐隐浮起一层雾……长大后，她开始理解父亲的不容易，曾建议说，要不给她找个继娘？父亲听后，却开起了玩笑，你难道没听说继娘的拳头夏午的日头？家胤说，也有贤惠的。父亲说，难……

这下家胤隐约地明白过来，父亲大概很早就同义娘好上了，难怪父亲以前看义娘的目光是那样的暖软，说话声音是那样的轻柔……说恨，家胤倒是应该恨自己的。她想，自己先前怎么一无所知？虽说父亲同水梅好，声名不正甚至与伦理道德相悖那又怎样,日子本不易,且过且珍惜呗。

不过,不恨水梅也不见得有多喜欢她。

许多事没想通之前,心里当然纠结郁闷,等想通理顺了,什么烦心事也就都不算事了。这日家胤在二楼看书,听见父亲回来,起身换了衣裳,准备下楼问问父亲去见薛怀安的结果如何。家胤也担心徐春亮的安危。于明里讲,徐春亮是德山他爹。尽管德山入赘朱家,说破天徐春亮仍是家胤的"公爹"。于私而言,父亲不遗余力,大概想弥补"韩寿分香"后的内心愧疚。而对于自己的婚事,家胤其实早有了其他的想法,只不过事情得一码归一码。

谁料刚走到院子里,便听见那句:"秀,是你的孩子……"

这话让家胤生生地怔住了脚。后面又说些什么一个字没听清,直到听到一记沉闷的噗通声响,家胤才猛然醒神地跑进去,果然看见父亲脸色苍白地坐在地上。"爹,您怎么啦?"家胤推开跪一旁的水梅,接手扶住父亲。"哦,家胤来了。"朱先生僵僵一笑,皱眉地说,"也好,事情总要有个交待。"家胤生气地说:"爹,地上多凉,有话起来再说。"家胤单个人要搀起朱先生显得吃力。水梅见状赶紧搭把手,一人一边将他搀进厢房。等朱先生躺好了,家胤披了披被子,冷冷地对水梅说:"你回吧,我来照顾我爹。"水梅抹着泪,没说话,望朱先生一眼便要走。"等一下!"朱先生喊住水梅,然后看着女儿,严肃地说,"刚才的话我想你都听见了,山的妹妹德秀,是你的亲妹妹。"家胤气极而笑:"哈,德秀是我妹妹?爹啊,这话您也信?"朱先生说:"是,爹信!水梅从来不说假!"朱先生说话时,显得胸闷气短。家胤盯向水梅,冷笑着问:"是么,婶?哦不,我该喊你义娘。义娘,你不会为救春亮,故意这么说吧……""家胤——"朱先生立马喝住女儿，"怎么说话……"

一句话没说完，朱先生便剧烈地咳起来。家胤慌了，哭着对水梅说："你还不走，想气死我爹是吗？"水梅说："我……"朱先生终于缓回一口气，拉住女儿："听我把话说完。"招手让水梅走近些，"有件事不知怎么对你说，其实春亮他，他已经……"听这话，水梅吃惊地瞪住先生。朱先生点着头，仿佛骤然释怀地叹一声，"对不起，没能及时……"

水梅这时听明白了，像突然遭到雷击似的一副呆愣的样子，再也问不出别的话，只凄楚地笑着："原来，你让我安心等的就是这结果？"

天气不好，气儿不顺，就连海里的鱼虾也像故意躲猫猫似的，德山手都拉酸了，也仅捞到几条小沙丁和几只烂尾虾。眼看天色不早了，德山泄气地收起网罾，站着发了一阵呆，没名没姓地问："回吗？"

满舱也开始收网罾，仔细收好塞在脚下，取下腰间的烟杆子，塞些蒴钱草叶丝儿，火石点上，然后说："坐会儿吧，叔同你说会儿话。"德山坐下。满舱问："还生叔的气？"德山冷然地说："没！"满舱说："叔晓得，你一时肯定想不通，春亮不让我参加我开始也想不通，现在才弄明白，他事先早料到事情不简单……"德山打断说："叔，您不觉得冲县衙是瞎胡闹吗？"

满舱没作声，缓缓地吐出一口烟，目光望向梅花坞方向。

暮霭下，整座梅花峰看上去就像一只被困的大海龟，上半身挣扎着爬上了岸，下半身仍旧可悲地埋在海里。"山啊，话真不能这么说！"满舱嘴角往两边咧咧，布满皱纹的脸上硬愣愣地挤出一丝笑，"是，咱是不识字没学问，可是山啊，不等于咱船民

第二部　残梦

傻，脑子混泥一点事理都不懂……"满舱收起往日的急躁脾气，耐心地给德山讲起往事。他从自己和春亮父兄三人替刘氏走海说起，说到向朱友贵租地，架船屋，挖船道，说到去东乡寻找教书先生，说到期间遭刘达仁的百般阻挠，最后提到徐过江的死。满舱说："你二叔公原本是可以不死的，那日流了很多血，不过及时抬去忠义堂肯定也能救活。可是山啊，"满舱哽咽片刻，继续说，"他愣是坚持和刘达仁理论，其实当时谁心里都清楚，船民和山人理论，就算理再正也是理不通，你二叔公为的是给其他船民立个样儿，想要活出人样儿必须争，就像戏文里唱的那样，宁可站着死也不跪着生……"听着陈年旧事，德山心如针扎。二叔公死的时候，他尚在褪褓懵懂无知，但完全可以想象，当年那一幕是怎样的惨烈、悲壮！

"后来……姓刘的被人炸死，到底是谁干的？"德山思着问。海面生活虽然困顿闭塞，不过对于当年刘总乡约的宅第被炸成了无头公案这件事还是有所耳闻的。"呵呵，还能有谁？"满舱笑了，笑得特别自豪，"除了你爹，谁有这个胆子？春亮胆大心细，心志特别坚定，想好做什么，基本不会改，当时我也恨不得剥刘达仁的皮吃他的肉，也想跟春亮一块去，可他不让。"德山问："我一直没闹明白，刘家人为什么无声无息一直没过来寻仇？"满舱说："船民的命在山人眼中连猪狗都不如，刘家人当然不肯善罢甘休，虽说没有人证物证，单凭传闻他们也不可能轻易放过咱，这事倒是被薛崇义强压下去。"德山若有所思地点头。这天下午，当德山从满舱嘴里听到"推翻帝制、建立共和"八个字时，一下讶住了，感觉满舱叔像骤然换个人，目光是炽烈的，洋溢某种热情甚至充满极致希望的。"山，现在你还会说，冲衙门取官粮是胡闹吗？"满舱认真地问，"五斗说了，有一天实现天下共和，咱将和山民一样，享受同等的待遇，不再有歧视，孩子们都可以堂皇皇地上学堂……你说，春亮他们做这事有没有意义？"德山不由得脸红了，缓缓低下头。"山啊，"满舱接着说，"这几日我四处打听，你爹怕是很难救出来了……不过，他即便死，也将和过江叔一样，会被船民世代记在心里的！"不知不觉间，德山眼里噙满了泪。他清清楚楚地觉得，有一样尖锐的东西在他心头狠狠地划着，然后连肉带血地撕了开去，骤然的疼痛一层复加一层，一层更胜一层，差不多痛到几近麻木时，才蓦地醒回神，抬头望向满舱，颤动嘴唇说："对不起，满舱叔！"

满舱当然不会跟德山计较什么，他理解德山，此时把该说的话说了后，仿若搬开压在身上的大山，悠长地叹出一口气。

水梅刚回船屋，就被闻讯赶来的众人围了起来。消息果然捂不住，无脚的消息跑得比风儿都快。"水梅啊，怎么会这样，怎么会这样？他爹被砍头，往后我们一家人该怎么活啊？"说这话的人，基本都是些熟识的附近船民，或狮犁帮船民的女人。水梅站着不动，脸上没有任何表情，若不是眼皮偶尔眨动，还以为是一尊入了定的雕像。"不行，非得让老徐家赔偿不可，我们一家子本来过得好好的，都是春亮那衰人硬愣愣将我哥骗去……"听这话，水梅顺着声音望过去，是一个完全不认识的男人，从他身材看应该也是船民。出了事，便开始相互推诿，责难，春亮也没独活啊！春亮也死了。这时候，水梅本该痛痛快快地大哭一场，却无声地笑了。眼前的梅花坞闹哄哄一片，啼哭声，骂声还有体谅春亮家难处的人的劝慰声，声声不绝，如烧沸的水，一直在水梅眼前晃啊，滚啊，响啊……水梅仿若置身事外，任何声音都入不了她的耳，直到有人看见偎在水梅身边吓得浑身抖索连哭都不

第二部 残梦　　　　　　　　　　　　　　　　339

敢哭的德秀，说要不将这妮儿嫁给他家二傻这事就算了，水梅这才大声地嘶吼起来："谁敢——"

在场的人都被水梅这声尖锐凄婉的声音喝住了。就在这时，德山和满舱恰巧赶了回来。"哥——"德秀哭喊着扑进德山怀里。"别怕，哥在。"德山护着德秀，瞪望众人。不用问，德山也已猜到发生什么。满舱跃上船头，从舱内抽出一把鱼刀，冷笑着说："今天我倒想看看，谁敢在这撒野？"

奇怪的是，先前动员船民参与起事的人也有满舱。此刻，他就活生生地站在众人面前，却没人敢说什么，大伙儿都噤若寒蝉。满舱冷讽地说："只会窝里闹，真有胆找官府去，找薛怀安去……"没人应答。亲人被杀头，谁心里都不好受，眼睁睁看着亲人身首异处暴尸万人坑连尸体都不敢收，谁心里都悲愤莫名。满舱缓和了语气，耐心地说："是，春亮是咱船民的话事人不假，可当初大伙也是事先谈好了的，什么叫骗？说这话，不觉得亏心吗？春亮被抓也没救出来，而你们就这样过来欺负孤儿寡母，不怕遭报应？"

众人鸦雀无声，须臾后，大概觉着无趣，便纷纷散去。

水梅的脸惨白得像一张白纸。她没有哭，也没说什么，坐在船屋前的台子上，两眼无神地望向远处，望向福宁街方向，好像看见什么，又好像什么都看不见。德秀喊娘！水梅没应声，仍像一段木头呆呆坐着。天黑了，德山很想劝一劝娘，却不知怎么劝，于是陪水梅干坐着。

真正揪心的悲痛，激起的往往不是眼泪，而是死一般的沉默。

夜深了，水梅似乎才寻回一缕魂丝儿。她将德山兄妹喊到跟前。"今晚和你俩说的话，必须牢牢记住。"水梅捋了捋凌乱的发际,"你爹没了,日子还得往下过。山,你是朱家人了,已经是山人了,往后可得照顾着秀儿……"德山眼含泪点头答应:"是,娘!"水梅凄楚一笑,转向德秀:"娘晓得,你喜欢朱孝允,可是你和他……反正咱没那个福分,就不要妄想。"听了这话德秀有些着急:"娘,假如他……"水梅果决地打断:"没有假如!你记住,将来有一天无论嫁哪儿都成,就是不能嫁给朱家。还有,往后不要再同朱孝允有任何来往。"德秀低头抹泪。水梅转而嘱咐德山:"秀还小,遇事糊涂,你得看着点儿,除了你,咱家和朱家不能再有任何牵连。"水梅这话再明白不过,必须阻止德秀对朱孝允的爱慕。德山看一眼德秀,心情复杂地点头。

　　墨黑的夜粘住了每个角落,似乎染乌了每一颗跳动的心。已经圆了的月儿很早便不知所踪,天上的星斗怕冷似的,不约而同地全都没入深邃的天幕。这晚的梅花坞异常安静,除了沙沙的海浪声……"哥,哥,你睡了吗?"舱外传来德秀的声音。"还没呢!"德山应一声,便坐了起来。德秀钻进舱篷。"娘睡了?"德山问。这晚水梅硬要德秀陪她,可惜德秀毫无睡意。"哥,我感觉娘今晚有些奇怪。"德秀说。德山说:"有什么奇怪?爹死了,娘伤心,难道你不伤心?"德秀说:"我当然伤心,可是……"德山说:"你可别胡思乱想再惹娘生气!"德秀说:"才不会呢。"说到爹的死,兄妹俩坐着抹了一阵泪,然后德秀小声地问:"哥,你说娘为什么反对我跟朱孝允好?"德山说:"听说朱孝允在省城玩女人,被他爹硬拽回来,像他这样的公子哥,娘大概怕你受骗吃亏。"德秀说:"孝允他人真的很好!"德山说:"听娘的不会错!秀,咱是船民,可不比山人,人家逗鸡逗狗难道就不会逗咱玩?听哥一句劝,赶紧断了这个念想。拿哥来说,原以为进了朱家就能挺起腰杆,可惜在朱家胤面前仍旧矮了一大截,她从来不

第二部 残梦 341

正眼看我，山人讨厌船民，莫说结儿女亲家，就算哥跟在先生身边给人瞧病，人家看我的眼神，也还是怪里怪气的。"德秀咬着嘴唇，沉默许久，口是心非地答应："我晓得了，哥！"

次日早晨，德秀迷登登地醒来，没看见水梅，以为水梅在舱尾准备一家人的早食。起来后四处找了找，依然没瞧见娘的身影。

过去问草帘。草帘思着说："很可能去了福宁街。"

一早有人过来说，据巡司传出的消息，薛大人开恩，允许家属收尸。许多人闻讯天光没亮便赶了过去。照理说，水梅去福宁街替春亮收尸不可能不通知德山。不过德山听后没多想，只对德秀说："我去朱家借马车，我不过去怎么成呢？"德秀说："我也去。"德山想了想，说："行，咱这就走。"远处蹲船头的五丫突然喊一声："山哥，等等我，我陪你们一块去。"声音刚落，眠垛里传来江九帆闷闷的声音："你去做什么？别惹老子生气……"

兄妹俩赶到忠义堂时，家胤刚好送薛怀安出来。

"而今先生病了，你自己更得多保重。"薛怀安说话的样子总是彬彬有礼和颜悦色。单从表面看，谁能想象就是这人蛇蝎心肠竟在一日之内砍下近百颗人头？此刻德山见到薛怀安，自然是仇人相见分外眼红。然而，薛怀安却像没事人似的，坦然自若地登上马车，并朝忠义堂门口的家胤挥了挥手。

家胤与德山兄妹擦肩而过时，似乎眼观鼻鼻观心，又似乎注意力全在薛怀安身上，完全将兄妹二人当空气。德秀本想喊家胤一声"嫂子"，最后声音只在嗓子眼转了一转，又生生地咽回去。哥果然没说假，"嫂子"确实没把哥放在眼里。"他来做什么？"德山原本进了过道，突然转头问。

家胤没回答，也没抬眼看德山，只盯一眼德秀，转身便准备上楼。

"我说，姓薛的过来做什么？"德山再问一句。

"和你没什么关系吧！"家胤说，"爹病了，人家一早过来探望，你呢，不是回去了怎么还回来？一回来还摆着一张臭脸，给谁看？"

"你……"

德秀赶紧扯住德山的衣襟，生怕哥说了某些不该说的话，惹得"嫂子"更加不高兴。听说朱先生病了，德山紧着奔东厢房。朱先生这时候早醒了，躺卧在床，整个人看上去消瘦许多，憔悴许多。看见德秀，朱先生眼里顿时焕发出欣喜的神采，挣扎着要坐起来，被德山按住。"您好好养病，我和秀得马上去趟福宁街。"德山简要说明来意。"应该的，应该的……"朱先生点着头，看着德秀说，"秀啊，往后得空，可别忘了经常过来玩……"

德秀这是第一次且唯一一次见朱先生，听这话，怯怯地嗯了一声。

水梅头一个赶到"万人坑"，她一眼便认出并找到春亮的尸体，掏出一条长长的布带子，将尸体仔细捆在背后，背着就走了……这是德山兄妹赶到福宁街北边山脚的一处"万人坑"时，别人告诉的消息。"哥，你说娘会把爹背去哪儿？"德秀躲在德山身后，眼前横七竖八躺着许多尸体，恐怖的是每具尸体都没了脑袋，血肉模糊的脖颈前飞着不知名的飞虫和苍蝇。许多人仔细地翻着无头尸，仔细地辨认。然而，要想在偌大一堆尸体中寻找到自己的亲人谈何容易？德山紧锁眉头没说话。他此刻完全全体会娘的悲恸情绪，"一眼认出并找到"，这是娘和爹多年夫妻多么默契的情感体现。家胤却说，是娘主动去勾引朱先生的，可能

第二部　残梦

吗？真可笑！德山呆呆地站了一会儿，朝尸体堆深深地鞠了一躬，然后对妹妹说："走吧！"德秀仍旧懵着："走？去哪儿？"

德山也不知该去哪儿。他觉得娘肯定不会将爹背回船屋，她或许把爹背进山里，寻一处隐僻地儿悄悄将爹埋了。爹一生想上岸。生前做不到，死后有处葬身之地对爹来说也是一种告慰。德山抬头望北，苍翠的重峦此刻被氤氲烟霭完全笼罩，一只鸥鸟从头顶掠过，忽地落下一滴白色的鸟屎……

朱先生快不行了。

真是病来如山倒。朱先生将身子完全地蜷缩在被窝里，上面还加盖了两层棉被，依然感觉冷，就像躺在冰窖中冷到不行。这几日又开始发热，忽而又仿佛掉进火堆里……朱先生生病期间，薛怀安跑得特别勤，勤得反倒像是朱家的女婿。家胤无助落泪，他不失时机善解人意地递上柔软的绢帕。家胤忧心父亲的病情食不知味，他派人从红香楼打包来可口的饭菜。他还亲自去省城请来著名的洋医生。洋医生再三诊断，最后确定是肺病。

天哪，家胤听说后一下慌了神。

无助的女人，总渴望身边有一位可以给她依靠给她安全感的男人。

而这个男人，明显不会是德山。德山回到朱家后，除了洗刷做饭，给朱先生擦身换衣端汤送药外，别的什么都指望不上。听绺子说，小姐着急上火嘴里发了水泡泡。德山亲自煎了药，担心药味涩苦，特地加了些许冰糖，并亲口尝了感觉可以入口了才给家胤送上楼去。门打开，发现薛怀安正在家胤房里，绸缎长衫的胸口处显着一片湿。家胤红着双目，脸上泪痕未干，很显然刚刚趴在薛怀安怀里哭过。德山隐隐动怒，将药碗搁在桌面转身就

344　　第二部　残梦

走。"等一下，我想和你谈谈。"家胤突然喊一声。德山站住回头。家胤走到德山跟前，"谢谢你近段时间的照顾！"这时家胤身后的薛怀安快快地睒德山一眼，脸上隐约露出嘲讽玩味的笑。"但是，无论如何我都不可能嫁给你，明白吗？"听这话，德山心里忽觉好笑，什么叫你嫁给我？是我嫁入朱家好不好？不过，德山看着家胤缄口不语，仿佛早料到会是这么一个结果。"嗯，我晓得了！"默片刻，德山只能点头。"到时我会补偿你一笔钱。"家胤感到意外的是，德山居然不生气甚至也不问问为什么，"包括这些日子你过来照顾我爹，我都会按最优报酬算你工钱。"家胤若真这么做，那才是对德山真正的侮辱。"你以为，有钱就能买来一切？包括先生身体康复？"德山冷笑着，"放心吧，照顾先生是我分内的事，不需要你一分一毫。"说完，拉开门直接走了。薛怀安笑出声："这个曲蹄仔看上去傲气得很嘛！"家胤反倒郁闷了，说不出心里是何滋味。

水梅失踪的事，自然瞒不住朱先生。

"你娘是个性气特别坚强的女人。"朱先生安慰德山说，"若说她会想不开，说什么我都不信。"德山也不相信娘会因为爹的死而寻了短见，而事实是已经过去十几天了，根本没有娘的消息。满舱先是为了春亮，此时为了水梅四处打听，最远甚至去了高岩砭，仍然寻不着水梅的下落。自从那日独自一人背走春亮的尸体，仿佛跟着从世上消失了一样——娘不见了！德秀哭哭啼啼，哭得德山又悲又急又烦。"也许过段日子她自己会回来。"朱先生叹着说，"可惜我这身子，怕是熬不到那一天了。"德山赶紧说："您可别这么想，我爹曾经说过，人活着，必须时刻提着一口气，这口气若是没了，那就是一堆烂泥神仙也难扶上墙。"朱先生笑了："嗯，你爹说得对！你爹这一生，真真的不容易，唉……是我对不住他！"又说，"说起来，人这一辈子无论做什么，都得讲究缘分福分，不然的话，只能是一场镜花水月……"

　　朱先生沉浸在对既往时光，特别是和水梅在同一个屋檐下生活的那段美好时光的回忆中……德山却在想，他和家胤的婚事这么快黄了，大概就是缘分福分不够的缘故吧。这么想，德山心里似乎一下舒坦了许多。

　　几日后的早晨，石林告诉满舱，听说有人在栖凤山北麓的山坳里发现一具女尸，视情形应该是不小心失足摔死的。满舱听后惊愕半天，嘱咐石林，这事切不可说出去，栖凤山北麓距离福宁街有点远，尸体八成不会是水梅，但也保不齐。满舱甚至连草帘都没说，只身跑到忠义堂找德山。

　　山路狭曲坎坷，一旁又是深不见底的深壑峡谷，路不好走。绺子怕德山出意外，自告奋勇帮忙赶车，路上不时地安慰德山，肯定不会是婶，过去瞧一眼只不过图个安心……德山心里乱极了，人坐车里，双拳紧握，指甲嵌入指背渗出血丝也浑然不觉。万幸的是，那具女尸虽然摔得面目全非，但身上衣物发式包括身材，远远望去就不是水梅的模样。德山长舒一口气。一旁的满舱喃喃地念叨："天爷保佑，天爷保佑，保佑水梅平安无事……"

　　认尸无果，只能说明水梅暂时没事。

　　朱先生却有事。

　　这日朱先生起了个大早，换上新衣裳，穿着整齐地走出房间，自个儿到夏房倒水洗漱。热水是德山一早备好的。绺子许久未见先生这般精神，赶紧喊小姐下楼。家胤见了，以为父亲的病好了，高兴地说："爹，有事您喊一声，小心别累着了。"朱先生说："爹能行，爹还不老吧？"家胤笑着说："爹哪里老了，爹正当年呢。"洗漱完毕，朱先生说想喝粥。家胤心想，自己许久未曾给爹做过一顿饭，于是问绺子，该放多少米多少水，亲自帮父亲熬粥。就在这时，满舱气喘吁吁地来了。他和德山背着朱先生说话。不多久，绺子过来问朱先生，他陪山哥出去走一趟。朱先生微笑地说，去吧，路上慢点儿。

话都说得好好的！谁曾想，等绺子和德山回到家，还没进门，便听见后院传来家胤悲恸的哭喊声……

朱先生就这样死了。

死之前，他喝下一小碗女儿熬的小米粥，吃了点小菜，喝了一壶坦洋功夫，陪女儿聊了一些早就该聊的话，然后觉着累，便回房躺下，一躺下，就再没睁开眼。行医多年，见过许多生死，朱先生很清楚自己这日将油尽灯枯，骤然回了精神大概就是中医所说的回光返照。他很想和德山说一说水梅，可惜德山急匆匆出门。他大抵猜到德山慌里慌张为了什么，但他不担心，人之将死，尘世所有一切都将成为过眼烟云，关键是他对水梅有信心，蝼蚁尚且偷生，何况水梅还有德山，秀儿。朱先生唯一放心不下的人，便是德秀。他交待家胤，就算你永远不认这个亲妹妹，她依然客观地存在，那么唯一能做的，就是不要伤害她。家胤含泪答应。所以，朱先生走得很安详，走得无牵无挂……

朱先生的葬礼自然由朱孝允代为张罗主持。

过后不久，家胤给德山留下一封信，和薛怀安一起离开溪马门。

至于家胤去了哪里，准备做什么，德山没有资格去关心。那日当着薛怀安的面家胤已经把话说得很清楚了，无论如何她都不可能"嫁"给德山。

是的，人家一直都是高高在上的"金凤凰"，而德山却是世代被圈因在海面的"曲蹄仔"，如此两类人，又如何能够凑成一对子？德山唯一感到遗憾的是没能见着朱先生的最后一面，他还有许多话没同先生讲，还有许多问题没向先生请教……而今他和先生阴阳两隔，就再没那个机会了。

家胤留的那封信，德山始终没打开过。但他没丢，一直如珍宝似的收藏起来。许多年后，等他有想了解信的内容的时候，发现信纸早潮烂掉了，字迹模糊不清。问家胤。家胤笑着说，她早忘了当初写些什么了。

第三部

晓 梦

第二十章

年复一年，冬去春来。

福宁府终于迎来一场重大的变革。

首先，是铰掉人们脑后或长或短乱糟糟的辫子。这日清晨，岸上有人明锣宣告，一下吸引了许多人的注意。人们好奇，但更多的还是惶恐——

毕竟这些年发生太多事了，闹得人心惶惶。

"天爷呀，果真实现共和了……"德山坐在船头想事情，心情复杂地站了起来。满舱听声音颤巍巍地钻出舱篷。石头、芒种、夏至等大伙儿也都放下早食的碗儿，愣站船头，不解地望向岸上，以为官家又起幺蛾子了。

"地牛转动，是地牛转动了，咱的好日子来了……"江九帆嚷嚷着从岸上狂奔回来。"德行！"五丫挺着大肚子站在舱篷口，看见丈夫这副模样冷讽一笑，"鸟长霉都懒得洗洗，还有什么好日子过？除非日头打西边出来。"许是习惯了五丫的挖苦嘲讽，又或许心情好，江九帆不恼，笑嘻嘻地说："哎呀，骗你干什么？

往后咱什么不用做也有得吃有得穿了。"五丫说："做梦！不做会有吃，那是天爷瞎了眼！"听这话，江九帆瞬间冷了脸。

"我上去瞧瞧。"德山对舱内正给念海念慈喂饭的麦穗说。

"顺便捡些碎布回来。"麦穗说，"念生的裤子早烂得不成样子了。"德山点头："好！念生刚好到了上学堂的年岁，我先去打听打听，往后咱船民的孩子到哪儿上学？"这时念生拉住德山的裤脚："爹，我也去。"德山嘿嘿一笑，说："好咧，那咱就一块儿去，一块儿去。"德山把透着屁股蛋的念生扛起来放在肩上，忽而发觉："好小子，又重了，爹都快驮不动你了。"

念生咯咯笑了，笑得非常开心。

念生眼神儿透着聪灵，坐在德山肩头，仿佛可以望很远……

许多年后，念生在《自白书》中这样写道：我徐念生只有一位父亲，他就是徐德山，他更是我的启蒙老师。他第一个字教我学会了"人"字。人这个字左撇右捺，左为己右为众撑起一个人不愿苟活的一生，所以人一生难免作出取舍，即使这种取舍是不得已而为之的。人字俯仰加两横即为天字。我徐念生一生上无愧天，下无愧地，也对得起党的培养，唯一对不住的，大概就是德山父亲了。自古忠孝难两全，盼来生再成为他的儿子，承欢膝前……

德山驮着念生上岸，路过忠义堂，想想便拐了进去。今时的忠义堂不比往昔，基本门可罗雀。朱先生身故后，忠义堂便开始少有病患光顾，乍看还以为乡人从此不生病。若真如此，倒也印证了先生写过的那副对联：只要世间人无病，何愁架上药生尘。药架上当然不会出现浮尘，绺子每天都要仔细擦拭好几遍。铺门敞开着，柜上却没人。德山站门口喊了几声绺子的名字。

"进来吧——"

绺子人在后院,听声音一下认出是德山,"进来陪我喝几杯吧。"德山哎的进去,放下念生,笑着说:"一大早喝酒,小心身子骨烧空了。"绺子搁下筷子,抓起一把花生米,笑嘻嘻地朝念生招手:"来,过来叔这儿。"念生眨巴着黑眼睛,怯怯地躲在德山身后。"怎么,来几回了还认生?"德山对念生说:"别怕,绺子叔是咱自己人。"念生这才接过花生米,坐一旁安静地吃起来,显得乖巧懂事。见德山不喝酒,绺子没有勉强。"听说岸上打今天起开始铰辫子?"闲聊几句,德山问。绺子笑着摇头:"国家大事咱平头百姓管不着,铁剪子咔嚓一下辫子没了好日子就来了,你信吗?"德山说:"终归是一种变化。"绺子说:"那倒也是。"绺子伸手摸了摸自己的光头,"可惜现今许多人都觉得日子越来越难,非得另谋一条出路不可。"绺子说,朱家北道茶园分给朱孝允后,已经被他卖了,听说将在那儿建起新式医院。

提到朱孝允,德山陷入了沉默。

他对这位朱家二少爷没有丝毫好感。只是不知怎的,德秀却深深地中了朱孝允的"毒",时至今日,仍无法从那段才刚萌芽的感情中走出来。草帘一连帮德秀相了几门亲,都被德秀——地回绝。德秀借口,等寻着娘再说。可是娘失踪好些年,是生是死尚未可知,硬是将德秀熬成了老姑娘。更可恶的是,还有人将春亮的死,水梅的失踪,包括朱先生骤然离世三件事硬生生地扯在了一起,编排出"德山是靠他娘叉开腿才进朱家"的丑闻。

麦穗登花船一早便还清了郭桅杆家的债,这事原本就翻篇了,可是郭家的占前占后两兄弟仍旧说,麦穗还欠他郭家的情……人情债如何还?实在受不了郭氏两兄弟的日常骚扰,在草帘的建议和撮合下,麦穗答应,和回了船上的德山凑成一对搭伙过日子。三年时间，麦穗先后生下念海念慈兄妹二人。也许内心觉着愧欠柄生，德山最疼的孩子还是念生。有的吃念生先吃，有的穿念生先穿，不了解情况的人，还以为念生就是德山的亲娃儿。

"朱孝允是个败家子！"德山看着绺子说，"孝临大度，分家时把最好的家业分给弟弟，谁想几年工夫就快败光了。"绺子说："哼，沾上大烟，金山银山也得被抽空。"遂问，"咦，你今天怎么有空？"德山说明来意。绺子摇头说："娃儿上学这事，恐怕得再等等，眼下乡人的孩子还没着落，这几年世道乱哄哄，连教书先生也都顾头难顾尾地屁蛋儿坐不住。"想想又说，"我倒是有个想法，咱不妨先试试。"绺子捋着思路说，小姐刚离家那阵子，忠义堂的生意尚可，附近乡民贪近还会拿方子过来取药，可惜草药价廉利薄，如今医堂库房缺药严重，再这么经营下去，忠义堂非关门不可。

绺子盯住德山问："山哥，撇开小姐不讲，你说先生当初对咱怎样？"德山肯定地说："好！朱先生是个好人。"绺子惨然一笑："可惜我一不会问诊二不会看病，好端端的忠义堂被我经营成这个样子，想想都对不住先生。"德山凝思片刻，微笑地说："咱哥俩还说外人话？准备怎么干一句话的事儿！"绺子说："好，打今天起你坐堂，我掌柜，咱哥俩把忠义堂撑起来。"

重回忠义堂，这的确是一条好路子！

这对德山来说，更是一条光明的上岸之路——

可是，山人能同意，能乐意让一位船民替他们瞧病吗？

"先生生前常说，做事问心无愧便好。"绺子长叹一声，"小姐走了这几年一直没回来，咱不管山人乐不乐意来瞧病，这么做也算仁至义尽，能撑多久算多久，将来有一天真到地下见了先生，至少也能交待得过去。"

德山已经动了心。

两位都不是做事拖延的人，自然说干就干。绺子从东厢房捧出朱先生生前出诊用的药箱，找到一摞空白黄纸，笔墨，砚台，擦拭干净后一一地摆在桂树下的石桌上。"嗯，齐了！"绺子双手叉腰地说，"这两天，我去省城的药材行赊些草药回来，三日后，咱们的忠义堂重新开张。"

这日上午，德山像刚进朱家那会儿，仔细净手，提笔，先稳了情绪，认真地在黄纸上练起字来。他先写下的是一剂除湿汤："半夏麹、厚朴、苍术、藿香、陈皮、白茯苓、白术、甘草……生姜七片，红枣一枚，水二钟煎至一钟食前热服。"绺子见状嘿嘿含笑点头："没忘就好，没忘就好。"遂回屋找来几本医书，"这些书拿回去温习，不过千万别弄丢了。"德山没推辞。他记得朱先生曾郑重地警醒过，"不论大病小病，对谁来说都是人命关天的大事，懂即是懂，不懂即是不懂，任何病理都须弄得一清二楚才行。"

德山一下感觉自己责任重大，一时练得忘了时间。临近晌午时，才搁笔揉了揉发酸的手腕，忽地醒觉，念生呢？正准备寻找，发现念生原来一直偎在他身旁，一声不吭地看他写字。德山想想，将毛笔递给念生："试试？"念生丝毫不怯，伸手接笔，学着德山的样子，小心地往砚台上蘸墨润笔，然后在一张德山写坏的黄纸上很快地写下两个字。绺子和德山双目瞪大，看着纸面上两个笔画虽有些歪歪扭扭字架却沉稳大气的大字，面面相觑。

"山哥，念生奇才啊！"绺子惊喜地说。德山的心儿早怦怦狂跳。他搂住念生认真地问："可晓得这俩字怎么念？"念生扑棱着大眼睛说："半夏。"接着他拿起德山写的除湿贴，小手指着，逐

第三部　晓梦

个地念，除了觞字和藿字，余下的几乎一字不差……天哪！德山
捎一下自己的大腿，非是做梦。这副汤贴，记得刚才只跟绺子读
过一遍，解释过一遍，念生在旁边听了便全记住了？"天爷开眼
啊，我老徐家……"德山感慨得说不下去。绺子思着说："山哥，
念生既然有这天赋，不如回去先自个儿教教，就像咱准备重开忠
义堂一样，能教多少算多少，等有一天学堂开学了，我帮你
问问。"

这时候，德山热泪盈眶，只剩下嗯嗯点头了。

无意间发现念生具备超出常人的记忆力和超强的识字能力，
德山那叫一个欣喜若狂，这可比出海捕鱼满载而归更令人高兴。

德山依旧让念生骑在自个儿的脖子上，腋下夹着医书，本来
要回船屋，看见街那头闹哄哄地围着许多人，便转过去瞧瞧。挤
进去一看，原来是铰辫子现场，当中摆着一张大长桌，刘富余坐
一旁，刘全在册子上仔细地登记名字。"铰完辫子当场领五文赏
钱。"刘氏商行的伙计站着吆喝，像在做买卖。

怎么回事？刘掌柜当官了？德山纳闷。刘富余身着蓝色新长
衫，头戴一顶新式礼帽，帽檐下原先的长辫已变成了齐耳短发。
管家刘全亦是如此。刘富余眉头微锁，不过故作淡定的神态中仍
掩饰不住一丝发自内心的得意。

"今天是刘主任上任的头一天，赶紧排队去，晚了怕就赶不
上了。"旁边有人小声地告诉德山。瞧那人的衣着装扮，应该是
个山人。德山问："明天就没了？"那人说："今天是主任大人自
个儿掏的腰包，明天的事谁晓得？"简短几句对话，德山心里不
禁地腾起一阵暖，共和了果然不一样，山人似乎突然不贱待船民
了，很好啊！五文钱不多，但多少都是钱，德山有想过去排队，
可瞅着队伍很长，这头几乎见不到那头，心想，等排到恐怕天都

黑了，有这闲工夫不如回去多拉几网罾，运气好的话收获可比五文钱要多得多。德山急着赶回去，首先是怕念生饿着，二也有点儿迫不及待想告诉麦穗好消息。

抬头望天，天气真真是不错，阳光明媚，果然冬去春来。

几日后，忠义堂门口噼噼啪啪地鸣了爆竹。

忠义堂重新开张的消息，自然很快地传到刘富余耳中。"老爷，您看咱要不要干预一下？"刘全担心，老爷刚任镇公所主任，朱家的"入赘儿"便堂而皇之地准备在忠义堂坐诊。虽说蛤蟆抹了脂粉依旧是蛤蟆，可一旦听之任之地坏了规矩，海面还有那么多的曲蹄仔，如若都依样学样地涌上岸，到时局面真不知如何收拾！刘富余明白刘全的担心，只是眼下新政府伊建，必须应对的事务繁多，还得和洋人周旋，哪有闲工夫管这些"闲事"。"嗯，你抽空过去瞧瞧，只要不过分，先不用管。"面对刘富余的嘱咐，刘全却犯了难，什么叫不过分？度又该如何把握？那日的县公议会刘全也是参加了的。会上，年轻的冯知事语重心长地说，革旧迎新，封建反动那一套已经过时了，诸公皆应秉承中山先生倡导的"天下为公"，待人以公平以公道，鄙人希望，此后不要再见到歧视人的言行出现，就算海面船民，也是我中华民族四万万同胞……在刘家前后服侍了两代主子，明里暗里也做了许多事，刘全太清楚什么叫定调。知事大人这么一拍桌子，接下来谁敢明目张胆地拿船民怎样。

刘富余确实没有工夫"关心"忠义堂的事。洋人的鼻子比经验老道的猎犬儿还灵，早早地便闻到了刘富余有意仕途的思想动向。过年的炮仗热烈地响过三日的那天上午，身穿貂皮大衣的洋人彼得突然叩响刘家大院的大门。彼得的突然到访，刘富余很清楚非是登门拜年这么简单。果然，彼得受洋人公会的委托过来传话。到目前为止，公会尚不清楚新政府将如何对待洋人。彼得的态度很是谦逊。他操着生硬的平话说："朋友，您是继朱孝贤，薛崇义，朱友贵之后溪马门最有影响力的人物，您说一句话，将很大程度决定我们这些外国人在溪马门是去是留。"刘富余顿时受宠若惊："哎呀，刘某人人微言轻。"彼得呵呵一笑说："中国有句老话，叫强龙不压地头蛇。新任知事冯毅太年轻了，关键他是外来人，能否在这儿站稳脚跟先不说，愿不愿意长待下去也是个问题，这就是我到溪马门为什么首先过来拜访您的缘故。"刘富余猜出彼得大概在冯知事那儿不受待见，微笑地说："感谢彼得先生抬爱。"彼得说："站什么山头唱什么歌，进了溪马门，不管他是谁，受谁指派，在我们眼里码头仍旧是您刘先生的码头。"听了中国通的彼得的一番恭维，刘富余非常受用，面上继续谦虚着。彼得说："我们对新政府所谓的'驱除鞑虏'政策实在不敢苟同，您想啊，我们这么多年投入大量的人力物力在溪马门发展建设，最终受益的人将是谁呢？"刘富余心里想着，当然是你们洋人，这些年赚走的白花花的银子还少吗？不过没说话，身子往前微倾，一副愿闻其详的样子。彼得继续说："不否认，我们是得利了，您也是商人，行商之道因利驱使很正常，但最终受益的还是溪马门的中国人，毕竟你们才是这片土地的主人嘛。"

主人二字，一下给了刘富余某种底气。

他站起身，往彼得面前的杯子里添了添茶水，然后说："彼得先生，咱俩也是多年的老朋友了，既然在商言商，有话请明说。"刘富余的意思是他愿意和彼得做某种交易。彼得哈哈大笑："刘先生果然是个爽快人。"

众所周知，冯知事讨厌洋人。他是孙中山先生的忠实追随者。按洋人公会众议的结果是，要像满清政府当权时一样，对不听话的官员驱逐之，否则埠口通商将受到不少的阻碍……赶走冯知事？如今福宁府改县建制，撤换官员已不是当年府台一道文牒便可达成那么容易了。彼得适时地给刘富余抛出令人垂涎的橄榄枝，他可以帮忙让恒昌成为福宁县保卫团的团长。这时候的刘富余已是个五十多岁的人了，仕途再辉煌，亦是强弩之末了，儿子则不同，刚好如日中天如若达成所愿，那么刘家……憧憬着将来有一天，溪马门百姓不得不仰望刘家，刘富余胸腔里倏地就燃起了一股子热辣辣的火儿。

任何运作，靠的都是要有一副好脑子！

刘富余自认为自己这点不差。

这日傍晚，他一个人安静地坐在刘老太爷坟前，仔细地斟了酒，然后开始说："爹，您走的时候，其实已经有了孙子，只是那时你我都不知，他就是恒昌。"说着，望向溪马门海面，"您说得没错，船民也是人，这点儿子是认同的，只是人分九等。儿子不论做什么，哪怕当年卖尽咱家的茶山茶田，包括外省的一些商铺，为的就是尽量地保存实力，为了将来有一天东山再起。而今共和立国了，从此改天换地，儿子没法再遵照您的训示，托人谋了一份差，当然只是当了一个小官。可您的孙子大不一样，他很快就将上任咱福宁县保卫团的副团长了，您请放心，恒昌将来肯定能替咱刘家光耀门楣。"

这天刘富余和父亲说了许多话，坐了许久。实际上刘富余心里憋得慌，闷得慌。大事不决问朱阆。可惜啊，朱先生已经作古，此时问谁去？赶走冯知事已经够难的了，彼得又说，他将说服公会的投资商扩大溪马门码头，届时刘氏可入股，但条件是必须拿到梅花坞的盐壳地。

天哪！这是烫手的山芋，却又是天大的好事！

鱼和熊掌，该如何兼得？刘富余苦恼不已。

一连三天，与预想的情况差不多。

忠义堂重新开业，却没见一位病人光顾。

"莫急，莫急！"绱子安慰德山，"大伙儿恐怕还不知情，瞧病这种事，又没法站街上吆喝，也许过些时日就好了。"德山只能点头，但他不敢瞎乐观。三日来，部分山人站在医堂对面远远地瞧过来，可惜目光明显是不信任的目光。期间，德山也瞧见刘府管家刘全的身影。若是一日瞧见，兴许人家碰巧路过，一连三日都看见他在附近转悠，便不得不多想了。这日傍晚，德山想了想还是将这事告诉绱子。绱子沉思片刻，气恼地说："他娘的，肯定是这狗日的背后使坏！"是否如此无处验证，却也只能想法子去应对了。

过后不久，忠义堂突然免费提供除湿汤水，山人争而抢之。

三月的溪马门，清风微微吹拂，如毛的细雨不期然地从天空洒落下来，四处陷入了一片氤氤氲氲的潮湿之中。气候忽而转暖，忽而骤寒，虽是春暖花开生意盎然的季节，却也是人们最易得病的时候。许多老船民的风湿痛严重，德山背上药箱，逐船问诊。他尚不懂如何诊脉，仅寻着医书记载，凭借当年跟在朱先生身边所见所闻的经验给大伙儿瞧病，开方子，最后让大伙自行到忠义堂取药。取药，自然是要付钱的。为了打开"局面"，绱子告诉德山，除去进药的成本，对船民几乎不赚利息。德山巡诊的举动，虽无法真正地根除船民的病痛，但有他在，大伙彷徨的心儿终于定了下来，仿佛朱先生又回来了。

不知谁先起了头,开始喊德山"海郎中"。

此后,德山几乎半天待在忠义堂,半天回海面巡诊,除了偶尔出海捕鱼维持生计外,一直早出晚归地忙个不停。这日早回家,念生埋怨地说:"爹,我都快忘了你长怎样。"德山笑笑,将念生搂在怀里:"乖,你是大哥,要给弟弟妹妹立个榜样……今天练字了没?"念生说练了。说着,念生从篷壁上取下毛笔,趴舱板上蘸着清水熟练地写下几个大字:君子进德修业。

"很好。"德山郑重地作了许诺,"念生啊,等你长大了,爹一定想法儿送你去省城读书。"念生说:"不,我就想和爹娘在一起。"德山说:"傻瓜蛋,男子汉志在四方,就像戏文里唱的,男人必须建功立业。"麦穗一旁听了扑哧地笑了,说德山:"你呀!念生才多大你说这些他哪里懂?"念生嘟着嘴儿说:"我懂!娘,等我长大了,一定让你和爹过上好日子。"麦穗怔怔地盯望住儿子,重重地点头,瞥一眼德山,眼眶里隐约地湿润了。

第二十一章

这是一座常年被浓雾笼绕的荒僻岛屿,叫倭鬼岛。

两侧的海岸线像两条细长的臂膀,朝左右斜斜地伸出去,很像大鹏展开双翼,飞翔在迷漫的云雾中。岛四周都是陡峭的悬崖断壁,险得很。登岛必须仰仗西南角一条人工开凿的石阶小道。这座岛原是倭贼后人的贼窝。倭贼既然能活,那么岛上当然有淡水。几年前,海蛾子率众人驾船漂到此处时,已是人疲船漏,实在没法子了,最后只能一鼓作气地攻上岛,消灭了倭贼,将这儿变成了这群著名海匪的"家"……岛上藏着许多个大大小小的天然溶洞,曾经是倭贼的栖息地,生活用具自然一应俱全,修修补补凑合着还能用。岛方圆几海里的海面下密布着许多暗礁。海蛾子依借这些暗礁,不知抵御了多少回官兵的围剿,当然更多的仍是得益于浓雾的遮蔽。

这日,海蛾子率几位兄弟乔装打扮,秘密地潜回溪马门。谁想回来后她坐在起居的洞穴中一整天不吃不喝,一副心事重重的样子。

"娥姐，多少您都得吃点儿。"一位体格健硕的青年人走进来，手里端着一碗面食，"该来的躲不掉，不会来的，瞎担心费脑子。"听这话，海蛾子抬起头笑着说："谢谢你，好活。"但凡遇到不决之事，这位叫好活的青年人总会三言两语解开海蛾子的心结。海蛾子非是木头人，自然明白好活对自己的心思，对好活这么多年一如既往的照顾自是心存感激。可惜啊，海蛾子心里头卡着一根刺，若不拔掉，总觉得对不住自己更对不住好活。

好活将面食放在海蛾子面前的石桌上，望住她认真地说："下次动手，咱必须事先将情况摸清楚了，这次抢了武装船，的确是个大麻烦，也算给咱们警了个醒，不该招惹的麻烦，必须绕开走。"海蛾子开始吃面，一边吃一边思量地说："告诉弟兄们，近段时间眼儿放亮点，对方是谁尚不清楚，别被人家摸了咱还睡着。"好活说："这是必须的。别说，这次捞了不少枪火，就算他们来个十船八船，也将有来无回。"海蛾子说："小心总没错。"

傍晚，海蛾子站在岛上最高的一块礁石上，手持单筒望远镜，仔细巡视着附近海面的情况。好活照常跟在她身边。但好活并不清楚，海蛾子心里仍忍不住地在想一个人称"海郎中"的男人……

刘富余万万没有想到，冯毅这么快就会调离福宁县。

冯毅是军人出身，革命尚未成功，怎么可能安于福宁县的一县知事？他的毕生理想，就是驰骋疆场领兵打仗。冯知事离任在即，同仁们在福宁街的红香楼为他设宴饯行。冯知事情绪激动，举起酒杯说："与诸位共事短短数月，有人说，鄙人要求太过严苛，事难办脸难看，实在是性情所致，冒犯之处，还望多多海涵。在座诸位多是本地人，鄙人客随主便，来，大家共同举杯，今晚不醉不归。"冯毅突然离任，对刘富余来说，无疑捡了个现成。

得知彼得未回福州，刘富余当晚就去见他。

彼得拿出一张所谓的"规划地图"，指着一处码头式样说："喏，这就是将来建成的新码头。"新码头果然要比原先的扩大好几倍，几乎将整座梅花坞都囊括其中。"港口货物流水所产生的佣利，将大到您无法想象。"彼得笑着说，"公会若再成功拿到北上铁路的建设权，有句话怎么形容？对，这儿将是一个取之不尽用之不竭的聚宝盆，刘先生，天赐良机啊！"

刘富余终于依相对方位找到自家宅邸的位置，问："这儿将做什么？"彼得说："呃，这儿将和梅花坞推平成片，最终建成堆场大货仓。"听说自家老宅不可幸免，刘富余阴下了脸，思半天，仍不死心地问："这张规划图，能不能改一改？"彼得耸了耸肩，说："当然。我们国家为什么比你们富强，主要是因为我们懂得变通，懂得怎么抓住机会。"

有了机会谁不想抓住？

常言道，机不可失，时不再来。

刘富余来找朱孝临的时候，孝临刚一棍子把孝允赶出了家门。当初金秋一个劲地吵分家。分就分吧，最后不仅分走了福宁街的几间商铺，省城的一处货场，浙东的两处商行，外加五千两银票。孝临婆娘香兰当然有怨言，说分家时自家吃了大亏。孝临说，失去的总会再挣回来，再说是分给弟弟，肥水也没流于外人田……几年工夫，孝临勤恳敬业，一家人的日子过得很殷实。

反观孝允，成亲后基本不着家，先是流连浪里红，而后钻进神仙窝。

神仙窝是抽大烟的地方。一年不到，五千两银票花完了，孝允开始寻思卖掉福宁街的商铺。朱孝临那时候手头紧，却又不想父亲生前置下的产业落于他人之手，只能借了贷将其买了回来。等孝允再想出让省城的货场时，孝临已是有心无力。香兰劝孝临，分给孝允那就是孝允的了，操那么多心做什么！也只能如此。后来听说，省城的货场被一位姓刘的掌柜接了手。孝临心想，那人大概就是刘富余吧，真是三十年河东三十年河西，于是干脆甩手不管了。不想这晚孝允又过来伸手要钱。孝临说："瞧你现在，人不人鬼不鬼，什么时候能收心好好过日子？"面对孝临的责问，孝允一脸痞子相，冷笑着说："这都是你们逼我的！"孝临说："笑话，我逼你什么了？当年分家也是你先提的，你说此后各过各的活，各持各的家，这时候反怨起我来了？"说完，丢给孝允一张二十两的银票。孝允紧着将银票揣进怀里，说："当年我要娶秀儿，谁说不行？有时候真看不懂你，平日虚情假意对船民和善，实际上骨子里从不把他们当人看！"孝临气坏了："你，你给我滚——"说着操起茶杯，朝孝允狠狠地砸过去。孝允目的达到了，自然呲的就溜了。

有关孝允和德秀的事，孝临有口难言。家胤离开家之前，曾和他说了德秀的真实身世，千叮咛万嘱咐，必须阻止两个人交往。他俩有血缘关系，孝临当然得极力反对。只是关乎朱先生的声誉，这种事只能烂在肚子里，包括自家女人都没说一声。爱屋及乌。孝临见德山和绺子重开忠义堂，路过省城时特地拜会了几位相熟的药行掌柜，往后若遇忠义堂缺钱进货，他朱孝临愿意签字作保予以赊欠。孝临为人信誉在外，掌柜们都说不需要，允诺赊账。

孝允离开后，香兰准备晚食，一家人刚坐下，刘富余就来了。

"唷，刘叔来了！香兰，搬张椅子过来，我和刘叔喝几杯。"刘富余忙着说："不了不了，我吃过了，找你，就说几句话。"孝临起身将刘富余迎到夏屋的茶室。落座后，刘富余说："梅花坞浅滩那块地，你家老爷子当年是租给狮犁帮船民使用，这事叔没记错吧？"骤然提起往事，孝临也记不清了。"好像是这样，不过后来孝贤和我爹谈了易主过户的事，具体有无签字画押，那就不清楚了。"孝临很是纳闷，"叔，您突然这么问，莫非是想……"刘富余尴尬地笑笑，说："倘若那块地的地权在你手中，叔想……想把它买过来，当然，价钱好说。"孝临笑了："叔，那可是一块荒废的盐壳地，再说，早年就已经租出去了，如今船民在上面挖船道架船屋，恐怕……"刘富余说："地契在谁手中，地就是谁家的，这无论在前朝或现在都不会更改。"孝临说："不知您买那块地做什么用？要知道，自从淹了水，庄稼茶树都活不了。"刘富余说："叔自有用处，至于船民如何安置，叔另作安排。"孝临点着头："嗯，我得先找着地契再说。"孝临态度诚恳，但在卖与不卖的问题上始终含糊其辞。

刘富余只好告辞，才迈出孝临家的门，突然有人从背后拍了他的肩，把他惊一大跳。"你……"刘富余见是朱孝允，恨声说："人吓人吓死人，不带这么开玩笑！"朱孝允说："呀，原来刘叔这么胆小！"凑近小声地问，"来找我哥，是不是要买梅花坞那块地？"刘富余愣了愣："你，你都听见了？"朱孝允笑笑："叔，想买那块地，您应该来找我。"刘富余问："难道地契在你那儿？"朱孝允说："在我娘手里。"踏破铁鞋无觅处得来全不费工夫，刘富余高兴地说："好，明天带上地契来镇公所找我，咱当面交易。"朱孝允点头："咱得先说好了，地价参照茶田。"朱孝允活得浑浑噩噩，在具体事情上脑子却也不糊涂。刘富余"啊"了一声，心想，龟孙子这是在趁火打劫啊，可惜没法子，于是用商量的语气说："叔现银不多，也不清楚那块地面积多大，假若参照茶田地价，怕真买不起。"听这话，孝允担心刘富余悔了，便说："别啊叔，您拔根汗毛都比我胳膊粗，行，到时总价压一压。"

  第二天，孝允如约来到镇公所，走到刘富余跟前，从怀里掏出陈旧的黄纸官契。"叔，您瞧好了！"孝允嬉皮笑脸。刘富余抓过算盘，立马噼里啪啦地算起来。不多久，结果出来了。茶田含青银价分上中下三档，分别是上档每亩九十两，中档每亩七十两，下档每亩五十两。不含青裸地的银价分两档，分别是上档五十两每亩和下档三十两每亩。刘富余说："梅花坞浅滩若参照茶田地价算，只能依不含青裸地下档的价格，即每亩三十两，整片浅滩共八十七亩，那么总价即为两千零一十两白银。"看着白纸黑字，孝允心里顿时一片煞凉："才这么点？"刘富余笑了："真不愧是朱家少爷，两千多两银子在你眼里就一点？"孝允急等钱用，没多想，脸色微红地说："好吧，按咱昨晚说好的，去掉零头您给我两千两即可。"刘富余点头，喊上镇公所的一位同仁当中间人，做易手契，画押按手印，最后付给孝允银票。孝允说了声谢，便匆匆地离开。那位同仁不禁摇头叹说，朱友贵一世精明，竟生出这么个不肖儿！其实刚才，刘富余算出的总价数字是两千六百零一十，双指扒拉上下拨动，最后变成了两千零一十。若是孝临在场，他必定重算核实。这个朱孝允啊，也真是个……刘富余虽说捞了点小好处，心里也没见得多高兴。他忽地替朱友贵莫名地悲哀起来。

  这已是五月的末尾了，天气愈发地潮湿闷热，人们的心情也跟着变得焦躁恼烦起来。德山心烦，是因为岸上唯一一座新式学堂开学之后，他带念生去报名，一位身穿土蓝色制服的人玩味地笑着："这娃儿想上学？"德山开始不以为对方是嘲笑，嗯嗯地点头。那人说："回去等吧！"没拒绝便是希望，德山带念生回了船上。念生问："爹，咱要等多久？"德山从念生的眼里看到一股强烈的求知欲，安慰说："让咱等，咱就等着，过两天再去瞧瞧。"念生点了点头，拿出绱子从省城买来的课本书，自个儿学习起来。德山识字不多，好在书本上的字义不深，字大多认的。遇到不懂的，德山问麦穗。麦穗没来溪马门之前曾读过几年私塾，所幸两人可以互补。过了三天，德山又带念生去了新学堂，又见到那个人。那人的身份据说是新学堂的教导员。这位教导员还是那句回去等吧。德山忍住不问，又带念生回去。念生说："爹，是不是不让咱上学呀？"这才是德山最担心的问题。他想，必须弄清楚了。

这天德山没带念生，自己一个人去了学堂。教导员不在，德山悻悻地往回走。刚出门口，身后两个人的对话恰好清晰地传到德山的耳朵里：

"曲蹄仔也想上学？呵，癞蛤蟆馋着天鹅肉！"

"嘘，世道变了，没听说现今人人平等都是国民吗？"

"这话你也信？什么叫人人平等，你一看门的，能和知事大人一样身份？"

"呃……这么说，倒也是。"

"所以说嘛，曲蹄仔就是曲蹄仔，他们和咱能是一个身份？"

"可张教导说了，让他们等，这是什么意思？"

"你个猪脑子呃，等，等到猴年马月……"

"呀，懂咧，什么都不管，先哄着呗！"

"就是！"

德山这时听明白了，船民送娃上学仍是一个不可及的奢望。忍着苦楚与暗忿，德山走去忠义堂。才进溪尾街，便看见绺子挥汗如雨地跑来。

"怎么了？"德山拦住问。

"正找你，"绺子气喘吁吁，"刘，刘成家的，难产……"

刘成是刘茂正唯一的儿子，媳妇黄氏要生第三胎了。头两胎顺产，所以第三胎一家人没太在意。稳婆（接生婆）说，从肚形看，这胎肯定会是个带把的……是与不是都得等生了才能确定，刘茂正却立马紧张起来，头两胎是女娃，盼孙子早盼得他眼儿都绿了，于是盼咐儿子，稳妥起见最好将儿媳送去省城的洋人医院。刘成却说，女人生娃母鸡生蛋，瞎折腾做什么。刘成是个抠门儿，平日里一文钱都得掰成两半花，省城的洋医院当然好，可是花钱如流水，想想他都肉疼得紧。黄氏昨儿半夜开始阵痛。稳婆恭喜刘茂正，过两个时辰您就将见到大孙子了。刘茂正跑进后堂，净手焚香，跪拜祖宗保佑。谁知阵痛时强时弱足足痛了三个时辰，痛得黄氏死去活来奄奄一息，眼看日头都升起三竿子高了，依旧生不下来。稳婆仔细检查，发现黄氏的肚皮极不正常地鼓起一块，这才慌了，问刘茂正："要不，送她去医院？"这时候哪来得及？刘成也开始慌了："爹啊，怎么办好呀？"南溪北道的新式医院仍在建设中，若要送去省城，路途遥远，等送到只怕是一尸两命了。父子俩急得像热锅上的蚂蚁团团转。稳婆说："我再试试，实在不行，只有去忠义堂请人……"

去忠义堂请人？说白了，现今请来的只有船民徐德山了。

朱先生在世时，女人的身子若是得了某种不能与外人道的隐

第三部　晓梦

疾，也愿意让先生诊治。首先是因为朱先生"神医"声名在外，就算有所冒犯，病不讳医不分男女自家男人也不会多想。其次因为先生医术精湛，再疑难的杂症也可做到药到病除。最重要的一点是，朱先生丰度翩翩举止文雅，在这样一位极具魅力的男人面前宽衣解带，女人们于羞赧之中往往还会夹带某种怦然的心动⋯⋯再说徐德山，他怎能与朱先生并论？他可是腌臜的"曲蹄仔"啊！

请德山过来给自家媳妇接生，刘成自然是极度的不乐意。刘茂正开始也犹豫。又过半个时辰，稳婆慌张地从屋里出来："坏了坏了，破水了⋯⋯"破水即破了羊水，这时候胎儿再不娩出，则有窒息死亡的危险，更严重时母子都保不住。刘茂正这才对儿子发了话："愣着做什么？还不快去！"

刘成只能三步并作两步地跑去忠义堂。

铺门敞开着，绺子舒活地躺在后院的竹躺椅上听平戏，一边听一边打着拍子跟着哼唱。省城西风小筑老板刘稳也是朱先生的好友。那日绺子到省城进药忙完后得空去见刘掌柜，主要还是打听朱家胤的消息。不想刘稳刚好扭伤腰硬愣愣地卧床不敢动。绺子跟朱先生学了一手推拿术，刚触碰便发现刘掌柜实际上是因为猛用力致使腰椎骨某关节脱臼，于是拿膝盖顶住，喊声您忍着，只听见嘎达一响刘掌柜便能自己动了。刘掌柜很是称奇，说他请洋医生看了，吃了一天药也不见好转，实在没想到绺子一出手就给治好了。刘稳直感叹朱先生英年早逝，说自己一有机会也在打听朱小姐的消息，听说她去了广东。最近传闻朱小姐很快就要回闽了，大概是都督府专门派人去请，新府伊建，各部门都严重缺人。为了表达谢意，刘掌柜送给绺子一件新鲜物件，据说是一位日本国朋友送给刘掌柜的，叫"音匣子"，扶着把手摇几下，曲弯的大喇叭里便能听见声音传出，新奇得很……短短一段唱绺子听得不厌，听得正入兴。

"有，有人吗？"刘成站在过道喊一声。

"来了。"绺子起身走过去，"您……哪儿不舒服？"

"不，不是我，是，是我媳妇……"刘成憋红脸说明情况。

"那您先回吧，我去请山哥。"

听说刘家儿媳难产，德山苦着脸说："这……这我不懂。"绺子连媳妇都没娶，女人身子怎么个结构都不清楚，更是不懂。"哎，我说山哥，你好歹和嫂子也生了俩娃儿，念海念慈都是你自个儿接生的，经验还是有的嘛。"绺子笑着说，"狗日的刘成平日抠得很，只要你帮他家婆娘顺利生娃，看我不狠狠敲他一笔。"德山说："这是人命关天的事！"见德山仍旧犹豫不决，不敢答应，绺子说："好啦好啦，咱就活马当作死马医，你这个海郎中啊，好歹也算个郎中嘛！"只能硬着头皮上了。德山和绺子头碰着头，在医堂后院的石桌上仔细地查着医书，临阵磨刀不利也光，既然决定接下这活儿，至少不能丢忠义堂的脸。准备完毕，德山背上药箱，和绺子一起去了刘家。

刘茂正家住溪尾村的最北边。德山一路都在问绺子，我行吗？绺子这时收起嬉皮笑脸，正色地给德山打气，你行的，你跟先生时间不长，但我看你非常用功，先生曾经说过，学医一靠勤奋二靠天赋，这两样你都有！德山也给自己打气，我可以的，假若解决了刘家儿媳难产的问题，忠义堂往后的生意必定很快地好起来。诚惶诚恐，终于进了刘家的门。"爹，他能行吗？"刘成嘟囔着小声问父亲。刘茂正严肃地盯住德山，仿佛在告诫说，我孙子若有任何闪失，我非拿你偿命不可。最开心的人要数稳婆了。

她像碰见许久未见的亲人似的赶紧将德山拉进黄氏的房内，说："你来，我给你打下手。"进而介绍黄氏的情况，"宫门刚开三指，昨儿胎位还好好的，谁曾想……"胎儿先露部位的产点与母体骨盆的相对位置称为胎方位，即为胎位。朱先生教过德山，枕先露以枕骨，面先露以颏骨，臀先露以骶骨，肩先露以肩胛骨均为产点。根据产点在母体骨盆的入口前、后、左、右、横的关系而有不同的胎位。头先露、臀先露等分别有六种胎方位，肩先露有四种胎方位。正常的胎位为枕左前和枕右前位。而最常见的异常胎位，为臀位及枕后位，横位及颜面位较少见……"探过了没？"德山问，"胎位怎样？"稳婆说："歹势，许是横位！"

稳婆说着，从鼓囊囊的胸襟上抽出手帕，擦了擦脸上的汗水。此刻稳婆脸上再见不到任何紧张的神情了。稳婆的心思德山懂，若有个好歹，她现在可以完全推卸责任了……不过这是人之常情，可以理解！

德山稳了稳情绪，望向床上仰躺的黄氏。

黄氏十八岁嫁到刘成家。刘家世代务农，然而从黄氏身上看不出半点日晒劳作的痕迹，虽说生了俩娃儿，皮肤依旧细腻白皙，身材丰满合度更显少妇韵味。当然，连续几个时辰的分娩阵痛已痛得她脸色苍白，双腿叉开，脚掌朝下地支起，腿腹处覆着一条薄薄的花被单，显然下体光着，身下的草席湿着一大片。黄氏瞧见稳婆领个男人进来，咬着嘴唇忍住不吭声，脸颊却早羞得成了一块红布。"参汤，有吗？"德山问稳婆。稳婆忙说有有有。稳婆给黄氏喂参汤的时候，德山打开药箱，从里头取出一套银针，点了蜡烛，将银针往烛火上过了过，搁一旁待用。"要施针啊？"稳婆惊呼地问。施针正胎，她只听说却没亲眼见过。"除此……嗯，没有别的法子。"德山解释说。

话虽如此，德山心里其实没有多少底气。这套针法是朱先生独创。当年替水梅接生后，朱先生潜心研究，终于摸出一套朱氏正胎灸法。然而，这套针法仅施行过一回，就算朱先生在世，怕也没有十足的把握。关键是朱先生那一次施针，德山还是个光着屁股蛋的小娃儿，并非亲眼所见，仅凭一纸记载，能否达成效果，德山实际上也只是准备赌一把。

"待会儿，肚子再痛都得忍着，胎儿将自转。"德山对黄氏说。

"痛？会很痛吗？"黄氏悄声地问，她已经痛怕了。

"嗯，也可能不会，每个人不一样。"

"那……你轻点儿。"

"好，尽量！"德山纳闷，施针又不痛，什么叫轻点？

"呀……"被单骤然掀开下体嗖凉，黄氏羞得脱口惊呼，双目紧闭。

"真是！"稳婆见状笑了，"俩娃的娘了还羞得像个姑娘家！"

稳婆不开口还好。这么一说，趴门口听动静的刘成立马明白里头发生了什么，心里暗骂，狗日的曲蹄仔，今日之辱，来日必定加倍奉还。

刘茂正此刻跪在后堂祖宗的牌位前不停地磕头祷告，绔子倒是轻松地在院子里逗着那条刚出生不久的小黄狗。大约又过两个时辰，日头偏西，这座单进单层的民房里终于传出一阵婴儿的啼哭声……"啊，生了，终于生了，天爷保佑老刘家！"刘茂正双手合十，喃喃地感谢上苍。

刘成扒着门问："男娃女娃？"稳婆熟练地剪断脐带，望一眼坐地上累得像条狗的德山，高声地说："恭喜，是个千金。"门外的刘成哑了哑，旋而骂着说："操，又是女娃。"没人关心黄氏的死活。德山缓回了劲，起身将银针等物件仔细收好放进药箱。"谢谢你！"黄氏感激德山，侧脸挤出一丝笑，泪水却同汗水一道滚落在腮边的枕巾上。"好好休息。"德山背上药箱，拉开门正准备出去。谁想脚还没迈出门槛，迎面就是一记黑拳。

德山躲闪不及，一下被揍倒了。"你……你干吗打人呀？"稳婆见出拳的是刘成，不理解也看不下去，"人家忙活大半天，一句谢没有，还打人家，几个意思啊你？"稳婆牙尖嘴利，呛得刘成无话可说。刘成转而将怒火冲向自家婆娘："你农活不会干，生娃尽折腾，身子被人瞅光了不是？"稳婆终于明白怎么一回事，摇着头，将德山扶起来，努嘴让他先回去。

绺子听声音冲进来，见状刚要理论，被德山拦住。德山并非怕事，而是看见黄氏凄婉无助的样子，实在不想在她面前再闹出难看的动静。而此时，黄氏死的心都有，终忍不住转过脸去，嘤嘤地哭泣起来。

真是一团糟！

回到医堂，德山渴得不行，咕咚咚灌下一大壶冷水，然后喘着粗气坐着发呆。"什么玩意儿，刘成这种人，活该生不出儿子。"绺子气忿难平，"还怪自己婆娘没本事，我看他啊，早晚当王八。"德山越歇越觉着疲累，乏力地笑了笑："好在今天没给朱先生丢脸！"绺子生着闷气，忽地记起一件事："狗日的刘成，这么一闹，诊银都没给。"

绺子怎也无法料到，德山替刘成媳妇接生，救了命不得谢反被打，还因此吃了官司。"狗日的刘成，往后定见一次揍他一次！"绺子觉着自己很对不住德山。"反正我问心无愧。"德山反倒没觉着有多大压力，官司输了怎样赢了又怎样，难不成瞧了他家女人的身子，真要掏钱赔偿？

镇公所接了刘成的"诉求"，派人喊德山过去。"待会儿，你一旁看着莫搭嘴，真有事，我一个人挑着。"德山说。"山哥，古语讲马善被人骑人善遭人欺，刘成这叫欺人太甚！"绺子说，"你没有功劳也有苦劳吧！昨儿我去要诊费，他爹掏钱被那小子拦回去，你说他还是人吗？简直就是畜生，翻脸不认一点恩情不讲，咱跟他客气什么，今天倒想看看，那二块诊银他到底给不给！"德山没说话。实际上，他早想好了应对的说辞。

镇公所的办公地点就是原先的巡司衙门。

镇公所主任刘富余一早就来了。

昨晚没回家，他揣着梅花坞浅滩的官契见了彼得。彼得说骨的骨的，现在万事俱备，只待公会拿出最终方案了。刘富余不忘交待："您大概不清楚，我刘家传到我这一辈已足足三十一代了，都在这座老宅子里繁衍生息，还望彼得先生在公会面前美言几句，规划务必修改。"彼得答应："行啊刘先生，你们中国人讲究风水，我们应该入乡随俗。"刘富余呵呵笑说："还有一事，自从狮犁帮船民霸占了梅花坞浅滩，已经和岸上乡民发生过多次冲突……因此我想在搬迁期限上能够宽裕些，毕竟……"刘富余不傻，思来想去觉着如何安置船民不该自己出面。若在岸上划出地块予以安置，船民当然高兴，而不高兴的甚至怨恨的将是乡党包括刘氏宗亲。如若将船民尽数地赶回船上，若再出个徐过江或徐春亮，那么……如今恒昌当上保安团的副团长，说怕刘富余不怕，只是多一事不若少一事，在商求财求利之最大化而已，何必与人生仇结怨？刘富余寻思，洋人做事目中无人，若到时完不成按时搬迁，随便寻个借口，将这烫手的烂山芋往外一推，洋人为达目的，也只有自己站出来……彼得说："不成问题，中国有句老话,叫和气生财嘛!"刘富余说是,预祝合作成功。

然后,刘富余顺道去了苦根的船上。

石蟹岛紧挨福宁街,实际上不是真正的孤岛,岛与岸边连着一条不长的草甸平堤。石蟹岛上原先驻扎着巡检司一个"营"的官兵,三四十号人的样子,用以看守福宁街的"南大门"。岛四周停靠着许多舢舨舵,那便是石蟹岛船民的"家"。石蟹岛的形状成方型,一头略窄一头略宽,退潮后像一只巨大的螃蟹趴在海泥中,因此石蟹岛船民也被人称为"蟹脚仔"。国民政府成立后岛上兵丁撤走,空下偌大个兵营,苦根突然有了个想法。

自从儿子江恒昌当上保安团的"大官",苦根感觉自己一下变得和以前不一样了,走路不再走旁道,也敢穿鞋了,某些时候甚至刻意学着刘富余将双手背在身后,出入如风,好像他真的日理万机忙得不行。有人打趣苦根,根哥,政府又喊你去开会了?又有什么大事要传达啊?苦根在船民中是出了名的"顺风耳"。只要福宁街上有任何的大事小情发生,他似乎总会第一个知道,且能将"来龙去脉"传得有鼻子有眼。那日苦根说,冯知事兔子尾巴长不了,他在咱福宁县待不了多长时间了。人们以为苦根瞎说,不想真是如此。后来恒昌当了官,对苦根的闲言碎语立马都没有了。当然,也有人暗暗不屑,说苦根娶了美婆娘,根嫂年轻时曾被誉为溪马门一朵花,若不是因为哑口,早被岸上人抢了去。可就是这样一位娇滴滴的美婆娘,被苦根献给了刘大掌柜,才换来了今日的"地位"——有人羡慕,自然就有人嫉妒生恨。

"苦根他呀,其实是学陶朱公!"

江九帆他爹老江头对苦根的评价倒很高。陶朱公即范蠡。范蠡与西施的传奇故事戏文里经常唱。当年范蠡忍辱献出西施,最终助越王灭了吴国。毕竟是苦根从狮犁帮手里抢了刘氏商行走海的活儿，才略微地改善了石蟹岛船民的生活。就事论事，那些因嫉生恨的船民才逐渐地缄了口。

不过苦根心里像有面明镜似的，一切都得归功于刘掌柜。

刘富余的到来，自然受到苦根的热情款待。苦根特地奔福宁街割回了肉买回了面。苦根女人炒一手好菜。酒是儿子恒昌买的好酒，不再是鱼烧那种涩辣的滋味。曾经奢想的调味品诸如豆油老抽八角陈皮桂叶一应俱全，于是煎炒出来的鱼香肉味更加香醇浓烈。刘富余美美地嘬一口酒，夹一筷子菜，细嚼慢咽地望向苦根女人。苦根原想趁机说，狮犁帮船民租梅花坞浅滩已有先例，而今天下共和了能不能将兵营……可一抬头，瞥见女人和刘掌柜四目相望，仿佛自己不存在似的，便恨恨地将话儿和酒水一道生生地咽了回去。

花船已成历史。

某些时候，某一段历史说起来就像包裹娃儿屁股蛋的尿臊布一样，丢掉便不复存在了。一日薛怀安突然下命令取缔南溪入海口的花船经营，理由是花船的存在有伤风化。然后，溪马门海面再见不着花船的影子了。刘富余平生从未逛过花船，不代表他这人不近女色。若不是被婆娘张氏压着，他早纳了几房小妾。刘氏与朱家的商业竞争，实际上也是两位掌柜一徐一急的性格竞争，彼此绅士一般地"斗"了大半辈子，最终算是刘氏赢了。朱家一分为二，孝临不温不火的性情注定他的行商之道只能以稳为主，不可能怀着野心。而当朱孝允在浙东商铺的转让协议上签了字画了押，刘富余感慨，老话果然没说差，是我的终归是要还给我的……刘富余近段时间可谓春风得意，要什么来什么，就算像梅花坞浅滩那样的红肿脓包，针挑皮破脓流，问题也貌似解决了。随着薛崇义的死薛怀安的出走，薛家在福宁府的辉煌历史貌似也画上了句点。

那么，从今往后就得看我刘家的了！

酒一杯紧着一杯，饮几杯后，刘富余看着苦根说："苦根兄弟，我准备让你去浙东，你觉着怎样？"苦根吃惊地瞪住刘富余。刘富余笑了："怎么，怕我会害你？"苦根忙说："不不不，您心善，怎么会害我？只是……让我去浙东做什么？"苦根以为刘富余让他搬走，虽说刘家已认下恒昌，毕竟恒昌此前的身份是船民，若被上峰知晓，多少会对恒昌的前途造成阻碍。苦根的心一下揪了起来。刘富余抿了口酒，说："镇公所事务多我一时抽不开身，恒昌才刚上任，商行的事实在顾不上，你我是自己人，因此想让你过去帮忙盯着。"听这话苦根不知说什么了："噢，这样子啊！"稍稍平复情绪，"可我……对生意实在一点不懂！"刘富余淡然地说："你什么都不用做，坐着看着，底下人也就不敢乱来了。"见刘掌柜真把他当自己人看待，苦根感动得眼泪骨碌碌地滚下来，使眼色让自家女人坐近些，再近些，必须陪好刘掌柜。

苦根女人已到了熟透的年纪，自然明白男人眉眼间暗含的意思，但她仍经不住羞，洋灯下被酒熏过的脸蛋儿温润如玉，此刻白里染着红。含羞的女人更显楚楚动人，让人怜悯得不行。刘富余强装淡定的心儿终于完全脱了缰，终忍不住从矮桌下暗捏一把她的腿。苦根女人忽地哆嗦啊的惊呼。苦根不清楚状况恼了："鬼叫什么呢，惊着刘掌柜了。"说完，忙不迭地冲刘富余道不是。刘富余皱着眉，摆摆手说："我乏了，今天就不回了……"

苦根只好将矮桌移出舱篷外，摆船头一个人继续喝。

次日一早，刘富余神清气爽地去了镇公所。

不多久，刘成来了，德山和绺子也来了。

刘成开始唾沫横飞控诉德山的"罪行"。刘富余坐姿端正，拿着严肃的态度，俨然一副公事公办的样子。实际上，刘富余的思绪早飘得远了，该不该干脆把苦根女人接回家去？张氏娘家的威势末了减了，二哥一死她家就像秋后的茄子忽地蔫了，至少不再像之前那样呱噪了。刘富余平生最讨厌的就是不停呱噪的女人！苦根女人多好呀，至多嗯嗯啊啊，然后无声地笑，含羞，恒昌都到了娶亲的年岁她怎么还害羞？苦根女人终归是年轻的，身子特别柔软，皮肤那样白，她那对形状完美的乳儿贴紧胸口心尖尖都颤了几大颤……天爷啊！刘富余暗幸昨儿没熄灯，将远山近水都瞧个一清二楚，美呀美，她的脊背不知怎么长的，竟滑润成完美的弧线，逐渐隐没在浑圆的尻瓣儿当中……

刘富余为了掩饰内心的潮动，端起杯子喝一口茶，烫！但已咽下没法吐出来，咽出一丝隐泪。刘成一边说，一边仔细地观察着刘富余的眼色，以为目的达到便草草地收了尾："叔，您可得替我做主啊！"刘富余放下茶杯，整了整衣领，说："莫喊我叔，在这儿，我是镇公所主任。"然后望向德山，"你有何话说？"德山问："主任可清楚诊病四门功课？"刘富余说："嗯，问闻望切。"德山说："问和闻自不必说，若是看不让看，摸不让摸，请问该怎样替他婆娘接生？"德山说得凌然坦荡，镇公所里有人听了扑哧地偷笑。刘成脸憋红了，大叫起来："你你……根本就不是郎中！"德山反问："既是如此谁逼你来请我？又是谁，帮你难产的婆娘顺利接生下娃儿？"刘成支支吾吾，刘富余问他："母子可平安？"刘成低头嗯一声。"我看你，就是闲闹的！"刘富余低喝，"都回吧，点大屁事别胡嚷嚷了！"刘成手指德山，干脆说："这个臭曲蹄明显是故意的，他把我婆娘脱光，翻来翻去地瞧啊，摸啊，叔啊，他是故意侮辱我！"刘富余阻止地说："好了，我晓得你心里不痛快，能比娃儿婆娘的命重要？回吧，我忙得很！"这时绺子插句嘴："刘成，你两块钱诊银还没给呢。"刘成冷哼地说："还说诊银？不说我不来气……"刘富余打断地问："真没给？"刘成猛地呛住："我……"

刘富余才弄明白，原来闹半天，只是为了那么点儿钱！

刘成将德山"告"到镇公所的事最后不了了之。当然，绺子最终也没把诊银要回来，恨得牙痒痒："这狗日的不晓得羞字怎么写，也不怕婆娘遭人笑闹那么大动静，真替他家女人不值。"德山没当一回事，笑着说："没给药咱没出药的钱，想想也不亏，权当练了一回手。"德山心里其实是后怕的，倘若那日黄氏真有个好歹，谁晓得刘成还会闹成怎样。而德山不晓得，自己已落入刘富余的眼中。那日离开后，刘富余暗忖，春亮家这小子不简单啊！

总之事情就这么过了。

不久，朱家入赘儿得朱先生真传的消息在溪马门传开了。

不承想，莫名其妙的"官司"像满清势去民国伊始辫子绞掉人们脑后骤然清爽一样，给忠义堂开了个好局。瞧病的乡人逐渐多了，虽说没有朱先生在世时那般繁忙，至少医堂是可以维持得下去的。绺子建议德山，要不干脆搬来忠义堂？反正他孤家寡人，再说后院那么多间房，不差山哥一家人吃住。德山想了又想，最后还是拒绝了。他和朱家胤的婚事不成，意味着他和朱家没有任何实质上的关系了，如此入住和耍赖、霸占有什么区别？没错！船民做梦都想着有一天能够上岸，但在德山看来，必须堂而皇之地，有尊严地上岸。因此德山的心思仍在让念生顺利上学这件事上。朱先生说过，读书方能开悟明智。德山暗暗打算着，孩子们若是有了学问，好比身上长出了翅膀，将来愿意飞哪儿就飞哪儿，岂是一个小小的溪马门海面所能束缚的？

这天早上，德山终于得了闲，又去了新学堂。

姓张的教导员调走了，换上一位女教导，姓马。

马教导说话要比张教导直接得多，她冷冷地说："去，我忙着呢，没空搭理你。船民孩子也想入学，学费交得起吗？"又说，上头没有安排，让德山死了这条心。德山恭敬地问："学费多少？"马教导说："你们付得起吗？走走走，别妨碍我工作！"

最后，德山几乎被硬赶着出了新学堂。

德山开始还以为念生上不了学只是某些人的个人原因，比如张教导马教导的观念仍停留在旧时候，仍停留在对船民的歧视上，或只是念生单个人遇到这种情况，于是他来到镇公所，准备找刘富余帮忙说句话。不想去了后，看见镇公所门口围着许多船民。从那些人七嘴八舌的话语中，德山才发现，原来不单念生实际上许多船民孩子也都上不了学……

除了狮犁帮，溪马门船民都归于溪马门所属的镇公所管辖，刘富余自然躲不掉，必须出面应对。等了半天，刘富余终于出现了。

他站在镇公所大门口三级台阶的最上端，先喊大家静一静，然后清了下嗓子，大声地说："娃儿上学，的确是件大事！我们一早就在商议新学堂的选址问题，只是各持各考虑始终没法定下来。不过请大家放心，我们定然尽快落实此事。都请回吧，一有消息，肯定第一时间通知大家。"有人问："到底什么时有消息？"刘富余回说："尽快。"又有人追问："尽快是多久？"

刘富余不好生气，耐心地解释："要知道，选校址，筹备，建设，最后请教员，这些都得花时间吧，大伙都等了几百年还急于一时吗？刘某在此向各位保证，定建一所全新的新式学堂，让每个娃儿都有书念。"

话说得无比漂亮！不过德山听出来了，刘富余八成和那位张教导是一个鼻孔儿出气，捻着拖字诀，并无真心实意为船民办事……

事实很快证明了德山的猜测。三年后新学堂终于落成，可学费杂费和书本费合起来每年要十几块大洋，如此天价学费，谁又能念得起呢？

想罢，德山转身离开了镇公所，没回忠义堂，而是直接回了船上，钻进眠舵。躺了一个下午后，德山脑子里突然蹦出一个大胆的想法，爬起来准备找麦穗商量，可四处寻不见她的身影，问照看念海念慈的念生。

念生说："娘上岸寻姑姑去了。"

德山问："姑姑去哪儿了？"

念生不知晓，只愣愣地摇了摇头。

第二十二章

秀儿的终身大事，确实成了德山最头疼的一个难题，苦口婆心地劝了许多回。德秀先是说，等寻着娘再说，而后又说，等念海念慈长大些再考虑。光阴似箭，不觉德秀这年都已是二十好久的人了，仍孑然一身。

秀儿的心思麦穗最清楚。

麦穗以自身为例，说女人到了合适的年岁总要嫁人，总要生娃，然后守着丈夫孩子过一辈子，人一辈子看似很长却很短，莫坚守着某些个虚妄的想法给自个儿留下遗憾。麦穗数次拿柄生说事，说她也曾是蜜罐中的女人，可生活最终给了她另外一个答案。她故意问德秀："我和你哥搭伙这么些年，你瞧出哪儿不妥了？"德秀说，道理她都懂。德秀还说："我哥替柄生照顾你，你和我哥有了念海念慈，我更得帮你们不是？"德秀为了拖延自己嫁人，愣是将理儿摆得一道一道的，摆得德山无话可说，满心愧欠。

"你好生照看弟弟妹妹，爹做饭去。"德山摸了摸念生的头，钻到舱尾忙活一家人的晚食。直到过了饭时，仍不见姑嫂二人回来，德山这才紧张起来，让念生哄念海念慈睡觉，急匆匆地奔上岸。来到日常卖鱼的洼地，天色已经开始黑了，某些船民还蹲那儿等着买鱼客，面前桶里的鱼虾还剩不少……鱼虾若是没卖出去，意味着这些船民一家人的饭食很可能就没有着落。

看清来人是德山，许多人主动打招呼。

德山问见没见着德秀和麦穗，许多人摇头说没看见。德山刚转身，一位小伙儿说，德秀下午匆匆去了福宁街。秀儿去了福宁街？那么原因大概只有一个，朱孝允！难道麦穗也追去福宁街了？德山只好去忠义堂找绺子。绺子放下碗筷，立即陪德山赶了过去。

朱孝允果然出事了。

一连数日，朱孝允自从钻进浪里红就没出来过，直到两千两的庄银输个精光，才猛然地醒回神。紧急回想，自己的赌技并不差呀，赌档里若没人里鬼通外鬼地合起伙来使诈，自己绝无可能不论牌九或大小手气都背到家，于是干脆闹开了，说赌档出千术，不公平……若在平时，赌档新换老板老货儿多少得给朱家二少爷一点儿薄面。可是，这位败家子三番两次变卖祖产的事已传得人尽皆知，加上该赢的钱已经赢了，还客气什么？老货着人将朱孝允赶了出去。孝允哪里肯罢休？双手叉腰，站在浪里红门口继续大声地嚷嚷。这下可把老货着实地惹火了，带人把朱孝允狠狠地修理了一顿。

朱孝允被打的消息传到溪马门时，孝临刚好陪婆娘香兰上街采购，马上就到一年一度的中元节了，他准备在家宴请附近商铺的掌柜。孝临正仔细地挑着德秀桶里的鱼，对香兰说："瞧，鱼儿多鲜活，瞧着来食欲，这些鱼干脆都买了吧。"香兰不解，说：

"也用不了这么多呀！"孝临笑着说："这些年我上过不少酒楼，吃过不少山珍海味，唯独馋的，还是你做的干煎鱼片和萝卜丝焖炖鲈鱼汤。"做干煎鱼片，得先去头去尾，再剔去鱼两肋的骨刺，用薄盐料酒腌制左右两片鱼肉，切薄，最后放锅里单面煎。如此做法，一碟成品的干煎鱼片得耗不少鱼。说归说，香兰从来都随丈夫的意，与德秀仔细过称，算钱。孝临不好与妻子明言德秀的身份，不过但凡能照顾的都会照顾一二。

夫妇刚起身，福宁街朱家商号的岳掌柜寻了过来，气喘吁吁地说："二少爷被老货的人打了。"孝临愣了下，平静地说："好啊！打得好，打一打长记性。朱家祖训戒赌，他却学友良叔，友良叔如今吃喝拉撒睡都在床上就是因为赌，能怪谁？谁都没法怪，怪自个儿。"说完，转身就走。香兰倒是有些紧张，问岳掌柜，人要不要紧？岳掌柜说："哦，头破出血了，我劝他可他硬是不离开，还僵着。"香兰几步追上丈夫，说还是过去瞧瞧吧。孝临冷冷地回一句，不去！岳掌柜摇了摇头轻叹一声，跟着也离开了。

三人走后，德秀赶紧收拾好水桶网兜等物件，很快回了船上，换身干净衣裳没说一声便匆匆地往岸上小跑而去。麦穗见状心生疑问，叮嘱念生照看好两个小的，一路尾随地跟了过去。说到犟驴一般的倔性子，德秀就是。虽说多年来心里埋藏着许多怨恨，当年听说孝允娶亲她都恨不得拿鱼叉将他戳了。她懊恼，自己是该听娘的话，身为船民不该心生奢想。可惜某些想法却不是德秀自己所能左右的。比如，总是整夜整夜地想他，甚至不止一次地做了那个被花轿抬进朱家与孝允拜堂的梦。梦醒后，她又开始恨，暗暗地抹泪。即便如此一听说孝允出事，她脑子里仍嗡的立马乱了，身体里忽地涌出一股子充满斗志的勇气，仿佛有个声音在耳边说，他不能有事，绝对不能……

老货请来看场子的打手对朱孝允没有半点法子。继续打吧，万一真把他打死了人家横竖都是朱家二少爷。打狗也得看看主人脸。虽说孝允和孝临两兄弟一向不和，若真伤了性命，那么和与不和只是一念之间的事。孝临腰包鼓腰杆子自然硬，一旦计较起来就老货那点家底怕也扛不住。不打吧，孝允人躺地上吐出嘴里的血沫儿仍在喊："打呀，怎么不打了？有种打死我！"

煮熟的鸭子嘴还硬，闹这么大动静，当然很快引来许多人围观。

老货甩手躲回赌档，恨恨地说："他娘的，这小子简直是无赖！"老货自己也是混混出身，不过身上没背过人命债，从小桃红手中接手赌档，平日里发发狠话做做狠事充其量只是做出样子给人看，今天遇到撒泼的朱孝允，老货也很无奈。最后，有个手下建议，将姓朱的丢到万人坑，让他闻闻死人味，看他往后还敢不敢到浪里红撒野……

老货觉着这个主意不错，让人推来独轮车，几个打手才将朱孝允拉扯着按在车上，忽听一个女人大喊一声："都给我住手！"

老货抬眼一瞧，忍不住哈哈大笑起来："呦呵，有意思，有意思，曲蹄母竟化身女侠伸张正义啰？"问身边的人，"我眼儿没花吧？"手下回答："货爷明眼如炬！"老货破口大骂："炬你娘的，还不把人弄走，影响生意我扣你工钱。"这时，一个男人的声音说："慢着，有事好商量嘛！"老货转身，愣住了："您是朱家大掌柜？""正是朱某。"朱孝临脸上挂着笑，拱手作了个揖，"舍弟给大伙添麻烦了，朱某替他赔礼。"俗话说伸手不打笑脸人。老货挠挠头，干笑着说："不用不用，既然您来了，那就烦请您给带回去，我本来也想派人送他回。"孝临从兜里掏出几块龙洋，递给老货，说："请弟兄们喝杯茶，实在不好意思！"看着彬彬有礼的朱孝临，老货惦着手里的银圆心里很是纳闷，他娘的，这是一个爹生的吗？差距怎么这么大？

德秀出声阻止的时候，麦穗就站在人群中，自然听见孝临后来问德秀，路不近干脆坐车一起回吧，并看见德秀扶朱孝允一起登上朱家的马车。麦穗暗自摇头，像朱孝允这种男人亏德秀惦记了这么些年，这下该死心了吧？

此时，天已完全黑透。

麦穗想到船上的三个娃儿，慌着准备赶回去，转身看见德山和绺子，大松一口气地说："你俩怎么也过来了？"德山问："真因为朱孝允？"麦穗嗯嗯点头。德山长叹一声："唉！这段孽缘什么时候才能了结啊！"

这晚，朱孝临最终还是决定告诉德秀真相。

"不可能，不可能……其实您不用哄我。"德秀苦笑着，"我晓得自己该怎么做，您放心，往后绝不会再像今天这样冒冒失失给朱家丢脸。"

德秀一时难以接受，孝临早料到且能够理解，既然把事情摊开了，自己身为堂叔，态度自然是要有的。"说什么丢脸，你呢，别怪你娘别怪你爹，他们没告诉你真相，大概基于别的什么考虑。"孝临说，"今晚咱俩的谈话你先搁在肚子里，等有天寻着你娘了问她最清楚……至于你和孝允的事，那是老天爷跟你俩开了个玩笑，这也是当初我为何极力反对的真正原因。"德秀低下头，沉默了许久，抹着泪说："原来您早就晓得。"孝临叹声说："本来我早该告诉你这些，后来考虑到你哥的感受，只好暂时隐瞒下来……总之在我眼里，你和家胤一样，都是我的亲侄女！"

第三部　晓梦

从孝临家出来，德秀一脚深一脚浅地回了船屋，一副丢魂失魄的样子。德山以为德秀陪朱孝允回去，又遭他家里人讥讽羞辱，正准备问问情况，被麦穗制止。"还是我去瞧瞧吧。"麦穗走过去，问德秀吃了没，德秀说吃了，在孝临家吃的。麦穗见德秀和衣躺在仨孩子身旁闭眼不想说话，便默口地回了，想想叮嘱德山："今天的事当作没发生，秀儿心里怎么想你别问，这种事只能让她自个儿想明白。"德山说："唉，这一年拖一年也不是办法。"麦穗说："对秀来说这是一道坎，跨过去了往后就通坦了。假若跨不过去，就算暂时听咱的话嫁了人，怕也没有舒心的日子过。就拿今天来说，一听说朱孝允出事，二话没说就跑过去，如果不是朱孝临及时赶到，天晓得会发生什么事？"德山说："是啊，这妮儿打小性子倔，她若不愿意，打死也不从。"

一夜无话。

第二天一早，一家人吃早食的时候德秀忽然说："哥，穗儿姐，我终于想通了……但若要我嫁人，必须答应我一个条件。"德山和麦穗面面相觑，一时没反应过来。"干嘛这样看我？"德秀扑哧一笑，"我不嫁溪马门，我要嫁得远远的，不论他是阿猫阿狗，我都不介意。"德山缓了许久才听明白，德秀所谓的"想通"仍旧是"想不通"，只不过她准备用"逃避"的方式给家里人包括自己一个"交待"。当然，不管怎么说这都是好事！

早饭后，麦穗在船屋修补网罾，德秀划着舢舨舵又出海去了。德山带着念生去了忠义堂。等念生趴在石桌上认真地练字，他才记起来，自己因为德秀的事竟忘了和麦穗商量。他准备提前将念生送去省城当学徒，省城福州新奇事物多，那儿可是卧虎藏龙之地，在那儿眼界绝对要比溪马门广得多。

一上午医堂没什么病人，得闲便和绺子聊起念生的将来。

"我说山哥，你看病有一套，这种事却完全想岔了，让念生当学徒？亏你想得出来，他才多大，能干些什么？"绺子并不赞成，"你没亲眼见那些商铺的童仔工，个个瘦得跟猴儿似的，还得忍受各种棍打责骂……"绺子话没说完，门口突然有人打断说："不至于吧，可别一棍子打死！"绺子抬头，赔笑地说："唷，是刘掌柜，稀客稀客！"赶紧起身让座沏茶。

来人正是省城西风小筑的掌柜刘稳。

刘稳的老家在浙江宁波。农历七月十八是其父的忌日，自从妻子病逝，已经好些年都没回去拜祭父亲了。这次携小女儿刘芸回宁波，因刘芸晕船而改行陆路，路过溪马门，顺道拐进来看看绺子，顺便也想认识德山。

"你……就是德山？"刘稳人如其名，年纪大不了德山多少，不过看人的目光平和之中夹杂着某种能看穿人心的犀利。德山说是。刘稳微笑说："果然仪表堂堂，难怪朱先生他……"提到朱先生，刘稳当即止住闲谈，让绺子引他到后院厅堂上了一炷香。转身退出时，看见念生正在桂树下的石桌上写字，便凑过去瞧瞧，不禁点头称赞："嗯，好字，好字啊……"问绺子，这是谁家的娃儿？绺子指了指身旁的德山。刘稳纳闷，德山不是入赘朱家吗？虽说与家胤婚事未成，可怎么算娃儿也不该这么大！不过刘稳没细问，只对德山说："此子小小年纪就能写一手好字，很不简单！"听说念生未进一天学堂，更是惊讶得不行，"唷，这么说，这娃儿天赋了得！"

刘稳这日没在朱家停留多久，用过午饭便紧着赶路。不过刘稳允诺，德山若信得过他的话，回福州时他将带走念生。刘稳觉得，念生将来绝非池中之物，与其到别家商铺打童工，不如直接来西风小筑帮忙，工钱照算。再者说，他准备给刘芸请先生，俩娃儿年龄相仿，念生闲时可以陪读……

刘稳父女离开后，德山整个下午仍在迷迷瞪瞪中度过，仿若做了场不可能实现的幻梦。绺子打趣地说，完了完了，山哥犯魔怔了……

突然听见念生一声惊叫。德山和绺子跑进后院一看，念生倒地，平日提水的水桶摔得四分五裂，水洒一地。德山生气了："你提水做什么？"念生揉着破皮的膝盖痛得直呼呼："我得学啊，到时去省城……"听这话，德山心疼得不行，却完全地清醒了，呀，原来一切都是真的！

傍晚回船屋，德山一路都在叮咛："念生啊，听你绺子叔说，那位刘大伯人很好，也很喜欢你，可你千万别偷懒，手脚必须放麻利点，特别对他家那位妹妹，一定得谦着，让着，千万别惹人家不高兴。"

"爹，晓得了，你已经说了很多遍了。"念生咯咯笑着。

"是吗？我说了很多遍吗？"

"是，爹。"

"哦——"德山想想又问，"你娘若是不舍得不同意，你该怎么说？"

"嗯，我就说，我已经长大了，娘不用担心。"

"不不，这么说太草率，不妥，你再想想。"

"要不我就说，我去省城学本事，将来好让娘，爹，还有弟弟和妹妹都过上好日子。"

"这么说你娘肯定得同意，嗯，就这么说。"德山说着，将念生抱起来，让他骑在自己的脖子上，发现念生好像又重了一些。

派去探听消息的人回来说，是省城的军队丢了那船军火。

海娥子仔细琢磨着，军队的头儿因此枪毙了一名军需长官，说明这事绝不可能就此善了。面对新式军队，海娥子以前没有过实战经验。那次抢船只因为对方海路不熟，加上夜黑雾浓才侥幸得手。手下这些人原本都是船民而非正规军，双方一旦交火，恐难逃被剿灭的命运。

"蛾姐，现今摆咱面前的，只有两条路，一是悄悄搬走，二是加强防范准备应对。"好活思着说，"若是应对的话，就咱这些人，老的老小的小，年轻力壮的加上女人也才百来口，对方轻轻松松就能将咱灭了。"海娥子笑了："那天是谁说，就算对方来个十船八船，也叫他有来无回？"好活脸红得像猴屁股，支吾地说："此一时彼一时，原先咱不清楚对手是谁，原来他是前朝二十协协统许崇智啊。听说许崇智这人领兵很有一套，加上他们火器精良，我……"海娥子说："嗯，姓许的还有湘军撑腰，湘军骁勇是出了名的，绝不能轻视……这样吧，你让木果弄些炸药炸沉那艘军船，咱做好两手准备。"好活说："好，我马上去办。"事情交待后，好活不敢有任何耽搁，赶紧带人出去再寻一处安全的栖息地了。

而此时，福宁县新上任的邵知事正召集县里的头头脑脑开了一场无比严肃的秘密会议。最后，邵知事下了狠口："咱可把丑话说在前头，剿灭海娥子兹事体大，谁敢把这事嚷嚷出去，别怪本县不留情面！"

驻地军队调动协防，还是被刘富余闻出了异常的味儿。

他找恒昌，问他是不是又要打仗了。恒昌笑了笑，说没有的事儿。刘富余这才把悬着的心儿放了下去。不过也给刘富余警了个醒，看来得赶紧让恒昌挪一挪位置了，保安团副团长看似风光，实际上危险得很哪！

第三部 晓梦

念生的"出路问题"意外地得到解决，德山眼下唯一的心思便是德秀嫁人的事了。不承想，草帘却突然病倒在做媒的路上。"山啊，说实话，婶活到老还没出过溪马门呢，这秀啊，明显折腾人。"草帘病恹恹地躺着，心里既沮丧又难免有些怨气。德山一个劲地说抱歉。"唉——"草帘叹一声，"不过实在没法怪她。她也苦哇，背着感情债的滋味不好受……"

草帘一病倒，满舱家就没人做一日三餐的饭了。五丫挺着大肚子，眼看就要生了。她和江九帆去年生了个男娃叫狗娃，才牙牙学语。满舱一直忙着捕鱼卖鱼，家里一下多了几张嘴吃饭，不得不起早贪黑。其实他家有个闲人。江九帆这人不仅懒，不肯帮忙，反而时常地闹着脾气。

这天下午从岸上回来，九帆像使唤丫鬟一样地使唤五丫："做饭去，我饿了。"说完，死尸一般地挺在舱板上准备眯一觉。五丫没空搭理。狗娃这天身子不舒服，额头发烫，缩在五丫怀里显得特别安静乖巧。好不容易盼到德山回来了，五丫赶紧抱过去，哭着声说："山哥，你快给瞧瞧。"

德山将手上的药包递给麦穗，叮嘱说先把药煎好，等汤药凉些了再给草帘婶送过去，然后伸手往狗娃的肚子及后背仔细地探了探，心说，怎么弄的，娃儿竟烧得这么厉害！见五丫紧张得不行，宽慰说："莫打紧，狗娃有点烧，天气热，别捂得太严实了。"随即唤麦穗拿来鱼烧、盐卤和一盆热水。德山往热水里倒上小半碗盐卤，将布巾浸湿，待凉后仔细擦拭狗娃的身子，重点擦拭狗娃的胳肢窝及股沟等部位，最后在屁眼儿和肚脐眼上滴几滴鱼烧。

他让五丫瞧仔细了，说狗娃许是热着了，这么做是最有效的降热法子。娃儿发烧多反复，后半夜要特别注意，别看天热，不能捂更不敢让娃儿着凉。假若高烧不退,再晚也要唤他过去瞧瞧……睡前德山不放心,想了想还是过去探个情况。"怎样了?"五丫紧张地问。德山摸着狗娃的小脑袋,笑着说:"烧退了,过了今晚就没事了。"叮嘱几句,没作停留便回了。

德山回自家舢舨舵刚躺下,隐约听见五丫两口子在那头船屋吵起来。江九帆大致是说,你故意往人家身上蹭,是想勾引人家还是怎么的?五丫的性子随草帘,平日本就大大咧咧说话没遮拦。她故意说,是啊,人家身上香,蹭蹭赛神仙,我就勾引了你想怎样?瞧你那德行,哪点比得上人家?儿子病了,你过问一声吗?没有。还说我穿得少,这时候想起来管我了。九帆说,我看你,就是死性不改。五丫说,笑话,干嘛要改?我是喜欢人家,一直都喜欢啊,我恨不得他现在就过来睡我,你能拿我怎样……就这样你一言我一语,像街上上演的平讲独幕剧,吵到最后貌似升级了,两个人开始大打出手。隐约听见狗娃的哭声,接着是五丫的哭声。闷热的夜里,哭声让人心里揪得慌。

德山只得重新爬起来,虽说夫妻俩并未提及自己的名字,可谁都能听得出来矛盾因他而起,看来无论如何,都得过去解释解释。"别去。"麦穗拉住德山,"这两口子吵架又不是头一回了,你这时候过去只能火上浇油。"德山想想也对,清官难断家务事,无奈地笑笑:"唉,好人难当啊!"麦穗说:"明白就好,睡吧,明天还得早起去福州。"

直到天光微亮,五丫都没过来找德山,说明狗娃已经没事。

麦穗很早就起来准备一家人的早食。念生被刘稳带走一个多月,对德山麦穗包括德秀来说都好像有几年没见的样子。德秀痴痴地想啊:"不晓得念生长高了没有。"麦穗忍不住笑了:"刘掌柜又不是刘大仙,一口仙气能把娃儿吹成大人。"纵然心中不舍,但麦穗清楚，念生跟着刘掌柜总比待在船上强，而且这种强不止强一丁半点儿，很可能从根本上改变念生的命运。

她牵念念生，恨不得立马飞去福州，只是担心他才几岁就离开娘，去了人生地不熟的地方不晓得生活上习不习惯。

摇着舢舨舵从海路去福州，换成别人肯定胆怯。不过麦穗有经验，当年她和兆森叔便是驶这种小船从福州的三江口一路来到溪马门的。累了，就停下来歇歇，只要不遇见风灾，几处暗涌留意避开的话问题就不大。德山虽说走海的经历不多，麦穗一旁鼓励，使他信心十足。德秀说："好吧，既然这样咱就舍命陪君子。"听这话德山恼了："驴唇不对马嘴，什么叫舍命陪君子？不会说话没人当你是哑巴。"德秀吐着舌头："呀，这么说确实不吉利。"

船儿刚驶出溪马门海面，就遇见一艘巡海的小舰艇。有士兵站船头拿着大喇叭喊："船上的人听好了，赶紧掉头，不然开枪了！"等德山听清楚喊话的内容，舰艇已经驶到跟前。一阵齐刷刷拉栓子弹上膛的声响，德山看见一排黑洞洞的枪口，赶紧说："别，别开枪，我们是船民。"

"船民？出海做什么？"

"去，去福州。"

"哄鬼。就你这破船？"

"真是去福州，喏，我们是一家子。"

"回吧，海禁了！"一位头目模样的军人往这边瞧了瞧，不耐烦地挥了下手，"若是不听劝，别怪我们不客气。"这名军人能够这么说，已经算是客气的了。德山嗯嗯点头。如此，船儿只能掉头往回走了。

"哥，什么叫海禁？"等小舰艇驶远，德秀问德山。

德山没回话，划着橹桨，目光仍停在舰艇远去的方向。他羡慕得不行，这种铁壳船小巧别致，虽说没有洋人的铁壳船大，但速度快啊，倘若驾这种铁船走海的话，一天之内肯定能走省城一个来回。

对于海禁麦穗较为清楚，她还亲历过江禁和湖禁，思着说："奇怪，这时候又没打仗海禁做什么？难道……他们准备围剿海匪？"

麦穗都能猜到的情况，刘富余却浑然不觉。

都督孙道仁已经下了命令，时间定在八月十三日凌晨四点，分别从省城福州的马江、罗源湾和福宁县兵分三路对海娥子发起总攻，务必在中秋节之前结束战斗，届时他将在都督府亲自为所有有功之人授勋，论功行赏。

刘富余忙啊，忙得实在无暇顾及其他。

不过情有可原，这年承安社（溪尾境的宫祠）的"首席执事"终于轮到他家了。不容易！近三十年了终于可以扬眉吐气一回。八月十二日一早，他先和执事们商量好"菩萨日"的庆典细节，说明不请富春班的理由，就算山珍海味吃多都得腻味，再者沈春哥的徒弟们也是不争气，旦不成旦角不称角，所以请来的是刚有点名气的一个叫顺兴班的戏班子。总之这天，刘富余不论说什么都得到大家的应承，没有人反对。刘富余心里无比舒畅！事无巨细仔仔细细地交待再交待。忙完，他还有一件大事要办。

那便是恒昌的婚事。

那日问恒昌。恒昌说，全凭爹做主……

瞧瞧，多懂事的娃儿！刘富余越想心里越美差点脸皮都笑得抽筋。

快嘴风在他家已经候了大半天了，刘全跑社里催两三回了，刘富余这才不慌不忙地往回转。"唔，刘主任，刘大老爷，"快嘴风满脸堆笑，仿佛每道褶皱的纹缝里都能开出花来，"这次给少爷相的这一家绝对包您满意。"刘富余慢悠悠地品着茶，听着快嘴风说，那姑娘简直就是天上不多地上少有的大美人仙女儿。"哦……你说的这家姓辛的，好像没听说过。"刘富余以为又是一位庸脂俗粉，媒婆的嘴儿能把死的说成活的黑的说成白的没法作数。

"她家刚搬来不久，您不认识没听说也很正常嘛。"快嘴风说，"邵县爷您是认识的，辛小姐论辈该唤邵县爷一声舅，具体我没问，不过她爹也在县里做官，该是跟邵县爷一道来的。"刘富余不禁暗喜，假若恒昌真和这家人结上亲，换句话说刘家往后就是邵长乐的亲戚了，岂不美哉？！

"你也知道，现今时代不同了，年轻人大多喜欢自己来，总的来说咱这辈人凭媒妁之言一顶花轿抬回家已经不好使了，要不你找个机会，让恒昌和这姑娘先对对眼？"刘富余含笑地问。快嘴风眼珠子一转，点头说："还是您想得周到啊，成，这事我来办！呀，下午不正好嘛！社戏开锣，您以承安社主家的名义请邵县爷和未来亲家过来听戏，到时让少爷和辛小姐碰个面聊几句，事情不就妥了？"刘富余哈哈大笑："嗯，如此甚好！我儿婚事若成，到时加赏你一个大红包。"快嘴风连声说谢，高兴地忙去了。

顺兴班是新近冒出来的戏班子，班主姓陈，是一位矮胖的中年汉子。因为要请邵知事和未来亲家，刘富余让陈班主挪地儿，承安社门前的小广场多少显得小气，必须是刘家的大戏台子才行。陈班主不敢有二话，当即让人将唱戏的家伙什都搬过去，重新搭棚，重新挂幕帘。等忙完，已经过了饭时，子弟们空着肚子，草草就着凉水嚼着冷馒头。陈班主再三叮嘱："大伙都给我打起精神，一会儿县爷大人要来，可得给我长脸，啊！"

县爷大人要来看戏的消息不胫而走，气氛空前高涨起来，人挤着人，汗味儿拥着汗味儿，人们纷纷举着脑袋，都想亲睹一眼刚上任的县太爷，当然也有人想看看刘家那位和"曲蹄母"生的"大少爷"……

戏班子准时开锣，照规矩首幕是彩戏，菩萨日自然先演给菩萨看，因此对面戏楼的雅座上根本没看到刘富余的影子，更看不到邵县爷或"刘恒昌"的身影。短折子彩戏演完，中间停歇一小会儿，然后才是正本大戏上演。

忽地一阵喧哗，邵县爷居然真被刘富余请了过来。

人们窃窃议论，刘大掌柜果然大面子。

寻声音望过去，一位身穿笔挺灰色制服的中年人出现在人们眼前。他不是邵县爷能是谁？众人围着他簇拥着他。这人脸上挂着淡淡的笑，却显得高高在上的样子。陪在邵知事身旁的就是江恒昌，只见他一身灰色戎装，谦和地向知事大人引见自己的"父亲"。邵知事和刘富余亲切地握了一下手。

刘富余立马躬身以主家的身份引诸位入座。

陈班主仔细观察着戏楼里的状况，待众人坐定，好戏恰时开始。

不过，人们的目光并不全在台上顺兴班子弟的卖力表演上，几乎都被江恒昌身边一位穿着新颖的美艳女子深深地吸引住：

"天爷啊，那个谁啊，江恒昌婆娘？"

"什么江恒昌，刘恒昌晓得不？人家已经认了亲爹了。"

"就你懂，恒昌那小子到底是不是刘家的种，还说不定。"

"嗯，我看不像，你们瞧，两人生分着呢！"

第三部 晓梦

"我的娘,能娶到这样的女人当婆娘,死了也值。"

"狗屁,你死了,美婆娘一准被人睡了。"

总之各种羡慕嫉妒恨。江九帆早早地便在戏台子前角占了一个位,猫身蹲着。他和别的船民不一样,不愿意远远瞅着,哪里有热闹总喜欢往哪里钻。不过打死他也不会凑恒昌的热闹。这狗日的,前些日子路上碰见,竟连声招呼都不打,只鼻孔朝天地哼一声,仿若明朗地于彼此间划开一道界线。

有什么了不起?九帆莫名地开始怨恨自己的爹,当初为什么不讨个美一点的娘?不然他肯定能和狗日的恒昌一样,也成为高贵的山人……

听见别人在低声议论恒昌身旁的女人,九帆经不住好奇地扭头望过去,一下怔住了,天爷,世上真有仙女儿下凡?辛小姐的美,若用闭月羞花沉鱼落雁来形容则显得俗了,她浑如阆苑琼姬,绝胜桂宫仙姊……当然,九帆并不认识什么辛小姐,更不会用恰如其分的优美词句来夸赞一位美人。过后一连几个晚上,他只在睡梦中喊着:仙女儿,仙女儿,来,来哥这儿……可恼的是,这时候总被五丫一脚踢醒。梦醒后,夫妻俩又开始吵。

将邵知事等贵客送走后,回自个儿家的刘富余一边喝茶,一边仔细反省今天有没有哪里做得不到位,哪里出现纰漏,说了哪句不该说的话。发现都没有,这才心情舒爽地唤刘全:"请少爷过来一下。"刘全说:"哦,少爷正赶着回团部。"刘富余纳闷:"这么晚了回团部做什么?去,喊他过来,就说是辛小姐的事。"不多久,恒昌过来了,有些不快地说:"爹,我忙着。"刘富余呵呵笑着:"再忙,能忙得过你的终身大事?恒昌啊,你觉着辛小姐怎样,爹瞧着不错,一下午眼观鼻鼻观心地坐着。眼神是骗不了人的,辛小姐给人的感觉端庄,贤淑,至少不轻浮。"恒昌说:

"爹，您觉着好就好。"刘富余欣慰地点头："成，爹明日就给辛家回话，将这门亲事定了。"

恒昌匆匆离开家。刘富余越想越觉着有些不对劲，躺下后重新坐起来，喊来刘全："你去保安团瞧瞧，忙什么。大半夜不让人安生？"刘全去了，很快回来说："团部不让进，我没见着少爷，视情形今晚有动作。"

动作？保安团平日至多也就负责街面巡逻。

刘富余琢磨片刻，联想到几日前的军队调防，暗道一声坏了，肯定是要打仗。顾不上换身衣服，他三步并作两步地奔向承安社，朝社公神像扑通地跪倒，虔诚地连磕几个头，不住地祈求："我刘家不再求升官发财了，只求保佑恒昌平安无事，此愿达成我刘富余定为您重塑金身……"

黎明前夕。

人们仍在睡梦中，正东极远处隐约地响起枪炮声。

"山，山……你听，是不是打仗？"

麦穗推醒德山，瞪大眼问："你说，会不会是省城发生战事？"德山仔细地听一阵，笑着说："不是，省城离咱这远着，在咱的西南方，枪声传不到咱这。睡吧，天亮我找绺子商量，看那匹老马行不行，行的话咱借马车去省城。"

说完，德山翻身继续睡。

麦穗再也睡不着，披上衣服钻出舱篷，透过夜色逐渐消融的微明，呆呆地望向西南天际，原来省城是在那儿啊！念生在那儿不晓得饿没饿着？会不会因为不听话、任性遭刘掌柜打了？立马又否定，不会的，刘掌柜是好人，他也是一位父亲，能不懂娃儿玩心重，能不体谅……

第三部 晓梦

儿行千里母担忧。

吃过早饭，麦穗催促德山去找绺子。

"老话说老马识途，不急着赶路它当然行，只是上了岁数，每回走省城都得修养好长一阵子……山哥，咱现在就指望它给咱跑腿。我一直像伺候爹一样好生伺候着。"很显然，绺子舍不得借。德山也不是非去不可："唉，你大概猜得出来，麦穗想儿子想得实在是……"绺子摇头说："得，要不下次进药换你去，这样一来，进药和看念生两不误，你觉得怎样？"

德山觉着可行，想想似乎也没有比这更好的法子了，只是不知该怎么和麦穗说，绺子刚从省城进药没几天，只能安心地等了。

闲聊完毕，德山到后院换上长衫准备坐诊。这件长衫是当年为"入祠礼"特意让裁缝店桃花婶量身缝制的海蓝色长衫，尽管平日舍不得穿，仍洗晒得略微泛白。绾扣还没扣清楚，便听见孝临走进医堂的声音。

"怎么没人？"

"来了——"绺子应着从里间出来，"唷，朱老爷，坐……"

孝临站着环顾四周，点头说："嗯，不错，许久没来，医堂被你们收拾得干净整洁，和我哥在的时候没什么两样。"

"那是必须的……您今天来，是……"

"哦，我过来找德山，有事儿。"

孝临和德山究竟谈些什么，绺子不在场不清楚。只是两人谈完，德山快快脱去长衫丢给绺子，让他帮忙折好，二话没再说一溜烟地跑回去。

绺子愣着问孝临："他这是……"

孝临微笑着说："嗯，是好事！"

的确是好事!

孝临昨晚刚从杭州回来。他原本去杭州还有许多事要办,可一听侯掌柜应允下来,便迫不及待地赶回来找德山商量。德秀的事,已不仅仅是德山兄妹俩的事。孝临觉着,目下整个朱家就数他的年龄最长,势必挑起大梁,为后辈们的生活出路作谋算。德秀既是朱先生和曹水梅的私生女,于明面上不讲,是为了顾及堂哥的脸面,但私下该办的事还是要办的,就算德秀和孝允没闹那一出,德秀的婚事亦是孝临该主张且该操办的大事。他不清楚德山是否知道德秀的真实身世,于是用抱歉的口气,试探地说:"孝允不肖,也许打小宠溺致使长大后缺了担当,从而耽搁了你家秀这么多年……"

德山叹声摇头:"古语讲冰冻三尺非一日之寒,秀性子倔,硬抱石头跳深潭谁都拿她没法子。"听这话,孝临明白了,笑着说:"气话呢,咱就不再讲了,我知道你也想秀好,今天找你,是想为秀保个媒。"

"为……为秀保媒?"德山以为听错。

"对。我杭州商号里有位掌柜姓侯,叫侯通州。这人今年三十有三,山西人氏。侯通州不是初婚,早年娶了妻,不过妻子于战乱中被炸死了,并无留下子嗣。"孝临看着德山,"这人呢,我对他算是知根知底,他在商号做事一向任劳任怨勤勤恳恳,人绝对是厚道人。你也别多想,毕竟秀的年岁放在那儿,这时寻年纪相当的初婚男人实属不易。当然,咱也不凑合,虽说秀是给人当继室,不过侯通州说了,别的女人有的,半点都不会少了秀的。"

"您是说,他会明媒正娶?"

"嗯,你看我来当这个媒人,还行吧?"

"当,当然……"德山思着,欲言又止。

"还有别的顾虑?"孝临笑了笑,"哦,侯通州毕竟是商号的掌柜,场面上来往的朋友不少,慎重起见我准备认秀当义女。到时,秀从我朱家厅堂嫁出去,这样对谁都好,也说得过去,你觉得呢?"

"啊,这样啊……"

孝临并未从德山脸上看到预想的那种欣喜,相反他的眉头似乎皱得更紧了,于是干脆默嘴,一下说太多想必德山也"消化"不了。许久后,德山眉头微微松开,看着孝临说:"行,但我得先回去和秀商量商量。"

"我就是这意思。"孝临觉得,只要德山点头便不成问题,秀的婚事一旦定下来,那么堂哥在九泉之下也该含笑瞑目了。

第二十三章

恒昌"光荣"了！

次日傍晚，当刘富余被邵长乐唤到县府办公室，邵长乐说到"光荣"二字时他还没听明白具体什么意思，以为是客套话，当即谦虚地说："这都仰仗知事大人栽培。"邵长乐握住刘富余的手，请他落座，叹说："虽说是个意外，不过鄙人认为，恒昌同志出于公务，理应认定为国捐躯……"

捐躯二字刘富余听懂了，他像突遭晴天霹雳惊着似的，浑身颤栗，连坐都坐不稳了……至于后来邵长乐说他已上报都督为恒昌争取以烈士嘉奖之类的话半个字都没听进去——

恒昌没了，刘家即使得到天大的嘉奖，还有什么意义？

参与"剿匪"，原本就是保安团职责之内的事。但想到兵戎相见，乱飞的子弹不长眼，恒昌当然怕得要死，好几次差点忍不住和"父亲"说出心事，可再想到邵长乐那日的"警示"，便只能把一切都吞忍了回去。

在团丁面前，恒昌收腹挺胸，气概昂昂，强装出一副无所畏惧的样子，倒是起到了很好的动员作用。团丁们坐的是木帆船，打头阵，主要为后面的军舰探出一条可行的航道。恒昌站在船头，对私下抱怨不公的团丁说："要说海面航行，恐怕没人比我更熟悉了，你们大概都知道，我曾是船民，甚至有人在背后笑话，但我不在乎，就拿这次剿匪来说，没我行么？不行吧！所以，咱不能自己瞧不起自己破罐子破摔，都给我打起精神来……"

见团丁们正姿坐好，恒昌给自己打气似的继续说："听说这群海娥子也是船民，并非当年彪悍的倭贼，那有什么可怕的？船民是什么模样，大伙儿和我一样清楚，和他们直面相遇，咱该怎样？"有一名团丁抢先回答："气势上压倒他们。"恒昌点头："对！他们是贼咱是官兵，官兵捉贼天经地义。或许有人在想，传闻没影，露水没仔，他们肯定没听说海面还有一句老话，叫无风不起浪……"恒昌一路不停地说，因为说话能够消除心中的恐惧。

团丁的木帆船后面紧跟几艘小舰艇，四周浓雾弥漫。

艇上一名军官手拿望远镜往木帆船上瞧了瞧，火把摇曳瞧不太清，问身边的人："领头的那位是谁？"身边人回答："保安团副团座刘恒昌，溪马门刘家的大少爷。"军官纳闷："刘富余儿子？刘富余什么时候有儿子了？嘿，不过看上去这位刘少爷倒是个人物！"

按住内心的惶恐，终于隐约可见传说中的倭鬼岛了。当黑巍巍的岛屿轮廓出现时，按计划所有船舰必须熄灭火把，趁黑悄悄摸上岛。等双脚站到硬棱棱的礁石上时，恒昌极自然地错了错身，挥动驳壳短枪，敦促团丁们继续朝上摸去。恒昌不傻，他才不会冒失地充当出头鸟。

不承想，整个行动异常顺利，根本没瞧见半个海匪的影子。

等马江和罗源两处的军舰汇合后,所有军舰唰的打开照明灯,雪白的灯光几乎照亮了整个倭鬼岛的上空。恒昌这才发现,岛上空无一人,海娥子早逃之夭夭。而气人的是,恒昌看见军舰上的士兵仍在舰上没见一人上岛,忍不住大骂:"狗日的,明显是拿我保安团当炮灰啊!"好在没有遭遇海匪,否则后果不堪设想。恒昌命手下上舰汇报岛上的情况。手下得令刚走,就在这时不清楚谁手中的枪突然走了火。"砰"的一声,骤然惊飞了许多夜宿的鸥鸟。紧着枪炮齐鸣,纷飞的炮弹倾泻一般地落到岛上,海中被炸飞的鱼儿跌到恒昌跟前,不甘心地扑棱着,死不瞑目。恒昌挥手大喊:"错了错了,快停火——"

可惜,人的声音再大终归大不过炮弹的隆隆声。等一轮炮轰过后,才发现原来摆了一场大乌龙。恒昌被炸死,上岛的团丁折了近半。对于这场乌龙的始作俑者即那个走火的团丁是谁,是生是死,已无处可查……而命令开火的军官却不用担负任何责任,岛上情况不明,很难说会不会中了海匪的埋伏,为了孙都督的"安民大计",所有人做事都须小心谨慎。

就在刘富余认为刘家从此飞黄腾达的时候,恒昌的死等于骤然地给了他一个致命的,几乎是摧毁性的打击。

德秀一直翻来覆去睡不着失眠一晚上后,终于答应嫁给侯掌柜。

麦穗问德山:"那么秀只能认朱孝临作干爸了……山啊,你不觉得有点不对劲?"德山明白麦穗所说的不对劲指的是什么,故意说:"你是说朱孝临对咱家秀好得有些过头?其实没什么,当年他极力反对孝允和秀的婚事,或许想适当弥补吧。"德山既然这么说了,麦穗只能闭嘴。

第三部 晓梦

水梅当年言语凿凿，除了德山，家里不能再与朱家有任何瓜葛，而朱孝临却为了秀的事不遗余力，难不成真如传说的那样，水梅与朱先生一直不清不楚以至于……麦穗突然想到另一种可能，心儿一下紧了起来。

好在麦穗这人能够藏住心事。

德秀的婚期定在九月初八，只剩下大半月时间准备了。

孝临说，什么都不用准备，他早着人备齐了。

孝临此举，更加证实了麦穗的猜测。不过秀这些年为了这个家不辞辛劳付出谁都瞧在眼里，撇开那些有的没的，秀能够有个好归宿，当然是件再好不过的大喜事。而在这个时候，任何怀疑的话都将大煞风景。

过了中秋，溪马门多是晴空，一碧万顷见不着半片浮云。这是一年中感觉最惬意的季节。日头虽照样狠辣，坐在阴凉处却丝毫不觉热。这日清晨，香兰第一次来船屋，和德秀小声地说了一会儿话，然后把她带走了。

身后，尽是羡慕的目光。

中午从孝临家出来，德秀脸上的笑意明显多了，转到医堂，问绺子："我哥呢？"在香兰的捣鼓下，德秀换了身新衣裳，说是叫旗袍，说是依照德秀的尺寸让杭州城最有名的裁缝师傅精心缝制的，紧致的腰身，柔滑的面料，胸口斜到腋下绣着几朵精致的小白花，衬着碧绿色的底儿，显得清新脱俗。香兰把德秀打扮好后，一个劲地点头，漂亮，真漂亮……德秀往自己身上瞧，立马羞得满脸通红。旗袍下摆大开叉差不多到大腿根，德秀倒没觉着难为情，几年前夏季里她还穿着一条大裤衩呢，唯一羞人的是旗袍将女人坚实的胸部着实地鼓了出来。呀！德秀心想着，那位裁缝师傅肯定是个大色鬼！怎么缝了这样的衣裳？怎么穿得出门？

香兰说，你得适应，往后你就是掌柜太太了，包括走路，你都得拾着小步走。

其实刚刚来医堂的路上，德秀几近是逃奔着过来的，总感觉背后被火辣辣的目光盯着，盯出满后背的芒刺儿。不过德秀还是想让哥瞧瞧，帮她拿个主意，哥说好看，她就穿，哥若说不妥，她只能脱了收藏起来。

绺子一下没认出德秀，愣着嗯嗯。

德秀再问："我哥呢？回船屋了？"这时德山擦着手从过道来到医堂，看见德秀，先也是愣了下，然后笑着说："呀，哪来的衣裳，真好看！"德秀满心欢喜，却眼圈一红："哥，我嫁到杭州后，想见念生一面就难了，要不咱过去一趟吧，秀实在想他！"德山看绺子。绺子红着脸说："可以啊，下午我盘点，看库房缺什么，明早……对，明早你俩便可动身。"

绺子突然爽快答应，让德山有些不适应。

许多年后，在一次闲谈中德山得知，原来绺子一直喜欢德秀。可惜绺子自己不说，加上大大咧咧乐天派的性格，天晓得他心里还能藏着一个人。

说是去进药，马车上却坐着五个人，德山、麦穗、德秀加上念海和念慈俩娃儿。一早出发，到省城时差不多已是次日的中午。

德山一路赶车，一夜未曾合眼，但他神采奕奕，丝毫不觉着累。

"哥，要不我来吧，换你眯会儿？"德秀也很兴奋。

只有麦穗微蹙眉头，好像满怀心事的样子。

德山将马绳交给德秀，叮嘱说让马儿慢点走，千万别用马鞭子抽，然后躺到麦穗身边，问她："怎么了？"麦穗支支吾吾。德山说："哎，咱一家人去见念生，本来是件很开心的事，你怎么

第三部 晓梦

反而不高兴了？"麦穗说："刚才路上遇见一队军队，我瞅那马上一位军官，好像是柄生？""柄，柄生哥？"德山坐了起来，很快重新躺下地摇头笑了，"你呀，还记得那时候，你瞅谁都说像柄生哥，结果呢？当然，柄生哥若真活着回来，还成了一名军官，那咱老徐家可就大发啦，喜事接连不断。"麦穗说："亏你笑得出来！他若活着回来，你说，咱俩该怎么办？"德山没说话，这确实是个问题。

不过德山认为，麦穗肯定又是认错人了。世上面貌相似的人多了去，柄生若真活着，能不回家？至少也会托人捎个口信报平安吧。

对德山一家人的到来，刘稳表现出极大的热情。他丝毫不嫌弃德山一家人的船民身份，给他们隆重介绍了刘芸的娘，即他的第二任妻子白玉蛾。

白玉蛾是省城本地人氏，说话尾音略高，很像平讲戏的腔调。

她将麦穗的手放在自己手心，笑着说："你们真是来巧了，我本来还准备让阿稳去福宁跟你们说。"麦穗惶恐地问："什么，什么事？"白玉蛾说："念生这娃儿长得标致，许多太太见了都问，能不能把念生过给她们当儿子。"刚听到这，麦穗紧张得嘴唇直哆嗦。白玉蛾咯咯笑着："她们那是痴心妄想！后来被缠得不行，我干脆说念生已经是我干儿子了，将来有一天兴许成了我家芸儿的夫婿呢！所以啊，念生娘，咱今天就当面锣对面鼓地把这事定了，你觉得如何？"麦穗暗松一口气，恭敬地说："谢谢您看得起念生。"白玉蛾感慨地说："瞧瞧，闽江畔也有许多船民，他们动不动就骂娘，说脏话，哪像你们说话这么斯文。"麦穗说："读过两年私塾，认识些个字。"白玉蛾说："难怪！说到读书，听说林家书院吧？王先生是最严苛的一位先生了，连他见了念生都竖大拇指说，念生是难得的奇才，将来前途无量。"

听到别人对自己儿子有这么高的评价，且言语间充满护犊之情，麦穗满心暖意，把刚才路上遇见疑似柄生的不安尽数抛到脑后。

听说德秀不日将大婚，白玉娥将麦穗和德秀拉进房内，细说着女人家的体己话。而这时，德山跟刘稳去了西风小筑。念生平常吃住都在那儿。

"芸儿原本住在家里，刚开始和念生关系也不融洽，念生懂事，处处让着她。现在啊，芸儿反倒缠着念生，后来干脆搬过去一起住。"

刘稳笑着摇头，一副无可奈何的样子。

刘稳疼念生，德山很感动，也很安心。

看见德山，念生愣住好久，像是看花了眼的样子，然后大喊一声爹，冲他直扑过来。瞧见念生眼角的泪，德山的眼眶也不禁湿润了。这对不是父子却胜似父子的一大一小紧紧相拥，根本忘了身旁许多双眼睛看着。

刘芸问父亲，这人就是念生的爹？刘稳点着头，说你该喊一声叔。刘芸想喊，却不敢叨唠，乖巧地退后，远远站着——十几年后，一封寄自宁波的来信送到德山手中，信中直接称呼德山爸。德山把信摊给麦穗看了，说你儿子成家了，可他工作忙，没法子回来，咱得体谅。麦穗问，新娘子是不是刘芸？德山点头，说这妮儿小时候看着就特别灵巧，你儿子真有福。

那时候麦穗已病重垂危，多么想念生能带着小娇妻回溪马门看看。德山安慰她说，等你病好了，咱去宁波，到时帮他们带带娃。

第三部 晓梦

德秀要以"朱家女"的名义出嫁，在船民中又引起一场轰动。

许多人祝福，许多人羡慕……

当然也有人妒忌地说着风凉话，这人就是江九帆。

那日听说江恒昌死了，他乐得一下在船屋蹦了起来，头磕到顶盖，痛得直呼呼，却大笑说："早说什么来着？恒昌那狗日的，鼻孔朝天瞧不上人，这下彻底死透没气了，人死屁朝天，不，那是蔫了给我看！"五丫听不惯："积点口德吧，人家死不死关你屁事，幸灾乐祸就不怕遭报应？"九帆说："嘿，你个死女人，总跟我唱反调，皮又痒痒了？"五丫说："打女人算什么本事，有能耐让我娘俩吃好穿好。"说到能耐，狮犁帮就数德山的能耐大，或在忠义堂坐诊，或拉网捕鱼，小日子过得有条不紊，先是把念生送去省城，现在又将送妹妹以山人闺女的身份出嫁……九帆无言以对。恼羞成怒的结果是不顾五丫怀着身子又把她狠狠地揍一顿，揍得鼻青脸肿。

这天一早，江九帆喝完面屑拌野菜熬的咸粥，一手抓稻草剔牙，一手往屁股缝抓几下，放鼻孔下闻了闻，站在过道冷哼着说："什么以朱家女的名义，我看她就是朱家女。红鸠钻鹊巢，这当中不清不楚是红是黑谁他娘的能说得清楚……"若在平日，五丫肯定忍不住地搭句腔，但这天她实在懒得开口，只冷冷地瞪丈夫一眼，拖着笨重的身子抱狗娃去了父母的船上。

满舱原想招个"上门女婿"，往后老两口老了实在干不动了，至少两双筷子有地方搁，若不巧头疼脑热，至少有人端汤送药……谁曾想，却招来这么个货色。成亲不久，九帆便嚷着"分家"。他要住船屋，满舱允了。他说小时候磕伤胳膊网罾拉不动，满舱便把所有杂活全揽了，他说喜欢蓣钱草的那股子辣味儿，满舱更是把常年不离身的烟杆子递给他……总之一开始，九帆说什么是什么要什么给什么。满舱后悔啊，万万没想到这狗日的居然打五丫！

可惜，满舱实在干不动江九帆，怒而不敢言。

"丫头啊，他就这样，你少搭嘴，当作没听见。"满舱只能这么劝。五丫眼圈泛红，噙着泪说："是我对不住你们……"五丫越是成熟懂事，满舱越觉得心痛。当初就该听草帘的，不该动了续老姚家香火的念头，以至于耽误了五丫的终身幸福……若把五丫嫁给德山，自己现今或许也是整日抱着娃儿晒晒日头，和一旁的老哥邻扯着闲篇，日子过得恬静滋美。

这天的德山自然是最忙的大忙人了，脸上挂着从心底溢出来的笑，咧着嘴和每位说恭喜的人说谢谢。"等一下，山，听说秀今天是白天出堂的?"有人拉住德山问。德山点头："是。"那人说："哎呀，白天出堂一直都是山人的规矩，秀真有福气，能以山人的俗例出嫁!"

按船民的老规矩旧俗例，船女应该在夜晚的亥时三刻出嫁，这种旧俗已延续了上千年，叫"婚船哭"。新娘子梳妆打扮好后，坐等"吉时"到，然后一个个地哭别所有亲人，手捧嫁奁三进三退过每一道舱梁，亲友们一旁起劲地喊好啊妙啊讨吉利，讨彩头。等新娘子钻进"轿船"，女方当家人开始站在自家船头破口大骂："亲家啊，你断子绝孙啊，你不得好死啊……"这时候男方接亲的人听了一点不恼，相反添火鼓劲："骂。使大力气骂。骂越大声运道越旺。"骂婚，是溪马门船民极其独特的婚嫁习俗。女方亲人会将船儿摆成人字，迎亲船进而又去，女方的"人"还在。男方的船亦摆成人字，娶亲船进来后便成了"个"字，预示这家人今日添一人，此后人丁兴旺。新人一拜天地二拜祖宗三拜

第三部 晓梦　　　　　　　　　　　　　　　　　　　411

父母地"拜堂"后，长辈喊："发炮——"这时所有船儿悄悄地围成一圈，把"洞房船"围在当中，酒菜上桌，礼成。

待嫁的德秀应该待在朱孝临家，德山一早便送她过去。姑姑出嫁，自然少不了念生。刘稳一家三口昨晚便带念生坐船来到溪马门。安顿好后，德山匆匆回来准备找满舱。孝临也这样说："山啊，秀虽说是我干女儿，毕竟出嫁是件大事，无论如何都得尊重你家长辈们的意思，要我看，你还是回去解释几句较为稳妥。"德山心想，解释倒不至于，不过说一声肯定是要的，特别是草帘婶，此前为了秀的事吃尽了苦头，这时候如果连声招呼都不打，于情于理都说不过去。

德山和五丫几乎前后脚钻进舱篷。"怎么不去看看秀？"德山见五丫坐一旁抹泪，笑着打声招呼。"我去做什么？"五丫强颜一笑，"秀她……今天肯定特别漂亮！""是。还别说，这妮儿打扮起来还像那么回事。"

闲叙几句，德山就和满舱说了婚例的事。

满舱说："朱孝临见过大世面，怎么主张听他的，不会错。山啊，现今世道变了，咱那些旧俗旧例也是时候改改了，想当年……"想当年五丫成婚，女娶男嫁，记得老江头站船头骂得那叫一个狠，那叫一个卖力气，结果呢？五丫和江九帆不见得有多幸福，日子过得苦哈哈不说，还特别闹心。

满舱长叹一声，说："算了，今天大喜的日子，咱不说那些丧气话了，草帘……"听见丈夫喊，草帘从舱尾钻过来，从怀里摸出一个绢帕布包，仔细地一层层翻开，里头藏着一个碧绿色的镯子。草帘把镯子塞到德山手上："朱家大门大户，今天肯定来了不少贵人，我不敢过去凑热闹，这镯子你捎给秀，就说是你满舱叔和我的一点心意。"德山慌忙说："使不得啊，婶，您二老的心意我替秀领了，不说我，秀肯定也不会收这镯子，实在太贵重了，您二老这些年对我兄妹俩的照顾，我可是怎样都还不起啊。"满舱说："让你收就收，推推搡搡成什么样子了？今天当着五丫的面，我就把话说透了，这镯子呢，值二两银，银子是当年春亮带我们数次挑私盐挣回来的。五丫成亲时我俩都没把镯子交给她。因为我老姚家欠你们老徐家实在太多了，今日秀出嫁，镯子给秀，也算我姚家暂且还上一点情。"言至此，德山只能收下："谢谢叔，谢谢婶。"忽又想起一事，"秀嫁去杭州路途遥远，回门的话一来一回实在耽误事，因而孝临的意思是中午就把回门酒办了。"满舱点头："嗯，朱孝临做大生意的人事情考虑周全。"德山说："叔，婶，那我先忙去了，叔您今晚别早歇，我回来找您喝几杯。"满舱笑了："成，叔等着。"

和山人娶亲略不同的是，德秀坐的是装扮喜庆的"婚车"。车子前后左右都挂着红绸布，结着大红花，连车窗的帘子都是红色的。

德秀头戴凤头冠，披着红盖头，身穿大红的罗裙裙，由侯通州亲自背着上车。新娘子脚不沾泥，预示着从此夫唱妇随过上舒心惬意的好日子。

因为要赶路，侯通州仔细敬一圈酒便先动身了。

德山把侯通州拉一旁，再一次叮嘱："从今往后，我就把秀交给你了，希望你好生对待。"侯通州说："您请放心，我们那儿有句老话，得黄金百两不若得信义君一诺，我不敢自称信义君，但男人说话一口唾沫一个钉，我不敢说秀跟我就能锦衣玉食，只要有我一口吃的，绝不会饿着她。"

这时喜娘过来，说新娘子有话说。

德山跑过去。德秀隔着车帘吩咐："哥，一旦有了娘的消息，

第三部　晓梦

一定记得给我捎信……"话未说完德秀又哭了。德山嗯嗯答应，低声说："都上花轿了不能再哭了，记住，往后哥不在身边，要懂得照顾自己。"

越临近分别，似乎越有许多话要说。

突然鞭炮齐鸣，许多宾客起身来到大门口，目送婚车离开，然后热烈的酒席继续。路两旁许多山人站着围观，船女变身"金凤凰"，白日远嫁，这真是一件稀罕事。

此刻梅花峰的顶上，一位身穿灰色禅衣的女人正双手合十，朝溪尾街方向慢慢地跪下去，嘴里念着："阿弥陀佛，佛祖保佑秀平安幸福……"海风儿掀起打着补丁的衣角，唰唰作响。

这晚，德山喝得酩酊大醉。

德山在朱孝临家滴水未进。他是在满舱的船舱里喝醉的。麦穗搀他回去。他转而趴在麦穗怀里哭了，劝都劝不住，直至哭成了泪人儿。

恒昌的死，骤然抽空了刘家宅院的生气。

整座宅邸冷清，孤寂。

已是秋末冬初，一阵阵北风儿刮来，岸边及田埂旁的马尾松落下一撮撮枯成黄褐色的叶须儿。当日头坠入梅花峰西角时，近一个月消失不见的刘富余重新出现在自家院门口。人们差点都认不出他来了，脸色煞白，像是久病初愈的样子。他坐在门前的石阶上一动不动。路过的人们跟他打招呼，他只在鼻孔里嗯了一声，嘴巴仿佛都懒得动一动。他那双原本能够时刻投射出精明光芒的眼睛，如今显得空洞，浑浊，昏昏无光。

"老爷，进去吧，外面凉！"刘全伸手想搀一把刘富余。他却自己站了起来，拍了拍屁股上的灰尘，边走进去边问："今晚吃什么？我饿了。"听这话刘全大喜过望，老爷有了胃口，说明巨大的悲痛并没有把他完全击倒，从刚才自己站起来的情形看，曾经的老爷又回来了。

刘富余平生最喜欢吃的就是肉燕了。省城顺丰楼买来的燕皮，高汤滚开，加一小撮葱花，少许的盐和少许的虾油。他曾经能一口气吃下五大碗。刘全自然早让人备着上好的肉燕，就等着老爷说饿了这句话了。

可惜，这晚的肉燕总感觉有股怪味，很难咽得下去。

"你尝尝……"刘富余将勺子递给刘全。刘全尝一口，说："很好啊，没什么怪味！"刘富余将信将疑地重新舀一勺，仍旧难以下咽，想了想，干脆就不吃了。"要不让厨子熬点白粥？您太久没进油腻了，一时不适应。"刘全赔着小心问。刘富余嗯了声，刘全退出去。刘富余刚端起茶碗想漱下口，刘全忽又转了回来："老爷，彼得先生来了……"

刘富余本打算起身迎接，无奈刚站起来便觉脑袋犯晕，只好继续坐着。彼得心情不错地迈进刘富余起居的厢房，说："哈喽刘先生，我费好大劲，终于让那些投资商答应新码头的投资建设，这是项目意向书。"

彼得说着，从西装口袋掏出几页纸，展开后放到刘富余面前的桌面上。刘富余淡淡地瞥一眼，吩咐刘全："泡茶……"很明显，刘富余对该项目似乎兴趣不大了。彼得诧异刘富余的冷淡态度，新码头一旦建成，按中国话说简直就是日进斗金。他不明白，刘掌柜突然转性开始视金钱如粪土了？

彼得在刘家坐了不到半个钟头就离开了。

刘全送他出去，赔笑解释说："彼得先生莫介意，老爷刚生了场大病，精神头还没恢复过来。"彼得停住脚步想了想，说：

第三部　晓梦　　415

"请转告刘先生,找我们合作的人多的是。"刘全连连点头:"是,那是,您请走好。"

这些日子以来,刘全对外包括镇公所的同仁都说老爷身体不适,只得卧床静养。实际上谁都清楚,刘富余的病从何而来。设身处地地想,唯一的儿子死了,等于刘家从此绝了后,任谁怕都很难从打击中回过魂来。许久未见刘主任出现,甚至有人开始悄悄地在打主任位置的主意。

又过了七天左右。

这日早上,当刘富余一身灰色新长衫、青色马褂,看上去精神头不错地出现在众人面前时,同仁们瞬间都愣住了,呀,消失许久的刘主任又"活"过来了?是的,刘主任不仅"活"了,且到镇公所的头一件事,便是过问学堂的筹建进展,负责此事的林专员惊得浑身抖索,说不成话。"镇公所养你,不是来吃干饭的,这么点小事都干不好?"刘富余发火了。这是他自上任以来第一次发火,外间的人都竖着耳朵听着里头的动静。"可……可是邵知事说了,这事往后压一压,因此就……"林专员试图辩解。"哼,拿邵知事压我,你还不够格!"刘富余几近嘶吼,仿佛都能把房梁震下一层灰来。

入冬以后,白日逐渐短促到响午刚过便是傍晚。当那一抹羞怯的霞光腾起在溪马门海面的上空,温柔的暮色开始笼罩远处的天际时,从镇公所出来的刘富余站在码头那块"十不准"的石碑前,目光投向海面。黄昏时分,残阳余晖照得海水一半金一半蓝,船屋那头三三两两地升起青色炊烟,船民照常忙活生计,洋轮鸣号入港,动静间交织出一幅生动的瑰丽画面。

那一刻,刘富余的眼神仿佛一下变得娴静了,柔和了。

瞧见这一幕的人不清楚刘富余看什么看得这么入迷,也不清楚他心里在想什么,只感觉重新出现的他似乎变了,至少已经看不太懂这个人了。

那一夜嚎啕大哭后,次日醒来的德山一下变得话多了许多,笑容也多了许多。"哎,绺子,我有个建议,你想不想听?"这晚医堂闭铺后,绺子准备做晚饭,德山跟进厨房。"有屁快放,没工夫听你扯闲篇。"绺子不看德山,继续撩旺灶匣里的柴火。

"哦,是这样的,我想……把马儿卖掉。"

"奇怪,卖它做什么?"绺子瞪眼看德山,"这匹马跟了先生几十年,陪我们也陪了这么多年,再说咱离了它,光靠双脚去省城进药材啊?"

"你,你先别激动,听我把话说完。"

那日,德山恰巧在街上碰见马贩子。假装要买马,询了询价,才了解一匹壮年马的时价在五十块银圆左右,老年马的贩价虽说不到十元,不过据这段时间忠义堂的营收计算,再凑凑,以老换新,如此往返省城至少也能省下不少工夫。"不行不行。"绺子把头摇得像拨浪鼓,"我算是看出来了,原来你打马的主意,实际上是想换匹好马好去省城看念生……不行!"

回船屋,德山把这事跟麦穗说了。不想麦穗也反对,"山啊,人得念情义,绺子没错,马是畜生,毕竟相处久了还是有感情的。"德山说:"我就纳闷了,老马换新马,怎么就跟情义扯上关系了呢?"

一夜无话。

德山认为,情义无价是正理,可是一个人做事不能太固步自封了。就拿他在忠义堂坐诊这件事来说,照山人的观念,船民和他们中间划着个道,道不同老死不相往来,结果呢,还不是该扎

第三部 晓梦

针的扎针该吃药的吃药？德山想着，明天再找绺子商量商量，必须把这事说通了，有匹好马好去省城看望念生不假，不过于出诊和进药而言，不也都是好事吗？

次日一早，德山才上岸，便瞅见"十不准"的石碑前围着许多人，众人指指点点说着什么，多是附近的船民。挤进去一看，原来是一则搬迁告示："限于本月之内，所有船民搬离梅花坞浅滩……"落款是福宁县公署，上面加盖着鲜血一般的红色公印，显然非是来虚的。

瞧见德山，有人问："山，这到底是怎么回事？"

是啊，怎么回事？德山也一下懵了脑子，赶紧转身回去找满舱商议。当年租借梅花坞浅滩据说满舱叔是在场的，那么他必定了解事情的原委。然后再去找朱孝临，这片浅滩毕竟是朱家的地，何去何从应该朱家说了算……

瞧见满舱额头一块明显的淤青，德山先问："叔，您怎么了？"满舱重重地长叹一声，却支支吾吾说不出口。德山问草帘。草帘抹着泪说："唉，真是祖上不积德，竟招了这么个白眼狼。"原来，江九帆是头几个获悉搬迁消息的人。他从岸上狂奔回来后，直接让满舱两口子腾地儿，说此后他要住船上。满舱不敢说不，只说等他和草帘吃完再收拾。九帆小声地嘟囔，说吃吃吃，只知道吃浪费食粮。不巧，这话被五丫听见了，小两口便你一句我一句地又吵了起来。最后九帆揍五丫。满舱过去劝，也被九帆揍了。

"狗日的，实在太无法无天了。"德山腾地站起来，气得脖上青筋一条条鼓着。"算了，山。"满舱拉住德山，"说来这就是我们一家人的命，只是苦了五丫，狗娃那么小，什么时是个头啊。"德山说："叔啊，你们太软弱了，越是这样他就越嚣张，不行，不教训他一顿，他是不会老实的。"满舱仍说算了，想想问："山，县府真让咱们搬？"德山说是。满舱紧着再问："有没说让咱搬去哪儿？"德山摇头："看来，是让咱重回海面。"满舱低头沉默，须臾后抬头看德山："你去找朱孝临，这片浅滩是他家的地，他出面，事情或许有转机。"长叹一声，"想当年，我和你爹绕了那么大一个圈，才把这块地给租了下来，不想……唉，这世道啊，真是越来越看不明白了。"

对于公署颁下的梅花坞浅滩"征地"的决议，刘富余的意见是不赞成也不反对。地契确实是他交给美国商人彼得的，而中途突然改变态度，许多人闹不明白，刘富余的闷葫芦里究竟装的是什么药。邵长乐似乎是第一个醒悟过来的人。他呵呵笑着："俗话说姜还是老的辣，像这种开罪人的事，行商多年精明如斯的刘大掌柜自然不愿挑头干。"既然不愿意挑头做事，那么身为溪马门的"父母官"，镇公所主任这个位置自然也就干到头了。

这日，邵长乐特地将刘富余"请"到办公室，握住他的手诚挚地说："瞧富余兄的气色可是不大好啊！常言道，纵有家财万贯不若长命百年，在健康面前任何利禄功名都是过眼云烟哪。"刘富余听懂了，超然地笑了笑："郎中确实嘱咐过刘某，还需静养。"半个小时后，刘富余从县长办公室出来，脸上挂着笑，脚步异常轻盈，许多人见了还以为刘主任要升官呢。然而第二天，人们发现，镇公所突然换了人，新主任姓郑，叫郑光西。

回到家。刘富余唤来刘全，直接吩咐说："你现在就去忠义堂，把徐德山请过来。"刘全纳闷，老爷居然用了请字？但他没问，很快地去了。

而这时，德山正和朱孝临谈浅滩的事。

第三部　晓梦

孝临寻思地说:"事情过去太久了,我爹当年怎么向船民允诺,现今已没法考证了。"忽地记起来,"前些日子刘富余找过我,问的就是浅滩的地契,我当时没放心上,难道他早知道县府要征地?可也不对啊,要知道,官府征地向来补偿都少得可怜啊!"遂安慰地笑了笑,"你也莫着急,我先帮你们弄清楚状况,放心吧,不论黑白方圆,总会有个说法的。"

德山心情复杂地出了孝临家,准备赶回船屋,半路遇见刘全。

刘全说,他家老爷有请。德山以为刘富余人又不舒服了,说回医堂取了药箱就过去。刘全说:"不用了,我家老爷找你有事。"

有事?和孝临刚才说的情况一联系,德山猜测,刘富余找他应该和浅滩船民搬迁有关。果然。刘富余一见面就问:"搬迁告示看到了?"德山愣愣地点头。刘富余指着一旁的椅子让德山坐,解嘲一笑说:"老太爷生前常说,我刘家延续至今,一直秉承一个祖训,就是广结善缘,还说刘氏商行能发展这么快,和你们这些海面船民是分不开的。"说着,突然起身朝德山躬身作揖。这个举动把德山惊一跳,慌忙拦住他说:"主任有事只管吩咐,您这样……反倒把我弄糊涂了。"两人重新落座。刘富余说:"我已经不是主任了,今早刚刚辞了官。呵呵,别这么看我。是不是觉着很意外?想来也是鬼迷心窍,不仅给我自个儿谋了官,还把恒昌弄到保安团,不然也不会……"刘富余眼圈一红地哽咽着。德山却着急得都快坐不住了。他哪有闲工夫和刘富余扯闲篇!就在去朱家之前,船民们情绪激动,说要到镇公所理论。德山劝了好久才把大伙儿劝住。这时候,大伙儿大概都还在船屋等他的消息。

"人在做天在看。"刘富余像猛然良心发现似的长叹一声，"或许真有报应，我才把地契交给洋人，恒昌就没了。"终于谈到点上了。

德山问："您说的地契，可是梅花坞浅滩的地契？"

刘富余点着头："我也是被洋人骗了，他们说将和县府合计先把你们安置妥当了，然后在原有码头上搞扩建，我没多想，就找了朱孝允……"

事情差不多清楚了。刘富余没对德山隐瞒多少，地契确实是他从朱孝允手上买来的。而朱孝允在德秀出嫁的第二天，突然给妻儿留下一封信，说是和一位朋友去云南做生意，从此消失不见。当然，地契的事找孝允对质已无任何意义了，如今地契在洋人手上，这是事实。德山整理着思路："县府对船民的安置只字不提，换句话说就是让我们回海面了。好吧，就算让我们回去，至少也得有个可上岸的停靠点吧？我们狮犁帮船民曾经的停靠点，早被别的船民占了去，总不能把他们赶走吧？这时候赶人，势必引发流血械斗。"

德山说话时，刘富余定定地望住他，心里想着，这小子果然不简单，比他爹强多了，说话态度不亢不卑，条理清晰，用词准确，看来自己找他合作是找对人了。刘富余说："我也纳闷，这本是在商言商的事，什么时候竟上升到官府层面了？县府直接出面，确实令人匪夷所思。"德山说："辫子铰掉才没多久，国民平等的口号还在耳边响，而这时候出现这种状况，我们实在无法接受。"刘富余点着头："可以理解！现今某些人看似为公为民，实则为了中饱私囊。要不这样，我再去协调，实在不行，也只能想办法寻一处停靠点了，上天有好生之德，不论山人船民都得吃饭不是？"

言至此，德山无话可说，心里甚至有些感动。

德山离开后。刘全走进来："老爷，您今日的举动我有些看不明白。"刘富余端起茶碗，微笑地说："徐柄生马上要回溪马门了。"

"徐柄生？您是说，徐春明的儿子？"

"嗯，只是很多人不晓得，他后来改了名叫徐焕。"

"徐焕？难道就是海军总长参谋室的那位徐焕徐副官？"

"意外吧。"

"啊……明白了老爷，您辞官这招高，以退为进。"

"不，我这回是真退！做官有什么意思？别看彼此和睦相处气氛融洽，暗地里各派势力都在争城夺地，很难说此消彼长，你等着瞧吧！咱福宁县地理位置特殊，当年朱三太子据此抵御清兵数载，拥兵固守，可切断南北海路，而刘总长突然派徐副官回来，这当中的用意不值得深思吗？当然了，这些都不关咱的事了，咱还是好好做咱的生意过咱的日子，至于别的，我也没多大兴趣了。我琢磨着，码头扩建船民搬迁，事因我而起，和德山这小子处好关系，也等于和徐副官处好关系。未雨绸缪，总不会错吧。"

"老爷高明！"听完刘富余一席话，刘全不得不叹服。

不多久的事实证明，刘富余的谋划基本是对路的。海军总长刘冠雄奉袁世凯之命，率第四师第七旅李厚基的部队取海路入闽，颁布临时戒严令，遣散湘军，改编了许崇智的第十四师，随后又一把火惊走了孙道仁，至此八闽大地被袁世凯纳入了北洋势力范围，进入了北洋政府的统治时期。而身为孙都督得意门生的邵长乐，自然是夹着尾巴灰溜溜地逃走了。

第二十四章

最终，船民还是被荷枪实弹的军人赶出了梅花坞浅滩。

在对待船民上，刘富余这一次表现得特别热情，特别仁慈，堪称悲天悯人地让出了刘老太爷寿宴时搭棚请船民吃酒的那块空地，特地请人打了两口水井，然后交给狮犁帮当停靠点。德山他们准备挖深海道好让舢舨舵靠近岸的那日中午，他甚至操起长衫也准备下水，被大伙儿纷纷喊住：

"您哪能干这活？"

"我们自己能行。"

"是啊，水太凉了，非冻出病来不可。"

"您的大恩大德，我们永远记在心里。"

"您是大善人啊。"

听听，这七嘴八舌说的，几乎都是发自肺腑感激的话。

刘富余听得动容，略微哽咽地说："刘某遭人哄了骗了交出地契，害大家没地方安身，刘某罪过啊，大家莫怪罪就好，莫怪罪就好啊。"遂吩咐刘全，让厨子熬些姜汤，这天寒地冻的，冻坏了可使不得。

溪尾街西角的高地，像看戏一样站着许多山人，他们指指点点，许在说刘主任今天是怎么了，脑子进了水吗，怎么把曲蹄仔当爷伺候……

刘富余却是一副满不在乎的样子。德山他们往泥地里打下系缆绳的杉木桩子时，他一旁喊着："打深些，对对，再打深一些，这地方平时不淹水，风灾天可不好说，泥泡水桩很容易就拔掉了。"这时候再看刘富余，仿若头顶隐约地闪现出一圈佛的光芒。

刘全一旁看着，傻傻地竟有点分不清老爷到底是为了讨好徐柄生，还是真为这些曲蹄仔着想。总之，这些船民很快就安顿好了。

从空中俯瞰，每艘舢版舵船头靠岸地依次排开，粗略地数了数，有七八十艘，甚是壮观，很像一道登天的阶梯。而两里外的梅花坞浅滩，住了许多年的船屋或被拆除或被砸烂一片狼藉，数条走船的人工航道像拿刀子划开的大口子，伤痕累累。人们眼噙泪地看着这一切，心里冒火，不过很快就被刘家厨子提来的姜汤给柔和了。后来，人们称该船民停靠点为"双井坝"，有人直接将狮犁帮船民唤为"双井船民"。

"德山，你过来一下，叔有话跟你说。"

刘富余突然这么喊，把德山听得一愣，拿布巾擦了把脸，跟他去了刘府东院。东院的那间偏房里茶具桌椅一应俱全。刘富余让德山随便坐，亲自动手煮茶。很快茶好，刘富余给德山斟了一杯，说："这是今冬刚制的新茶，你尝一尝。"德山呷了一口，果然好茶，清香扑鼻，一道暖流咕噜地滑下喉咙，开始略苦而后回甘。心里却在想着，刘主任三番两次地示出善意，今天又自称叔到底几个意思？便问："您有事吩咐？"刘富余手握茶杯不着急喝，先贪婪地闻了几鼻子茶香味，微笑地问："你们总算安顿下来了，今后做什么打算？"德山憨憨笑着："能有什么打算，龙王爷赏什么吃什么呗！实不相瞒，我们曾经盼着天下共和了就有好日子过，可那天您也瞧见了，黑洞洞的枪口逼着，什么好梦儿也都一下醒了。"刘富余说："不要太悲观嘛，现今的情势怎么说都比以前要好许多。"德山本要说局势如换汤不换药，转而再想，刘主任把他找来必然非是扯闲的，于是默嘴，静等正题的到来。缓缓地喝完一杯茶，刘富余终于问出他一直想问的话："柄生可跟你们联系过？听说现今是……"

刘富余说，柄生还活在人世，且活得比谁都好，身份比谁都高，这不仅仅是船民的骄傲，也是溪马门所有人更是他刘某人的骄傲。

一路狂奔回船，德山把正在舱尾忙煮食的麦穗拉进舱篷，迫不及待地说了这个"喜人"的消息。德山看见麦穗听后那张被火焖得泛红的脸顿然变成一张暗沉的白草纸，消瘦的身躯猛烈地抖颤几下。那一瞬间，她的眼睛瞪大到几近失神的程度，舱内的空气仿佛一下凝固住，定格住。两人定定对望，许久麦穗嘴角微翘地苦涩笑笑："不，山啊，柄生已经死了，他是真死了，现今活的那人叫徐焕。"说完，整了整脑后的发髻，转身继续忙活。

德山心里很乱，且从未有过地慌，柄生哥是他最敬重的柄生哥，麦穗曾经是柄生哥最爱的麦穗，谁知最后竟阴差阳错地……

这时，外面突然传来一阵争吵声，更听见娃儿尖锐的啼哭声。德山正准备出去瞧瞧，听见麦穗说："是九帆和满舱叔。他们一家五口人挤在一块儿九帆不乐意，我想，咱家不是还有两艘船吗，你大伯家的那艘就给满舱叔吧。"听，麦穗开始不愿提柄生的名字了。大伯家的船就是柄生的船，麦穗曾说柄生家的船儿

第三部　晓梦　　　　　　　　　　　　　　　　　　425

新,将是她和柄生成亲时名副其实的"新婚船"。

擦擦洗洗修修补补后,德山让满舱和草帘住进柄生家的那艘舢舨舵。麦穗已完全学会拉网。德山照样时不时地去忠义堂坐诊。草帘说,她和满舱两个人带狗娃是带再加念海念慈也不算事儿。于是满舱两口子就和德山一家人搭伙过日子,一灶锅吃饭。德山零补多一些,伙食自然要比别的船民好一些。草帘被麦穗"伺候"得气色不错,逢人都说,麦穗是她亲闺女。

日子就这样一天复一天地过下去。

一直未见柄生出现。倒是收到了德秀的来信,信中夹一张照片。黑白照片上的秀儿身形富态地坐着,笑容特别幸福,一旁的候通州俯低身子亲昵地搂着她的肩,瞧样子该是怀上了,"入门喜"。这张照片被麦穗收起来,时不时地拿出来瞧瞧看看,忽而沉思眼圈泛红,忽而兀自地无声发笑。

秀儿能够幸福,确实是一件让人欣慰的事。

明天就是除夕了。念生已学会自己写信了。信寄到溪尾街的忠义堂。信里说他和刘掌柜一家回宁波过年,是坐船过去的,芸儿已经不晕船了。念生转达了刘芸的意思,说给叔和婶拜年。麦穗有些不高兴:"山啊,念生信里都说刘芸,自己怎样怎样都没提呢?"德山舒心地笑着:"念生人小鬼大,指不定心里已经喜欢上刘芸了。"麦穗说:"胡说,念生才多大,他哪懂喜欢?"德山摇着头:"古语讲龙生龙凤生凤,念生他啊,性子随他爹。"念生的亲爹是徐柄生,听这话麦穗骤然沉默。德山哑了哑,随之沉默。

这日傍晚,德山拎着竹筐给刘府送新鲜的鱼,说是大伙的一点心意,望刘主任不要嫌弃。刘富余心情不错,吩咐刘全收下,然后把德山"请"到西院的偏房。西院偏房的格局摆设和东院的那间几乎一样。西院和东院隔着一堵通开圆型拱门的墙，这院子本是二少爷富绅的家业。刘富余让德山坐，又开始动手煮茶。德山说家里还有事，就不喝茶了。刘富余说："哎，喝杯茶耽误不了多少工夫，再说叔一会儿还有事要你帮忙。"听说有事，德山坐下。刘富余边斟茶边说："都说多少回了，往后莫喊我主任或掌柜，我早不是什么主任了，你喊我叔，叔托着辈。"德山连说不敢。刘富余笑了笑："山人对船民那套不存在了，至少在叔这儿不存在，凭良心讲你们不容易。"这话听得德山动容："谢谢叔！"刘富余说："这就对了，听听，唤叔显得亲。"遂吩咐刘全，去厨房取块肉回德山，并把二太太小心地请过来。

这是德山第一次见到恒昌的娘。女人眼角虽说已堆上了鱼尾纹，不过眉眼仍旧俊俏，模样周正，风韵犹存，虽说哑了口，从面上看却丝毫瞧不出五官哪儿不对劲，举止娴静，难怪人们曾称她为溪马门海面一朵花。"你婶她，又怀上了！"刘富余笑着，说得恒昌娘脸都红了。德山恍然地哦一声，难怪刘富余满面春风，这可是老树发新芽呢，当即道喜。刘富余笑着又说："我俩年岁都大了，能怀上极不容易，因此把她接过来精心照顾，不怕你笑话，叔如今啊，只剩下这个盼头啰！"德山表示理解，当即让刘全取来纸笔，写下安胎方子，让刘全去忠义堂取药。

这晚躺下后，德山想想仍忍不住笑出声。

麦穗问他怎么了。

德山说了恒昌娘怀孕的事，侧身问麦穗："你说，刘富余已是五十多岁的人了，还能让女人怀上娃吗？"麦穗说："我哪晓得，你问我我问谁去？"德山说："江九帆前些日子嚷嚷，说刘主任终于把恒昌娘霸占了，还说是刘主任派人把苦根毒死了，当

第三部 晓梦 427

然，这小子平时胡咧咧没人信，不过照实看来似乎……"麦穗赶紧掩住德山的嘴，说："当心祸从口出。"德山尴尬地笑了笑："就私下里说说。"麦穗说："就咱俩也不行，人家对咱不错。"

德山说嗯，以后不会了。

这是自听说柄生活着的消息后，两人第一次躺下没有直接睡，而是面对面鼻息相闻地说了许多话，一直聊到周遭寂静，麦穗突然缄了口。

德山以为她困了，说睡吧。

麦穗往他怀里钻了钻，说冷。

德山揽住麦穗，发现她的身子有些不正常地抖颤着，便解开自己的衣襟用自己的体温暖和她，柔声问："怎样？好多了吧！"麦穗狎昵地嗯一声，见德山没了后续动作，小声说："要不咱也试试，给念慈添个弟弟……"

德山终于听懂了冷的真正含义，像受到极大的鼓舞似的，翻身压了上去，小心翼翼地动作起来。这晚，麦穗好似完全没了之前的矜持与顾虑，表现热烈且奔放，甚至敢咬着德山的耳垂说："山，姐好快活……"德山也好快活，就连舢舨舵都快活得晃起来，动起来……

突然，船帮外头隐约响起"笃笃笃"的敲击声。

"山，你听。"麦穗按住德山耸动的身躯，倏地醒了回神。"该，该是浪头……"其实这时德山什么都听不见，已到紧要关头了，就算天塌下来也只能暂时顾不上了。风停雨歇。他喘着粗气趴在麦穗身上："刚说什么来着？"麦穗竖起耳朵听："奇怪，怎么又没了？"德山吻着麦穗的额头、鼻尖，最后落在她柔软的唇上："姐，今晚快活吗？"麦穗伸出胳膊箍住他的腰，暗中扑哧地笑了，乏力地嗯嗯。就在这时，外头的"笃笃"声重新响了起来。

"不好,有人落水。"

这是德山的第一反应。"外头冷,你就别起来了,我出去看看。"说完三下五下地套上棉衣,仅一条裤衩子钻出眠舵,趴船沿举灯一照,整个人瞬间便怔住了,哆嗦着喊:"姐,像是柄生哥,天爷啊,真是柄生哥。"

柄,柄生?

咣当一撞,麦穗起猛了,头磕到舱板,磕得她眼冒金星,把刚刚的柔情蜜意舒畅快活震荡得丁点儿不剩。等她穿好衣服钻出眠舵,德山已把人从水里捞上来。"这,这是……"麦穗撑住双手跪一旁,仿若不强撑立马就要瘫成一堆软泥。果然是柄生。他曾经炯炯有神的眼睛此刻紧闭着,他那刚毅熟悉的脸庞此刻煞白得可怕。天哪,原来他受伤了,左肩豁然一洞枪伤,难怪泡在水里起不来。"柄生……"麦穗喉头轮动不自禁地唤一声,声音却小得可怜,像夏日的小蚊虫。德山慌乱地按压柄生的胸部。这是急救。

麦穗呆呆看着,忽地感觉躺的和跪的两兄弟距离自己好远,真的好远,远得无可触及,远得甚至都不晓得自己人在哪儿,直到看见伤口被德山按出可怕的血来,她才猛醒神地吼着:"别,别按了。"

德山被麦穗喊醒,是啊,柄生哥水性好,不可能呛水,昏迷大概是因受伤导致失血过多。德山掩饰住内心的惊慌失措,吩咐麦穗:"姐,你来按住伤口,我去找刘叔。"来不及仔细交待。不多久,刘富余跟德山跑过来,见状急咧咧地说:"愣着做什么,别耽搁了,赶紧送医院。"

第三部　晓梦　　　　　　　　　　　　　　　　　　429

直到第三天早上，柄生才悠悠地睁开眼。

不得不说，新建成的北道医院医术不错，能把一脚踏进鬼门关的人给重新拉了回来。"哎呀，长官您真是有福之人哪，大难不死必有后福！"柄生定了定睛，发现病房的椅子上坐着一个人。"您是？"柄生不认识这人。"哦，鄙人姓邵，邵长乐，是咱福宁县的知事。"那人呵呵笑着。"邵知事您好，有没瞧见我弟弟？"睁眼没看见德山或麦穗，柄生有些诧异。

邵长乐正要说话，这时一位白大褂戴口罩的医生走进来。视模样是一位女医生。她看都不看邵长乐，态度冷淡地说："病人需要休息。"邵长乐脸色微变，起身对柄生说："行，那您好好休息，我改日再来。您若有事要办，只需说一声，鄙人愿为效劳。"柄生说："好，谢谢邵知事。"

邵长乐走后。女医生站一旁定定看柄生。柄生笑着问："你是？"女医生不回答，稍作检查后吩咐："贯穿伤比较麻烦，想保住这条胳膊，这几天最好别乱动。"柄生刚要说谢谢，女医生突然转身走出去。柄生不禁失笑："几年没回，没想到小小的溪马门也尽出怪人。"

晌午时分，终于看见德山和麦穗。

"哥……"德山见到柄生，忽地哽咽说不成话。"呀，多大的人了还哭鼻子。坐吧，穗……你也坐。"柄生笑着。德山将椅子搬到床前，拉麦穗一起坐。麦穗盯看柄生，一时间不知说些什么好。曾经亲密无间的两个人，此刻却仿佛比陌生人还陌生人。最后，还是德山打破了沉默："哥，这些年去哪里怎么一点消息没有？"柄生长叹一声："唉，一言难尽哪……"

当年逃离洋人的"猪猡船"，身上受了很重的伤，被兴中会的人救了，后来参加惠州起义，再后来辗转各地，直至跟了海军总长刘冠雄。而这次回到溪马门，柄生是带着某个任务来的。不想船驶半途突然遭遇海匪。柄生所带的随从不多，船很快被海匪炸沉，若不是他水性好，恐怕早一命沉入海底成了一名水鬼。"哎，好险！"德山惊呼。柄生无所谓地笑了笑："这些年什么没见过？比如那晚，我以为游不到岸，这不也游回来了？"

点到那晚的事，麦穗脸颊隐隐发烫起来，不过很快恢复了苍白的安静，从进来到现在，纵然心情无比复杂，却没把它表现出来，没主动问柄生，更没说些什么，只睁大眼看着兄弟俩说话，说彼此分别后的经历。"好小子，你能成为郎中是咱老徐家天大的好事。好，好啊，"柄生伸手亲昵地摸了摸德山的肩头，转而看麦穗，眼里尽是愧疚，"这些年，苦了你……"

"山，你出去一下，我和你哥单独待会儿。"

看上去麦穗很平静。德山只能出去。麦穗和柄生多年未见，肯定有许多话要说。而那些话，麦穗显然不想当着德山的面说。德山起身看麦穗一眼，麦穗默然坐着，连眼皮都没抬一下。德山忽然发觉胸口堵得慌，像塞了一团被冻得坚硬的棉絮，甩不掉也理不清，却还是轻轻地掩上门。

隐约听见里头柄生柔柔地唤了一声："穗……"

医院建在朱家原先的北道茶园上，对面是一条能跑两辆马车的马路，马路下面便是河滩。此时，南溪江面不见了往日船民的忙碌身影，不见了那些扁而长的淘沙江船儿，倒是恢复湍急的江流像刚从冬日的宁静中苏醒过来，有节奏地拍打着江岸，飞溅起一串串晶莹的水珠儿……

德山站在岸边，望着空荡荡的江面，深呼吸几口气，才稍稍平复了混乱的思绪。"那人……真是你哥？"听到熟悉的声音，德山惊讶转身。

第三部 晓梦　　　　　　　　　　　　　　　　　　431

"怎么是你？"

眼前居然是许久未见的朱家胤。仔细辨认，还真是她！家胤一身白色大褂，戴一副金丝眼镜，俨然新女性的形象。"为什么不是我？"家胤莞尔地笑了笑，像久违的朋友一般大方地打招呼，"好久不见！"

"哦，"德山尴尬地笑着，"是，是好久了。"

"看上去你过得还行，我曾以为……"

"马马虎虎，也就那样。"德山紧着问，"什么时候回溪马门？"

"回来有些日子了。"家胤慢慢走到德山身边。

"有些日子？"德山很是诧异，"那你为什么没回家？"

"家？"家胤看着德山，"凭良心讲，你恨没恨过我？"

"不不不，怎么能说恨呢，应该说感激，对对，是感激。说起来，你和先生都是我德山的恩人，没有你们朱家，没有先生，我现今恐怕还只能在海面上飘荡，哪可能在忠义堂坐诊。"德山叹着说。

"时间真能够改变一个人，你比起往日能说会道了，而且……"家胤略微停顿，"你和绺子把医堂经营得很好，跟我爹在世时差不多。"

"你回过忠义堂？"

"远远看几眼而已。"

"其实……我和绺子重开忠义堂，就是为了等你回来。"

"等我回来？"

"我和绺子毕竟都是外人，而你，才是医堂的主人。"

"主人？"家胤苦涩一笑，"我爹怕不认我这个女儿了。"

"其实没谁对不起谁，也许老天喜欢开玩笑，喜欢捉弄人罢了。"德山奇怪地发现，自己在家胤面前不犯怵了，能对答如流地敢言敢说了。

柄生回溪马门的第二年，八闽大地发生了几件大事。头件大事便是都督孙道仁突然通电宣告福建独立，加入反袁的行列。在不得已的形势下，柄生只能告别德山和麦穗又去了北京。第二件大事是这年冬天，他的顶头上司刘冠雄终于率李厚基的第四师第七旅来闽，火烧藩台衙门，吓跑孙道仁自任都督。李厚基由福建镇守使升任至福建督军后，大行扩军，扩编军队。柄生即徐焕参谋很快随第十一混成旅驻守闽东，成了旅长王麒麾下的一名副官。

对柄生来说，这次回来可谓是衣锦还乡。

那日，他身穿笔挺的蓝灰色制服风光无限地钻进德山的舱篷时，许多人都惊掉了下巴。船民当面不好问，背地里都在悄悄议论，柄生毕竟是船民家的孩子。船民孩子"当官"可是亘古未见的事，更何况如今天下共和，可不可以换句话说，船民很快就能结束海面的日子，从而登岸成了山人呢？

满舱问德山。德山认真地解释了。

后来，包括芒种、夏至、石头等人也都旁敲侧击地说德山，登岸的事应该跟柄生提一提，总得争取争取不是吗？"是——"德山实在没了脾气，"要不这样，等柄生下回过来啊，把你们喊来你们自己跟他说。"众人说行。可左等右等，柄生总不来，像事先知道船民要找他"麻烦"似的。

有人说，柄生如今发达了，哪还能拿咱当兄弟。

有人说，不能吧，当年柄生光着屁股蛋还吃过我家的饭。

有人说，人总是会变的，有句话叫此一时彼一时。

有人却说，你们算什么，说的想的都不作数，关键看德山的态度。德山是忠义堂的大夫，人家也算半个山人。他若真心实意替大伙说话，柄生能不答应？说这话的人是江九帆。若在平时，从他嘴里说出的话一般没人信更没人搭理，不过这话却直接捅到人们的心坎里，是这理啊！

于是，人们开始用狐疑甚至不信任的目光看德山，看得他只能用谦和的微笑掩饰内心难以排解的痛苦。他和柄生之间曾经无话不谈的兄弟情已经发生了意料不到的变化。德山依旧是徐德山，而当年的徐柄生已经变成现今的徐焕徐副官了，一个地下一个天上，如何同日而语？

那日在北道医院。德山离开后，柄生的手刚触碰到麦穗的手，麦穗嗖的便缩回去。柄生深情地望住麦穗，柔柔地唤一声："穗……"

这声久违的呼唤麦穗牵念了许多年，也期盼了许多年，甚至把儿子取名"念生"，谁知越盼念越失望，失望到最后连心儿都逐渐地死了。

说她恨柄生吧，谈不上，可是柄生着实地负了她呀！在她最需要他的时候，他人在哪儿呢？她为了还债登上花船时，就曾暗暗地对自己说，这辈子和柄生之间再无瓜葛了。何况她现今是德山的女人，是念海念慈的娘了。她刚刚还在犹豫，是否该告诉柄生他和她有个儿子。可惜，柄生并没有发现她脸上连垂落发梢都无法遮掩住的那几道淡淡的烧伤疤痕，说明他变了，他眼里的她已不再像当年那般重要了。麦穗并非矫情的女人，身为船民丝毫没有矫情的资格。可德山是真的疼她爱她，人前待她似嫂如母，呵护起来又待她如没长大的小丫头，从未对她吼过凶过甚至红过脸。人心都是肉长的啊！

麦穗最后决定，今天必须有个交待，为她自己，也为他。

"我晓得！"柄生叹声解释，"十多年来发生太多事了，包括我二叔二婶也都遭了不幸，而我……实在脱不开身，可我不管人在广东包括后来北上，心里无时无刻不在想你啊！"麦穗看着柄生，忽地笑了："是吗？你无时无刻不在想我？那么请问，你怎么成了薛家的女婿，成了薛怀芳的男人，成了那个砍掉二叔脑袋的刽子手的妹夫？"柄生显然没料到麦穗会了解这些，没受伤的右手举了好高又放了下来："许多事你不懂，这当中的弯弯绕绕一时跟你说不清，你看这样好不好？怀芳现在人在北京，等她回来，我定给你一个交待。"麦穗这时早已泪水滂沱，摇着头凄清地笑了："不用了，柄生，你现今的身份比山人还高贵，要怎样的女人会没有？不要因为当初一个承诺委屈你自己。"柄生听这话有些愠怒："穗，咱能不能不闹？我和怀芳……只是一个错误，终究是走不到头的。"麦穗仍旧摇头："我没闹，柄生！实话告诉你吧，我嫁给山了，咱俩这辈子……"柄生哑了："你，你们……"

人与人之间的关系，某些完全可以修复，比如朱孝临和金秋。孝允败光家财离家出走，把金秋从云端直接踹到海泥里。不过孝临没有不管不顾，让香兰接济孝允女人，还把金秋接回家，按婆婆的待遇伺候。这时候的金秋哪敢再端婆婆的架子，心里嘴里满满都是羞愧与感激，一家人很快和睦如初。

而某些关系，却像破碎了的镜子决计难以复原。

柄生出院后再来船上，要么什么话不说地坐片刻，要么搁下两三块银圆没坐就走了，态度冷淡得连外人的刘富余都不如。

"哎，环境变了，人心自然也会慢慢跟着变啊。"这日刘富余将德山喊到刘府西院，喝下两盏茶后忽地大发感慨，"不过有一点较难改变，那叫打断骨头连着筋，是亲情，彼此身体里终归流淌着一股子血。"

德山抬头望向窗外，半里外的海面上船民照常该出海的出海，该补网的补网，该卖鱼的卖鱼，虽说现今的生存条件较之前是好一些了，但穷困茹苦饔飧不继的日子仍让所谓的亲情薄如一张纸，沾水即湿即破。

德山摇了摇头，解嘲地说："怕也就这样吧，天要下雨娘要嫁人，谁能有法子。"刘富余哈哈大笑："你这小子，心态怎么比叔还老。"

德山突然产生这种悲观情绪不叫心态老，而是无奈。且不说贫穷束缚了对美好未来的憧憬，且不说船民上岸的梦想能否实现，且不说他和柄生能否和好如初，单说柄生出现后他和麦穗之间的感情，已由原来的平淡温馨降到了如今的陌生淡漠，虽说夜里躺在一起，彼此间却远隔着一片海。

又是一年冬天了，冬至过后天气愈发地冷。虽说溪马门不落雪，但呵气成霜的寒冷照样将江海的水和人的心都冻成了冰。刘富余心态变好，因为恒昌娘即刘家二太太刚给他生了个大胖小子，取名刘恒玉。老来得子的刘富余像骤然年轻十几岁的样子，神采焕发，走路步伐轻快且有劲，看德山的时候，眼睛眯弯成月牙儿，嘴角布满笑意。"山啊，咱就不说那些不愉快的事了，今天叔把你喊来，是准备找你合作。"人的想法和做法确实会随环境慢慢转变，而若论及生意场上的决策，却须提前运筹才行。刘富余当初放弃与彼得关于溪马门码头扩建的合作，当然是有所思量的。果不其然，袁世凯的军队一来，扩建工程即被黑洞洞的枪口给逼停了。在刘富余看来，现今不论谁当权争来争去无非一个利字。在商自得言利，不过刘富余却有了另外的打算，谁都想家财越厚实越好，利益越多越好，可你首先得有守住家财利益的能力。刘富余自认为是没有这个能力的，因此为了儿子恒玉将来不再重蹈恒昌的覆辙，他终于清醒地想到一个两全的法子。"山，实不相瞒，叔已将商行尽数出手了。"刘富余端起茶碗悠然地说。"啊？"德山倒不是惊讶于刘富余卖掉商行的事，而是为什么和他说这些。刘富余说："叔准备购几艘铁壳船专门替人走海。当年你爷你爹替刘氏走海，走的是我刘氏商行的货，格局终归是小了些，海面一旦不太平便使我刘氏伤筋动骨，而今我准备改变做法，不论东家货西家货咱都走，换句话说叫走海镖，虽说你和柄生之间的关系不如以前了，毕竟是两兄弟，说到底兄弟俩没什么过不去的大仇怨，他若'护航'，这项业务事半功倍。"德山犹豫。刘富余笑着又说："当然，这是大事，不要求你马上答应，回去先找大伙合计合计，这事若是办成，叔敢说往后整个狮犁帮唯你徐德山马头是瞻！"

的确是大事，且可能是改变狮犁帮船民命运的大事。

德山不敢耽搁，回船上立即将所有人召集起来商议。

有人听了很兴奋，当然也有人担忧。兴奋的人说："山，咱可以答应刘掌柜，他是好人。先不说别的，单是这两年对咱的照顾咱也得回报。"担忧的人却说："山啊，这事可得想清楚了，咱虽说被逐出船屋回了船上，毕竟是船民嘛，该打鱼就打鱼，如今山人也不那么仇视咱了，还有什么求的？而且别忘了，现今海面不比往日了，一旦打起来枪子嗖嗖的飞来飞去，谁能保证不落在自个儿身上。照我看啊，咱还是不接这活为好。"

各说各话，说得都有理。

最后，德山只好去征询满舱叔的意见。

满舱笑着说："山，想怎样就放手去干，叔还是那句话，叔支持你。叔老了，已经帮不上你了，不过叔心里明白，再危险能有当年挑私盐危险？若是柄生肯帮忙，换张通行文牒便齐了，这次刘家准备买铁壳船，那么一趟海至多就走三五日，有什么问题呢？兴许有人担心海娥子，叔听说海娥子以前也是船民哪，照理说，他们应该不会对船民下手。"

后来德山想出法子，让船民自愿报名，不愿参与者不强求。

走海人数确定下来后，德山这天上午又去找刘富余。

刘富余掏出一张双折的硬纸片放在桌面上："叔果然没有看错你，事情考虑得周全，往后走海生意交给你，叔也放下心啦。你刚才提的通行证叔早办好了，喏，这不是吗？"德山拿起硬壳纸的所谓"通行证"一看，顿时喜不自禁。刘富余又说："叔早说过，亲兄弟没有隔夜仇，这张通行证还是柄生帮忙办的。"德山有点不敢相信："他？"刘富余说："你呀什么都好，就是心事太重了，兄弟之间本该多走动嘛！"德山苦笑着点头说是。

接下来，两人就"走海合作新模式"进行一番探讨。

德山刚说完细节，刘富余便爽快地答应："行啊，就按你说的，走海伙计不按趟计算载费，和商行一样把船工固定下来，算月银。"听这话德山腾地站起身，朝刘富余深深地鞠了一躬，感动得落泪："叔，您请放心，我们一定尽力尽责。"刘富余泰然受之，示意德山坐下说话："这次呢，也算给这些船民揽了固定活，只要走海平安顺利，他们往后的吃喝绝对不成问题。"德山动情地说："从我爷我爹直到我们这一辈，您刘家对我们船民的恩义可以说大如青天老爷，说谢薄了，往后若有人马虎应付，我徐德山第一个不答应。"刘富余叹着摇头说："说来惭愧啊，当初叔对你……确实是有其他想法的！不过现在想通了，还是我家老爷子说得在理，与人为善便是与己为善，这不，我刚失一儿又复得一儿，往后除了一家人安康乐平，还有什么奢求的？"

许多年后，溪马门海运集团迈出国门冲出亚洲，把闽东特色物产送至世界各地。若溯起来，与这次山人船民的"合作新模式"是分不开的。

起航仪式终使德山和柄生两兄弟"冰释前嫌"。

这日上午，台上的柄生身穿长衫头戴礼帽，一派儒雅的山人富绅范。薛怀芳站他身旁，一袭素色旗袍，脸上淡淡浅笑，亭亭玉立温良高雅。刘富余特地邀请来了王麒旅长。王旅长致贺词时，柄生侧过脸，饱含深意地望德山一眼。台下的德山恰巧也在看他。隔得远，德山回之一笑。所谓一笑泯恩仇，更何况他和柄生之间本就没有仇，有的只是尴尬。

当然，这种所谓的尴尬很快就没有了。听家胤说，是徐焕副官先追求薛怀芳的，既是如此麦穗没有对不住柄生，德山更没有对不住他，那么谁和谁在一起，也许都是命中注定的事，谁也不怨谁，谁也不恨谁。看见薛怀芳，德山自然想起薛怀安那副惺惺作态伪善奸邪的模样，想到爹的死娘的失踪，一股强烈的恨意便从心底里重新翻了出来。"她……确实很漂亮！"德山身旁的麦穗盯着薛怀芳，忽地低语。德山悄悄握住她的手："可惜，她是薛家人！"麦穗点了点头："是啊！柄生这样……算不算认贼作父呢？"

再次回来的柄生把家安在福宁街西端一角，距离溪马门近，过南溪往东走几里就到了。建屋的地原是薛家的田亩。据说柄生是掏了钱的，终实现了曾经上岸买地建屋的梦想。即便如此，每回从柄生家门口路过，德山努力地做到目不斜视，心里仍膈应得不行。

货轮首航的目的地是省城福州。船儿几近空载航行，首航的

第三部 晓梦　　　　　　　　　　　　　　　　　　　　　439

象征意义远大于实际意义。当然，出港后拜祭"海和尚"的传统仪式是必不可少的。德山趁机去了西风小筑看望念生，和念生一起吃了中午饭。

天黑归来，他和麦穗说了念生的近况，再一次认真问："姐，你确定不打算告诉柄生实情？"麦穗点着头，坚决地说："是啊，不清楚薛怀芳的秉性是良是恶，柄生一旦知道念生是他儿子，势必想法带他回家，你就忍心看着念生被那女人欺负？"德山说："这说不定，白玉娥说了，省城的富太太都很喜欢念生。"麦穗说："这是两码事！富家女心气高，不可能忍受男人外面有了孩子，必然把气发在孩子身上。反正，我不想冒这险，再说没那必要，念生打小跟你亲，难道他亲爹一回来你就准备撂挑子？"说完，假装生气反而先笑出来。德山思着说："就怕将来……"麦穗说："将来的事谁晓得？好比庄稼八成熟十成收十成熟二成丢，念生今后的路只能由他自己走。"

不知怎的，麦穗在念生认不认亲爹这件事上态度特别决绝。

德山自是非劝，说到底因为心里彷徨，总感觉柄生变了，已不再是曾经的柄生哥了。再后来，麦穗连自己也没有想到，自己当年的这一决定竟注定了念生和他父亲柄生走的是两条截然不同的"人生路"。

在念生心里，根本就没有生父与养父之分，他的爹若不是德山，还能是谁？这日，王先生来到西风小筑，故意考问念生："船民自古以海为家，整日与鱼腥为伴，不知诗书为何，何故？"念生朗声地回答："《增广贤文》里说了，自恨枝无叶，莫怨太阳偏。生为船民我没得选，活不活为船民须看我意愿。"王先生再问："船民的困境该如何解？"念生略想地说："路不铲不平，事不为不成，如果船民真想改变现状，劲儿往一处使的话，必定能让日月换新天。"王先生哈哈大笑："嗯，有志气！那你对自己身为船民怎么看？"念生神色毅然："自重者然后人重，人轻者便是自轻。"

王先生听后，却紧紧地皱起了眉头。

王先生单独找了刘稳，说念生小小年纪志向高远，可惜锋芒太露，需仔细加以磨炼才行。刘稳首先感谢王先生每日不辞辛劳地往返于书院和西风小筑之间悉心教导孩子读书解惑，然后问："听说，先生拒绝了书院教师的后续聘任，有无这回事？"王先生点了点头："鄙人有一家老小要养，自然离不开柴米油盐酱醋茶，无奈道不同不相为谋。如今的书院已经变质，昔日同仁大多成了阿谀奉承之辈，耿直者反而处处受到排挤，鄙人自动请辞，只因为脸皮薄，顾及脸面罢了。"刘稳微笑问："先生可寻到好去处？"王先生缓缓地摇头。刘稳说："先生若不嫌弃，在下单请先生，报酬不变，您觉着如何？"

王先生不假思索地答应下来。读书人脸皮确实是薄，去别处供职吧，舍不得念生，直接问刘稳吧，又不好意思开口。

这个时候，刘芸已经是"四育并重"新型教育观的新学校的一名正式女学生了。她对父亲对念生的安排很不满，说："爸，您不会真让王先生来教念生哥吧？他懂什么叫音乐，什么叫手工，什么是自然科学和生产技能吗？整天之乎者也无非还是些什么忠君啊尊孔啊，仁义道德之类的，爸，这些老套的东西早过时了。"刘稳说："胡说！读书人离了孔圣人离了仁义道德，还能叫读书人吗？小丫头别瞎咧咧了。"刘芸说："爸，要不您再找找教导主任，也让念生进我们学校，好不好？"刘芸已不止一次这样要求过父亲了。

刘稳当然找过教导主任。且不说高昂的学费是个负担，关键货场那头离不开念生。别看念生年纪小，做事却像成年人一样有条不紊，对轻重缓急的拿捏很有大掌柜的风范。连念生自己都说，读书是重要，日子也得过。念生大概觉得自己不能总吃刘稳的穿刘稳的，必须自食其力。刘稳无比感慨，穷人的孩子果然早当家，相比之下刘芸就像温室里的花儿，哪里晓得世道艰辛。

面对女儿的撒娇与央求，刘稳口头上只能答应。

"爸，您可别哄我，这次说话可得算数？"刘芸再次确认，她实在弄不懂父亲为什么不让念生去学校上学。"行，我的大小姐……今天日头不错，陪你妈出去走走吧，活络活络筋骨。"说完，刘稳又忙去了。

白玉娥卧床近一个月时间，大病初愈，脸色苍白，整个人依然一副弱不禁风的样子。白玉娥生病期间，白天基本都是念生在照顾。只要房里稍稍有点动静，念生便跑进来问，婶，您是口渴了吗？婶，您是饿了吗？婶，您是不是觉着身上难受……念生说话带着浓重的溪马门口音，调儿略沉，然而语速徐徐轻缓让人听着安心。那晚白玉娥偎在丈夫怀里，忽地抹起了泪："你说，丹儿如若活着，现今是不是和念生一般大了？"白玉娥嫁给刘稳生的第一个孩子是男娃，可惜养不到两岁就夭折了。刘稳说："好端端的怎么突然提起这事？"白玉娥说："念生要是咱的孩子就好了。"刘稳笑了："只要你愿意，往后他就是咱的孩子啊。"白玉娥叹声说："可他……终归是别人家的。"

刘芸才不管父母亲心里怎么想，蹦蹦跳跳来到厨房，瞧见念生看火煎药，蹑手蹑脚迈进去，从背后捂住他的眼睛，忍笑不吱声。念生愣愣地站着，不用猜也知道身后是谁，潮热的小手捂得他的心儿莫名地一阵小悸动。

刘芸见念生不上套，乏味地松开手："你呀，真没劲！"

念生憨笑着说："放学了？"

刘芸说："听爸说，他请了王先生。"

念生把多余的柴火抽减，用小火继续煎熬："是啊，先生学问大。"

刘芸忿然地说："什么呀，他就是个老古董，动不动《论语》《增广贤文》，哪有什么真学问？我们老师说了，一个人成才不仅要学道德文章，更要进行军国民教育。还有美育，美育说的是艺术，比如手工，绘画，音乐什么的。总之，现今的少年人不能读死书不能死读书。"刘芸如数家珍，说的都是些念生闻所未闻的新名词。

"然，然后呢？"念生问。

"然后……当然是把王先生辞了，我让爸想办法送你进我们学校。"刘芸双手背在身后，自信满满地挺着小胸脯，站在念生跟前俏皮地看他。刘芸像一枝含苞待放的花骨朵，浑身上下都透出一股无拘无束甚至不知天高地厚的快活劲儿。念生慌忙地说："千万别，单是送你上学每年都花不少钱呢，如果再送我……不行不行，我不能再给你爸添负担了。"刘芸嘟着小嘴儿，脸色忽地暗了下来："难道……你不愿和我做同学？"念生说："哪儿的话？我，我当然求之不得，可是……"刘芸忽又笑了："就别再可是了，安心等爸消息，今后咱俩每天一起上学。"

第二十五章

没有参加"走海"的船民从柄生嘴里听到"不可能"三个字后,和德山等人曾经相扶相携的和睦关系终于走到了尽头,从此"狮犁帮"一分为二,再没有所谓的"狮犁帮"了……江九帆照样吃完抹净嘴,软趴趴地靠在自家的舱篷口,看戏似的极具兴致地"欣赏"着人们不断找德山"理论"。

原本彼此远无仇近无怨,再说当初参不参加"走海"全凭自愿,就算眼馋别人的小日子逐渐过得好起来,也只能暗自懊悔,有什么"道理"可论?可偏偏有外人参与进来。首先是郭氏三兄弟。占先经不住婆娘的"怂恿",扭扭捏捏来找德山,说他日子过得如何紧巴,特别生下那个"软骨儿"后,一家人几近没了盼头,换句话说叫活着不如死绝……占先说得一把鼻涕一把泪。

德山不好当面拒绝,只说这事他做不了主,得找刘掌柜商量。毕竟铁壳船的价钱昂贵,刘掌柜用名下所有商铺才换来一艘,而船上的船工名额已满,一个萝卜一个坑,等今后刘掌柜添了新船,定将考虑占先。

占先见谋求无望，抹着泪悻悻地返回。谁想刚钻出舱篷，没留意匆匆跑来找德山的石头，来不及错身被石头挤落海里，湿了一身水，冻得直哆嗦。这是一个小意外。德山替石头诚挚地道了歉。占先说，是他自己没瞅眼。德山没把这件小事放在心上，船民不慎落水那是常有的事儿。

第二天，郑老橹即老橹叔的儿子郑大年挑头，把那些没参加走海的船民召集到德山家的船头，也说船工的事。德山赔着笑说了同样的话。郑大年却不领情，冷冷地说："哼，没良心的家伙，全忘了我老郑家当年的恩情。"德山无话可说。大伙倒是很快地散去。谁想这日下午，占前占后两兄弟也过来，说他哥受冻突然病倒了，这事必须有人负责。德山说："病了？我马上过去瞧瞧。"占前说："瞧什么瞧？我哥病了，病来如山倒，你们直接赔钱吧！"

占后扯住德山，一副得理不饶人的样子，死活不让德山过去看。德山一下明白过来，两兄弟明显是乘机讹诈！再想，占先是个连说话都不敢大声的老实人，不论有病没病，该伸援手的，绝不能任之不管。

三人在船头拉拉扯扯，远近围观着许多人。

德山好话说尽，说病人要紧，药费他出。

两兄弟仍旧不依不饶，嘴里只有两个字：赔钱！

德山很无奈，说："好吧，那你们觉得赔多少钱合适？"两兄弟正交头接耳小声商量。石头天生火爆脾气，见状扬声大骂："狗日的，不让山哥瞧就是没病嘛，没病瞎哔哔，小心生娃没屁眼儿。女人要是养不起，嘿，我家眠舵空着呢，我来养！"要说石头说话也够损，不说占先已经生了软骨儿，占前婆娘也正挺着大肚子马上就要生了，这话任谁听了都得火大。

第三部 晓梦　　445

占前手指石头,狠声说:"石头,你他娘的挤我哥落水账还没算!"石头玩味地说:"你他娘的哪只眼瞧见我挤你哥了?"占前一时语塞。占后替兄弟说话:"若不是你狗日的,我哥会落水?"石头不怒反笑:"不定。眼馋我们着急上火了,当然泡水里凉快凉快……"就这样隔着船头骂来骂去,骂到最后占前操起德山家放在船头的水桶朝石头砸了过去。石头灵巧地闪身躲过,操起自家鱼叉跳着就过来。占后随后操起德山家的橹桨,哇哇挥舞……

眼看一场恶斗就要发生,德山慌忙劝阻——

"噗!"

德山后脑勺恰巧被占后的橹桨砸到,身子一趔趄跌入海中。橹桨的一头红了,德山沉下去的海面上随即咕噜噜地冒起一片暗红。"山——"许多人大惊失色。麦穗听动静从舱尾钻过来,颤着嘴唇:"快,快……"德山最终用自己的血阻止了一场恶斗,把郭氏两兄弟"惊"了回去。

"你呀,就知道瞎逞能!"麦穗眼泪汪汪地埋怨。

"嫂子,这事都怪我。我实在看不惯这兄弟俩的嘴脸。"石头不止一次跟德山赔不是,"什么玩意儿?自己好吃懒做还见不得别人好,我就纳闷了,天爷怎么不把这哥俩收了?"麦穗看了石头一眼,说:"你也是,娶了女人,烈性子早该收一收了,没说两句就动手,以为你的脑壳是铁打的?"石头连声说是:"很可惜啊,今天没得机会好好收拾这哥俩,当年他俩欺负嫂子,我就很想揍他们一顿了。"德山想了想,吩咐麦穗:"你看咱家有些什么,给占先家送点过去,实话实说他确实不容易。"麦穗嗯的答应,说:"招船工得罪人,一碗水难端平,有他没他,难怪人家怨恨……我看往后让他们直接找刘掌柜,咱不揽这活,咱也揽不起这责任。"德山说："唉！刘叔信任咱，咱做什么都得对得起人家不是？遇事撂挑子，可不是我德山的性格。"

德山是什么性子，做起事来会持什么态度，麦穗自然最清楚，于是默住嘴不再劝，很快钻舱尾煮食去了。石头想着问："哥，按定约咱明天开始走朱家商号的货，送新制茶米去省城，要不……你就别去了，好好在家养伤。"

德山摆了摆手："朱家的活是咱自己招揽过来的，明天头次走海我不去哪成呢？"想了想交待石头，"你去找岳掌柜，看需不需要帮忙，打包搬货都很需要人手，咱把人家伺候好了，树起口碑，往后的活肯定多了起来。"

石头说："好咧，我现在就去，哥你歇着吧。"

石头走后，德山唤了声麦穗。麦穗探头看德山。德山嘿嘿笑着："姐，对不起啊，让你担心了。"麦穗愣了下，嗔着笑了笑。

这一趟福州走得异常顺利，送货点原是朱家的货场。朱孝临发现货场的接手人竟是刘稳，大笑说："刘兄弟您是我爹的忘年交，如此易手，也算肥水不流外人田嘛。"便与刘稳达成茶米流转的合作。大伙忙着卸货，德山刚弯下腰准备扛包，被石头拦住，只好下船拐进货场的经理屋。

许久未见念生，他又长高了不少，差不多和德山一般身高了。

"爹，您快坐。"念生给德山倒了杯茶水，发现他头部捆着纱布，忙问怎么回事。德山笑笑，说："被狗咬了。"念生显然不信："呀，谁家的狗，是刘家那条大黄狗吗？"德山说："别猜了，刘家那条狗是好狗。"念生盯望德山，想从他脸上瞧出答案，却没有，说："再好的狗，也是畜生。"

正说话，一位五十多岁身穿褐色长衫的男人形色匆匆地走进来，看见德山猛地愣一愣。念生介绍说："哦，这是我爸。"遂介绍来人，"这位就是王先生。"虽未谋面，德山也曾听说王先生的大名，当即起身恭敬地说："王先生好！"王先生也说你好，显然有事找念生，顾不上闲聊直接让念生跟他出去一趟。念生看德山。德山说："去吧。"几分钟后，念生只身返回，对德山说："爹，一会儿我搭你们的船回去。"

"回溪马门？"

德山不解，好端端的突然回去做什么？自从柄生回来，德山几乎不敢盼望念生能抽空回溪马门，这二人若是直面相遇，又该如何介绍呢？介绍念生是他和麦穗的儿子？年岁上显然解释不通。这件事让德山很纠结。

"是啊，王先生托我办件事。"

念生淡然地笑了笑，想了想补充说："办完就回来。"

德山不了解京城此时发生了大事件。

袁大总统骤然称帝，推行君主立宪，帝号"洪宪"。拥兵自重的南方军队表面支持，暗里已秘密集结完毕，准备发动"讨袁"的护国战争，一场声势浩大的战乱爆发在即……中华革命党福建支部的叶青眼、许卓然等人将斗争的矛头对准袁在闽的代理人李厚基，准备组织民军与之对抗。

念生这次回溪马门，是给一位叫许济常的人送信。王先生再三交待，信的内容事关重大，万一不能按时在约定地点把信送到许先生手中，势必将信自行销毁，切记切记！交待完毕，王先生来不及与德山道别便匆匆走了。

德山并不知道，念生的里衫多了件夹袄，信就缝在夹袄内。

入冬后，海面走船明显比夏秋少了许多，天空丝毫不因为将至的战火而变得阴沉，相反依然如秋日般朗净。夕阳逐渐西沉，碧波映着红霞，银浪掩着金沙，一望无际的海面上鸥鸟翻飞，一派祥和景象。

念生和德山肩并肩坐在船头，迎面吹风，却没觉着冷。德山明显感觉身体里翻涌着一股热，但不是兴奋，是为难。"念生啊，其实有件事爹一直想跟你说，只是……不晓得该怎么说。"沉默许久，德山最终还是开了口。

"噢？"念生扭头看德山。

"你爹回来了。"

"我爹？"念生深深愣住，"您……"

"是的，你爹，你的亲爹，徐柄生……"

尽管麦穗隐瞒念生无可厚非，德山也尊重麦穗的决定，可思来想去觉得念生已是个半大的小伙了，道明一切后至于念生要不要认柄生这个父亲都是念生的选择。假若认了，真心祝福他们父子二人团聚。如果不认，那么有朝一日两人碰见了或柄生怀疑了，对念生乃至对麦穗来说都可坦然面对。

德山从柄生动身去澳洲"淘金"开始说起，说到兆森叔生病，说到麦穗登花船还债，被一把大火毁了容颜，说到柄生半路逃生，后来参加推翻朝廷的革命，途中娶了薛家女怀芳，说了薛家与老徐家的仇怨，说了麦穗的顾虑，总之所有重要的细节无一略过。暮色蔼蔼中，身后机器轰鸣，面前的海风终于让人感觉到冷了，德山才合上嘴。他刚才尽量用平实的语气，尽量不夹杂任何感情色彩，生怕任何主观的情绪会影响念生的判断与抉择。"整件事情就是这个样子，本来早该告诉你，可我和你娘……唉，实在不知从哪儿说起。"德山长长地叹出一口气，心里暂得宽舒。不知不觉，念生听得泪流满面。

第三部 晓梦

"你爹现今不叫柄生,改名徐焕了。"德山努力地展出笑脸,"他在王旅长手下当官,在咱溪马门也可以说一人之下万人之上了,你和他相认,他铁定让你回家……那么往后,你就是山人大少爷了。"

"山人大少爷?"念生不屑地冷哼,"他早干吗去?这么多年一点音讯没有,娘吃尽了苦头,最后……连个名份都没有!"

"或许因为我吧,唉,你爹他……其实也有苦衷!"

"苦衷?好吧,他现今当官了,一人之下万人之上了,那么能不能使咱船民上岸,能不能让咱船民改变惨兮兮苦哀哀的现状?"

"这……这是两码事!"

"我看是一回事!他到底什么态度?我想他现今大概眼朝天了……"

德山不敢说念生没猜错,柄生确实对"上岸"的态度已经冷了,不再有当年的那股子热情劲头了。那日,众人终于盼来柄生,将他团团围住,问他能不能帮着问问官老爷,在岸上划一块无主空地来安置船民。问柄生的基本都是原先狮犁帮的远亲近邻,彼此就跟一家人似的,说话自是直截了当。柄生回答得也直截了当:难!经不住众人的七嘴八舌,柄生说:"上岸的事怕一时半会儿无法解决,大伙都等了这么多年,不差一时……"满舱问:"柄生哪,叔就问一句,你觉着咱船民上岸有没可能?"柄生哑了哑,嗫嚅地说:"我想……不可能!"听这话,满舱不带情绪地挥了下手:"晓得了,大家散了吧!"

兄弟二人对坐,德山帮忙说话。

柄生说:"我准备把刘士元家的老祖屋买过来,事情差不多谈妥了……我答应过你和麦穗,回来会在岸上买地建屋,无论如何我都会帮你们实现这个愿望。"德山说:"哦,我们……我们倒不着急!"柄生笑了:"你不会真想大家都上岸?好吧,哥不说你犯傻,不说你脑子进了水,就算哥再有钱,哥也不可能像观世音菩萨那样佛手一挥普渡众生啊。"德山不死心:"可上岸是所有船民最大的梦想啊。"柄生呵呵摇头,说:"他们是他们,咱是咱。他们怎样关我屁事!"发达了的柄生变自私了。嗯,这是大伙的普遍看法。

"你们再看德山,自从和那姓刘的'勾搭'一起驶铁船走海,也开始端起架子,看来这一家子咱是高攀不起啰。"郑大年这样说。

高攀不起四个字,连带将德山也绑钉在道德的杉木柱子上示众。不多久,双井坝船民一分为二,一大拨人跟着郑大年和郭占前郭占后几兄弟的船儿凑到一块,而跟着德山的只剩下为数不多的几家人。

别人对自己持什么评价哪怕在背后说了再难听的话德山都无所谓,他最在乎的人依然是念生。他几乎把所有希望都寄托在念生身上。扪心自问,德山打从心底里不乐意见到念生与柄生父子相认。如果柄生还是原来的那个柄生,他定将极力促成,可惜柄生已经不是当年的柄生哥了。

"爹……"

念生沉思许久,扭头看德山,"您就是我亲爹,我只有一个爹,徐柄生只能是……是我大伯。我不想对说过的话食言,我一定让您和娘还有弟弟妹妹过上好日子。将来能力够的话,我会让所有船民都过上好日子……"

自从跟了王先生,接触了革命党,念生说话底气十足。一个十五岁的懵懂少年,就好比初生的牛犊,何曾怕过虎?

"嘿嘿，好小子……"德山感动得无以言语，伸手抚摸着念生板寸头发的脑袋，眼望夜色笼罩的天际，眼眶隐隐湿润。

"别把今天的谈话告诉你娘。"

"放心吧，爹！"念生明朗地笑了。

又到了朱先生的忌日。

每年的这一天，德山再忙也会在朱先生坟前坐上一下午，仔细诉说这一年来发生在自己身上的事，说一说自己在诊病方面的新发现和新处方，包括处置不当失败的例子……朱先生安葬在溪尾街后面不远的山头上，坐坟前便可望见整个溪马门海面。冰冷的墓碑无法对话，不过能把心里可以说的和不可以说的话尽数倾吐之后，总感觉身心轻松。这日也不例外。德山告诉朱先生许多有关念生的事，然后问："先生，依您看，我这么做是不是自私了？"旋即解释起来，"其实……这是念生自己的选择。"又解嘲地摇头，"唉，世间有太多的是非曲直了，谁又能都厘得清呢？"眼看日头就要西沉梅花峰了，德山站坟前深深地鞠了一躬："今天不早了，得空再来看您。"才拐下小山坡，于渐浓的暮色中隐约瞧见上山的道上有个熟悉的身影——朱家胤？

果然是她！天黑了才过来？自从与薛怀安离开溪马门，她已经有些年头没给父亲上坟了，因为心怀愧疚，还是刚刚得闲？德山略寻思闪身躲一旁。上下山不同道。他突然很想听听家胤到底会同先生倾诉哪些心事。

"无论如何，我都不可能嫁给你……"

家胤当年的绝情言语声犹在耳，不过德山没有怨恨，于理讲家胤嫌弃他无可厚非，只是这么些年似乎总有一丝淡淡的牵念像水底的海草一样时不时地缠绕着心尖尖。那日不期而遇，谈的聊的不什么深入，但德山感觉家胤变了，变得与原先不太一样了，眉宇间好似夹杂着若有若无的忧伤……不该啊！嫁给薛怀安的家胤应该幸福才对！可是，从她脸上瞧不出半点开心的样子。

"爹啊——"

摆好祭品，家胤扑通跪倒，登时泣不成声，"女儿对不住您……"

有一种苦，叫作哑巴吃黄连。

有一种无奈，叫自作自受。

所有的变故，都在那场西式婚礼举行之后发生了——几年前，薛怀安带家胤来到了广州。她因此打开了眼界，精进了所学的西洋医术，成了一名新式医生。原以为自己从此是世上最幸福的女人。男人一表人才是一名军官，对她呵护有加，原以为曾经在林沫升那儿失去的都重新地找寻了回来。那是个风和日丽的上午，她和薛怀安在神父的祝福下终于结成了夫妻。"今天，我以上帝的名义郑重发誓：接受你朱家胤成为我薛怀安的妻子，此后不论祸福，贵贱，疾病还是健康，都爱你，珍视你，永远对你忠贞不渝直至生命尽头。"誓言犹耳！就在洞房花烛的当晚，他却竭斯底里地冲她大吼了起来，并给了她一记火辣辣的耳光。"原以为玉洁冰清，没想竟是他娘的残花败柳……"残花败柳？为什么？他应该了解她和林沫升的过去！"还狡辩？他娘的，我居然娶了这么个人尽可夫的婊子。"薛怀安一顿情绪失控地嘶吼，后来干脆将被窝中的她踢下婚床。家胤泪流满面，身子跌在冰凉的地板上，仿佛从天堂一下跌进了十八层地狱。"对，对不起……"她回头愣愣地望着"新婚丈夫"，突然发现原先柔情蜜意的男人面目狰狞，像刚撕去伪装的恶魔。那晚过后，薛怀安要么不回家，回家往往是一顿拳打脚踢后不管她愿不愿意，不分白天黑夜

第三部　晓梦

甚至不管在厅堂或卧室，总免不了粗暴地撕去她的衣裙直接发泄兽欲。然后，她发现自己怀孕了。不过很快又流产了。后来，经过检查她发现自己再也怀不了身子当一名母亲了。

"爹，您说，这是不是女儿不听话遭了报应？"家胤跪坐着，一边烧纸一边抹泪低声倾诉，"女儿对不住您，对不住朱家，对不住山……""没谁对不住谁！"躲一旁偷听的德山再也听不下去，站了出来，"告诉我，狗日的现在人在哪儿？"黑暗中突然蹿出个人把家胤惊一跳："怎，怎么是你？"德山说："快告诉我，姓薛的现在人在哪儿，不能让他这么欺负了。"家胤愣了愣，豆大的泪珠儿伴随苦笑滚落脸颊："告诉你？呵，你又能拿他怎样？"

这话把德山堵得语塞："我……"

夜，逐渐深了。

冬夜的风儿于清寒中把先生坟前的纸灰吹得四处飘散。

德山和家胤并排坐着，目光投向若明若暗的海面。一排排舢舨舵仍旧如落水狗一般，紧紧地扒着岸边，伴随海浪不断地若浮若沉。

"这次回来，还会离开吗？"静默许久，德山问。

"不，不走了。"家胤幽幽地叹了一声。

"那你和薛怀安……"

"他过他的，我过我的，我俩早就各过各的了。"

"哦。"

又是好长一阵沉默。

"我已经辞职了。"家胤突然说。

"辞职？"德山听不懂这两个字究竟什么意思。

"就是不在北道医院工作了。"

"那……你今后什么打算?"
"不晓得,走一步看一步吧。"
"要不干脆回忠义堂得了,毕竟,那是你的家。"
"家?"
"往后,我和绺子给你打下手。"
"这样……行吗?"
"当然,你肯搬回来先生铁定非常欣慰。"

第二十六章

海面又开始打仗了。

此时岸上到处也都在打仗,大大小小的战役此起彼伏。

起初人们害怕,久而久之慢慢地也就习惯了。念生说,袁世凯恢复帝制不得民心,人们奋起反抗,由于力量悬殊起义军先后败退山区。紧着"护法运动"爆发,南方军队开始讨伐皖系的段祺瑞政府,期间或短时休战,或再起战端,总之整个八闽大地乱成一锅粥。最后李厚基下台,福建的局势却变得更加复杂,你来我往,各路军队混战愈演愈烈。直至这年的夏天,广东国民政府发布了《北伐宣言》。念生信誓旦旦地说,此次北伐必将成功,因为北伐军的队伍里,第一次有了共产党人参加。

这些所谓的军国大事把德山听得一头雾水。

问柄生。柄生连连长叹,半天只说了一句话:乱世之中,唯识时务者为俊杰。德山仔细咀嚼后明白了,走海经过福州再三叮嘱念生,省城不太平,无论如何都要多留些心眼。麦穗担心得整宿整宿睡不着觉,最后说,干脆让念生回溪马门得了。德山笑着说，你要相信自己儿子！念生已经成年，该做什么不该做什么包括是离开省城或是留在省城都该听他自己的，咱所能做的大概只有去庙里求菩萨保佑念生平安了。

第二天，德山陪麦穗上溪尾街买齐了"香烛贡银"，进庙挨殿虔诚地跪拜祈求。求神保佑这种事德山并不信，这么做的目的只是让麦穗安心。即便如此麦穗依旧彷徨不已，"山啊，我总感觉不对劲，心头揪得紧慌得很。听没听见我的心跳声？"德山忍不住笑了："你呀，妥妥地把心放在肚子里，念生不是念海，从小做事不毛躁，当年刘掌柜把货场交给他的时候才多大？"麦穗紧锁的眉头终于稍稍地舒开："嗯，就算山人，也没听说哪个十几岁的娃儿能撑起那么大一个货场的营生。"德山说："是咧是咧，王先生许多年前就已下了断言，说你这个儿子不凡。"麦穗听得动情："山，谢谢你！"德山问："好端端的怎么突然说这些？"麦穗说："念生能有今天，都是你的功劳！"德山长叹一声说："穗啊，其实在我心里，念生可一直都是我的亲生娃啊……"

直到决定转手闽江码头的货场举家搬回宁波时，刘稳才听说念生不是德山的亲生儿子。"那你的亲生父亲是……"刘稳问。念生如实回答："徐柄生，后来更名徐焕，和我爹德山是堂兄弟关系……这本来是我从不外道的秘密，既然加入组织，我仔细地想了想，觉得不该有所隐瞒。"

刘稳再问："柄生清不清楚你是他的儿子？"

念生缓缓地摇头："先前是我娘不让，后来我自己想通了。作为父亲他并未对我尽过一天父亲的责任，身为驻地军官，更没替溪马门船民办过一件实事。您说，这种'父亲'认他做什么？船民有句老话，鱼有鱼路虾有虾道，几次碰面，我仅称呼他伯父，因为在我心里，我的父亲只有徐德山。"刘稳呵呵笑了："好

第三部 晓梦　　457

吧，既然是秘密，就把它烂在肚子里……共产党人恩怨分明！不过按我想，等他老了该尽孝得尽孝，这可是为人子的本分。"念生点头："嗯，您说得是，只是……这是很久以后的事呢。"

刘稳和念生继续商量货场的事，刘芸忽在外面大喊念生的名字。

"你俩是不是早约好了？"刘稳微笑问，"既然决定把货场还给朱家，那么交接起来就简单多了，这事我去找朱孝临谈。"念生脸色微赧："那……我可以出去了？"刘稳说："去吧，记得劝劝芸儿，没事别总往外跑。"

看着女儿和念生头碰头亲昵说话的背影，白玉娥免不了再次说丈夫："你怎么一点不着急？你瞧这俩孩子，就差一顿酒了！"刘稳说："你就是个操闲心的命！这不是早晚的事吗？"白玉娥说："我当然盼着早日抱孙子。"

对于念生的"终身大事"，德山和麦穗自然也着急。几次过问，念生总笑嘻嘻地答应说，明年再计划。年复一年，一拖再拖，已经拖到二十五岁了念生和刘芸之间仍然只见开花未见结果。

德山不免忧虑，刘稳两口子会不会因为念生的船民身份而有了别的什么想法？这日，德山来福州送货。正事办完，他将刘稳单独地请到一旁，小心翼翼地问起这事，并答应说，芸儿和念生若真好上了，不用担心芸儿嫁到船上，就算刘家把念生招为上门女婿，他和麦穗也乐意。

刘稳哈哈大笑起来："哎呀，德山兄弟，在你眼里我是个老顽固？"德山忙说："哪敢这么想？"刘稳笑着说："你们着急，我和玉娥也着急咧，可这事俩孩子不点头，咱光着急有什么用。"德山思着说："我得去问问念生，这事必须问清楚了，可别耽误了芸儿。"刘稳无奈地摆手："早问过了，两人都说不着急。德山兄弟，他俩不急，咱硬是逼着赶着，恐也上不了趟，这事我看就这么着，由他们去，你也别再说什么上不上门的事，念生是你的儿子，我和玉娥也把他当儿子看。咱干脆新事新办，等小两口结了婚啊，咱两头都是父母可好？""好好，当然好咧……"德山已经感动得不知说什么。

在念生是谁的儿子这件事上，柄生开始也有所怀疑，不过德山故意将念生的年纪少说了两岁，加上麦穗缄口不言，柄生也就不便多问。眼下正值多事之秋，亟需考虑的只能是个人的前途和命运，而无暇顾及其他。这日，薛怀芳带回一个重大的消息，说北伐的东路军正进入福建。"我哥的人刚和汀州的李师长取得联系，杜起云和曹万顺两个旅已具备起义条件。"薛怀芳说。李凤翔？柄生眉头倏然皱紧，沉吟半晌说："周荫人老谋深算，当中会不会有诈？"薛怀芳端起柄生的茶杯喝一口茶，点头说："换我，也更愿意相信高义、杨汉烈那些民军。"柄生问："那下一步的计划？"薛怀芳说："和他们进一步接触。"

虽为妻子，薛怀芳的职务却比柄生高许多。

北伐伊始，薛怀芳作为"先遣特派员"被派回到溪马门，因此于具体事务上柄生都得听薛怀芳的"指挥"，因为他的真正身份也是一名"潜伏者"，身在直系军队，心却在国民党。送走匆匆出门的妻子，柄生再次陷入了沉思。薛怀芳早清楚丈夫乃船民出身，却对柄生一直温柔体贴，对外待人处事更是稳重大方不失分寸，怎么看都是为人妻无可挑剔的不二人选。然而，美中不足的是这个女人此生无法生育。当年惠州起义战斗极其惨烈，一颗子弹不偏不倚地射中薛怀芳的小腹，登时血流如注。柄生恰巧在近旁,见状立马跳过去一把将她抱起紧急后撤。最后,薛怀芳命是保住了,可她做母亲的权利却因此永远地消失了。后来薛怀芳不顾兄长的反对,毅然地嫁给自己的"救命恩人"。

于明面看,柄生明显"赚"到了。他因此荣升,且妻子容貌端丽,出身名门,"卑贱的曲蹄仔咸鱼翻身一下改变了命运,还有什么祈求?"可惜不论谁内心的欲望总无止无境,"无儿无后"已成了柄生最难抚平的一处心病。

每每看见念生、念海和念慈三兄妹,再看看麦穗,柄生内心总会腾起一股子酸涩涩的难过,更让他难过的是这样一种难过的情绪无法说出口,像突然被尖锐的礁石或锋利的贝壳划破脚底,钻心地疼,却又没法怨天尤人。

这日思来想去后,一个想法在柄生的脑海中逐渐地清晰起来:

过继!

嗯,如此一来,也算两全其美。柄生端起茶碗兀自舒眉地笑了。薛怀芳不许他娶姨太太,而过继堂兄弟的孩子,应该不成问题吧?

长成大高个的念海对柄生这位大伯总表现出发自内心的钦敬之情。多的时候,他会瞒着父母,把捕捞到的最大最新鲜的鱼悄悄地送进大伯家。

"想不想上学?"这天,柄生把念海喊住,认真地问。

念海挠头憨憨一笑,诚挚地说:"想,做梦都想。我爹以前教的那些字我都会认会写。"柄生命人取来纸和笔,笑着示意说:"随便写几个字,让大伯瞧瞧。"念海往自己身上擦了擦湿漉漉的手,小心翼翼地握笔,开始一笔一画地描了起来。柄生没上过学,识字不多,但完全瞧得出来,念海写的哪叫字啊!叫鬼画符还差不多。看来,念海真不是读书做学问的那块材料。

"我哥写得好。"念海自嘲地笑了笑,"我不行,毛笔在我手里怎么也握不住,好像比握橹桨还重。"谈到念生,柄生忽地问道:"你哥最近在忙些什么?"念海说:"货场被朱家买回去了,我哥大概要跟刘掌柜去宁波。听我娘说,我哥很快要成亲了,新娘子叫刘芸,刘掌柜的女儿。"

面对念生,柄生总有一种特别奇怪的感觉,仔细想来这种感觉许是来源于念生的冷漠态度。"噢……这样啊,很好!"过继的念头闪起之后,柄生反而对这位直言直语憨厚朴实的念海产生了浓厚兴趣,"你将来什么打算?跟你哥去宁波做生意,还是跟你爹走海?"念海说:"生意上的事我不懂,我在货场待过一段日子,只能干些杂活。"柄生说:"总比船上强吧。"念海说:"也许我这人闲散惯了,规规矩矩的反而不适应。"柄生点着头:"这倒是实话,谁都不喜欢被约束,不过做事总不能由着自己的小性子。"念海连声说是,然后说:"我原本一直跟我爹走海,可十几天前,我,我把刘恒玉给揍了。所以,我爹再不让我上铁壳船了,叫我滚回来拉网捕鱼咧。"听这话柄生愣了下,旋即哈哈大笑起来:"好小子,有胆色,嗯,和大伯一个性子。"

念海长得虎背熊腰,虽然脸上稚气未脱,不过满身棕褐色隆起的肌肉让他瞧上去很像一只刚出巢的雏鹰,天生一副天不怕地不怕的样子。相比之下,刘富余家的那位公子哥刘恒玉显得细皮嫩肉,不难想象刘恒玉被念海揍成怎个惨兮兮状。"后来,我也被爹揍了。"念海说。"你爹不对。"柄生与德山持截然不同的两种态度,"男子汉大丈夫就该敢作敢为,念海,大伯问你,想不想从军?""啊?"念海脑袋瓜子里嗡的一响,定定地愣住。

"当军人驰骋疆场,今后看谁不顺眼,完全可以狠狠地

第三部 晓梦　　461

揍他。"

"您是说，我能和您一样？"

"没出息，呵呵！"柄生笑着，"你将来的成就应该超过大伯才对。"

"好……大伯，我去！"念海一下将身子挺得笔直。

念海很快被柄生带离了溪马门。

麦穗原本不让。德山反倒想得开，呵呵笑着劝说："念海一向不安分，惹了东家惹西家，跟柄生走铁定错不了。"麦穗眼圈泛红："可是……"德山将麦穗的手轻轻握在手心里，接着说："柄生的心思我是看出来了，他和婆娘并没生下一儿半女，这次决定带念海走，大概想把他当接班人培养。"麦穗大惊失色："难道……他是想把念海过继过去？"德山点头："嗯。"麦穗说："不行不行……"德山抢着说："怎么不行？念海过去，就也算替念生！"

替念生……这话终于让麦穗没了声音。

念海离家的第三天傍晚，念生突然顺道回来一趟。

念生一身深蓝色长衫，步伐自信，双目炯炯有光，从他身上再也瞧不出半点船民原先猥琐的样子。许多人趴自家舱篷口远远望着，小声议论着，大多在议论跟在念生身后的那一位亭亭玉立的姑娘。

她就是刘芸？多年未见，麦穗差点都认不出她来了。

刘芸眉眼含笑，脸颊因羞赧飞起两抹淡淡的红晕，整个人看上去活脱脱像一朵正开的桃花儿。船上骤然来了"不速之客"，麦穗平日麻利的手脚忽地变笨了，整个人局促无措的样子。"叔婶，我爸妈托我问你们好！"刘芸用轻灵的声音打着招呼。"好好……也问他们好！"麦穗将念生拉出船舱，低声问："今晚住哪儿?"念生笑了:"娘,我们这次不住家里,船还在码头等着呢。"麦穗有些失望:"怎么,马上就走啊?"念生说:"是,近段时间忙,等空闲了再回来看您。"没看见念海,遂问起他。麦穗草草说了念海跟大伯从军的事。念生听后沉默好长一阵,最后说:"行吧,我们先带念慈走。"

把念海念慈带出去,这是原本说好了的。麦穗没再说什么。可是,自从几个孩子逐一地离开身边,好些天麦穗都没法从失落的情绪中走出来。

到宁波才半个月,念生和刘芸两个人便遭受了最严峻的离别考验。

中山舰舰长李之龙突然被捕,同时谣言四起,说什么"共产党要造反、暴动",还说什么"李企图倒蒋,推翻国民政府"等等……虽然蒋某人在《黄埔军校总理纪念周训词》中言辞凿凿:"我可以明白地讲,三月二十日的事件完全与共产党团体是没有关系的,我们中国国民党和共产党,确定是要合作到底的……"但这起骤然发生的阴谋事件清晰地释放出一个信号,国民党右派势力开始着手分裂"国共合作"了,已经准备对共产党下手了——

"念生同志,你得重新回福州……"

宁波八月的秋色要比福州绚丽缤纷许多,田野、树木、山峦都披上成熟的外衣,绿中透着黄,黄里映出红。人站高处,放眼远望,所见的仿佛是巨幅的五彩斑斓的锦屏国画,简直美不胜收。刘芸昨晚便约好了念生,准备去应梦山踏秋。应梦山位于奉化溪口,因宋仁宗赵祯梦中到此一游而得名。听闻山中雪窦寺的弥勒佛相当灵验,刘芸准备趁机到寺里拜拜,求佛祖保佑她和念生此后爱情圆满白头偕老——谁料一大早，王先生却风尘仆仆地赶来了。

"现在什么情况？"念生顾不上言其他，直接问。

"中央的意见无法统一，大部分同志认为要以大局为重。"王先生显然渴得不行，快快地吞咽一口茶水，"省委让咱做好两手准备，既不能破坏国共合作，也要适当地雪藏一部分同志，这些同志今后转入地下工作。"

"地下工作？"

"嗯，对外隐瞒每个人的真实身份。"

"我服从组织的安排。"思许久，念生重重地点头。

"事不宜迟，你明早就动身。工作性质和地点不变，哦，身份有些小更动，朱氏货场的二掌柜，这事我已经和朱孝临谈好了。"

"朱孝临……您觉得他靠得住吗？"念生思着问。这么问，并非念生贪生怕死，而是万一出现纰漏，很可能会牵连别的同志。

"溪马门朱家……嗯，信得过！"

王先生起身握住念生的手，"今后咱俩仍在一起工作，只是不能再像先前那样频繁联系了，你得尽快成长起来，争取早日独当一面。"

"是，先生。"

刘稳并不能算真正意义的共产党员，只是先前与革命党人走得近，而后又和共产党人走得近，不论在西风小筑，或在码头货场，不论对谁他都以真心换真心地迎来送往，因此大伙都信他——王先生曾建议他加入共产党。刘稳笑着摇头说："咱俩能成为知己好友，这是你我的缘分，刘某珍惜这份缘分，至于其他的，请恕刘某难以从命……"人各有志，王先生不好勉强。后来，他送给刘稳一些来自苏俄的红色书刊，某些时候约见某位同志，地点也直接安排在刘稳的西风小筑某雅间。对共产党的主张，刘稳一直持赞同态度，所以当王先生介绍念生入党，他是点了头的。不过于内心讲，刘稳倒希望念生能将心儿完全放在自家生意上，然后和芸儿组成小家庭，安安稳稳地过日子。

念生到了宁波才安顿下来又要返回福州，刘稳确实有些始料未及。新租的商铺刚捯饬清楚，念生一走，单靠刘稳一个人非忙得手忙脚乱不可。"要不再劝劝？"白玉娥说。刘稳叹着苦笑："你让我劝，是劝念生还是劝王先生？咱不容易，他们眼下更不容易啊。念生来咱家也有十几个年头了，可以说咱是看着他长大的，他怎个性子，咱还不清楚？这孩子自小立下鸿志，要让天下船民上岸做人，共产党的主张贴合他的理想，已窥见曙光，这时候劝他罢手恐怕办不到。"白玉娥不解："为别人的事以身犯险，值吗？"刘稳说："咱无法评判值不值，胸怀天下正是共产党伟大之所在。要我看啊，用不了多久，这天下必将是共产党的天下！"白玉娥说："我一个妇道人家才不懂这些，念生真回福州了，芸儿也跟过去？"刘稳摇着头："芸儿只能留在宁波。"白玉娥跟着长叹："这下不好办啰，眼看就要成亲了又分开两地，什么时候是个头啊！"

刘稳夫妇说话的时候，念生已被刘芸拽进自己的房间——

"念生哥，你，你真要回福州呀？"刘芸问。

"嗯。"

"那我也过去。"

"不行。"

"为什么？"

"我是去工作呀。"念生不敢说"国共合作"一旦完全破裂，自己随时都可能面临生命危险，"工作一旦忙起来，哪有时间照顾你？"

"我才不要你照顾！"刘芸撒娇地搂住念生的胳膊，"妻子照顾丈夫也是一项重要的工作，再说你以前不也如此？只要抽点时间陪陪我就好。"

"咱……还没成亲。"

"哦，你这就不要我了？"

"哪会呢？"

"那……"

"听话，留在宁波，替你爸打理打理商铺。"

千求万求，念生依然不答应刘芸同去。

刘芸扑棱着大眼望住念生，眼圈忽一红，开始无声地落泪，泪珠儿扑簌簌地成串滚落，梨花带雨一般天见犹怜。纵是如此，念生也不敢心软，故意逗笑起来："呀，都哭成丑小鸭了。"刘芸喊着："敢说我不好看？"念生替刘芸拭去脸上的泪水，"在我眼里你是最美的，今生能遇见你和你相爱，是我徐念生几辈子修来的福分！答应我，我不在的时候，你更要好好照顾你自己，要不然等咱成亲的那一天，怎么成为天底下最美的新娘子？"刘芸破涕为笑："真心话？"念生使劲地点头："比金子还真！"刘芸含羞地问："那你……能不能答应我一件事？"念生说："除了去福州，十件八件我都答应。"刘芸将头埋进念生怀里，小小声地说："今晚……我就想成为你的新娘子……"

清明节的前一天，麦穗骤然病倒了。

进入春季，气候转暖，万物复苏。

刚刚熬过数九寒天的船民又开始面临疫病夺命的威胁。这时候家里一旦有人生病，发烧，咳嗽，身上冒起了红点点，若不是单例，十之八九是得了"天花"或"鼠疫"。鼠疫也称"判官之症"，往往一人得病全家尽殁，好在鼠疫多盛行于每年的夏秋之交，春季里倒是不常见。

麦穗刚开始四肢酸软，紧着头痛乏力，而后发起了高烧，一会儿瑟瑟发抖地直喊冷，一会儿又喊热，奇怪的病情来势凶猛。

德山原以为麦穗年前跟人去山里拾荒，大概吃了不干净的东西或喝了不干净的水得了"打摆子"。"打摆子"即疟疾，又叫温疟。德山不敢大意，赶紧开方取药。谁承想，连服了两天的药，麦穗依然反复高烧不退，然后发现她的面颊、臂腕和腹背部开始出现了成片成片的红点……德山心里登时掠过不祥的阴影，是天花吗？看着又不像。麦穗大吐特吐，吐无可吐之后一个劲地吐黄水。折腾三四天，麦穗整个人看上去极其消瘦，好似只剩下最后一口气了。

"麦穗得了天花……"不知谁先传出这样的消息。

于是，众人都远远地躲着德山，生怕擦肩而过即被传染似的。

"山……你不用管我了……我这病，决计是好不了啦！"麦穗也这样劝德山。瞅着麦穗日渐凹陷下去的两只无神的眼窝，德山心如刀绞，久久地攥着她的手，强笑说："胡说什么？你会好起来的，放心，我是海郎中，还没有我瞧不好的病咧！"扪心自问，德山确已束手无策没有任何法子了。就连朱家胤也诊断不出麦穗究竟得的是何种病症——

见其他船民如躲瘟神一般躲着德山和麦穗，不关心则罢了，冷漠的态度像落井下石一样让人寒心，家胤气愤不过："走，接麦穗去忠义堂！"德山担心病情真会传染，犹豫不决。家胤冷笑着说:"哼,亏你还自称海郎中,麦穗的病若能传染,你照顾她这些天早就被传染透了。"

回到溪马门的朱家胤为人外冷内热,和朱先生一样,平日话不多,十几年来也不再嫁,一门心思研读父亲留下来的医书医典,加上曾学过西医,倒是摸索出一条中西合璧的问诊之路,成了远近闻名的"女神医"。

女医生自有女医生的便利。许多官太太把家胤奉为座上宾,女人的难言之疾在女人面前怎说都合适,而家胤或用中药,或使西药,基本都能实现药到病除。溪尾街上甚至流传一句话:宁可招惹县太爷,也不得罪朱医生。

这是德山第三回入住朱家的西厢房。

时过境迁,曾经的冥顽小儿,曾经的意气少年,如今却变成了鬓角沧桑的中年人,站在熟悉的房间里,原本模糊的记忆仿佛一下都清晰了回来。德山暗自摇头,然后搬张椅子过来,守着躺床上的麦穗。

"刚给她注射的针剂中加了安迷定……她不会这么快醒。"家胤依然一身白大褂,转身的时候突然说,"出来一下,有事问你。"德山嗯地帮麦穗掖了掖身上盖的棉被,紧着跟了出去。院里的桂树老叶换新芽,昨儿半夜的那场雨让空气变得更加潮湿,薄雾中的叶片儿显得格外青绿。

"念生真是你和麦穗的儿子?"

"……"

"很难回答?"

"我……"

"明白了。"家胤忽地笑了,"没别的意思!只是有人告诉我,念生已经被盯上了……许是因为孝临叔和我的关系,担心朱家受牵连。"

"啊……"

"我知道,念生是共产党。"家胤敛住笑,认真地望住德山,"他大概早得知消息,人已离开货场,目下那些人正四处搜寻。没猜错的话,这些人应该很快找来溪马门。告诉你这些,是让你提前有个心理准备。"

"怎么会这样子?"德山脸色倏地煞白。

"把麦穗接过来,一是诊病需要,她的病实在经不起折腾。二来,主要想让你腾出精力,仔细留意海面的动静。念生若是回来,记住,绝不能把他留在船上,告诉他,能避多远先避多远。真正的革命,仅凭一腔热血是永远不够的,某些时候进即是退,退即是进。"

"你,你也是共产党?"德山默默听着,终忍不住问一句。

"谁说的?"家胤呵呵笑着,双眉却紧紧地锁起。

有一种人,称党外民主人士。

有一种英雄,叫默默奉献的无名英雄。至于朱家胤究竟是何身份,直到许多年后的某日下午,一群斗志昂扬的红小兵骤然冲进朱家后院,准备把"资产阶级大小姐"的朱家胤拉出去"游街",她仍缄口不言。"山啊,昨儿我仔细温习了曹孟德的《短歌行》,开头四句竟然非常贴合我现在的状况。嗯,对酒当歌,人生几何?譬如朝露,去日苦多。"那时候的朱家胤白发苍苍,目光依然如炬,"虽说一个人能在世上存活几十年,可几十年于历史长河而言,连沧海一粟都算不上,人生短促日月如梭,好比晨露转瞬即逝,想我朱家胤,失去的时日实在太多了,若问我此生有无遗憾?山,当年嫌弃你抛弃你,就是我永远无法弥补的缺憾。"话虽如此，她却在红小兵们轰开忠义堂大门时，安详地微笑地永远地阖上了双眼。德山那才真正明白，家胤其实患病已久，却坚持不吃药不医治，大概就为了保持这最后的一份尊严。

德山没再去纠结家胤的身份，有关念生的消息已完全搅乱了他本该冷静的心绪。"你就直接说吧，我该怎么做？"德山最后问。家胤不说话，丢给德山一块抹布，让他擦干树下的石凳子，唤绺子搬来煮茶器具，烧开水沏好茶，给德山斟一杯，笑着说："尝尝，这是西湖的明前龙井。"

都快火烧眉毛了，还有闲情逸致来品茶？不过，德山还是端起茶杯喝一口，闻着清香，入口却透着涩苦，并未体会到本该有的回甘。

"每年的夏秋季节，海面难免闹风灾，那时候你们都会做些什么？"家胤突然问了这个风马牛不相及的问题。

"风灾？"德山想了想，"天灾躲不过，就只有面对。"

"如何面对？"

"提前做好必要的准备，把损失降到最低。"

家胤喝着茶，"念生的事，就当应对风灾来处理吧。"

德山恍然明白了，说声谢谢，顾不上回房看麦穗，匆匆地赶回船上找满舱叔。满舱听后却懵了："你说念生是共产党，什么是共产党？"实际上德山自己也说不清楚，但他笃信念生的话。念生说了，共产党的奋斗目标是推翻资产阶级政权，建立无产阶级专政，最终实现共产主义。在去年开春的那次特别会议上，明确指出北伐的纲领以解决农民问题为主干，只有发展农民运动，巩固工农联盟，才能引导国民革命最终实现胜利。以湖南为例，农民运动发展特别迅速，各地相继成立了农会，打土豪分土地，建立农民武装。

"咱没田没地，大概还不算农民吧。"满舱瞪着浑浊的双目，"省城那是什么地方，那儿人精扎堆……山啊，念生别是让人给骗了。"

德山说："在共产党眼里，咱船民是实实在在的无产阶级。"

见满舱继续犯懵，德山直接问："念生出了事，叔，您说该怎么办？"

满舱思着说："废话，当然想法儿救他，看见他赶紧喊他躲起来，有多远躲多远。"德山说："叔，今天找您就为这事。"德山这天相继找了许多信得过的老人，当然没敢声张。一个人的眼睛只能盯着一个方向，许多时候还可能盯走眼，众人的眼睛则形成一张无形的大网。有了这张网，德山想，必将先一步发现念生并提醒他：留得青山在，还怕没有柴火烧？

实际上，念生早躲起来了。

几天前，念生就已经躲在梅华峰那座破落的尼姑庵里。他受了伤，正发着烧。饿肚子念生不怕，啃啃干粮就着雨水可以充饥。腰间的伤口火辣辣地疼他也不怕，完全可以咬牙忍着，真正让他感到难受的是，没能预料那些人竟然敢开枪！果然，斗争是你死我活且毫无征兆的，国共还在合作期呢。念生为曾经的麻痹大意感到无比羞愧。王先生骤然失踪给念生松懈的脑子警了醒。得亏事先有了口头约定，一旦突然没了对方的消息，说明局势已经崩坏，无论如何都要离开货场，甚至可以暂时离开福州。

王先生说，斗争需要策略。

春季的溪马门阴雨绵绵，雨丝儿像筛子筛过一般又细又密，仿若给远处的海面挂了一层朦胧的水帘子，望不远，更看不清。身子蜷缩在尼庵后堂的一处烂草堆上，这是残破的尼姑庵，唯一一处能避雨的地方。念生终于可以安静地回想，从他自宁波返回福州开始仔细地回想，想这半年多接触过的人，办过的事……然后再从他入党时开始梳理，他一直秘密地为党工作，知道他身份的人并不多，刘稳，刘芸，爹，娘，王先生，或许还要加上朱孝临……不不，还忘了一位，李安国——对，李安国很可能就是可耻的叛变者。不然的话，那些黑衣人不可能一口喊出自己的名字并直接朝他开枪。念生闭上眼睛，毅然地做了决定，必须及时清除叛徒，缓一天就意味着有更多的人挨黑枪。

可惜，身上枪伤未愈，只能继续蛰伏。

德山实在不想去求柄生帮忙。

不过为了念生，德山最后咬了咬牙，还是跑了过去。

尽管国共两党相争残酷，不过德山认为，亲是亲疏是疏，骨肉亲情不可能说割裂就割裂。就算念生不是柄生的亲儿子，身为堂伯大概也不会眼睁睁地置亲侄儿的生死于不顾吧？怀着忐忑的心情扣响柄生家的门。门打开，里面探出一张陌生的脸。德山说明来意。那人说，先生太太目前人在漳州。

得！德山苦涩一笑，俗话说远水解不了近渴，就算柄生肯出手相助，这条路也已经是行不通的了。看来，靠天靠地也只能靠自己了。

除了精心照料生病的麦穗，德山早晚都出去寻找能藏身的地方。别看溪马门方圆十几里，真要寻一处相对安全的地方实在不容易，船上没法躲人，朱家目标明显，刘家大院又人多嘴杂……可也得找啊！这是人命关天的大事！非常奇怪，德山一直有着强烈的预感，念生定会秘密潜回溪马门——

这日清晨，天刚蒙蒙亮，德山不知不觉走到梅花峰脚下，抬头，心里蓦然一动，只剩残垣断壁的梅花庵位于高高的梅花峰顶上，因为瘆人的传说，那儿一直人迹罕至。于是他登上去，等来到尼庵后堂，登时惊呆了——

念生？

没错，草堆上蜷缩的人正是念生。

此刻，念生发着高烧正昏昏入睡。

德山几步跑上前，发现念生腰间有枪伤。德山顾不上许多，赶紧回忠义堂喊绺子。等两人用担架抬回来时，刚好来了几名黑制服的军警。

"站住，担架上什么人？"一名军警将驳壳枪对住德山。

"军爷好，军爷好！"德山赔着笑，"哦，天花病人，要不您瞧瞧？"听说天花，那名军警像被蜜蜂蛰了一样倏地往后退，"天花病人抬来做什么？还不赶紧烧了？"德山故意为难，说："人还有气，终归是一条命。"绺子紧着帮腔："是啊是啊，我家小姐正研制对症药。"很显然，这名军警听过朱家胤的名号，"朱医生在家？"绺子回说："在。"德山和绺子大大方方将念生抬进后院。家胤站在桂树下，见担架上的人用白布覆盖，后面跟着黑军警，语气平淡地说："抬来了？把病人抬进夏屋，你俩赶紧洗洗，别被传染了。"然后冷眼看着军警，"找谁？"军警脱下白手套捂住口鼻："哦，例行检查。"

"绺子，带他们去。"家胤吩咐一声，戴上口罩钻进夏屋。家胤从容不迫的样子没让军警生疑。军警挨屋搜查。进了西厢房，绺子说，床上女人也得了天花。军警只探下头便往回缩。然后东厢房，柴房，接着家胤的闺房……军警头子像是有所忌惮，边搜边命手下不要毛手毛脚。搜查完毕，军警头子站夏屋外恭敬地说："朱医生，打搅了！"家胤没搭理。军警头子并不恼，手一挥便带手下退去。到这时，德山才发现自己的后背已被冷汗完全浸湿了。

后来,德山问家胤,当时怕不怕。

家胤说,开始不怕。可当她进了夏屋,发现担架上的人是念生时,心里便怕得要死。军警说打搅了,她不敢应声,就因为怕被听出破绽。总之英雄不那么好当,不论谁在面临生死关头时,都很难做到心静如水。

家胤毕竟在军营待过,处理枪伤自不在话下。念生很快便清醒了过来,看见德山,凄楚地笑了笑:"爹,还以为见不着您了呢。"德山含泪地说:"你怎么躲那儿?要不是爹……后果真不敢想。"念生问:"娘呢?"德山不敢说麦穗病了:"你娘在家。别说话,有事等伤好了再说。"这时候德山只担心念生藏朱家究竟安不安全的问题。念生突然说:"爹,您得帮我……"

第二十七章

战事平定，走海业务得以继续——

听刘富余说这趟走的是上海，德山便把要说的话咽了回去，只问："恒玉少爷去不去？"刘富余笑了笑："当然去，往后我刘家就吃这碗饭了，他必须尽快独当一面……山啊，你可不敢藏着掖着不肯教。"德山赶紧说："叔您说哪里话？我德山不是那种不念恩的人！"刘富余自豪地说："嗯，叔现今眼力劲是差了，可叔当年那是真真地瞧准了你。"德山真心说谢："叔，没您哪有我们船民这口饭吃啊？"刘富余不由感慨："果然善人便是善己……"

货主们盼这一天早盼得眼涩心焦了。

连夜装货，天未亮就出发。

刘富余亲自登船送行。"山啊，恒玉少不更事，一路多照应着点。"刘富余站在德山身旁，诚挚地拜托。德山憨憨一笑，说："放心吧，叔！"然后饱含深意地望刘恒玉一眼。刘恒玉身材修长，人长得眉清目秀明眸皓齿，乍一看还以为是一位腼腆的小姑娘。恒玉脸一红，也说："我会照顾自己！"

悬梯收起，伴随"呜"的一声长鸣，货轮出港了。

若按以往的航海经验，船一般会沿着海岸线北上。这一次为了确保万无一失，德山特意嘱咐大伙，船尽量往公海方向靠，假若途中遇到异常状况，也好有转圜的余地。谁承想，这样一个看似万全的决定，却将原本仅需两天的航程往后拖延了五天时间，因而将念生的"重托"给耽误了。

念生让德山帮忙，虽说临时起意，却也经过一番深思熟虑。如果李安国真是那个叛变者，意味着由他领导的"交通网"已完全处以瘫痪状态。由于联系不上王先生，念生无法及时了解事态的最新进展。但他知道，事关重大不能冒险，须由可靠的人帮忙传递消息。情报缝在那件油腻腻的灰布褂子里，他让德山将褂子交到上海码头一位叫张玉祥的人，希望能及时给上海的工会组织和党组织发出警报，国民党右派和上海青、红等黑帮秘密勾结，"清党反共"的阴谋计划部署完毕，不日就将对共产党员和革命群众下手……

此次走海，德山表面上从容平静，内心却是火急火燎。

首先，他担心麦穗的病情。走的时候，麦穗已完全陷入昏迷状态。虽说家胤一直在苦苦探索适症的治疗方案，她毕竟是人不是神仙，就算朱先生在世也很难说药到病除。其次，担心自己有负念生的托付。张玉祥是谁，念生也说不认识此人，只听说他是工人纠察队的领导人之一。那么到了上海后，能否顺利地将褂子送达，这都是未可知的结果。

海面上的风云变幻总是捉摸不定的。刚刚天空还晴朗得像一张蓝纸，忽地便完全昏暗下来，不知从哪儿涌过来的乌云很快将天空闷成一个密闭的、灰蒙蒙的穹窿。"视情形要落雨了，赶紧把茶货遮严实了，淋雨就毁了。"德山吩咐一声，带头扯油布遮雨。等忙完,却不见雨。阳春三月,海风儿不太冷,德山却因身上出汗一连打了几个冷颤。"陌生海域,留心暗礁。"德山想了想,下到驾驶舱,再次叮嘱驶船的石头。刚转身,忽听砰的一声枪响,甲板上传来一阵吵嚷声。德山赶紧钻出来,见状却呆住了——

天爷,遭遇海娥子了!

只见货轮被几艘小机械艇团团围住……

"别开枪,别开枪,我们是船民。"德山赶忙大声喊。

"你是头人?"一个海匪头子嘴里叼着烟走过来。

"是,是我。"德山从兜里摸出纸烟,递一支过去,"行个方便,我们走一趟不容易,家里都等载费买米下锅。"

"好。"海匪头子呵呵笑了,"既然是船民,就不为难你们,老实待着,货我们接走,人我们不动,这样……够意思吧。"

"不成啊!"德山慌了,"求求您,咱们都在海面讨生活。货没了,我们没法跟东家交待,回去也是活不成啊……"

"这我管不着。"海匪头子忽地冷下脸,"别敬酒不吃吃罚酒。"说着大手一挥,"弟兄们,动手!"

"狗日的,欺人太甚,拼了——"

德山闻声回头,只见石头手拿鱼叉嚷嚷着冲过来,正要喊住手,突然砰的一声枪响,石头一下扑倒在舱面上。"石头——"德山眼圈红了,"别动,都别动手。"转身朝海匪头子扑通跪下,"求求您,给我们一条活路。"

"给你们活路?呵,谁他娘的给我们活路了。"

海匪们正准备搬茶货。远处又驶来一艘快艇。砰,艇上有人鸣枪。"活哥活哥,是娥姐……天爷,真是娥姐来了。"海匪们纷纷住手,你看我我看你地面面相觑。不多久,神秘的娥姐终于登

第三部 晓梦 477

上了货轮。

"是你?"这下换成德山傻了。

"徐,德,山!"娥姐慢慢走到德山跟前,"好久不见!"

"是,是好久不见……"

这天上午,上海烟厂,电车厂,丝厂和市政,邮务,海员及各业工人举行大罢工,上海总工会在闸北青云路广场召开盛大的群众大会。会后,群众冒雨游行,赴宝山路第二十六军第二师司令部请愿,要求释放被捕的工人,交还纠察队的枪械。游行队伍长达一公里,行至宝山路三德里附近时,埋伏在里弄内的第二师士兵突然奔出向群众开枪,当场打死一百多人,伤者不知其数。宝山路上一时血流成河。在此之前已有许多人被捕,许多人失踪。此后,江苏、浙江、安徽、福建、广西等地的共产党员大多也被捕被屠杀。

藏住朱家养伤的念生算是捡回了一条命。

他对朱家胤说,越是这样,越说明彻底革命的必要性,和那些死难的同志相比,他活着就已经是赚到了。他因此胆怯吗?不,他发现自己身上甚至比以往拥有了更多的勇气。家胤含笑问,值吗?念生说,值!船民要想真正改变命运,想来,也只有革命到底一条路了。

后来家胤对德山这样说,要问我朱家胤这辈子真正佩服过谁,除了我爹之外就是你们老徐家了,从你二叔公,你爹,再到你儿子念生,几辈人前仆后继不死不休,都在为船民上岸付出了惨痛的代价。

在这历史性的关键时刻,德山等人却被海娥子"邀"去做客——

为了身受重伤的石头，德山不得不答允。

那是一个位于闽浙交界海域的无名小岛。"只要答应我一个请求，我自会放你们离开。"海娥子说。德山怎也料想不到，大名鼎鼎的海娥子居然是南溪的船民，神秘的"娥姐"居然是被自己悔婚的姚二妮，姚彩蛾。

"你有大名，我也有。"二妮匪气十足地大笑，"放心吧，不会让你吃亏的……择日不如撞日，我看就今晚吧，你我成亲。"

"啊？我，我早有婆娘了。"

"晓得，你婆娘叫麦穗对不？"二妮忽地冷声笑着，"徐德山，别以为我姚彩蛾犯贱，和你成亲，然后再休你，当是还了当年的羞辱。"

"你……"德山哭笑不得，却只能照办。

这晚，无名岛上张灯结彩，许多人笑逐颜开。但有个人心情异常糟糕，就是一直喜欢二妮的好活。对于娥姐的决定，他没法说什么，回住处只一个劲地往肚子里灌酒。深爱的女人成亲了，新郎不是自己，这对任何男人来说都是最憋屈的事。"活哥……要不，我们几个把德山做了，您和娥姐拜堂？"一位手下向好活建议。好活双目瞪红："你他娘的说什么？她爱做什么由她去。"

手下咬牙地说："哥，您难受，我们也难受。"

德山和二妮真就拜了堂，然后双双被送入洞房。

一整晚好活一个人躲在岛的东北角打枪，直到枪管子打红了，浸到海水里吱吱地冒着白烟。次日一早，海娥子突然宣布，她决定休了新婚丈夫徐德山，然而问好活："你愿意娶我吗？"好活一下分不清状况："你说我吗？"

"愿意的话，今晚就是咱俩的新婚之夜。"二妮望向好活的目光，突然变得柔情似水。好活猛地醒回神，重重点头："我愿意。"这时德山问:"这下我们可以走了吧?"二妮笑着说:"着急什么?好歹也等喝了喜酒再说,大伙说是不是啊?"众人异口同声:"是!"

就这样又耽搁一天。

直到入了洞房,好活才发现,二妮仍是姑娘身。

二妮说:"心结解了,我才能心甘情愿地嫁给你……"

第三天一早,好活送德山出海。德山说:"当年你们失踪,许多人还以为你们遭了难,没想到避在这儿。"好活爽朗大笑:"有句话怎么说的?嗯,天无绝人之路。昨儿的事对不住,替我跟石头兄弟道个不是。"德山说:"当海匪不是长久之计,你们不想上岸?"好活反问:"你们上岸了?"德山说:"应该快了。"好活说:"快了就是还没呢,将来的事,将来再说吧。"

德山从上海往回赶的时候,麦穗时而清醒时而迷糊。

清醒时她一个劲地唤德山,可惜德山还没回,很快又迷糊了。再清醒的时候她开始唤念生。家胤想了想,只好扶念生过去看她。念生见状惊呆了,问家胤娘得了什么病。家胤没说病情,只说:"好好陪你娘吧。"

念生在麦穗身旁躺了下来,像小时候那样亲昵地搂住麦穗的脖子。

麦穗虚弱地笑了笑,说:"你呀,快当爹的人了怎么还像个小娃儿?"念生感觉奇怪:"我,我俩还没成亲呢。"麦穗说:"芸儿来信了,说怀上了。"

念生暗暗寻思,难道那晚一次就怀上了?虽说一时无法接受,心情仍然激动起来。这晚,念生梦见刘芸给他生了个女儿,眼睛大大的,头发黑黑的,长得很像刘芸。大家都说,长大了必将是个大美人儿。麦穗伸手说:"来,让奶抱抱……"念生刚把女儿递给去,麦穗突然失手,娇嫩嫩的女娃儿倏地从襁褓中跌落地上。啊!念生忽被惊醒,后背尽是冷汗,正准备和娘说说这个奇怪的梦。这才发现,麦穗身体已僵硬冰凉,早就没了生息。

"娘——"念生将麦穗死死地搂在怀里,大声地呼喊。

"唉!她最后能死在自己儿子怀里,不遗憾!"

家胤不知什么时候走进西厢房。实际上她很清楚,以麦穗的病情看决计是熬不过这晚的。纵然见过许多生死,可见到这样一个结果时一阵难以抵挡的悲痛依旧瞬间揉碎了家胤的心肠,因为麦穗,也为她自己。

注定这是一个不眠的夜晚。

三月凄雨,雨水冰凉彻骨。

德山直挺挺地躺在货轮底舱,没有丝毫睡意。

一闭上眼睛,眼前总浮现出那个神哭鬼泣的可怕场面,咕咕咕,哒哒哒,一批人倒下,又一批人倒下……天爷呀,这是误闯误撞来到地狱?德山开始以为自己眼花了,可嗖的一下一颗子弹紧贴着他的头皮飞过去,刮起的热风仿佛让他的心跳骤然停止了。"哥,快跑,情况不对。"跟着上岸的夏至疯也似的冲德山大喊。德山听不见,人站着不动,眼睛睁得好大,像要继续寻找张玉祥的样子。"你不要命啦,还不走……"夏至见他没反应,直接拽着他跑。两人跑回码头,夏至将他直接塞进货轮的底舱。所有人都躲进底舱。你看看我,我看着你,没有人开口说话。底舱里非常安静,但谁都心儿怦怦地狂跳。

这是什么情况?这就是念生常说的"革命"吗?

德山惶恐到不行,甚至开始怀疑,念生参加共产党究竟对不对。

第三部　晓梦

就是此时，刘稳一家也正陷入极度惶恐之中——

刘稳近些日子心情特别舒活，虽说女儿和念生尚未成亲，可听闻女儿怀了身孕，心里还是很高兴。许是人逢喜事精神爽，与其他商铺生意上的合作也谈得非常顺利。这晚躺下后，刘稳对白玉娥说："这下你该称心了。几个月后就有大孙子抱啰！"白玉娥反倒忧心起来："你说，会不会有人说闲话？"刘稳笑了："嘴长人家身上，爱说什么说去。再说咱家芸儿年纪也不小了，终身大事早该定了，和她同龄的人早是几个娃的妈了。"白玉娥也笑："唉，让他们成亲吧，俩人都说不急，竟不吭不响把事办了，还造出个娃儿来呢。"刘稳摇头失笑："年轻人嘛，可以理解。"白玉娥说："这下也算放下心了，明天我去雪窦寺走一趟，替念生也替咱大孙子求张平安符吧。"

窗外雨声淅沥，夫妇俩刚睡踏实。院门突然被人撞开，房间窗户上随即出现乱闪乱射的手电光。紧着，房门被踹开，涌进一群黑衣人。刘稳和白玉娥来不及反应，有人近前一把抓住刘稳的衣领将他从被窝里揪出来：

"人呢？"

"寻，寻谁？"

"装糊涂是吧？"

"我，我真不知你们寻谁？"

"共匪徐念生，说，藏哪儿了？"

"……"

黑衣人将整座宅子翻了个遍，自然不可能寻见念生的踪迹。"老总啊，您说的那个徐念生，曾经确实是我长顺商行的伙计，不过早解雇了。"白玉娥吓得瑟瑟发抖，刘稳倒是先清醒过来，稳了稳情绪说道。

"哄鬼呢,听清楚了,窝藏共匪,按共匪论处。"黑衣人拿枪口顶住刘稳的额头。"晓得,您借我十个胆也不敢。"刘稳说着,就要下床。

"干什么?"黑衣人见状大喝一声。

唰,更多的枪口对住刘稳。

刘稳赔笑说:"这天寒地冻的,拿些钱给老总们买酒暖暖身子。"说完,真从床头的柜子里摸出几扎红纸包的银圆,恭敬地递过去。

黑衣人收起枪,皮笑肉不笑地说:"嗯,不错,你这老头还算上道。记住了,见到徐念生必须上报。"刘稳连声答应:"是是,一定。"

黑衣人得了钱,带人满意离去。

刘稳搂住妻子,正准备安慰几句,白玉娥这才缓回神:"芸儿……"

两人披上衣裳,冲进隔壁女儿的房间,只见房门大开,刘芸双目紧闭直挺挺躺在门口的地面上,睡裤上清晰可见渗出的血迹。"天爷啊,这造的是哪门子的孽啊。"白玉娥一下情绪失控。刘稳顾不上说别的,连夜将女儿送进医院,可惜已经晚了,孩子最终没能保住。

在大规模的"清党"行动中,念海立了"大功",升为排长。

排长究竟是多大的官,念海没有具体概念。

柄生说:"总的来说,好好干,前途错不了。"

念海立正,朝柄生庄重地敬了个军礼,然后说:"大伯,我……我想回去一趟。"柄生笑着问:"怎么,想家了?"念海有些不好意思:"嗯,不晓得爹和娘怎样了。"柄生皱眉地说:"他

第三部 晓梦　　　　　　　　　　　　　　　　　　　　483

们哪,也就那样。你再努力努力,争取当上营长团长,我陪你一起回去,到时让大伙儿都看一看,咱家念海究竟出没出息。"对于柄生的安排,念海不敢说不。千里做官只为吃穿,柄生不仅给他谋了出路,还时常在同仁们面前说,念海虽是他的侄子,可一直都把他当亲儿子看待。柄生没有子嗣,大家都心知肚明地对念海格外关照。

很快,部队开拔到了闽西。

念海逐渐断了回家看望二老的念头,直到十几年后的一天上午,他才带着新婚妻子踏上了回溪马门探亲的路。

过了中秋的溪马门云淡风轻,虽说进入"秋烘"天气照常燠热,不过念海整颗心都是舒爽的,熨贴的,什么叫荣归故里?这大概就是。到了这时他才真正地体会到了大伯当年回来的那番复杂滋味,欣喜得意中又夹杂些许难以言说的酸涩,看见那些曾经高高在上不可一世的山人贵人包括县长争先恐后地在码头上排队迎接,胸膛里又不免涌出一股子说不清道不明的豪情。

船靠岸。官至团长的念海一身笔挺的豆绿色戎装,身旁的太太一身紫红色旗袍华贵艳丽,夫妻俩一出现,顿时引起码头上一阵不小的骚动。

"天哪,这是德山家的二小子吗?"

"现世道看不懂啊,这他娘的还是曲蹄仔吗?"

"嘘,当心祸从口出……"

念海只带几名随从轻车简行,思来想去最后还是听从柄生的意见,没打算大张旗鼓高调出现。可不知谁走漏了消息,提前将他的行程报告给了刚上任的县长大人。这位新任县长不是别人,正是刚从省城调回来的薛怀安。念海听说过他家与薛家的陈年旧怨,然而他已认薛怀芳为"义娘",按礼他该唤薛怀安一声"舅老爷"。当然，念海也是个很有脾气的人，若非心甘情愿谁都无法强按着让他低头。"一路辛苦了……"薛怀安走在迎接队伍的最前列，旋即给身旁的人作了介绍，"这是我外甥徐念海……这是警察局仇局长……"

念海耐着性子，逐一地敬礼，握手，然后谢绝众人的热情宴请，带上太太回了自家船舱。早有人把念海回来的消息告诉德山。德山仍用不敢相信的目光死死地盯住迎面而来的高大军人，像无法认出来似的，十几年未见，彼此的变化实在太大了。"爹，我回来了。"念海一下跪到德山跟前，抬头看见父亲满头白发面容苍老，鼻尖泛酸眼泪随即就下来了。华贵的太太跟丈夫跪下。德山这才醒神地说："起来快起来，咱不兴这个，不兴这个。"

很明显，太太忍受不了船舱里的鱼腥臭味儿，念海只好派人将她送去大伯家。"念海啊，你这次回来，还走吗？"等送走闻讯过来探望的船民，德山认真地问。念海说："部队马上就要开拔了。"忽地想起来，"我娘呢？"

"你娘她……"

念海这才知道，原来娘都去世十多年了。

跪在麦穗坟前，念海好一顿捶胸懊悔地恸哭。

"哥和念慈现在哪儿？"

回到船上，父子对坐，念海问起哥哥和妹妹。德山盯住儿子，说："你是国民党的官？"念海很是讶异："爹，我不明白您这话什么意思？"德山叹息地说："听说国共又和好了，那爹也就不怕告诉你，其实你哥他是……共产党，爹不希望看到你哥俩成仇家！"听这话念海沉默了，表情异常严肃，片刻后呵呵笑了："放心吧爹，不会了……眼下日寇占我国土杀我同胞，不论共产

第三部　晓梦

党国民党枪口只能一致对外，至于将来……反正现在要做的就是早日杀光日寇。"德山说："真不打共产党了?"念海说："不打了。"德山阴郁的心情一下变得清朗起来："天爷开眼，不打就好，不打就好……倭贼不除难有宁日，前几天他们还派飞机炸咱县城炸三都澳，炸死许多人。"念海咬着牙，毅然地说："爹，儿子记住了，血债唯有血来偿……"

念海仅在船上待一天就带队伍北上抗日了。

德山怎也无法预料，这是他们父子间的最后一次见面。

念海前脚刚走，念生后脚就回来了。念生每次回来，基本都是悄悄地来再悄悄地走，几乎都是深夜回来，在船上停留的时间或长或短也不定，有时甚至连口水都来不及喝。这次念生倒是傍晚时分回来，路上遇到相熟的人还主动打了招呼。德山感到很欣慰："念海果然没骗我！念生啊，共产党和国民党果真和好了?"念生望住德山："您什么时候见着念海了?"德山说了念海回来探亲然后北上抗日的事，念生冷笑说："这么多年总算干了件正确事。"德山说："怎么说你俩都是亲兄弟，别总跟仇人似的。噢，国民党抗日了，那你们呢?"念生恨声说："蒋某人主张安内为先。我们前头打鬼子，内鬼子后头追着赶着打我们呢。"德山惊恐地瞪大眼睛："这么说，这次和好将和十年前一样?"念生不屑地笑了："怎么可能一样呢？现今国内局势大不相同，现在的我们也和十年前的我们大不一样了。"局势怎么个变化德山看不明白，不过念生念海于他而言手心手背都是肉，想了想叹着说："爹只求你对念海别有那么深的成见。"念生随即长叹一声："爹啊，谁都不愿意同室操戈。"

念生带上朱家胤帮忙采购的药品也很快地离开了。

念生一走，德山横竖又变成孤苦零丁的一个人。哨了个地瓜,就算吃好了一顿晚饭,德山和平常一样,又一个人来到麦穗坟前坐了下来。"穗啊,念生出息了,你最牵念的念海也出息了,虽然……"德山兀自摇头地笑了笑,"古语讲子孙各有子孙福,我再操心他俩也不会听我的……念海北上抗日,不管怎么说你都得保佑他,他没带新媳妇过来拜你,他新媳妇金贵……"突然想起来一件事,"穗啊,你说,我现在要不要把娘找回来……"

麦穗安葬在溪尾街西北角的一处院子里。

那儿原是刘士元家的老宅基地。柄生倒不食言,出钱买过来后老宅拆去请人盖了三间单层平房,四周围着木篱笆。柄生让麦穗和德山搬进去住。德山倒是没什么意见,麦穗却死活不肯搬。麦穗病重的时候,岸上恰巧也有人得了和麦穗一样的病——开始人们只暗暗地自认倒霉,后来不知谁谣传这种奇怪的病是从"曲蹄仔"那儿传过来的,于是,山人和船民的关系又回到了原先水火不相容的地步,甚至闹到大打出手。有人暗示刘富余,必须终止与德山等船民的合作关系,否则他就把他家的走货业务断了。刘富余对此不以为然,冷笑说怎么了,没了张屠户我还得吃带毛猪?后来反倒是德山不想刘富余为难,主动将货轮的经营权还给刘家,当然,那时候刘恒玉已经可以接手。

麦穗突然病故,葬哪儿便成了大问题。

朱家胤建议说,她父亲坟茔旁空着一大片地呢,那是她家的地,她愿意无偿地让出来。陪德山去问朱孝临的意见。孝临思了思,也说可以。谁想墓坑挖好后,出殡的棺椁刚抬到山上,新坟四周突然聚集了许多山民。领头闹事的人就是曾与德山结怨的刘成。刘成冷笑地怂恿着:"大伙别忘了,自古曲蹄爬上山山人就遭殃……他们今天可是要把人葬山上啊,先不说咱会不会遭殃,后山一直都是咱溪尾乡民的福墙,福墙如果遭了污,往后各家的

第三部 晓梦　　　　　　　　　　　　　　　　　487

风水还能好到哪儿去？"刘成大肆地拉起仇恨。德山瞪红双目恨不得一掌将刘成拍死，可想到念生藏身送葬的队伍中，便硬生生地把气吞忍了。绺子见状气不过，直接一镐子挥过去，把刘成的小腿砸成骨折……现场一下乱了起来，最后德山等人只得把棺椁重新抬回船上。

念生流着泪，恨恨地说："爹啊，您知道我为何参加共产党参加革命，如果不能真正实现耕者有其田，船民改变命运只能是一句空话，推翻封建帝制又如何，土地掌握在少数人手中，和娘一样，许多人死后是连一块葬身之地都不会有的。"念生说的其实与麦穗能不能落葬没有直接关系，德山沉思许久，毅然打消了劝念生退出共产党的念头，长叹地说："嗯，爹信你！"

耽搁两日，交涉无果。德山最后干脆把麦穗葬在柄生建的宅子里。扯着徐副官的"老虎皮"，山民再不愿意，也没人敢站出来阻拦了。

念生身上的枪伤未愈，却很快要离开了。

念生说，他准备去古田。

德山知道，念生这孩子心气坚定，认准了方向就很难改变。他除了叮嘱万事小心外，也说不出别的话，因为这时候福宁各地乡绅与国民党党团正热烈召开"拥蒋护党大会"，把念生继续留在溪马门，终归不安全。

念生那次离家，德山在船舱里坐了一夜。

次日一早人们发现，德山一夜白了头。

不多久，德山开始一座庙宇紧接一座庙宇地烧香礼拜，祈求菩萨保佑念生平安……最远的，德山跑去距离溪马门四十里外的马头山碧莲寺。那是个阴雨凄迷的农历四月的傍晚，德山浑身湿漉漉地走下山，途中遇到一位撑着油布伞上山的老尼。两人擦肩而过，德山忽地转身回头，失声地喊：

"娘——"

"……"老尼手中的油布伞倏然落地，登时定格在那儿……

第二十八章

"我想……把我娘接回来。"思考许多天后,德山对家胤说。

"为什么?"

"娘老了,我是她儿子。"

"就这样?"

"就这样。"

"嗯。"家胤睫毛很长,陪衬着两只明亮的大眼睛。她定定地盯了德山几眼,转身要出门,忽地扭头说:"等我回来。"

屡遭日机轰炸,各个医堂包括北道医院里伤者如潮,人满为患。朱家胤再一次去求北道药房的侯主任。侯主任是一位三十岁左右的年轻人。他苦笑着对家胤说:"您就别给我出难题了。您也看到了,现今药品十分紧张,而且上头有指示,此类药品不能外流,所以,您得理解我们的难处!"北道医院接收的基本都是前线退下来的伤兵,各医堂救治的才是平民百姓。"总不能不管百姓的死活吧?"家胤问。侯主任表示很无奈:"道理我都懂,可我实在是没有法子啊。"思了片刻,忽然说:"要不,您试着去找找薛县长。"

找薛怀安批条子？

纵然过去这么多年，但提起薛怀安，朱家胤那颗早已平静的心再次地不平静起来，像被许多小老鼠啃咬一样，难受！坐进马车，家胤想到一件事，吩咐绺子，先拐去徐柄生家。

徐柄生差不多和薛怀安同时回了溪马门。

柄生这次回来脱下身上的军装。至于担任什么职务是个谜，按柄生自己的话说："我老了，让年轻人搏去……"柄生眼里的年轻人自然是徐念海。念海深受第二十三集团军司令王敬久的赏识，前程不用说通达可期。

此次回来的柄生几乎足不出户，那日为念海北上抗日饯行，也仅在家设了桌小宴，平日更是一律谢绝老同僚们的宴请。有人偷偷问念海，你父亲是否身体有恙？念海不否认，说嗯，父亲旧伤复发，怕风。"怕风"的柄生开始在自家院子里养花。养茉莉花。他无比真诚地向茶商讨教白茶红茶能否代替绿茶与茉莉花按比例调制花茶的制作工艺，许多人逐渐以为，柄生确实因为身体原因解甲归田了。不过，怀芳并没跟着回来！因此家胤认为，柄生大概担任某种不可述的秘密职务。当然，就算她和怀芳曾经情同姐妹，就算亲姊妹也须桥归桥路归路，人家不肯言明，自己又何必好奇地寻不自在？

家胤一番思考后准备找柄生帮忙，是因为她实在不想与薛怀安再有直面的联系。进门的时候，柄生正在仔细地修剪花枝。"窨得茉莉无上味，列作人间第一香。"家胤笑着走过去，"听说徐大哥自制的茉莉花茶汤色一流，不知家胤有没有口福品尝一杯？"柄生直起腰，呵呵地解嘲一笑，放下花剪，将家胤引入客厅，笑着说："汤色一流不敢当，不过别人想喝还真喝不到。"家胤这才仔细地审视柄生。柄生年纪长德山五六岁，从外表看却要比德山年轻许多，两鬓霜白，一身青色长衫，样貌儒雅，谁能想到这人曾经是海面的船民？

"朱小姐不会只为品茶而来吧？"下人沏好茶端上来，柄生朝家胤作了个请的手势，然后问。家胤笑了笑，端起茶碗缓缓喝一口，果然香气清灵，滋味醇鲜。"确实不是，我是为药品来的。"家胤直言说道。

"这……"柄生笑容忽滞，"你应该找药房，我这儿只有花茶。"

"找了，许多药品遭了管制。"家胤放下茶碗，"日机不时轰炸，伤者不计其数，若没有药，伤者只能等死。我今天来，想请您批张条子，北道药房见条才肯放药。"柄生苦涩地笑了笑，"我现今也是平头百姓，批条大概不管用了。"家胤说："论资历您比薛怀安老，论声望您也比他高。"

柄生继续犹豫。

家胤冷声说："其实我大可跟您一样，养养花，泡泡茶，可我实在见不得病人呼痛，特别是那些无助的船民。"柄生当然清楚海面的局势，日机呼啸而来，时不时地丢下炸弹，炸死炸伤民众无数。

柄生没再推辞，唤人取来笔墨，铺纸写下"请配合执行徐焕"几个字，写完盖上私章，尴尬地说："见笑见笑，我只会写这几个字。"家胤庄肃地接过纸条，说："对我们来说，这可是字字千金。"柄生忽地有些感慨："但愿能帮上忙！"又说，"家胤小姐真是菩萨心肠，和你父亲朱先生一样。"

家胤谦虚几句，当即就告辞了。

谁承想，侯主任仍旧面露难色，支支吾吾道出真相，说药品管制就是薛县长亲自下的命令，怕山沟沟的那些共党分子乘机"囤药"。

"囤药？"家胤简直哭笑不得，恨声地说："眼下全国一致抗日，两党隔阂怎么还没消除呢？好吧，撇开这些不讲，受伤民众怎么办，眼睁睁看他们伤口恶化身亡？"侯主任说："真抱歉啊朱医生，鄙人只是奉命行事。"

如此，家胤只能转头去求薛怀安了。

赶到县府，听说薛怀安不在，于是家胤改道去了薛府。走进薛家，家胤胸膛中一下百味杂陈起来。第一次迈进这座华丽宅院时，心里腾起的是相形见绌的自卑感，这可是豪门中的豪门啊！而这天，家胤看到的却是满目的奢华与腐朽。转角的一间雅室里，隐约传来琵琶独奏，是《霓裳曲》。

家胤嘴角翘起一丝冷笑，《霓裳曲》是唐玄宗时期的名曲，现今听来似乎格外讽刺。当年唐明皇极度迷恋杨贵妃，春宵苦短日高起，从此君王不早朝，最终导致了历史上著名的安史之乱。当下日寇入侵，大白天不职守县府，居然有兴致在家听曲？姓薛的该是又新娶了一房不可方物的姨太太。

果然。家胤与那位怀抱琵琶的年轻女人一眼对视后，也惊讶于那女人的天仙美貌，身材修长而不消瘦，眉眼妩媚却透着端庄的灵性。

瞧见有客人来，女人停下手中动作，微笑着欠身示意，举止颇具古典美人的优雅神韵。家胤停住脚步，不由得悲叹一声："可惜了。"

这时候的朱家胤当然猜不到，这女人就是薛清雅的生身母亲。

薛怀安见朱家胤到来，示意女人起身回避。

"我猜，你一准会来。"薛怀安嘿嘿干笑着。

"是吗？"家胤面无表情，抬腿迈了进去。

"干吗板着脸？你我曾经可是夫妻。"

"那都是过去的事了。"

"过去，才代表真实发生过。"

"我今天来，并非找你叙旧。"

"晓得，还不是因为药品。"

家胤这才拿正眼看薛怀安：呵，他也老了——许是纵欲过度，薛怀安脸色蜡黄，脸上见不到该有的光泽，后背略显佝偻，尽管衣着笔挺撑着仍与当年的挺拔身姿形成了鲜明的对比。就在这么转瞬间，家胤心中那点畏惧情绪仿佛一下消失得无影无踪，"这么说，你早准备好了和我做交易？"

"聪明！"薛怀安诡异笑着，竖起大拇指。

"那就开门见山吧，我很忙。"家胤不请自坐。

"其实当年，我不该对你放手……"

"你……"

这天下午，绺子在薛府门口等了足足一个钟头未见家胤出来，想想走过去再次敲门。大门咯吱打开，里头的人说，他家老爷和朱医生还在谈事情。绺子只好继续等。直通县衙的福宁街原本繁华整洁，而今随处可见残梁断壁，那些商铺、酒肆、茶馆、戏楼门前熙熙攘攘人来人往的热闹景象消失了，就连浪里红赌档也关门歇业了。天杀的倭鬼子，别让爷瞧见了，瞧见了爷决计灭了他狗日的。绺子坐在马车上，心里头恨恨地想着。

夕阳即将西落。

薛府大门终于打开了，绺子终于看见朱家胤从里面走了出来。

"小姐,"绺子迎了上去,"批条到手了?"

"嗯。"

"咱现在就去北道药房,还是回家?"

"去药房。"

"哦!"

家胤对自身的装束装扮一向要求极高。有一回绺子和德山私下开玩笑,说女人真麻烦,就算情况十万火急,她依然能平静地对着镜子将长发盘起,盘得一丝不苟,然后仔细地涂上胭脂,描眉点唇,仿佛不把自己打扮清爽了都不好意思出门去。可就在刚才,绺子扶家胤登上马车,发现她米黄色的旗袍后背弄脏了一大片,像光洁的脸颊上长了一块红色的牛皮癣那样明显,难道小姐出门时没发现?伺候家胤坐好,绺子见她顶领绾扣松开一颗,脸色有些苍白,发髻略显凌乱,与平日的她相比简直叫"衣冠不整"。

绺子很想问问到底发生了什么事。

家胤闭上眼睛,挥了挥手:"走吧。"

有了薛县长的批条,侯主任自然爽快地照单给药。

回到医堂,天已完全黑透。绺子唤人搬药。遭日机空袭后,忠义堂接收了许多受伤的乡民。见医堂人手不够,附近一些乡民包括船民主动过来帮忙。听见绺子外头喊,德山也想过去搭把手。家胤却说:"你来一下。"

德山跟家胤上了医堂的二楼。

医堂二层阁楼本来就是家胤的房间。由于受伤的人实在太多,后院的东西厢房、夏屋,包括厅堂都腾出来安置伤者。家胤的房间里更是堆满了各种草药和西药,曾经还算宽敞的屋里如今只能挤身而过，门打开，扑鼻而来的都是浓浓的药味儿。家胤从一个药箱里取出一瓶药，交给德山："你来帮我。"说完背过身去，若无旁人地解开衣扣，直接在德山面前褪去旗袍……

家胤和德山同年同月同日生，这年也是五十多岁的人了，然而身上肌肤依然细腻白皙得像年轻姑娘，于泛黄的灯光下闪耀出迷人的柔和光芒。德山开始懵着，而后却完全怔住了，因为他看见家胤光滑的后背上赫然布满一道道新鲜的血痕，视情形该是被鞭子抽的！"这……这他娘的是谁干的？"德山忍不住爆了粗口。"别问了，赶紧涂，一会儿还得忙。"家胤弯下腰，说话声音颤抖，显然很疼。当然疼，那一道道鞭痕着实地疼在德山心里。不知从什么时候开始，他已完全拿家胤当自己的亲妹妹看待。德山没多问，只小心翼翼地仔仔细细地涂抹，不知不觉涂抹出满眼的热泪。"山，没事儿。"家胤忍着痛换了身干净衣裳，冲德山嫣然一笑，"这点伤死不了人的。走吧，下楼随便吃点然后看伤员去。"家胤刚转身，德山从背后将她轻轻抱住。这次家胤没有丝毫挣扎。她瓷实地闭上眼睛，原来山的怀抱这么温暖。

直到十几年后，德山回忆起来问起这事，家胤才坦然地道出原委，那时她受游击队李队长的委托，去北道药房采购相关药品，不想最后却被薛怀安使了绊子。那日薛怀安跟她提出无耻的交易要求，家胤本可以不予理会。可薛怀安最后冷笑地说："你骗过许多人还能瞒得住我？一个小小的忠义堂，就算接诊伤者再多，能需要那么大的药量？实话告诉你吧，我认识李安国。姓李的真有本事，居然让你这么听话。朱家胤，门在那儿，想走你就走，你替共党筹药的事我可以不计较，不过……嘿嘿，往后可别想再从药房买走一盒药，孰轻孰重，你自己掂量吧。"薛怀安这

496　　第三部　晓梦

番话宛如晴天霹雳,一下就将家胤的冷傲击得粉碎。"你是说,只要答应你的要求,药品采购就没有问题?"家胤死死地盯住薛怀安。"当然,这个主我还是当得了的。"薛怀安玩味地托起朱家胤的下巴,"谁叫你越老越迷人,越老越有女人味。我呢,不过是想和你重温旧梦罢了……"

后来,当年的李队长即解放后的县委副书记李安国来到忠义堂。李书记证实了朱家胤多年持续为山区的党组织提供药品的经过。李书记呵呵笑着对德山等人说:"咱都要感谢家胤女士!往大了说新中国成立,往小了说福宁县劳苦大众得以解放,当中都有朱女士的一份功劳啊!"

对于接回水梅,家胤一直都不赞成。

眼下溪马门哪里还有可安身的地方呢!且不说来自空中的轰炸,青山、斗帽、礁头、金蛇头包括溪马门外海,时常出现日军军舰,船民被杀,渔船被焚已是司空见惯,单是石螺岛四周,江姓船民或死或逃已使得整座石螺岛变成了一座空岛。日舰除了无差别炮击,更是多次派小股部队登陆,所到之处基本都实行"三光政策",烧杀,掳掠,奸淫,无恶不作。

"她待在马头山,总比咱们这儿强。"家胤无奈地说。她对水梅早放下当年的成见,这么劝,实是为水梅的安危着想。

"可……"德山当然犹豫。

听说数百日军已在三都岛驻扎了下来。这些狗日的倭鬼子占领三都税务司公署作为他们的海军司令部。日军登陆后,山人和船民便都"不是人"了。德山紧急寻思,大概用不了几日,倭鬼就会来溪马门,到那时溪马门清朗的天也将陷入乌烟瘴气——他和家胤等人只能逃山里躲难。这一走,不知何年何月才能回来,换句话说,他和水梅娘俩或许就此永别了。德山苦苦地望住家胤,明知娘已经没有多少日子活头,但他仍想带上娘一块儿走。

"哦,好吧,"家胤的心儿最终软了下来,"过几天我陪你去。山里的安置点李队长安排好了,一接回你娘咱就往山里撤。"听这话,德山猛地近前抱住家胤,感动得不知该说什么,"家胤啊,我……"

不过,德山最终没能把水梅接回来。

几年后他才再次登上马头山。

碧莲寺的小尼姑告诉德山,灭缘师父三年前圆寂。

忠义堂关门有些日子了。

医堂后院仍滞留许多未愈的伤者,能动的基本都逃难去了。这晚留下来的人将剩余的药品逐一地分类,打包,忙完之后德山摸黑回了船上。船上没什么东西可收拾。德山回来只不过想坐一坐,仅仅坐一坐,这儿毕竟是他和麦穗共同生活许多年的"家",舢板舵再破烂再不堪也是"家"啊!当然,形势所逼只能暂时"遗弃"了。可家胤说,总有一天咱是要回来的。

会吗?

德山坐片刻,钻进眠舵叠起被褥,拿布条捆结实了,夹腋下爬出来正准备回医堂,忽地发现,岸边的空地上黑压压地站着许多人:石林一家人,芒种,夏至,木棱……甚至能看见占前占后几兄弟,郑大年,刘金水还有许多张陌生的面孔。除了溪马门附近的船民,更有别处的船民。

"你,你们……"德山不明状况地愣住。

"山哥,带我们一起走吧!"五丫往前走两步,先开口。

"是啊,德山兄弟,带我们一起走吧!"

许多人压低声音，纷纷跟着央求起来。

这时候彼此间没有隔阂，没有成见，更没有谁欠谁的恩情，只有一双双迷茫无助却渴望活下来的眼睛。"这，"德山清楚，带这么多人逃难队伍浩浩荡荡目标太过明显，途中若被盘旋的日机瞧见，八成是要挨炮弹的。可若是不带，自己良心又会不安，于是思了片刻说，"要走今晚就走，各走各的，别闹出动静，大家最后在关帝庙集中，等我消息。"

话未说完，远处一座海岛轰隆隆一阵巨响，登时火光冲天。"东屿岛也没了。"人们眼睁睁看着，像之前蹲船头看山人过年放烟花似的。

目送众人离开，德山扭头又望一眼停靠岸边黑乎乎成片的舢舨舵，正准备回医堂，一阵哒哒的马蹄声由远而近，近前才看清来人是柄生。

"哥。"

"你怎么还在这儿呢？"柄生勒住缰绳，"赶紧走，往山里走，越往里头越安全。"从怀里掏出一个精致的锦盒递给德山，"这是念海给你的。"德山将盒子收进兜里，颤声问："那你呢？"柄生笑了笑，说："我还有事。山你记住，你我是兄弟，不管什么时候都是。"说完没下马就走了。

柄生确实有非常重要的事要做——

听说念海"牺牲"的消息，又得知薛怀芳惨遭日本特高课杀害。柄生觉得，自己必须做些事了，为了念海为了薛怀芳自己都该有所作为了。

日本人武器精良，兵卒如狼似虎，于正面战场生死各凭本事，输了便是输了，想来并不可恨，真正可恨的是那些出卖兄弟数典忘祖的汉奸们，薛怀芳便是遭汉奸出卖才被捕的。汉奸应该千刀万剐！

念海死得蹊跷，死在安徽泾县。泾县茂林地区除了共党的新编第四军，便是第三十二集团军了，没听说遭遇日本军队。可惜柄生无从探究真相。他只是开始怀疑上峰交待的所谓的监视共党的任务的必要性——国难当头，自家兄弟何必继续相互为难？柄生已秘密部署了一个叫"拉网"的锄奸计划。几经商议后，锄奸的首个目标居然落在他的大舅子薛怀安身上。

有人问柄生，计划需要不需要重新调整？

柄生苦叹说，不必了，怀安自作孽，只能大义灭亲了。

说到至亲，柄生除了念海和薛怀芳，便只剩下德山了。福宁县的日军似有整兵南下的意思，情况紧急，计划只能提前。

柄生连夜找德山，是因为他已下定决心，锄奸行动不成功便成仁。柄生把属于自己的一块青天白日勋章给了德山，是想如果有一天德山获悉念海"为国捐躯"的消息，这块勋章多少可以寄托一点慰藉。

德山当然不清楚儿女们的近况，已经好几年断了联系。他不清楚念慈早是新四军的战士，且与念海近在咫尺对峙了一个多月没能相见，更不清楚念生和刘芸从宁波搬至杭州，就住在西湖边上的一座小院子里。

回到忠义堂。

发现家胤还没睡，正和绔子在医堂里等着。

"刚刚山里来人，说安置点遭日机轰炸，过冬的粮食都被烧光了，"家胤跟德山简要说明情况，"炮弹固然可怕，但是饥饿更可怕，粮食问题若无法解决，就算躲过炮弹，也会被活活饿死。"

德山没说话。

出海的港口遭日军封锁，陆路海路都被完全阻断了，岸上商铺的掌柜们死的死逃的逃，哪还有人敢开门做生意，更别说老百姓家里的包括地里的作物已被倭鬼子洗劫一空，就算你再有钱，眼下也很难买到粮食了。

正在商议，朱孝临带家人过来敲门。

刚说一会儿话。

刘富余和刘全也带刘恒玉一家几口人赶了过来。

"今晚必须走！"

刘富余眯着老花眼盯住德山："山啊，叔就把他们托付给你了，叔准备留下来。"刘全颤着嘴唇喊一声："老爷……"德山不解："要走一起走，干吗留下来？"刘富余超然地笑了笑："家里总要有人看门。叔也还想看看，这些天杀的倭鬼子还能横多久！"朱孝临凝思地说："说得好！你们走，我陪刘叔留下。"香兰忽地哭了："不，他爹，你不走我也不走。"朱孝临轻轻拾起妻子垂落腮边的碎发，说："倭鬼子都是畜生，你留下做什么，只能遭祸害。"香兰说："可你……"朱孝临说："我会想办法与他们周旋，再说你们在山里吃的用的包括所需的药品，总得有人在外头筹措。"

朱孝临和刘富余是朱刘两家的当家人。决定已下，两家亲人再不舍也只能照办。得亏两家都藏有一些应急的备用粮，暂时可解燃眉之急。

家胤让绺子通知李队长，赶紧组织人手运粮。

德山说服家胤领大伙先行，他和绺子断后。

凌晨时分，李队长带来十几位游击队员，大家一起将朱刘两家的备用粮装上木板车，悄然地运往山里。德山暂时顾不上接水梅，却没忘等在关帝庙的船民们，支支吾吾问李队长，能否把他们也带上？

李队长不假思索就答应：
"必须带上，他们都是咱的同胞咱的兄弟姊妹啊！"
听这话，德山顿觉一股暖流猛地涌上心头。

薛府占地面积虽然大，好在对里头的一草一木及每一处曲径幽廊柄生都相当熟悉。也许早早地闻到了危险的讯息，薛怀安自从投靠了日本人，不仅加强了守卫，而且开始居不定所，比如昨夜若是宿在三姨太房里，今晚可能睡在五姨太的床上，基本很难捕捉到他的确切行踪。柄生认为，首次行动只许成功不许失败，必须一击即中，这样才能起到"杀鸡儆猴"的作用。

这晚的行动由柄生亲自带队执行。

据可靠线报，薛怀安刚刚参加完龟田大佐的生日宴。龟田晋三是薛怀安在日留学时的同学，两人交情匪浅。关键是薛怀安这晚喝高了。薛怀安平常几乎滴酒不沾，非是他不善饮酒酒量不行，他有个不为人知的老毛病，饮酒一过量就会头痛欲裂。别人只知道薛怀安新娶的九姨太琵琶弹得好，却不知她还有一手绝活：中医按摩。那么这晚，薛怀安八成会留宿在九姨太那儿。九姨太喜静不喜闹，房间位于北苑的西北角，那儿是整个薛府守卫最薄弱的地方。柄生暗自欣喜，今晚的行动可谓得到老天爷相助！

柄生只带了两名手下，一名在外头不远处的车里准备接应，一名躲在暗处警戒，他准备亲手执行"锄奸"。柄生这么做当然另有目的。柄生很想问问薛怀安，究竟因为什么，难道倭鬼子真比自己的同胞妹妹还亲？能让他将自己妹妹的任务泄漏给特高课，导致薛怀芳最终惨遭毒手。

薛怀安回到家大约是晚上九点。

柄生沉住气，一直蛰伏在暗处等到了凌晨三点左右才动手。这个时间点往往是人最困顿最好睡的时候。柄生闪身躲过巡逻的守卫，用薄刀熟练拨开房门插销，轻推开门。果然，薛怀安正搂着九姨太酣然入睡。

唰！锋利的刀刃无声地划过——

一道血柱呲的喷射，薛怀安猛然惊醒地坐了起来，双手死死捂住自己的脖颈。可就算捂得再紧，动脉的血液仍如潮水一般地涌出。屋里的灯亮着，柄生故意这么做。他就是要让薛怀安看见，究竟是谁要了他的命。"你……"薛怀安嘴巴张得很大，却喊不出来，叫不出来，嘴一张开血就跟了出来，流得胸前和被褥上到处都是。薛怀安双目圆瞪，惊恐地看着柄生，像骤然看见索命的黑白无常。九姨太这时也醒了，见状要呼救，嘴巴却早被柄生捂实了。女人的眼泪软不了柄生的心。"嘘……我不会伤害你。"柄生不想对九姨太下手，看着薛怀安冷漠地说，"你应该想得到，出卖自己妹妹，就会有今天……"说的时候，他不忘将沾着血的刀刃往被单上擦了擦。

薛怀安刚刚投靠日本人就遭暗杀……消息很快传了出去。柄生让手下四处散播消息，就是要"当众"给狗日的老龟田一记响亮的耳光。

龟田果然气炸了，八嘎八嘎地哇哇大叫。

日军因此更加疯狂地烧杀掳掠。

柄生并不就此收手，计划加紧推进，像要和龟田比赛似的，比比看谁杀得多，谁杀得快。很长一段时间，亲日分子们不论白天黑夜都不敢露头。

最后，龟田恍然地大叫："八路，一定是共产党的八路……"

第三部　晓梦

在山沟沟躲难的那段日子，对德山等船民来说，大概是一生中过得最舒心的一段日子了。没有歧视，没有争斗，没有贫富差距，不论山人或船民彼此都和睦相处。入冬后，尽管寒风呼号时不时地雨雪交加，尽管粮食短缺每人每天仅一两顿稀粥果腹，甚至有时只能挖野菜充饥，虽有茂密的林子作掩护，为躲避日机侦察，许多时候不敢生火，吃冷饭啃草根是常有的事，不过彼此的心靠得更近了，大伙心里都明白，只有团结才能共渡难关……

德山在船民中的"威望"便是在这时候真正地树立起来——

论医术，朱家胤要比德山专业许多。可她实在腾不出手医治那些患了病的船民和山人。游击队每回下山，总有许多人受伤。有些人下山没再回头，时不时的也有新队员补充进来。相比老队员，新队员更容易受伤，家胤总是尽心尽力地予以救治与关怀。"咱是一家人……"李队长时常这样说。

李队长的抗日队伍是成分相对纯粹的队伍，由共产党直接领导，包括队长在内仅二十几人。漫漫大山里当然还有别的武装力量，不过有些是以前留下来的民军，有些是曾经的山匪，彼此求同存异地和平共处。这支抗日武装的支部书记由李安国兼任。若没有外出任务，李队长总会把他们召集到相对空旷的林地上进行操练。练刺杀时，队员们不敢大声吼，只是把嘴巴张得大大的，眼睛瞪得圆圆的，勇猛的气势还是有的。然后就是练跑步。队员们跑步练得勤，练得相当刻苦，不论前头是荆棘或灌木，只要队长一声令下，他们就不顾一切地往前冲，那股不要命的劲头很令人叹服……刚来的时候，看见队员们或草绳捆腰地穿着各色的半长袍子，或穿着打满补丁的寻常短打，有的甚至穿上自家婆娘出嫁时的红裳绿裤，总之衣装五花八门。从队列看，或老或少或高或矮姿势不讲究丝毫没有军队的样子。这样的队伍能打仗？家胤表示怀疑，不过很快便打消了这种怀疑。那是来到山里的十天后，由于估计不足，朱刘两家的备用粮很快就吃光了，人们只能勒紧裤腰带开始饿肚子。外围留守的队员传回消息说，倭鬼子已经开进溪马门了。这种情形下当然不能贸然下山。李队长仍旧大手一挥说："走，跟我下山运粮去。"直到第三天傍晚，才将李队长等人盼回山里。他们不仅带回了粮食，还带回了许多急需的药品。不过再看这支队伍，下山总计二十几人，回来却只剩下寥寥的不足十人了。

寒冷的气候使得生病的人数不断增多，而药品和粮食一样金贵，德山只好凭借朱先生传授的记忆开始挖草药。许多药材生与熟差别很大，药性药效也有很大的不同。他拿去和家胤一起辨识确认。家胤私下里对德山说："就算挖回来的是普通的草，咱把它当药，那它就是药，眼下大伙真正需要的，不过是一份安心罢了。"德山明白家胤的意思，某些时候善意说假能给人希望，人一旦有了希望，才有了继续活下去的勇气。

躲在山里的两年多时间里，有人病死，有人饿死，不过众人没有太多的恐慌情绪，更没有埋怨，因为病了有人医治，没的吃了有人玩命去筹措，山人兴许会觉着憋屈，船民反倒觉得这是"神仙"过的好日子。

后来倭鬼败退，大伙走出大山重见天日。部分船民却选择留了下来，架草屋，开荒地，干脆把家安在山里，成了后来人称的"草屋人"。

这天，德山又上山采药。

刚回安置点，便看见李队长冲他招手：

"山叔，你瞧……谁来了？"

"哦……"德山搭手定睛地望过去——

第三部 晓梦

"爹……"

"念，念生？！"

日军最后几轮猖狂轰炸，刘稳夫妇躲避不及，双双被炸死在家中。

念生只好带刘芸去杭州，准备投奔姑父。刘芸四十几岁才发现自己再次怀孕，也许这辈子只有这一次做母亲的机会了，于是格外小心。念生刚好有重要的任务要去杭州，准备顺道将刘芸托付给姑姑照顾。谁知到了后，听说姑父一家几年前就离开杭州了，大概举家迁回了大西北。组织上考虑到念生的具体情况，把他留下来。此后，念生便以余杭中学教员的身份继续工作。

这日念生从外头回来，人未进门就喊开了："芸儿，好消息，天大的好消息。"卧床休息的刘芸像看陌生人一样望着丈夫，这还是平日持重沉稳的念生吗？念生几步奔上前，抓住刘芸的手说："知道吗？我们胜利了，日本刚刚宣布投降，他们终于无条件投降了。"念生说着，禁不住热泪盈眶。刘芸眼圈泛红，抽泣地说："我可怜的爸妈呀。"念生深情地望住妻子："好不容易天亮了，咱现在要做的，就是好好地活下去，替你爸妈，也替所有不幸死难的人。"刘芸说："我很想回家一趟。"念生笑着说："你现在这个样子也走不了，再说，我还有工作。"刘芸思了片刻，说："等生完孩子，我还是想回去看看。"念生点头："嗯，到时我陪你一起去。"

这晚，夫妻俩躺在床上，头碰头地一起憧憬今后的生活。

念生给即将出世的孩子提前想好了名字，叫徐光明。

刘芸听后扑哧地笑了，说若是女娃呢，也叫徐光明？

念生说嗯，也叫这名字。光明是中性词，顾名思义。徐姓的字面意思不难理解，徐徐谋之，终将获得……光明的祖辈是海面的船民，这是永远无法更改的事实。再说咱们的泱泱中华，近百年来历尽了苦难，完全陷入了混乱的黑暗之中，好在哪里有黑暗哪里往往更容易蓄积向往光明的力量。船民也好，山人也罢，要改变自身命运，只有不停地奋斗，不停抗争，不计较个人得失，最后才能获得真正的胜利。刘芸听得动容，像首次走进念生的内心。

说起来，刘芸只是个平凡的小女人，从来没有至伟的远大抱负，唯一的心愿便是给深爱的男人生几个孩子，然后陪他白头偕老。

念生万万没想到的是，日本投降后，国共两党的斗争变得更加激烈，各种暗杀、拘捕较之前有过之而无不及，刚刚还在同个战壕里一起对付可恨的日本侵略者，抛头颅洒热血，谁知枪口一转就朝"自家兄弟"开火了。短短不到两个月的时间里，已有许多同志失踪。面对这种急转而下的局势，念生没有害怕没有畏惧，相反是满腔的愤慨与不解。"阶级矛盾不可调和。其实中央早料到可能出现这样的结果，只是没想到来得这么快。"同是地下党的黄姐最后说，"就这么决定，我留下照顾刘芸，你和薄书同志先转移。"

杭州地下党的一个接头点出了叛徒，与之联系的同志多数被捕，浙江省委紧急制定了"换血"计划，将所有可能暴露的同志紧急撤出，工作由外来的同志接手。这是一次秘密的大行动，所有同志按计划有序地撤换。念生等人是最后一批走的。刘芸很快要生了，黄姐本身是医科大学毕业的妇产医生，刘芸又不是共产党员，安全上倒无须过多地担忧。念生只是不舍。听说念生马上要离开杭州，刘芸眼里的泪再也止不住。但她没说挽留的话，

第三部 晓梦　　　　　　　　　　　　　　　　　507

"来，你听听，咱们儿子这几天闹得厉害，闹得我都睡不好觉。"

念生趴了过去，耳朵放在刘芸的肚皮上仔细地听：

噗通，噗通……多么强健有力的心跳声！

这大概就是新生的蓬勃力量！

念生被组织派回溪马门工作。好的一点是，家乡的党组织并没遭到过多的破坏，只是群众基础相对薄弱，一切都得从零开始。同时，他还有个惊人的发现，他的生身父亲徐柄生居然是派驻溪马门的军统组长？！

没过多久，黄姐托人转告念生，刘芸生了个男娃，母子平安。黄姐不想念生担心，并没告诉他，由于长期营养不良，刘芸产后身体状况极差。

念生自然是开心的。四十多岁才当上父亲，虽说晚了点，终归是当上父亲了。初为人父的念生很快给黄姐发去一份加密电报，首先感谢黄姐对刘芸母子的照顾，并请她转告刘芸，这些年跟他东奔西跑，为他担惊受怕，没过上几天舒心的日子，作为丈夫他很对不住她。但他深深爱着刘芸，也爱尚未见面的儿子，正因为爱，才不得不努力地工作，为了将来光明的日子。

这是一份内容特殊的电报。

可以说，这也是一份"以权谋私"并非传递情报的长电报。

黄姐接到电报，双手还是禁不住地颤抖起来。电报内容分量重。她把抄好的电报带进医院病房，读给刘芸听。黄姐几次哽咽差点读不下去。刘芸安静地躺在洁白的床上，双目紧闭，像一朵安静绽放的玉兰花。小光明放在刘芸的臂弯里，瞪着小眼不哭也不闹，好像能听懂电报的内容。护士刚要给刘芸覆上白布，黄姐淌着泪说，不，不要，让她母子多待一会儿。

走进山里，念生才发现里头另有一番天地。

"共产党员嘛，人到哪儿就必须把根扎在哪儿。"李安国自豪地朝念生笑了笑。"李队长，我为当年的莽撞再次向您致歉！"提起往事，念生便觉得特别惭愧。他当年固执地认为，李安国就是那个可耻的叛变者，万幸的是数次追杀没有得手，多年后真相大白，叛变者居然是念生最敬重的王先生。"那时候咱们的党还很年轻，咱们也年轻。年轻嘛，总难免走些弯路，这么多年吃一堑长一智，你我就是这么一步步成熟起来的？"李安国感慨地摇头。

正事谈完，李安国神秘地说："待会儿，让你见一个人。"

"谁？"

念生原以为李队长让他见某条隐秘战线的同志，不想却是父亲。"爹，这几年一直联系不上，还以为您……"念生热泪盈眶。父子俩不期而遇，各自喜不自禁。"我回去过，咱家的船毁了，真以为您遭了不幸。"

德山爽朗大笑："狗日的倭鬼子想炸死你爹，还没长那本事！"

听说念慈也加入共产党，皖南事变时随新四军的部分同志成功突围，目前人在苏北。德山感叹说："大道理爹不懂，自从认识李队长，爹才真正认识了共产党，当官的不像当官的，大家一个样，该干活一起干活，啃草根，吃树皮，喝稀粥，谁都没有比谁高贵。最让人感动的是李队长组织人手教孩子们学文化，船民孩子以前什么时候能和山人孩子坐一起读书写字？"李安国笑着摆手说："其实我呢，小时候家里穷也上不起学，肚里墨水没多少，没想到德山同志字写得那么好！"德山尴尬地说："好个什么？半桶水不到还瞎晃悠。念生啊，爹虽为船民，这辈子也没佩服过谁，可共产党爹不服不行，每回下山给大伙找粮，党员总冲

第三部 晓梦　　509

在最前头，这叫什么？这就叫舍身为民。所以，不管现在还是将来，你们兄妹想做什么，不用跟爹说，爹都举双手赞成。"

李安国说："德山同志深明大义！"

德山说："做人必须凭良心，红的黑的大伙心里其实都跟明镜似的。"

念生是真心叹服啊，李安国建设的这个抗日根据地虽然小，但麻雀虽小五脏俱全，与东北、华北、西北等解放区没有两样，医院和学校都有了，只是山高林密石头多，实在无法开荒种作物。此次进山，念生等于重新认识了李安国。他不仅保护了溪马门群众，传播了革命思想，还发展了党组织。海狗的孙子徐东升，就是在李安国的介绍下成了一名党员。

"东升那孩子不错，透着一股子机灵劲。"德山介绍说，"这孩子能力特别强，现在是游击队的副队长了。"李安国笑着对念生说："一开始你父亲还不敢相信，问我，共产党真能给船民封官？我说，共产党是劳苦大众的党，不论担任什么职务，都不是官，彼此都是革命同志，革命工作分工不同。"念生很感动，握住李安国的手说："安国同志，没您的保护，我爹他们恐怕早遭了日寇的毒手。"李安国说："念生同志，说这话就见外了。你们先聊着，我去炊事班看看，今天必须喝点酒，明天再送乡亲们回家。"两年时间，这支抗日游击队逐渐发展壮大，到这时差不多已是一个建制完整的加强连了。

李安国走后，念生跟父亲说了刘芸生娃的事。

德山非常高兴，差点失声大叫起来："是吗？太好了，感谢天爷，我德山也当爷了，老徐家终于添丁啦。"平静下来才问："念生啊，怎么没把刘芸母子接回来呢？"念生苦笑说："我有托人照顾，至于接回来，得过些日子再说。"见念生紧皱眉头，德山低声问:"是不是碰到难处了?"念生缓缓点头:"国共两党,怕有一场内战要打。"

将矛头重新对准共产党,柄生没有反对,也没有赞成。

因为对这种"窝里斗"的事他已逐渐厌倦。念海和怀芳不在人世了,德山不知所踪,很可能也遭了不幸——人老了,亲情就像病入膏肓的人吊的最后一口气,这口气一旦散了,这个人即便活着,也只能活成行尸走肉。

这天,监视组的属下向柄生汇报,共党分子最近活动骤然频繁,似有秘密大行动,问需不需要动手抓人。他闭眼思几秒,说不用,继续监视,需不需要抓人视情况再定。然后继续捣鼓他的茉莉花,继续研制他的花茶。

柄生的花茶从不售卖,能喝上的人屈指可数,除了几位相熟的同僚,便只有朱家胤了。柄生对付共党的消极态度自然有人悄悄上报,甚至有人上报给了戴老板。据说戴老板仅瞄了几眼卷宗,淡然地笑了笑便没了下文。

有人猜测,徐组长身后大概有着了不得的大靠山。有人却说,像溪马门那种屁点大的地方,能捞到共党多大的鱼?总之,柄生是最闲的一个组长。

这日午后,他让司机把他送到麦穗坟前。

不想,竟在那儿碰见念生,两人定定站着对望了许久。

"来看你娘?"柄生先开口。

"嗯。"

"生意还好吧?"

"抗战胜利了,应该会好一些。"

"做生意好。"柄生扭头望一眼海面,"挣了钱能让家人过上好日子。"

"是。"

"成家了？"柄生重新望向念生。

"嗯。"

"几个孩子了？"

"……"念生望了眼怀表，含笑告辞，"改日登门拜访。"

"哦，去吧……"柄生目送念生离开。

这是他和念生见面对话最多的一次。当然，话都是柄生起头说的，念生只是一问一答地应付着。柄生实在想不明白，念生对他因何态度如此冷淡。大约一年后，念生在福安遭秘密逮捕，德山突然上门求救，柄生那才知道，原来念生是他的亲生儿子，他的亲儿子居然是搞策反工作的地下党——

"你呀……"柄生顾不上指责德山，连夜赶往福安。

不想紧赶慢赶，最终仍旧迟了一步。

柄生究竟什么时候从福安回到溪马门，已没人说得清了，只记得回来当天他就遣散了所有下人，在办公室的桌上留了一封信，然后回家将家里的所有门窗逐一地闭紧合实，再然后，就没人再看见他了。

直到后来福宁县解放，接管筹委会派人砸开他家的门。

只见厅堂中间的靠背椅上坐着一具骸骨，地面上落着一把锈迹斑斑的德制小手枪。唤德山过来辨认。德山一进门，不避嫌哇的就哭了：

是我柄生哥，哥啊……

第四部

圆 梦

第二十九章

残阳若血。

鲜血是红的，红旗是红的，红箍圈是红的，毛主席语录的封皮是红的，墙壁上刷的标语是红的，人们手里挥的小旗帜也是红色的……

自从听说念生牺牲的消息，德山的双目便开始红了，看什么都是红色的，红成一片一片的，红得朦朦胧胧的。直到那年夏天，上海沪剧团来县里演出，慰问畲族及溪马门的"劳模"，当一位十八九岁的后生仔在台下找到德山，突然躬身喊阿爷，德山眼里的世界才逐渐地恢复了正常——

说什么？你叫光明，你……真是光明？

是，我是光明，徐念生是我父亲——

天爷，你真是光明，念生家的光明啊。

德山当场泪如泉涌，抱住徐光明，哭得像个受尽了委屈的青娃儿。

光阴荏苒，日月如梭。

沧海变桑田——

到这年春天，德山已是一位年近百岁的老人了。

天色渐暗，夕阳在梅花峰那头映出了半个天空绚丽的晚霞，岸上的扩音大喇叭按时广播，播音员用铿锵有力的声音播报："经省、地验收，柘荣县成人脱盲率达87.1%，成为宁德地区首个基本实现无文盲的县。"

"柘荣县厉害啊，后来居上。"徐光明望薛清雅一眼，不禁苦笑，自己为溪马门民众扫盲付出了许多努力，依旧收效甚微，到目前为止，脱盲率还不足20%，看来还得加大力度……薛清雅这时的心思并不在广播上。日头一偏西，风儿吹进舱篷吹到人的身上感觉冷到不行，海风儿咸湿，灌进脖子里就像猛然灌进一瓢子冷水。许是跪久了腿麻，清雅干脆坐了下来，"爷又迷迷瞪瞪睡了一下午，我实在担心。"光明长叹一声："自然规律……"这天回到久违的舢舨舵，德山睡得比任何时候都沉都香，唤都唤不醒。

最后，清雅只好把德山搀起来，让光明赶紧背回去，小心别着了凉。光明无奈地笑了笑，轻声喊一句："走啰，爷，咱回家去啰。"

"文革"伊始，德山突然犯了嗜睡的怪毛病。李安国了解德山，心里说，德山大概是装的，做人难得糊涂！十多年过去，德山现今是真睡，昏昏沉沉地只想睡。那日，县里接他过去开大会。他坐在会议室的椅子上直接打起呼噜。书记见状只好宣布散会，吩咐工作人员取毯子给他盖上。

福宁县刚解放时，德山因柄生的军统身份受过一轮严格的政治审查。最后李安国站出来说话，以他三十年的党龄保证德山同志没有问题——德山政治上当然没有任何问题。很快，他被推选为溪马门乡溪尾村首任村支书。

那是最艰难却最充满希望的几个年头，德山和徐东升一道，带领船民走东屿、过三都，闯坞洋，为岸上乡民送去新鲜且品类丰富的鱼虾。那时的德山话不多，但意气风发，挺直腰杆站在船头，谁都瞧不出来他是一位七十岁高龄的老人，某些时候甚至要比后生仔还后生仔。直到光明回来，在光明遭诬陷被教育局停止一切工作后，一家人被赶出朱家回到船上，德山笔直的腰身才骤然地弯了下去，开始变得嗜睡，任何时候任何地方都可以入睡。

尽管如此，徐东升对德山依然打从心底里钦敬与佩服。从年岁上讲，德山是最年长的老船民，放眼整个溪尾村，他也是最年长的长者。

徐东升是继德山之后溪尾村的第二任村支书。溪尾村包括双井自然村即双井海上生产队、溪尾街和溪头、溪前、溪后三个自然村。溪尾村的村支书可不好当，整个村山人和船民掺杂。新中国成立后山人与船民之间仍旧时常爆发这样那样的矛盾。身为村支书，自然要协调和处理好各方面的利益与冲突，保证党的路线、方针、政策得到全面贯彻执行，维护整村的和谐与安定。可多数山人不服徐东升，说他本身是船民，必然站在船民那头说话，政策措施肯定有所倾斜。这样说可就冤枉东升了。身为党的干部，群众哪里还分彼此？最后在一次全村群众大会上，德山站了出来，大声呵斥："瞎嚷嚷什么？回去问问你爹你爷，当年闹倭鬼子，是谁把你们带进山里，是谁给你们吃给你们穿保护你们不遭倭鬼子祸害？真是不可救药，好了伤疤就忘了疼。"

德山一向大嗓门，加上扩音器的助威，一番话喝得众人鸦雀无声。

第四部　圆梦

"基层工作原本就不好干，这些我们是清楚的……"乡书记呵呵笑着安慰徐东升，"某些政策群众开始不理解很正常，正因为不理解，我们才要更耐心地跟他们宣讲政策的必要性。"这是刚开始推行计划生育时，徐东升陪卫生局下乡的薛清雅进村入户做动员工作，遭了一位村民的打，书记等人到乡卫生所看望徐东升时说的一番话。

这天下午，徐东升从县里开会回来，对县里的一项扶贫新举措再不敢擅自做主了，准备先找徐光明商量，再决定下一步的安排。毫不意外，天一黑德山就睡下。回到家他醒来片刻，草草吃了几口晚饭，转而就回房睡了。

"唉——"徐东升叹着摇头，对徐光明说，"能和你爷一样就好了，倒头一睡不用管那么多的麻烦事。"徐光明笑了笑，说："您刚过五十，这时候正是干工作出成绩的黄金年纪。"徐东升苦笑："还出成绩？呵，这次救济款不再按人头平均分配，怕又得挨人一顿揍啰！得，谁叫咱是党员，揍就揍呗！光明哪，你赶紧替叔想想，怎么办好？"徐光明问："真听我的？"徐东升点着头："当然，谁对我听谁的。"徐光明定定地望住徐东升几秒，说："我倒是有个主意，如果能落实的话，可以一劳永逸。"正准备谈，德山披着棉衣出现在厅堂门口。德山一直住西角的夏屋。"德山叔——""爷——"徐东升和光明同时抬头。只见德山步伐稳健，仿佛肢关节的风湿痛骤然好了似的，径直走进来坐到光明身旁，"嗯，你们继续，我也听听。"

按徐光明的建议，这年的救济款不全发。"什么，不全发？"徐东升刚听到这儿便怔住了，"发到手的自不必说，没份的人还不把我撕了？"

德山眯着眼，突然插一句："平均主义害死人！"

这话说得徐东升脸色顿红。

解放初始，刚当上支书的德山将船民分成若干个捕捞小组，各小组劳力强弱搭配，实行生产竞赛机制，将捕捞到的鱼虾先分类，再仔细过称，每个月公布一次汇总结果，最终选出一个"最佳红旗手"的生产小组。哪个生产小组荣获了"最佳红旗手"的称号，那个组的组员便能更多地享受县里派发下来的救济物资。这种相互帮扶的竞赛机制实行了几年，曾得到县委书记在群众大会上的公开表扬："溪尾村的这项举措，极大发挥了船民群众的主动性。"不久，河南遂平县首先成立"嵖岈山卫星人民公社"，紧着"人民公社运动"便在全国轰轰烈烈地展开，按上头传达的精神，一切生产资料和公共财产都转为公社所有，然后由公社统一核算统一分配，社员分配实行工资制和口粮供给制相结合，总结了"青年队"集体吃食堂的好处，大力推广公共大食堂——就在徐东升积极响应"号召"，组织人手在刘家大院砌大灶支大锅建立公共大食堂时，德山就曾冷冷地说了这句：平均主义害死人。事实最终证明，一切"假大空"都是错误的，只有"实事求是"才是大真理。

"东升叔，您先听我把话说完。"徐光明严肃地说，"您想啊，连家船民为何到目前为止还没能完全地搬上岸？为什么同是溪尾村的村民，溪前溪后几个自然村包括溪尾街的群众依然瞧不起咱们？这里头虽说有许多客观因素，但究其根本原因，就因为咱船民多数不识字，没文化，生产技能单一。至于上岸后大伙该怎么生活，怎样生活得更好，怎样才能真正脱去穷帽子，县里和乡里的领导大概都思考过，可惜都没能拿出适当的法子。所以我想，何不干脆从根本上抓起！"

"什么叫从根本抓起？"

"办教育!"徐光明自信地笑了笑,"眼下百废待兴,县里和乡里的财政相对吃紧,让上头拨款盖学校办教育恐怕很难,至少还得等几年。今年的救济款虽不多,动员村民再凑凑,我想,盖一所学校应该没多大问题。"

十年树木,百年树人。徐东升虽说识字不多,这个道理还是懂的。他望一眼德山,又望向徐光明,"光明哪,溪尾村虽说没有学校,孩子们要想读书也不是没地方,救济款不发,还让村民掏腰包?"徐东升苦笑一下,"好比老鼠钻进了铁匠铺,哪里找吃的呀?"

"解放思想,实事求是,这可是十一届三中全会的核心思想。"徐光明显然早料到徐东升会有这样的担心,接着说,"学校建成后,白天给孩子们上课,到了晚上,咱办夜校扫盲班,办水产养殖和农作物耕种技术培训班,这样一来一校两用。学校的建设资金咱们自筹,我再向县里打报告,尽量申请减免学杂费,这样的话村民应该不会有太大意见。您觉得呢?"

听到这,徐东升大致听明白一些,准备问德山意见,发现德山又安静地闭上了眼,扑哧地笑了:"瞧,你爷又睡着了。"徐光明说:"我爷人老,脑子却一点不糊涂,他刚才如果不赞成,决计不会睡。"

徐东升不好当即做决定,这事须由村两委拿主意,坐片刻便起身走了。

将爷爷背进夏屋。安顿好后,徐光明想了想还是走进西厢房。清雅刚才给儿子鹏宇讲睡前故事,外面讨论的内容基本都听到了。"你呀,总是不吸取教训,别又惹上一身麻烦。"见光明走进来,清雅放下手中的书,埋怨地望住未复婚的丈夫。光明坐到床边,定定地看着酣甜入睡的儿子——

"跟你商量一件事。"

"不用说,你肯定是想辞去教育局的工作。"

"嗯,"徐光明握住清雅的手,放手心轻柔地摩挲,"行政工作谁都能干好,你是知道的,其实我……更愿意当一名教师。"

"你觉得爷会答应?"

"肯定会。"

"然后呢?"

"跑手续,选校址,找工程队,这些都需要专人负责。"

"既然都决定了,还问我做什么?"

"你是我爱人,我不找你商量,和谁说去?"

"……"

"我,一定能把学校办起来!"

"办学可不单单建好校舍就可以。哪里请教职工,请农技人员,所需经费和教材,所有这一切,你都考虑好了?"

"来不及全面考虑了,"话虽如此,徐光明语气依然坚定,"总的来说事在人为,走一步看一步,船到桥头自然直。"

第二天上班。开完会,徐光明直接跟教育局局长耿敬谈了自己的想法。耿敬严肃地看着徐光明:"嗯,想法很好,可是,"停顿片刻,"毕竟这种办学方式没有先例,要不这样,明天党委会上先拿出来讨论讨论,先研究一下可行性。"耿敬没有马上答应,但没说不行。回到办公室,徐光明迫不及待地给薛清雅打了电话:"就说嘛,领导肯定支持。"薛清雅却忧心忡忡:"救济款如果留不住,再可行,我看也是白搭。"

挂上电话,徐光明呆坐许久。

这确实是个既现实又具体的问题!

第四部 圆梦 521

天刚蒙蒙亮，徐东升家的船就被涌来的村民团团围住。

解放后，在德山等人的推动下，部分船民先一步上了岸。除了小部分住进刘家大院和朱友贵原先的老屋，县政府还特批了一个定居点。该定居点位于刘家大院的边上，乡政府出钱，出建筑材料，船民自己动手，在上面盖了两排的集体屋，后来人们称该集体屋为"双井集体屋"。集体屋双层结构，单门上下两间加一个三平方米的小院子，共安置了三十户船民。海面船民还有几百户，所谓僧多粥少，德山和徐东升等人主动放弃了"首批上岸"的资格。

那时候德山关节病痛突然严重，被家胤接到家里照顾，后来就在朱家后院住了下来。姚金凤见自家上岸彻底没了希望，便和徐东升大吵大闹起来，大骂徐东升脑子进水，遭人哄了骗了。那年徐东升刚当选为溪尾村村支书，很清楚"首批上岸"的意义，毕竟下一批不知要等到猴年马月。众所周知，乡里财政困难，建集体屋的款子还是几经挤凑才有的，包括建屋用的砖石材料也都是隔壁村支援过来的。那时儿子徐国庆尚在襁褓中，姚金凤就开始琢磨了，如果能上岸变山人，且不说今后生活怎样，儿子将来上学娶媳妇都不成问题。可东升毕竟是党员啊，党员就该有党员的觉悟，就算别的船民不在背后嚼舌根说闲话，自己一家先搬进集体屋也住得不踏实。德山经常说，做人得讲良心。身为村干部，凡事若都先占先得，首先于良心上就过不去。

昨晚在回家的路上，徐东升仔细地想了又想，忽地兴奋起来：光明毕竟是吃公粮的国家工作人员，且在上海念过书，别看年纪比自己小，见的世面可要比自己吃过的盐走过的路还多。嗯，应该错不了！船民不也有句老话，送鱼不如教会人家拉网！办培训让村民提高生产技能，必然大大增加全村的生产效益。说实在话，每年春秋两季到县民政局领取救济款，徐东升整张脸都挂不住，像做贼似的，生怕遇见熟识的人。这晚路过会计江新全家，徐东升直接拐进他家船舱，还是和他先碰个头，商量今春救济款的安排。

"外头吵吵什么？"徐东升刚睡醒，听见动静迷迷糊糊地问。

姚金凤冷冷地回一句："我不晓得，你自己瞧去！"儿子徐国庆都快三十的人了，至今仍打着光棍。姚金凤把这笔账算到丈夫头上，哼，当了个屁点大的村官，没见捞到多少好处，反倒把儿子的终身大事给耽误了。

徐东升没再问，披上外套钻出舱篷。

此时，东方刚现出一片柔和的浅紫色和鱼肚白，青色的曙光和淡淡的晨雾交融在一起，点染着溪马门碧波万顷的海面。

徐东升一出现，嘈杂的声音立马都没有了。

"怎么回事？"徐东升边穿上衣服，边问蹲一旁的江新全。

"我……"江新全望徐东升一眼，便把目光挪开，慌惶的神色像是做了亏心事似的。"还是我来说吧。"这时，人群中站出来一个人。姚万盛，狗娃的小儿子。"好吧，万盛你说。"徐东升拿目光快快扫一遍众人，从大伙的眼神中已经瞧出这些人聚集到这的目的，无非就为了那点救济款的事。徐东升苦涩地暗叹，光明的想法怕是要落空了，这些村民只顾眼前。当然，也只能先顾眼前，谁家都没有余粮，还有春耕所需的种子，肥料，破烂了的渔网，样样都需要钱！想法很完美，现实很残酷。果然，姚万盛开口就问："东升叔，听说咱村今年不发救济款了？""谁说的？"徐东升暗下脸看着姚万盛，"今年和往年一样，我们将综合考量大伙的实际情况，按比例分发，可……"徐东升望向众人，"同志们哪，县里乡里年年救济，你们是不是觉着特理所当然，是不是觉着脸上特有光？"说着，眼圈不禁泛红。

"东升叔，船民穷嘛，因此……"姚万盛嗫嚅着，明显底气不足，声音一下低了许多。"是！"徐东升苦笑，"船民穷，船民从来都没富过，当然不晓得该怎么盼来富日子，我这么说，并非责怪谁，我只是认准一个理，人穷志可不能短。"徐东升刚准备乘机说服众人，却突然被人打断："不管怎么说今年的救济款先发，什么志长志短的，以后再说。"徐东升定睛一瞧，原来是溪后村的村民曹根山。提起这个曹根山，徐东升就腾起了无名火。老话说了，不怕家里穷，就怕出懒虫。曹根山就是远近出了名的大懒虫。他不是船民，而是地地道道的山人。生产队唤出工，爱去不去，或干脆露个脸便不见了人影，到了秋收分粮，他才苦哀哀央求多称一点多给一点，整一个乞丐相。关键是曹根山有一位上了年纪的老娘，而他自己年近五十仍打着光棍，年轻时曾收留过一个南下乞讨的女人。后来那女人见他实在太懒给吓跑了。由于曹根山时不时地来事闹腾，无奈之下徐东升只好把他家列入五保户的救济名单。

"没说不发……"徐东升刚要继续。

"有发就行，走走走……围着做什么，散了散了，都回家吃早饭。"这时候曹根山活脱脱像个领事的带头人，双手一挥真把大伙唤散了。江新全起身也准备回去，被徐东升喊住："新全哪，没定的事，你怎么就说了呢？"江新全没脸转身，停顿一下，叹着说："咱俩昨晚谈的都被秀凤听见了。"

刘秀凤是江新全的婆娘，徐东升张着嘴却哑了。

当天下午，村里的救济款如数发放。看着本子上密密麻麻登记的名单和金额数字，徐东升只感觉心里头好一阵空落落。

几天后，徐东升突然被乡书记喊了过去，说要把溪尾村一拆为三。

"什么？"徐东升愣住许久，只听说兄弟成亲后分家，还没……

"不是，书记……溪尾村是咱福宁县最穷的一个村，我晓得，我这人能力不足，这么多年一直没把溪尾村带好。"徐东升不住地自责。

"哎——"书记笑着，"东升同志啊，你自担任支书以来，一直兢兢业业任劳任怨，我们都看在眼里。这次乡里决定，将溪尾村拆成三溪、双井和溪尾街道，实际上也是为了减轻你的负担嘛。"

原来，有人把徐东升告到乡里，说他开始搞一言堂，没经过村民同意擅自截留救济款。当然，此类状词乡领导不会采信。可从实际出发，溪尾村山人和船民掺杂，内部矛盾逐渐尖锐，比如那些上了岸的船民仍不善耕种，因此在如何评公分上各生产队和各生产小组意见很难统一，队长和组长经常吵到面红耳赤。如此拆分，此后各守各的"一亩三分地"，各自发挥自身的特长，于安定团结而言乃至各村发展特色经济都有帮助。

"好吧，既然这样，那就拆吧。"徐东升只能点头。

直到二十年后，双井村摇身一变成了福宁县的明星村、富裕村，原先那些起头闹着拆村的人才懊悔不已，只能眼睁睁看着人家搬进新屋，老人住进村里的养老院，海面各种特色海产源源不断地产生经济效益。

当然，谁都无法未卜先知。

救济款最终没留住，徐光明很快就知道了，好比一盆冷水当头浇下，忽地感觉到一阵莫名的透心凉。他拿着刚从教育局申领的两千元钱，苦哈哈地问薛清雅："我这样算不算叫剃头挑子一头热？"办学的事经由教育局党委会上讨论通过了，且以试点的名义特批了。徐光明被任命为筹建办公室主任，全面负责学校选址建设及相关筹备工作。清雅只微微一笑："想好没去做，你铁定不甘心……做不成，总有多方面的原因。"徐光明坐片刻，说："不行，我还得找东升叔商量。"钻进徐东升家的船舱，还没开口，却听说了拆村的事。

"事情经过就是这样。"徐东升苦哀哀地望住徐光明。

"联名告状？"徐光明不解，"都有谁？简直就是瞎捣乱！"徐东升没说，只苦涩地笑了笑："不管什么时候都不能忘了阶级斗争，联名信上倒也写得在理，现在说什么都没用了，乡里已经着手，过几日就会下达正式通知。至于办学校的事，光明哪，叔只能说对不住了。"

"这……"徐光明无话可说。

教育局特批的两千元支持款大概只够买些砖石，至于其他用度，没了救济款还能从哪里拼凑？真要向村民集资吗？曾经的溪尾村变成不足原来三分之一的双井村，村民便全是纯粹的船民了，还能从他们兜里掏钱吗？就算船民愿意掏，能掏多少，能筹到多少资金呢？钱的问题，着实把徐光明深深地难住了。

一连数月，徐光明一直在为建校资金四处奔忙。问银行。信贷主任支支吾吾面露难色。信贷主任大概担心款子一旦贷出去，到时还款很成问题。徐光明相继又联系了曾经相熟的老同学。彼此多年未联系，才联系上就说钱的事，老同学自然推诿加敷衍，没人真正替他分忧。这日下午，徐光明拖着疲惫的身子刚回办公室，刚坐下来，桌面的电话便叮铃铃地响了。

"天哪，真是光明，猜猜……我是谁？"电话里咯咯地笑着。

她是谁，还用猜吗？虽说十几年未见，可声音的辨识度实在太高了，说话带着浓烈的吴越口音，笑起来含羞带嗔的样子，听过的人基本忘不了。徐光明至今都搞不明白，认识马媛媛到底是幸运还是不幸？说幸运，当年打扮入时的马媛媛亭亭玉立，纤细的腰身，长长的大腿，娇美的容颜，站远处看，她就是天边那抹最绚丽的彩霞，在近处瞧，又像一朵刚刚绽开的芙蓉花。和马媛媛一眼对视，徐光明便被深深地吸引住。马媛媛身上总有一股劲，敢于挑破时代沉闷争取自由的劲头。就拿跳舞来说，她敢当着自己母亲的面紧紧搂住徐光明的脖子身贴身跳起了交谊舞。马媛媛母亲是福宁县军管会的主任，也就是后来的革委会主任曾骏青。正是这种叛逆与温顺的矛盾综合体，把徐光明迷得晕头转向，很快与马媛媛坠入了爱河。所有认识徐光明的人都说，光明这小子实在太幸运了！可惜，曾骏青极力反对他俩来往。有天晚上，马媛媛将徐光明约到单身宿舍。两人刚坐下来，马媛媛刚投入徐光明的怀中，坐在他腿上刚搂住他的脖子准备亲吻。房门突然被一群人踢开了。徐光明当晚被扭送到县里，押到曾骏青面前，说他对马媛媛同志耍流氓。那个时候，耍流氓的人是可以直接枪毙的。徐光明百口莫辩，只希望马媛媛能为他作证，他和她真心相爱，此情天地可鉴。曾骏青冷冷地问自己女儿，真是这样吗？马媛媛不敢看母亲，更不敢看徐光明，只眼圈泛红地说，不，不是的……"不是的"三个字，等于直接宣判了徐光明"死刑"。他当即惊呆了。等被关进县公安局看守所，才听说马媛媛原来是有未婚夫的。马媛媛的未婚夫是上海某大人物的"公子"。这些话是曾骏青亲口对徐光明说的："虽说你父亲是革命烈士，可你亲爷爷是罪大恶极的国民党特务，你爷爷手上沾满革命同志的鲜血懂吗？所以，说你根正苗红是抬举你呢，还不知收敛！你本身什么身份？连家船民。真是笑话，癞蛤蟆也敢馋着天鹅肉。"是，马媛媛确实是高高在上的白天鹅，曾主任那番话像一支支无情的箭，嗖嗖地射在徐光明的心坎上，羞愧且痛！

躺在冰冷的监牢里，徐光明觉着自己真真活成了大笑话！

幸运儿是吗？不，人家许是无聊，闲着发慌，故意拿他寻开心！

徐光明差不多被关了一年半才释放出来。

出狱后才知悉，他被抓进去的第二天，阿爷和清雅开始四处求情，最后看在烈士遗孤的分上才使他暂得"宽恕"。不过他因为"耍流氓"事件被教育局停了职。不多久，有人告诉他，马媛媛在上海结婚了。他听后只是笑了笑，说不清心里是喜是悲，像听说某陌生人结婚一样。浑浑噩噩度过一年。朱家胤溘然病逝。朱家院子成了溪马门红小兵的总部，他和德山、清雅三人又被赶回船上，这才猛然清醒，阿爷原本挺直的腰杆不知什么时候弯了下去。

"没想到会是你！"徐光明停顿许久，冷冷地回一句。

"是我！"马媛媛在电话那头笑着说，"你回教育局工作了？"

"但凡错误的，总有拨乱反正的那一天。"徐光明尽量将说话语速放慢，为的是不让对方听出他内心骤然翻腾的复杂情绪。

"哦，确实。"

"找我有事？"徐光明紧着问。

"听说你在找资金？"

"是。"

"还没找到吧，我可以帮你解决。"

"是吗？太好了，这可真是及时雨。"徐光明脸上终于有了些许笑容。

"光明，当年的事……对不起！"马媛媛说着，忽地哽咽起来，貌似她为此事也背了十多年的良心债，"要不是我，你也不会……"

"事情过去这么多年了，我早忘了。"徐光明此刻的心情很好，只要解决了资金难题，为船民办好学校，自己当年所受的屈辱又算什么。

"你……过得好吗？"

"还行。"

"那就好，"马媛媛转而说起资金的事，"怕得下个月才能办理，我刚调回福宁县不久，信用社的情况并不是很熟悉。"

"能解决就好，这种事本就急不来！"徐光明再次说了感谢的话。

"光明，其实我已经离婚好几年了。"

挂断电话。徐光明内心里已经腾起滔天巨浪，马媛媛说这话几个意思？

难道是想重续旧情？徐光明慢慢地端起水杯，想喝口水稳稳情绪，喝了半天，才发现原来杯子里没有水。

薛清雅比徐光明更早听说马媛媛调回福宁县的消息。

"马媛媛可一点不简单，听说都离了三次婚了。清雅，我敢打赌，她回来第一件事就是跟你家光明联系。"卫生局一位了解情况的大姐终忍不住提醒薛清雅。清雅心里难受，故作轻松地笑了笑："天要下雨娘要嫁人，咱只能管好自己的事，还能管别人怎样，他俩就算……也合情合理合法。"那位大姐说："天哪清雅，你不会真糊涂吧？光明可是打灯笼都没处找的好男人呀，咱不说别的，难道真让那女人给鹏宇当后娘？再者说，你和光明离

第四部 圆梦 529

婚是有历史原因的,听姐的,赶紧复婚,有了红本本,幸福生活才会有保障。"

有了红本本,幸福生活才会有保障。

这也是德山当年说的一句原话。

回船上生活的第二年秋天,清雅如愿地嫁给徐光明。那年,她刚好满二十五周岁,实际上她的年龄要比徐光明大两岁。不过若从外表看,她身上稚气未脱,仍像个十八九岁的青涩姑娘。清雅皮肤没有马媛媛白,一张微黑泛着红润的瓜子脸,五官长相随她母亲。她母亲本就是省城红楼一枝花,后来被薛怀安相中娶回家当了九姨太。清雅就是薛府那位九姨太所生的遗腹子。她六岁的那年深秋,母亲突然一病不起。她母亲大概觉着自己快不行了,让清雅去溪尾街的忠义堂找大娘。母亲口中的"大娘",就是朱家胤。

清雅隐约记得,当她走出家门来到街上,外面到处都是人,人们手里挥着各色小旗,脸上洋溢着热烈且灿烂的笑容。等长大了些,清雅才知道,原来这天福宁县刚解放。好不容易找到大娘。可刚见一面清雅就被朱家胤不怒而威的样子吓坏了,缩着身子站一旁,一动不敢乱动。德山恰巧走过来,抚摸她的头,笑呵呵问家胤,这是谁家的娃?好乖!家胤冷冷回答,她是薛怀安的小女儿,她说她妈妈病了,肯定是她妈叫她来投奔咱的。听这话,德山骤然敛住了笑,半天脸上才重新浮出笑容,摇头地说,唉,薛怀安死了,上一代的恩怨也该结束了。瞧,娃儿一身泥,这娘俩肯定遭了不少罪。然后蹲下,柔声地问,阿爷帮你洗洗,好吗?小清雅怯怯地点头。那天,德山牵着清雅的小手走进柴伙房。清雅觉得,阿爷的手心比冬日的暖阳还暖和。

那以后,清雅一直由德山带着生活。人们问德山,这是谁?

他说，天爷可怜我，给了个孙女养！所以，当德山说，要不你嫁给光明，好让他走出马女娃套下的怪圈圈——德山嘴里的马女娃就是回了上海的马媛媛。清雅想都没想就答应下来。那日秋风送爽。她和光明在船上举行了新式婚礼。两人身穿新缝制的蓝布衫，胸前扎着大红花，没有哭嫁，没有办酒，只拿着凭糖票从供销社买来的糖果挨家挨户发了就算成亲了。德山总感觉缺了什么，第二天喊他俩到乡里办了结婚证。看着两人办成的红本本，德山笑得像个孩子，连声说嗯哪嗯哪，没错，有了这红本本啊，幸福生活才会有保障。

然而，两人没过多久幸福甜蜜的生活，一张大字报豁然地贴在卫生局门口的布告栏里。这是一张寄自上海的大字报。清雅知道是谁寄的。她和马媛媛是卫校的同班同学。她只跟马媛媛私下说过，她父亲就是薛怀安。那时候她刚生下鹏宇，光明刚被安排在一所小学当教工。大字报上陈述的内容，无疑给才结婚三年的两口子一记晴天霹雳。光明当然不答应和清雅离婚。虽说清雅长得没有马媛媛漂亮，但她正直，善良，性子柔和，善解人意。三年朝夕相处知冷知热，已让他深深地爱上这个女人了，凭什么让他俩分开？可是，清雅已被"黑五类"的"帽子"压得连头都抬不起来。她不要儿子和丈夫跟她一样抬不起头。她哭着投进丈夫的怀中，央求说，咱就离了吧，离婚后我也不会离开你和鹏宇……清雅这辈子只有你光明一个丈夫，我生是徐家的人，死是徐家的鬼。

下班后，清雅推着自行车走回家，边走，边回忆往事，不知不觉眼里涌出泪。"你……怎么了？"身旁忽地响起熟悉的声音。"哦……"清雅抬头，光明就站在自己跟前，"没，没什么，眼睛不小心进了沙子。"

第四部　圆梦

徐光明纳闷，阴沉沉的天，没有一丝风，何来的沙子？

回到家，清雅准备做晚饭。徐光明跟进柴伙房，帮忙舀了一瓢水，突然停住地说："清雅……明天，咱去民政局把手续办了吧。"

"好……"清雅没有拒绝，只慢慢地回头，凄清地望住徐光明。

此情此景，和当年德山让她嫁给光明时何其相似。光明放下水瓢，快步走上前，一下将清雅拥在怀里。清雅这才趴在光明胸口肆意地哭出声来。

说是一个月可以办成的贷款，不想又拖了大半年依然没有结果。

徐光明计划年后再去信用社问问情况，总拖不是办法。他也想再找马媛媛最后探个底，行不行一句话。实在不行，建校的事只能先搁置，别是希望越大失望也越大。当然，也可能柳暗花明，说不定还有别的路子可走。

这年的春节过得要比往年舒心多了。

德山听说两人已经复婚，执意把两人的红本子收了起来，塞到自己的枕头底下藏着，说无论如何不让他俩再离了。清雅哭笑不得，只好由着德山，并答应说，就算天塌下来，她和光明也不会再离了。夫妻之道，一荣俱荣一损俱损，两人都是快四十的人了，已逐渐参透许多事，曾经迷茫的，纠结的，乃至慌乱无措的，都已慢慢地归复了平静，从容，乃至淡定。

"光明，如果贷款实在办不来，其实……还有一个法子。"

这晚，清雅原本躺在光明的臂弯里，猛然直起身。"嗯？"光明瞬间来了精神，"说说看……"清雅扑哧一笑，将长发拢到脑后,"你呀,脑袋钻进误区一直出不来,建学校为了什么?是教育,是培训,建一所学校和采购一套优质教科书有什么两样?毕竟都是工具,并非最终目的……"听到这,光明忽如醍醐灌顶,"天哪,我怎么没想到。"清雅娇嗔地说:"哼,你以为就你聪明,你没想到的事还多了,我……"话未说完,嘴吧却被光明吻得密不透风。

许久,两人才松开,四目对望,彼此眼里如桃花灿烂。

光明再次将清雅搂进怀里,动情地说:"我徐光明得妻如斯,夫复何求?"

清雅眼眶湿润,呢喃地说:"反正,我这辈子是赖上你了。"

"清雅……"

"嗯,"

"假设我辞了公职,全心全意办好这件事呢?"

"那,我养你。"

"拿什么养?"

"我每个月也有几十元工资,应该够咱一家人吃喝。不够的话,我可以跟秀娟她们学织网,总的来说,不会有问题。"

"这样啊,你会很辛苦!"

"谁让我要嫁给你。"

一年之计在于春。

元宵的爆竹响过不久,海面上的寒风依然凌冽,徐光明准备在刘家院子办学的消息像南面吹来的春风一样在船民中传开了。

"什么?徐光明不会傻了吧,放着好好的工作不干,准备干那吃力不讨好的活?"许多人表示怀疑。确实会怀疑。船民孩子大多在十二三岁的时候便开始奔海面讨生活,某些家庭甚至把这

第四部 圆梦

些半大小子当成家庭收入的顶梁柱。徐光明不敢轻易动用教育局的那笔支持款,花了自己的积蓄,买来课桌椅,将刘家两间窗户较大的茶舍腾了出来,请人重新粉刷,并亲自用红漆写了牌子:双井村船民学校,还特地跑去省城福州,订购相关教材,与水产科研单位签署了帮扶帮教的合作协议⋯⋯等忙完这一切,已是这年的三月份了。

此时岸上春花灿烂,海面和风送暖,正是船民最忙碌且最可能收获满舱的季节。徐光明却开始逐船挨户耐心地动员,必须让适龄孩子上学,"有理想、有道德、有文化、有纪律"是国家对所有公民的基本要求,孩子将来是国家的主人,咱可不能让船民孩子拖整个民族的后腿⋯⋯谁知却鸡同鸭讲,忙了大半月,一个孩子没劝上来。徐光明无比泄气。清雅了解后没好气地说:"你呀,架着大炮打蚊子,够得着吗?"光明问:"那该怎么办?"清雅想了想说:"看我的吧,你给鹏宇辅导功课。"

清雅出去转了一圈,才花了不到半天的工夫,就有三十多个船民的孩子报了名。光明喜出望外,却也纳闷:"奇怪,你是怎么办到的?"清雅神秘地笑了笑,然后说:"其实,我就问了父母三个问题。第一,你们想不想往后的日子过得比现在好?第二,你们想不想孩子长大后赚更多的钱?第三,你们想不想尽快搬上岸?"光明依然懵着:"他们怎么回答?"清雅说:"你呀,真是个书呆子,答案自然是肯定的。那么好,我接着说,孩子如果没文化,一切都是空的,他们就给孩子报名了。"徐光明真心服,朝清雅竖起了大拇指。

三十多名孩子并不多,许多适龄少年仍在海面上。

徐光明却认为,万事开头难,无论如何得让这些孩子先动起来。

很快，他给教育局打了辞职报告。耿敬没批，了解情况后特事特办，任命徐光明为这所特殊学校的校长。当然，专职老师也是他。每逢周末，清雅若得空也会过来帮忙。当清朗的读书声从刘家院子传到海面时，许多人驻足船头心情复杂地听着，心里说，嘿，徐光明还真把学校办起来了。

不多久，徐光明办船民学校的消息传到县里。

这天是周末，马媛媛突然骑车过来。

三十来岁的马媛媛仍旧打扮入时。远远望去，站在刘家院门口的她仍旧娇艳得像一朵盛开的芙蓉花。"光明，款子批下来了，要知道，我为此可花了好大力气……"见徐光明走出来，她嫣然笑着，几步上前拉住他的手。

"哦，是马主任来了。"跟丈夫出来的薛清雅抢先打了招呼，"站外头做什么，快进来坐。"看见薛清雅，马媛媛脸色立马变得难看，"不了，我和光明说几句话就走。"清雅笑靥如花："行，那你们聊。"说完，转身回去。

"我想，我们已经不需要这笔款子了。"徐光明说。

"为，为什么？"马媛媛愣住。

"原先谈好的那块建校用地，已被三溪村拿了回去。"徐光明苦涩地笑了笑，"你现在就算贷给我再多的资金，我们也没地方建学校了……不过，对你的支持与帮助，我还是表示万分的感谢。"

"建校用地，不是乡里特批的吗？"

"原想两个村合作办学校……当然，现在也挺好的，船民学校嘛，专门为船民服务。"确实，若往教室里头瞧，大多是十二三岁的孩子，当中也夹杂着六七岁八九岁的孩子，有的孩子甚至光着屁股蛋。若不是孩子们都齐整整地坐着，认真地听讲，谁能

第四部　圆梦　　　　　　　　　　　　　　　　　　　535

想到他们是在教室里上课!

"其实,你们大可以将这座宅院拆了,然后再……"

"刘家院子这么大,里头还住着许多人。拆了,他们住哪儿?"徐光明冷讽地笑了笑,"咱们做事,可不能只顾自己不管别人。"

"你和清雅这样……像开夫妻店。"

"呵呵,管他什么店,只要帮到船民,黑店又如何。"

马媛媛知道,自己用贷款纠缠徐光明的如意算盘落空了。但她不死心,盯住徐光明的眼睛继续说:"听说你还辞了职?这么做,将来肯定要后悔。"

"不不,我绝不后悔!"徐光明语气特别坚定。

第三十章

　　德山眼神变差了，脑子也开始糊涂了，看见光明，开始唤他念生。看见清雅，一会儿唤念慈，一会儿又唤她秀。清雅知道念慈，光明的亲姑姑，如今厅堂墙壁上还挂着她的照片，抗日烈士徐念慈，卒于民国三十三年。

　　但不知秀是谁。

　　光明思着说："曾听朱奶奶提起过，说秀是阿爷的亲妹妹，奇怪的是她也是朱奶奶的亲妹妹，这里头关系有点乱……总之，论辈咱都得尊秀一声姑奶奶呢。听说姑奶奶当年嫁到杭州，姑爷爷姓侯，叫侯通州，山西人，是朱家商行的掌柜。后来，抗日战争爆发，我爸妈曾到杭州找过他们，没找着，这么多年一直没有音讯。"清雅低叹地说："当年倭鬼子杀死那么多人，不知她一家是否幸免？"光明说："但愿吧……也许没有消息就是最好的消息！"

　　刚开始，对德山的误认夫妻俩还会耐心纠正，最后干脆听之任之，甚至干脆答应一声。谁知，德山又开始埋怨了，说清雅：

"秀啊，这么些年你都去哪儿了？哥寻着娘了，给你寄了信，你没回，她就在碧莲寺出家，唉……你说咱一家人往东的往东，往西的往西，就留下哥守着溪马门，哥实在不敢走啊，生怕一走，你们回来就寻不着家了。"这些话，清雅听得热泪盈眶。

这日，一位老华侨在乡长等人的陪同下找到德山。见到轮椅上昏昏欲睡的白发老人，老华侨深深地鞠了一躬，哽咽道："太好了，大伯您还健在，鄙人姓朱，叫朱茂霖，家父朱孝允……"原来，朱孝允当年离家出走，跟朋友去了南洋，后来娶了当地一位华侨的女儿重新安了家。只可惜，德山此时完全忘了朱孝允是谁。他目光直直地盯住老华侨，过了好一会儿开口说："念海，爹觉着你应该去自首，争取政府宽大处理，共产党在杀倭鬼子，你却将枪口对住新四军，你可知道，你妹妹就在新四军的队伍。"乡长很尴尬，忙跟老华侨解释，说德山老人年岁大了，思维难免颠三倒四，希望体谅。老华侨当然不会介意："家父临终再三嘱咐，让我一定回来寻亲。其实，谁都有老去的那一天，徐大伯这高龄口齿依然清晰，已经相当难得了！"

老华侨此次回国就为了找寻朱家人。听说船民徐德山尚在人世，第一站便直奔这儿。紧着，在乡长等人的陪同下，老华侨又去了刘家院子。在路上，老华侨了解到的亲大伯朱孝临和刘家话事人刘富余当年不屈从日寇驱使，双双遭枪杀后尸首就被吊在刘家院子右手边的桂树上。老桂树一如往昔地站在那儿，斑驳的树皮十足地显露出岁月的沧桑。老华侨感慨地说："希望屈辱的历史今后不再重演……"老华侨没在刘家院子停留多久。离开前，他留下两万元现金，并紧紧握住徐光明的手说："溪马门是家父的出生地，自然就是鄙人的家乡。今后家乡的教育就拜托你们了。"办学需要经费，徐光明坦然受之，诚挚道谢。

有了这笔意外的捐赠，许多想法便可以付之实施了。

当天下午，徐东升挨家挨户口头通知，每户船民至少出一个人，这晚在刘家院子集中，准备开大会。那么，全村大会的内容将是什么呢？是防范即将到来的风灾，还是继续宣讲计划生育政策？许多人心中纳闷，却还是吃过晚饭按时参加。见人到得差不多了，徐东升清了清嗓子，开始说话："现今岸上各村基本都实行了家庭联产承包责任制，也叫包干到户，这项改革措施可了不得，据说去冬过年，山人几乎家家有米面，户户有余粮……"

话刚起头，登时引起底下"轰"的一阵议论。

船民当然听说了，心里头简直叫羡慕到不行。常言道，没有对比就没有伤害。早年遭遇灾荒，船民还暗自庆幸，海面生活虽然凄苦，至少解放后没听说有饿死人的悲剧发生，而山人却因为粮食短缺不少人得浮肿病死亡。

谁承想，此一时彼一时，现今山人每家每户都分到可耕种的田地，除了该上缴国家的统购粮外，余下的都是自己的。天爷啊，简直没有比这更好的好事。船民交头接耳，每个人的心里头都像有千万只蚂蚁爬来爬去似的痒得不行。"安静，请安静一下，"徐东升按了按手，继续说，"大家心里头肯定都在想，山人能够做到包干到户，因为他们原本就有集体耕地，咱船民有吗？从来就没有。既然村里连集体耕地都没有，说这些还有屁用！"听这话，众人低头叹息，整个现场鸦雀无声。"今晚把大家召集起来，其实就说一件事，至于耕地嘛，咱也有，而且是比山人更好的将产生更多效益的耕地。"

"哗——"底下立马又是一片闹哄哄。

甚至有人站起来，大声地喊："东升叔，您就别卖关子了，该怎么干我们都听您的。"有人却怂怂地呛声："船民哪来耕地？

要有土地，谁他娘的还在海面漂泊……"徐东升不说话，吟吟含笑地端起水杯，慢慢地喝着，等大伙议论得差不多了，才接下去："咱船民的耕地，就在咱脚下的海面上。"

海面上？听这话有人暗暗纳闷，有人明显失望，不过大伙都愣愣地望住这位一连干了近二十年的老支书。东升书记不是一位说大话空话的人，所以他这么说必然有他的道理。"下面请光明同志先给大家介绍情况。"

徐光明这晚的心情和徐东升一样激动，等这一天实在等太久了。

实际上水产部门的同志早跟徐光明提过建议，海是溪马门最大的优势，这时候应该乘着改革的东风，发挥地域优势，发动船民搞滩涂养殖，或搞网箱养殖，甚至可以引进投资，搞立体养殖基地，这才真正叫"向大海要生活"，而不是像以往那样"向大海讨生活"。像那种由多方合资或私人独资搞起来的立体养殖产业基地，早在江浙、潮汕等地区出现，绝对不算违反国家政策。徐光明经过一番思虑，也觉得可行。可惜，巧妇难为无米之炊。真想搞养殖的话，就拿种植龙须菜来说，据他和东升叔、江新全粗略估算，需要一笔不小的资金。那么，资金从哪里来？向乡里或县里伸手？乡里和县里的财政差不多也捉襟见肘，更别说海面上还有七都、八都、漳湾、三都、下岐等许多困苦的船民呢。"看来只能继续等了。"那日徐东升长叹一声，"船民和山人争平等权都历经了数百年，现在有共产党的领导，我想用不了多久……"徐东升吩咐江新全，将属于双井村的滩涂海地仔细丈量登记，最后村两委召开几次碰头会把实施方案确定下来。至于方案内容，暂时向船民保密。

老华侨的这笔捐赠，等同于及时雨，雪中送炭。

"当初村里决定创办学校,除了解决船民孩子就近上学的问题,更主要是为了解决咱今后海产养殖的技术培训问题。"徐光明最后说,"山人实行包干到户,极大发挥了他们的劳动自主性,所以逐渐解决了他们的温饱问题,如果他们和以前一样,偷懒,不干活,我看照样没饭吃。"

众人轰然大笑。

接着,由江新全宣布,在梅花坞浅滩在内的几处滩涂搞试验,恢复德山之前定下的强弱搭配的生产小组制,更名为"双井村互帮互助小组"。每个小组负责一块海地。"这次,咱不再搞生产竞赛,也没有任何奖励,大家若不想饿肚子,就好好守住那一亩三分地吧!"徐东升说完,宣布散会。

这晚,许多人回船上翻来覆去地睡不着觉,兴奋中夹杂一丝怀疑。不过徐光明不仅将学校办起来,还把首批船民小学生送入溪马门乡中学,这可是未曾有过的事啊!因此,大家相信且兴奋的成分还是多一些。

约一周后,第一批龙须菜的苗子和海蛎苗子(海蛎壳)送到村里,还跟来了省里的水产技术员。船民这下完全相信了:哟,是来真的!

那以后,徐光明变得更忙了,白天教孩子们功课,到了晚上,全程陪同技术员培训大人。水产养殖对徐光明来说,完全是陌生的知识。于是他和船民坐一起,从头认真地学,仔细地做笔记。船民不识字,加上技术员讲得比较深奥,听的时候差不多明白,技术员前脚一走,他们立马又糊涂了。徐光明只好给每个"互助小组"单独开小灶,针对养殖的品类重新上课。他采纳了清雅的建议,尽量用朴实易懂的语言讲课,还亲自跟他们下滩涂。

　　这时候，鹏宇已是一名中学生了，周末从学校回来，总没看见父亲，问母亲，我爸呢？清雅说，你爸赶海去了。鹏宇无奈地说，噢，我的天，我爸现在完全变船民了。清雅剜了儿子一眼，正色地说，咱本来就是船民，如果你爸听了这话，非削你不可。鹏宇吐了吐舌头，表示自己错了。

　　几年工夫，徐光明一再地风里来雨里去，晒黑的脸庞上爬满了整日劳作留下的皱纹。许多时候忙得没时间刮胡须理头发，人站在船头，远远望去，俨然变成一位粗线条的中年壮汉，说话也开始变粗鲁了，甚至着急起来开始大咧咧地冲人骂娘。清雅不得不说他，无论如何都得注意形象。

　　光明嘿嘿笑着，说忙起来急起来就全忘了，今后一定注意。

　　光明知道，清雅这么说非是嫌弃，而是心疼他。他也想打扮清爽，也想夏日里躲树荫下喝喝茶吹吹凉风避避暑，冬季窝家里听听广播看看书，也想像之前那样轻声细语地说话……可是，现实时不我待！三溪村北面几个山头已完全推平了，开始热火朝天地建设三溪工业园区了。虽说两个村没有可比性，原本就存在不小的差距，可对双井村的船民来说，先不谈会不会继续拖全县经济的后腿，单是解决自身的温饱问题，就得努力再努力！幸运的一点是，近几年海面相对平静，即使遭遇风灾，基本也都在可防可控的范围之内。

　　尺有所短，寸有所长。
　　船民江老七所在的互助小组劳力最弱，却干得最出色，关键在于这些人勤劳。自古有云，笨鸟先飞，天道酬勤。这晚双井村又召开全村大会。徐东升在会上特别表扬了江老七等人，说他们给全体船民起了榜样的作用。江老七等人听后脸上特别有光，纷纷坐直腰身，显得特别自信与自豪。不过江老七等人知道，功劳首先应该归于徐光明。若不是光明替他们寻来收购商，他们收割的龙须菜卖给谁？温饱问题得到解决后，自然而然就有了别的想法。江老七把小组的男人唤到他家船舱，把想法一说，果然得到众人的热烈响应。

"七哥，这想法好啊！我极力赞成不分红，等攒够攒足了钱，把三溪村靠近咱们村的那块菜地买过来，在上面盖一排集体屋，咱也算第二批上岸的人，嘿……想想都美！"

"可是七哥，就怕三溪村村主任曹万禾不答应。"

"要知道当年就是曹万禾带人闹拆村的，他铁定不会把地卖给咱。"

大伙喝着买来的米烧，吃着小菜，美美地一番憧憬后，不免又腾起一股担心。"我估计，他会……"江老七举起酒碗，目光透过舱篷望向三溪村，"他们既然能卖地给外商，凭什么不卖给咱们？"有人立即纠正："听说工业园的地没有卖，是租，是租给外商使用五十年。"江老七呵呵笑了："管他是卖是租，反正有钱好办事，换句话说，三溪村都有工业园那块大肥肉了，还会在乎菜地这点小油水？放心吧，这事七哥来办，来，大家一起干了。"说完先将碗中酒一口喝下，将空碗拍在矮桌上，一副志在必得的样子。

次日上午，江老七只身过去找曹万禾商量。原以为对方就算故意刁难说不想卖，八成也是为了坐地起价。谁承想，曹万禾竟一下把话说死了。曹万禾长叹地说："土地呢，属村民集体所有，虽说现在改革开放了，土地所有权并没有发生改变，也改变不了，因此……"江老七继续问："那如果我们像外商那样，向你们租呢？"曹万禾笑着摇头："租？那就更不行了，要知道我们村自从建了工业园，耕地面积已经大大减少，村民意见已经很大，莫说再把地租出去了，我们还想从别村租些地回来耕种呢。"

好话说尽，结果仍旧两个字：别想！

江老七气得快骂娘，只好回去跟大伙说抱歉："七哥对不住你们哪！"大伙得知这样的结果也很失望，不过这事怪不得江老七。"七哥，我看算了，咱现在也挺好，至少吃穿基本没问题。"某些希望原本就像五彩斑斓的肥皂泡，外观好看却不经久，手指还没戳到泡泡就自己破灭了。

大伙反过来纷纷劝江老七。

"放心吧，只要瞅到机会，七哥我一定替大伙争取。"

江老七把胸脯拍得当当响。其实谁心里都清楚，让山人把土地卖给船民，就算把胸脯拍塌了，从胸口直接拍到后脊背，也不是想买就能买到的。

认命归认命，发牢骚归发牢骚，该干的活丝毫不能落，毕竟养殖场的"金饭碗"才是船民实实在在且看得见摸得着的，搞好养殖，才可以让一家老小吃得饱穿得暖。不论哪个领域，一分耕耘换取一分收获，这是亘古不变的道理。

几年后，徐光明带领船民搞渔排黄鱼养殖试验，眼看就要收成了。徐东升手叉腰站船头，看着海水中浮浮沉沉的一排排大网箱，心中无比感慨："光明哪，咱们船民以往搞拉网作业，完全看天吃饭，运气好捕得多，运气差的话有时连半条鱼都捞不着，现在好了，什么好卖咱就养什么。"徐光明含笑站一旁，指着育苗的渔排说："等第一批黄鱼苗产出，咱就可以全村推广了。"徐东升满意地点着头，拍着徐光明的肩头说："走，陪叔喝几杯去。"

　　喝酒的时候，徐光明说出心中的担忧，"东升叔，大海温顺的时候，像慈祥的母亲，对咱又是疼又是爱，给了咱取之不尽的好处，可一旦暴怒起来又化身恶魔，将无情地撕毁一切。我现在倒不担心养殖场的前景如何，至于养什么，可以跟着市场走，像工业区的工厂，市场需要什么就生产什么，其实我最担心的，还是老天……"徐光明说着，拿手指了指篷顶。

　　徐东升端起酒盅抿一口，满意地咂了咂嘴，笑着说："你是说台风吧？嘿嘿，船民什么没见过，多少年风里来浪里去，毛主席也说了，人定胜天嘛，就算来了强台风，不还有你吗？"

　　徐光明苦笑。他又不是法力无边的神仙，有什么能力保护大家安全？

　　该做的预防措施丝毫不能省，绝对不敢马虎大意。

　　徐光明再三嘱咐姚金梁。姚金梁是姚万盛的儿子。金梁家里穷，志气却不短，仅上了几年扫盲班，愣是将几本厚厚的技术指导丛书全啃下来，加上手脚麻利，做事稳妥，被徐光明"任命"为技术助理。"金梁哪，这边必须用绳子加固，还有那边，得多绑几根竹竿子。"姚金梁按照徐光明安排，忙完抹了把汗，笑着问："徐老师，您说咱做这么多，会不会做无用功呢？"听这话，徐光明面色严肃起来："台风说来就来，咱做这些防备工作，为的就是预防意外情况发生。"姚金梁再问："今年台风会比往年厉害？"徐光明皱着眉头，许久才说："俗话说三年暖冬换一季严寒。但愿不会！"

　　但愿不会？现实却往往事与愿违！

　　早上起床，徐光明发现天空都被翻涌而至的灰黑色云片埋

第四部　圆梦　　　　　　　　　　　　　　　　　　545

葬了。

他心头一纠,这该死的台风就要来了!

每每这个时候,海面的空气总会变得格外凝重,人们的心情也会变得格外凝重,因为台风一来,意味着船上不能住人,届时风大浪大,船舱包括眠舱都将被海水灌满。幸运的话等台风过后,洗洗涮涮晾干继续凑合过日子。若遇不幸,船破沉水,只能请人打捞还得花去大半年的口粮请人修补。因此有船民苦哈哈地自嘲说,每次遭遇风灾,就像获得新生一样,能够活下来都是赚的——别以为船民看破生死心态豁达,这叫无奈!

"东升同志,东升同志,台风晚上就要来了,船民都转移了吗?"包片的乡干部陈为民正推着断了链条的自行车,拿着喇叭站岸边喊话。"差不多了,可惜养殖场顾不上了。"说话时,徐东升好似都能听到心脏撕裂的声音,心疼啊!"顾不上就顾不上,先顾人要紧,必须在下午五点前把所有人都转移到岸上。"包片干部匆匆交待几句就转身推车走了,别处还有其他船民。

看着正在浪潮中不断起伏的连排网箱,徐东升悲痛地蹲身下去,单是网箱里的鱼苗就花去不少钱,谁说钱财乃身外之物?即使到了现在,船民仍然是一分钱掰成两半花,就这样没了?不甘心啊!徐光明比照顾儿子还精心地照顾了一年多,这里头满满都是光明的心血和船民的希望啊!

天渐渐黑下来,船民们正提着大大小小的蛇皮袋,或抱着锅碗瓢盆闹哄哄地往岸上集体屋的院子涌去,包括刘家院子里也都挤满了人。徐光明进来,有人喊:"徐老师,台风什么时候来?"问这话并非盼着台风什么时候来,而是盼着台风什么时候过去。只有台风过去了,船民的生活才会逐渐恢复正常,这是这个特殊群体特殊时期的特殊期盼。

徐光明没有回答，提口气问："全部人都上来了吗？金梁呢？"有人回答："应该差不多了，金梁媳妇生孩子，他应该还在船上。"

姚金梁确实还在自家船上。

姚金梁好不容易才娶上了媳妇。照理他早该送媳妇上乡卫生院待产，可台风要来，他不得不在渔排上照料刚育出的鱼苗，就把这事给耽误了。好在没出什么意外，虽说是头一胎，他媳妇阵痛不久自己分娩了。第一次当父亲，姚金梁既兴奋又慌乱。他不是产科医生，不知该怎么处理婴儿的脐带。徐东升刚好挨船通知船民转移，见状说，去喊金凤过来。姚金凤当年生徐国庆就是她自己剪断脐带。"抱孩子先走，你媳妇还得等一会儿。"姚金凤对姚金梁说。

至于为什么要等一会儿，姚金梁不懂。正要问，篷口的帘布突然剧烈飘动起来，发出喇喇的可怕声响，船儿更是晃得连跪都跪不稳。我的天，台风竟在此时不偏不倚地袭来了。金梁拿件自己的衣服，草草包着初生的婴儿，对媳妇说声我马上回来，抱上孩子冲出舱篷，三步并作两步地往岸上跑。

没工夫留意，身后不远的海面上骤然出现一道巨大的浪墙。浪墙是台风来临时溪马门特殊的地理位置形成的特殊海浪，破坏力极强。金梁一口气跑进刘家院子，刚把孩子交到一位妇女手中，刚转身，只听轰的一声巨响，三米高的浪头朝停在岸边的舢舨舵劈头盖来，许多船儿当即被浪头击毁了。

"天哪，船……"许多船民嘴巴张大，却没法喊出声。

狂风就在这时怒吼起来，咆哮起来，像发了狂的野公牛，没方向地四处猛梭乱窜，紧着跟来的，是雹子一般的暴雨。

这就是可怕的"台风正面登陆"。

狂风暴雨中，隐约看见几个男人疯了一般地往海边跑。

"金梁，东升叔，国庆……"徐光明被强力的阵风推进刘家院子，嘴被风眼儿堵住，发出来的声音小得可怜，大概只能自己听得见。

平素厚道的姚金梁边跑边哭边破口大骂：我操你天爷……

姚金梁的声音于风雨中更显得单薄，就像一个无助的孩子。

姚金梁的心都快碎掉了，不，已经碎成许多瓣，再也拾不起来了。

被这种浪墙击中，生还的可能性微乎其微。

徐东升顾不上喊儿子回去，当然也喊不回去，儿子的娘就在金梁家的船上。徐东升这时候分不清脸上到底是雨水还是泪水，金凤自从嫁给他，虽说一直霸道强势，说不让碰就不让碰，那是因为他疼她，才会毫无原则地由着她，顺着她。少年夫妻老来伴。缺了姚金凤，对徐东升来说，他的人生必然是不完整的。有一种完整叫作有人和你怄气，一旦没了，真就什么都没了。

金梁媳妇就这样没了，把姚金梁的魂儿给带走了。

姚金凤就这样没了，从此徐东升话变得很少。

还有许多来不及转移的船民也这样没了。

茫茫大海，大海茫茫——

溪马门的海，即便又过去十多年，依旧是那样的诡谲多变、幽深莫测，广漠的海面依旧时而恬静温顺，时而巨浪滔天。当然，大海的胸怀一贯宽宏博大，可容百川，能滋养万物。初秋的夜晚，半圆的月儿皎洁地撒下一片深沉的蔚蓝，微风夹带着久久不肯消逝的溽热，在海面上吹起了绝细绝细的无数个粼粼碎碎的小绉纹。此时，大海就像一个玩累了的孩子，安静地躺在朦胧苍穹的怀抱中，轻轻地、悠长地发出一阵阵均匀且甜美的鼾声。

徐光明站在自家的二楼阳台，突然发现空中或高或低的浮云正悄然地朝南边天际聚拢。他倏然锁紧了眉头，看来用不了多久，溪马门又将迎来那该死的台风了。不过在瞬间，他又重新舒展了眉头，今时不同往日了，台风固然不可驯服桀骜肆虐得可怕，但脚下这新建成的连片的安居房便是船民生命最强有力的保障。自从儿子鹏宇接过养殖场的担子，徐光明直接干回了老本行。教书其实和鱼苗培育一个道理，只有全身心投入其中，才可能得到丰硕的回报。

姚灵灵便是一个极致成功的例子。

至少徐光明这样坚定地认为。

因此这晚，他思考再三，特地约来姚灵灵。

这年高考，姚灵灵顺利地考上了北京的一所名牌大学，摇身变成了溪马门船民名副其实的一只"金凤凰"。她是溪马门第一位名牌大学的大学生，更是双井村的首位大学生，意义当然非比寻常。徐光明感到无比欣慰，就像当年首批黄鱼苗育成投产那样，当姚灵灵把录取通知书递给他时，他的双手居然是颤抖的，心中百味杂陈，眼眶也是湿润的……

什么叫苦尽甘来？徐光明太清楚灵灵这孩子在学业上下了多少苦功，包括她的父亲姚金梁为她默默地承当了多少付出了多少，个中种种，非三言两语能够说清。不过徐光明仍然希望，在灵灵去上大学前，有些话能和她单独地当面地谈一谈。也是时候谈一谈了，这么些年过去，徐光明对灵灵母亲当年的不幸依然心怀愧疚——是的，当年若不是因为他的嘱咐，姚金梁一家三口大概也和其他船民一样，如今搬进了新居，过上了幸福和美的好日子呢！

第四部　圆梦

"徐爷爷……您找我？"

一声轻灵的问候，打断了徐光明杂乱的思绪。

明日就要动身去北京了，灵灵的心情自然既忐忑又激动，同时又夹杂一丝放心不下的担忧。父亲的身体一向不好，她去北京上学后，谁来照顾他？过来之前，父女俩正收拾所需的行李。"爸，要不……您给我找个后妈吧？"姚金梁刚锁上行李箱的拉链，突然听见女儿说这话，骤然呆住。"真的，我觉得您不该一个人过。爸，您为了我不舍吃不舍穿，吃了那么多苦，也该……"姚金梁一如既往地没说话，只定定地望住女儿。这一刻，他蓦然发现，自己女儿真的长大了。灵灵长相随她母亲，身材苗条匀称，一双聪慧的大眼睛总泛出清亮的光彩，漆黑的双眸就像凌晨最耀眼的星星，熠熠生辉。最后，姚金梁无声地笑了笑，上前摸了摸女儿的头，"去吧，你徐爷爷还等着呢。"

"你爸他……这辈子非常不容易！"

徐光明望住乖巧的姑娘，轻叹一声，起了头："说起来，是我对不住你爸，对不住你妈，也……"说着，眼里慢慢地腾起一片迷蒙的雾气。

"为什么这样说？"姚灵灵眨巴着黑眼睛，不解地问。

"因为当年我交待你爸，无论如何都得保住育苗场，以至于耽误了……"徐光明深吸一口气，"所以……对你爸，对你，我都有愧啊！"

"其实您……完全不必自责！"姚灵灵咬了咬嘴唇，凄清笑着，"我想，那时无论换谁都会那样做，因为育苗场不仅仅是您的，更是大家的……"姚金梁一把屎一把尿把女儿拉扯大，却从未跟女儿提及她妈妈的具体死因，只说风灾无情人有情。灵灵是个聪明的姑娘，才听了寥寥数语，便完全猜到了当年那场台风惨

550　　　　　　　　　　　　　　　　　　第四部　圆梦

烈且无助的情景。"徐爷爷,请别再说对不起了好吗?您是我们的恩人,我爸没有您,不可能学会一手的养殖技术……而且,若没有您和薛奶奶的支持,我也不可能上完高中。"说到这,姚灵灵的眼圈红了。

徐光明长长地舒出一口气,仿佛堵住胸口许多年的郁结一下消散,解嘲一笑,缓缓地摇头,"身为船民,自古就有互帮互助的传统,这恩不恩的,算不上。嗯,说到恩,首先应该感谢党,感谢政府。那次台风过后,省里就把咱连家船民的上岸问题,定为脱贫的重要任务,给我们无偿划拨建设用地,投入专项资金,才有了咱现在的安居房,圆了咱世代船民的上岸梦。当然,这只是一个开端而已。灵灵啊,你要明白,幸福生活不能全靠救济和帮扶,个人发展亦是如此,你是个聪明的孩子,道理必须懂。"

"嗯,徐爷爷,我懂!"姚灵灵自信满满的样子,"其实我在报志愿的时候就决定了,争取考上最好的大学,毕业后就回来。"学成归来回报家乡?徐光明没料到灵灵做了这样的打算,欣慰地点头:"路在脚下,该怎么走,决定权在于你自己……回来也好,留在大城市也罢,总之,不忘初心,不辜负美好的青春就好!"

"不忘初心?"姚灵灵将目光投向远处的海面,"嗯……"

这天早晨,注定是一个不寻常的早晨。

姚金梁怎也预料不到,包括徐光明也万万没能想到,整个双井村的村民居然不约而同地都过来送别。众人七嘴八舌,一路说着笑着,一直送到镇上的公交车站。"灵啊,到了北京记得写信回来。""钱不够了跟叔说。""别担心你爸,还有我们呢!""我家长华明年高考,我让他也报你们学校。"姚灵灵眼圈泛红,一个劲地嗯嗯点头,心里满是感动。不知谁突然喊了一句:"要怕你

第四部 圆梦　　　　　　　　　　　　　　　　　551

爸孤单啊，我来做媒。"骤然听到这句不合时宜的话，众人哑了，继而哄地大笑。姚灵灵也扑哧地笑了，回头说："嗯，那就拜托您了！"

姚灵灵登上了公交车，坐在靠窗的位置，隔着玻璃定定地望向父亲。

徐光明推了一把姚金梁，低声说："再去叮嘱几句吧。"姚金梁嘴唇动了一动，仍旧什么话也没说。徐光明不禁摇头苦笑："你啊！"

儿行千里母担忧！

从未出过远门的女儿一下要坐车去遥远的北京，说一点不担心，那肯定是假话。姚金梁笃定女儿自己能行，不过目光依然随车而去，站着看不见了，便爬上路旁的小土坡继续极目翘望。大伙说着笑着，有人开始问刚才那位大嗓门的"保媒"人，合适的女人是谁呢，哪个村的？有人竖起大拇指说，嗯，灵灵不愧是大学生了，通情达理，多好的闺女啊。有人准备找姚金梁打趣，却发现他蹲在土坡上双肩不住地抖索——

天哪，姚金梁哭了。

刚开始唏嘘饮泣，渐而呜呜咽咽，最后干脆放声大哭……嘶哑的声音，听上去就像风吹破壳的海螺。

众人面面相觑，有人准备过去劝一劝，却被徐光明拉住了。

此时，远处海面，几艘悬挂五星红旗的大货轮正破浪出港：

呜，呜，呜——